Mike Powelz
Die Flockenleserin
Ein Hospiz. Zwölf Menschen. Ein Mörder.

Das Buch

Im Grunde ist ein Hospiz wie ein schönes Hotel – kein bisschen düster. Weiße Ärztekittel? Fehlanzeige. Haustiere? Erlaubt. Feste Besuchszeiten? Nein. Vorzeitig auschecken? Auch das kommt vor ... Doch natürlich gibt es Unterschiede zu normalen Hotels. Schließlich sterben die Gäste im »Hotel Hospiz«. Außerdem sind sie ehrlicher als an jedem anderen Ort, egal ob Manager oder Obdachloser, Schwuler oder Neonazi, piekfeine Dame oder Aids-Kranke.

Als die kranke Minnie ein Zimmer in Haus Holle bezieht, lernt sie ihre elf Mitbewohner kennen und jeder der Gäste verbirgt ein anderes schmutziges Geheimnis. Plötzlich ereignen sich drei mysteriöse Todesfälle und Minnie fühlt sich dazu berufen zu beweisen, dass ein unheimlicher Serienmörder dahintersteckt.

Der Autor

Mike Powelz, geboren am 9. September 1971 in Ahaus, ist ein deutscher Journalist. Powelz studierte Germanistik, Publizistik und Angewandte Kulturwissenschaften in Münster. Während des Studiums schrieb er für *Der Monat*. Außerdem absolvierte er ein Verlagsvolontariat in der *Lindenstraße* und beim Hamburger Heinrich-Bauer-Verlag. Heute schreibt er als Chefreporter für *HÖRZU, HÖRZU REPORTER, HÖRZU WISSEN* und *TV DIGITAL*, die zur Funke Medien GmbH gehören – etwa Reportagen über die Arbeit der Kriegsreporterin Antonia Rados in Afghanistan oder Deutschlands bekanntesten Pathologen Dr. Michael Tsokos, der auch die Autoren des Münster-*Tatorts* berät. Er führte Interviews mit Alt-Bundeskanzler Helmut Schmidt, vielen Filmgrößen und ist Mit-Organisator der GOLDENEN KAMERA von *HÖRZU*. »Die Flockenleserin« ist sein erster Roman. Mike Powelz ist verheiratet und lebt in Hamburg.

MIKE POWELZ

Die Flockenleserin

Ein Hospiz. Zwölf Menschen. Ein Mörder.

ROMAN

Die Erstausgabe erschien 2013 unter dem Titel »Die Flockenleserin«
im Selbstverlag.

Veröffentlicht bei
Edition M, Amazon Media EU S.à r.l.
5 Rue Plaetis, L-2338, Luxembourg
Dezember 2014
Copyright © der Originalausgabe 2013
By Mike Powelz
All rights reserved.

Die Übersetzung dieses Buches wurde durch AmazonCrossing ermöglicht.

Umschlaggestaltung: bürosüd⁰ München, www.buerosued.de
Lektorat: Verlag Lutz Garnies, München
Satz: Satzbüro Peters
Printed in Germany
by Amazon Distribution GmbH
Amazonstraße 1
04347 Leipzig, Germany

ISBN: 978-1-477-82644-7

www.edition-m-verlag.de

Für

meine Eltern Herbert und Anne Powelz

Daniel Camacho – meine große Liebe

Anne Strickling (1971–2014)

Einführung von Mike Powelz

Liebe Leser!

Ein Mörder, der nachts kommt, wenn alle schlafen.
Ein Kater, der den Tod riecht.
Zwölf Menschen, die um ihr Leben fürchten.

Willkommen im Haus Holle – einem Hospiz mit zwei Gesichtern.
    Tagsüber ist es hier hell und freundlich. Schließlich liegt das Haus mitten im Herzen eines Hamburger Vergnügungsviertels – umgeben von Nachtklubs, Sexshops und Kasinos. Nach Einbruch der Dunkelheit ändert sich das: Nachts huscht ein unheimlicher Kindgreis durch die Flure.
    Als die kranke Minnie ein Zimmer im Haus Holle bezieht, lernt sie ihre elf Mitbewohner kennen – ein lesbisches Liebespaar, einen Freimaurer, eine Schönheitskönigin, einen Ex-Politiker und viele andere skurrile Menschen. Jeder verbirgt ein anderes schmutziges Geheimnis. Plötzlich ereignen sich drei mysteriöse Todesfälle: Ein altes Ehepaar liegt tot im Bett, ein weiterer Gast erstickt. Minnie erkennt als Einzige, dass die Gäste von einem unheimlichen Serienmörder getötet werden – genau wie in Agatha Christies Krimi *Zehn kleine Negerlein*.

Doch sie hat Pech: Obwohl sie den schaurigen Kindgreis mehrmals sieht, glaubt niemand an Verbrechen. Außerdem hat der Mörder noch einen weiteren Trumpf in der Hand: Leichen im Hospiz werden nie obduziert.

Alles läuft auf einen dramatischen Wettlauf gegen die Zeit hinaus: Der heimtückische Serienmörder heftet sich an Minnies Fersen, als ihre Kräfte nachlassen. Auf ihrem Sterbebett kommt es zur letzten Konfrontation ...

Ein wunderschönes Luxushotel, in dem die Gäste sterben.

In ein Hospiz kann ein Kranker freiwillig einziehen, wenn die Ärzte ihn nicht mehr heilen können und seine verbleibende Lebenszeit überschaubar ist – aufgrund von Krebs, Aids oder einer anderen tödlich verlaufenden Krankheit.

Im Grunde ähnelt ein Hospiz tatsächlich einem Hotel. Kein bisschen düster. Weiße Ärztekittel? Fehlanzeige. Haustiere? Erlaubt. Feste Besuchszeiten? Nein. Klavierkonzerte und Entertainment? Ja. Vorzeitig auschecken? Auch das kommt vor.

Doch natürlich gibt es Unterschiede zu normalen Hotels. Schließlich sterben die Gäste im »Hotel Hospiz«. Außerdem sind sie ehrlicher als an jedem anderen Ort. Bei gemeinsamen Mahlzeiten oder Festlichkeiten offenbaren die Gäste, egal welcher Provenienz, einander ihre schönen oder schmutzigen Geheimnisse, Lebenslügen und Fehler. Manchmal verraten sie Fremden sogar mehr als ihren engsten Familienangehörigen.

Als mein Vater in ein Hospiz kam, blieben meine Mum und ich vier Wochen lang an seiner Seite. Später schrieb ich eine Reportage über Todkranke im Hamburger Hospiz »Leuchtfeuer« – das mitten in St. Pauli angesiedelt ist. *Die Flockenleserin* spielt in einem erfundenen Hamburger Hospiz. Auch die Handlung, alle kriminellen Delikte und fast alle handelnden Personen sind frei erfunden (mehr dazu in der drittletzten Passage des Nachworts). Bis auf sieben Ausnahmen: Mein Vater, meine Mutter, meine Schwester und ich tauchen als Romanfiguren auf – ebenso wie die berühmte Rückführerin Ursula Demarmels, die das Standardwerk der Rückführungstherapie *Wer war ich im Vorleben?* (Heyne Verlag) verfasst hat, ihr Ehemann und ein alter Vagabund namens Rudi Weiß. Die Geschichte vom Sterben meines Vaters hat sich genau so ereignet, wie ich sie in diesem Roman schildere.

Aber dieses Buch ist noch aus einem weiteren Grund etwas Besonderes. In *Die Flockenleserin* dreht sich alles um das *Abenteuer Sterben*. Das Buch basiert auf Gesprächen, die ich mit Hospizgästen, Todkranken, Psychologen, Pflegern und Angehörigen geführt habe – doch diese Gespräche sind dramaturgisch verdichtet. Außerdem liegen manchen Ereignissen in diesem Buch Fakten und Ereignisse zugrunde, die ich in Büchern und Artikeln zu den Themen »Hospiz« und »Tod« recherchiert habe.

Die Quellen werden im Nachwort genannt. Eigentlich ist dieser Roman eine heimliche Gebrauchsanleitung für den Tod. *Die Flockenleserin* wird Ihnen den Großteil Ihrer Angst vor dem Sterben nehmen und Ihnen helfen, wenn Ihre Eltern, Ihr Partner oder Sie selbst einmal in ein Hospiz einziehen wollen.

Vielleicht bringt Sie *Die Flockenleserin* aber auch auf die Idee, Geld an ein Hospiz zu spenden oder einmal im Leben eine *Sterbe-Patenschaft* zu übernehmen. Bislang haben wir nur am Anfang des Lebens einen Paten. Warum nicht auch am Ende? Es ist bereichernd für beide Seiten. Falls Sie nach der Lektüre Lust darauf haben, einen Sterbenden zu begleiten oder sich ein Hospiz von innen anzuschauen, sollten Sie es tun.

Lust? Ein Bekannter von mir stolperte über diesen Begriff. Dabei ist er völlig korrekt. Das Erlebnis kann Ihr Leben schöner und lebenswerter machen – auch wenn Sie sich das nicht vorstellen können. Warum? Sie können lernen, wie Sie besser leben und fundamentale Fehler vermeiden können, die viele Sterbende bereuen. Todsicher.

Vielleicht finden Sie den Begriff *Flockenleserin* komisch oder sperrig und fragen sich, ob das Buch nicht besser *Der*

Sensenmann oder *Der Serienmörder im Hospiz* heißen sollte. Oder ob *Thriller* nicht besser klingt als *Roman*. Oder ob Blutspritzer, Injektionsspritzen, Gift und Pistolen auf dem Cover nicht spannender wären als Schneeflocken, die Sie vielleicht an Weihnachten oder einen Gedichtband erinnern. Die Antwort auf alle drei Fragen lautet Nein. Fast alle Menschen lesen Flocken, wenn sie sterben. Was das bedeutet, werden Sie verstehen, wenn Sie die Hauptfigur des Romans bis zum Ende begleitet – und Minnies letzte Liebe miterlebt haben.

Ich wünsche Ihnen gute Unterhaltung mit *Die Flockenleserin – Ein Haus. Zwölf Menschen. Ein Mörder.*

Vorwort von Antonia Rados: Tod mit Flügeln

In Afghanistan, wo ich Mike Powelz vor einigen Jahren während einer Reportage traf, gibt es das folgende Sprichwort: »Im Leben eines Mannes zählen nur zwei Tage. Der Tag seiner Hochzeit und der Tag seines Todes.«

Das Leben eines Afghanen oder einer Afghanin vor dem zweiten »wichtigen Tag«, dem Todestag, ist dabei meistens kurz, unsicher und das Ende gewalttätig. Bei Männern bringt der Krieg in der Regel den brutalen Tod. Zwangsverheiratete Frauen machen ihrem Leben freiwillig ein Ende. Sie verbrennen sich.

Eine solche Tragödie spielte sich ab, als Mike Powelz und ich in der afghanischen Stadt Herat waren. Eine Frau namens Gololai lag in einem Krankenhaus im Sterben. Sie war jung und hübsch. Und sie war unglücklich. Nach einer Woche starb sie unter grausamen Schmerzen, die sie sich selbst zugefügt hatte. Sie hatte sich mit Benzin übergossen.

An den Tod gewöhnt man sich nicht als Reporter, umso weniger, wenn es sich um eine junge Frau handelt. Jeder Tod ist ein lähmender Schock. Man verstummt, wie Mike Powelz und ich verstummten, als wir im Hof des Krankenhauses von Herat standen. Wie soll man sich verhalten in so einem Moment des langsamen, sicheren Sterbens? Noch dazu in einem Land, wo der Tag des Todes als »wichtiger Tag« angesehen wird?

Es waren überflüssige Sorgen über kulturelle Unterschiede. Als Gololai begraben wurde, traf ich abseits des Trauerzuges ihren Onkel. Er sah aus wie ein strenger Moses mit rauschendem Bart. Er hatte seine Nichte, wie ich erfuhr, immer gut behandelt. *Moses* blieb vor mir stehen und sagte, dass Gololai nun in Allahs gnädigen Händen sei. Er hob die Arme gegen den Himmel und weinte.

Obwohl ich nicht sehr religiös bin, war ich berührt. Beinahe weinte ich mit. Der Onkel hatte Gololais Tod sich selbst und mir in ein anderes Licht gerückt. Ihn erträglicher gemacht. Dem Tod Flügel gegeben, falls man das so ausdrücken kann.

Wir brauchen diese Flügel. Oder wie der französische Dichter Paul Éluard einmal sagte: Der Mensch braucht Poesie im Leben!

Auch im Tod, müsste man hinzufügen.

Vor allem da, im Sterben, braucht er sie.

Im Roman von Mike Powelz bekommt das Sterben eine Portion »Poesie«. Sein Roman zeigt jemandem wie mir, der über Afghanistan etwas mehr weiß als über Europa, dass wir gar nicht so unterschiedlich sind. Wir leben anders, doch im Sterben sind wir erschreckend gleich.

Altwerden nicht nur als pures Leiden zu erleben ist universell: Obwohl in Afghanistan mehr Menschen jung sterben als bei uns, gibt es dort Pensionisten mit und ohne Pension – wie bei uns. Sich um die zu kümmern ist Aufgabe der Großfamilie. Sie nimmt Vater und Mutter auf, daneben unzählige Onkel und Tanten, Großväter und Großmütter. Es wäre keine echte Familie, wären alle Familienmitglieder darüber glücklich.

Alte Leute, die verhungern oder erfrieren, sind selten in Afghanistan. Es sind die wenigen Unglücklichen, die keine Verwandten mehr haben.

Im gut beobachteten Roman von Mike Powelz sind die Hospize – wie auch Altenheime – unsere neuen Familien. Sie kümmern sich um »unsere« Väter und Mütter, Onkel und Tanten, weil unsere Großfamilien nicht mehr existieren. In den

Hospizen wird getrauert und gelacht, gehasst und geliebt – wie in afghanischen Familien auch. Einziger Unterschied: Bei uns hebt am Tag von Begräbnissen kein *Moses* mit Tränen in den Augen die Hände gegen den Himmel. Vielleicht sollte man afghanische Onkel bei uns einführen.

Antonia Rados

Die Österreicherin, Jahrgang 1953, begann ihre TV-Laufbahn beim ORF, für den sie unter anderem in Washington tätig war. Einer breiten Öffentlichkeit bekannt wurde die promovierte Politologin spätestens vor zehn Jahren durch ihre Liveberichte aus Bagdad während des Irakkriegs. Die Kriegsreporterin des Senders RTL erhielt zahlreiche Preise, darunter den Hanns-Joachim-Friedrichs-Preis für Fernsehjournalismus 2003. Im Jahr 2012 führte sie eines der letzten Exklusiv-Interviews mit dem libyschen Ex-Diktator Muammar el Gaddafi. Antonia Rados lebt in Paris.

Vorbemerkung
von Ursula Demarmels

Unser erster Atemzug führt auch zum letzten, dazwischen findet unser jeweiliges Erdenleben statt. Als Rückführungsexpertin begleite ich Menschen in ihre Vorleben und lasse sie dort auch ihren damaligen Tod erfahren. Sie erleben sogar, wie es für sie danach, wenn sie nicht mehr im Körper drin sind, als Göttliche Seele im Jenseits weitergeht, bis sie erneut wiedergeboren werden. Man kann daraus sehr viel für sein aktuelles Leben lernen, um es mit mehr Sinn, Freude, Kreativität und Liebe leben zu können und die Angst vor dem Tod abzubauen. Mike Powelz habe ich auf einer solchen »Reise nach innen« begleitet, und er schrieb darüber in *HÖRZU*.

Mich erfüllte es mit großer Freude, als er mir mitteilte, dass die Unsterblichkeit der Seele, die Wiedergeburt und die Frage nach einem tieferen Lebenssinn einen wichtigen Stellenwert in seinem Buch bekommen haben. Gleichzeitig war es für mich auch eine Überraschung, an die ich mich erst noch gewöhnen muss, namentlich als Rückführerin, sogar mit meinem Mann und unserer Katze, in seinem Buch vorzukommen …

Schon als Kind war mir die Hospizbewegung ein Begriff, denn meine Mutter war mit der Schwester von Elisabeth Kübler-Ross befreundet und erzählte mir viel über deren wertvolles Werk. Später berichtete ich meinem Mann Gerhard darüber, der dann die Hospizarbeit in Salzburg vorantrieb und eine interreligiöse Möglichkeit am Krankenhaus ins Leben gerufen hat, wo sich Hinterbliebene in einem schönen Raum in Ruhe von ihrem Verstorbenen verabschieden können. Gerhard musste gegen massive Widerstände arbeiten, denn selbst am Krankenhaus war für viele der Tod ein Thema, das möglichst gemieden wurde.

Gerade in unserer westlichen Kultur verdrängen sehr viele Menschen den Tod, bis er unausweichlich da ist, sei es der eigene oder der Tod von nahestehenden Menschen.

Das Sterben kann sehr schnell und überraschend geschehen, oder eine unheilbare Krankheit führt dazu, sich doch mit seinem Ableben auseinandersetzen zu müssen. Die Angst vor Schmerzen und davor, dass das eigene persönliche Sein für immer ausgelöscht sein könnte und der Abschied und die Sorge um hinterbliebene Menschen und Haustiere können dem Sterbenden seinen letzten Lebensabschnitt zur Hölle machen. Dem wirken die Hospizeinrichtungen entgegen. Die dort praktizierte *Palliativbetreuung* setzt alles daran, dass der Sterbende seine letzte Zeit auf Erden möglichst schmerzfrei und ohne Sorgen noch genießen und, wenn es dann so weit ist, in Frieden und Ruhe sterben kann.

Das Buch *Die Flockenleserin* von Mike Powelz nimmt den Leser mit in ein Hospiz und schildert auf berührende und einfühlsame Weise, wie die unterschiedlichen Insassen und deren Angehörige diese letzte Zeit und den Tod erfahren, was sie bewegt und was dann noch wichtig ist – was überhaupt im Leben wichtig ist. Dieses außergewöhnliche Buch ist sehr spannend und zugleich enorm lehrreich. Es berührt viele Tabuthemen unserer Gesellschaft und hält ihr einen Spiegel vor. Das Buch ist packend und führt den Leser in immer tiefere Schichten seines Selbst. Ich bin überzeugt, dass es seine Leser verwandelt und anregt, ihr Leben noch bei Zeiten zu überdenken und neue Weichen zu stellen, wo anstatt Verdrängung, Zerstreuung, Macht und Geld mehr Toleranz, Ethik, Mitgefühl, spirituelles Erwachen und freudiger, liebevoller

Umgang mit sich selbst, den Mitmenschen und Tieren im Vordergrund stehen.

Mit meinen besten Wünschen

Ursula Demarmels

Die im Salzburger Seenland lebende Schweizerin Ursula Demarmels arbeitet seit rund 30 Jahren als selbstständige Rückführungsexpertin und Seminarleiterin. Ihre TV-Sendungen erreichten über 30 Millionen TV-Zuschauer, ihr Buch Wer war ich im Vorleben? *(Heyne Verlag) gilt als Standardwerk. Sie ist die erste europäische Absolventin des Dr. Michael Newton Instituts für Life-Between-Lives Hypnotherapy (USA). Die Anwendung spiritueller Erkenntnisse für humanitäre Belange mit dem Ziel eines harmonischen Miteinanders von Mensch, Tier und Natur sind ihr ein wichtiges Anliegen. Kontakt: www.spiritualregression.de*

Prolog

Gustav Sonnleitner starb am 31. Oktober.

Obwohl er nur 46 Jahre alt geworden war, atmeten alle auf, die ihn in den letzten sieben Tagen seines kurzen Lebens gefüttert, gewindelt und sein Erbrochenes weggewischt hatten.

Katharina Schulz atmete auf, als sie die Fenster in Sonnleitners Sterbezimmer öffnete, wo der gelbe, eingefallene Leichnam seit zwölf Stunden lag.

Sie atmete auf, weil sie sich für Gustav freute. Endlich musste der Kranke nicht mehr leiden.

Die Hauswirtschafterin bekreuzigte sich nicht. Sie wurde auch nicht andächtig. Stattdessen zog sie sich einen Stuhl ans Bett. Katharina setzte sich und betrachtete das Gesicht des Toten. Zu seinen Lebzeiten hatte sie Sonnleitner immer nur kurz gesehen, wenn sie kontrolliert hatte, ob die Putzfrau auch jeden ausgespuckten Essensrest gründlich vom Fußboden entfernt hatte.

Nun war alles sauber.

Sonnleitner würde nie wieder spucken. Der Tod hatte sein gequältes Gesicht verändert, wie es fast immer der Fall war nach dem Dahinscheiden.

Katharina Schulz sorgte seit siebzehn Jahren für Sauberkeit und Sterilität in den zwölf Gästezimmern von Haus Holle. Keime und Schmutz waren ihr größter Feind. Jahrelange Erfahrung hatte sie gelehrt, dass sich auf den letzten Metern des

Lebens – und somit auf den Sterbeprozess – nichts so fatal auswirken konnte wie Bakterien und Viren.

Ungeachtet dessen war Sonnleitner qualvoll gestorben, bei vollem Verstand und nach langem Todeskampf. Eine in Wien lebende Schwester hatte den Aids-Kranken eine Woche zuvor aus seiner verwahrlosten Wohnung holen und von seinem langjährigen Hausarzt ins Haus Holle verlegen lassen. Obwohl Sonnleitner schon bei seiner Einlieferung ins Hospiz nur 39 Kilo – bei einer Größe von eins achtundachtzig – gewogen hatte, sträubte sich sein ausgemergelter Körper gegen den Übergang in eine hoffentlich bessere Welt.

Bis zur letzten Sekunde zwang er sich, ein Auge offen zu halten. Das wusste die Kollegin aus der Nachtschicht, die Sonnleitner in dessen Sterbestunde die Hand gehalten hatte.

Jeder stirbt, wie er gelebt hat.

So lautete eine der unzähligen Einsichten, die Katharina oft gehört hatte. Und Sonnleitner hatte, so verrieten es die Informationen aus seiner Patientenakte, ausschweifend gelebt. Alkohol, Drogen und Sex hatten ihn durch sein Leben begleitet – bis zu seinem frühen Tod, der auf den Ausbruch von Aids zurückzuführen war. Oder besser gesagt: auf eine böse Lungenentzündung, die durch seine Immunschwäche verursacht worden war.

Katharina schalt sich selbst eine Närrin. Als ob ein ausschweifendes Leben, wie es Gustav geführt hatte, am Ende vom Schicksal bestraft werden musste! Sie schob die Plattitüde beiseite, und ersetzte sie durch eine eigene, ehrlichere Einsicht. Ihrer Meinung nach hatte Sonnleitner versucht, wenigstens ein Auge offen zu halten und sich an sein krankes Leben zu klammern, weil er für den Tod nicht bereit gewesen war. Er konnte nicht gehen, weil ihn irgendetwas bedrückte.

Die Hauswirtschafterin wusste, dass Todkranke, die noch offene Rechnungen mit dem Leben hatten, oftmals komplizierter starben.

Du warst einer von ihnen, dachte Katharina mitleidig. Vielleicht hatte Gustav auf den letzten Besuch eines ehemaligen Liebhabers am Sterbebett gewartet. Eines Liebhabers, den er auf dem übermütigen, dekadenten Zenit seines Lebens kaltblütig beiseitegestoßen hatte. Vielleicht auf eine warme Hand oder eine Aussprache. Vielleicht auf eine Versöhnung. Vielleicht, vielleicht, vielleicht.

Doch gekommen war niemand.

Bis jetzt.

Unten, in der Eingangshalle, wartete Sonnleitners aus Wien angereiste, herausgeputzte Schwester darauf, dass ihr Katharina die persönliche Habe des Toten übergab – um diese mitsamt der Leiche ihres Bruders verbrennen zu lassen. Es waren wenige Habseligkeiten: ein schäbiges Zigarettenetui, ein Paar braune Hauspantoffeln, ein Paar nussfarbene Straßenschuhe, ein grüner Pullover und Blue Jeans, des Weiteren eine fleckige Jacke, zwei saubere Schlafanzüge und ein schmales Fotoalbum.

Katharina packte alles in einen Karton, trug ihn zur Tür und wandte sich dem Toten ein letztes Mal zu. Dann flüsterte sie: »Ich schicke dir gleich jemanden, der für frische Luft sorgt. Und wünsche dir alles Gute, du lieber Kerl!«

Dann schloss sie die Tür zu Zimmer 6.

Nebenan, in Zimmer 5, hörte Professor Berthold Pellenhorn, dass der dünne Dietmar heftig nach Luft schnappte, als er Gustavs Raum betrat.

Rasch ging der Pfleger am Totenbett vorbei. Er scannte den Raum mit dem Blick eines an Sterbezimmer gewöhnten Profis, der Pfarrern, Imamen, Buddhisten und anderen Geistlichen bereits seit vier Jahren die Eingangstür öffnete oder Menschen im Endstadium aus Märchen- oder Philosophiebüchern vorlas und unzählige Tränen trocknete.

Er blickte den Leichnam an. Friedlich sah er aus, der Gustav. Seliger als zu Lebzeiten.

Seine Augen, die dem Tod so misstrauisch hatten ausweichen wollen, als könnten sie ihm entkommen, waren endlich geschlossen. Kollegen hatten Dietmar erzählt, dass sich der Verstorbene in seiner Todesnacht bis zur letzten Sekunde gezwungen hatte, krampfhaft ein Auge offen zu halten – bis ihn seine Kraft verlassen hatte. Daraufhin hatte er seinen letzten Satz geflüstert: »Muss es denn wirklich schon sein?« Die Nachtschicht hatte genickt und Gustavs Hand ergriffen. Sie ermunterte ihn, sich zu ergeben, und meistern zu können, was Milliarden von Menschen vor ihm geschafft hatten. Zu sterben.

Sterben. Für Dietmar war *Sterben* immer noch ein Rätsel. Obwohl er schon lange in Haus Holle arbeitete, und alle Facetten des Sterbens zu kennen glaubte, hatte es ihn zutiefst geschockt, als vor vier Monaten ein Kollege bei einem tragischen Verkehrsunfall ums Leben gekommen war.

Dietmar schloss die Fenster, entzündete Salbeiblüten in einer Räucherschale und atmete den Duft tief ein. Es war ein langjähriges Ritual in Haus Holle, dass ein Sterbezimmer mit geräuchertem Salbei gereinigt wurde. In alle vier Ecken mit guten Gedanken, dachte Dietmar, während er beinahe majestätisch durch das Zimmer schritt. Der rauchige Salbei vertrieb den Geruch von Gustavs letztem Kampf. Riecht wie eine dicke Tüte, schoss es Dietmar durch den Kopf. Und plötzlich freute er sich auf den Feierabend.

Dann stellte der Pfleger eine Schale mit frisch gemahlenen Kaffeebohnen auf. Das war die wirksamste Waffe gegen den Geruch offener Tumore. Dietmar ahnte, dass das dem nächsten *Gast* in Zimmer 6, einer älteren Dame, gefallen würde.

Mit einem Mal spürte er, dass er nicht mehr allein war. Dietmar wandte den Kopf, schaute zur Tür und erblickte Professor Berthold Pellenhorn. Seine Ehefrau hatte den beleibten Mann in seinem Rollstuhl bis vor das Zimmer des Toten geschoben. Er sah aus wie ein Buddha – mit fröhlich funkelnden Augen.

Sonnleitners Ex-Nachbar grinste schelmisch. Er öffnete den Mund, und aus seiner Kehle kamen drei Worte: »Kooomm jeeeman Neuuäs?«

»Ja«, entgegnete Dietmar. »Heute zieht eine neue Bewohnerin ein, Professor Pellenhorn. In wenigen Stunden haben Sie eine neue Nachbarin!«

Berthold Pellenhorn wiegte den Kopf hin und her. »Unnn Gutaaav?«

»Herr Sonnleitner wird gleich abgeholt«, antwortete Dietmar mit einem Seitenblick auf den Verstorbenen.

»Gutaaav waaa nuu kuuuzzz hiiie.« Für Professor Pellenhorn war das Aussprechen jeder Silbe ein Kampf gegen die eigene Zunge.

»Ja, Gustav hat leider nur sieben Tage bei uns gewohnt«, entgegnete Dietmar dem ALS-Kranken, dessen Zustand sich anfangs lediglich von Woche zu Woche, mittlerweile jedoch von Tag zu Tag verschlechterte. Wie der verstorbene Sonnleitner wartete auch Professor Pellenhorn auf den Tod.

ALS, diese aus drei Buchstaben bestehende Abkürzung für *Amyotrophe Lateralsklerose*, war eine grausame Krankheit, die den meisten daran Erkrankten jeden Lebensmut raubte.

Nicht jedoch Berthold Pellenhorn. Seit der Ex-Abgeordnete des Innenministeriums dem Ende entgegensteuerte, lebte er förmlich auf und setzte dem Sterben nur eins entgegen: unübertreffbaren Optimismus. Dabei wusste Professor Pellenhorn genau, dass der Tod bereits auf dem Weg war und ihn sehr bald einholen würde in seinem Rollstuhl, den seine gelähmten Hände längst nicht mehr zu lenken vermochten. Seine Muskeln verschwanden langsam, und zwischen seinem Hals und seinen Nackenwirbeln verklebten alle Nerven. Tränen jedoch flossen selten aus Pellenhorns Augen, und wenn doch, dann waren es Tränen der Freude. Sein unerschöpflicher Humor hatte es seiner Frau Barbara noch leichter gemacht, ihren Gatten in der schwierigsten Zeit ihrer langjährigen Ehe aus tiefstem Herzen zu lieben und ihm jeden Dienst zu erweisen – auch jetzt, da er seine Gedanken nur noch stoßweise äußern konnte.

Ja, Professor Pellenhorn war für alle, deren Lebensweg er gestreift hatte oder die ihn neu kennengelernt hatten, eine Quelle unendlicher Freude. Sogar am Ende seines Lebens und für die anderen Todkranken, die von den Mitarbeitern *Gäste* genannt wurden.

»Aaaallees Guuuute, Gutaaav«, kam es jetzt aus Bertholds Kehle.

Ohne Luft zu holen, und zu Dietmars Überraschung folgte im gleichen Atemzug die neugierige Frage: »Uuuun weee zzzieht jeeezz aaaain«?

»Ich würde es Ihnen gerne sagen«, antwortete der Krankenpfleger. »Doch den Namen Ihrer neuen Mitbewohnerin kenne ich selbst nicht. Es ist eine ältere Dame – Missie, Milli, oder so ähnlich …«

Minnie holte tief Luft, bevor sie Zimmer 6 zum ersten Mal betrat.

Ein Hauch von Dietmars Salbeiblättern, vermischt mit dem Duft frischen Kaffees, drang ihr in die Nase. Wie gut es hier roch! Die erste Anspannung fiel von ihr ab, und ihre Mundwinkel lockerten sich. Beides geschah nicht grundlos. Denn mitten in jenem Zimmer, vor dem sie sich so gefürchtet hatte, erblickte die alte Dame einen alten Vertrauten – ihren heimischen Fernsehsessel.

Sie hatte ein neues Zuhause! Nie wieder würde sie eine Klinik von innen sehen! Das war vorbei! Doch bereits der nächste Gedanke löste einen Schock bei ihr aus: Mein neues Heim ist die absolute Endstation. In diesem Bett werde ich sterben. Danach lande ich im Sarg. Wenn ich erst mal in dem drin bin, geht es ab in die Kapelle. Bei meiner Trauerfeier werden die

Lebenden ein *Ave Maria* hören, während ich – getrennt von ihnen – neben dem Altar aufgebahrt sein werde. Nach meiner Beerdigung flüchten alle ins Warme zurück – zu Kaffee und Kuchen, und fort von dem Dezemberfrost.

Zugegeben, heute war erst der 1. November, doch dass sie noch bis Weihnachten oder sogar länger leben würde, davon war Minnie fest überzeugt. Auch und obwohl sie in einem Sterbehospiz gelandet war.

Sie fuhr sich über die weißen Locken und versuchte den Schock abzuschütteln. *Sie* würde hier nicht sterben. Schließlich stand hier ihr Fernsehsessel, schließlich hingen hier ihre Vorhänge, schließlich atmete sie – und schließlich wollte sie weiterleben.

Kämpferisch ballte die alte Dame ihre Hand zu einer Faust und erinnerte sich an die Worte ihres Hausarztes Dr. Vier: Haus Holle war nicht die Endstation, sondern die vorletzte Etappe. Ein Haus zum Erholen, ein Haus zum Auftmen, ein Haus zum Leben, *bevor* der Tod kam.

Eins jedoch wusste selbst Dr. Vier nicht. Dieses *Eine* flüsterte ihr eine hoffnungsvolle, innere Stimme zu. Sie war beständig und treu und sie sagte: *Du wirst vielleicht wieder gesund, Minnie. Du kannst es schaffen. Du hast eine Chance!*

Sie litt unter Vaginalkrebs im Endstadium. Der Krebs hatte bereits gestreut. Außerdem gab es Metastasen in der Lunge, der Blase und wo auch immer.

Sei's drum.

»Sie werden staunen, was in Haus Holle möglich ist«, hatte Dr. Vier ihr gesagt. »Nutzen Sie die Chance, bitte.«

So weit, so schlecht: Sie war hier, weil die Ärzte sie aufgegeben hatten. Ob sie sich aber selbst aufgeben würde – das stand auf einem anderen Blatt. Ins Hospiz gegangen zu sein war eine Sache für sich. Aber hier auch sterben zu müssen? Minnie konnte sich das nicht vorstellen. Schließlich fühlte sie sich gut. »Den Zweiten Weltkrieg habe ich schließlich auch überlebt«, sprach sie sich selbst Mut zu, »und das war beileibe Glück gewesen.«

Minnie stellte ihre Handtasche auf das weiß bezogene Bett und legte dann ihr uraltes Stofftier auf das Kopfkissen. Jumbo hatte sie durch alle Höhen und Tiefen eines langen, erfüllten Lebens begleitet. Er sah aus wie immer. Der graue Elefant lag halb auf der Seite, den Rüssel um seinen Hals gerollt, die Augen geschlossen, und sanft schlafend. Ihm war es immer egal gewesen, wohin er mit Minnie reiste.

Warum auch nicht?

Sie sah sich in Zimmer 6 um und bewunderte die Annehmlichkeiten: ein Telefon mit einer persönlichen Durchwahl, ein mit einem Spiegel verzierter Holzschrank, ein moderner LCD-Flachbildfernseher – und sogar eine Musikanlage. Doch das war längst nicht alles. Auf dem einzigen Tisch im Zimmer wartete ein selbst gebackener Willkommenskuchen auf sie. Er hatte die Form eines Teddys mit ausgestreckten Schokoladenarmen. Außerdem gab es ein riesengroßes Sprossenfenster vor einem Mini-Balkon, von dem aus man auf eine einladende Holzbank unter einer kahlen Kastanie blickte – sowie auf die Rollstuhlrampe vor Haus Holle.

Gerade wurde ein Buddha in einer geringelten Winterjacke Richtung Eingangstür geschoben. Minnie erkannte auf den ersten Blick, dass es derselbe gelähmte Herr war, der sie nach dem Aussteigen aus dem Taxi mit einem kehligen »Guuuteeen Taaag!« begrüßt hatte. Ein Buddha, den man mögen musste. Ein Buddha, dessen geschwollene Füße in Gummipantoffeln steckten.

Minnie blickte an sich selbst herunter. Sie trug das gleiche Schuhwerk wie der Gelähmte im Rollstuhl. »Da habe ich ja schon einen Bruder im Geiste getroffen«, murmelte sie leise und betrachtete sich im Spiegel. Eine betagte Frau schaute sie an, ein Wesen, so knittrig im Gesicht wie die uralte Morla aus Michael Endes Kinderbuch *Die unendliche Geschichte*. Eine wirklich alte Frau mit schütterem Haar – und Locken, die von unerbittlichen Geheimratsecken nach hinten gezogen wurden.

»Weiß«, flüsterte sie, »alles an mir ist weiß wie die Wolken über dem Mount Everest.« Tränen liefen aus ihren blassblauen Augen. Nein, es war nicht leicht, hierherzukommen. Sie war völlig auf sich allein gestellt. Jumbo war ihr keine Hilfe. Dass sie hier gelandet war, war ein böser Albtraum. Es konnte nicht wahr sein. Nicht wahrrrr, nicht wahrrrrrrrr, nicht waaaahrrrrrrrr …

Ihre erst im letzten Jahr knochig gewordene Hand griff nach der schimmernden Perlenkette, die ihre glänzende Satinbluse zierte, und hielt sich kurz daran fest, während ihre Augen die alte weiße Frau im Spiegel unter einem wütenden Tränenschleier musterten.

Alles in ihr zog sich zusammen. Sie legte die Stirn in Falten. Doch, es war *wahr*: Sie war hier – in einem *Sterbehospiz*!

Fassungslos sah sie die alte Kreatur im Spiegel an, die sie selbst war. »Du sollst hier sterben!« Das Echo des Gedankens hallte durch ihren Kopf, und die Zeit schien stillzustehen.

Bis sie etwas erblickte, was ihr neue Hoffnung schenkte: Der Farbton ihrer Hose war nicht weiß. »Immerhin fast beige«, murmelte Minnie vor sich hin und schüttelte den Wahnsinn ab. Nun denn, sie musste den Gedanken akzeptieren, in Haus Holle gelandet zu sein. Vorerst. Mal sehen, wie das Leben hier war.

Minnie roch den Duft frischen Kaffees. Ob jemand kommen würde, um sie abzuholen?

Der Einzug

Egal, ob es sich um ein Urlaubshotel, um die neuen vier Wände eines Freundes oder um eine Berghütte für einen Wochenendtrip handelt – wenn man ein Haus zum ersten Mal betritt, will man es zunächst komplett besichtigen. Besonders wenn es sich bei dem Haus um ein Hospiz handelt und man selbst in dieses Haus einzieht. Und vor allem wenn man Angst hat vor dem Haus und sich sein neues Heim düster und dunkel vorstellt.

Das Taxi, das Minnie abgeholt hatte, war am Morgen des 1. November vor Haus Holle vorgefahren. Ein gut aussehender, spanischer Fahrer, kaum älter als ihr jüngster Enkel, hatte vor der Universitätsklinik Eppendorf auf die alte Dame gewartet.

Minnies Bettnachbarin winkte ihr zum Abschied zu und rief: »Ich werde Sie besuchen, sobald ich hier raus bin!«

Die Taxifahrt ins Zentrum dauerte nur zehn Minuten. Der Fahrer bog rechts ins Vergnügungsviertel ein.

»Wilde Lage«, meinte der junge Spanier, drückte ein paar Knöpfe am Autoradio, und reduzierte die lebenslustigen Merengue-Melodien um einige Dezibel. »Wohnen Sie hier?«

»Demnächst ja«, entgegnete Minnie.

Prüfend warf der Taxifahrer einen Blick auf den Adresszettel, der ihm an der Krankenhauspforte in die Hand gedrückt worden war. »Haus Holle? Kenne ich gar nicht ... Ein Heim für Senioren?«

»Nicht nur«, antwortete Minnie. »Aber erzählen Sie mir lieber ein bisschen von diesem verrückten Viertel. Findet hier gerade ein Jahrmarkt statt?«

»Sogar mehrmals im Jahr«, entgegnete der junge Mann.

Als Nächstes folgte eine Rechtskurve um den City-Park, und plötzlich war Minnie mitten im Hamburger *Bling-Bling-Land* St. Pauli, auf einer langen, geraden Straße, die rechts und links von billigen Spielkasinos, einem Panoptikum, Imbissbuden, Sexshops, Erotikläden, Strip-Lokalen und der S-Bahn-Haltestelle »Reeperbahn« flankiert wurde.

»Huch«, machte sie staunend und hielt sich die Hand vor den Mund.

»Da staunen Sie, was?«, sagte der Spanier und deutete aus dem linken Fenster. »Dort gibt es jede Menge Restaurants – und ein gutes Tanzlokal.« Er zwinkerte ihr im Rückspiegel zu.

»Mist«, rief er plötzlich, »ich habe die Einfahrt verpasst. Wir müssen einen U-Turn machen.«

Minnie freute sich über die Verzögerung. Auf der Reeperbahn gab es so viel zu sehen. Links die berühmte Davidwache, daneben spazierten viele leichte Mädchen mit dicken Jacken und dünnen Schuhen umher.

»Nutten am helllichten Tag«, sagte der Taxifahrer und runzelte die Stirn. »Die stellen sich in Madrid nicht so zur Schau!«

Minnie schaute weiter aus dem Fenster. Rechts folgten ein McDonald's-Restaurant, mehrere grelle Boutiquen und ein Waffengeschäft, in dem Elektroschocker und Schlagstöcke verkauft wurden.

»Dort kriegen Sie richtige Wummen«, flüsterte der Spanier verschwörerisch. Er bog scharf nach links ab und kommentierte seinen U-Turn: »So, jetzt sind wir auf der Zielgeraden. Sehen Sie nur. Da vorne ist Haus Holle ja schon!«

Sie steuerten auf ein rosafarbenes, dreigeschossiges Jugendstilhaus vor einer Ponywiese zu – jenseits und doch inmitten des Rummels.

»Sieht ruhig aus«, kommentierte der Spanier. Interessiert musterte er Haus Holle und verriet Minnie, dass ihm das Hospiz in den Jahren seiner Tätigkeit als *Kutscher* noch nie aufgefallen war. »Was geht dort eigentlich ab?«

Minnie räusperte sich dezent und fragte: »Macht wie viel?«

Der Taxifahrer kassierte achtzehn Euro, und Minnie bat ihn um die Quittung.

»Wohl für die Krankenkasse, was?«

Sie nickte.

»Hören Sie, Lady«, sagte der Spanier. Erstmals blickte er sie direkt an, und die alte Dame sah in glühend schwarze Augen. »Mein Name ist Daniel – und das hier ist meine Karte. Falls ich Sie nachher wieder abholen soll …«

»Das ist sehr freundlich«, erwiderte Minnie. »Aber nicht nötig. Ich werde erst mal hierbleiben.«

»Dann vielleicht, wenn ich Sie durch St. Pauli kutschieren soll«, bot Daniel an.

Lächelnd nahm sie seine Visitenkarte und verstaute sie in ihrer Tasche.

»Das letzte Stück müssen Sie leider selbst zurücklegen«, erklärte der Spanier mit einem kritischen Blick auf einen Golf, der im Halteverbot vor einem Poller parkte und den Weg zum Haus versperrte. »Sonst hätte ich Sie gerne bis zur Rampe vorgefahren! Aber Sie haben ja kaum Gepäck.«

Die alte Dame stieg aus, der Spanier setzte zurück – und schon war Minnie allein.

Allein mit Haus Holle.

Jetzt fehlten nur noch sieben Meter.

Langsam setzte Minnie einen Fuß vor den anderen.

Sechs Meter.

Vor dem Haus stand ein Rollstuhl mit einem Buddha, der sie freundlich begrüßte.

Was sie wohl erwarten würde?

Fünf – vier – drei – zwei … Noch ein Schritt, und es würde vollbracht sein.

Minnie blickte hoch.

Haus Holle sah freundlich aus.

Das war es also – rosafarben angemalt und kein bisschen düster.

Im Krankenhaus hatten ihr Dr. Vier, Minnies langjähriger Hausarzt, und der Psychologe von Haus Holle, Dr. Andreas Albers, erstmals von dem Sterbehaus am Rande der Amüsiermeile erzählt. Das war kurz nach der verheerenden Diagnose gewesen, dass sie Vaginalkrebs im Endstadium hatte.

»Zu uns kommen Menschen wie Sie, Minnie«, hatte Dr. Albers gesagt. »Menschen, deren Lebenserwartung überschaubar ist. Menschen, die wir als *Gäste* aufnehmen.«

»Es ist das Richtige für Sie, Minnie«, hatte ihr Hausarzt hinzugefügt.

Dann hatten alle drei geschwiegen. Bis Minnie die Stille brach.

»Warum?«, hatte Minnie gefragt.

Ohne einen Blick in die Patientenakte zu werfen, hatte Dr. Albers zu einer Erklärung ausholen wollen, aber Dr. Vier war ihm zuvorgekommen.

»Sie leiden an einem sogenannten Urothel-Karzinom, das die Bedrohung eines Vaginalausbruchs in sich birgt.« Die Worte schwebten im Raum. Und es folgten sogleich neue, diesmal von Dr. Albers.

»Jetzt fragen Sie sich bestimmt, was ein Urothel-Karzinom ist, nicht wahr?«

Minnie hatte genickt.

»Ein Urothel wird auch Übergangsepithel genannt. Es ist ein Sammelbegriff für Ihr Nierenbecken, Ihren Harnleiter, Ihre Harnblase und obere Harnröhre.«

»Habe ich Krebs?«, fragte Minnie.

»Ja«, antwortete Dr. Albers.

»Aber er ist heilbar, oder?«

»Leider nicht«, sagte der Psychologe, und sah der alten Dame fest in die Augen. »Doch das ist leider noch nicht alles. Ihr Tumor ist nicht operabel, weil er fest verwachsen mit Ihrem Deckgewebe ist. Außerdem ist er bereits sehr groß geworden – und hat Metastasen gebildet, zum Beispiel in Ihrer Lunge.«

»Blute ich deshalb manchmal *unten*?«, wollte Minnie wissen.

»Ja«, bestätigte Dr. Albers. »Ihr Tumor kann jederzeit aufbrechen, und Ihre Vagina zerstören. Es besteht die Gefahr, dass Sie einen Blutsturz erleiden.«

»Wie schlimm steht es um mich?«, fragte Minnie Dr. Vier.

»Uns sind die Hände gebunden. Sie können diesen Krebs nicht besiegen«, gab Dr. Albers mit klarer, warmer Stimme zurück.

»Und was bedeutet das konkret?« Minnies Stimme klang seltsam fremd.

»Sie werden bald sterben.«

Die hässlichen Worte waren durch den Raum gehallt. Minnies Bettnachbarin hatte nur kurz aufgesehen, und dann mit der Zeitung geraschelt.

»Wie bald ist bald?«, hakte Minnie nach.

»Mit Prognosen bin ich vorsichtig«, erwiderte Dr. Albers. »Wenn ich Ihnen sagen würde, dass Sie noch drei Wochen leben, würden Sie die Tage zählen. Vielleicht leben Sie viel länger. Eine Vorhersage kann sich fatal auswirken. Ich möchte nicht, dass Sie sich aufgeben.«

»Wird es unten wieder so schmerzen?«

Dr. Albers lächelte. »Nein – das kann ich Ihnen versprechen. Inzwischen ist die Palliativmedizin, darunter ist eine spezielle Form der ärztlichen Heilkunst zu verstehen, sehr weit fortgeschritten. Ich arbeite in einem Haus, in dem unheilbar kranke Menschen, deren Lebenserwartung begrenzt ist, optimal behandelt werden. Inklusive ganz viel Zuwendung und Liebe.«

»Was werden Sie mit mir machen?« Die Frage brannte auf Minnies Lippen.

Daraufhin holte Dr. Albers zu einer längeren Erklärung aus, die ihm längst in Fleisch und Blut übergegangen war, weil er sie Woche für Woche wiederholen musste. Er sagte sie jungen und alten Menschen, Armen und Reichen, Frauen und Männern, Maurern und Managern, Skins und Schwulen. Dabei war er jedes Mal einfühlsam. Bislang hatte jeder der Menschen, denen er die Diagnose *Allgemeinzustand sterblich* überbringen musste, seine Worte aufgesogen und an seinen Lippen gehangen.

»Haus Holle ist ein Hamburger Hospiz mit zwölf Zimmern – benannt nach der Millionärin Helga Holle. Diese vermögende Dame hat 1992 eine Stiftung ins Leben gerufen. Zuvor war ihre Tochter Bettina an Aids gestorben. Nach dieser Erfahrung wollte Helga Holle einen Ort gründen, an dem Todkranke ihre letzten Lebenswochen ohne Schmerzen und ohne Sorgen verbringen können. Doch dafür musste sie mächtig kämpfen – vor allem gegen die Bewohner des Herrenhauses am Anfang des Weges: Dort lebt die mächtige Familie Zacharias, der eine große nationale Tageszeitung gehört. Der Zacharias-Clan hat in den Neunzigerjahren mit allen Mitteln gegen ein Hospiz in seiner unmittelbaren Nachbarschaft gekämpft – weil er nicht mit dem Tod konfrontiert werden möchte. Doch Helga Holle setzte sich gerichtlich durch. Seither leben die Gäste in ihrem Hospiz wie in einem sehr guten Hotel und gepflegt von Ärzten, die sich auf die Anwendung der besten schmerzlindernden Medikamente verstehen – Mittel wie Morphium, die es bei uns in verschiedenen Verabreichungsformen gibt. Zum Beispiel als Lutscher, Spritzen, Tabletten, Pflaster oder Pumpen.«

»Heißt das, ich kann in Haus Holle geheilt werden?«

»Leider nicht«, antwortete der Psychologe. »In Haus Holle werden Ihnen unsere Palliativärzte mit passenden Medikamenten helfen. Oft kommt es vor, dass unsere Gäste anschließend wieder aufblühen – und manchmal ist es sogar so, dass sie damit dann ohne Leiden sterben können. Wie sich die

Arzneien konkret auswirken, hängt davon ab, wie weit die Krankheit fortgeschritten ist. Bei Ihnen sehe ich gute Chancen für ein schönes Leben bis zuletzt, Minnie!«

»Kann ich anschließend wieder nach Hause?«

»Das muss ich leider verneinen«, erklärte Dr. Albers. »Die Gefahr, dass Sie zu Hause einen Blutsturz aus der Vagina erleiden, können wir nicht ausschließen.«

In diesem Moment verstand Minnie die Botschaft. Sie würde nie mehr heimkehren. »Aber meine Wohnung …«, flüsterte sie benommen.

»Niemand wird Sie daran hindern, nach Hause zurückzukehren«, sagte Dr. Albers freundlich. »Aber ich empfehle Ihnen, es nicht zu tun. Momentan ist die Warteliste kurz für einen Platz in Haus Holle. Für Sie ist das ein Glück im Unglück.«

»Welche Warteliste?«, fragte Minnie.

Der Psychologe antwortete mit einer Gegenfrage. »Haben Sie eine Vorstellung, wie viele Menschen jährlich in Deutschland sterben?«

Minnie überlegte. Sie wusste ja nicht einmal die Bevölkerungszahl. Doch Dr. Albers klärte sie darüber auf, dass von rund 800.000 Sterbenden pro Jahr nur 26.000 einen Hospizplatz erhielten. Der Grund, so der Psychologe, sei, dass ein Platz in einem Hospiz fast siebentausend Euro im Monat koste: »Das ist doppelt so viel wie die monatlichen Kosten in einem Pflegeheim. Außerdem gibt es nicht genügend Hospize für alle Todkranken. In ganz Baden-Württemberg etwa gibt es kein einziges Hospiz für Kinder! Deshalb nimmt Haus Holle nur dann Todkranke auf, wenn gerade ein Platz frei geworden ist oder sich abzeichnet, dass bald ein Zimmer bei uns frei wird.«

Minnie schluckte. »7000 Euro im Monat? Das kann ich mir niemals leisten. Und warum … Warum bekomme ausgerechnet ich einen Platz?«

»Bei den Wartelisten achten wir darauf«, antwortete Dr. Albers, »dass die Gesamtsituation im Hospiz ausgewogen bleibt. Am besten lässt sich das an einem einfachen Beispiel erklären.

Wenn sich zwei Menschen mit begrenzter Lebenserwartung, die nach dem deutschen Sozialgesetz beide einen Anspruch auf einen Hospizplatz haben, bei uns bewerben, wir aber nur ein Zimmer frei haben, schauen wir, wer von ihnen das Zimmer am dringendsten braucht. Ist das bei zwei Patienten der Fall, wählen wir denjenigen aus, dem es noch besser geht – oder umgekehrt. Dadurch entsteht ein Klima aus sogenannten mobilen und eher bettlägerigen Gästen. Außerdem werden Aids-Patienten schneller aufgenommen als Krebskranke oder Menschen mit anderen, seltenen Leiden. Es war ja ursprünglich die Intention von Helga Holle, Aids-Kranken vorrangig zu helfen.«

Fragend sah Minnie ihn an.

»Helga Holle hat das Hospiz 1992 gegründet. Damals starben noch viele Menschen an Aids. Drei Jahre später wurden endlich wirksame Medikamente gegen diese Krankheit gefunden. Diese Medikamente schenkten todkranken HIV-Patienten neue Hoffnung. Heute haben die meisten HIV-Patienten eine normale Lebenserwartung. Deshalb nehmen wir inzwischen hauptsächlich Krebskranke auf – Menschen wie Sie.«

Er legte seine Hand auf Minnies. »Nun zu den Kosten … Seit dem 23. Juli 2009 sind unheilbar Kranke bundesweit von der Eigenbeteiligung befreit. Das Hospiz finanziert sich durch Zahlungen der Kranken- und Pflegekassen sowie durch Spenden. Das Gros der Gäste lebt zwanzig Tage bei uns.«

»Heißt das, ich lebe nur noch vier Wochen?«, fragte Minnie. Ihre Augen füllten sich mit Tränen.

»Das ist nicht auszuschließen«, erwiderte Dr. Albers aufrichtig. »Im Durchschnitt ist das so. Aber manche Gäste bleiben auch ein Jahr bei uns.«

»Wer zahlt dann?«

»Wir nehmen jeden Menschen auf – egal, ob er obdachlos ist oder Millionen auf dem Konto hat«, erklärte der Psychologe. »Und wir veranstalten viele karitative Aktionen, damit Geld in unsere Kasse kommt. Rund dreißig Prozent unserer

Ausgaben werden nicht von den Kranken- und den Pflegekassen übernommen.«

Die alte Dame sah Dr. Albers kläglich an. »Das sind so viele Informationen. Warum ist ein Hospizplatz so unglaublich teuer?«

»Ein Platz bei uns geht weit über die Tageskosten eines Altenheims hinaus, denn unsere Bewohner benötigen intensive, professionelle Pflege – beispielsweise für die Versorgung von Wunden und die Linderung von Schmerzen.

Außerdem müssen wir eine Hauswirtschafterin, einen Psychologen und einen Koch bezahlen. Gleichzeitig sind die hohen Kosten aber auch vorteilhaft für unsere Gäste. Erstens wird das Leben unserer Gäste um bis zu drei Monate verlängert. Zweitens können unsere Gäste wieder leben wie vorher, weil sie absolut schmerzfrei sind. Und drittens schaffen wir ein sorgenfreies Umfeld. Wir bieten eine Lebensqualität, die viel höher ist als die in einer Klinik oder zu Hause.«

Fragend blickte Minnie den Psychologen an. »Was bedeutet das konkret, Herr Doktor?«

»Bei uns ist fast alles erlaubt! Ein Beispiel dafür ist die Zimmereinrichtung. Jeder Gast darf mitbringen, was er möchte – vom Sofa bis zum Bücherregal. Nur das Hospizbett muss wegen der medizinischen Vorteile benutzt werden. Außerdem wird täglich Wunschkost gekocht. In Haus Holle gibt es weder feste Besuchszeiten noch sonstige Anwesenheitspflichten. Sogar Rauchen und Alkohol sind erlaubt. Kleinere Haustiere können Sie auch mitbringen – zum Beispiel einen Wellensittich. Doch ich warne Sie vor: In Haus Holle leben eine Katze und ein Kater, die unsere Gäste manchmal besuchen. Sie könnten Ihren Vogel vernaschen.«

»Und wenn ich keine Katzen mag?«

»In diesem Fall schließen Sie einfach Ihre Zimmertür«, sagte Dr. Albers lächelnd. »Aber unserem Kater Nepomuk kann fast kein Gast widerstehen. Er ist ein kleiner Schmeichler mit einem großen Herzen. Wäre er ein Mensch, würde er jedem den Hof machen.«

»Und wo ist der Haken?«

»Es gibt keinen«, sagte Dr. Albers mit fester Stimme.

Die alte Dame schaute ihn an. »Wirklich nicht?«

»Wirklich nicht. Bei uns trägt niemand weiße Kittel. In Haus Holle leben die Menschen wie in einer großen, glücklichen Familie. Ihre Angehörigen und Freunde können Sie jederzeit besuchen. Möchte einer Ihrer Angehörigen bei Ihnen bleiben, dann stellen wir umgehend ein zweites Bett ins Zimmer.«

»Meine Tochter Ute lebt in Paris«, antwortete Minnie. »Sie weiß nichts von meiner Krankheit. Das soll auch so bleiben. Sie würde sich nur unnötig sorgen. Vielleicht werde ich ja wieder gesund.«

»Das ist nie auszuschließen«, stimmte Dr. Albers ihr zu. »Aber Sie haben noch eine zweite Tochter, stimmt's?«

»Ja. Aber die darf auch nichts wissen. Clara ist mit einem Engländer verheiratet. Sie lebt in Birmingham und hat acht Kinder!«

Dr. Albers lächelte. »Sie sind also eine achtfache Großmutter?«

»Zwölffache sogar. Ute hat vier Kinder. Und ich habe schon sieben Urenkel.«

»Das freut mich für Sie.« In Dr. Albers' Augen spiegelte sich ehrliche Anteilnahme.

Minnies Hausarzt sah auf die Uhr. »Und? Wie haben Sie sich entschieden?«

»Hab ich denn eine Wahl?«

»Natürlich«, beruhigte sie Dr. Albers. »Wir entlassen Sie jetzt aus der Klinik. Hier können die Ärzte nichts mehr für Sie tun. Möchten Sie gerne nach Hause fahren oder lieber zu uns kommen?«

»Aus ärztlicher Sicht empfehle ich Ihnen dringend, den Hospizplatz anzunehmen«, sagte Dr. Vier. »Wenn Sie alleine zu Hause bleiben und nachts einen Blutsturz erleiden, kann Ihnen kein Anwesender helfen.«

»Heißt das, im Hospiz wird mir geholfen, wenn so etwas passiert?«

»Natürlich sind wir stets bei Ihnen! Aber wir leiten keine lebensrettenden Maßnahmen ein, wie es im Krankenhaus der Fall wäre. Bei uns würden Sie sorglos und schmerzfrei leben, bis Ihr Tod irgendwann eintritt. Jedoch bekommen Sie keine Bluttransfusionen mehr, die Ihr Leben verlängern. Sie werden nicht mehr geröntgt, es gibt keine Spritzen mehr, und wir rufen keinen Notarzt. Sie werden konstant Blut verlieren«, erklärte Dr. Albers ehrlich.

»Bin ich deshalb so unglaublich weiß? Heißt das, ich würde dann sterben?«

»Ja und nein«, sagte Dr. Albers. »Wenn Sie im Falle eines Blutsturzes unbedingt in eine Klinik gebracht werden wollen und noch eine Bluttransfusion erhalten möchten, erfüllen wir diesen Wunsch natürlich und rufen einen Krankenwagen.«

»Das klingt sehr gut«, erwiderte Minnie. »Ich glaube fast, dass ich aufatmen kann – oder?«

»Das können Sie«, versprach der Psychologe. »Sie können uns vertrauen und absolut sorglos leben. Wir unterstützen Sie dabei, nicht mehr an Morgen und Übermorgen zu denken. Was zählt, ist der Augenblick. Jeder Moment soll so schön sein wie möglich. Sobald Sie schmerzfrei sind, können Sie wieder Ausflüge machen. Und essen, wonach Ihr Herz verlangt. Außerdem werden Sie bei uns viele sympathische Menschen kennenlernen. In Haus Holle leben immer zwölf Gäste.«

»Und warum habe ich noch nie etwas von dieser Einrichtung gehört?«, fragte Minnie fassungslos.

»Weil die Menschen den Tod fürchten. Sie möchten ihn ausklammern. Außerdem verdrängen sie, dass er zum Leben gehört wie die Geburt. Unter Schmerzen zu sterben – das gab es nur früher, Minnie.«

»Ich habe große Angst vor Schmerzen«, gestand die alte Dame.

»So geht es fast allen! Aber wir haben heute exzellente Methoden, um körperliches Leiden fast immer so stark zu lindern, wie Sie es wollen. Und wenn nichts mehr geht, können wir Sie auch leicht in den Tod hineinschlafen lassen. Außerdem kümmern wir uns hier auch besonders um die seelischen Leiden. Das ist einer der wichtigsten Pfeiler der ganzen Palliativversorgung.«

»Leisten Sie etwa Sterbehilfe?«

»Das würden wir niemals tun«, erwiderte Dr. Albers. »Für uns ist das Sterben ein natürlicher Prozess. Wir lindern Schmerzen – aber wir töten keine Menschen.«

»Das heißt, Sie bringen keinen um die Ecke?«

Dr. Albers' Augen fixierten die alte Dame eindringlich. »Genau. Keiner der hundert bis hundertzwanzig Menschen, die jährlich bei uns sterben, wurde von uns beim Suizid unterstützt oder umgebracht.«

»Will sich keiner töten vor Angst?«

»Manche Gäste kommen mit dem Vorsatz«, war der Psychologe ehrlich. »Aber am Ende lagen immer noch alle Tabletten im Nachtschrank. Unsere Gäste haben verstanden, dass sie nicht zu diesem Ausweg greifen müssen. Weil es ihnen gut geht.«

Minnie atmete tief ein. »Dann nehme ich das Zimmer. Vorausgesetzt, dass es hell und freundlich ist.«

»Das verspreche ich Ihnen.«

»Und ich möchte meinen Fernsehsessel mitbringen – und meine Vorhänge!«

»Wir lassen beides abholen.«

»Mögen Sie zum *Du* übergehen?«

»Natürlich«, hatte Dr. Albers geantwortet. »Ich heiße Andreas.«

Er hatte Minnie die Hand gereicht.

»Warum erzählst du nicht mehr Menschen von dieser Einrichtung? Warum wird nicht mehr darüber geredet?« Gespannt hatte Minnie auf Andreas' Antwort gewartet.

Dr. Albers hatte gelächelt. »Eins musst du verstehen, Minnie. Die Menschen da draußen, all die vermeintlich Gesunden, möchten den Gedanken an den Tod verdrängen. Bis sie sich mit ihm beschäftigen müssen.«

Zwölf Gäste

»Herzlichen Glückwunsch zum Geburtstag!«

Minnie musterte ihr Gegenüber. Dr. Andreas Albers war genau zum richtigen Zeitpunkt gekommen. Gerade hatte sich Minnie entschlossen, Haus Holle im Alleingang zu besichtigen. Der Blick des circa 60-jährigen Psychologen strahlte große Herzlichkeit aus. Er war verbindlich, jedoch nicht distanzlos. Außerdem trug er keinen weißen Kittel wie die Ärzte in der Krebsklinik, sondern einen hellblauen Kaschmirpulli und Jeans.

»Was für ein Zufall, dass du heute Geburtstag hast«, sagte Dr. Albers. »Weißt du, dass wir seit Wochen ein Klavierkonzert vorbereiten, das ab zwanzig Uhr im Grünen Saal stattfindet? Außerdem wird die griechische Sängerin Nana Mouskouri kommen und ihre schönsten Lieder singen.«

Diese Nachricht hellte Minnies Stimmung schlagartig auf. Sie liebte Klaviermusik. Weil sie glaubte, dass sich hinter jedem Zufall ein tieferer Sinn verbarg, der sich nicht auf den ersten Blick erschloss, hinterfragte sie das Zusammentreffen des Klavierkonzerts mit ihrem 84. Geburtstag nicht. Zufälle hatte sie zeitlebens als eine Fügung interpretiert.

»Normalerweise würde dich jetzt erst einmal unser Schmerztherapeut Dr. Coppelius aufsuchen. Ich habe ihm deinen sogenannten Überleitungsbogen bereits gefaxt. Seiner Meinung nach bist du heute Vormittag in der Klinik bereits optimal eingestellt worden. Die Schmerzmedikamente wirken noch ein paar Stunden. Das weitere Prozedere wird Dr. Coppelius aber trotzdem umgehend mit dir besprechen, sobald er im Haus ist.«

Der Psychologe hakte sich bei Minnie ein. »Jetzt ist gerade Kaffeezeit. Kostja, unser Koch, hat eine hervorragende Himbeersahnetorte gebacken. Willst du mitkommen und die anderen Gäste kennenlernen? Der Großteil sitzt schon unten im Esszimmer.«

Minnie nickte. Sie war gespannt und aufgeregt. »Vor allem möchte ich das Haus sehen, weil ich dann besser einschätzen kann, ob ich mich hier wirklich wohlfühle!«

Andreas blinzelte. »Das kann ich sehr gut verstehen. Eigene Eindrücke sagen immer mehr als Worte. Ich begleite dich.«

Andreas verstand genau, was sie brauchte, um sich gut zu fühlen. Dieser Vertrauensvorschuss war in den zwei Tagen nach seinem Klinikbesuch noch größer, ja geradezu unerschütterlich geworden. Selten zuvor hatte Minnie einem anderen Menschen so schnell ihre Zuneigung geschenkt. Natürlich hatte sie sich auch bei Dr. Vier stets gut aufgehoben gefühlt. Ihr langjähriger Hausarzt hatte sich immer viel Zeit für sie genommen – aber man merkte eben, dass er sie sich *nahm*. Bei Andreas war das anders. Das Verstreichen der Zeit schien unwichtig zu sein für den Psychologen.

Gemeinsam gingen die beiden aus Minnies Zimmer, das am Ende eines langen Ganges lag. Erst jetzt bemerkte Minnie, dass in einer Nische vor ihrer Tür ein kleines Sofa stand. Von hier aus konnte man den ganzen ersten Stock überblicken, ohne selbst gesehen zu werden.

Es gab noch fünf weitere Zimmer – drei auf der linken, zwei auf der rechten Flurseite. Und einen Lift am Ende. Neugierig warf Minnie einen Blick auf das Namensschild des Nachbarzimmers.

»In Zimmer fünf wohnt Professor Pellenhorn«, verriet ihr der Psychologe. »Du bist ihm bereits begegnet. Er sitzt im Rollstuhl. Mich erinnert er immer an einen glücklichen Buddha.«

Minnie betrachtete die anderen Türschilder. Zimmer 4 bewohnte *Bella Schiffer*, zur rechten lag Zimmer 1 von *Klärchen Krause*. »Wohnen hier hauptsächlich Frauen?«, fragte sie erstaunt.

»Keineswegs«, antwortete der Psychologe. »Am linken Ende dieses Ganges, in Zimmer 3, hat sich ein älterer Herr namens *Adolf Montrésor* eingerichtet. Ihm gegenüber wohnen *Herr und Frau Knopinski*. Das Ehepaar aus Zimmer 2 ist wirklich schon steinalt.«

»Wer von den beiden ist krank?«, wollte Minnie wissen.

»Frau Knopinski«, sagte Andreas.

Die alte Dame und der Psychologe gingen zur Mitte des Ganges. »Jetzt hast du die Qual der Wahl«, sagte Andreas. »Wenn du ins Erdgeschoss möchtest, kannst du entweder mit dem Lift fahren oder diese Treppe benutzen.«

Minnie musterte die Stufen. Zwischen dem Zimmer von Frau Krause und dem Zimmer der alten Knopinskis führten flache Steinstufen nach unten – gesäumt von einem schmiedeeisernen Geländer.

»Lift oder laufen?«, fragte Andreas.

»Laufen!«, entschied Minnie.

Sie zählte die Stufen bis unten. Nach der fünfzehnten erreichten die beiden eine Zwischenebene, und genauso viele führten sie ins Erdgeschoss. Am Fuß der untersten Stufe angekommen, bot sich Minnie ein perfekter Blick auf die Eingangstür von Haus Holle. Freundlich nickte sie der Dame an der Rezeption zu und musterte einen jüngeren Mann, der in einen Agatha-Christie-Roman vertieft war. Er sah nur kurz auf und blinzelte ihr zu.

»Mike Powelz ist der Sohn eines Gastes«, erklärte Andreas. »Er nutzt die lange Zeit hier, weil er ein Buch schreiben will. Aber meistens verschlingt er Krimis.«

Ein rascher Blick nach rechts verriet Minnie, wo der Grüne Saal lag. »Dort findet das Klavierkonzert statt«, verriet ihr der Psychologe. »Es geht gegen zwanzig Uhr los. Jetzt jedoch gehen wir erst mal nach links.« Während die beiden auf das Esszimmer zuschritten, erblickte Minnie ein altes Holzbord mit einer frischen Kerze, einer Tafel und einem aufgeschlagenen, blau eingefassten Buch.

Neugierig blickte die alte Dame hinein. *Gustav* stand dort in großen Lettern. Fragend sah sie Andreas an.

»Das ist unser Kondolenzbuch«, sagte der Psychologe. »Darin stehen die Namen all derjenigen, die hier einmal gelebt haben. Sobald ein Gast verstorben ist, darf ihm jeder ein paar Zeilen ins Kondolenzbuch schreiben – egal, ob Partner, Gast oder Pfleger.«

»Warum brennt die Kerze nicht?«, fragte Minnie.

»Wenn jemand in Haus Holle stirbt, brennt die Kerze vierundzwanzig Stunden lang. Außerdem schreiben wir den Vornamen des toten Gastes auf die Tafel. Wenn der Verstorbene das Haus verlässt, und die Kerze niedergebrannt ist, wird der Name wieder abgewischt.«

Der Psychologe fuhr über die glatte Fläche der Tafel. »Sie hat die Namen all derjenigen angezeigt, die hier mal gelebt haben.«

»Wie viele Gäste sind das im Jahr?«, fragte Minnie interessiert.

»Hundert bis hundertzwanzig«, erwiderte Dr. Albers leise.

Das Lachen derjenigen Gäste, die im Esszimmer quicklebendig beim Kaffee beisammensaßen, erklang.

Nun betrat Minnie das Herz des Hauses. Es war ein riesiges Esszimmer mit einem langen, einladenden Holztisch. Sie sah zwei kichernde, alte Damen, zwei junge Frauen, die Händchen hielten, und einen Koch mit blauen Haaren, der von rechts nach links flitzte. Zum ersten Mal seit ihrem Einzug fühlte sie sich wieder lebendig. Nur eins konnte sie nicht erkennen – wer gesund war und wer nicht.

Ihr Blick fiel auf die Mitte des Tisches. Dort thronten eine Himbeersahnetorte und ein französischer Schokoladenkuchen.

»Würde jetzt noch ein Anwesender behaupten, dass er achtundzwanzig Rezepte für Fischsoßen kennt und anschließend eine Zwergin um die Ecke biegt, die weitere Speisen serviert, würde ich glatt glauben, dass ich mitten in Thomas Manns Roman *Der Zauberberg* gelandet bin«, sagte Minnie zu Andreas. Doch es tauchte keine kleinwüchsige Dienerin auf. Stattdessen richteten sich alle Augenpaare auf den neuen Gast, und nach einer kurzen Pause ergriff eine rothaarige, mit unzähligen Sommersprossen übersäte Frau um die sechzig das Wort. Sie saß am Kopfende des Tisches.

»Willkommen«, begrüßte sie Minnie und Dr. Albers. »Setzen Sie sich. Die Sahnetorte ist fantastisch!«

Sie deutete auf einen freien Platz zu ihrer Linken und musterte Minnie mit ihren blassblauen Augen. Anders als die anderen Kaffeegäste, die ihre heißen Getränke wahlweise aus Bechern oder Schnabeltassen tranken, nippte die Rothaarige an einer mit Hunden bedruckten, filigranen Porzellantasse. Minnie nahm die freundliche Einladung an, während sich Dr. Albers einen freien Platz am anderen Ende der Tafel suchte.

Die Rothaarige stellte sich vor.

»Ich bin Frau Prinz, nochmals *herzlich willkommen*. Sie dürfen mich Marisabel nennen.«

»Ein schöner Name«, bemerkte Minnie. »Und ich bin Minnie.«

Die alte Dame musterte die bunte Runde. Gegenüber saß Professor Pellenhorn, der Minnie bei genauerem Hinsehen noch stärker an einen Buddha erinnerte als bei ihrer ersten flüchtigen Begegnung vor einer Stunde. Der ALS-Kranke wurde von einer weißhaarigen Dame, die augenscheinlich seine Gattin war, gefüttert. Er gluckste und blinzelte Minnie schelmisch zu.

»Wiiikommme!«, sagte er stoßweise. Minnie nickte ihm zu und blickte in die freundlichsten Augen der Welt.

»Es ist ja immer etwas schwer, wenn man neu zu Menschen stößt, die schon seit Wochen eine Art Clique gebildet haben«, holte sie die Stimme von Frau Prinz in die Wirklichkeit zurück. Minnies sommersprossige Sitznachbarin schnippte pausenlos mit ihren rotlackierten Fingernägeln gegen ihre Porzellantasse und sagte: »Am besten spiele ich mal die Gastgeberin und stelle Ihnen die anderen Gäste vor. Diese Rolle hat mir schon immer gelegen. Außerdem bin ich diejenige, die am längsten hier wohnt. Das glaube ich zumindest.« Sie deutete auf den Mann im Rollstuhl. »Das ist Professor Pellenhorn. Sie dürfen ihn bestimmt Berthold nennen – nicht wahr, mein Lieber?«

Er nickte zustimmend und blinzelte mit den Augen.

»Neben Berthold sitzt unsere liebe Annette. Sie genießt bereits ihr zweites Stückchen Schokokuchen. Annette! Nicht dass du noch aus dem Leim gehst!«

Minnies Blicke wanderten zu einer jungen, kraushaarigen Frau, die sie verbindlich angrinste, sich dann erhob und ihr eine kalte Hand reichte. Ja, Annette Müller war dünn, beinahe zu dünn, aber durchaus fröhlich und gut gelaunt. In ihrer Nase steckte ein Plastikschlauch.

»Die ansehnliche junge Dame neben unserer lieben Annette ist ihre frisch angetraute, wunderschöne Ehefrau Angie«, fuhr Marisabel fort. Annette und Angie hielten Händchen. Eigentlich hätte Marisabel gar nicht erwähnen müssen, wie blendend Angie aussah. Das hatte Minnie auf den ersten Blick gesehen.

Angie ergriff Minnies Hand. »Herzlich willkommen«, sagte sie mit tiefer Stimme.

Marisabel deutete nun auf eine auffällig geschminkte Frau zu Angies rechter Seite. »Das ist Bella Schiffer. Sie ist quasi Ihre Vorgängerin, Minnie. Bella war bis gerade *die Neue*.«

Die Stimme der Sommersprossigen veränderte sich leicht, als sie Frau Schiffer direkt ansprach. Minnie nahm Spott wahr. »Sehen Sie, Bella, hier in Haus Holle herrscht ein einziges Kommen und Gehen. Plötzlich verschwinden Menschen vom Tisch, und neue Gesichter tauchen auf. Nur ich bin schon vier Monate hier.«

Minnies Vorgängerin blickte die alte Dame an und begrüßte sie, ohne aufzustehen. Ihre Augenbrauen schienen dick übermalt zu sein. Erst bei genauem Hinsehen erkannte Minnie, dass sie gar nicht mehr existierten. Frau Schiffer hatte sich Haar für Haar ausgezupft, und die leeren Stellen durch zwei symmetrische Linien ersetzt. Das dichte blonde Haar hatte sie im Nacken hochgebunden. Und dann erst die Lippen! Frau Schiffer hatte die natürliche Lippenfarbe durch ein dezentes Rosa ersetzt, die Konturen jedoch übermalt, wodurch ihr Mund größer wirkte. Außerdem ging sie offensichtlich häufig ins Solarium. Die ansehnliche Frau konnte keine Miene verziehen. Ihr Gesichtsausdruck war immer gleich. Minnie tippte auf Botox – ein Mittel, das die Gesichtsmuskeln lähmte und gerade in Mode war. Trotz ihrer zierlichen Figur war Bellas Busen extrem üppig. Auf Minnie wirkte sie wie ein Model mit eingefrorenem Gesichtszügen. Der Blick der alten Dame blieb lange an ihr haften.

»Ja, so geht es uns allen«, sagte Marisabel. »Sie sind eine Augenweide, Bella! Dafür fällt mir kein anderes Wort ein. So jung, so schön, so zauberhaft. Sie machen einer Miss-Wahl-Gewinnerin immer noch alle Ehre, auch wenn Ihr dritter Platz bereits Jahre zurückliegt. Schönheitskönigin bleibt eben Schönheitskönigin!«

Marisabel deutete auf einen Rollstuhl neben der ehemaligen Miss-Wahl-Gewinnerin, in dem eine Gestalt mit schiefem Nacken lag, die derart verkrümmt war, dass sie ihren Kopf nicht mehr heben konnte. Minnie erkannte, dass er einer jungen Frau mit strähnigen Haaren gehörte, der Schleim aus dem Mund lief. Die krumme Kranke musterte Minnie aus einer mehr als unbequem wirkenden Schieflage. Sie sagte kein einziges Wort.

»Das ist Sonja Merkel«, sagte Marisabel Prinz bedrückt.

Minnie war geschockt. Der Kontrast zwischen der schönen Bella und der krummen Sonja hätte nicht größer sein können. Das blühende Leben und der hässliche Tod schienen direkt nebeneinanderzusitzen.

Plötzlich ergriff eine drollige, kleine Dame mit weißen Locken und einem runden Gesicht das Wort. Sie musterte Minnie mit pfiffig dreinblickenden Augen. »Sonja kann Sie nicht begrüßen, aber sie findet Sie reizend!« Die gesunde Frau erhob sich und schüttelte Minnies Hand kraftvoll. »Ich bin Hildegard Merkel, Sonjas Mutter!«

»Hildegard, Ihnen droht bald Ärger«, bemerkte Marisabel mit einem harten Unterton. »Warten Sie nur, bis *man* bemerkt, dass Ihr Golf schon wieder die Einfahrt versperrt. Sie wissen schon, wer das nicht abkann.«

Hildegard gluckste. »Och, Sie meinen den ollen Knopinski? Dem geige ich mal meine Meinung. Soll ich mit meinen einundachtzig etwa den ganzen Weg zu Fuß gehen, wenn ich schnell zu meiner Sonja will?«

Marisabel gab sich nicht geschlagen. »Wenn jeder ...«, begann sie, doch Hildegard fiel ihr ins Wort.

»Spielen Sie sich mal nicht so auf, Frau Prinz. Ich wünsche Ihnen wirklich nicht, dass Sie so alt werden wie ich – aber dann wüssten Sie, wie sich eine schmerzende Arthrose anfühlt. Meinen Sie vielleicht, dass ich den ganzen Trampelpfad zu Fuß laufe? In diesem Fall haben Sie sich geschnitten. Der Knopinski soll mir mal kommen. Denken Sie, ich habe Angst?« Die alte Dame tätschelte den Kopf ihrer sterbenskranken Tochter. »Nicht aufregen, meine Kleine. Mutter ist hier, und Mutter bleibt hier.«

»Aber nur, wenn du es heil bis hierher schaffst, Hildegard«, sagte die Frau mit den schwarzen Locken grinsend und schob den Plastikschlauch in ihrer Nase in eine bequemere Position. »Heute bist Du beim Einparken vor dem Haus schon wieder gegen den Poller gefahren! Stimmt's, Dr. Albers?«

Der Psychologe hatte Minnies Begrüßung schweigend verfolgt. Nun ergriff er erstmals das Wort. »Ja, Annette. Wenn Mutter Merkel weiterhin bis vor das Haus fährt, blockiert sie leider unsere Einfahrt. Dann haben wir ein Problem, wenn mal ein Krankenwagen gerufen werden muss.« Er wandte sich direkt an Sonjas Mutter. »Kürzlich wollte Herr Knopinski in die Stadt fahren, aber Ihr Golf hat die Ausfahrt versperrt. Der Arme musste sich ein Taxi rufen.«

»Der Arme?«, rief Hildegard. Ihr entwich ein missbilligender Ton. »Der ist alles andere als arm!«

»Am besten reden wir später darüber«, schlug Dr. Albers vor und schaute Frau Prinz an. »Möchten Sie unserem neuen Gast nicht die restliche Runde vorstellen?«

»Das übernehme ich gern, um es abzukürzen«, bot Annette Müller fröhlich an und fummelte erneut an ihrem Nasenschlauch herum. »Liebe Minnie, links neben Ihnen sitzt *Omi*. Zu ihr möchte ich zwei Dinge anmerken: Erstens ist Omi nur der selbstgewählte Name von Klärchen Krause und zweitens kann sie Berge verdrücken.«

Minnie war ihre Tischnachbarin schon vorher aufgefallen, die anders als die leicht zimperlich wirkende, rothaarige Marisabel klein, schmächtig und erschrocken wirkte. »Ich muss mich doch aufpäppeln«, erklärte Omi, deren Alter schwer zu schätzen war. »Ich brauche doch Substanz. Zucker tut mir gut, genau wie Fett. Oder eine schöne Suppe – aber nicht bloß mit Spargel drin … Ich muss doch viel futtern, stimmt's, Dr. Albers?« Die Stimme der spindeldürren Frau klang alarmiert. Hoch und schrill durchschnitt sie die Luft.

Minnie betrachtete Frau Krause genau. Omi war nicht nur zerbrechlich, sondern obendrein winzig. Nun richtete sie das Wort an den neuen Gast. »Wissen Sie, bei mir haben die Ärzte unnötig Alarm geschlagen. Ich bin vorübergehend hier. Spätestens, wenn wieder Blätter an den Bäumen sind, werde ich zu Hause sein. Ich habe nämlich noch vieles vor, will noch viele Jahre auskosten. Im Krankenhaus wollte man mich nicht mehr haben. Und das Klinikessen war wirklich miserabel. In Haus Holle kann ich endlich wieder zuschlagen und neue Kraft tanken. So lange ich esse, geht's mir gut.«

»Dass es Ihnen gutgeht, sehen wir«, sagte Marisabel zu Omi. »Schließlich tragen Sie heute blond.«

Fragend sah Minnie die spindeldürre Dame an. »Frau Prinz hat recht«, entgegnete Omi und gönnte sich einen Löffel voller Schlagsahne.

»Das muss ich Ihnen näher erklären, liebe Minnie«, meinte Annette und spielte mit ihrem Plastikschlauch. »Omi hat einen Spleen. An guten Tagen trägt sie eine blonde Perücke, an schlechten Tagen eine schwarze ...«

»... und an Tagen, an denen ich selbst nicht weiß, wie es mir geht, trage ich dieselbe Farbe wie Frau Prinz – knalliges Rot«, beendete Omi den Satz.

»Ihre Idee mit den Perücken ist kein Spleen, sondern eine gute Idee, Frau Krause«, meinte Dr. Albers. »Doch wir wollen unseren letzten Gast nicht vergessen. »Wer stellt Herrn Montrésor vor?« Der Blick des Psychologen richtete sich auf einen Herrn um die sechzig, der bisher geschwiegen hatte. Er gehörte zu jenen Männern, die den Verlust ihres Haupthaars nicht verkraftet hatten, und ihre beginnende Glatze tarnten, indem sie die Seitenhaare lang wachsen ließen, um sie anschließend über den ganzen Kopf zu platzieren. Er ergriff nun das Wort.

»Angenehm, Adolf Montrésor, einundsechzig. Ich bin immer zur Vorsorge gegangen. Aber dass dieser Kackkrebs schon lange in meinen Eiern wächst, haben die klugen Doktoren übersehen. Jetzt ist eins von ihnen so groß wie ein Tischtennisball. Möchten Sie sonst noch was wissen?«

Minnie schwieg betreten.

»Vielleicht sollten Sie Minnie davor warnen, dass Sie den ganzen Tag rauchen, Adolf«, wetterte die sommersprossige Marisabel und knallte ihre Hundetasse auf den Tisch. »Und dass dieses Qualmen nicht mal nachts aufhört. Ständig zieht der Rauch zu mir hoch.« Gequält sah sie Minnie an. »Ich wohne direkt über diesem Herrn – in Zimmer 9. Bei mir stinkt es ständig nach Nikotin, das können Sie mir glauben.«

»Das kann auch von uns kommen.« Annette nahm Adolf in Schutz.

»Nein, ich habe das Gefühl, dass mich Herr Montrésor vollqualmt«, entgegnete Marisabel beleidigt. »Aber wo wir das Thema schon mal ansprechen und ausnahmsweise alle zusammensitzen, will ich dir eins sagen, Annette. Natürlich wäre es schöner – und obendrein gesünder für dich –, wenn ihr zwei nicht im Zimmer rauchen würdet.« Ihre Blicke richteten sich auf Adolf Montrésor. »Was Sie mir zumuten, geht auf keine Kuhhaut. Ich gebe meine letzten Cents für Vitamin E und Selen aus, um mich gesund zu ernähren. Doch Sie räuchern mich zu. Das ist mitleidslos, Adolf, und total egoistisch.«

Der Gescholtene fixierte einen Punkt an der Wand. Dann erhob er sich schweigend und schlenderte aus dem Esszimmer, ohne Frau Prinz eines einzigen Blickes zu würdigen.

»Jetzt haben Sie ihn vergrault, Marisabel«, sagte Bella Schiffer mit regloser Miene.

Doch Marisabel war zu Höchstform aufgelaufen. »Der soll ruhig wissen, was geht und was nicht …«

»Nun ist aber mal gut, Frau Prinz!«

Diese lauten und warnenden Worte brachten die Dame mit der Hundetasse abrupt zum Schweigen. Zwischen der Küche und dem Esszimmer stand ein runzliger Mann. »Adolf ist Adolf und Sie sind Sie. Dass das nicht zusammenpassen kann, ist auf den ersten Blick zu sehen. Aber Sie sind auch nicht ohne Allüren, Frau Prinz, mit Ihrem *heute bitte Blauschimmelkäse*. Hier gilt immer noch die Devise leben und leben lassen!«

Minnie war beeindruckt.

Dr. Albers hingegen runzelte die Stirn und erhob sich. »Bruno, ich möchte Sie nebenan sprechen. Bitte kommen Sie kurz mit«, forderte er den Runzligen auf.

»Jau, Herr Dr. Albers«, entgegnete Bruno patzig. »Aber vorher möchte ich mich unserem Neuzugang noch vorstellen.« Forsch ergriff er Minnies Hand, und die alte Dame spürte, dass er unglaublich fest zupacken konnte. »Ich bin Bruno, der älteste Pflegehelfer. Ich arbeite schon seit 1994 in Haus Holle. Freut mich, Sie kennenzulernen.«

Obwohl Dr. Albers bereits in der Tür stand und auf Bruno wartete, ging der Pfleger bedächtig zu Sonjas Rollstuhl, legte ihr eine Pranke auf den Kopf und küsste sie auf den Mund. »Alles gut, meine Kleine?« Sonja Merkel sah ihn starr an. Sie sagte kein Wort. Bruno blickte ihr fest in die Augen. »Ich komme nachher zu dir ins Zimmer. Dann rauchen wir zusammen eine Zigarette.«

Die Mutter der Kranken kicherte stellvertretend für ihre stumme Tochter. »Jaaa, Bruno, wir sehen uns.«

Daraufhin verabschiedete sich der Pflegehelfer mit einer angedeuteten Verbeugung. »Meine Damen, meine Herren! Ich wünsche Ihnen einen guten Appetit!«

»Der liegt nicht auf meiner Wellenlänge«, bemerkte Marisabel Prinz, nachdem Bruno den Raum verlassen hatte.

»Auf meiner schon«, sagte Angie. »Ich habe sogar allergrößten Respekt vor ihm. Bruno ist sich für nichts zu schade. Er wischt jedem den Arsch ab, ohne mit der Wimper zu zucken.«

»Ich möchte nicht, dass Fremde meine Hinterbacken sehen«, warf die spindeldürre Omi ein. »Ob die Pfleger nicht manchmal komische Gedanken haben, wenn sie uns nackt sehen?«

»Betimmmm nich«, stieß Professor Pellenhorn hervor. »Buuuunooooo iss immeeee feundliiich.«

Während sich ein allgemeines Gespräch über Bruno, das Rauchen und das Klavierkonzert mit Nana Mouskouri entwickelte, wurde Marisabels Stimme verschwörerisch. Sie begann ein Vier-Augen-Gespräch mit Minnie. »Bestimmt haben Sie jede Menge Fragen. Ich kann Ihnen alles über die anderen Patienten, das Haus und den Koch erzählen. Außerdem weiß ich alles über ein paar komische Dinge, die sich hier manchmal ereignen. Worunter leiden Sie eigentlich?«

Minnie beschlich das ungute Gefühl, dass ihr ein Kreuzverhör bevorstand. Doch bevor sie antworten konnte, plapperte Marisabel schon weiter. »Schon gut, meine Liebe, es muss ja nicht jeder hören, was Sie haben. Vielleicht verraten Sie es mir später auf meinem Zimmer. Aber eins kann ich Ihnen sagen – in diesem Haus blüht man förmlich auf. Sie glauben nicht, wie schlecht es mir ging, als ich vor vier Monaten eingezogen bin. Damals spürte ich in jedem Knochen, dass der Krebs in meinem Körper wuchert. Ich fühlte mich derart benommen, als läge ich unter einer Glocke. Dank der neuen Medikamente bin ich wieder aufgeblüht. Sie sehen ja, wie blendend es mir geht.«

Während Minnie ein zweites Stück des Schokoladenkuchens auf ihren Teller schob und sie von Koch Kostja – dem jungen Mann mit den blau gefärbten Haaren – nach ihren Essensvorlieben gefragt wurde, schwatzte die sommersprossige Marisabel pausenlos weiter. »Sie haben Glück, Minnie. So viele Bewohner wie heute sitzen selten beim Essen zusammen. Das liegt an der allgemeinen Aufregung, die das Klavierkonzert verursacht. Sie kommen doch auch?« Scheinbar erwartete Minnies rothaarige Sitznachbarin keine Antwort, denn sie fuhr ohne Pause fort. »Am Vormittag bin ich immer die Erste bei Tisch. Dann hocke ich ganz alleine hier. Ich hoffe, Sie sind auch eine Frühaufsteherin? Mich finden Sie hier ab halb neun.«

Minnie nickte und erntete ein gnädiges Lächeln. Doch Marisabel war noch nicht fertig. »Bestimmt fragen Sie sich, worunter die anderen leiden.« Ihre Stimme wurde verschwörerisch. »Professor Pellenhorn ist an ALS erkrankt. Das ist dieselbe Nervenkrankheit, an der der berühmte Maler Jörg Immendorf starb. Bella Schiffer, unsere Schönheitskönigin, hat Leberkrebs. Dabei sieht sie aus wie das blühende Leben. Annette Müller kam vor sechs Wochen hierher. Damals war sie noch ein Häufchen Elend. Inzwischen hat ihr Kostja ein paar Kilos auf die Rippen gezaubert. Schon erstaunlich, dass Annette trotz ihres aggressiven Speiseröhrenkrebses wieder richtig essen kann.«

Minnie staunte. »Und worunter leidet die Frau im Rollstuhl, die von ihrer Mutter gepflegt wird?«

»Aids im Endstadium«, verriet ihr Marisabel. »Mit so was wird man ja sonst nie konfrontiert. Aber ist es nicht schrecklich?« Sie senkte die Stimme, bis sie kaum noch zu hören war. »Sie soll sich Sachen gespritzt haben.«

Minnie erstaunte das kaum. Davon las man schließlich alle Tage. Instinktiv beschloss sie, sich mit Sonjas Mutter anzufreunden. Mutter Merkel hatte den lebendigsten Eindruck auf sie gemacht. Obendrein schien sie sehr pfiffig zu sein.

»Und Omi?

»Die macht ein riesiges Geheimnis aus ihrer Krankheit«, antwortete Marisabel. »Keiner weiß, worunter sie leidet.«

»Ich habe gehört, dass zwölf Gäste in Haus Holle wohnen. Bei Tisch waren nur acht. Wo sind die anderen?«, wollte Minnie nun wissen.

»Pah«, entgegnete die Rothaarige. »Gäste – das ist so ein Ausdruck. Bestimmt hat uns Dr. Albers so genannt, stimmt's? Aber Sie haben recht. Es gibt vier Bewohner, die fast nie zu den Mahlzeiten erscheinen. Zufälligerweise wohne ich auf derselben Etage wie diese *Gäste*. Deshalb weiß ich einiges über sie. Sie haben die Richtige gefragt.«

Interessiert schenkte Minnie ihrer auskunftsfreudigen Nachbarin Gehör.

»Da ist erstens eine Mutter, ganz jung, so um die fünfunddreißig ... Sie ist mit ihrem Kind eingezogen. Wenn Sie mich fragen, ist Haus Holle ja nichts für ein Kleinkind. Oft macht die Kleine einen schrecklichen Lärm. Manchmal jagt sie die Katzen durch alle Etagen. Überhaupt ... dass Katzen hier erlaubt sein sollen, wundert mich wirklich sehr. Ich selbst habe es mehr mit Hunden.« Sie wies auf ihre mit Französischen Bulldoggen verzierte Tasse. »Als es mir noch besser ging, war ich eine bekannte Hundezüchterin.«

»Und die anderen Gäste?«, hakte Minnie nach.

»Es gibt noch einen jungen Mann, der ans Bett gefesselt ist. Außerdem wohnen hier noch zwei Ehepaare. Das erste ist um die sechzig, das zweite hornalt. Das alte Paar kommt immer zum Essen, das jüngere sieht man niemals. Aber man kann ja schlecht an ihre Tür klopfen, um *Hallo* zu sagen, oder?«

Minnie stimmte Marisabel zu. »Warum wohnen hier Ehepaare?«

»Weil die Heimleitung ein zweites Bett in die Zimmer gestellt hat, damit der gesunde bei seinem kranken Partner schlafen kann. Ist das nicht bewundernswert? Die beiden Ehepaare sind Tag und Nacht zusammen.« Für den Bruchteil einer Sekunde deutete Marisabel auf Annette und Angie. »Wenn man das lesbische Paar dazuzählt, haben wir sogar drei Ehepaare. Sind Sie nicht bezaubernd, die jungen Frauen? Angie weicht nicht von Annettes Seite. Ich fühle so sehr mit ihnen mit. So jung und schon …« Ihre Augen füllten sich mit Tränen. »Wie gesagt: Heute Abend findet ein Klavierkonzert statt. Solche Events gibt es hier häufig, auch wenn sie nicht alle Bewohner anlocken. Annette und Angie sind meistens unterwegs, genau wie das uralte Ehepaar, die Knopinskis.« Sie legte ihre Hand auf Minnies und beugte sich ganz nah zu ihr. »Frau Schiffer, unsere Schönheitskönigin, schläft sogar noch oft bei ihrem Mann. Ihre Wohnung ist nur sechs U-Bahn-Stationen entfernt. Aber vielleicht kommt ja heute Abend doch mal einer von den drei fremden Gästen zum Konzert. Dann wüsste ich endlich, mit wem ich seit Wochen unter einem Dach schlafe.« Sie fixierte einen leeren Punkt an der Wand. »Man will doch wissen, wer sich hier noch so herumtreibt … Manchmal denke ich … Einmal habe ich gesehen … Ach, ich rede Unsinn.«

»Nicht doch«, ermunterte Minnie sie. »Was haben Sie gesehen?«

Marisabel starrte sie an. »Manchmal denke ich, dass hier noch …« Sie beendete den Satz nicht und blickte Minnie tief in die Augen. »Kann ich offen zu Ihnen sprechen?«

»Natürlich.«

»Manchmal denke ich, dass hier noch ein Gast wohnt. Nach dem Einbruch der Dunkelheit habe ich ein furchterregendes Wesen gesehen. Es ist mir zweimal im Flur begegnet und hat mir große Angst eingejagt. Aber ich bin mir nicht sicher, ob mir nicht meine Sinne einen Streich gespielt haben, weil …«

In diesem Moment wurde ihr Gespräch von einem bösen Zischen unterbrochen. »Sofort frischer Kaffee!«

Die keuchende Stimme eines alten Mannes ließ die anwesenden Gäste schlagartig verstummen.

Minnie schaute sich reflexartig nach dem Mann um, der diesen Satz ausgestoßen hatte. Der betagte aufgedunsene Mann, der etwas Düsteres ausstrahlte, saß am Kopfende der anderen Tischseite.

Widerlich, dachte sie.

Die fette Hand des Greises katapultierte die Tortenplatte mitsamt dem Schokoladenkuchen derart ruckartig über den Esszimmertisch, dass sie gegen die Kaffeetasse der Schönheitskönigin knallte. »Gibt's hier nichts Gescheites? Wir haben Hunger – nicht wahr, Gertrud?«

Die Angesprochene, eine mollige Frau in einem himmelblauen Pyjama, ergriff die Hand des schlecht Gelaunten. Ihre Ohrläppchen zierte echter Goldschmuck, außerdem blitzten mehrere mit Juwelen besetzte Ringe an ihren dicken Fingern.

»Knut, ich …«, begann sie beschwichtigend. Doch der Greis, dessen Alter Minnie auf neunzig schätzte, bedeutete seiner Gattin mit einer einzigen Handbewegung, sofort zu schweigen.

Und Gertrud Knopinski verstummte umgehend. Als hätte ihr Mann an einer unsichtbaren Schnur gezogen, wandte sie den Kopf in die Richtung des Alten, der nun Mutter Merkel anblaffte. »Sie haben die Einfahrt wieder blockiert mit Ihrer hässlichen Karre!«

Hildegard Merkel schüttelte ihre weißen Locken.

Noch bevor die pfiffige alte Dame etwas erwidern konnte, hatte Knut Knopinski Angie ins Visier genommen, die die Hand ihrer kranken Frau ergriffen hatte. Ihm entging die Geste nicht. Scharf sog er die Luft ein.

»Er hat den bösen Blick!«, hörte Minnie Omis Stimme an ihrem Ohr. Doch leider war die spindeldürre Dame nicht leise genug gewesen. Oder Knut Knopinski hatte ein feines Gehör. Seine Blicke wanderten über die Gesichter der Versammelten und blieben an der spindeldürren Dame hängen, die sich erschrocken in ihr künstliches Haar fasste. Dabei verrutschte Omis Perücke, und vor Schreck fiel ihr die Serviette runter.

Minnie bückte sich, um ihr zu helfen. Als sich ihr Kopf unterhalb der Tischkante befand, sah sie etwas Erschreckendes. Angie Pfeiffer zerrte an einem Taschentuch und zerriss es in Fetzen. Rasch kam Minnie wieder hoch.

Jetzt erst nahm Knut Knopinski wahr, dass es einen neuen Gast gab. Feindselig blickte er Minnie an. Er musterte sie unverhohlen und unverschämt. Anstelle normaler Augen sah Minnie ein Paar zusammengekniffener Schlitze.

»Ganz schön weiß, die neue Lady«, sagte Knopinski zu seiner Gattin. Er lachte blechern auf. Trotz seiner gemeinen Freude blieb sein aufgeblähter Körper vollkommen bewegungslos. Dann tat er einen grotesken Ausruf, der Minnie zurück in die Realität holte. »Mich regiert mein Körper nicht! Was zählt, ist der Wille! Selbstbeherrschung zeigt den Meister!«

Schlagartig erkannte Minnie, dass dieser Mann wusste, was Dominanz war. Er erinnerte Minnie an einen Zirkusdompteur, der gefährliche Löwen erniedrigende Dressurakte ausführen ließ und sie einem kriecherischen Gehorsam unterwarf, gegen den nur das leise Knurren und die hasserfüllten Blicke der Tiere rebellierten.

»Wie ich sehe, haben Sie einander kennengelernt!«, sagte Dr. Albers, der wieder den Essensraum betreten hatte.

Ohne Dr. Albers zu beachten, entgegnete Knut Knopinski: »Ich vergesse niemals ein Gesicht.« Sein Blick war starr auf Minnie gerichtet und driftete dann ins Leere – als versuche er, sich an den Zeitpunkt einer früheren Begegnung zu erinnern.

Doch Minnie war sich sicher, Knopinski nie zuvor begegnet zu sein.

Der Alte stand schlagartig auf. Dabei bewies er ein Geschick, das ihm Minnie niemals zugetraut hätte. Gestützt auf einen schwarzen Holzstock wiederholte er seine im Raum schwebenden Worte, die wie eine Drohung klangen.

»Ein Gesicht vergesse ich niemals!«

»Er ist gemein, nicht wahr?«, sagte Marisabel zu Minnie, als die Knopinskis außer Hörweite waren.

Die krumme Sonja ächzte in ihrem Rollstuhl.

»Diesen alten Sack sollte man …«, meinte Mutter Merkel, ohne ihren Satz zu beenden. »Kostja, können Sie ihm nicht eine Henkersmahlzeit servieren?«

»Er hat den bösen Blick«, wiederholte Omi und rückte ihre blonde Perücke zurecht.

»Man sollte meinen, er sei todkrank, und deshalb so eklig«, sagte Annette. Ihr Plastikschlauch schwang von rechts nach links. »Dabei hat es seine arme Frau getroffen. Der Greis weicht niemals von ihrer Seite.«

Auch Bella Schiffer hatte die Begegnung mit diesem bösartigen Mann erschüttert. »Warum müssen wir jungen Menschen gehen, während Leute wie Knut Knopinski ein biblisches Alter erreichen?«, rief die Schönheitskönigin.

Nur Pfleger Bruno war unbeeindruckt. »Na, meine Herrschaften. Sie wollen sich doch nicht von einem schlecht gelaunten, betagten Herrn die gute Laune verderben lassen. Kommen Sie, Frau Prinz! Zeit für den Schminkspiegel – heute gibt's noch Musik!«

Marisabel erhob sich geschmeichelt.

Und Professor Pellenhorn, der fröhliche Buddha, blinzelte glücklich in seinem Rollstuhl.

»«

Das dreizehnte Zimmer

Eine Stunde später hätte Minnie nicht mehr sagen können, ob es die neuen Gesichter, die unzähligen Informationen, die Begegnung mit Knut Knopinski, der Kaffeeklatsch oder die süße Torte gewesen waren, die ihren Tribut gefordert hatten. Denn kaum dass sie in ihrem Zimmer gewesen war, hatte sie auch schon die Müdigkeit überwältigt.

Als sie nun aufwachte, schaute sie sofort auf ihre Uhr und stellte fest, dass es bereits halb sechs war. In einer halben Stunde gab es bereits Abendbrot.

Trotz ihres Geburtstags war sich Minnie unsicher, ob sie zum Klavierkonzert gehen sollte. Sie fühlte sich immer so müde. Woran das bloß lag? Sie nahm sich vor, Dr. Albers morgen zu fragen, was die Ursache sein könnte.

Nachdem sich die Kaffeegesellschaft aufgelöst hatte, war sie von dem Psychologen über den restlichen Tagesverlauf informiert worden. »Am frühen Abend werden dich ein Pfleger und ein Schmerztherapeut besuchen. Sie brauchen ein paar Informationen.«

»Was müssen die Ärzte noch wissen?«

»Basisinfos«, erwiderte Andreas. »Erstens tragen wir deine Essensvorlieben und Abneigungen in einen sogenannten Überleitungsbogen ein. Zweitens Allergien und mögliche Keimbefälle. Das Wichtigste jedoch ist die optimale Schmerzmedikation, sprich – das Morphium.«

»Wann sehen wir uns wieder?«

»Morgen«, hatte Dr. Albers versprochen. »Einmal pro Tag schaue ich in jedes Zimmer, um zu sehen, was unsere Gäste gerade bewegt. Dann kannst du mir alles erzählen, egal, ob es sich um vermeintliche Banalitäten oder Ängste handelt.«

Seit diesem Gespräch war eine Stunde vergangen. Minnie öffnete ihre Tür und setzte sich auf die kleine Couch im Halbdunkel, die vor Zimmer 6 stand. Von hier aus ließ sich die ganze erste Etage überblicken. Sie hörte unzählige Alltagsgeräusche, die sich miteinander vermischten. Geschirrklappern von unten, das eintönige Summen der Sauerstoffmaschine aus Professor Pellenhorns Zimmer und Schritte auf der Treppe. Die Welt der Klänge in Haus Holle war einzigartig. Doch es war noch etwas anderes zu hören – und das klang unheimlicher. Bruchstückhaft vernahm Minnie Fetzen eines erregten Gesprächs, die aus einem Raum am Ende des Ganges, direkt neben dem Lift, zu ihr drangen. »Basta!«, sagte eine dunkle Männerstimme gerade.

Minnie identifizierte sie als die von Knut Knopinski.

Interessiert spitzte sie die Ohren.

»Aber ...«, warf Gertrud Knopinski ein. Doch wie zuvor an der Kaffeetafel wurde die Kranke von ihrem Mann unterbrochen, der zornig auf einen Tisch schlug. »Das ist mein letztes Wort. Wir gehen nicht zum Abendessen. Ich will über etwas nachdenken.«

»Ich möchte aber runter«, bettelte Gertrud. »Ich möchte so gern ein Clementinchen.«

»Wir essen hier!« Der scharfe Ton von Knut Knopinski ließ keinen Zweifel daran, dass er das letzte Wort gesprochen hatte.

Minnie hörte, wie er unten in der Küche anrief. »Knopinski am Apparat! Der runzlige Bastard soll uns das Abendessen hochbringen. Außerdem will ich sofort einen dieser frischen, selbstgemachten Vitaminsäfte, die der Mann, der sich Koch nennt, morgens verteilt. Aber süß muss er sein – so süß wie der Saft zwischen gespreizten Jungfrauenschenkeln ...« Dann knallte Knut Knopinski den Hörer auf.

»Ich soll doch nichts Süßes …«, klagte Gertrud, die erneut von ihrem Gatten unterbrochen wurde.

Minnie hörte genau, was er sagte. »Überhaupt … was bildet sich diese Person ein? Ich werde der Sache morgen auf den Grund gehen. Ich fühle mich hier nicht mehr sicher! Und du bist es auch nicht, Gertrud!«

»Aber was sagen wir, warum wir nicht runtergehen? Sonst sind wir immer …«

»Wir sagen einfach, dass wir uns dafür schämen, dass du dich an jedem Abend vor den Augen der anderen bekleckerst! Oder wir begründen es damit, dass du die Wurst immer falsch aufs Brot legst. Oder mir immer ins Wort fällst. Such dir was aus! Ich will in Ruhe nachdenken …«

»Aber wo hast du …«

Leider öffnete sich ausgerechnet in diesem Moment die Tür des Lifts neben Knopinskis Zimmer, und Omi trat heraus. Jetzt war die spindeldürre Dame schwarzhaarig. Das hieß, dass es ihr nicht gut ging. Unschlüssig blieb Omi im Flur stehen und starrte auf ihre Füße. Oder lauschte sie etwa?

Durch die angelehnte Tür der Knopinskis drangen weitere Wortfetzen. Jeder, der sich momentan im Flur und auf der Treppe befand oder seine Tür nur angelehnt hatte, konnte das brisante Gespräch des uralten Ehepaars mithören. Minnie jedoch vernahm nur Satzfetzen, weil Knopinski seine Stimme senkte, sobald es spannend wurde.

»Ja, es war …«, kam es aus seiner Tür, »… jetzt erinnere ich mich genau … es war skandalös … die Person, die ich heute gesehen habe, ist tatsächlich ein gefährlicher Mörder … und dann begegnet sie mir auf einmal hier … natürlich sieht sie ganz anders aus als damals, aber in diesem Fall kenne ich kein Pardon … da kann sie sich noch so gut tarnen … morgen lasse ich alles auffliegen … sobald ich mich erinnert habe, wo es war, als … weißt du was … zu Hause habe ich noch ein Foto von damals … Mit diesem Mörderfoto lässt sich alles beweisen!«

Er senkte wieder die Stimme. Ein leises Zischen verriet, dass er sich immer noch mokierte und Gertrud in einen heimlichen Plan einweihte. Leider konnte Minnie von ihrem zu weit entfernten Platz keine Einzelheiten verstehen.

Von oben kam Mutter Merkel die Treppe herunter, und von unten bogen Annette und Angie um die Ecke. Omi schloss ihre Tür von innen. Doch vorher huschten zwei schwarz-weiße Katzen aus dem sich schließenden Spalt von Zimmer 1.

Kuhflecken-Katzen!

Minnie konnte es kaum glauben. Sie streckte die Hand aus. Sofort kam ein kleiner Kater auf sie zugeschossen, der sie an den kleinen blauen Elefanten aus der *Sendung mit der Maus* erinnerte. Kurz bevor das Tier sie erreichte, zog es die Vorderbeinchen vor und streckte den Rücken, indem es die Hinterbeine x-beinig einknickte. Zuletzt reckte es der alten Dame sein süßes Köpfchen – vollkommen weiß behaart und gekrönt von einer schwarzen Maske, die an Batmans Tarnkappe erinnerte, aber nur ein Auge verdeckte – entgegen, bis seine rosafarbene Schnauze Minnies Fingerspitzen berührte.

Sehnsüchtig bot der Kater ihr die rechte Gesichtshälfte für ein Begrüßungskraulen an, während sich seine andere Gesichtshälfte in ihr Handinneres schmiegte. Es musste sich um den Kater handeln, der die Herzen im Akkord brach. »Hallo, Nepomuk«, sagte sie.

Minnie kniff die Augen zusammen und fixierte den halb dunklen Gang. Dort sah sie die andere Katze, die unschlüssig an der Wand stand und deren Schwanz interessiert zuckte. Unter dem Kinn der Katze hatte sich der liebe Gott verewigt, indem er seinen Finger einmal in schwarze Tinte getaucht und den Abdruck mitten in ihr weißes Fell gedrückt zu haben schien. Minnie erkannte sofort, dass es eine wunderschöne Katze war, die einen interessanten Charakter hatte. Als könne das Tier ihre Gedanken lesen, rieb es seine linke Gesichtshälfte an der Wand, lief dann auf die alte Dame zu, und drehte, kurz bevor es sie erreicht hatte, scharf nach rechts ab, um sie dann zu umkreisen.

Minnie musste herzhaft lachen. So ein verrücktes Ding!

Die Katze musterte den neuen Gast eindringlich.

»Okay, Mimi, du spielst deine Spiele«, sagte Minnie lächelnd und streckte der Katze ihre Hand entgegen. Endlich zeigte das Tier Vertrauen und kam näher. Die alte Dame konnte nicht ergründen, ob das aus Neugier geschah oder weil das Eis gebrochen war. Wie auch immer: Mimi trippelte auf den neuen Gast zu, beschnupperte die alte Dame, drückte ihre schwarze Schnauze in deren Hand, stolzierte dann zurück, kratzte sich am Hinterteil und enteilte Richtung Treppe, während Nepomuk den neuen Gast angähnte.

»Hallo! Ruhen Sie sich etwas aus, bevor Nana singt?« Vorsichtig kam Adolf Montrésor auf Minnie zugeschlendert. Der schlanke Mann mit dem wettergegerbten Gesicht hatte sich einen grünen Schal um die schmalen Schultern gelegt. Er trug eine Nikotinwolke vor sich her und ging an einem Rollator, an dem ein leerer Urinbeutel schaukelte.

»Guten Abend, Herr Montrésor. Ich warte auf den Schmerztherapeuten«, erwiderte Minnie.

»Und? Wie ist Ihr erster Eindruck?«

»Momentan bin ich erschöpft. Es waren zu viele Erlebnisse.«

»Am Anfang ging es mir genauso«, gestand ihr Adolf. »Ich bin vor vierzehn Wochen hier eingezogen. Damals war es in Haus Holle noch total still. Tagelang habe ich keine anderen Bewohner gesehen, weil alle in ihren Zimmern gegessen haben. Frau Prinz und ich waren fast immer die einzigen Gäste im Esszimmer. Aber mit der Hundezüchterin verstehe ich mich nicht besonders gut. Sie wissen ja, ich stinke immer – nach Nikotin ...«

Er fasste sich an den Hinterkopf und tastete nach einer seltsamen Stelle unter seinem schütteren Haar. Dann setzte er sich zu Minnie und fuhr fort. »Als der Spätherbst kam, zogen Annette und Angie hierher. Kurz darauf kamen die Knopinskis, dann Professor Pellenhorn, und zuletzt unsere Schönheitskönigin. Nur Sonja und die Hundezüchterin sind noch länger hier als ich.«

»Frau Prinz hat mir erzählt, dass hier noch ein paar andere Gäste leben. Kennen Sie die auch?«

Tatsächlich wusste Adolf einiges über die bislang unbekannten Bewohner. »Die Gäste, die man seltener sieht, leben alle im zweiten Stock. In Zimmer 11 wohnt eine junge Mutter mit einem Kind. Die beiden bringen ganz schön viel Leben in die Bude. Vor allem die kleine Fee. Wenn die mit ihrem Mops über die Flure tobt, müssten Sie Frau Prinz mal schimpfen hören. Die kann echt hysterisch werden. Aber das Kind tut mir leid. Fee leidet unter dem Aufmerksamkeitsdefizit-Syndrom und kann sich auf nichts konzentrieren.«

»Ist mal ein Gast gesund geworden, seit Sie hier leben?«, fragte Minnie.

»Einer hat das Haus mal verlassen«, antwortete Adolf. »Das war die krumme Sonja, als sie noch laufen konnte. Kurz vor Ihrem Auszug war ein Fernsehreporter hierhergekommen. Er hatte den Auftrag, eine Woche lang Gutes zu tun. Also ging er mit Sonja spazieren und zeigte ihr die bunten Flimmerläden im Amüsierviertel. Das hat die junge Frau auf den Geschmack gebracht und sie zum Ausbüxen verleitet. Und irgendwie kam eins zum anderen. Ich glaube, dass sie fliehen wollte, weil sie gerade eine depressive Phase durchlitten hatte. Kurz bevor sie vom Erdboden verschluckt wurde, war ein junger Mann gestorben. Mit ihm hatte sie im Sommer oft im Garten gesessen und Händchen gehalten.«

»Vom Erdboden verschluckt?«, fragte Minnie erstaunt nach.

»Ja, man suchte sie drei Wochen. Eines Abends stand die krumme Sonja wieder vor der Tür. Ein Krankenwagen hatte sie hergebracht. Das weiß ich, weil ich damals auf der Parkbank saß.«

Adolf Montrésor betastete seine Beule. »Als Sonja zurückkam, sah sie vollkommen anders aus. Zwar war sie noch nicht so krumm wie heute, aber die Krankheit hatte sie ganz schön gezeichnet. Damals sagten die Ärzte, dass sie einen Schlaganfall erlitten hätte. Seither geht es nur noch bergab mit ihr. Inzwischen ist sie spastisch gelähmt – und, wenn Sie mich fragen, auch erblindet. Ihre Mutter kann das nicht verstehen. Neulich hörte ich, wie sie sich darüber wunderte, dass Sonjas Blick so leer ist.«

»Eine tragische Geschichte«, bemerkte Minnie. »Das Mädchen ist so jung.«

»Die Drogen«, seufzte Adolf. »Schuld daran sind nur die Drogen.« Dann bemerkte er, dass ihnen der kleine Kater zuhörte, und Montrésor schenkte dem Tier einen nachdenklichen Blick. »Wussten Sie, dass Nepomuk eine seltsame Begabung hat?«

Minnie sah ihn fragend an, und Adolf beugte sich vor. Er streichelte das Fell des Katers. »Nepomuk sitzt fast immer auf den Betten der frisch Verstorbenen in Haus Holle«, sagte er leise. »In Rhode Island gab's mal einen ähnlichen Fall. Dort lebte ein Kater namens Oscar in einem Pflegeheim für Demenzkranke. Irgendwann fiel der Heimleitung auf, dass der Stationskater immer kam, wenn es mit einem Bewohner zu Ende ging. Sobald es ans Sterben ging, sprang der Kater aufs Bett. Schließlich entschlossen sich die Ärzte, die Angehörigen derjenigen Menschen zusammenzutrommeln, die Oscar besuchte – weil seine Trefferquote so hoch war. Er lag in allen Fällen richtig.«

»Wie unheimlich«, meinte Minnie.

»Ist das nicht eine Frage der Perspektive?«, fragte Adolf. »Oscar soll den Sterbenden tief in die Augen geschaut, und dabei geschnurrt haben. Viele Menschen hat das beruhigt.«

»Also keine von den Medien aufgebauschte Geschichte?«

»Keineswegs, meine Liebe. Das beweist eine andere Oscar-Anekdote: Einmal lag eine Frau scheinbar im Sterben. Die Ärzte riefen die Angehörigen herbei, doch Oscar ließ sich nicht blicken. Drei Tage später lebte die Frau immer noch. Dann sprang Oscar plötzlich doch aufs Bett der Todkranken, und kurz darauf war sie tot.«

»Ich kann mir gut vorstellen, dass es Dinge zwischen Himmel und Erde gibt, die wir uns nicht vorstellen können«, sagte Minnie.

Der Kater sah sie aufmerksam an.

»Und was denken Sie über dieses Haus, Adolf?«

»Ich kannte es schon vor meiner Krankheit. Als ich noch ein Manager war, habe ich hier mal eine Woche lang gearbeitet. Mein damaliger Chef war der Meinung, dass es uns Managern an Empathie mangelt. Deshalb musste ich eine Woche als Praktikant hier jobben. Das Projekt hieß *Seitenwechsel*.« Sich erinnernd, sog er die Luft ein. »Zuerst hatte ich gar keine Lust darauf. Schließlich musste ich meine sichere Welt und meinen liebgewonnenen Zahlenkosmos verlassen. Doch nach der Woche in Haus Holle spürte ich, wie wichtig diese Erfahrung war. Damals habe ich zum ersten Mal verstanden, dass man nicht immer ans Morgen denken soll, sondern im Hier und Heute leben muss.«

»Aber warum stellt ein Hospiz wie Haus Holle einen Manager als Praktikanten ein?«, wunderte sich Minnie.

»Weil Wirtschaftsbosse dem Haus etwas zurückgeben können – zum Beispiel ökonomische Ratschläge. Für die Pfleger war's auch toll. Endlich konnten sie mal einem Zahlenmenschen erzählen, was sie täglich leisten. Sie haben meinen vollsten Respekt.«

»Und weil Sie das Haus schon kannten, sind Sie …?«

»Ja«, sagte Adolf. »Deshalb bin ich jetzt hierhergezogen.« Er deutete auf die seltsame Stelle an seinem Hinterkopf. »Sehen Sie das? Es ist keine normale Beule, sondern eine Knochenmetastase. Ich bin komplett verkrebst. Ich glaube, dass der Krebs längst von meinen Eiern ins Gehirn gewandert ist. Damit bleibt man nicht in einem Krankenhaus und erst recht nicht zu Hause. Vor allem nicht, wenn die eigene Ehefrau zur selben Zeit wie man selbst erkrankt – und zwar an Alzheimer.« Er lachte bitter auf. »Ja, uns hat es doppelt getroffen. Zwar besucht meine Frau mich zweimal pro Woche, gemeinsam mit einer polnischen Pflegerin, aber sie vergisst immer wieder, wo ich bin. Manchmal erkennt sie mich nicht mal mehr!«

Minnie sah ihn bedauernd an.

»Kürzlich war mein Portemonnaie verschwunden, nachdem meine Frau mich besucht hatte. Sie muss es weggeworfen haben. Vor einem halben Jahr hatte sie schon mal einen Geldschein im Mund. Damals fragte sie, ob ich etwas zum Nachspülen hätte, denn das Essen sei so trocken. Solche Sachen passieren ihr ständig. Dabei wollten wir gemeinsam alt werden.«

Adolf verstummte, und Minnie trug sein Schweigen mit.

In diesem Moment trat ein Pfleger mit einem Rollwagen voller Speisen aus dem Lift. Er klopfte an die Tür der Knopinskis.

»Andererseits«, meinte Adolf mit einem vielsagenden Blick, »ist es manchmal gar nicht erstrebenswert, gemeinsam uralt zu werden.«

»Sie kennen die Knopinskis?«

Montrésor verneinte. »Aber was ich gesehen habe, reicht für ein Menschenleben. Der Alte ist ein Despot, der seine arme Frau fortlaufend schikaniert. Ich habe gehört, dass er sich heute beim Kaffeetrinken von seiner hässlichsten Seite gezeigt haben soll.«

»Mir erscheint er nicht besonders gesund«, sagte Minnie. »Ich tippe auf Wassersucht und ein krankes Herz.«

»Wenn er überhaupt eins hat. Aber seine Frau soll sehr krank sein. Eigentlich verwunderlich. Sie sieht doch ganz fit aus! Auf ihr Äußeres hat sich ihr Gesundheitszustand in den letzten Tagen jedenfalls nicht ausgewirkt.«

Interessiert blickte Minnie auf. Über das Leiden von Gertrud Knopinski wusste sie bislang nichts. »Was fehlt ihr denn?«

»Ein Stück Bauch«, verriet Adolf. »Dort klafft jetzt ein großes Loch, aus dem ständig Eiter fließt. Das hat sie mir selbst erzählt. Angeblich wurde ihr Bauch einmal zu oft geöffnet, als sich die Chirurgen auf ihren aggressiven Krebs gestürzt haben. Die will nicht mehr verheilen.«

Laute Schritte auf der Treppe kündigten den Schmerztherapeuten an, auf den Minnie gewartet hatte. Er stellte sich ihr als Dr. Coppelius vor und wurde von Bruno begleitet.

Adolf verabschiedete sich, und Minnie wurde in ihr Zimmer gebeten.

»Zuallererst«, sagte Bruno, »möchte ich Ihnen ein paar Regeln mitteilen, Minnie. Nicht jeder kommt mit meiner großen Klappe klar, aber im Nachhinein hat es sich immer als ein Vorteil erwiesen, rechtzeitig Klartext geredet zu haben.«

Minnie wusste nicht, was er meinte, doch sie beschloss, Bruno aufmerksam zuzuhören.

»*Die Hygiene ist das Wichtigste in diesem Haus*, sagt die Hauswirtschafterin. Deshalb muss ich Ihnen jetzt ein paar Dinge vorlesen.« Er zog einen Zettel aus seiner teuren Markenjeans. »Wir waschen hier mit Desinfektionsmitteln. Wenn Sie also Wäsche haben, legen Sie alles, was schmutzig ist, einfach in die Dusche. Außerdem ist es in Ihrem eigenen Interesse, sich immer die Hände zu waschen. Deshalb gibt's überall im Haus Spender mit *Desinfektionsmittel*. Und falls Sie sich nachts mal selbst etwas in der Küche zubereiten möchten, beachten Sie bitte die Angaben auf diesem Zettel. Sie können lesen?« Er drückte Minnie ein Blatt Papier in die Hand.

Minnie nickte und setzte ihre Lesebrille auf. Sie überflog Brunos Liste, die offensichtlich von Katharina verfasst worden war.

»Darf ich denn allein in die Küche gehen?«, fragte sie erstaunt.

»Nur, wenn Sie den Empfang dieser Liste quittieren!« Bruno reichte ihr einen Füller, und sie unterzeichnete den Zettel.

»Als Nächstes möchte ich darauf hinweisen, dass es im Esszimmer keine feste Tischordnung gibt. Auch wenn Frau Prinz immer behauptet, dass der Platz am Kopfende ihr gehört. Haben Sie das verstanden?«

Minnie nickte wieder.

»Dann kommen wir jetzt zum Essen. Kostja, unser exzellenter Koch, wird Sie vormittags nach Ihren Wünschen fragen. Sie können ihm sagen, was Sie essen möchten, und er wird es zubereiten. Behandeln Sie ihn bitte nett. Dass wir hier überhaupt einen professionellen Koch haben – und kein *Essen auf Rädern* – ist Mäzenen zu verdanken. Und das soll auch in Zukunft so bleiben. Außerdem gibt es täglich einen Vitaminsaft. Der Koch wird Sie bei seiner Morgenrunde auch fragen, ob sie einen haben möchten.«

Er sah Minnie direkt in die Augen. »Was ist Ihre Lieblingsspeise?«

»Alles außer Graupen.«

»Okay«, sagte Bruno. »Gibt's Nahrungsmittelunverträglichkeiten?«

»Nein.«

Der Pfleger wandte sich an seinen Kollegen. »Jetzt können Sie loslegen, Herr Doktor.«

Dr. Coppelius wedelte mit einem Aktenordner. »Das sind Ihre Patienteninformationen, Minnie. Der Akte kann ich entnehmen, dass Ihnen bislang nur leichte Schmerzmedikamente verordnet worden sind. Wir werden Sie anders einstellen. Aufgrund Ihres Krankheitsverlaufs ist damit zu rechnen, dass Ihr

Tumor im Unterleib aufbricht. In diesem Fall könnten Sie, auch wenn es unwahrscheinlich ist, Schmerzen erleiden. Um dem vorzubeugen – und gleichzeitig Ihre Lunge zu entlasten – werde ich Sie auf Morphium umstellen, das Sie in Tablettenform bekommen. Das ist eine Dosissteigerung.«

»Ist Morphium nicht eine Droge?«, fragte Minnie. »Werde ich davon nicht abhängig?«

»Das ist eine Sorge, die fast alle älteren Gäste beschäftigt«, erklärte Dr. Coppelius. »Doch die Antwort lautet Nein.«

»Um süchtig zu werden, müssten Sie sehr lange leben«, ergänzte Bruno. »Obendrein würden Sie die Sucht erst bei einem Entzug spüren. Den müssen Sie nie mehr machen. Zwar kann eine Sucht sehr schnell auftreten, aber sie ist bei so einer Schmerztherapie prinzipiell unwahrscheinlich.«

»Aber werden meine Sinne nicht durch das Morphium vernebelt?«

Dr. Coppelius musterte die Dame und schüttelte den Kopf. »Bei Ihrer Statur?« Dann korrigierte er sich. »Möglich wäre es. Wir haben die Erfahrung gemacht, dass Patienten, die ...«

»... wenig *Speck auf den Rippen* haben«, warf Bruno ein, »stärker durch Morphium beeinflusst werden als Mollige. Ihre Statur jedoch scheint normal zu sein. Analgetika dosieren wir nach der Wirkung.«

Dr. Coppelius blickte der alten Dame fest in die Augen. »Sollten Sie tatsächlich unter Wahrnehmungsstörungen leiden, dann stellen wir die Dosis wieder um. Sehr starke Wahrnehmungsstörungen kündigen sich außerdem vorab durch Erbrechen an – sodass wir gewarnt sind. Es gibt unzählige Mittel, die Ihnen helfen. Wichtig ist nur eins: Wir müssen Sie so einstellen, dass keine sogenannten Durchbruchschmerzen, also jene Leiden, die über den Grundschmerz hinausschießen, entstehen. «

»In Ordnung«, sagte Minnie. »Heißt das, dass mir nie etwas wehtun wird?«

»Wenn Sie sich den Kopf stoßen, spüren Sie die Beule natürlich«, antwortete Dr. Coppelius. »Aber durch unsere Medikamente werden Sie schmerzarm sein. Jetzt geht es um eine Schmerzkontrolle, denn völlige Schmerzfreiheit kann Ihnen niemand garantieren. Wir werden die Qualen so sehr reduzieren, dass der Restschmerz Sie nicht zu stark beim Denken noch in Ihren Handlungen behindert.«

Er legte eine große weiße Tablette in einen kleinen Messbecher. »Die müssen Sie jeden Abend nehmen. In etwa immer zur gleichen Uhrzeit.«

Dann gab er ihr eine zweite Pille. » Bitte nehmen Sie diese, wenn Sie unter Atemnot leiden. Sie unterdrückt Panik im Keim und normalisiert Ihre Atmung.«

»Welche Nebenwirkungen haben diese Mittel?«, fragte Minnie.

»Durch das Morphium könnte eine Darmträgheit einsetzen und eine leichte Verneblung der Sinne. Vielleicht auch ein Aufblähen des Bauches. Mehr müssen Sie nicht befürchten.«

Er warf einen Blick auf seine Armbanduhr. »Jetzt ist es genau sechs. Bitte nehmen Sie das Morphium immer um diese Zeit.«

»Und wenn ich nachts mal Angst bekomme?«

»In diesem Fall wird Ihnen unsere Nachtschicht helfen. Die Pfleger arbeiten in drei Schichten. Auch von neun Uhr abends bis sieben Uhr morgens sind immer zwei Pfleger anwesend – einer im ersten, der andere im zweiten Stock. Sie müssen nur klingeln.«

Der Arzt reichte Minnie ein Glas mit Wasser, und sie schluckte ihre erste Pille.

Eine Viertelstunde später saß Minnie wieder auf dem Sofa vor ihrem Zimmer. Sie hörte das Glucksen von Professor Pellenhorn – und dass Marisabel Prinz aus ihrer Zeit als erfolgreiche Hundezüchterin erzählte.

Nur ein bisschen Ruhe, dachte Minnie. Sie dämmerte leicht vor sich hin und nahm verschwommen wahr, dass jemand auf der Treppe war, jemand, den sie noch nicht kannte – mit Nepomuk im Gefolge. Jemand, der von oben kam. Sie sah einen dunklen Schatten. Minnie kniff die Augen zusammen. Wer war das? Ein Kind?

Ohne Minnie eines einzigen Blickes zu würdigen, huschte die schwarze Gestalt zur Seite. Und bevor sie verschwand, schaute sie die alte Dame tückisch an und sprang so flink wie ein Wiesel zur Treppe. Obwohl die Begegnung keine Sekunde gedauert hatte, erkannte Minnie, dass das unheimliche Wesen kein Kind gewesen war, sondern ein faltiger Greis. Sein Kopf wurde von Flusen bedeckt, sein Körper war zart und fein.

Was war das, dachte Minnie erschrocken und erinnerte sich an Marisabels Warnung vor dem Bewohner des dreizehnten Zimmers …

»Des dreizehnten Zimmers?« Brunos Stimme holte sie schlagartig in die Realität zurück. Plötzlich stand der Pfleger neben dem Sofa. Minnie hatte sein Kommen nicht bemerkt. Bruno musterte die alte Dame besorgt. »Was haben Sie gerade gesagt? Fantasieren Sie? Kommen Sie, Minnie, das Abendessen wartet!«

Minnie lauscht

Minnie erwachte aus einem tiefen Schlaf. Erschrocken blickte sie auf die Uhr. Schon elf Uhr vormittags! So lange schlief sie sonst nie. Und was war gestern Abend geschehen? Sie stellte fest, dass sie sich nicht daran erinnern konnte, zum Abendessen im Esszimmer gewesen zu sein. Auch an das Klavierkonzert fehlte ihr jede Erinnerung.

Jumbo jedoch lag halb zugedeckt neben ihr. Im Halbschlaf musste sie das uralte Stofftier sorgfältig mit einem Spitzendeckchen zugedeckt haben. Anscheinend war sie selbst zu Bett gegangen.

In diesem Moment klopfte es, und Minnie erblickte einen blauen Haarschopf. Koch Kostja streckte den Kopf zur Tür herein. »Darf ich reinkommen? Ich habe bereits zweimal geklopft, weil das *Bitte nicht stören*-Schild nicht an der Klinke hängt …«

»Natürlich! Hab ich etwa das Frühstück verpasst?«

Minnie drückte auf einen Knopf, und das Kopfteil des Bettes stellte sich automatisch hoch.

Kostja setzte sich zu ihr. »Möchten Sie ein spätes Frühstück genießen? Vielleicht ein weiches Ei, etwas Obst, ein Croissant und frischen Aufschnitt?«

»Geht das noch?«

»Kein Problem. Außerdem habe ich heute wieder einen frischen Vitaminsaft gemixt – aus Bananen, Kiwis und Joghurt, mit etwas Milch. Wie wär's?«

Minnie nahm das Getränk dankend entgegen. Es schmeckte wunderbar.

»Ich verstehe nicht, warum ich so lange geschlafen habe.«

»Soweit ich weiß, kommt Dr. Coppelius gleich zu Ihnen, um Sie zu fragen, wie Sie die gestrige Medikation vertragen haben. Im Zweifelsfall können Ihre Schmerzmittel heruntergestuft werden. Beim ersten Mal passiert so etwas öfter.«

»So etwas?«, fragte Minnie.

»Sie sind gestern beim Abendessen eingenickt und danach wie ein Stein ins Bett gefallen«, erklärte der junge Koch lächelnd. »Werden Sie heute zum Mittagessen nach unten kommen?«

»Natürlich! Ich habe schließlich lange geschlafen.«

»Worauf haben Sie Appetit?«

Minnie musste nicht lange überlegen. »Auf Hühnerfrikassee!«

Der Koch notierte sich ihren Wunsch. »Wissen Sie, dass Sie damit voll im Trend liegen?«

»Inwiefern«?

»Nun, das wünschen sich die meisten Gäste als Erstes von mir!«

Die alte Dame musste lachen. »Was steht sonst oben auf den Wunschlisten der Gäste?«

»Gulasch, Frikadellen, Rouladen, Ragout, Königsberger Klopse und Matjes. Das mögen fast alle, egal, welchen Alters. Es gibt auch viele Gerichte, die mancher Gast zum ersten Mal in seinem Leben probiert – zum Beispiel Lasagne!«

»Die habe ich schon oft gegessen«, sagte Minnie. »Doch mich interessieren noch zwei andere Dinge ...«

»Was denn?« Kostja horchte neugierig auf.

»Erstens, ob es Ihnen wohl gelingen würde, ein uraltes Gericht zu kochen, mit dem mich meine Urgroßmutter immer verwöhnt hat.«

»Natürlich, wenn Sie mir verraten, was es ist?«

»Bratkartoffeln mit Speck und Bohnen!«

»Oje«, meinte Kostja. »Rezepte, die so einfach klingen, sind meistens am schwersten zu kopieren. Ich schlage Ihnen etwas anderes vor: Wir könnten *gemeinsam* an Ihren Bratkartoffeln arbeiten, bis sie so schmecken wie bei Ihrer Uroma. Wie lautet Ihre zweite Frage?«

»Warum geben Sie sich so viel Mühe, um uns Gäste derart zu verwöhnen?«

Die Miene des jungen Kochs wurde ernst. »Viele der Todkranken, die ich bekoche, haben zerstörte Geschmacksnerven, eine häufige Nebenwirkung der Chemotherapie. Deshalb möchte ich in der letzten Lebensphase dazu beitragen, den Bewohnern ein bisschen Geschmack zurückzugeben. Manchmal ist das nur durch eine Erinnerung an den Duft eines Gerichts möglich, ein anderes Mal durch dasselbe Aussehen. Außerdem lässt ein gutes Essen viele Gäste *spüren*, dass sie noch leben.«

»Wie Frau Krause, die so viel verschlingt?«

Kostja lachte. »Sie haben Omi schon kennengelernt?« Er senkte seine Stimme. »Für Omi bedeutet Essen Hoffnung. Als sie zu uns kam, war sie noch dünner. Inzwischen hat sie dreieinhalb Kilo zugenommen. Sobald unsere Gäste mit optimalen Schmerzmitteln versorgt worden sind, fühlen sie sich besser. Dadurch erwacht der Hunger wieder. Je größer der Appetit wird, desto größer wird auch die Hoffnung, dem Tod ein Schnippchen schlagen zu können. Viele Gäste glauben, dass Todkranke nicht mehr zunehmen. Deshalb freuen sie sich über jedes zurückeroberte Kilo. Und allmählich keimt auch die Hoffnung, dass sie eines Tages wieder in die eigenen vier Wände zurückkehren können.«

»Bis …?«

»Darüber sollten wir jetzt nicht reden. Nicht, weil ich Ihnen Angst machen will, sondern weil wir heute leben.« Er legte seine Hand auf Minnies. »Kein Tod ist wie der andere. Das Sterben lässt sich nicht planen. Deshalb koche ich ein Wunschgericht sofort, wenn mich ein Gast darum bittet. Am nächsten Tag könnte er schon tot sein. Wenn mich ein Gast um fünf Uhr nachmittags um ein aufwändiges Gericht bittet, gehe ich gerne noch zum Markt. Auch wenn ich weiß, dass der Gast nur einen halben Löffel schaffen wird.«

»Ist das denn sinnvoll?«, fragte Minnie.

»Klar! Lieber noch einmal genießen, statt auf etwas zu verzichten.«

»Und wenn ich eine einzige Gabel Spaghetti mit einer Spezialsoße bestelle, weil ich nur noch eine Gabel voll schaffe?«

Der Koch grinste. »Ich glaube, Sie haben längst verstanden, was ich Ihnen sagen will. Wenn Sie eine Gabel Spaghetti mit einer Spezialsoße bestellen, kriegen Sie exakt diese Menge. Mehr aufzutischen wäre ein zu großes Risiko. Bei größeren Mengen besteht die Gefahr, dass mein Gast nicht mehr zugreift, weil er sich nicht enttäuschen will.«

Die Hand des Kochs zeigte zur Decke. »In der zweiten Etage wohnt ein Gast, dem sein Tumor die Speiseröhre zugedrückt hat. Er kann nicht mehr schlucken und darf nichts mehr trinken. Dennoch habe ich ihm eine Erbsensuppe gekocht, weil er sie sich gewünscht hatte. Davon hat er sich einen Löffel voll auf der Zunge zergehen lassen – und dann alles ausgespuckt. Doch dabei hat er gelächelt!«

»Nicht mehr schlucken zu können, muss furchtbar sein! Leidet dieser Gast nicht schrecklich?«

»Mitunter ja«, sagte Kostja. »Neulich meinte er zu seiner Frau, dass er trotzdem hier Weihnachten feiern möchte. Schluckprobleme sind leider kaum zu therapieren. Anders verhält es sich mit Atemnot und Durst. Diese Probleme meistern wir spielend.«

In diesem Moment spürte Minnie zum ersten Mal ein neues Gefühl, das sie nur mit dem Begriff *schön* beschreiben konnte: ein tiefes Vertrauen in die Fähigkeiten derjenigen Menschen, die hier arbeiteten. In gleichem Maße, wie ihr Vertrauen zu Ärzten und Pflegern wuchs, schwand ihre Angst.

Eine Stunde später hatte Dr. Coppelius Minnie verordnet, die Morphiumdosis zu halbieren. Nun saß sie bei einem weichen Ei am Esszimmertisch. Annette und Angie leisteten ihr Gesellschaft, während Kostja in der Küche hantierte.

Annette genoss ein blutiges Steak. »Nachher wirst du dich wieder übergeben …«, warnte Angie und beäugte misstrauisch, wie gierig ihre Frau das Fleisch verschlang.

Annette blinzelte ihr fröhlich zu. »Egal! Gestern Nacht ist mir eine neue mathematische Formel eingefallen. Zehn Minuten Genuss minus eine Minute Erbrechen ergibt neun Minuten Genuss!«

Minnie und Angie lachten zustimmend.

»Ausgeschlafen?«, fragte Angie Minnie. »Wir waren richtig besorgt, dass Sie gestern bei Tisch eingenickt sind. Vor allem Frau Prinz.«

Minnie gestand, dass sie sich an nichts erinnern konnte und schob es auf das Morphium.

»Das kenne ich«, sagte Annette. »Als ich meine ersten Schmerzmedikamente im Hospiz bekam, war ich auch direkt ein bisschen high. Sie sind gestern schließlich zum ersten Mal in Ihrem Leben abgeschossen gewesen. Aber eins können Sie mir glauben: Das legt sich schnell wieder und ist nichts im Vergleich zum Krankenhaus, wo ich oft um Schmerzmittel betteln musste und ein furchtbares Auf und Ab von Schmerz und halber Narkose erlebt habe. Noch dazu liegt man die ganze Zeit an Schläuchen und bekommt im Stundentakt Schmerzmittel. Ich war wochenlang ans Bett in einem Zimmer gefesselt, in dem ich nicht mal ein Fenster öffnen konnte. Es war die dreckigste Zeit in meinem Leben.«

»Damals dachte ich zweimal, dass du sterben würdest«, erinnerte sich Angie. Sie wandte sich Minnie zu. »Deshalb haben wir auch am Krankenhausbett geheiratet. Möchten Sie die Fotos sehen?«

Bewegt schaute Minnie sich die zwei Hochzeitsfotos an, die Angie aus ihrem Portemonnaie gezogen hatte. Auf den

Bildern war Annette spindeldürr, und aus ihrer Nase ragte ein riesiger Plastikschlauch.

»Den haben wir Elefantenrüssel getauft«, prustete Angie los. »Als Annette hierherkam, ließ sie ihn sich als Erstes rausziehen. Dass das noch mal passieren würde, hätten wir beide nicht mehr für möglich gehalten.« Sie wurde nachdenklich. »Wären wir damals schon im Hospiz gewesen, dann hätten wir hier ein richtig großes Fest feiern können – mit Stehtischen und Sekt.«

»Aber die Krankenhaushochzeit war auch schön«, sagte Annette. »Obwohl der Tag total anstrengend für mich gewesen ist.«

Angie deutete auf eins der Fotos. »Am Tag unserer Trauung hat sich Annette tierisch zusammengerissen. Die Standesbeamtin war für neun Uhr bestellt, und mir schlotterten die Knie vor Aufregung, als ich das Krankenhauszimmer betrat. Ich konnte kaum fassen, dass Annette ihre letzten Kräfte mobilisiert und sich auf einen Klappstuhl gesetzt hatte. Sogar die Standesbeamtin hatte Pipi in den Augen.«

Minnie war gerührt.

»Damals hätte ich mir niemals vorstellen können, dass es mir wieder so gut gehen würde wie heute«, erklärte Annette.

»Du bist eben ein Paradebeispiel für die Palliativmedizin hier im Hause«, erwiderte Angie ernst. »Seit du hier bist, sind fast alle Sorgen von mir abgefallen. Vor allem die, dass du schnell stirbst.«

»Wie war das gestrige Klavierkonzert? Und wie war Nana?«, wechselte Minnie das Thema.

»Wir waren auch nicht da«, verriet Annette. »Aber soweit ich weiß, hat Marisabel Prinz der Abend sehr gut gefallen. Sie schwärmt immer noch von Nana Mouskouris Lied *Aber die Liebe bleibt.*« Sie lachte schallend und klopfte sich auf die dünnen Schenkel. »Dafür haben Sie etwas anderes wirklich Witziges verpasst, Minnie! Mutter Merkel ist gestern Abend beim Ausparken – und wegen einer falschen Drehung – rückwärts gegen den Poller vor dem Haus gefahren. Jetzt hängt er auf halb acht!«

»Ehe der Poller nicht völlig kaputt ist, wird sie nicht zufrieden sein«, fügte Angie hinzu, und zu ihrer Frau sagte sie: »Du weißt, wir haben heute noch viel vor!«

»Was denn?«, fragte Minnie.

»Heute beziehe ich meine neue Wohnung«, verriet Angie. »Die alten vier Wände haben wir zu Ende Oktober aufgelöst. Ohne Annette wird sie zu teuer für mich.« Sie sah ihre Frau an. »In meinem Leben bin ich schon vierzehnmal umgezogen. Aber bislang ist mir kein Umzug so schwergefallen wie dieser. In der kommenden Nacht schlafe ich zum ersten Mal in den neuen vier Wänden. Das will ich auf keinen Fall allein tun. Annette soll ihre Duftmarke dort setzen. Wäre sie in der kommenden Nacht hier und ich dort, hätte ich das blöde Gefühl, mir schon jetzt mein eigenes Nest bauen zu müssen.«

»Aber erst bekomme ich noch eine Punktion von Dr. Coppelius«, meinte Annette und deutete auf ihren aufgeblähten Bauch. »So sieht eine Wassersucht aus, liebe Minnie!«

»Guten Morgen!« Die mollige Gertrud Knopinski betrat das Esszimmer. Sie trug einen gemütlich aussehenden, himmelblauen Schlafanzug.

Minnie erwiderte den Gruß, die jungen Frauen nickten zurückhaltend.

»Mein Gott, wie mein Magen knurrt.« Genüsslich rieb sich Gertrud den Bauch. Ohne ihren grässlichen Gatten im Schlepptau entpuppte sie sich als eine wahre Entertainerin. Sie ließ sich Käse servieren, gönnte sich ein Glas Chardonnay und verschüttete die Hälfte des Weins über ihren Pyjama, als sie von einem plötzlichen Hustenanfall überrascht wurde.

»Gut, dass mein Mann noch schläft«, sagte sie lachend. »Ein mit Chardonnay ruinierter Pyjama wäre ihm einen Skandal wert.«

»Ihr Mann ruht sich aus?«, fragte Minnie höflich.

»Ja, er hat die ganze Nacht über etwas gegrübelt«, ereiferte sich Frau Knopinski auskunftsfreudig. »Jetzt ist er so müde, dass ich das *Bitte nicht stören*-Schild an die Tür gehängt habe. Aber mir geht's heute gut!«

Minnie konnte sie gut verstehen. Gertruds Dompteur fehlte.

»Vielleicht können wir mal zusammen spazieren gehen«, schlug Minnie ihr vor.

»Spazieren ist nicht mehr meins«, erwiderte Gertrud ehrlich. »Aber wie wäre es mal mit einer Schachpartie? Zu Hause habe ich ein handgeschnitztes Spiel. Knut könnte es holen. Allerdings wohnen wir fünf Stunden entfernt.«

Erfreut sagte Minnie zu.

»Und vielleicht«, fuhr Gertrud fort, »gehen wir mal gemeinsam auf die Suche nach einem guten Restaurant im Viertel. Schließlich sind wir noch mobil. Ich habe noch so viel vor … Nicht auszudenken, dass …«

Sie brach mitten im Satz ab.

»Ja?«, ermunterte sie Minnie.

»Nicht auszudenken, dass einem hier eine Tür geöffnet wird, die zu einem Gang führt, in den man einfach reingehen soll. Das klingt so schrecklich! Es erinnert mich immer an Tolstois Erzählung *Der Tod des Iwan Iljitsch*. Als Iwan im Sterben liegt, leidet er unter dem Gefühl, von allen Seiten in einen schwarzen Sack gepresst zu werden. Finden Sie das auch so schrecklich?«

»Entschuldigung, was meinen Sie?« Tolstoi war ein Fremdwort für Minnie. Sie las mit Vorliebe Utta Danella. Die Figuren in diesen Romanen erinnerten sie stets an ihre Schwestern. Außerdem hatte sie ein Faible für Kriminalromane.

Gertrud sah sie durchdringend an. »Ich meine Folgendes: Finden Sie es nicht auch erschreckend, dass Sie bald einen Weg gehen sollen, den Sie noch nie gegangen sind?«

»Ja.« Statt Minnie hatte Annette geantwortet. Ihre Augen verdüsterten sich und sie fuhr fort: »Ich bin mit meinem Leben im Reinen. Nur eine Sache macht mich traurig. Ich kann mir nicht vorstellen, meine schöne Angie allein zurücklassen zu müssen. Wir waren noch nie getrennt.« Plötzlich liefen ihr Tränen über die Wangen.

Angie nahm Annettes Hand. »Wir haben über alles geredet. Es wird niemals der Fall sein, dass Annette mich verlässt. Höchstens, dass Annette gehen *muss*. Das ist ein Riesenunterschied.«

Minnie und Gertrud waren tief beeindruckt.

»Wenn Annette eines Tages so krank ist, dass ihre Seele und ihr Geist nicht mehr in ihrem Körper bleiben können, muss sie beides loslassen. Ich möchte nicht, dass das, was Annette ausmacht, in ihrem kranken Körper gefangen ist. Annette soll es gutgehen. Ich weiß, dass es ihr besser gehen wird, wenn sie aus ihrem Körper herausgeht. Im Krankenhaus war sie mir manchmal ganz fremd.«

Ein lauter Knall von draußen unterbrach ihr Gespräch. Minnie blickte aus dem Fenster und sah, dass ein silberfarbener Golf rückwärts gegen den Poller gefahren war.

Mutter Merkel war zurück.

»Heute bekomme ich Besuch vom Bestatter!« Bella Schiffer blätterte in Sarg-Prospekten. Keine einzige Sorgenfalte verunstaltete die Stirn der ehemaligen Schönheitskönigin. »Welchen Sarg ich bloß auswählen soll?«

»Dass Sie an so etwas denken!« Marisabel Prinz fröstelte. Sie lenkte das Thema umgehend auf sich selbst. »Andererseits … die reale Welt lässt einen ja nicht los, nur weil man jetzt hier lebt. Schauen Sie mal, was mir heute mit der Post ins Haus geflattert ist – Rechnungen über Rechnungen!« Frau Prinz wedelte mit ein paar Blättern und klammerte sich dann an ihre Teetasse. Ihre grünen Augen füllten sich mit Tränen, und sie fuhr mit zitternder Stimme fort: »Jetzt soll sich auch noch meine Tochter an meinen unbezahlten Rechnungen beteiligen. Das Leben ist so ungerecht!« Sie weinte bitterlich.

Minnie sah sie tröstend an. »Für Ihre unbezahlten Rechnungen findet sich bestimmt eine Lösung«, sagte sie.

»Es ist ja nicht nur das!«, erwiderte Frau Prinz. »Eigentlich könnte ich meine Wohnung in bester Lage schnell zu Geld machen, aber sie ist Teil eines Neubaus, in dem die Dachterrasse undicht war. Dadurch ist Wasser in die obersten Wohnungen gedrungen, und zwei betroffene Nachbarn haben ihre Wohnungen neu sanieren lassen. Die immensen Kosten dafür möchten sie nun gerichtlich auf die restliche Hausgemeinschaft umlegen lassen. Ich soll mich mit bis zu fünfzehntausend Euro beteiligen! Hören Sie mal, was mir heute der Anwalt einer der Miteigentümer geschrieben hat: *Klarstellend erlauben sich die Beklagten auch ausdrücklich darauf hinzuweisen, dass sie sich vorbehalten, eine etwaige Widerklage gegen die Kläger auf Zahlung der einzelnen, sich aus ihren Miteigentumsanteilen ergebenden Beträge geltend zu machen.*«

»Das ist eine eindeutige Drohung«, sagte Minnie. »Haben Sie den Psychologen schon mal um Hilfe gebeten?«

»Dr. Albers?« Frau Prinz' Stimme wurde schrill. »Das Haus weiß genau, welche Sorgen ich habe. Soll ich es Ihnen mal genau vorrechnen? Ich bekomme 96 Euro Rente. Davon muss ich meine Vitaminpräparate, meine Nahrungsergänzungsmittel und mein Kompaktmittel für die Knochen bezahlen.« Ihre Stimme überschlug sich. »Die Kosten dafür übernimmt niemand, weil es keine verschreibungspflichtigen Medikamente sind. Dabei habe ich schon alle laufenden Kosten auf ein absolutes Minimum reduziert. Sogar mein Handy-Vertrag wurde gekündigt. Ich könnte kotzen! Ich habe doch jahrelang geschuftet. Diese Ungerechtigkeit erbost mich. Und dass meine Tochter wegen der ganzen Rechnungen angeschrieben wird!«

»Andere haben auch Geldsorgen«, sagte Bella Schiffer mit unbewegter Miene. »Bei mir sind zwanzig Euro aus dem Nachtschrank verschwunden!«

Doch Frau Prinz schenkte ihrer Sitznachbarin kein Gehör. »So etwas macht man nur einmal mit Marisabel Prinz. Ich rappele mich immer wieder auf. Ich habe die Kraft dazu. Das weiß ich, weil ich schon einmal all meinen Besitz verloren habe.«

Ihre Worte schwebten im Raum. Keiner der Gäste traute sich, etwas zu sagen. Aber Marisabel wäre ohnehin nicht mehr zu bremsen gewesen. »Sie müssen wissen, dass eine schwere Zeit hinter mir liegt. Vor zwanzig Jahren wurde schon einmal Krebs bei mir festgestellt. Damals gelang es mir noch, die Krankheit zu besiegen, aber gleichzeitig bin ich bis auf das Sozialhilfeniveau abgerutscht. Kurz darauf habe ich mich von meinem dritten Mann scheiden lassen, mich wieder hochgearbeitet, eine Eigentumswohnung verkauft, und all mein Geld in eine professionelle Hundezucht investiert. Sie können sich nicht vorstellen, wie viel Geld sich damit verdienen ließ! Das Geld floss in Strömen. Zuletzt musste ich es in einem Bettkasten bunkern.«

Ein bitterer Hauch mischte sich in ihre Erinnerungen, und ihre Stimme wurde etwas leiser. »Als ich fünfzig war, traf ich die vierte Liebe meines Lebens. Leider entpuppte sich dieser Mann als Heiratsschwindler, der mich finanziell ausbeutete. Aber das macht man – wie gesagt – nur einmal mit mir. Ich habe mir das ganze verlorene Geld mit einem Trick von diesem Mann zurückgeholt, indem ich den Kerl verführte und ihn nach dem Sex dazu brachte, mir einen Schuldschein zu unterschreiben.« Triumphierend blickte Frau Prinz ihre gebannten Zuhörer an, und fuhr fort: »Aber das Schicksal war noch immer nicht fertig mit mir. Kurz darauf entlarvte ich meine Tochter als Drogendealerin. Sie handelte mit Heroin. Und zu dieser Zeit muss mein Krebs zum zweiten Mal ausgebrochen sein. Darauf verwette ich meinen Arsch. Wahrscheinlich hat der Stress mein Immunsystem damals so geschwächt, dass die Krankheit mich überrumpeln konnte.« Marisabels Blick ging ins Leere. »Trotzdem habe ich meinen Frieden gemacht mit allen, die mir schaden wollten. Offene Rechnungen gibt es nun nicht mehr. Abgesehen von diesen Forderungen.« Sie deutete auf die zwei Mahnungen.

Als Kostja das Esszimmer betrat, brach er das verlegene Schweigen. »Wie viele Gäste möchten heute speisen? Ich muss gleich den Tisch eindecken.« Rasch zählte er die Runde ab.

Marisabel Prinz nutzte die Gelegenheit und fragte ihn: »Kochen Sie am Weihnachtsfest eigentlich was Besonderes? Den letzten Heiligabend habe ich im Krankenhaus verbracht. Dieses Jahr sollen meine Feiertage unvergesslich werden.«

»Natürlich«, erwiderte Kostja. »Weihnachten wird bei uns immer ganz groß gefeiert. Sogar die Bischöfin besucht uns. Letztes Jahr habe ich schon Anfang Dezember mit dem Menüplan angefangen und Heiligabend rund dreißig Gäste bewirtet. Später haben mir viele Gäste erzählt, dass sie das Fest zum ersten Mal seit vielen Jahren wieder richtig genossen hätten, weil sie weder Sorgen, Einkaufsstress noch Ärger mit der Familie hatten.«

»Was haben Sie denn aufgetischt?« Misstrauisch musterte Marisabel den blauen Haarschopf des Kochs.

Kostja ließ sich nicht verwirren. »Letztes Jahr gab es geräucherte Forelle und Wildlachs mit Feldsalat. Außerdem habe ich Wildente, Knödel und Rotkohl zubereitet. Und als Dessert ein köstliches Maracuja-Parfait!«

»Das klingt verlockend. Aber gab es auch einen Christbaum?« Frau Prinz fuhr sich mit der Zunge über die Lippen.

»Oh ja, ich möchte einen riiiiiesigen Weihnachtsbaum!« Die Stimme eines Kindes hallte durchs Esszimmer.

Neugierig blickte Minnie zum Eingang und sah, wie das kleine Mädchen einen Rollstuhl schob.

»Nicht so schnell, Fee!« Im Rollstuhl saß eine junge Frau mit strähnigen Haaren. »Du bringst Mama sonst noch um! Fee ist manchmal etwas hastig«, fügte sie entschuldigend hinzu. Dann fiel der jungen Frau auf, dass sie sich noch gar nicht vorgestellt hatte. »Ich bin Nadine Nisse aus Zimmer 11, und das hier ist mein kleines Mädchen.«

Minnie musterte das hochgelegte, linke Bein der jungen Mutter. Es war doppelt so dick wie das rechte.

Minnies forschender Blick war der jungen Frau nicht entgangen. Sie fuhr sich durch die strähnigen Haare, die ihr auf die Schultern fielen, und fixierte ihren Oberschenkel. »Damit«, erklärte sie, »lässt sich nur noch mit Mühe und Not bis zum Klo kriechen. Mein linkes Bein ist dicker als das von Uwe Seeler in seinen besten Zeiten, stimmt's? Was bei ihm Muskeln waren, ist bei mir ein großer Tumor, der sich mit Wasser vollgesogen hat. Tja, als Scheiß-Obdachlose mit HIV und Drogen in der Birne geht man halt nicht immer zum Arzt.«

»Was ist eine Scheiß-Obdachlose?«, fragte Fee.

»Etwas, was du nie im Leben sein wirst«, antwortete Nadine. »Wenn Mama im Himmel sein wird, wovor ich eine Scheißangst habe, wirst du zu Tante Maria auf den Bauernhof ziehen. Dort gibt es Pferde, Hunde, Katzen – und viele, viele Schweine.«

Alle Blicke richteten sich auf Nadines Kind.

Irgendwie schaffte es Professor Pellenhorn, der von einer über Nacht erblondeten Omi ins Esszimmer geschoben worden war, trotz seiner Lähmung ein buntes Bonbon hervorzuzaubern, das plötzlich in seinem Schoß lag.

Fee ließ sich nicht zweimal bitten.

Nach dem Mittagessen ging Minnie zum ersten Mal in die Küche.

Kostjas Reich blitzte und blinkte. Über einem großen Herd baumelten zahlreiche Pfannen, Messer, Töpfe und Schüsseln.

Auf dem Rollwagen standen drei Vitamindrinks. *Nicht jeder mag täglich einen,* rief sich Minnie Kostjas Worte ins Gedächtnis.

Ihr stach eine Liste ins Auge, die über einer Anrichte hing. Sie enthielt alle Namen der Gäste und verriet deren Essensvorlieben:

> *Zimmer 1: Klärchen Krause. Großen Appetit auf alles. Mit farbigen Speisen verwöhnen.*
> *Zimmer 2: Gertrud Knopinski. Alles außer Süßem. Chardonnay anbieten.*
> *Zimmer 3: Adolf Montrésor. Kein Alkohol! Trockener Alkoholiker!*
> *Zimmer 4: Bella Schiffer. Kleine Portionen. Kein Fisch. Gern Vitamine. Mag Sekt.*
> *Zimmer 5: Professor Berthold Pellenhorn. Nur Püriertes! Nichts Hartes!*
> *Zimmer 6: Minnie. Keine Graupen.*
> *Zimmer 7: Sonja Merkel. Liebt Torten. Kaugummis anbieten.*
> *Zimmer 8: Cristiano Vernandez. Nach Sonderwünschen fragen.*
> *Zimmer 9: Marisabel Prinz. Vegetarierin. Gern Blauschimmelkäse, gern Rotwein, gern Antipasti. Täglich nach Sonderwünschen fragen. Vitamindrink ohne Milch aufschütten. Bei Früchten nach Abneigungen fragen.*
> *Zimmer 10: Annette Müller. Mag frische Früchte und blutige Steaks.*
> *Zimmer 11: Nadine Nisse. Isst alles.*
> *Zimmer 12: Herbert Powelz. Kann weder essen noch schlucken. Trotzdem kleine Portionen anbieten.*

Einen Moment lang staunte Minnie über die Vorlieben ihrer Mitbewohner. Der Inhalt von Kostjas Liste deckte sich mit ihren Beobachtungen über die *komplizierte* Hundezüchterin, die schönheitsbewusste Frau Schiffer, die um ihr Gewicht besorgte Omi und Annettes Vorliebe für Fleisch. Einzig, dass Adolf Montrésor früher ein Trinker gewesen war, hätte Minnie nicht vermutet.

Kostjas Reich gefiel Minnie, und es weckte ihre Lust auf eine größere Sightseeingtour. Sie fuhr in den zweiten Stock, wo sie ein öffentliches Wohnzimmer fand, das direkt an den Flur angrenzte. In der Mitte des Zimmers stand ein großes Aquarium.

Müde ließ sich Minnie auf einem Ledersofa nieder. Fasziniert schaute sie den bunten Fischen zu, die durch das Becken schwammen. Mal schienen sie sich in der Form einer Ellipse zu formieren, dann bildeten sie Kreisel, bevor sie hektisch auseinanderstoben und sich erneut zu einem Schwarm formierten. Diese Bewegungen hypnotisierten Minnie, und sie schlief ein.

»Ich nehme alles mit, was hier angeboten wird. Wissen Sie, dass eine Klangschalentherapie zur Körperharmonisierung fünfzig Euro kostet?«

Marisabel Prinz' Stimme ließ Minnie aus dem Schlaf hochschrecken. Offensichtlich war die linke Seite des Wohnzimmers eine dünne Trockenbauwand. Die alte Dame konnte jedes Wort verstehen, das in Zimmer 9 gesprochen wurde.

Gerade fragte Marisabel ihr Gegenüber, was es über *den gestrigen Neuzugang* denke.

»Ich habe Minnie noch nicht kennengelernt«, antwortete eine fremde, weibliche Stimme. »Aber jetzt müssen Sie einen Moment lang ruhig sein, Frau Prinz.«

Doch Marisabel fuhr ungerührt fort. »Minnie sieht schrecklich weiß aus. Vielleicht wäre eine Bluttransfusion angebracht?«

Die Antwort war ein langes Schweigen.

Auch Frau Prinz schwieg kurz, doch dann legte sie erneut los. »Meine Güte! Womit sich die Zeitungen heute wieder beschäftigen ... Angeblich hat die Sängerin Beyoncé Knowles bei Barack Obamas zweiter Amtseinführung nicht live gesungen. Und der aufgebauschte Pferdefleisch-Skandal. Die Journaille ist empört! Wen interessiert das?«

Minnie hörte das Rascheln einer Zeitung. Die Plauderlaune von Marisabel war nur für ein paar Sekunden unterbrochen.

»... und dann das hier: Prinz Harry hat Taliban getötet. Wenn Sie mich fragen, steckt dahinter eine Imagekampagne, um von seinen Nacktfotos in Las Vegas abzulenken. Dass die Briten die Royals so lange finanzieren ... Schön dumm! Genau wie die Kanzlerin! Ich gebe ja zu, dass ich selbst eine CDU-Wählerin bin. Aber was die Merkel treibt, empört sogar mich. Zuerst pumpt sie Milliarden nach Griechenland, und jetzt betreibt sie auch noch Weiberwirtschaft. Wie kann sich Merkel nur auf die Seite von Schavan schlagen, die bei ihrer Doktorarbeit geschummelt haben soll? Vollstes Vertrauen – pah! Wer Merkels vollstes Vertrauen hat, tritt kurz darauf zurück – das habe ich inzwischen gelernt. Diese Politiker ... Zumindest darüber muss ich mich bald nicht mehr aufregen.«

»Sie sollten sich überhaupt nicht aufregen«, riet die fremde Stimme. »Konzentrieren Sie sich lieber auf die Klangschalentherapie.«

»Hach, seien Sie nicht so. Für einen Plausch ist immer Zeit. Finden Sie nicht?«

»Frau Prinz! Ich kann nicht mit der Klangschalentherapie anfangen, wenn Sie ständig reden!«

»Wie wirkt der Zauber eigentlich?«, fragte Marisabel nach.

»Ganz einfach! Ich packe jetzt verschiedene Schalen aus und stelle sie auf den Bauch und die Beine. Dann schlage ich jede Schale mit einem Trommelstock an. Dadurch wird Ihre Körperflüssigkeit die Klänge durch Ihren Körper transportieren.«

»Wozu soll das gut sein?«

»Sie werden ein wohliges, warmes Gefühl spüren. Außerdem fördert der Schall Ihr Urvertrauen. Er hilft Ihnen zu akzeptieren, was auf Sie zurollt. Das Motto lautet: *Berühre einen Muskel – und du berührst das Gefühl.* Durch die Klangschalentherapie können Visionen, Bilder und Erinnerungen vor Ihrem inneren Auge auftauchen.«

»Damit könnten Sie jede Menge Geld verdienen«, meinte Frau Prinz. »Warum bieten Sie das kostenlos an, und dann auch noch in einem Hospiz?«

»Weil mich Hospize faszinieren«, antwortete die Klangschalentherapeutin. »Hier gibt es das, was die Menschen draußen verzweifelt suchen – eine echte Entschleunigung. Komischerweise ist das Leben an Orten wie diesen lebendiger als das Leben da draußen. Mich macht's einfach glücklich, hier zu arbeiten.«

»Das verstehe ich nicht«, erwiderte die Hundezüchterin. »Ich wäre am glücklichsten, wenn ich mich wieder richtig aufrappelte.«

Die ehrenamtliche Mitarbeiterin widersprach ihr. »Jeder sucht sein Glück halt woanders. Mich erfüllt es viel mehr, anderen Menschen zu helfen, ihnen zuzuhören und ihre Hand zu halten, als Trockenshampoo und Ultra-Lift-Cremes zu vermarkten. Bislang waren die Gespräche in einem Hospiz immer unglaublich ehrlich. Man redet kaum mehr um den heißen Brei herum, außer wenn die Gäste und ihre Familien das Sterben tabuisieren. Kürzlich habe ich einen Mann hier behandelt, dessen Gattin wie eine Katze um das Thema Tod herumschlich. Ich spürte, dass sie gern darüber gesprochen hätte. Aber sie schob es immer weiter nach hinten hinaus. Plötzlich war es zu spät. Manchmal können Sterbende innerhalb von wenigen Stunden nicht mehr reden. Angeblich ist die Witwe deshalb in psychologischer Behandlung.«

»Ich muss mich unbedingt noch mit meiner Tochter aussprechen«, sagte Frau Prinz plötzlich. »Aber ängstigt Sie dieses ganze Kommen und Gehen in einem Hospiz nicht auch manchmal? Oder halten Sie professionelle Distanz zu den Gästen?«

»Professionelle Distanz ist scheiße«, sagte die Ehrenamtliche. »Ich habe mich immer über Krankenhausärzte geärgert, die bloß eines wollen: schnell zum nächsten Patienten eilen. Wer Gefühle zeigt, gilt als zu emotional. In Haus Holle tragen die Menschen keine Masken. Das finde ich so toll, dass ich mich bald zu einer Sterbe-Amme ausbilden lassen werde. Wenn ich das geschafft habe, darf ich die Gäste auch in den letzten Stunden begleiten.«

Daraufhin schlug sie mit dem Trommelstock gegen eine Schale. Und Frau Prinz schwieg zum ersten Mal an diesem Morgen.

Plötzlich hatte Minnie den Eindruck, dass etwas passiert sein musste, denn die Pfleger eilten im Minutentakt zu Zimmer 8. Wenn sie es wieder verließen, trugen sie eine Leichenbittermiene.

Minnies Wohnzimmersofa erwies sich als Logenplatz, und sie versuchte, sich zu erinnern, wer in Zimmer 8 wohnte.

Richtig! Cristiano Vernandez – der unbekannte Herr.

Neugierig musterte Minnie Cristianos Tür. Gerade kam Bruno heraus. Der Pfleger verdrehte die Augen. »Unleidlich«, fluchte er. »*Monsieur* ist wieder mal unleidlich.«

In diesem Moment erschien Adolf Montrésor auf der Bildfläche. Minnie rief ihn sofort zu sich und deutete auf das fremde Zimmer. »Dort drinnen scheint was Schlimmes passiert zu sein! Seit ein paar Minuten geben sich die Pfleger die Klinke in die Hand.«

»Das ist immer so in der 8«, erwiderte Adolf trocken. »Dort liegt ein schwieriger Patient.«

»Ein Gast mit einer schweren Krankheit«, korrigierte ihn der vorbeieilende Bruno. »Aber das fällt in die Rubrik Geschäftsgeheimnis!«

Adolf zog den Kopf ein wie ein geprügelter Hund. Er senkte die Stimme und gab Minnie sein Wissen preis. »Cristiano Vernandez ist circa vierzig, kommt aus Portugal und liegt seit Wochen splitterfasernackt in seinem Bett. Er ist komplett querschnittsgelähmt.«

Minnie war entsetzt.

»Und woher wissen Sie das?«

»Von einem Gast, der früher mal in Ihrem Zimmer gewohnt hat und mit Cristiano befreundet war. Vor zwei Jahren hat der arme Cristiano einen Knoten im Nacken ertastet. Doch er ging zu keinem Arzt, weil er nicht in das *Chemo-Karussell* einsteigen wollte. Das hat sich brutal gerächt.«

»Was geschah daraufhin?«, fragte sie weiter.

»Cristiano lebte einfach weiter. Vor sechs Monaten bekam er wahnsinnige Rückenschmerzen und ging endlich zum Arzt. Dessen Diagnose war niederschmetternd. Inzwischen hatte sich der Krebs von seinem Nacken bis in die Wirbelsäule vorgearbeitet. Alles war voller Metastasen. Eine Woche später zerbrachen seine Rückenwirbel wie eine morsche Holzleiter. Seitdem ist er komplett gelähmt.«

»Ist der arme Mann ansprechbar?«, wollte Minnie wissen.

»Soweit ich weiß, ja«, antwortete Marisabel, die sich angeschlichen und alles mit angehört hatte. »Anfangs habe ich Cristiano ein paar Mal besucht. Da konnte man noch mit ihm reden. Aber er verweigert alle Schmerzmedikamente. Er nimmt kein Morphium.« Marisabels Stimme überschlug sich fast. »Ich habe gehört, dass Cristiano alle zwei Minuten umgebettet werden will, weil die Metastasen in seinem Rücken schrecklich schmerzen. Angeblich dauert es Stunden, bis er die perfekte Liegeposition gefunden hat. Mal müssen ihn die Pfleger zwei Zentimeter nach rechts legen, dann wieder einen nach links. Eine Millimeterarbeit.«

»Glauben Sie, es ginge ihm besser, wenn er eine Chemotherapie gemacht hätte?«, fragte Adolf.

»Natürlich«, sagte Marisabel. »Schauen Sie mich an – ich habe es auch getan, und mir geht's blendend.« Sie schlug die mageren Beine übereinander. »Ich bin so fit, dass ich noch reiten kann. Neulich stand meine Tochter mit einem Pony vor der Tür. Sie wollte mir einen Herzenswunsch erfüllen.«

»Ganz schön gefährlich, wenn man bedenkt, dass Sie Knochenkrebs haben«, meinte Adolf. »Kann Ihr Skelett nicht zerbröseln, wenn Sie dem Gaul vom Buckel rutschen?«

»Pah«, rief sie. »Danach schmerzte lediglich mein Hintern, weil er neuerdings so schlecht gepolstert ist. Aber ich bin überzeugt, dass es mich gar nicht mehr gäbe, wenn ich keine Chemos gemacht hätte. Außerdem kenne ich noch ein Geheimnis von Cristiano, das ein ganz anderes Licht auf seine schlechte Laune wirft.« Sie verschränkte die Arme.

»Raus mit der Sprache«, forderte Adolf. »Welches Geheimnis?«

»Er wollte sich mit der Hilfe einer professionellen Sterbehilfeorganisation töten«, flüsterte Marisabel, »und einen Giftcocktail trinken. Doch dieses Vorhaben scheiterte am fehlenden Geld. Jetzt muss Cristiano hier sterben. Deshalb ist er so übellaunig.«

»Eine traurige Geschichte«, meinte Minnie.

»Pah!«, entgegnete Marisabel nüchtern. »Schließlich gibt's unter jedem Dach ein *Ach*.«

»Da bist du ja!« Lächelnd betrat der Psychologe Minnies Zimmer. »Wie geht's dir heute?«

»Sehr gut«, erwiderte sie. »Aber ich wundere mich ein bisschen darüber, dass ich immer so müde bin. Kann man dagegen nichts machen?«

»Wir könnten dich für eine Nacht ins Krankenhaus bringen lassen«, schlug Andreas vor. »Dort bekämst du eine Blutwäsche. Anschließend wärst du wieder hellwach und klar. Die Frage ist nur ...«

Er brach mitten im Satz ab, gab sich einen Ruck und fuhr fort. »Du solltest dir überlegen, ob das sinnvoll ist.«

»Natürlich ist das sinnvoll«, erwiderte Minnie. »Schließlich bin ich immer müde! Wie lange hält der Erfolg der Behandlung an?«

»Bestimmt eine Woche«, meinte Andreas. »Momentan ist die Anzahl deiner roten Blutkörperchen sehr gering. Deinem Blut fehlt Sauerstoff.«

»Dann ruf bitte im Hospital an.«

»Gut«, sagte Andreas. »Wir teilen dir den Termin mit.«

Eine halbe Stunde später, Minnie saß gerade im Wintergarten, wurde sie durch Stimmen, die aus einem Kippfenster des Grünen Saals kamen, aufgeweckt.

»… und damit ist die große Teamsitzung eröffnet. Gibt es irgendetwas Außergewöhnliches zu berichten?«

Minnie erkannte die Stimme von Falk Berger, dem Hospizleiter.

Bruno antwortete als Erster. »Ich habe heute wirklich keine Zeit für eine Konferenz. Professor Pellenhorn muss dringend abführen.«

Jetzt war Andreas zu hören. »Wir werden uns beeilen, Bruno. Aber du weißt ganz genau, dass wir einmal pro Woche zusammentragen müssen, wo die Gäste stehen, bei wem Fähigkeiten verloren gegangen sind und was wir noch kompensieren können.«

»Müssen … können …«, grummelte Bruno. »Als Haus Holle gegründet wurde, haben wir die Schmerzen gelindert. Durch den ganzen Psycho-Kram werden feine Tanten wie Bella und Marisabel noch verwöhnter.«

Der Hospizleiter schlug auf den Tisch. »Wir beginnen mit Frau Prinz. Irgendwelche Veränderungen?«

»Alles wie immer«, antwortete ein Pfleger, den Minnie heimlich *dicker Dietmar* getauft hatte. Sie hatte ihn erst einmal gesehen und sich gewundert, dass es zwei Pfleger mit demselben Vornamen gab. Doch anhand ihrer Figuren – der eine war dünn, der andere dick – konnte sie die Männer leicht unterscheiden.

Nun fuhr der rundliche Pfleger fort. »In der Nacht will unsere Hundezüchterin nach wie vor nicht gestört werden. Am Morgen ist sie die Erste bei Tisch. Mein Fazit: guter Appetit, guter Allgemeinzustand, extrem mobil.«

»Frau Prinz hat sich wahnsinnig über ein paar unbezahlte Rechnungen aufgeregt«, verriet Andreas seinen Kollegen. »Hinter diesem Tohuwabohu verstecken sich ein paar große Ängste. Sie will die Aufmerksamkeit der anderen Gäste partout auf sich lenken und ihnen das Leben erklären. Sie ist eine Powerfrau, die sich immer durch Leistung definiert hat. Jedes Mal, wenn sie eine Lebenskrise meistern musste, hat sie sich selbst aus dem Dreck gezogen. Doch in dieser Situation wird ihr das Leistungsdenken nicht weiterhelfen können. Deshalb befürchte ich, dass sie sich nicht mehr selbst wertschätzen kann, wenn ihre Power wegbricht. Ich muss ihr unbedingt klarmachen, dass sie bedingungslos geliebt wird – egal, was kommt. Zuerst kümmere ich mich mal um ihre Probleme mit den Mahnungen.«

»Medikamentös rate ich zu einer leichten Erhöhung des Morphiums«, sagte Dr. Coppelius. »Bald werden Frau Prinz' Knochen stärker schmerzen. Ich habe gehört, dass sie immer öfter über Schmerzen klagt, wenn sie vom Tisch aufsteht.«

»Gibt es noch etwas über Frau Prinz zu sagen?«, fragte der Hospizleiter. »Nein? Dann kommen wir jetzt zu Annette Müller.«

»Annette ist nach wie vor sehr mobil, hat einen gesunden Appetit«, verriet Hendrik. Dieser Pfleger hatte Minnie sofort an einen *Hans-guck-in-die-Luft* erinnert. Er wirkte wie jemand, der mit seinen Gedanken ständig woanders war.

»Bei Annette ist psychisch alles in Ordnung«, fügte Andreas an.

»Allerdings droht ihr ein Darmverschluss.« Diese Diagnose stellte Dr. Aracelis, die zweite Ärztin in Haus Holle. »Darauf müssen Sie Annette psychisch vorbereiten, Andreas.«

Minnie wurde angst und bange. Sie hatte nicht lauschen wollen, doch nun war es nun mal geschehen. Was um alles in der Welt würde bloß über sie gesagt werden? Als Nächstes wurde der Name von Adolf Montrésor genannt, und Minnie bekam eine Schonfrist.

Zu Minnies Erstaunen diagnostizierte Andreas eine Psychose bei Montrésor. »Er bildet sich immer öfter Dinge ein. Manchmal wacht Adolf nachts auf und behauptet, dass er nichts zu essen bekommen habe, obwohl er sich beim Abendessen noch den Bauch vollgeschlagen hat. Außerdem gibt es ein großes Problem in seinem persönlichen Umfeld. Seine Ehefrau hat Alzheimer im fortgeschrittenen Stadium. Vorgestern hat sie ihren Mann zum ersten Mal nicht mehr erkannt.«

Dr. Aracelis ergriff das Wort. »Vielleicht sind seine Psychosen auf eine Metastase im oder am Hinterkopf zurückzuführen.«

»Sollten wir ihm mehr Morphium geben?«, fragte der dicke Dietmar.

»Momentan ist das noch nicht nötig«, erwiderte Dr. Coppelius. »Aber künftig sollten wir alle mehrmals am Tag bei Herrn Montrésor ins Zimmer schauen.«

»Gut. Irgendwelche Veränderungen bei Klärchen Krause?«, fragte der Hospizleiter.

»Alles wie immer«, antwortete Bruno. »Omi hat Appetit wie ein Scheunendrescher.«

»Das ist ihre letzte Bastion im Kampf gegen die Krankheit«, erklärte Andreas. »Außerdem ist Frau Krause davon überzeugt, dass die Ärzte sie irrtümlich aufgegeben haben, und dass sie ihre Krankheit besiegen kann. Dieser Irrglaube ist auf die Überweisung der Klinik zurückzuführen, die Frau Krause gelesen hat.«

»Was stand auf dieser Überweisung?«, wollte der dünne Dietmar wissen.

»Das Übliche! *Im aktuellen Allgemeinzustand kann die Behandlung momentan nicht fortgesetzt werden. Wir bitten um Wiedervorstellung bei Verbesserung.*«

»Das darf doch nicht wahr sein«, empörte sich Bruno. »Kann nicht mal jemand ein Rundschreiben an alle Kliniken aufsetzen, und sie bitten, dass dieser Mist nicht immer auf den Zetteln der Patienten steht, die nicht mehr geheilt werden können? Sonst kommen immer wieder Kranke in die Hospize, die uns fragen, wann ihre Behandlung fortgesetzt wird. Ich finde, dass die Leute durch dieses Herumdrucksen regelrecht von den Kliniken belogen werden.«

»Es gibt aber auch eine gute Nachricht«, sagte eine Pflegerin namens Melanie. »Frau Krause macht immer noch dreckige Witze! Neulich fragte sie mich glatt, was mir durch den Kopf ginge, wenn ich die kleinen Pimmel der männlichen Gäste sehen würde.«

»Frau Krause entstammt einer verklemmten Generation«, erklärte der Psychologe. »Sie hat lebenslang als Magd auf einem entlegenen Bauernhof schuften müssen. Ihre Fantasie ist so schmutzig, weil sie fast nie mit Menschen in Kontakt gekommen ist und dem Bauern höchstwahrscheinlich auch in anderer Hinsicht *gedient* hat. Wahrscheinlich fühlte sie sich dazu verpflichtet.«

»Inwiefern?«, fragte der Hospizleiter.

»»Sie hat mal erwähnt, dass sie Jüdin ist«, sagte Andreas. »Bisher konnte ich noch nicht herausfinden, ob sie vor Ausbruch des Zweiten Weltkriegs Zuflucht auf dem Bauernhof gefunden hat. Aber ich nehme es stark an. Außerdem sorge ich mich wegen Klärchens Verhältnis zu ihrer Tochter. Sabine Krause besucht ihre Mutter immer sonntags. Beim letzten Mal ist mir aufgefallen, dass sich Mutter und Tochter wie Rivalinnen benehmen, sobald ein Mann im Zimmer ist. Dann werden beide anzüglich«, berichtete Andreas.

Nach einer kurzen Schweigepause erkundigte sich der Hospizleiter, wie sich Bella Schiffer einlebte.

»Die schöne Bella?«, sagte Bruno. »Ab und zu schläft Frau Schiffer noch zu Hause. Ihr Appetit ist eingeschränkt, das Wohlbefinden ebenfalls. Außerdem behauptet sie, dass Geld aus ihrem Nachttisch verschwunden sei.«

»Wie bitte?«, hakte der Hospizleiter nach.

»Schwer zu sagen, ob das wahr ist«, beruhigte ihn Bruno. »Bellas Töchter sind alle arbeitslos. Außerdem hat sie der Ältesten neulich heimlich ihre EC-Karte geliehen. Ich glaube, dass es sich bei dem vermeintlichen Diebstahl in Wirklichkeit um eine Schutzbehauptung handelt, damit sie ihrem Mann nicht gestehen muss, dass sie den Kindern heimlich Geld zusteckt.«

»Wie geht es ihr psychisch?«

Andreas antwortete umgehend. »Mit Bella Schiffer werde ich einen Diskurs über die Angst vor dem körperlichen Verfall und dem Verlust ihrer Schönheit führen. Zwar sind mittlerweile erste Anzeichen für eine Gelbfärbung der Haut erkennbar, doch Frau Schiffer war nicht umsonst Schönheitskönigin, bevor sie jahrelang ein Catering-Unternehmen und später einen Beauty-Salon geführt hat.«

»Wird Sie psychisch zusammenbrechen, falls die Krankheit sie optisch zeichnet?«, fragte der Hospizleiter.

»Frau Schiffer hat ihre Diagnose erst im Oktober erhalten. Mir gegenüber hat sie als Erstes die Sorge geäußert, dass sie ihre Haare verlieren und dass ihr Ehemann sie dann nicht mehr lieben könnte. Es kann brisant werden, wenn sie glaubt, dass sie andere Menschen optisch abstößt. Außerdem hofft sie, wieder gesund zu werden. Sie wünscht sich nichts so sehr wie Umkehr. Bei Frau Schiffer wird es noch ein gewaltiges Aufbäumen geben. Außerdem schwebt bei ihr noch ein weiteres, nicht zu unterschätzendes Problem im Raum«, beendete Andreas seine Ausführungen.

»Worauf spielen Sie an?«, fragte der Hospizleiter nach.

»Frau Schiffer hat von ihrem Hausarzt eine Überlebensprognose von vier Wochen erhalten. Das wird sich fatal auswirken. Denn inzwischen sind achtzehn Tage vergangen. Innerlich zählt sie die restliche Zeit herunter. Sie glaubt, dass sie in vierzehn Tagen stirbt.«

»Haben Sie ihr nicht gesagt, dass von solchen Prognosen nichts zu halten ist?«

»Natürlich«, antwortete Andreas. »Doch es ist das alte Problem: Wenn ein Gast eine konkrete Prognose im Hinterkopf hat, kreisen all seine Gedanken nur noch um eins – den Tag X.«

»Das müssen wir im Auge behalten.« Falk Bergers Stimme klang wie ein Befehl. Er erkundigte sich nach Professor Pellenhorn.

»Berthold Pellenhorn leidet unter extremer Verstopfung und möchte gern abführen«, sagte Bruno. »Trotz Bauchkrämpfen und Übelkeit weigert er sich, Laxoberal einzunehmen. Stattdessen möchte er, dass wir ihm ein russisches Abführpräparat bestellen. Außerdem nehmen seine Schluckkrämpfe zu.«

»Dann sollten wir ab jetzt ein Handtuch um seine Türklinke wickeln«, meinte Dr. Coppelius. »So können wir die Tür zu Zimmer 5 jederzeit lautlos öffnen, ohne dass sie ins Schloss fällt.«

»Psychisch mache ich mir gar keine Sorgen um Pellenhorn«, war Andreas zu vernehmen. »Ich habe selten einen Gast erlebt, der dermaßen mit sich im Reinen ist. Hinter ihm liegt ein erfülltes Leben als Politiker. Mit seiner Gattin ist er um die ganze Welt gereist. Und er hat einen naturwissenschaftlichen Blick auf den Tod. Er befindet sich im Winter seines Lebens – und den findet er wunderschön. Außerdem ist Berthold Pellenhorn eine große Stütze für die anderen Gäste. Er sorgt sich nur um zwei Dinge: dass sich Frau Prinz und Frau Schiffer nicht mit ihrem Los arrangieren können.«

»Nun zu Cristiano ...«

»Cristiano hat nach wie vor schlechte Laune«, verriet Bruno. »Er verweigert alle Medikamente, weil er befürchtet, dass das Morphium seinen Geist vernebelt. Er will es nicht mal ausprobieren – obwohl er starke Schmerzen hat.«

»Ist da nichts zu machen?« Falk Berger schien seine Frage an Dr. Coppelius zu richten, denn der Schmerztherapeut ergriff das Wort. »Überhaupt nicht. Für Cristiano ist Novalgin das absolute Maximum. Er will kein Versuchskaninchen sein.«

Bruno schilderte seine Beobachtungen knapp und präzise. »Mittlerweile will Cristiano Vernandez sein Nachtmahl bereits um fünf nachmittags haben. Neulich hat er die Stacheln ausgefahren, als die Heilpraktikerin gekommen ist. Er klagt immer noch darüber, dass ihm das Geld für die organisierte Sterbehilfe fehlt.«

»Da droht uns noch einiges«, mutmaßte Andreas. »Cristiano definiert sich nur über Widerstand. Er erinnert mich an Frau Mimose. Erinnert Ihr euch noch an diesen Gast? Das war die alte Dame, die immer so knurrig war! Wochenlang hat sie das ganze Haus schikaniert. Ich weiß noch, wie sie mich zusammengefaltet hat, als ihre letzten Kräfte wegbrachen und sie die Zigarette nicht mehr in der Hand halten konnte.«

»Und wie wurde ihr Problem gelöst?«, fragte der dicke Dietmar.

»Als nichts mehr ging, sind wir trotzdem respektvoll und liebevoll mit ihr umgegangen. Da hat sie erkannt, dass sie nicht barsch sein musste, um trotzdem alles zu bekommen, was sie haben wollte. Wir nahmen sie so an, wie sie war. Ich erinnere mich genau, dass sie schließlich plötzlich lächeln konnte.«

»So werden wir es auch bei Cristiano machen«, schlug Andreas vor. »Wir tragen alle Stimmungen mit. Dann kann er akzeptieren, dass er nicht wieder gesund wird. Für mich ist diese Phase nach wie vor der Punkt der größten Ehrlichkeit – und eine Etappe, in der sich fast alle Probleme mit Witz und Humor lösen lassen. Es sei denn, ein Bewohner hat sich nie geborgen gefühlt und ist mit sich selbst nicht im Reinen.«

»Schätzen Sie Cristiano so ein?«, fragte Falk Berger.

»Wie gesagt, momentan definiert sich Cristiano nur über Widerstand«, war Andreas' Antwort. »Er will Zorn hervorrufen. Das beweist ihm, dass er noch lebt. Aber wenn ihm die Fäden aus der Hand gleiten, wird er sich fragen müssen, wer er eigentlich ist. An diesem Punkt werde ich ihn beschützen wie ein Vater, der ihn bedingungslos liebt. Dann lernt Cristiano, dass er sich auch durch das Annehmen von Nähe definieren kann.«

»Im Zusammenhang mit Cristiano möchte ich noch das Thema unseres nächsten Workshops ansprechen«, meldete sich Dr. Coppelius zu Wort. »Es lautet *palliative Sedierung*. Wir werden uns darüber austauschen, wie wir diejenigen Gäste, für die sie in Frage kommt, über die Schlafspritze aufklären können. Und dass sie nur verabreicht wird, wenn die ausdrückliche Zustimmung des Gastes vorliegt.«

»Wird das bei Cristiano nötig werden?«, fragte Hendrik.

»Nicht auszuschließen«, antwortete Dr. Coppelius. »Wenn die Schmerzen zu stark werden, möchte ich Cristiano anbieten, dass er eine ›Schlafspritze‹ bekommen kann. Natürlich wird er dadurch nicht sterben. Aber er wird nicht mehr leiden. Außerdem sollten wir bald über den anschließenden Workshop abstimmen: Zur Wahl stehen die Themen *Ekel* oder *Familiäre Konflikte am Krankenbett.*«

»Ich bin für Ekel«, plädierte Bruno. »Allein schon wegen Cristiano. Sein Tumor hat den Nacken durchbrochen. Er stinkt bestialisch. Ich muss ihn täglich reinigen. Wenn sich Cristiano nicht bald entscheidet, unsere Hilfe anzunehmen, wird er schmerzvoll sterben.«

»Lasst uns das am Monatsende entscheiden«, schlug der dünne Dietmar vor. »Vielleicht ist die Situation bis dahin vollkommen anders.«

Falk Berger schloss sich seiner Meinung an und fragte nach dem nächsten Gast. »Wie geht es Sonja Merkel?«

»Unsere Kleine baut stark ab«, berichtete Bruno. »Sonja wiegt nur noch vierzig Kilo, kann kaum noch rauchen und kommt immer seltener runter. Mittlerweile schaut sie den ganzen Tag *Viva*.«

»Sonja hat keine psychischen Probleme«, ergänzte Andreas. »Doch wir müssen ihrer Mutter erklären, dass sie nicht vorm Haus parken darf. Neulich hat sie Herrn Knopinski eingeparkt.«

»Wie geht es dem alten Ehepaar?«, wollte der Hospizleiter wissen.

»In Zimmer 2 keine Veränderungen«, sagte Dr. Aracelis. »Die alte Dame ist absolut schmerzfrei.«

»Außerdem hat Gertrud Knopinski einen gesegneten Appetit«, ergänzte Dr. Coppelius. »Aber das Loch in ihrem Bauch eitert immer noch. Werden die allgemeinen Vorsichtsmaßnahmen in Bezug auf *MRSA* – also auf die multiresistenten Krankenhauskeime – streng eingehalten?«

»Klar«, sagte Bruno. »Hat sich der Verdacht bestätigt?«

»Nein«, entgegnete Dr. Coppelius. »Aber ich tippe darauf, dass Gertrud Knopinskis Wunde von ihnen besiedelt sein könnte.«

»Wie macht sich ihr Mann?«

»Heute hat ihn noch niemand gesehen. Laut Frau Knopinski liegt er den ganzen Tag im Bett und will nicht gestört werden. Angeblich fühlt er sich schlecht.«

»Benimmt er sich inzwischen besser?«

»Keineswegs«, sagte der dicke Dietmar. »Gegen Annette und Angie hetzt er, weil sie lesbisch sind. Bella Schiffer macht er blöde an. Und Omi zieht er mit ihren Perücken auf. Kürzlich hat er Frau Krause gefragt, wie sie ohne Haare aussähe.«

»Insofern ist es gut, dass er sich heute selbst aus der Schusslinie genommen hat und in seinem Zimmer schläft«, meinte Andreas. »Fahren die uralten Herrschaften eigentlich immer noch aufs Land, um Dinge von zu Hause zu holen? Falls ja, müssen wir Frau Knopinski begreiflich machen, dass sie sich unter dem Einfluss von Morphium nicht mehr für eine fünfstündige Heimfahrt ans Steuer setzen darf.«

»Und jetzt zu unserem Problemfall ...« Falk Bergers Stimme wurde sehr ernst.

Minnie lief ein Schauer über den Rücken. Würde nun ihr Name fallen? Nein, es kam anders.

»Wie geht es Nadine Nisse?«, fragte der Hospizleiter.

»Sehr gut«, antwortete Ulrike. »Seit dem Pressebericht über *Die kleine Fee und ihre todkranke Mutter* wurden täglich Blumen und Geschenke geschickt. Außerdem haben immer mehr Leute angerufen, die wissen wollten, was mit Fee passiert, wenn Nadine gestorben ist. Deshalb haben wir das Telefon auf Nadines Wunsch mit einer Geheimnummer ausgestattet. Die beiden brauchen dringend Ruhe.«

»Was wird mit der Kleinen nach dem Tod ihrer Mutter geschehen?«, erkundigte sich Falk Berger. »Fee hängt schließlich sehr an ihr.«

»Nadine hat sich von ihrer Schwester versprechen lassen, dass sie Fee nach ihrem Tod bei sich aufnimmt. Sie wird sogar ein Pony bekommen.«

»Und die Drogen?«

»Kürzlich hat Nadine mal einen Joint geraucht«, verriet Bruno. »Aber wir filzen jeden Besucher, damit niemand Heroin ins Haus schmuggelt.«

»Marihuana dürfen wir auch nicht dulden«, warf der dünne Dietmar ein.

»Sie hat es außerhalb des Hauses getan«, sagte der Schmerztherapeut abwehrend. »Deshalb sollten wir die Sache auf sich beruhen lassen. Eigentlich ist Marihuana gerade im Hospiz wunderbar – aber wie wir alle wissen, gibt es darüber unterschiedliche Ansichten.«

»Ich werde ihr trotzdem deutlich machen, dass härtere Drogen im Haus verboten sind. Sonst kann Frau Nisse nicht hierbleiben.« Andreas klang erbarmungslos. »Irgendwie zieht es hier drinnen«, stellte er fest. »Bitte schließen Sie das Fenster, Bruno!«

Der Pfleger kam dem Befehl nach.

Minnie biss sich auf die Lippe. Zwar drangen noch einzelne Wortfetzen zu ihr, aber sie konnte sie nicht mehr zusammensetzen. Zu ärgerlich! Eine Analyse der eigenen Person blieb ihr also verwehrt. Und über den letzten Gast von Haus Holle, den Mann, der nicht mehr schlucken konnte, hatte sie auch nichts erfahren.

Beim Abendessen lag etwas in der Luft. Erstmals trug Omi die rote Perücke. Das bedeutete, dass sie selbst nicht wusste, wie es ihr ging. Neugierig lauschte sie den Erzählungen Marisabel Prinz', die der Tischrunde seit einigen Minuten alles über ihren inneren Gemütszustand verriet.

»… und so habe ich mich am frühen Abend wieder gefasst«, erklärte Frau Prinz. »Es wird schon irgendwie weitergehen. Meine Tochter meint, wir hätten noch genug Geld, um unsere Rechnungen zu bezahlen. Allerdings muss ich morgen früh einen Immobilienmakler anrufen, um meine Eigentumswohnung verkaufen zu lassen. Hoffentlich erziele ich einen fairen Preis – und hoffentlich bleibt am Ende noch etwas für das Erbe übrig.«

Marisabel wandte sich Bella zu. »Und wie war Ihr Besuch vom Bestatter?«

»Wir haben einen Komplettpreis vereinbart«, antwortete Bella. »Ich bekomme alles zusammen für viertausend Euro – einen Billigsarg inklusive Einäscherung und Trauerfeier. Meine Grabrede haben wir auch schon aufgesetzt.« Sie stand auf und verabschiedete sich von der Tischrunde. »Gute Nacht, allerseits! Ich bekomme noch Besuch …«

»Nicht, dass Sie wieder die ganze Nacht durchmachen«, rief ihr Marisabel Prinz nach. »Wer sich so sehr verausgabt, den verlassen am Ende die Kräfte. Das habe ich auch Annette geraten, die heute Angies Wohnung einweiht.«

»Liebe Frau Prinz! Damit *Sie* die Kräfte nicht verlassen, gibt es erst mal Vitamine!« Kostja servierte das Nachtmahl.

Zu Minnies Erstaunen hatte sich auch Adolf trotz des gestrigen Disputs mit Marisabel wieder zum Essen eingefunden. Er bestellte sich ein Bier. Erstaunt sah Dr. Albers auf. Gerade brach Montrésor ein ungeschriebenes Gesetz – schließlich war er ein trockener Alkoholiker. Der Ex-Manager ignorierte den Blick des Psychologen und kippte sein *Jever* hinunter. Kurz darauf bestellte er ein zweites, und die Runde löste sich auf. Frau Prinz klagte über ein Stechen in den Rippen, Omi war übel vom Essen. Professor Pellenhorn verließ den Tisch als Vorletzter. Als er über den Flur geschoben wurde – der Ex-Politiker ging immer zeitig zu Bett, weil er vormittags ein Sprachtraining mit einer Logopädin hatte – kam ihm Gertrud Knopinski entgegengerollt.

Minnie sah sie zum ersten Mal im Rollstuhl. Frau Knopinski hatte sofort eine Erklärung parat. »Abends bin ich manchmal schwach«, verriet sie und blinzelte Kostja zu. »Wenn ich Ihre köstlichen Antipasti verspeist habe, werde ich gleich wieder bei Kräften sein. Heute nehme ich das Essen mit nach oben. Ich möchte auf meinem Zimmer speisen.« Sie bat den Koch um einen weiteren Gefallen. »Bitte geben Sie mir noch eine Portion für meinen Mann mit. Er ist gerade aufgewacht und hat ebenfalls Heißhunger.«

Kostja erfüllte ihren Wunsch umgehend, und Gertrud wünschte Minnie eine geruhsame Nacht.

Doch dass den Bewohnern von Haus Holle das Gegenteil bevorstand, würden sie erst am nächsten Morgen wissen.

Der Doppelmord

Es war halb neun, als Bruno und der dünne Dietmar die Nachtschicht vorbereiteten. Von neun Uhr abends bis sieben Uhr morgens würden sich zwei ihrer Kollegen, Hendrik und der dicke Dietmar, um das Wohl der Bewohner kümmern.

Als Dietmar den Safe mit den Medikamenten öffnen wollte, stellte er fest, dass die Tresortür offen war. Verdutzt rief er: »Jemand hat vergessen, den Pillenschrank abzuschließen!«

Kritisch musterte er den Inhalt. »Laut der Ausgabeliste, die wir seit Kurzem freiwillig führen, fehlen vierzehn Tavor-Tabletten.«

»Wirklich?«, fragte Bruno. »Die müssen auf das Konto von Herrn Powelz gehen. Er litt den ganzen Tag unter Atembeschwerden und wir mussten seine Panik reduzieren.«

»Aber gleich vierzehn Tabletten?«

»Zuletzt hat seine Frau jede halbe Stunde geklingelt«, sagte Bruno. »Gut möglich, dass wir nicht alle verbrauchten Pillen aufgeschrieben haben. Es war einfach zu viel los.«

Skeptisch schüttelte Dietmar den Kopf. »Wir ordnen sie einfach Zimmer 12 zu. Sonst wundert sich noch jemand über das Verschwinden. Aber dieser kleine Trick bleibt unter uns … Versprochen?«

Bruno schlug ein. Er wollte nur noch nach Hause.

Die Kollegen der Nachtschicht einigten sich darauf, dass Hendrik den ersten Stock übernehmen sollte, während sich der dicke Dietmar um die Bewohner in der oberen Etage kümmerte.

Die Idee ging gründlich in die Hose.

Bereits um 21 Uhr – zwei Stunden nach dem Schichtbeginn – brach im Haus die Hölle los. Das war nichts Ungewöhnliches, aber in dieser Nacht läuteten die Gäste von Haus Holle auffällig oft.

Irgendwie lag etwas in der Luft.

Um 21 Uhr glaubte Hendrik noch, dass alles so sein würde wie immer. Sobald den Bewohnern die Alltagsgeräusche fehlten, waren viele auf sich selbst zurückgeworfen und lagen grübelnd in ihren Betten. Er vermutete, dass später Ruhe einkehren würde. Andererseits ließen sich in den Nachtstunden die besten Gespräche mit Gästen führen, die immer noch nicht schlafen konnten. Nachts saß Hendrik oft an den Betten, rauchte Zigaretten mit den Bewohnern oder hörte sich wahlweise die Lebenserinnerungen an die Studentenrevolution, den Alltag in der Weimarer Republik oder das letzte *Pink*-Konzert an.

In der Nacht vom 2. auf den 3. November jedoch würde er keine einzige Sekunde für Erinnerungen an die gute alte Zeit haben. Das Drama begann um 21.15 Uhr, als Adolf Montrésor zum ersten Mal auf seinen Alarmknopf drückte.

»Gibt es heute kein Abendessen?«, fragte der Ex-Manager und zündete sich eine Zigarette an.

»Soweit ich weiß, haben Sie heute Abend bereits gegessen«, antwortete Hendrik.

»Vollkommener Blödsinn! Ich möchte umgehend ein Brot! Aber dick belegt! Mit Pferdewurst!«

Also ging Hendrik in die Küche. Kaum war er dort angekommen, hatte Adolf den Alarmknopf schon wieder betätigt. Umgehend hetzte der Pfleger zurück.

»Das war nur ein Probealarm«, empfing ihn Montrésor mürrisch. »Ich wollte bloß mal sehen, ob Sie noch da sind. Wo bleibt mein Essen?«

Hendrik lief zurück in die Küche.

Als er Adolf das zweite Nachtmahl servierte, verweigerte Montrésor die Brote. »Ich habe bereits sehr gut zu Abend gespeist«, herrschte er den Pfleger an. »Aber ich möchte Musik hören. Legen Sie mal eine CD ein!«

Seufzend griff der Pfleger nach einem Schlager-Sampler. Dabei hörte er, wie sich Bella Schiffers Mann im Nebenzimmer verabschiedete.

Zwei Minuten später rief die Schönheitskönigin nach ihm. Jetzt fühlt sie sich wahrscheinlich einsam, dachte Hendrik und stellte sich innerlich auf ein langes Gespräch über Miss-Wahlen ein. Bella jedoch bat den Pfleger um etwas anderes. Sie saß auf dem Bett, zog sich die Lippen nach und sah ihn mit unbewegter Miene an.

»Heute Nacht möchte ich endlich mal durchschlafen«, erklärte sie. »Bitte stören Sie mich nicht. Sie brauchen auch nicht hereinzukommen. In den letzten Nächten habe ich unglaublich schlecht geschlafen, weil die Matratze so hart ist. Inzwischen schmerzt mein ganzer Rücken. Deshalb nehme ich nun eine Schlaftablette und möchte auf keinen Fall geweckt werden.«

Der Pfleger nickte.

Er bemerkte, dass ein rotes Abendkleid über dem Stuhl hing. Bella lenkte seine Aufmerksamkeit sofort zurück auf sich. »Schauen Sie mal, wie aufgebläht mein Bauch ist. Kommt das etwa vom Morphium?«

Hendrik bot ihr eine Abführtablette an, doch sie lehnte gähnend ab. »Ich bin wirklich zu müde …«

Also verabschiedete sich Hendrik. Kaum stand er auf dem Flur, piepte es erneut und er wurde wieder ins Nebenzimmer zu Montrésor gerufen. Diesmal schmerzte das Auge des Gastes. »Schauen Sie mal, wie stark das anschwillt! Außerdem bin ich seit Stunden allein. Ist denn niemand mehr im Haus?«

Geduldig erklärte Hendrik dem Ex-Manager, dass er die Nachtschicht mit einem Kollegen leistete. Er sah sich Adolfs

Auge genau an. Tatsächlich quoll die Linse hervor. »Ich lege Ihnen gleich einen Uhrglasverband an«, versprach Hendrik. Der Pfleger verließ das Zimmer und eilte in den zweiten Stock.

Dort saß der dicke Dietmar vor einem dampfenden Kaffeebecher. Hendrik erzählte seinem Kollegen, was sich im ersten Stock ereignet hatte. »Bei Montrésor drückt etwas von innen gegen das rechte Auge – wahrscheinlich eine neue Metastase. Ich lege ihm einen Uhrglasverband an. Kommst du hier zurecht?«

Dietmar bejahte. »Im zweiten Stock ist alles ganz ruhig. Nicht mal Cristiano rührt sich. Wenn du Hilfe brauchst, ruf mich!«

Um 22 Uhr war Adolfs rechtes Auge verbunden. Unter dem Uhrglas bildete sich rasch Kondenswasser. Plötzlich jedoch halluzinierte der Kranke von Kühlschränken, die er überall im Zimmer zu sehen glaubte. »Warum haben die alle die gleiche Temperatur?«, fragte Adolf.

»Ist Ihnen kalt?«, erkundigte sich Hendrik.

»Nein«, herrschte ihn der Gast an. »Mir wird gleich ganz heiß, wenn ich mich daran erinnere, was Sie mit meiner Frau gemacht haben. Ich weiß genau, dass Sie schamlos ausnutzen, dass sie alles wieder vergisst. Außerdem ist Ihnen gerade etwas aus der Hosentasche gefallen.«

Er reichte Hendrik einen Kasino-Chip.

»Ihre Frau hat Alzheimer«, antwortete Hendrik ungerührt. »Und ich habe kein Verhältnis mit ihr. Ich habe eine feste Freundin.«

»Hahahahaha«, sagte Adolf höhnisch. »Ich habe genau gesehen, wie sie Ihnen die Beine entgegengestreckt hat – in meinem eigenen Wohnzimmer, auf der Couch!«

Schweigend hörte sich Hendrik die Vorwürfe an.

»Sie bestreiten es?«, fragte der Kranke. »Verleugnen Sie auch die Lichtsignale vorm Fenster? Meine Frau und Sie kommunizieren seit Jahren mit Taschenlampen. Auf diese Weise verrät sie Ihnen, dass ich eingeschlafen bin. Aber diesen Gefallen tue ich Ihnen heute Nacht nicht.«

Hendrik war besorgt. Eigentlich hätte er Adolf in dieser Situation ein Beruhigungsmittel geben können. Doch diese Entscheidung wollte er nicht allein treffen. Stattdessen wollte er Dietmar fragen. »Ich bin gleich zurück«, sagte er deshalb und eilte die Treppen zum zweiten Stock hoch.

Als Hendrik die Tür zum Pflegezimmer aufstieß, war Dietmars Stuhl leer. Sein Kollege schien bei einem Gast im zweiten Stock zu sein.

Oben an der Treppe wäre der dicke Dietmar fast über Fees roten Spielball gestolpert. Trotz seines Gewichts – Dietmar wog 115 Kilo – fand er sein Gleichgewicht im letzten Moment wieder und trat wütend gegen den Ball, woraufhin Nepomuk aus dem Nichts auftauchte und dem Spielzeug hinterherraste.

»Katzen und Kinder«, ärgerte sich der Pfleger.

Er war auf dem Weg zu Cristiano, der vor zwei Minuten nach ihm geläutet hatte.

Vorsichtig öffnete er die Tür zu Zimmer 8. Cristiano hatte immer schlechte Laune. Doch nun fand Dietmar den Kranken in bester Stimmung vor.

Ein dünnes Laken bedeckte seinen nackten Körper. Cristiano starrte gegen die Decke.

»Zeit zum Plaudern?«, fragte Cristiano.

»Natürlich«, sagte Dietmar und zog sich einen Stuhl ans Bett. Dass Cristiano reden wollte, geschah zum ersten Mal, seit er den Portugiesen kennengelernt hatte.

»Ich glaube, heute Nacht stößt mir etwas zu«, meinte Cristiano. »Sieht man mir das an?«

Der dicke Dietmar musterte den Kranken eindringlich, bevor er ihm antwortete.

»Du siehst gut aus – wie immer. Aber dass du dir Gedanken über dein Sterben machst, ist normal. Das passiert fast allen, wenn ihr Körper immer schwächer wird und der Geist noch voll arbeitet.«

Cristiano seufzte. »Aber theoretisch kann ich schon in einer Minute mit den Augen rollen und im nächsten Moment tot sein. Stimmt's?«

Dietmar spielte die Frage zurück. »Was mit dir los ist, weißt du bestimmt selbst am besten.«

Cristiano verdrehte die Augen. »Das hast du doch auswendig gelernt.« Er schielte, ließ die Zunge aus dem Mund hängen und verzog das Gesicht. »Jetzt siehst du's – ich bin tot.«

Dietmar musste unwillkürlich lachen.

»Im Ernst«, meinte Cristiano. »Ich mache mir hier eine Menge Gedanken …«

»Was geht dir durch den Kopf?«

»Zum Beispiel, dass ich den Kampf gegen den Krebs nur körperlich verloren, die Krankheit aber geistig besiegt habe.«

Dietmar schwieg. Er spürte, dass Cristiano noch etwas anderes auf dem Herzen hatte. Der Kranke wollte sich mitteilen. Auffordernd blickte er Cristiano an, und der Kranke fuhr fort.

»Ich hatte ein schönes, aufregendes Leben. Was ich erlebt habe, würden einige Menschen nicht mal erleben, auch wenn sie so alt würden wie Methusalem. Ich habe mit meiner großen Liebe zusammengelebt, hatte einen tollen Job als Facharzt, fuhr einen Jeep – und hatte eine Katze namens Willi sowie ein eigenes Pferd. Auf all das habe ich mich konzentriert und es in vollen Zügen genossen, statt die Zeit nach der Entdeckung des Knotens in meinem Nacken mit Chemotherapie zu verschwenden.«

»War das eine gute Entscheidung?«, fragte Dietmar.

»Die beste!«, erwiderte Cristiano triumphierend. »Durch meinen Job als Facharzt weiß ich ganz genau, wie das Medizinsystem funktioniert. Bei Krebs geht es den Ärzten nicht immer um die Heilung, sondern auch um ihre Gewinnmaximierung. Wusstest du, dass nur dreißig Prozent der Unterleibskrebsarten bei Frauen richtig therapiert werden? Die Schuld daran tragen zum Teil die Pharmazeuten. Viele üben starken Druck auf die Onkologen aus, und manche von denen lassen sich nur allzu gern durch Luxusreisen und Zuschüsse bestechen.«

»Das ist ein sehr starker Vorwurf. Worauf basiert diese Erkenntnis?«

Cristiano lachte spöttisch auf. »Ich habe selbst erlebt, dass bei einer Privatpatientin, die bereits im Sterben lag, eine Lebertransplantation durchgeführt wurde. Die kostete neunzigtausend Euro! Noch Fragen?«

Bevor der dicke Dietmar antworten konnte, vibrierte der Piepser in seiner Hosentasche.

Zimmer 11. Nadine Nisse verlangte nach ihm.

Ruckartig stand der Pfleger auf. Bevor er Cristianos Zimmer verließ, wandte er sich ihm noch einmal zu. »Soll ich noch mal wiederkommen?«

»Ja, bitte«, flüsterte Cristiano. Plötzlich klang seine Stimme heiser. In letzter Zeit geschah das immer öfter. Außerdem überfiel ihn ein Würgeanfall.

Dietmar nickte und eilte davon. Nadine Nisse hatte erneut nach ihm geläutet.

Der dicke Pfleger rannte ins Nebenzimmer. Er öffnete die Tür und traute seinen Augen nicht.

Nadine lag zusammengesunken in ihrem Bett. In ihrem Unterarm steckte – Dietmar konnte es nicht fassen – eine leere Spritze. Glücklich starrte die Kranke den dicken Pfleger an.

In diesem Moment läutete Cristiano wieder nach ihm.

»Du musst mir sofort helfen!«

Dietmar fand Hendrik im Pflegezimmer.

»Was ist los?«, fragte sein Kollege.

»Daueralarm bei Cristiano! Außerdem hat sich Nadine einen Schuss gesetzt!«

Im Eiltempo einigte man sich darauf, dass Hendrik das Problem mit Nadine übernahm, während der dicke Dietmar Cristiano zuhörte. Dass sich der Gelähmte gegenüber einem ehrenamtlichen Mitarbeiter, Priester oder gar Pfleger öffnete, hatte noch niemand erlebt.

Deshalb lief Hendrik zu Nadine und Dietmar zurück zu Cristiano.

Zufrieden blickte Nadine auf Fee, die auf dem Boden saß und mit zwei Dominosteinen *Kätzchen und Pferd* spielte.

»Nein, das Pferdchen will nie an die Leine!«, jauchzte das Kind trotz der späten Stunde.

»Warum schlaft ihr nicht?«, fragte Hendrik.

»Weil uns das Telefon ständig weckt«, erwiderte Nadine. »Wir haben schon um acht gepennt, aber dann ging die blöde Kiste plötzlich los.«

Hendrik hatte viel Geduld. Lügner jedoch verabscheute der Pfleger. »Du hast eine Geheimnummer, Nadine! Dich kann niemand angerufen haben.«

Die Kranke schmollte. »Aber ich sage die Wahrheit.«

Nadine wandte sich erneut dem Spiel ihrer Tochter zu. »Wenn ich das sehe«, sagte sie, »mache ich mir keine Sorgen um mein Kind. Fee hat eine universelle Seele, die nie altern wird. Sieh nur in ihr Gesicht, Hendrik – wie peacig!«

Die Kleine hing an den Lippen ihrer Mutter. »Mama hat sich mal mit elf Polizisten geprügelt«, erzählte Fee stolz.

»Weil mir ein Ex-Freund den Solarplexus abgedrückt hat«, erklärte Nadine. »Solche Männer verlässt man nicht. Solche Männer kann man nur dazu bringen, dass sie einen verlassen.«

In diesem Moment läutete das Telefon tatsächlich.

»Bestimmt wieder jemand, der anruft und nicht antwortet«, schimpfte die Kranke. »Ich habe doch gesagt, dass das schon seit Stunden so geht.«

Hilflos blickte Hendrik sie an, aber nun ging sein Piepser los.

Zimmer 12, Herbert Powelz.

»Ich muss euch kurz alleine lassen«, rief der Pfleger. »Bin gleich zurück.«

»Mein Mann braucht eine Tavor-Tablette gegen seine Panik!«

Hendrik hatte Anne Powelz, die Frau des Gastes in Zimmer 12, bislang noch nicht kennengelernt. Dennoch wusste er einiges über sie – vor allem, dass ihr Mann Herbert nicht wollte, dass sie von seinem Bett wich. Gemeinsam mit ihrem Sohn war Frau Powelz fast rund um die Uhr in Zimmer 12. Auch Herberts Tochter war häufig anwesend. Hendrik hatte gehört, dass die einst glückliche Familie in der schweren Zeit noch enger zusammengerückt war und sie Unterstützung von Ordensschwester Serva erhielt. Servas geistlicher Beistand tat Herrn Powelz sehr gut. Sie hatte bereits einmal veranlasst, dass er die sogenannte *Krankensalbung* von einem Pfarrer erhielt.

Um den 63-Jährigen stand es schlecht. Herr Powelz wollte sein Zimmer nicht mehr verlassen, er konnte nicht mehr schlucken. Er hatte Lungenkrebs und litt ständig unter schwerer Atemnot. Dagegen half Tavor.

Trotzdem wirkte Frau Powelz aufgelöst.

Nach dem Einzug ihres Mannes hatte sie sich ein Gästebett in Zimmer 12 stellen lassen und seit Wochen kaum noch geschlafen. Ihr Mann wurde von schrecklichen Hustenanfällen heimgesucht. Im halb dunklen Zimmer wirkte Annes Gesicht zerknittert. Ihre weißen Haare standen wirr ab.

Hendrik drückte Annes Hand und versprach: »Ich bin in zwei Minuten zurück – mit den Tabletten.«

Dann rannte er über den Flur.

Doch bevor er das Pflegezimmer erreichte, läuteten Nadine Nisse, Annette Müller und Sonja Merkel zeitgleich.

Der Pfleger verzweifelte. Jetzt schlief nur noch Frau Prinz im zweiten Stock.

Das Ganze war nicht lustig.

In einer Slapstick-Komödie und wenn es sich um ein anderes Haus gehandelt hätte, hätten sich die Zuschauer totgelacht angesichts des immer neuen Piepsens und Rennens. Jede Comicfigur wäre am Ende umgekippt.

Wie eine Rennmaus hetzte Hendrik von Zimmer zu Zimmer, während der dicke Dietmar Cristiano zuhörte.

»… und deshalb habe ich mich entschlossen, mich in einem amerikanischen Truhensarg ausstellen zu lassen«, verriet er. »Bei dem lässt sich die obere Hälfte aufklappen. Außerdem hält er jahrelang – du weißt schon, wegen der Würmer und der Verwesung. Meine Freunde sollen den Sarg mit Rosen bemalen.«

Der Kranke schmückte das Bild, das vor seinem inneren Auge entstanden war, noch aus. »Meine Freundin legt mir einen gesegneten Rosenkranz in den Sarg. Vom Pastor bekomme ich eine gesegnete Engelsfigur.«

»Und welche Musik soll gespielt werden?« Dietmar interessierte das wirklich.

»Bei meiner Beerdigung soll *Musica e* von Eros Ramazzotti laufen«, antwortete Cristiano. »Außerdem wird meine Mutter eine Rede über Schutzengel halten.«

Er sah Dietmar tief in die Augen. »Weißt du eigentlich, wie gut ihr Pfleger mir tut? Bis auf einen kleinen Rest Angst fürchte ich das Sterben kaum noch. Aber so geht es bestimmt jedem.«

Cristiano hatte ins Schwarze getroffen.

»Neunundneunzig Prozent unserer Angst vor dem Tod können wir abschütteln, wenn wir uns mit dem Thema beschäftigen. Doch null Komma eins Prozent sind nicht loszuwerden«, erklärte Dietmar.

»Das ist unsere Urangst«, meinte der junge Portugiese. »Aber ich weiß, dass ich wiedergeboren werde. Das haben mir meine ganzen *Déjà-vus* verraten. Inzwischen weiß ich, dass ich schon oft auf dieser Erde war und meine Seele so komplett ist, dass ich nach dem nächsten Tod ein Engel sein werde. Dann beschütze ich meine Freundin.«

Er lächelte und bat den Pfleger, seine Hand zu halten. Das geschah zum ersten Mal. Das war für den dicken Dietmar schwieriger, als von Cristiano beschimpft zu werden. An Letzteres hatte er sich längst gewöhnt.

In diesem Moment wurde die Tür zu Cristianos Zimmer aufgerissen und Hendrik rief: »Komm schnell, Dietmar! Annette ist gerade zusammengebrochen!«

Annette Müller lag in einer Lache aus Erbrochenem.

Gemeinsam hievten Dietmar und Hendrik sie ins Bett. Die Kranke war totenbleich.

»Wir wussten gar nicht, dass du hier bist«, sagte Dietmar. »Du wolltest doch bei Angie übernachten – in eurer neuen Wohnung!«

»Ich war auch dort«, flüsterte Annette. »Aber mir wurde plötzlich schlecht. Also habe ich mir ein Taxi genommen, wollte nur meine Tabletten holen. Adolf Montrésor hat mich reingelassen, als er ging.«

Erschrocken fuhr Hendrik auf. »Montrésor hat das Haus verlassen? Mit seinem Uhrglasverband und seinen Halluzinationen? Das darf doch nicht wahr sein!«

Er wandte sich an seinen Kollegen. »Kann ich dich mit Annette allein lassen, Dietmar?«

Der nickte.

Bevor Hendrik aus dem Zimmer eilte, streckte er den Kopf noch einmal zur Tür herein. »Sonja Merkel muss noch der Po abgewischt werden«, rief er. »Ihre Windeln sind voll.«

Die Eingangstür war angelehnt.

Montrésor saß in der nächtlichen Kälte – splitterfasernackt und rauchend. Hendrik sah auf den ersten Blick, dass sich der Kranke den Uhrglasverband abgerissen hatte.

Sofort zog er Adolf von der Bank.

»Kommen Sie bloß schnell herein! Sie holen sich ja noch den Tod.«

Eine Viertelstunde später war Sonja frisch gewickelt. Hendrik schaltete die Klimaanlage in ihrem Zimmer ein. Er wunderte sich, denn Durchfall hatte Sonja sonst nie. Der Pfleger notierte den Vorfall.

Auch Hendriks doppelter Einsatz war vorerst beendet. Zuerst hatte der Pfleger Annettes Schmerzen in der Speiseröhre gelindert. Er schrieb Dr. Coppelius eine E-Mail und bat den Schmerztherapeuten, Annette neue bedarfsgerechte Medikamente zu geben. Zu guter Letzt säuberte er Montrésors geschwollenes Auge, legte einen neuen Uhrglasverband an und befestigte ihn diesmal mit Pflastern. Dann half er ihm in den Schlaf. Außerdem wickelte er ein Handtuch um Adolfs Türklinke. Es war erst halb elf.

Minnie hatte wie ein Stein geschlafen. Plötzlich wurde sie von einer inneren Unruhe wach. Sie zitterte am ganzen Körper. Obwohl die Uhr 22.31 Uhr anzeigte, schlüpfte die alte Dame in weiße Gummipantoffeln und warf sich einen Schal über die Schultern. Sie verließ ihr Zimmer und setzte sich auf das kleine Sofa davor.

Die Katze Mimi schlich um sie herum.

»Tagsüber schlafen und nachts zu neuem Leben erwachen ... du bist mir die Richtige«, flüsterte Minnie.

Die Katze sah sie mit großen Augen an. Dann jedoch wurde das Tier vom Knall einer entkorkten Sektflasche verschreckt und floh über die Treppe nach unten.

Irgendwo im Haus fand eine Party statt. Minnie hörte das unterdrückte Kichern einer Frau und das Flüstern eines Mannes, der ihr Komplimente machte. Bella Schiffer schien Besuch zu haben. Und sie wollte nicht gestört werden. An ihrer Türklinke hing das *Bitte nicht stören*-Schild – genau wie bei den alten Knopinskis.

Ansonsten war alles ruhig.

Nicht mal ein Pfleger war zu sehen.

Nadine Nisse war in Plauderlaune.

»Ich hoffe, ich labere dir keine Frikadelle ans Ohr«, erzählte sie Hendrik, »aber ich muss dir mal sagen, dass ich mich manchmal darüber wundere, dass die krumme Sonja und ich zur gleichen Zeit hier gelandet sind. Draußen, im Rotlichtviertel, war sie immer voll frech zu mir. Sie wollte ständig das Kommando haben. Sonja glaubte, sich das erlauben zu können, weil sie die Schnellste im *Drogenbesorgen* war. Aber denk ja nicht, sie hätte geteilt! Nee, Sonja war ein richtiges Luder. Einmal hat sie mich sogar übers Ohr gehauen und mir mein letztes Geld geklaut.«

Benebelt blickte sie Hendrik an. Der Pfleger sorgte sich um Fee, die sich nicht in ein anderes Zimmer verfrachten lassen wollte. Zweimal hatte Hendrik versucht, das Kind auf den Arm zu nehmen, doch beide Male hatte Fee laut geschrien.

Andererseits konnte er die Kleine nicht mit ihrer vollgedröhnten Mutter allein lassen. Hendrik musste warten, bis Nadine wieder in der Wirklichkeit gelandet sein würde und ihr Redeflash nachließ.

Doch davon war sie weit entfernt. »Als ich hier einzog, habe ich mich echt darüber gewundert, dass Sonja unten im

Esszimmer saß! Ich dachte immer, sie hätte ihre HIV-Infektion gut im Griff.«

Sie starrte auf ihre Fingernägel. »Das hab ich schließlich auch geschafft. Wahrscheinlich ging's bei Sonja schief, nachdem sie in Thailand war, stimmt's? Danach war sie plötzlich auf Crack. Wo liegt sie eigentlich? In Zimmer 7? Ich würde gern mal ein paar Takte mit ihr reden und ihr meine Meinung geigen ... Jetzt muss sie mir ja zuhören ...«

Minnie und Nepomuk hatten *Locken und Fangen* gespielt: Wenn Minnie sich vorbeugte, in die Hände klatschte und Lockrufe ausstieß, lief der Kater auf sie zu. Doch bevor es zu einer Berührung kam, entfernte sich das Tier wieder.

Das hatte sich bereits einige Male wiederholt, und Minnie entschloss sich, das Spiel abzubrechen. Als sie sich aufrichtete, erfasste sie plötzlich ein Schwindel, und der lange Flur verwandelte sich in einen Tunnel.

Ein Tunnel, an dessen Ende eine rothaarige Frau in einem Kimono stand – direkt vor der Tür der Knopinskis. Minnie konnte nicht erkennen, ob es sich um Marisabel oder um Omi handelte. Weder die Statur noch die Bewegungen der Frau ließen auf eine der beiden Mitbewohnerinnen schließen.

Sie kniff die Augen zusammen. Und als Minnie sie wieder öffnete, war die Gestalt im Kimono verschwunden. Es war 22.45 Uhr, und der Schwindel übermannte Minnie erneut. Das Letzte, was sie vor dem Einschlafen hörte, waren die Klänge einer Arie von Anneliese Rothenberger, die aus dem zweiten Stock nach unten drangen: *In mir klingt ein Lied, ein kleines Lied, in dem ein Traum von stiller Liebe blüht. Für dich allein ...*

Minnie wurde von einem lauten Knall geweckt. Das musste die Eingangstür gewesen sein!

War jemand nach Hause gekommen? Jetzt, um 2.35 Uhr?

Nein, das Flutlicht über der Rampe ging an. Jemand hatte das Haus *verlassen*.

Im Haus war es totenstill.

Minnie fühlte sich, als sei sie ganz allein auf der Welt – allein mit dem Sofa und dem dunklen Flur. Einem düsteren Flur, der alles Mögliche in seinem Inneren verstecken konnte, schließlich war er dunkel und tief.

Gebannt starrte sie in den Gang.

Und da sah sie *ihn* wieder.

Den kleinen Menschen vom Vorabend. Er war schmal und kindlich, aber unverkennbar ein Greis. Schleichend trat er aus einer der vielen Türen. Eine halbe Sekunde lang konnte Minnie sein Profil und die gemeinen Augen sehen. Im nächsten Moment hatte der dunkle Tunnel den unheimlichen Kindgreis schon wieder verschluckt.

Minnie presste die Hand vor den Mund, um einen Schrei zu unterdrücken. Rasch schlurfte sie zurück in ihr Zimmer und zog sich die Bettdecke über den Kopf. Kaum hatte sie die Augen geschlossen, fiel sie auch schon in einen tiefen Schlaf.

»Drei Uhr nachts«, seufzte Dietmar und nippte an seinem Kaffeebecher. »Endlich Ruhe!«

Für den Pfleger waren die letzten fünf Stunden der reine Stress gewesen. Fünfmal hatte er bei Cristiano gesessen, während Hendrik Berthold Pellenhorns Nacken auflockern musste. Der Professor hatte *falsch gelegen* und es nicht bemerkt. Anschließend waren die Pfleger von Montrésor auf Trab gehalten worden, der erneut aufgewacht war und nach Pferdewurst verlangt hatte. Zu guter Letzt hatte Dietmar Herbert Powelz im Stundentakt mit *Tavor* beliefert.

Jetzt fiel ihm siedend heiß ein, dass er noch kontrollieren wollte, ob die Haustür zugesperrt war. Irgendwann in der Nacht – an den Zeitpunkt konnte er sich nicht mehr erinnern

– war die Tür laut ins Schloss gefallen. Er eilte nach unten und fand sie offen vor.

Dietmar durchfuhr ein Schrecken. Nun hatte er keine andere Wahl, als die Anwesenheit jedes Gastes zu überprüfen – mit Ausnahme der Knopinskis und Bella Schiffer, die nicht gestört werden wollten. Er spähte in jedes Zimmer. Tatsächlich schliefen die Gäste fest. Eine unheimliche Ruhe hatte sich über Haus Holle gelegt.

»Was meinst du, Hendrik?«, fragte der dicke Dietmar. »Zeit für Spaghetti und Eiscreme?«

»Und für eine Fluppe im Garten«, fügte sein erschöpfter Kollege hinzu.

Um 6.15 Uhr läutete Bella Schiffer nach Dietmar und bat ihn um ein starkes Schlafmittel. »Ich liege schon seit Stunden wach! Die Matratze ist so hart. Ich möchte gern ein Mittel haben.«

Angeblich konnte die Schönheitskönigin nicht schlafen. In ihrem Zimmer roch es nach Haarspray, Champagner und kaltem Rauch.

Dietmar injizierte ihr ein Schlafmittel und lugte kurz in Adolfs Zimmer. Dort war alles in Ordnung.

Sein Blick fiel auf das *Bitte nicht stören*-Schild an der gegenüberliegenden Tür. Ihn beschlich ein mulmiges Gefühl.

Scheiß drauf!, dachte er bei sich. Schließlich hatte er den Wunsch der uralten Knopinskis während der ganzen Nacht respektiert.

Der dicke Dietmar drückte die Türklinke nach unten.

Er spähte vorsichtig ins Zimmer und sah das tote Ehepaar.

Die Flucht

Knut und Gertrud Knopinski waren am 2. oder 3. November gestorben. Obwohl sie 96 und 95 Jahre alt geworden waren, staunten alle, die von ihrem Tod hörten.

Katharina Schulz wunderte sich, als sie die Fenster in Knopinskis Sterbezimmer öffnete, in dem die beiden Toten lagen. Die Hauswirtschafterin staunte über den Nikotingeruch im Zimmer. Soweit sie wusste, hatten die Knopinskis nie geraucht.

Marisabel Prinz war geschockt, weil sie die Erkenntnis überfiel, wie schnell der Tod zuschlagen konnte. Gestern noch hatte sie mit sich gerungen, ob es richtig war, Gertrud zu raten, den himmelblauen Pyjama wegzuwerfen – oder ob sie lieber schweigen sollte. Sie hatte sich fürs Schweigen entschieden. Jetzt lag die uralte Dame in eben diesem Pyjama in ihrem Sterbebett, den Gatten gleich neben sich. Fast hätte Marisabel geweint, doch sie wurde lieber hysterisch und enteilte ins Esszimmer. Als sie aus dem Fenster schaute, sah sie den braunen Mercedes der Knopinskis am Ende der langen Einfahrt stehen.

Dr. Andreas Albers war perplex, als er hörte, dass das Portemonnaie von Knut Knopinski spurlos verschwunden war. Außerdem erzürnte es ihn, dass sein Kollege Bruno den Mantel des Verstorbenen anprobierte und behauptete, Knut Knopinski habe ihm *das gute Stück* schenken wollen.

Dr. Coppelius und Dr. Aracelis indes wunderten sich über den plötzlichen Tod von Gertrud Knopinski. »Die alte Dame war gestern Abend noch im Esszimmer. Kostja behauptet, dass sie großen Appetit hatte.« Die Ärzte nahmen Gertruds Loch im Bauch unter die Lupe und fanden heraus, dass es sich nicht weiter entzündet hatte. »Sie muss im Schlaf gestorben sein«, diagnostizierte Dr. Coppelius.

»... und ihr über sie gebeugter Mann erlitt vor Schreck einen Herzinfarkt, ergriff ihre Hand und sank mit dem Kopf auf ihre Brust? Seltsam, aber durchaus möglich«, meinte Dr. Aracelis. »Ich stelle den Totenschein aus.«

Minnie hingegen staunte über das friedliche Bild, das sich ihr in Zimmer 2 bot. Knut und Gertrud Knopinski ruhten nebeneinander, vereint im ewigen Schlaf. Wertvolle Antiquitäten schmückten ihr schönes Eckzimmer, das seinen Bewohnern zu Lebzeiten den besten Blick in den Hospizgarten gewährt hatte. Doch sie staunte noch über etwas anderes: Gertrud Knopinski trug keinen einzigen ihrer zahlreichen wertvollen Ringe. Auch ihr Schmuckkästchen war leer. Die Besitztümer der Toten waren spurlos verschwunden.

Minnie schnupperte. Der Hauch eines Dufts, den sie schon einmal gerochen hatte, lag in der Luft. Ja – es roch eindeutig nach Haarspray. Aber auch nach Nikotin ...

Natürlich war der plötzliche Tod von Knut und Gertrud Knopinski auch *das* Gesprächsthema bei Tisch.

»Gertrud war doch gestern noch so munter«, meinte Marisabel Prinz mit dünner Stimme. »Ich verstehe nicht, wie der Tod so schnell zuschlagen kann. Seit ich hier bin, habe ich unzählige brennende Kerzen gezählt – und ich weiß nicht mal, ob ich jede neue, die angezündet wurde, gesehen habe.«

Auch Bella Schiffer wunderte sich. »Aber dass der Alte in derselben Nacht wie seine Frau gestorben ist ... Wie kann das angehen? Ob ein Fluch auf den beiden lag?«

Omi prustete los und spritzte eine Ladung Orangensaft über den Tisch. »Sie glauben an Flüche?«

»Natürlich«, antwortete Bella ernst. »Ich wurde selbst von einem befreit! Eine Hellseherin fand heraus, dass der Fluch einer neidischen Tante auf mir lastete. Sie hatte ihn für vierzig Euro vertrieben. Und was soll ich Ihnen sagen? Schlagartig musste ich nicht mehr pausenlos erbrechen und konnte endlich wieder meine Wohnung verlassen. Vorher bin ich mir vorgekommen wie eine Gefangene in den eigenen vier Wänden.«

»Ich habe gestern von einem neuen Medikament aus den USA gelesen, das auf wundersame Weise gegen Krebs wirkt«, erzählte Marisabel. »Nach dem Frühstück werde ich es umgehend bestellen.«

»Siiee müüüüsssen…«, stieß Professor Pellenhorn hervor, »azzzzeppppppieren, dasssss…«

»Wie bitte?«, fragte Marisabel.

Pellenhorn zwinkerte hilflos.

»Wie auch immer«, meinte Bella. »Mein Fluch war tatsächlich vertrieben worden. Für zwei, drei Tage hörten sogar die schrecklichen Rückenschmerzen auf. Und das will viel heißen: Die Schmerzen fühlten sich an wie *Wehen in der Wirbelsäule*. Sie waren vernichtend. Über normale Schmerzen lachst du im Vergleich dazu.«

Marisabel Prinz hingegen dachte an die tote Gertrud Knopinski, und sie fröstelte. »Jetzt ist der Tod wieder ein Stückchen näher an mich herangerückt …«

Bella sah sie an. »Ist er das nicht sowieso? Dadurch, dass Sie hier sind? Aber Sie dürfen die Hoffnung nicht aufgeben. Es gibt noch viele Mittel und Wege. Demnächst fahre ich zu einem Arzt, der zwar nur schulmedizinisch ausgebildet ist, aber unglaublich vielen Krebspatienten geholfen haben soll. Dabei behandelt er die Kranken angeblich nur mit Kräutern. Ich werde mir mal anhören, was er über Morphium erzählt. Ich habe gehört, dass es den Darm zerstören soll.«

In Professor Pellenhorns Augen lag ein seltsamer Ausdruck. Minnie wusste nicht, ob sie ihn als Mitleid oder Besorgnis deuten sollte.

»Zwar wohnt dieser Kräuter-Arzt sieben Stunden vom Hospiz entfernt, aber ich will nichts unversucht lassen«, fuhr Bella fort. »Totgesagte leben länger!«

Marisabel lachte verbittert auf. »Ich sollte mich wirklich wieder beruhigen. Schließlich kann es diejenigen, die am gesündesten aussehen, ebenso gut als Nächste erwischen wie mich.« Sie wandte sich Omi zu. »Warum tragen Sie heute Ihre blonde Perücke? Gestern Nacht sind zwei Menschen gestorben!«

»Weil ich nicht wusste, was passiert ist, als ich nach unten kam«, entgegnete Klärchen Krause mit erschrocken aufgerissenen Augen. »Hätte ich es geahnt, dann hätte ich natürlich Schwarz getragen.«

»Schwarz wird noch genug getragen«, erwiderte Bella lakonisch.

»Guten Morgen!« Der Psychologe hatte das Esszimmer betreten. »Wie ist das allgemeine Wohlbefinden?«

Professor Pellenhorn blinzelte freundlich, die Damen Schiffer und Prinz nickten müde, und Omis Mund war zu voll zum Sprechen. Also ergriff Minnie das Wort.

»Wir sind erschrocken über den plötzlichen Tod der Knopinskis!«

»Das kann ich gut nachvollziehen.« Dr. Albers setzte sich zu den Gästen. »Bestimmt haben Sie nach den Ereignissen in der letzten Nacht einige Fragen?«

Marisabel Prinz sah auf ihren leeren Teller.

»Ich wüsste gern«, sagte Minnie, »wie das Sterben genau abläuft. Egal welches Buch ich gelesen – oder welchen Krimi ich gesehen habe –, eine detaillierte Schilderung der letzten zehn Minuten im Leben eines Menschen bleibt einem immer vorenthalten. Scheinbar wollen einem die Drehbuchautoren und Schriftsteller das nicht erzählen.«

»Ich ahne, dass sich ein bestimmter Gedanke hinter dieser Frage versteckt«, entgegnete Andreas. »Liege ich richtig, wenn ich annehme, dass du glaubst, dass der Sterbeprozess derart schrecklich sein muss, dass uns weder Autoren noch Filmemacher eine detailgetreue Schilderung zumuten möchten?«

»Ja«, antwortete Minnie.

Hastig stand Marisabel Prinz auf und verabschiedete sich. »Heute habe ich noch einiges vor. Ich will herausfinden, welche Busse in die Innenstadt fahren. Und wann die Weihnachtsmärkte beginnen.«

»Ich komme mit!«, entschloss sich Omi. Und bevor sie aus dem Zimmer eilte, rief sie noch: »Dass ich jetzt gehe, heißt nicht, dass ich nicht vorübergehend klarkäme mit diesem Ort. Ich stehe da drüber. Bestimmt gibt es in den anderen Zimmern noch viel Kränkere als mich. Aber ich will gar nicht wissen, was auf uns Menschen zukommt.«

»Möchte sonst noch jemand gehen? Oder kann ich anfangen?«, fragte der Psychologe.

Weil Minnie, Bella und Professor Pellenhorn schwiegen, suchte er nach einem Ansatz für das schwer zu vermittelnde Thema.

»Jahrhundertelang gehörte das Sterben zum Leben wie eine Geburt, eine Taufe oder eine Hochzeit. Damit die Menschen das nicht vergaßen, sondern ihr Leben bewusst lebten, gab es Erinnerungssprüche wie *Memento mori – Bedenke, dass du des Todes bist*. Vielleicht kennen Sie aber auch den Leitspruch *Carpe diem – Nutze den Tag*.«

»Das ist dasselbe, was die Jugendlichen heute *Yolo* nennen«, meinte Annette, die sich zu den drei Gästen gesellt hatte. *Yolo* ist die Abkürzung für *You only live once – Du lebst nur einmal*.«

Andreas nickte bestätigend. »Außerdem gab es in früheren Zeiten religiöse Trostfibeln, die *Ars moriendi* genannt wurden. Sie linderten das Leid der Angehörigen, die um einen Verstorbenen trauerten – und lehrten sie zugleich, wie sie ihr Familienmitglied in der Sterbephase unterstützen konnten. Damals fand der Tod noch mitten im Leben statt, und in seinem Angesicht wurde gefeiert – nach dem Motto *Der Karfreitag folgt erst nach dem Karneval.*«

»Ich habe noch nie einen Toten gesehen«, gestand Bella.

»Damit liegen Sie voll im Trend. Im Zeitalter der Moderne wurde das Sterben immer stärker aus dem Alltag herausgenommen. Plötzlich übernahmen öffentliche Institutionen das Sterben, wie zum Beispiel Bestattungsunternehmen. Dadurch wurde es den Menschen immer fremder. Das Sterben wurde tabuisiert und als ein tragischer Unglücksfall betrachtet. Gleichzeitig entstand jene Distanz, die wir heute in Traueranzeigen finden, etwa *Von Beileidsbekundungen am Grab bitten wir abzusehen* oder *Er wurde in aller Stille beigesetzt*. Die modernen Menschen haben den Tod so gründlich aus ihrem Leben vertrieben, dass die meisten Erwachsenen noch nie eine Leiche gesehen haben.«

Andreas blickte Minnie an. »Jetzt komme ich zu deiner eigentlichen Frage. Wir alle sterben unseren eigenen Tod – sehr individuell und verschieden. Auf jeden Fall hat die Natur schon viel dafür getan, dass Sterben nicht furchtbar sein muss. Die Sterbeforscherin Elisabeth Kübler-Ross hat als eine der Ersten modellhaft die Sterbephasen beschrieben. Sie können so kommen – oder auch nicht.«

»Welche Phasen sind das?«, fragte Annette.

»Furcht, Zorn, Verleugnung, Verhandlungswillen und Akzeptanz«, antwortete Dr. Albers. »Diese Phasen wechseln sich ständig ab. Das lässt sich auch hier beobachten. Unsere Gäste schwanken ständig zwischen Wut und Angst. Am Morgen sind sie vielleicht verärgert über ihre Diagnose, am Mittag schöpfen sie bereits neue Hoffnung, abends liegen sie traurig im Bett – und am nächsten Tag bestellen sie das neueste Medikament aus den USA. Für mich ist es völlig normal, dass jemand, der bald sterben muss, mal traurig, mal panisch und mal zornig ist. Für die Angehörigen ist das oft schwer. Denen empfehle ich fast immer, *Das tibetische Buch vom Leben und vom Sterben* von Sogyal Rinpoche zu lesen. Es bringt das Thema perfekt auf den Punkt. Ich borge es Ihnen gerne mal aus.«

»Aber ich dachte immer, dass die Menschen unter Qualen sterben«, warf Bella ein.

»Das glauben fast alle«, erwiderte Dr. Albers, »weil so ein großes Geheimnis um den Tod gemacht wird. Die meisten Krankenhäuser verbessern gar nichts an diesem Irrglauben. Für viele Ärzte ist der Tod eines Patienten eine Niederlage, obwohl wir doch alle sterben müssen! Zum Glück bilden sich inzwischen mehr und mehr Ärzte palliativ fort, aber ich höre noch relativ häufig, dass viele Kliniken auf drei Arten und Weisen mit Sterbenden umgehen.«

»Wie denn?«, fragte Minnie.

»In den meisten Fällen wird der Tod von denjenigen, die in Kliniken arbeiten, ignoriert, weil der Stationsablauf vorgeht.«

»Und die anderen Umgangsweisen?«, hakte Minnie nach.

»Am zweithäufigsten werden Sterbende abgeschoben. Viele Ärzte und Krankenschwestern erkennen zwar die Anzeichen der *finalen Phase*, aber sie schieben Sterbende schnell hinter die spanische Wand. Sie wollen Unruhe vermeiden. Deshalb sterben viele Kranke ganz allein in Kliniken.«

»Aber es gibt auch Krankenschwestern, die sich den Arsch aufreißen«, rief Bruno, der plötzlich im Esszimmer aufgetaucht war. »Ich habe mal im Krankenhaus gearbeitet. Was die Schwestern neben dem Arbeitsstress leisten, hat mich immer am meisten berührt.«

»Stimmt«, bestätigte Andreas. »Das ist die dritte Form des Umgangs mit dem Tod in modernen Kliniken. Außerdem gibt es dort immer mehr Palliativstationen. Aber die sind – meiner Meinung nach – noch nicht so gut ausgestattet wie ein Voll-Hospiz.«

»Klingt ja furchtbar«, meinte Bella. »Heißt das, man sollte sich gegen das Sterben in einer Klinik wehren?«

»Nein«, antwortete Andreas. »Aber man sollte sich nur in die Krankenhausmaschinerie begeben, wenn man genau weiß, was man will. Todkranke, die sich gar nicht mit dem eigenen Sterben auseinandersetzen möchten, sind in Kliniken tendenziell gut aufgehoben – genau wie alle, für die ihre Lebenszeit wichtiger ist als die Lebensqualität. Zwar liegen sie oftmals nur noch an Schläuchen, aber sie können den Tod dadurch noch paar Tage oder Wochen hinauszögern.«

»Und wenn man das nicht will?«, kam die Frage.

»Dann ist man besser im Hospiz aufgehoben. Hier bekommt man keine Untersuchungen und Maßnahmen aufgestülpt, wenn man nicht *Nein* sagen kann. Außer auf den Palliativstationen in einer Klinik möchten die Krankenhausärzte meistens noch alles Mögliche ausprobieren – weil es immer mehr technische Möglichkeiten gibt. Dabei gerät die Frage ins Abseits, ob sie den Sterbenden wirklich einen Gefallen tun.«

»Aber medizinische Untersuchungen können doch nicht schlecht sein«, sagte Bella.

»Doch«, antwortete Andreas. »Ein gutes Beispiel dafür ist die Sauerstoffzufuhr am Sterbebett. Wir wissen längst, dass eine flachere Atmung bei Sterbenden völlig normal ist – und dass sie nur die Angehörigen verängstigt. Deshalb gibt es bei uns auch keine künstliche Sauerstoffzufuhr, außer auf ausdrücklichen Wunsch. Künstliche Sauerstoffzufuhr trocknet die Mundschleimhäute aus, und sie erzeugt ein quälendes Durstgefühl. Dasselbe gilt für Wasser-Infusionen! Wenn die Ärzte sterbenden Menschen Wasser zuführen, wird diese Flüssigkeit meistens nicht mehr ausgeschieden, weil die Nieren nicht mehr funktionieren, und so landet es in der Lunge. Die Folge davon ist Atemnot!«

Gebannt hingen die Gäste an Andreas' Lippen. »Aber man muss doch was trinken«, warf Annette ein. »Sonst verdurstet man doch.«

»Nein«, belehrte Andreas. »Wer im Sterben liegt, erleidet keinen Durst, wenn man ihm den Mund befeuchtet. Wer nichts mehr isst, stirbt schneller und leichter – weil ihn die Kräfte verlassen.«

Minnie war schockiert. Sie wusste, dass fast all ihre verstorbenen Familienmitglieder und Freunde Sauerstoff und Infusionen bekommen hatten. Konnten diese beiden Heilmittel die quälenden Symptome, die sie beobachtet hatte, wirklich erst hervorgerufen haben – obwohl sie davor schützen sollten?

»Es gibt auch Kliniken, in denen Sterbende optimal behandelt werden«, sagte Bruno. »Ich habe neulich gelesen, dass ein Todkranker zu vier Männern in ein Fünfbettzimmer gelegt wurde, weil die Klinik voll belegt war. Natürlich musste der Arzt die gesünderen Patienten zuerst davon überzeugen, einen röchelnden Sterbenden bei sich aufzunehmen. Aber sie haben es getan, und eine Rund-um-die-Uhr-Betreuung für ihn organisiert. Die Gesünderen haben den Sterbenden gefüttert, gewaschen und ihm vorgelesen. Als er starb, waren seine neuen Freunde anwesend. Später sagte einer der Männer, diese Tage seien die wichtigsten in seinem Leben gewesen.«

Minnie hob die Hand. »Du hast mir immer noch nicht gesagt, wie das Sterben konkret verläuft, Andreas ...«

»Meistens total undramatisch«, antwortete der Psychologe. »Ein Mensch, der schon lange krank ist, wird immer schwächer. Seine Atmung wird flacher, sein Denken verwirrt. Die meisten Sterbenden befinden sich geistig längst in einer anderen Welt, wenn ihr Herz stehen bleibt. Doch ich will dich nicht anlügen. Es gibt auch komplizierte Sterbeprozesse, die wir in unserem Hospiz jedoch perfekt meistern können. Meiner Meinung nach sterben positiv eingestellte Menschen tendenziell leichter. Wer das Leben nicht loslassen kann – und bis zur letzten Minute kämpft –, hat es hingegen häufig schwerer.«

»Stimmt«, bestätigte Bruno. »Sterben hat viel mit Vertrauen zu tun. Ab einem gewissen Punkt muss man loslassen können und vertrauen, dass alles gut wird. Viele Sterbende würden gern gehen, weil sie spüren, dass es so weit ist. Doch ihre Familienmitglieder halten sich regelrecht an ihren Körpern fest. Sie bleiben tagelang im Sterbezimmer, bedrängen die Sterbenden, etwas zu essen oder zu trinken.«

»Ist das nicht nachvollziehbar?«, fragte Bella. »Ich will auch nicht allein sterben.«

»Aber es sind zwei unterschiedliche Dinge, ob man jemanden bei sich hat oder von einer klammernden Hand festgehalten wird«, ließ sich Bruno vernehmen. »Wenn ein Mensch innerlich zum Sterben bereit ist, weil er darauf vertraut, dass er sich fallen lassen kann, weil alles gut ist, sollte er das auch dürfen. Eine klammernde Hand signalisiert jedoch, dass er bleiben muss, weil der Tod etwas Schlechtes sei. Die allermeisten Menschen sterben, wenn sie kurz losgelassen werden. Hier ist mal ein Mann verstorben, als ihn seine Tochter drei Sekunden lang losließ, um sich nach einem heruntergefallenen Handtuch zu bücken.«

Minnie konnte das nachvollziehen. Befriedigt war sie immer noch nicht. »Was passiert aus medizinischer Sicht im Körper, wenn Menschen sterben?«

Andreas ließ nach Dr. Coppelius rufen.

Fünf Minuten später saß der Schmerztherapeut am Esszimmertisch und erklärte: »Seit dem Moment unserer Zeugung hat sich unser Körper sekündlich erneuert. Das endet mit dem Beginn des Sterbens. Jetzt wird jede Nahrung zur Qual, es können nur noch die Tumore wachsen. Der Mensch selbst wird weniger, und er verliert sein klares Bewusstsein. Äußerlich wirken viele Sterbende unruhig, weil ihre Atmung brodelt und weil es zu Atempausen kommt. Das Gesicht wird spitz und klein. Zu diesem Zeitpunkt sehen und hören die Sterbenden nur noch wenig. Zuletzt sehen sie gar nichts mehr. In den meisten Fällen erfolgt erst der Herztod, dann der Hirntod. Daraufhin zersetzt sich der Körper, denn er bekommt keinen Sauerstoff mehr zugeführt. Zuerst sterben die Zellen des Herzgewebes, dann die der Leber und der Lunge, ganz zum Schluss versagen die Nieren. Aber der genaue Verlauf ist immer abhängig von der Grunderkrankung, den individuellen Komplikationen sowie der Therapie.«

»Aber was nehmen die Sterbenden wirklich in den letzten zehn Minuten ihres Lebens wahr?«, fragte Minnie. »Wissen die Mediziner inzwischen, dass diese Zeit wirklich nicht qualvoll ist?«

»Ja«, antwortete Dr. Coppelius. »Alle Vorgänge des Sterbens laufen automatisiert ab. Kurz vor dem Tod ereignet sich übrigens oftmals ein weiteres Phänomen. Die Sterbenden *lesen Flocken*.«

»Flocken?«, staunte Annette.

»Ja! Die Finger des Sterbenden zittern unruhig in der Luft oder über der Bettdecke – als wollten sie nach Schneeflocken greifen.«

»Klingt beunruhigend«, sagte Minnie. »Davon habe ich noch nie etwas gehört.«

»Der medizinische Fachbegriff dafür heißt *Krozidismus*«, sagte Dr. Coppelius. »Ich garantiere Ihnen, dass Ihre Wahrnehmung zu diesem Zeitpunkt total getrübt ist. Alles wird automatisch geschehen. Außerdem wissen Sie bestimmt, dass viele Sterbende noch einen *Lebensfilm* und ein helles Licht sehen, das sie anlockt, nachdem sie durch einen Tunnel geschwebt sind. Oder denken Sie an den amerikanischen Neurochirurgen Eben Alexander, der sieben Tage im Koma lag und anschließend seine ganze Weltsicht korrigierte, weil er ein Mut machendes Nahtod-Erlebnis hatte. Er traf in der *Zwischenwelt* auf eine wunderschöne Frau, die ihm ohne Worte sagte, dass er zutiefst geliebt würde.«

Minnie, Bella und Annette schweigen.

»Jetzt noch mal zu eurer Besorgnis wegen Knut und Gertrud Knopinski«, sagte Bruno. »Ich habe keine Ahnung, warum es so ist – aber im November und Februar ereignen sich die meisten Todesfälle in Haus Holle. Deshalb bin ich nicht erstaunt, dass das uralte Ehepaar das Zeitliche gesegnet hat.«

Dr. Albers nahm Minnie zur Seite.

»Haben wir deine Fragen nun ausreichend beantwortet? Wie geht es dir mit dem neuen Wissen?«

»Ich habe ein gutes Leben gehabt«, antwortete sie. »Meine Einstellung war immer positiv. Insofern muss ich mir scheinbar keine Sorgen machen ...«

»Das vermute ich auch«, sagte Andreas. »Aber ich möchte die Gelegenheit gern beim Schopf packen, um mehr über dein Leben zu erfahren. Ich muss mir ein Bild davon machen, wie du in Haus Holle klarkommst.«

Minnie lachte. »Du möchtest ein Interview mit mir führen? Ich bin vierundachtzig geworden, aber ich bin noch nie interviewt worden. In Ordnung ...«

Gemeinsam zogen sie sich in Minnies Zimmer zurück.

»Sind das deine Töchter?«, fragte Andreas und zeigte auf ein Foto.

Minnie bejahte. »Sie heißen Clara und Ute. Damals waren sie neunundzwanzig und dreißig Jahre alt. *Mein Wilhelm* und ich hätten immer gerne einen Sohn gehabt. Aber das Leben wollte es anders.«

»Mein Wilhelm?«, fragte der Psychologe.

»Mein Mann«, verriet Minnie. »Mein Wilhelm und ich waren immer auf Reisen. Kannst du dir vorstellen, dass wir alle europäischen Hauptstädte bereist haben? Am Ende fehlte uns nur noch Monaco. Doch mein Wilhelm ist plötzlich gestorben.«

»Wie bist du allein klargekommen?«

»Anfangs habe ich mich verkrochen. Doch nach ein paar Wochen habe ich nur noch das Schöne gesehen. Allerdings wäre ich niemals alleine nach Monaco gereist. Außerdem wurde ich selbst kurz nach Wilhelms Tod krank. 2002 wurde mir die Gallenblase rausgenommen, ein Jahr später meine Milz. Und jetzt, zehn Jahre später, habe ich dieses *Urothel*.«

»Was hast du in den zehn Jahren nach Wilhelms Tod gemacht?«, wollte der Psychologe wissen.

»Ich habe mich des Lebens erfreut. Meistens bin ich spazieren gegangen, und habe nach neuen Torwegen gesucht. Die ziehen mich magisch an. Dann sind nach und nach meine Geschwister gestorben. Ich war die Jüngste von uns sieben. Im nächsten Leben möchte ich mal die Älteste sein, um all meine Lieben länger um mich zu haben.«

Andreas erkannte, dass bereits viele Abschiede hinter der alten Frau lagen. Doch in Minnies Blick spiegelte sich noch etwas anderes – fehlende innere Ruhe.

Das bestätigten ihm Minnies nächste Sätze.

»Manchmal war es schwer zu akzeptieren, dass alle Menschen um mich herum gestorben sind. Aber ich konnte niemanden dafür verantwortlich machen, vor allem nicht Gott. An den glaube ich nicht mehr, seit ich weiß, was Hitler im Zweiten Weltkrieg gemacht hat. Adolf Hitler habe ich dreimal getroffen. Ich bin ein nachtragender Typ.«

Andreas nickte. »Welche Charaktereigenschaften passen noch zu dir?«

»Ich bin ehrlich und treu«, antwortete Minnie. »Manchmal wurde mir gesagt, dass ich eine blühende Fantasie habe. Außerdem war ich immer pünktlich, und ich würde nie im Leben einem anderen Menschen etwas wegnehmen.«

Der Psychologe war beeindruckt. »Wie gestaltest du deine Freizeit am liebsten?«

»Ich schaue gern alte Filme, zum Beispiel mit Erol Flynn. Oder die Pilcher-Filme mit ihren seichten Dialogen und schönen Landschaften. Am Abend lese ich gern Bücher, Romane von Utta Danella und Krimis von Agatha Christie.«

»Wie gefällt dir Haus Holle?

»Ich wollte immer ein Zimmer mit einem Ausblick auf eine Wiese haben. Hier habe ich diesen Ausblick nun bekommen.«

»Was bedauerst du?«

»Dass meine Wohnung aufgelöst wurde. Außerdem muss ich dringend zum Friseur.«

»War es eine gute Entscheidung, dass du auf meinen Rat gehört hast und hierhergezogen bist?«

»Jein«, sagte Minnie. »Ich habe zwar Ja gesagt, weil mein Verstand es mir riet, doch mein Gefühl hinkt immer noch hinterher.«

»Wie endgültig ist deine Entscheidung, dass du noch eine Blutwäsche willst?«

»Endgültig«, antwortete Minnie.

»Dann kommst du morgen ins Krankenhaus.«

Der Psychologe sah Minnie tief und fest in die Augen. »Durch die Blutwäsche wirst du wieder zu Kräften kommen. Außerdem wird sie dein Leben verlängern. Aber du sollst wissen, dass dadurch das Risiko eines Blutsturzes steigt. Noch könntest du sanft einschlafen, ohne einen plötzlichen Tod zu riskieren.«

»Die Blutwäsche will ich trotzdem «, beharrte Minnie. »Denn da gibt es noch eine große Sache, die mir unter den Nägeln brennt. Es wäre viel zu früh, um zu sterben.«

Veränderungen

Falk Berger hatte eine Sondersitzung einberufen. Genauer gesagt, ein Verhör.

Der Hospizleiter wollte genau wissen, was sich in der Todesnacht von Knut und Gertrud Knopinski ereignet hatte. Er nahm Dietmar und Hendrik ins Kreuzverhör.

Angespannt berichtete Hendrik seinem Vorgesetzten von Montrésors psychotischem Anfall, seinem Ausflug ohne Kleider und von Annettes Zusammenbruch.

Auch Dietmar schilderte die Geschehnisse der Nacht vom 2. auf den 3. November minutiös. Er ließ kein Detail aus. Als der Hospizleiter erfuhr, dass Cristiano stundenlang mit den Pflegern geredet hatte, ließ er Dr. Albers rufen. Er witterte die Möglichkeit, endlich zu erfahren, warum sich der kranke Portugiese so vehement gegen Morphium sträubte.

»Außerdem gab es in der Nacht noch ein weiteres Problem«, sagte der dicke Dietmar. »Nadine hat sich Drogen gespritzt, während ihre kleine Tochter im selben Zimmer war.«

»Das akzeptiere ich nicht«, rief Falk Berger. »Drogenmissbrauch im Hospiz ist ein Regelbruch. Wir werden Frau Nisse umgehend nach Hause entlassen …«

»Wie bitte?«, wandte Andreas ein. »Das geht nicht! Sie ist sterbenskrank.«

Der Hospizleiter beharrte auf seinem Entschluss. »Sie verlässt das Haus! Frau Nisse kann erst zurückkehren, wenn sich ihr Zustand so weit verschlechtert hat, dass sie im Sterben liegt.«

»Aber sie hat kein Zuhause«, gab Dietmar zurück. »Außerdem wird man Frau Nisse die kleine Fee wieder wegnehmen. Im schlimmsten Fall kommt das Mädchen in ein Heim. Sie muss doch bloß noch ein paar Wochen überbrücken, bevor sie zu ihrer Tante darf.«

»All das liegt nicht in unserer Verantwortung.« Falk Berger blieb hart. »Wenn der Kleinen bei uns etwas zustößt, etwa, weil ihre Mutter sie im Rausch angreift, können wir das Haus schließen! Dass Herr Knopinski unter unserem Dach gestorben ist, war genug Stress für diese Woche. Ein zweites Mal stirbt mir kein Angehöriger. Vor allem kein kleines Mädchen!«

Der Psychologe nickte und unternahm noch einen letzten Versuch, ihn umzustimmen. »Natürlich haben Sie vollkommen recht. Ich bin trotzdem dafür, es noch einmal mit ihr zu probieren. Wir werden einen besonderen Dienstplan für Nadines Zimmer aufstellen. Außerdem nehme ich sie selbst ins Gebet und erkläre ihr die Folgen eines weiteren Drogenmissbrauchs.«

»Kommen Sie, Dr. Albers ... Sie haben doch gehört, dass ich ...«

»Wir könnten eine Kamera-Attrappe in Nadines Zimmer installieren. Das wird ihr zu denken geben.«

»Ich weiß wirklich nicht ...«

»Herr Berger! Es sind nur noch ein paar Wochen!«

Sein Chef gab klein bei. »Gut. Frau Nisse bekommt eine letzte Chance. Aber es ist die allerletzte!«

»Herr Knopinski weg, Frau Knopinski weg, Minnie im Krankenhaus. Gleich drei Bewohner weniger!« Im Esszimmer klagte Frau Prinz über die ausgedünnte Runde und über Kostjas Mittagessen. »Ich wollte Birnen, Bohnen und Speck, wie ich sie kenne.«

»Ich weiß gar nicht, was Sie haben«, sagte Omi. »Das Essen ist total lecker. Und Minnie kommt doch schon morgen wieder.«

»Ja, ich weiß«, erwiderte Marisabel. »Aber dieses Kommen und Gehen und die ganzen Veränderungen sind so anstrengend. Kaum hat man sich im Jetzt eingerichtet, ist alles schon wieder anders. Und wieso schmecken die Bohnen nach nichts?«

Sie blickte zu Berthold Pellenhorn. »Wieeee immmaaa«, stieß der freundliche Mann hervor. »Dieee Boooonee meeeeckeeee wiieeeee immmaaa…«

»Manchmal habe ich das Gefühl, Sie genießen Ihre kleinen Quengeleien, Frau Prinz«, warf Bella Schiffer ein.

Diese Worte waren zu viel des Guten. Marisabel stützte die Ellbogen auf die Tischplatte, legte ihr Kinn in die verschränkten Hände und fixierte Bella triumphierend. »Wo waren Sie eigentlich, als die Knopinskis starben?«

Bella ging hoch wie eine Furie. »In meinem Zimmer natürlich! Warum?«

Marisabel grinste vielsagend. »Allein?«

Dieses eine Wort stand nun im Raum.

Alle Augenpaare richteten sich auf die frühere Schönheitskönigin. Selbst Berthold Pellenhorn blinzelte fragend.

»Natürlich war ich nicht allein! Ich hatte Besuch von meinem Mann. Außerdem waren meine Töchter bei mir.«

Damit gab sich Marisabel nicht geschlagen. »Wie lange denn?«, bohrte sie weiter.

»Als ob ich auf die Uhr gesehen hätte«, fuhr Bella sie an. »Wieso interessiert Sie das überhaupt?«

Marisabel verzog die Lippen und verdrehte die Augen. »Nehmen wir einmal an«, sagte sie, »ich hätte nicht schlafen können und wäre aus meinem Zimmer gegangen, weil mich der Knall einer Sektflasche geweckt hätte …«

»Stimmt!«, rief Omi. »Dass eine Flasche entkorkt wurde, habe ich auch gehört.«

»Nehmen wir weiterhin an, dass ich über den Flur geschlendert und durchs Haus gegeistert wäre, um mir die Füße zu vertreten. Und dass ich an Ihrem Zimmer vorbeigegangen wäre, liebe Bella. Was meinen Sie, hätte ich da wohl durchs Schlüsselloch sehen können, wenn ich das *Bitte nicht stören*-Schild leicht nach rechts gezogen hätte?« Abrupt richtete sie die Blicke ihrer blassblauen Augen auf Bella. In ihren Haaren wippten die Lockenwickler.

Entgeistert starrte die junge Frau die ältere an. »Ich weiß nicht ... Sie hätten ...«

»Natürlich hätte ich Sie gesehen. Mit einer Sektflasche. Und mit einem männlichen Wesen. Aber das war – und ich sehe noch sehr gut – nicht Ihr Gatte.«

Annette prustete los. »Du hattest einen One-Night-Stand, Bella?«

Ärgerlich schüttelte sich Bella. »Ich muss mich nicht rechtfertigen.« Rot vor Zorn stand Bella Schiffer auf. »Tschüss jetzt. Mein Mann erwartet mich! Ich werde heute die Wohnung putzen.«

Kaum hatte Bella die Tischrunde verlassen, prasselten tausend Fragen auf Marisabel ein.

»Wer war der Typ?«, wollte Annette wissen. »Hatte Bella Sex mit ihm?«

Marisabel gab sich kalt. »Nein – hatte sie nicht. Wenn du Enthüllungen hören möchtest, bist du bei mir an der falschen Adresse. Ich wollte Bella nur darauf aufmerksam machen, dass sie mich nicht zu kritisieren hat. Man sollte sich nicht mit mir anlegen.« Sie goss sich einen Tee ein. »Ich habe immer einen so trockenen Hals. Weiß jemand, woher das kommt?«

»Im Zweifelsfall vom Provozieren«, stichelte Angie.

»Mein lieber Gott!«, rief Marisabel. »Nichts wird so heiß gegessen, wie es gekocht wird.«

Berthold Pellenhorn gluckste.

Doch Marisabel Prinz war nicht zu bremsen. »Ich weiß auch, dass hier keine Freundschaften entstehen. Aber es gibt einen Zusammenhalt.«

Von hinten legte sich eine Hand auf Marisabels Schulter. Unbemerkt war Bruno ins Esszimmer gekommen. »Manchmal entstehen hier sehr wohl Freundschaften, und manchmal bahnen sich sogar Liebschaften an. Aber wie könnten Sie das wissen, Frau Prinz? Zum letzten Mal passierte es schließlich lange vor Ihrem Einzug.«

Omi klatschte mit hochrotem Kopf in die Hände. »Liebschaften? Hier? In Haus Holle?«

»Ja«, bestätigte Bruno. »Cliquen hatten wir hier schon öfter. Zwar liegt der Großteil unserer Gäste meistens im Bett, aber manchmal entstehen Cliquen wie Ihre. Manchmal gibt es auch enge Freundschaften. Im Sommer lebten hier zwei Frauen, die sich sehr eng angefreundet hatten. Doch nach zwei Monaten baute eine der Damen ab. Mit einem Mal lag sie im Sterben.«

»Davon will ich nichts hören!« Rasch eilte Omi aus dem Esszimmer.

Nachdenklich blickte ihr der Pfleger nach und fuhr fort. »Die andere Dame wollte das Sterben ihrer Mitbewohnerin nicht akzeptieren. Sie weigerte sich sogar strikt, ihre beste Freundin noch mal zu besuchen. Dafür hatte sie eine passable Ausrede parat: *Ich könnte mir den Tod holen, wenn ich sie besuche – und mich mit der Grippe anstecken, die sie erwischt hat. Aber ich besuche sie, wenn sie wieder gesund ist. Dann werden wir gemeinsam ins Grüne fahren!* Natürlich kam alles ganz anders. Eine Woche, nachdem sie sich zum letzten Mal gesehen hatten, mussten wir die Kerze anzünden – und den Namen der besten Freundin auf die Tafel schreiben. Als die andere Frau das sah, brach sie zusammen. Sie wollte den Tod verdrängen. Nun hatte er sie gewaltsam eingeholt.«

Marisabels Löffel fiel auf den Tisch. »Und anschließend?«, fragte sie atemlos.

»Dr. Albers konnte die Frau dazu überreden, das Zimmer der Toten zu betreten. Es war der Raum, den Sie bewohnen, Frau Prinz.« Der Pfleger zwinkerte. »Zuerst weigerte sich die Dame standhaft. Irgendwann jedoch schaffte es Andreas, dass sie sich ein Herz nahm, und gemeinsam mit dem Psychologen ging sie hinein. Als sie ihre tote Freundin sah, blickte sie sich im Zimmer um und musterte die unzähligen Teelichter. Langsam ging sie auf das Bett zu und flüsterte: *Wie friedlich sie aussieht!* Anschließend war sie eine Stunde lang allein mit der Toten. Als sie herauskam, war sie geheilt.«

»Geheilt?«, fragte Marisabel. »Wovon geheilt?«

»Von ihrem Schock, von ihrer Angst, von ihrer Verdrängung. Sie war plötzlich zufrieden und starb zwei Tage später. Ich habe selten eine Tote gesehen, die so glücklich aussah wie sie.«

Annettes Augen wurden groß.

»Versteht ihr, was ich euch damit sagen will?«, fragte Bruno. »Rituale rund ums Leben und Sterben gehen mehr und mehr verloren. Dabei können sie viel Halt und Sicherheit bieten. Wir bieten einige Rituale rund ums Sterben an. Das hilft vielen Bewohnern und Angehörigen, aber natürlich sind sie kein Muss. Das mag jeder halten, wie es für ihn richtig erscheint. Auf jeden Fall solltet ihr nicht immer zusammenzucken oder euch so streiten wie Bella und Marisabel, wenn sich etwas im Haus verändert. Wenn ihr euch in den Sterbeprozess anderer einbringt, erscheint euch der Tod höchstwahrscheinlich immer natürlicher. Aber wenn ihr das Thema verdrängt, dann wird diese Natürlichkeit eher von Angstfantasien überlagert.«

Annette stand auf. Unsicherer als noch vor einer Woche, stützte sie sich auf den Esszimmertisch. »Hiermit lade ich alle ein, mich an meinem Totenbett zu besuchen, wenn ich gestorben bin«, verkündete sie feierlich.

Gemeinsam mit Angie verließ sie dann den Raum.

»Natürlich zerbricht unsere Clique eines Tages«, meinte Marisabel, als auch Bruno gegangen war. »Aber muss dieser Pflegehelfer seine Erzählungen immer so ausschmücken? Er ist doch kein Psychologe.«

»Was hat er Ihnen erzählt?« Dr. Albers hatte den Raum betreten.

»Dass wir geerdet werden, wenn wir mitbekommen, dass andere Gäste sterben. Und dass wir dadurch lernen können, den Tod als etwas Natürliches zu betrachten.«

Marisabel brachte Brunos Quintessenz so gut auf den Punkt, wie sie konnte. »Aber ich finde, Bruno schmückt das Ganze zu sehr aus. Manchmal wirkt es, als fasziniere ihn der Tod.«

»Ist er denn nicht faszinierend?«, fragte der Psychologe. »Schön schrecklich oder schrecklich schön? Diese Begriffe kennt doch jeder. Allerdings hätte Bruno nicht unbedingt auf die Lebensgeschichten anderer Gäste zurückgreifen müssen, um das zu erklären. Ein Hinweis auf die Kerze hätte genügt.«

»Inwiefern?«, wollte Marisabel wissen.

»Nun, das Anzünden der Kerze erinnert daran, dass ein Toter im Haus liegt. Aber es führt auch dazu, dass man sich damit beschäftigt, wofür dieses Haus steht. Es ist ein Haus, in dem unsere Gäste sterben werden.« Andreas sagte es klar und deutlich.

»Um mich daran zu erinnern, braucht es keine Kerze«, entgegnete Marisabel. »Mir reicht es völlig, dass der Leichenwagen alle Tage vor der Tür steht.«

»Das hat doch denselben Sinn«, meinte Andreas mit fester Stimme. »Bei Haus Holle fährt der Leichenwagen direkt vor dem Hauptportal vor. Alle sollen ihn sehen! Es trägt dazu bei, dass niemand den Tod verdrängt. Hier wird kein Blatt vor den Mund genommen, nur weil der Tod nicht in unsere Leistungs- und Jugendgesellschaft passt.«

Unbehaglich räusperte sich Marisabel. »Würden Sie mir bei der Suche nach einer Seniorenwohnanlage helfen – falls ich wieder gesund werde? Ich denke dabei an eine Kommune, in der junge und ältere Menschen zusammenleben.«

Der Psychologe nickte ernsthaft. »Natürlich, Frau Prinz.«

Die Zwillingsbrüder

Anne Powelz, die Frau des Gastes aus Zimmer 12, hatte es nicht leicht gehabt in ihrem Leben.

Als sie ein halbes Jahr alt war, starb ihr Vater. Die Mutter zog ihren Bruder und sie allein groß. Später dann war Herbert gekommen – und sie hatten sich verliebt. Das Glück jedoch ließ auf sich warten. Nach der Geburt eines gesunden Jungen, den sie Mike genannt hatten, bekam die junge Frau ein zweites Kind. Carsten jedoch war immer krank gewesen. Eines Tages fiel er tot in der Küche um. Er wurde nur drei Jahre alt. Der untröstlichen Mutter blieb kaum Zeit für ihre Trauer, denn innerhalb eines einzigen Jahres verlor sie ihre Mutter und eine geliebte Tante. Obendrein versorgte sie einen kranken Säugling – ihre frisch geborene Tochter.

Nun stand ihr ein weiterer – ungewollter – Abschied bevor.

Am Heiligabend des Vorjahres hatte ihr Mann am Vormittag – während er den Weihnachtsbaum schmückte – plötzlich seine Stimme verloren. Innerhalb von nur fünfzehn Minuten war er heiser geworden. Seitdem konnte er nur noch flüstern.

Die Stimme war nie mehr zurückgekehrt.

Ein Bronchialkarzinom drückte auf seine Stimmbänder. »Ihr Mann ist schwer krank«, sagte der Hausarzt mit ernstem Gesicht. Diesen Satz würde Anne nie mehr vergessen.

Auf Nachfrage erfuhr sie, dass ihr Mann nun ein *Palliativpatient* sei. Man könne seine Leiden noch lindern, aber nicht mehr kurieren.

Während Anne ihr Schicksal annahm – und sich schwor, in seiner Gegenwart nicht zu weinen, um für ihn stark zu sein –, beschloss Herbert zu kämpfen.

Die Nebenwirkungen seiner schweren Chemotherapie zwangen ihn wochenlang ins Bett. Außerdem drohte ihm eine Blutvergiftung. Ostern verbrachte der 63-Jährige, um sein Leben kämpfend, im Krankenhaus. Doch er rappelte sich immer wieder auf. Ab Ende September jedoch lag er nur noch in der Klinik. Dort hatte das Ehepaar ein wunderschönes Zimmer bekommen.

Auf Nachfrage erfuhr Anne, dass es ein Palliativzimmer sei.

Die Chemotherapie wurde eingestellt – weil *aufgrund des aktuellen Gesundheitszustands derzeit keine Behandlung möglich sei, Herr Powelz sich aber bei besserem Wohlbefinden erneut vorstellen solle.*

In Wahrheit jedoch drückte der Tumor Herberts Speiseröhre zu – und das, so wussten die Mediziner, drohte bald auch der Luftröhre. »Sie werden nichts mehr essen können«, sagte die behandelnde Ärztin.

Kurz darauf trank Herr Powelz den letzten Kaffee seines Lebens.

Das Ehepaar weinte gemeinsam und ließ den Priester kommen, denn Herbert glaubte an Gott. Als er die Letzte Ölung erhielt, gestand er, sich auf Maria, die Muttergottes, zu freuen.

Einen Tag später riet eine sogenannte *Brückenschwester*, die zwischen Kliniken und Hospizen vermittelte, den besorgten Angehörigen, Herrn Powelz ins Haus Holle bringen zu lassen.

Damit stand der Familie eine schwierige Aufgabe bevor. Doch Herberts Sohn, ein Reporter, meisterte sie. Er brachte seinem Vater das Thema näher, indem er ihm den aus seiner Sicht faszinierenden Artikel *Nochmal leben vor dem Tod* vorlas, den die Journalistin Beate Lakotta für den *Spiegel* geschrieben hatte. Diese Reportage hatte er seit Jahren für den Fall der Fälle aufbewahrt.

Sie erzählte nicht nur vom *Culture Clash* – dem Aufeinandertreffen von Menschen aus allen Gesellschaftsschichten in Hospizen –, sondern auch von den letzten Lebenswochen mehrerer Berliner. Und, am unvergesslichsten: Ein Fotograf hatte die Sterbenden kurz vor ihrem Tod fotografiert – und direkt danach.

Nachdem er seinem Vater die Reportage vorgelesen hatte, flüsterte dieser: »Ich nehme den Platz in Haus Holle.«

In der nächsten Nacht jedoch überlegte es sich der Kranke anders, denn ein Albtraum hatte ihn vor der Entscheidung gewarnt. In diesem Traum lag Herbert unter einem Lastwagen, der ihn einklemmte. Tags darauf fürchtete er sich davor, nicht mehr nach Hause zurück zu können, wenn er erst mal im Hospiz sei.

Wenige Tage später jedoch hatte er plötzlich ein Einsehen. Nun wollte er doch ins Haus Holle. Ein Krankenwagen holte ihn ab. Beim Abschied aus der Klinik bildeten die Krankenschwestern ein Spalier. Sie hatten Herberts freundliche Art sehr geschätzt.

Anne indes, die mit ihrem Auto hinter dem Krankenwagen herfuhr, dachte: Beim nächsten Mal ist es der Leichenwagen, der ihn befördert.

Ihr Mann zog in Zimmer 12 ein, und das Gros der Last fiel von Anne ab. Pfleger Dietmar hatte auf den ersten Blick gesehen, dass die Gattin extrem erschöpft war. Sie bekam einen Kaffee, während Herbert umgehend ins Bett geholfen wurde. Das Morphium wurde neu dosiert, und gegen die Atemnot gab es Tavor.

Am nächsten Tag konnte der Schwerkranke zum ersten Mal seit Wochen baden – umgeben von Teelichtern. Es war Herberts bester Tag in Haus Holle. Seither ging es gesundheitlich bergab.

Nur ein einziges Mal hatte er sich von seiner Tochter und seinem Enkel ins Esszimmer schieben lassen, dort aber nur fünf Minuten verweilt. Herbert war viel zu erschöpft.

Auch seine Ehefrau kam niemals ins Esszimmer. Der Todkranke wollte sie nicht mehr von seiner Seite lassen. Anne schlief seit Wochen auf einem Gäste-Klappbett, ihr Sohn Mike häufig im Sessel. Das war wichtig für den Vater, dessen Blick die beiden suchte, sobald er aufwachte. Aber ständig im Hospiz zu sein, war auch wichtig für Mike. Er musste die letzten Lebenstage mit seinem Vater verbringen, und er wusste, dass auch seine Schwester ständig dort gewesen wäre, wenn sie sich nicht um ihren kleinen Sohn hätte kümmern müssen. Doch körperliche Anwesenheit war ohnehin nicht notwendig, schließlich war Stefanie mit dem Herzen immer beim Rest der Familie. Das Fundament der Familie hieß Liebe.

»Meine Leibwächter«, flüsterte Herbert häufig. Doch er ärgerte sich auch, wenn Mike oder Anne aus dem Raum gingen.

Eines Tages gelang es Dr. Albers, Anne aus der extremen Lage zu befreien. Der Psychologe sorgte sich seit Langem um die völlig erschöpft wirkende Ehefrau und ihren Sohn, der nebenbei Artikel für seinen Arbeitgeber schrieb – und das Hospiz nur ein einziges Mal verlassen hatte.

»Wir machen heute einen Ausflug«, sagte Andreas, und streichelte Annes Arm.

»Ich darf nicht …«, erwiderte sie, doch der Psychologe widersprach sanft: »Ihr Mann schläft gerade. Sie haben Zeit für eine Stärkung.«

Anne ließ sich überzeugen.

»Ich möchte Ihnen die Geschichte von einem Gast erzählen, der vor vielen Jahren hier lebte und gemeinsam mit seinem Zwillingsbruder eingezogen war«, sagte Dr. Albers auf dem Weg zum Esszimmer. »Die Brüder waren fünfundzwanzig, als sie hierherkamen. Einer der beiden war todkrank. Bis dahin hatten sie ihr ganzes Leben miteinander verbracht. Sie wohnten sogar in derselben Wohnung. Doch der gesunde Bruder konnte das Leid des Kranken nicht verkraften. Er wich nicht mehr von seiner Seite.«

Anne war zwar erschöpft, aber mit dem Instinkt einer Frau, die stets zu wissen glaubte, was andere dachten, ahnte sie, dass Dr. Albers sie entlasten wollte. Sie war keine Frau, die entlastet werden wollte.

Trotzdem hörte sie sich die Geschichte an.

Und Dr. Albers fuhr im Erzählen der Geschichte fort.

»Die Zwillingsbrüder klammerten sich eng aneinander. Ich musste viel Überzeugungsarbeit leisten, bis der gesunde Bruder den kranken Bruder loslassen konnte – damit der überhaupt sterben konnte. Irgendwann habe ich den gesunden Bruder überreden können, mich mal probeweise ins Wohnzimmer zu begleiten. Ein paar Tage später konnte er schon längere Pausen machen. Schließlich aß er sogar mit den anderen.

Die Augen des Psychologen wurden weich und sehr traurig. »Bei Ihnen ist das ähnlich, Frau Powelz. Für Sie ist es genauso wichtig, dass Sie das Zimmer Ihres Mannes verlassen. Sie müssen auch an sich denken – und sich jetzt schon behutsam daran gewöhnen, dass es ein Leben nach dem Tode Ihres Mannes geben wird.«

Fragend sah sie den Psychologen an. »Über das Danach denke ich nach, wenn es so weit ist.«

Dr. Albers nahm sie in den Arm. »Über das *Danach* können wir auch zusammen nachdenken. Haus Holle hat eine Art Zweigstelle, in der Angehörige, die besonders unter dem Verlust eines geliebten Menschen leiden, später Trauerarbeit leisten können.«

»Das schaffe ich allein«, beharrte Anne.

Doch um endlich Ruhe zu haben, betrat sie das Esszimmer.

»Eine neue Bewohnerin!«, sagte Omi. »Sind Sie gerade eingezogen?«

»Anne Powelz ist eine Angehörige«, erklärte Dr. Albers. »Sie wird jetzt öfter mit uns essen.«

Beschämt blickte Klärchen Krause zu Boden. »Ich dachte nur, weil Sie so ... weil ... Sie sehen so ... müde aus ...«

Ein Lächeln huschte über Annes Gesicht, das prompt von einem dünnen Mann, der Mikes Mutter sehr an ihren Gatten erinnerte, erwidert wurde. Er stand auf, schritt um den Tisch und gab ihr die Hand: »Gestatten? Adolf Montrésor! Neben mir ist noch ein Platz frei.«

Anne folgte der Einladung.

»Meine Frau war auch bei mir«, sagte Adolf. »Doch gestern ist sie ausgerutscht und hat sich etwas gebrochen. Jetzt liegt sie im Krankenhaus. Das ist das Schlimmste, was mir in dieser Situation passieren konnte.«

Anne war eine mitfühlende Frau, die gut zuhören konnte. Mehrmals im Leben war sie für eine Lehrerin gehalten worden. Dabei hatte sie Küche, Kinder und ein Geschäft für Tapeten, Lacke und Farben gemanagt, das ihr Mann im fortgeschrittenen Alter im Keller ihres Bungalows gegründet hatte.

Sie nickte verständnisvoll.

»Dass mir das passieren musste«, fuhr Adolf fort. »Nicht genug, dass meine Frau Alzheimer hat – jetzt liegt sie auch noch im Krankenhaus. Sie wird wochenlang nicht kommen können. Womit habe ich das verdient?« Zitternd griff er nach einer Schnabeltasse. »Vielleicht mögen Sie mich mal besuchen? Ich wohne in Zimmer 3!«

Zuerst wollte Anne nichts versprechen. Dann tat sie es trotzdem: »Ich werde Ihnen mal meinen Sohn schicken. Ihm wird Ablenkung auch guttun – und er ist ein guter Gesprächspartner.«

»Wie alt ist er denn?«, fragte eine Stimme am anderen Ende des Tisches. Omi bekundete ihr Interesse mit vollem Mund.

»Siebenunddreißig«, antwortete Anne.

»Spielt er *Mensch ärgere Dich nicht*?«

»Das müssen Sie ihn schon selbst fragen!«

Anne musterte die alte Dame mit der schief sitzenden blonden Perücke und ihrem Polyester-Oberteil. Sie sah, dass

Omi in einem Rollstuhl saß, an dem ein Urin-Katheter baumelte, und entgegnete einfühlsam: »Vielleicht schiebt er Sie mal ins Freie ...«

»Nicht, dass er denkt, ich wolle etwas von ihm!«, hatte Omi ihr noch hinterhergeschickt.

Und kaum war Anne Powelz zurück bei ihrem Sohn, musste sie laut darüber lachen. »Das hat sie allen Ernstes gesagt.« Vor Erheiterung schnappte ihre Stimme über und sie schlug sich auf die Schenkel.

»Ich hoffe, du hast ihr gesagt, dass ich schwul bin«, entgegnete ihr Sohn und legte den zwölften Krimi, den er seit der Zeit im Hospiz las, beiseite.

»Das kannst du ja selbst übernehmen ...«

Mutter und Sohn spielten sich gegenseitig die Bälle zu. Dann erzählte Anne Mike haarklein die Geschichte der Zwillingsbrüder, und was Dr. Albers ihr geraten hatte.

Als Herbert erwachte, hielt sie abrupt inne.

»Ich sehe einen großen Saal«, murmelte der Kranke benommen. »Ich sehe einen kleinen Jungen, der ganz allein vor den vielen Türen steht. Durch welche soll er gehen?«

Erschrocken blickte Mike seinen Vater an und drückte den Alarmknopf. »Papa fantasiert!«

Zwei Minuten später war Bruno zur Stelle. Er musterte den Kranken und wandte sich dann den Angehörigen zu. »Kein Grund zur Sorge. Herbert hat bloß ein leichtes Delirium.«

Fünf Minuten später war Herr Powelz wieder bei Sinnen und rieb sich den Kopf. »Was für Sachen denke ich eigentlich?« Er war erschrocken über sich selbst. »Ich bin so müde – bringt mich ins Bett!«

»In Ordnung, Papa«, sagte Mike. »Du bist jetzt im Bett.«

Ängstlich sahen sich Mutter und Sohn an.

»Nein, ich will sofort wissen, was mit mir los ist!« Ein schrecklicher Hustenanfall schüttelte ihn. Sofort war Anne mit einer Metallschale zur Stelle. Wie nach jedem Erwachen hustete ihr Mann so lange, bis ein graubrauner, stinkender Tumorschleim aus seiner Kehle kam.

»Was ist los mit mir?«

»Das wissen Sie selbst am besten, Herr Powelz«, antwortete Bruno. Und geschickt spielte er die Frage zurück: »Was ist denn los mit Ihnen?«

Der Kranke lächelte. »Ach so, ich bin ja in Haus Holle.«

Lächelnd ergriff er die Hand seiner Frau. »Gut, dass du da bist! Weißt du was? Hier möchte ich Weihnachten feiern. Und Sie« – er wandte sich an Bruno –, »Sie übernehmen mein Geschäft für Farben, Lacke und Tapeten.«

»Das kann ich nicht, Herr Powelz«, erwiderte der Pflegehelfer. »Ich arbeite ja schon hier im Hospiz.«

»Dann du!« Er zeigte auf seinen Sohn.

Mike nickte, und Annes Augen füllten sich mit Tränen.

Der Zauberer

Eine Woche später als geplant kehrte Minnie ins Hospiz zurück. Es ging bereits auf Mitte November zu. »Zuerst gab es Komplikationen mit der Blutwäsche«, berichtete sie Marisabel, die an ihrer Hundetasse nippte. »Danach brauchte ich noch zwei weitere Bluttransfusionen.«

»Sie sehen viel frischer aus«, meinte Marisabel. »Gestärkt will ich meinen, irgendwie besser.«

»Ich fühle mich auch viel stärker!«

Tatsächlich hatten die Bluttransfusionen – und die vom Hospiz verordnete Dosis Morphium – Minnie einen Großteil ihrer früheren Kraft zurückgeschenkt.

»Hier ist ja so viel passiert«, sagte Marisabel und starrte in ihre leere Tasse. »Trotzdem ist alles beim Alten …«

»Wie geht es Annette, wie Bella, wie Omi?« Minnie zeigte großes Interesse. »Was ist mit all den anderen?«

»Sie sind alle wohlauf«, erwiderte Marisabel. »Soweit ich weiß, machen sie Erledigungen in der Stadt! Es ist ja früher Vormittag.« Ihre Augen verengten sich. »Aber es gibt drei Neuzugänge …« Verheißungsvoll senkte Marisabel die Stimme.

»Sind zwei Bewohner gestorben?« Minnie richtete sich auf.

»Das nicht gerade«, antwortete Marisabel. »Aber in 2, dem früheren Knopinski-Zimmer, wohnt jetzt ein Kavalier alter Schule.« Entzückt kicherte sie los. »Er ist wirklich wunderbar. Macht allen Damen den Hof – obwohl er kaum noch sehen kann. Wenn Sie mich fragen, ist Marius Stamm eine echte Bereicherung für dieses Haus. Er wird Ihnen sehr gefallen!«

»Und die anderen Neuzugänge?«

»Sind weniger interessant«, sagte Marisabel gähnend. »Eigentlich sind es nicht mal Neuzugänge. Wir haben sie vorher bloß noch nie hier unten im Esszimmer gesehen. Anne und Mike sind die Ehefrau und der Sohn eines Gastes aus Zimmer 12, den ich leider noch nie mustern konnte. Seine Gattin lässt sich nur selten blicken, doch der Sohn kommt jetzt immer zum Essen. Er ist Reporter. Omi findet ihn großartig. Sie müssten mal sehen, wie sie manchmal rot wird! Seit er mit uns speist, trägt sie nur noch blond. Und kämmt ihre Perücke sogar.«

Minnie fuhr sich durch die Haare. »Zum Friseur muss ich auch dringend!«

»Nicht doch, meine Liebe! Sie sehen entzückend aus!«

Ein kleiner Mann betrat das Esszimmer – grauhaarig, schelmisch grinsend. Sein Knopfloch zierte eine Blüte, direkt neben einem Blindenzeichen.

Rasch streckte er Minnie die Hand entgegen, deutete eine Verbeugung an und sah ihr tief in die Augen.

»Stamm, mein Name, Marius Stamm.«

Minnie fühlte sich geschmeichelt.

Obschon der Mann fast blind war, erkannte sie, dass er einmal tiefschwarze, funkelnde Augen gehabt haben musste. Das graue Haar war sorgfältig gescheitelt, ein Spitzbart zierte das markante Kinn.

Er flötete *You are my sunshine*, marschierte dabei um den Tisch herum und nahm ihr gegenüber Platz.

Sowohl seine Gestalt – aber auch die Gesten – erinnerten Minnie an einen frechen Kavalier, und plötzlich fühlte sie sich wie Victoria Ware, oder besser gesagt, wie die kanadische Schauspielerin Alexis Smith, die 1941 in einem Film, an dessen Titel sie sich nicht mehr erinnern konnte, von Errol Flynn um den Finger gewickelt worden war und sogar seinen Heiratsantrag akzeptiert hatte.

Zu ihrem Erstaunen bemerkte Minnie, dass ihre Finger plötzlich ein Eigenleben führten, und dass sie ihre Serviette zerknüllte. Aber momentan war nichts anderes greifbar, an dem sie sich festhalten konnte.

Marisabel sah von einem zum anderen. »Sehen Sie«, flüsterte sie triumphierend. »Ich habe es Ihnen ja prophezeit, Minnie. Sie mögen ihn.«

»Darf ich den Damen einen Tee kredenzen?«, fragte Marius Stamm gewandt. Ehe er eine Antwort bekam, war Marisabels Tasse bereits gefüllt.

Er wandte sich Minnie zu. »Sie auch, meine Liebe?«

Normalerweise trank Minnie keinen grünen Tee und wollte gerade dankend ablehnen, als Marisabel ihr bedeutete, das Getränk unbedingt anzunehmen. Im nächsten Moment jedoch verschluckte sich Marisabel heftig, weil sie sich vor irgendetwas geekelt hatte. »Sind das Katzenhaare im Tee?« Ihre roten Locken wippten.

»Nein, Verehrteste«, antwortete der alte Mann und wischte mit einer flinken Handbewegung über den Tisch. »Sie mögen doch Katzen?«

»Nicht unbedingt«, antwortete Marisabel gedehnt. »Vor allem nicht am Esszimmertisch …«

»Ich meinerseits«, flötete der Kavalier, »ich habe diese eleganten, geschmeidigen Wesen immer geschätzt. Katzen haben uns so vieles voraus.«

Er richtete seinen Blick auf Minnie.

»Sie, meine Liebe … Sie wissen auch, welch ein Schatz eine anschmiegsame Katze sein kann. Dessen bin ich mir ganz sicher.«

Minnie nippte an ihrem Tee, der zu ihrer Überraschung besser schmeckte, als sie gedacht hätte.

»Sie haben recht, ich liebe Katzen. Und hier leben zwei zauberhafte Exemplare. Wobei …«, Minnie nahm einen weiteren Schluck, »ich die Katze des Hauses noch interessanter finde als den Kater.«

»Warum?«, fragte Marius Stamm.

Lächelnd sah Minnie ihn an. »Weil es eine, so habe ich sie für mich getauft, weil es eine *Trippelkatze* ist – ein Tier, das sich nicht entscheiden kann, ob es kommen soll oder gehen.«

»Sie meinen, eine Katze, die gern möchte, aber es sich im letzten Moment anders überlegt?« Marius nickte verständnisvoll. »Ja, solche Katzenfrauen habe ich auch kennengelernt in meinem Leben. Es sind eigenartige Wesen – und meistens haben sie schöne Augen. Mir persönlich gefällt der kleine *Pluto* allerdings besser.«

»Pluto? Einen Pluto gibt es hier nicht! Meinen Sie vielleicht Nepomuk?«, gab Minnie zurück.

»Genau, die Katze mit der Batman-Kappe«, erwiderte Marius. »Für mich sieht er aus wie ein *Pluto*.« Und während er die Liedzeile aus Pippi Langstrumpf sang, dass er sich die Welt gestalte, wie sie ihm gefiel, erklärte er, dass man Dinge manchmal umbenennen musste.

Sein Blick fand Minnies, und plötzlich stieg eine vergessene Wärme in ihr auf.

»Katzen!« Marisabel Prinz empörte sich zischend. »Ich verstehe nicht, warum Katzen in diesem Haus überhaupt erlaubt sind. Schließlich legt die Hauswirtschafterin so viel Wert auf Hygiene. Und wie allgemein bekannt ist, übertragen Katzen Toxoplasmose. Das kann der Tod sein für eine Krebspatientin mit einem geschwächten Immunsystem.«

»Eine Krebspatientin mit einem geschwächten Immunsystem könnte auch die Treppe runterfallen und sich das Genick brechen«, entgegnete Marius sanft. »Oder auf der Parkbank ausgeraubt und brutal zusammengeschlagen werden …«

Marisabel ließ das nicht gelten. »Soll ich Ihnen mal verraten, was dieser Pflege-Bruno zu mir gesagt hat, als ich ihn bat, die Katzen aus dem Flur zu entfernen? Er meinte bloß, dass nicht immer alles nach Schema F verlaufen müsse. Und dass es im Haus früher noch viel *revoluzzermäßiger* zugegangen sei, ohne Bürokratie und Pillenpläne. Die Katzen seien eine Erinnerung daran. Wenn Sie mich fragen, ist das dreist.« Schmollend verschränkte sie die Arme.

Geschickt lenkte Marius das Thema in eine andere Richtung und wandte sich Minnie zu.

»Sind Sie heute eingezogen? Dann zeige ich Ihnen gern alles. Hier gibt es ja so viel zu sehen – ich meine, ringsherum, im Leben …«

Minnie war verdutzt. »Ich wohne hier schon seit über zehn Tagen. Zwischenzeitlich war ich allerdings im Krankenhaus.«

»Das kann und will mein Herz nicht glauben. Sie sehen aus wie das blühende Leben!«, schmeichelte er.

Neben Minnie ertönte ein Seufzen. »Dass Sie sich da mal nichts vormachen, Marius«, bemerkte Marisabel. »Kurz vor dem Ende soll es immer bergauf gehen. Das merke ich an mir selbst. Sie hätten mich mal sehen sollen, als ich hier einzog! An meine erste Woche in Haus Holle erinnere ich mich nur noch so nebulös, als hätte ich unter einem Schleier gelegen. Bis ihn plötzlich jemand fortgezogen zu haben schien. Einfach so …« Mit einem Ruck fuhr ihre Hand durch die Luft, und sie lächelte nachdenklich. »Als der Schleier fort war, dachte ich: *Du bist nicht innerhalb der ersten Woche gestorben, also kannst du auch noch länger leben.*«

»Weshalb sind Sie hier?«, fragte Minnie Marius.

»Um es mir richtig gutgehen zu lassen«, antwortete er. »Falls Sie wissen möchten, warum ich ausgerechnet hier das Leben genieße, lautet die Antwort, wegen einer Hautkrebserkrankung. Das Melanom wächst in meinem unteren Augenlid. Schon einmal davon gehört?«

Minnie bejahte.

»Daran leide ich schon seit zwei Jahren. Am 1. November des letzten Jahres habe ich meinen achtzigsten Geburtstag im Kreise meiner Familie gefeiert«, verriet ihr Marius. »Aber keinen meiner Söhne, Schwiegertöchter, Nichten, Neffen, Enkel oder Enkelinnen hat es interessiert, warum ich statt Geschenken um Geldspenden für Haus Holle gebeten habe. Dabei hätte ich eine gute Erklärung parat gehabt: Ich spielte damals schon mit dem Gedanken, demnächst hierherzuziehen. Zwar wussten alle, dass ich krank bin, aber über die aus der Sicht meiner viel beschäftigten Familie schreckliche Krankheit wollte lieber niemand etwas Genaueres wissen. Also wurde das Thema von allen totgeschwiegen. Und nun ...«, er lächelte süffisant, »nun bin ich hier!«

»Sie sehen kein bisschen krank aus«, stellte Marisabel fest. »Aber Ihre Familie sollte sich schämen!«

»Das sehe ich ganz anders«, entgegnete er. »Mir geht es gut, und ich werde hier wahrscheinlich noch einige Monate leben. Dieser nette Psychologe Dr. Albers erklärte mir, bei mir bestünde zwar kein dringender Aufnahmebedarf, aber ich würde es hier besser haben als in jedem guten Hotel.«

»Das verstehe ich nicht«, entgegnete Marisabel naserümpfend. »Sind Sie nun todkrank oder nicht?«

»Ist das nicht eine Frage der Perspektive?«, fragte Marius augenzwinkernd. »Natürlich verstehe ich, was Sie meinen, und natürlich bin ich nicht grundlos hier. Ja, ich habe Krebs, und ja, ich werde ihn nicht überleben. Vielleicht geht es schnell, bis der Tod an meine Tür klopft, doch höchstwahrscheinlich lebe ich noch länger als ein halbes Jahr. Zwar wurde ich von meiner Krankheit überrumpelt, aber ich befinde mich noch nicht auf den letzten Metern des Lebens. Ich werde die familiäre Atmosphäre dieses Hauses in vollen Zügen genießen und es mir gutgehen lassen. Mit dieser Einstellung befolge ich einen Ratschlag des Haus-Psychologen. Er hat mich vor meinem Einzug in der Klinik besucht. Seine tröstenden Worte werde ich niemals vergessen. Sie lauteten so: *Wir wünschen uns, dass ein neuer Gast eher kommt als wenige Wochen vor seinem Tod – und hier noch eine richtig gute Zeit erlebt.*«

»Als Halbgesunder geht man doch nicht in ein Hospiz! Geschweige denn, dass man jemand anderem den Platz wegnimmt! Wie können Sie es bloß ertragen, zu sehen, wie andere Menschen sterben?« Marisabel fuhr sich über die roten Locken.

»Ich bin erst neunundfünfzig und wohne seit Wochen hier. Seither sind die Menschen gestorben wie die Fliegen. Irgendwann habe ich sogar darüber nachgedacht, nicht mehr mitzuzählen. Aber die Kerze brannte immer wieder neu. Jedes Mal dachte ich, ob man sie wohl als Nächstes für mich anzünden wird? Dann jedoch war wieder ein anderer dran. Inzwischen habe ich regelrecht ein schlechtes Gewissen, dass es mich immer noch gibt. Es ist zum Heulen! Andererseits will ich unbedingt sechzig werden. Das ist mein erklärtes Ziel.«

»Meine Verehrteste«, sagte Marius Stamm besänftigend. »Ich bin austherapiert. Doch ich will noch einmal leben! Und das so ausgiebig wie möglich.«

Augenzwinkernd wandte er sich Minnie zu. »Was geht in Ihrem schönen Kopf vor, meine Liebe?«

Bislang hatte Minnie kein Wort zu dem allen gesagt, aber sie konnte Marius Stamms Haltung sehr gut verstehen. Natürlich setzte er sich mit seiner Krankheit auseinander. Und wo könnte er besser lernen, was auf ihn zukommen würde, als in diesem Haus?

Doch dann sagte sie: »Wir haben am selben Tag Geburtstag.«

Marius lachte schallend und klopfte sich auf die Schenkel. »Unmöglich, meine Liebe! Darauf müssen wir anstoßen. Sie trinken doch Champagner? Ich habe einen hervorragenden Clos de Mesnil, 1990er-Jahrgang, in meinem Zimmer. Lassen Sie den Korken heute Abend gemeinsam mit mir in die Freiheit fliegen?«

Minnie bejahte erfreut, während Marisabel sich beleidigt abwandte. »Was soll das werden? Noch einmal richtig Karneval, weil Karfreitag ja schon vor der Tür steht?«

»Genau«, antwortete Marius. »Widde widde.«

Zwei Stunden später, zur Mittagszeit, sah Minnie Marius wieder.

Omi und Mutter Merkel, die beide an seinen Lippen hingen, umrahmten den alten Galan. Klärchen Krause hatte sogar ihr Essen vergessen. Dabei war ihr Teller randvoll mit Coq-au-vin – einem Klassiker von Kostja.

Minnie beobachtete die Idylle unbemerkt. Welch schönes Bild! Nie zuvor hatte Omis blonde Perücke so akkurat gesessen. Dann sah Minnie, dass Klärchens Hand auf Marius' Knie ruhte. Beseelt hörten die alten Damen sich an, was Marius erzählte – von Reisen, Büchern und Freimaurern.

»… und ja, ich gehöre zu einer Loge. Wissen Sie, was das Schönste an den Freimaurern ist? Unser Blick ist immer wach. Um Elend zu begreifen und um zu helfen.«

»Aber Freimaurer bilden doch einen Geheimbund?«, warf Annette ein. »Müssen Sie darüber nicht schweigen?«

»Das sind alles so Gerüchte«, erwiderte Marius. »Niemand zwingt einen zum Schweigen. Was gibt es zu verbergen, wenn man sich für Toleranz und Humanität einsetzt?«

»Ich dachte immer, Freimaurer klauen Kinder und fressen die Kleinen.« Marisabel Prinz hatte immer noch schlechte Laune.

Marius zog ein Amulett, das ein Auge zeigte, hervor. »Das habe ich seit dreißig Jahren. Und es hat mir immer Glück gebracht.«

»Glück? Mann, sind Sie sich nicht bewusst, wo Sie hier sind?« Marisabel polterte los, doch bevor sie sich weiter ereifern konnte, fragte Minnie: »Welchen Rang haben Sie?« Sie setzte sich.

»Zuerst war ich Lehrling, dann ein Geselle – und jetzt bin ich seit langem Meister.« Lächelnd schaute Marius Minnie an.

»Aber sind Sie irgendwie besonders religiös?«, wollte Bella wissen.

»Wie gesagt, wir Freimaurer sind tolerant«, entgegnete Marius. »Offen für alles und jeden. Freiheit, Gleichheit,

Brüderlichkeit, Toleranz und Humanität sind die höchsten Werte unserer Weltbruderkette.«

Annette prustete los. »Weltbruderkette? Wie das klingt!« Sie wandte sich ihrer Frau zu. »Aber besser als Betschwestern …«

»Ich habe einmal …«, begann Adolf Montrésor, doch ein schrecklicher Hustenanfall erschütterte seinen Brustkorb, und er konnte den Satz nicht beenden.

Besorgt blickte Professor Pellenhorn Montrésor an.

»Sooooo wieeeeee niiii«, sagte der Professor. Seine kehligen Laute, deren Verständlichkeit sich innerhalb der letzten Woche verschlechtert hatte, gingen im allgemeinen Gerede unter. »Wenn alle so laut sind, ist mein Mann sprachlich noch schlechter zu verstehen«, rief Frau Pellenhorn.

Hilflos sah Berthold Minnie an und sie erkannte, dass die Augen des lächelnden Buddhas ihre Freude, aber auch ihren Glanz eingebüßt hatten, während sie in der Klinik gewesen war. Dann wurde ihre Aufmerksamkeit auf ein Gespräch am anderen Ende des Tisches gelenkt.

»… und hast du die Videokamera bekommen?« Angies Frage war an Bella gerichtet.

»Ja! Heute Abend installieren mein Mann und ich sie an meinem alten Laptop. Dann kann ich endlich mit meinem Mann skypen, und muss tagsüber nicht mehr nach Hause.«

Skypen – davon hatte Minnie noch nie etwas gehört. Angie erklärte ihr geduldig, dass Bella dank der Kamera mit der ganzen Welt verbunden war, und die ganze Welt mit ihr.

»Per Skype kann man sehen, mit wem man telefoniert«, sagte sie.

»Aber mir geht es dabei um etwas anderes«, fügte Bella hinzu. »Dank Skype kann mein Mann sehen, wie es mir hier geht. So ist er bei mir, obwohl er nicht hier ist. Das gibt mir ein sicheres Gefühl.«

»Ein Fenster zur Welt also …« Marius brachte es auf den Punkt – und wandte sich Mutter Merkel zu. »Wäre das nicht auch etwas für Sie?«

Die weiß gelockte Dame blickte ihn verschmitzt an. »Was soll ich damit? Ich bin ja immer hier bei meiner Kleinen. Obwohl Sonja immer öfter schläft.« Ihre Blicke wanderten ins Leere.

»Geht es Sonja schlechter?«, fragte Minnie besorgt.

Hildegard Merkel sah sie unschlüssig an. »Manchmal glaube ich, dass sie irgendwie nicht mehr richtig sieht.«

»Ist Ihre Tochter nicht blind?«, fragte Bella.

»Blind?« Hildegard Merkel war entsetzt. »Sonja doch nicht! Aber sie guckt oft so komisch.« Sie lächelte Marius an. »Sie hätten Sonja mal sehen sollen, als sie noch auf die Piste ging. Meine Sonja war ein richtiger Feger. Das kann man sich heute kaum noch vorstellen.«

Marius Stamm griff nach. »Erzählen Sie mir mehr von Sonja – falls Sie mögen!«

Darum musste man Hildegard nicht zweimal bitten. »Wir waren mal eine glückliche Familie – mein Mann Hugo, mein Sohn Arndt, Sonja und ich. Bis wir nach Jugoslawien fuhren. Am dritten Urlaubstag brach Hugo plötzlich auf der Straße zusammen. Er kam in die Klinik – und als …«

Sie hielt inne.

Marius jedoch drückte Hildegards Hand, und sie fuhr leise fort.

»Mein toter Hugo wurde nach Deutschland überführt und hier begraben. Es war ein plötzlicher Herztod – nach zwanzig Jahren Ehe! Sechs Jahre später lernte ich meinen zweiten Mann kennen, als mein Waldi und ich Gassi auf dem Friedhof gingen. Kurz darauf starb mein Sohn Arndt am Weihnachtsvormittag mit nur einundvierzig. Und der Lungenkrebs hat mir meinen Sohn genommen.«

»Hat er geraucht?«, fragte Annette.

»Ja, sogar sehr viel. Irgendwie hat er den Militärdienst nicht verkraftet. Außerdem war er in schlechte Gesellschaft geraten. Arndt wurde Matrose und trieb sich ständig in Spelunken herum. Manchmal frage ich mich, ob er mir nicht verziehen hat, dass ich zu meinem zweiten Mann ins Haus gezogen bin. Oder ob ich bei Sonja und ihm irgendetwas falsch gemacht habe.«

»Sie haben Ihr Leben gelebt, wenn ich es richtig verstehe«, sagte Marius. »Oder haben Sie Gewissensbisse?«

»Das nicht«, antwortete Hildegard ehrlich. »Aber man macht sich so seine Gedanken. Vor allem, als ich in Sonjas Handtasche diese furchtbaren Brühwürfel fand. Zu jener Zeit machte sie noch eine Ausbildung zur Verkäuferin bei H&M. Die Brühwürfel ließ ich heimlich im botanischen Institut analysieren. Ich wollte unbedingt wissen, was es damit auf sich hat.«

»Waren es Drogen?«, hakte Marius nach.

»Ja«, antwortete Hildegard. »Kurz darauf ging es immer mehr bergab mit Sonja. Zwar wurde sie noch einmal schwanger, und ich glaubte, nun würde sich alles zum Guten wenden. Aber sie hatte eine Totgeburt. Später habe ich mal einen Priester gefragt, warum ich all das mitmachen musste. Er meinte bloß, dass Gott die guten Menschen immer früh zu sich holen würde. Daraufhin bin ich aus der Kirche ausgetreten.«

Die Tischrunde schwieg bedrückt.

»Vor drei Jahren sackte mein zweiter Mann plötzlich im Bad zusammen«, fuhr sie fort. »Wir brachten ihn sofort in eine Klinik, wo er kurz darauf starb. Seltsamerweise habe ich weder Hugo noch Arndt noch meinen zweiten Mann, noch Sonjas Baby nach ihrem Tod gesehen. Die Ärzte haben mir keinen gezeigt.«

Mit einem Mal verstand Minnie, wie hart Hildegard Merkels Leben gewesen war. Nun stand der kleinen Dame mit dem großen Herzen ein weiterer Abschied bevor. Sie meisterte ihn mit Bravour und unerschütterlichem Humor. Gestern erst hatte sie eine lustige Anekdote von einem selbstgestickten Katzenbild erzählt: *Ich wollte es schön machen lassen, ging zu einem Rahmenmacher und sagte: Ich möchte meine Muschi einrahmen lassen.*

Der Tod hatte Hildegards Leben immer überschattet. Doch ihre Lustigkeit hatte er ihr nicht nehmen können.

»Und jetzt auch noch Sonja«, sagte Minnie. Hildegard war ihr sehr ans Herz gewachsen.

»Und jetzt auch noch Sonja«, wiederholte Hildegard. »Sie liegt da mit ihren Puppen. Dieses blöde HIV.«

»Hat sie nicht Aids?«, fragte Bella.

»Das sind zwei unterschiedliche Dinge«, erwiderte Hildegard. »Sonja hat kein Aids, nur HIV. Vor ein paar Monaten haben ihre Nieren versagt. Anschließend lag sie eine lange Zeit in der Klinik. Und jetzt – Sie kennen sie ja selbst.«

»Wenn Sie möchten, setze ich mich gerne mal zu Ihnen an Sonjas Bett.« Minnies Angebot war ehrlich gemeint und erstaunte sie selbst. Die junge, krumme Frau sah erschreckend aus, doch von Bruno wusste Minnie, dass manch anderer an Aids Erkrankter noch schlimmer dran war. »Einmal«, so hatte ihr der Pflegehelfer vertraulich verraten, »lag hier ein junger Mann, bei dem sich die ganze Haut ablöste. Er hatte überall offene Wunden. Er schenkte mir seine Schuhe. Ich durfte sie mitnehmen, als er tot war.«

Minnie konnte Sonjas Sterben kaum mit ansehen. Und wie schlimm musste das erst für Hildegard sein.

»Glauben Sie denn noch an Gott?«, fragte Montrésor Mutter Merkel.

»Ich? Nein! Wie könnte ich? Wie kann es ein Gott zulassen, dass mir zwei Männer, ein Sohn, ein Enkelkind und eine Tochter genommen werden? An Gott glaube ich nicht mehr, seit er einen so guten Menschen wie meinen Hugo zu sich geholt hat. Bloß ich – ich bleibe und bleibe und bleibe. Meine Nachbarn wundern sich immer wieder, dass ich noch lachen kann! Aber soll ich nur weinen?« Sie schüttelte die weißen Locken. »Bruno ist mir am meisten ans Herz gewachsen. Er kann am besten mit Sonja umgehen. Sein Beruf ist sehr anstrengend. Ich kann ja Sonja nicht mehr tragen, sie wiegt ja so viel! Bruno hat sie sogar nach Hause gebracht … Außerdem hat er dafür gesorgt, dass Sonja ihren Freund noch mal anrufen konnte, denn der sitzt ja im Gefängnis. Zwar konnte Sonja nur noch *Ja* oder *Nein* zu ihm sagen, aber es tat ihr so gut, seine Stimme zu hören. Das war ihr größter Wunsch gewesen …« Sie schweifte in die Vergangenheit ab, riss sich dann plötzlich zusammen und erklärte mit erhobener Stimme: »Genug davon, ich will hoch zu meinem Kind!« Sie stand auf, strich ihren selbst gestrickten Pullover glatt und wünschte der Tischrunde einen schönen Tag.

»Sie ist bewundernswert«, meinte Angie. »Ich verstehe sie sehr gut. Wenn Annette und mir vor Kurzem ein Pärchen mit einem Rollstuhl entgegengekommen wäre, und einer von beiden einen Plastikschlauch in der Nase gehabt hätte, wäre es auch über meine Vorstellungskraft gegangen, dass man trotzdem glücklich sein kann.«

Sie gab ihrer Frau einen Kuss, und Annette schenkte ihr ein Lächeln.

Omis Appetit war gigantisch. Zwar hing ihre blonde Perücke mittlerweile wieder auf halb acht, doch seit dem Gespräch zur Mittagszeit war sie im Esszimmer sitzen geblieben. Vielleicht lag das an Marius Stamm, der sich – genau wie Minnie – nicht auf sein Zimmer zurückgezogen hatte.

Irgendwo im Haus erklang das Lachen einer Frau. »So ist das hier«, erklärte Omi Marius. »In einem Zimmer wird getrauert und geweint, in einem anderen gelebt und gelacht. Ich hoffe, es gibt eine leckere Torte, wenn Kostja mit seiner erotischen Massage fertig ist.«

Grinsend blickte der Koch Omi an und rieb den Esszimmertisch sorgfältig mit Öl ein. Kurz darauf kam die Blumenfrau, denn montags war immer Blumenstraußtag. Schon früh am Morgen war die ehrenamtliche Mitarbeiterin bei einem Blumenhändler gewesen und hatte vierzig Rosen und zwölf Sonnenblumen erstanden – eine Rose für jedes Zimmer. Die restlichen Blumen standen in einer Vase neben dem blauen Kondolenzbuch. »Ohne diese Frau«, hatte Katharina Minnie einmal verraten, »wäre das Projekt Blumenstrauß zwar nicht in Gefahr, aber dank ihrer Mitarbeit haben wir mehr Zeit für die Bewohner.«

Kostja trug eine Schoko-Walnuss-Torte und Grießmousse mit Kirschkompott ins Esszimmer. »Hoffentlich treffen wir uns im Paradies wieder«, sagte Omi mit strahlenden Augen und schob sich zwei Stück der Schokotorte auf den Teller.

»Klärchen, ich wundere mich immer darüber, dass Sie nicht zunehmen«, meinte Nadine, und an Hildegard gewandt fragte sie: »Geht es Sonja schlechter? Ich habe sie schon ein paar Tage lang nicht mehr gesehen.«

»Sie wird wohl der nächste Abgang sein«, meinte Bruno.

»Ist sie eigentlich mit Hepatitis C infiziert?«, erkundigte sich Nadine neugierig. »Das hatte ich auch mal. Solche Co-Infektionen sollen den Ausbruch von Aids enorm verschlimmern. Andererseits ...« – die Blicke der jungen Frau wanderten zu Marius Stamm – »ist Sonja eine echte Kämpferin. Ganz anders als ich. Mir geht der Arsch auf Grundeis, wenn ich sie sehe. So krumm und dünn möchte ich nie werden.« Nachdenklich probierte sie vom Grießmousse, schob es dann aber beiseite.

»Hast du keinen Hunger, Mama?«, fragte Fee, steckte sich einen Schnuller in den Mund und blätterte in einem Kinderbuch, das ihr Dr. Albers geschenkt hatte.

»Doch, Liebling«, antwortete Nadine. »Aber Mama hat zu viele Zähne verloren, und die falschen tun ihr weh. Vielleicht sollte ich besser was Weiches wie Austern schlürfen ...« Sie strich ihrer Tochter über den Kopf. »Erinnerst du dich noch daran, als wir auf der Straße gelebt haben und von einer feinen Dame zum Austernschlürfen eingeladen wurden? Das erlebt nicht jeder!« Ihre Hand wanderte zu einem sichtbaren Knoten an ihrem Hals. Und als wäre niemand außer ihr anwesend, sagte sie:»»Von diesen komischen Beulen kriege ich immer mehr.«

Die eingetretene Stille im Esszimmer wurde von einem wohlgelaunten Ausruf unterbrochen.

»Hallo allerseits!« Marisabel tauchte im Türrahmen auf. »Das duftet ja unglaublich gut. Ich konnte bis oben riechen, dass es Schokotorte gibt!« Sie reckte sich, streckte die Arme aus und lächelte zufrieden. »Ich habe geschlafen wie ein Engel!«

Verwundert nahm Minnie wahr, dass sich Marisabels Laune in nur zwei Stunden völlig verbessert hatte. Doch schon im nächsten Moment kippte die Stimmung.

»Sie sitzen ja auf meinem Platz!« Ärgerlich fixierte Marisabel Bella, deren Haut im Gegenlicht plötzlich gelblicher aussah als am Vormittag. Ehe die Schönheitskönigin den Mund öffnen konnte, konterte Bruno: »Hier gibt es keine festen Sitzplätze, Frau Prinz. Das habe ich Ihnen schon mehrfach gesagt – und es gilt auch für Sie!«

»Aber ich bin morgens immer die Erste bei Tisch, und ich sitze immer am Kopf«, protestierte sie. Ihr Blick war starr auf Bella gerichtet. Um ihren Worten Nachdruck zu verleihen, stemmte sie die Hände fordernd in die Hüften. Bella rückte ein Stückchen zur Seite.

Marisabel ließ sich triumphierend, aber dennoch verstimmt auf dem freien Platz nieder. Ihre Bewegungen waren langsamer als früher. »Lebt in Haus Holle eigentlich noch ein Gast, den wir nicht kennen?«, fragte sie den runzligen Bruno.

»Kommt drauf an, wen Sie gesehen haben, Frau Prinz. Zwei unserer derzeitigen Gäste stehen ja nie auf. Oder meinen Sie vielleicht einen Angehörigen oder einen Arzt?«

Marisabels blassblaue Augen starrten auf den Schokokuchen. »Nein ... Manchmal glaube ich, dass hier noch jemand ganz anderer wohnt ... Manchmal sehe ich eine unheimliche Gestalt, die mir Angst einjagt ...« Sie schüttelte den Kopf, als wolle sie ein Hirngespinst loswerden. »Vielleicht habe ich mir das nur im Halbschlaf eingebildet.«

Minnie blickte interessiert auf. Spielte Marisabel vielleicht auf den rätselhaften Mann mit der kindlichen Statur an, den sie selbst schon zweimal gesehen hatte?

»Manchmal sehe ich nachts ein Kind mit einer Maske«, fügte Marisabel hinzu. »Irgendwie erinnert mich diese Gestalt an einen Engel. Ist das nicht verrückt?«

»Kommt drauf an, ob man daran glaubt«, erwiderte Bruno. »Ich habe noch keinen Engel gesehen.«

Damit gab sich Marisabel zufrieden und schaute unschlüssig ihr Stück Torte an. Doch sie legte die Gabel bereits nach einem einzigen Bissen beiseite. »Schmeckt nach nichts«, meinte sie mürrisch. »Der Kaffee ist auch widerlich. Als würde der Zucker auf meiner Zunge brennen.« Einer plötzlichen Eingebung folgend, bestellte sie ein kaltes Bier und prostete der Runde zu, »Vorgestern habe ich festgestellt, dass das Wunder gegen meinen trockenen Mund wirkt.« Sie wurde wieder lockerer.

Bella spielte mit einer Zigarette. »Wenn ich diese Krankheit überlebe, bin ich anschließend reif für den Psychologen. Momentan ziehe ich meine ganze Kraft aus meiner Hoffnung und aus der Zuneigung von lieben Menschen. Kürzlich sagte ein Nachbarkind zu mir: *Bella, du darfst die Augen nicht schließen. Bitte krieg keine kleinen Augen.*«

Minnie musterte das Gesicht der ehemaligen Schönheitskönigin. Unter deren Rouge schimmerte die Haut tatsächlich gelb. Außerdem glaubte Minnie, dass sich ein roter Ring um Bellas Hals gebildet hatte. Doch sie war sich nicht ganz sicher. Sie kniff die Augen zusammen. Bella bemerkte das und fuhr sich mit der Hand an den Hals. »Seit gestern habe ich diese komische Verfärbung hier oben«, seufzte sie kläglich. »Ich mag mich gar nicht mehr im Spiegel ansehen.«

»Hauptsache schön, stimmt's, Frau Schiffer?«, fuhr Marisabel Prinz dazwischen. »Ich habe mir längst abgewöhnt, zu oft in den Spiegel zu schauen – vor allem, weil ich so stark an Gewicht verliere.«

»Sie auch? Wie seltsam«, rief Omi mit weit aufgerissenen Augen. Sie starrte Marisabel ungläubig an. »Wir müssen alle mehr essen, wir brauchen Substanz. Wir müssen uns aufpäppeln statt zu lesen.«

»Das sehe ich ganz anders«, meinte Barbara Pellenhorn, die ihren Mann fütterte. »Ich lese Berthold jeden Abend vor. Hilflos sah ihr Mann sie an und gab etwas Unverständliches von sich.

Niedergeschlagen streichelte Barbara die Wange ihres Mannes. »Ich kann dich immer schlechter verstehen … Was möchtest du, Berthold?«

Professor Pellenhorn senkte die Lider.

»Willst du etwas essen, Berthold?«

»Nnnnnnnn…«, sagte er.

Minnies Muskeln spannten sich an. Es brach ihr das Herz, zu sehen, dass der Professor, der noch vor Kurzem der heitere Mittelpunkt der Tischrunde gewesen war, immer mehr verstummte.

Und auch Minnie konnte nicht verstehen, was der Professor sagen wollte.

»Fragen Sie Ihren Mann noch einmal«, forderte Marius Barbara auf. »Diesmal sollten Sie nur Fragen stellen, die sich mit Ja oder Nein beantworten lassen. Dann kann Berthold die Lider senken, wenn er Ja meint und öffnen, wenn er Nein sagen möchte.«

Marius wandte sich Professor Pellenhorn zu. »Ist dieser Vorschlag in Ordnung«?

Berthold senkte die Lider und öffnete sie wieder.

»Er ist einverstanden«, stellte Marius fest.

»Dann mal los«, meinte Annette. »Sind Sie traurig, Professor Pellenhorn?«

Die Augen blieben geöffnet.

»Auuuuuu…«, sagte der Professor stoßweise, und seine Pupillen traten hervor.

»Auuuuuu?«, fragte Annette ungläubig. »Juckt Sie vielleicht Ihre Wange? Sollen wir Sie irgendwo kratzen?«

Berthold lief eine Träne über die Wange.

»Hätte ja sein können«, meinte Angie. »Gar nicht so ein abwegiger Gedanke, dass einen irgendeine Körperstelle juckt, man sich aber nicht mehr kratzen kann – und einen keiner versteht.«

»Wir wollen es noch mal probieren«, schlug Marius vor. »Ich bitte um totale Ruhe. Sagen Sie uns noch einmal, was Sie möchten, Professor Pellenhorn.«

»Auuuuu…«, wiederholte Berthold. »Auuuuuu…«

»Au?« Bruno sah den Herrn im Rollstuhl fassungslos an. »Also doch Durchbruchschmerzen! Aber wie kann das sein? Er ist bedarfsgerecht eingestellt und bekommt viermal am Tag Morphium. Ob wir die Mittel verändern müssen?«

Inzwischen weinte Professor Pellenhorn hemmungslos. Hilflos wanderten seine Blicke durch den Raum. Zuerst blieben sie auf Marius, dann auf Minnie liegen. »Auuuuuuuuuuuuuu …« Die lang gezogene Silbe drang erneut aus seinem Mund.

»Ich werde Dr. Coppelius rufen«, sagte Bruno und drückte auf den Alarmknopf. Wenige Sekunden später kamen der Schmerztherapeut und der Psychologe ins Esszimmer geeilt.

Dr. Coppelius blickte in Pellenhorns Augen. »Wie geht es Ihnen?«, fragte er. Die Antwort war ein lang gezogenes »Auuuuuuu«.

»Schmerzen«, diagnostizierte Coppelius. »Es müssen einfach Schmerzen sein. Wir bringen Sie jetzt nach oben, Professor Pellenhorn. Heute Abend wird es Ihnen bereits besser gehen.«

Berthold schloss die Augen.

Minnie jedoch spürte, dass sie alle falsch lagen. Professor Pellenhorn litt nicht unter Schmerzen. Er hatte etwas völlig anderes sagen wollen. Bloß was?

Der unheimliche Kindgreis

»War das schrecklich!«

Marisabel fröstelte. »Wenn ich mir vorstelle, dass ich in meinem eigenen Körper gefangen wäre und niemand verstehen kann, was ich sagen will ... Nicht auszudenken. Kann man denn gar nichts für den Professor tun?«

»Heute Abend wird es Pellenhorn bereits besser gehen«, versprach Bruno. »Dessen können Sie gewiss sein.«

Auch Minnie war angeschlagen. Die Szene hatte ihr stark zugesetzt. Sie glaubte nicht, dass die Ursache für die mitleiderregenden Schreie Schmerz war. Pellenhorns Tränen passten nicht dazu.

Während sie grübelte, betrat ein fremder Mann das Esszimmer. Sie schenkte dem Unbekannten ein freundliches Lächeln.

Der Fremde nickte ihr nur kurz zu, setzte sich und legte seinen Agatha-Christie-Krimi auf den Tisch. Minnie beschloss, ihn anzusprechen. Doch ehe sie etwas sagen konnte, kam die kleine Fee bereits um den Tisch und schlang beide Arme um den Hals des Mannes. »Da bist du ja, Mike!«

Jetzt erkannte Minnie den jungen Mann wieder. Es war Mike Powelz, der Sohn des Gastes aus Zimmer 12. Der Reporter. Journalisten interessierten die alte Dame sehr. Bestimmt konnte er ihr viel Spannendes erzählen.

»Stimmt es, dass Sie hier mit Ihrem Vater und Ihrer Mutter leben?«, richtete Minnie das Wort an den jungen, leicht schwitzenden Mann mit den dunklen Haaren. »Mein Name ist Minnie!«

Mike bejahte und erhob sich höflich. Als er ihr die Hand reichte, sah sie, dass er sehr müde aussah, oder eher übernächtigt.

Mike musterte Kostjas Speisen – Tomatensalat, kleine Würstchen, frischen Käse, selbst gebackenes Brot und Karottenlasagne mit Pesto.

Hungrig griff er zu.

»Worüber schreiben Sie, Mike?«, wollte Minnie wissen.

Seine Antwort überraschte sie. Mike arbeitete seit vielen Jahren für eine TV-Zeitschrift, die sie seit den sechziger Jahren abonniert hatte. Dass man für solche Hefte auch Politiker interviewen musste, das war ihr noch nie aufgefallen. Meistens las sie nur den Programmteil.

»Früher, bevor ich hierherkam«, gestand nun Marisabel, »habe ich jeden Tag ferngesehen – von morgens bis abends. Hier komme ich kaum noch dazu. Ist das nicht ein gutes Zeichen?«

»Ich schaue gern *Gute Zeiten, schlechte Zeiten*«, mischte sich Omi ins Gespräch. »In der Serie zerbricht gerade eine Dreiecksbeziehung. Ich bin gespannt, ob sich *Pia* für *Leon* oder *John* entscheidet. Außerdem liebe ich die *Lindenstraße*. Am letzten Sonntag war es so dramatisch, als *Josi* an einer Infektion mit einem EHEC-Erreger starb. Schrecklich!«

Herausfordernd sah sie Mike an. »Haben Sie vielleicht mal Lust auf eine Partie *Mensch ärgere Dich nicht*?«

»Wenn ich Zeit habe, können wir das gerne spielen!« Eher desinteressiert musterte Mike Omi und ihr Strickzeug. »Aber Sie werden verlieren!«

»Haha, da kennen Sie mich aber schlecht ...«, entgegnete sie und errötete. »Ich möchte aber nicht, dass jemand was Falsches denkt. Sie wissen schon, worauf ich hinauswill, eine alte Frau und ein junger Mann bei einem Gesellschaftsspiel ...«

Unwillkürlich musste Annette grinsen.

Plötzlich schoss Minnie ein Gedanke durch den Kopf. Sie drehte sich um und fragte Mike, ob er Lust auf eine Partie *Monopoly* hätte. »Wie wäre es morgen mit einem Duell?«

»Gern«, antwortete er. »Nach dem Frühstück? Dann wird mein Vater immer gewaschen. Ab zehn Uhr kann er kurz auf mich verzichten.«

»Abgemacht. Dann sehen wir uns morgen Vormittag um zehn Uhr in Zimmer 6!«

Minnie hatte erreicht, was sie wollte. Der junge Mann gefiel ihr. Und sie hatte eine Idee. Wer Agatha Christie las, konnte auch um die Ecke denken. So jemanden brauchte sie jetzt.

Jemanden, der Fragen stellte.

Mike war pünktlich.

Um zehn Uhr klopfte er an Minnies Tür. Die alte Dame hatte das *Monopoly*-Spiel bereits aufgebaut.

Sie setzten sich gegenüber und losten aus, wer die Bank übernahm. Schweigend spielten sie die ersten Runden.

Rasch erbeutete Minnie die hellblaue Straßenreihe und das Elektrizitätswerk. Mike hatte ebenfalls Glück. Er kaufte nur die teuren Straßen sowie zwei Bahnhöfe und – die Würfel meinten es gut mit ihm – die wertvollste aller Besitzkarten, die dunkelblaue Schlossallee.

Als er siegessicher lachte, stellte Minnie die erste Frage. »Sie lesen Krimis?«

»Ja, Agatha Christie ist der beste Zeitvertreib, wenn man tagelang im gleichen Sessel hockt. Außerdem schreibe ich im Hospiz Artikel für meinen Arbeitgeber.«

Minnie merkte sofort, dass man mit ihm schnell ins Gespräch kommen konnte. Das machte es ihr wesentlich leichter.

»Was reizt Sie an Agatha Christies Romanen?«

Mike antwortete, ohne zu zögern. »Sie hat einen unglaublichen Blick für die psychologischen Feinheiten der menschlichen Seele – und sie ist eine Meisterin in der Kunst, feine Köder auszulegen, bevor sie die verschlagenen Mörder entlarvt.«

»Welcher der Kriminalromane von Agatha Christie gefällt Ihnen am besten?«

»*Rächende Geister*«, erwiderte er. »Dieser Kriminalfall spielt im Alten Ägypten. Und es sterben fast alle Hauptpersonen. Ich glaube, dass aufmerksame Leser von Agatha Christie Gratiskurse in Psychologie bekommen. Und dass sie die dunklen Seiten anderer Menschen schneller erkennen können als Leute, die noch nie einen dieser Krimis gelesen haben. Die gute, alte Agatha kurbelt die Fantasie ihrer Leser total an!«

Minnie war erstaunt. Aus dieser Perspektive hatte sie die Autorin, deren Romane sie trivial fand, noch nie betrachtet. Sie kannte eh nur die Verfilmungen der populärsten Fälle – die Schwarz-weiß-Filme mit Margareth Rutherford als Miss Marple sowie *Mord im Orient-Express* und *Tod auf dem Nil* mit Peter Ustinov als Hercule Poirot.

»Warum lesen Sie ausgerechnet Krimis?«

»Ich lese sie nicht«, sagte der junge Mann. »Ich verschlinge sie regelrecht! In Krimis steuert die Spannung immer auf den Moment zu, in dem das letzte Rätsel gelöst wird. Außerdem geht es immer um den Tod. Am meisten mag ich jene Krimis, in denen starke Menschen sterben – Figuren, die vorsichtig sind, weil sie wissen, dass ihnen ein Mörder auf den Fersen ist.«

Das konnte Minnie beim besten Willen nicht nachvollziehen.

»Ich habe Angst vor dem Tod«, begann Mike ihr seine Ansichten zu erklären. »Aber er fasziniert mich auch. Wenn starke Menschen, die auf der Hut sind, heimtückisch dahingerafft werden, geht es immer um den ultimativen Kampf des Lebens gegen den Tod.«

»Um das zu verstehen, brauche ich ein Beispiel«, bat Minnie. Sie hatte gerade den Opernplatz erobert – ihre zweite rote Karte nach der Museumsstraße.

»Ein Beispiel also?« Mike musste nicht lange überlegen. »Ein Beispiel ist der Tod einer alten Dame in Agatha Christies *Rächende Geister*. Die Großmutter ist das Familienoberhaupt. Sie kennt die guten und schlechten Seiten ihres Clans, und sie weiß, dass es einen intriganten Mörder innerhalb der eigenen Reihen gibt. Der Meuchelmörder hat bereits mehrere Morde auf dem Gewissen – und die Alte ist sehr vorsichtig. Jede ihrer Speisen wird von einer Sklavin vorgekostet. Außerdem verriegelt sie ihre Zimmertür, bevor sie schlafen geht. Doch der Tod lässt sich nicht aussperren. Der Mörder vergiftet ihre Körperlotion.«

»Und das finden Sie faszinierend?«

»Ja! Es ist ein Sinnbild für den realen Tod. Wenn er einen ins Visier genommen hat, kann man ihm nicht mehr entkommen.«

Mike kaufte schon seinen dritten Bahnhof. »Oder nehmen wir die alte Konsulin Elisabeth in Thomas Manns Roman *Die Buddenbrooks*. Sie hat sich ihr Leben lang *konserviert* und alle männlichen Familienmitglieder überlebt. Doch die Zeichen ihres Verfalls sind unübersehbar. Zuerst beginnt sie mit dem Färben ihrer Haare, dann legt sie sich heimlich eine Perücke zu. Die Konsulin liebt den Luxus – das Sinnbild für Ausschweifung und Verdrängung. Nach und nach sterben all ihre Lieben. Sie jedoch hält sich wacker und lebt weiterhin für den schönen Schein. Als Leser weiß man die ganze Zeit, dass es sie trotzdem bald erwischen wird. Man fragte sich bloß, was sich Thomas Mann für sie ausgedacht hat.«

»Und was stößt ihr zu?«, fragte Minnie gespannt.

Die alte Dame ärgerte sich, dass sie meistens bei Utta Danella geblieben war. Was Mike ihr erzählte, war viel spannender als die Schilderungen eines romantischen Kusses unter dem Sternenhimmel.

»Am Heiligen Abend muss die Konsulin plötzlich husten. Aus einem kleinen Kratzen in ihrem Hals wird eine doppelseitige Lungenentzündung. Misstrauisch beäugt sie den Krankheitsverlauf und hält sich streng an die Anweisungen der Hausärzte. Letztlich jedoch ist alles vergeblich. Ihr Todeskampf wird über mehrere Seiten geschildert. Kurz bevor sie stirbt, bittet sie um *ein Mittel*. Als sie erlöst wird, ruft sie: *Hier bin ich!*«

»Damals war das bestimmt realistisch«, meinte Minnie schaudernd. »Ich meine, ein Ende mit Qualen.«

»Ganz sicher sogar«, stimmte Mike zu.

»Welches Buch lesen Sie gerade?«

»*Nikotin* von Agatha Christie. Zuerst stirbt ein Pfarrer – inmitten einer fröhlichen Runde – an einem vergifteten Drink, dann ein zweites Opfer, das arglos ein mit Nikotin vergiftetes Konfektstück verzehrt. Ich mag diese alte Sprache. Aber wenn man heute selbst ein Buch schreiben würde, was ich unbedingt mal machen möchte, darf man solche Begriffe nicht mehr benutzen. Sonst würden einen die Leute belächeln. Wahrscheinlich werde ich aber nie ein Buch schreiben. Mein Deutschlehrer hat mal *Redundanz schlechter Rhetorik* unter einen meiner Aufsätze geschrieben. Krimis haben mich schon immer interessiert – was meinen Ehemann übrigens verängstigt. Er fürchtet sich davor, dass in meiner Seele ein Abgrund lauert, den er nicht kennt. Mein Dad und meine Mum jedoch haben immer geglaubt, dass ich schreiben kann. Sie haben mein Selbstbewusstsein gestärkt, indem sie sagten: *Egal, was du im Leben tust – du kannst immer nach Hause kommen. Wir werden dich immer lieben, sogar, wenn du ein Verbrechen begehst.*«

»Brrr …«, sagte Minnie. »Aber das würden Sie nie tun, oder?«

»Natürlich nicht«, entgegnete Mike. »Mit einem Verbrechen oder gar der Auslöschung eines Menschenlebens würde ich mein Gewissen niemals belasten. Ich möchte nicht mal indirekt daran teilhaben.«

»Reicht Ihre Fantasie aus, um ein Buch schreiben zu können?«

»Fantasie ist eine Konstante in meinem Leben. Als kleines Kind stand ich mal mit meiner Mutter auf dem Friedhof und überlegte, was wohl geschähe, wenn ich die Augen kurz schließen und dann wieder öffnen würde. Ich stellte mir vor, ob ich dann vom Kleinkind zum Greis gereift sein könnte – und fand die Vorstellung völlig logisch. Ich konnte mir gut vorstellen, dass das Leben in Wirklichkeit so kurz ist wie ein Wimpernschlag. Natürlich nur rückblickend betrachtet. Meine Mum meinte damals, dass ich viel Fantasie besäße. Von ihr habe ich den Begriff Fantasie zum ersten Mal gehört. Außerdem soll ich direkt nach der Geburt mit den Fingern in der Luft herumgegriffen haben – stundenlang, tagelang, wochenlang. Alle waren verblüfft. Vielleicht wollte ich schon damals tippen. Und ich habe, wie gesagt, Fantasie.«

»Morbide Fantasie«, meinte Minnie.

»Ich weiß«, sagte Mike. »Wenn man sich für den Tod und für Thriller interessiert, wird man schnell als morbide abgestuft. Aber Suspense à la Hitchcock oder Stephen King machen mich an – und Millionen andere ebenfalls.«

Minnie kaufte die Badstraße. Diese Karte war nicht viel wert. Sie wollte unbedingt den letzten Bahnhof.

»Was denken Sie über Haus Holle, Mike?«

»Angesichts der Lage, in der wir uns befinden, ist es das Beste, hier zu sein«, antwortete er ehrlich. »Aber meine Nerven sind total am Ende. Ist es nicht paradox, was wir hier tun? Ich warte darauf, dass ein Mensch, von dem ich mich auf keinen Fall trennen möchte, stirbt.«

So hatte es Minnie noch gar nicht betrachtet. Aber es stimmte. Gewissermaßen *warteten* sie alle.

»Aber das Haus?«, hakte Minnie nach. »Was denken Sie über das Haus?«

»Es wäre der perfekte Schauplatz für einen Krimi«, sagte Mike trocken. »Ein Haus voller Menschen unterschiedlichster

Herkunft, die sich im normalen Leben niemals begegnen würden. Höchstens in der U-Bahn! Aber dort reden sie nicht miteinander. Oder in der Psychiatrie. Aber dort kann man nichts geben auf ihre Gespräche. In Haus Holle jedoch bewegt alle das gleiche Thema – der Tod. Ich finde das wirklich spannend.«

»Ich auch«, sagte Minnie. »Wäre ein Haus wie dieses geeignet für einen Roman von Agatha Christie?«

»Ja! Eine exzellente Idee! Und *spooky*! Ein kleiner Kreis von Verdächtigen, ein großes Haus und der Tod als Dauergast. Daraus könnte man was machen – mit viel Fantasie.« Mike wurde nachdenklich, würfelte einen Pasch und übersah, dass er Minnie die Turmstraße vor der Nase hätte wegschnappen können. Stattdessen warf er die Würfel erneut aufs Spielbrett, zog weiter, und landete als Besucher im Gefängnis.

»Wieso stellen Sie mir all diese Fragen?« Er sah Minnie direkt an.

Minnie antwortete mit einer Gegenfrage. »Wie gut können Sie Geheimnisse bewahren?«

Mike lachte. »Früher war ich schlecht darin und musste mir mehrmals von guten Freunden anhören, dass ich nicht vertrauenswürdig sei. Inzwischen sind Geheimnisse sehr gut bei mir aufgehoben.«

»Dann möchte ich Ihnen von einigen seltsamen Begebenheiten erzählen. Ich brauche einen Vertrauten. Und wer weiß? Vielleicht sind wir uns nicht zufällig begegnet – Sie mit Ihren Krimis und ich mit meinen kleinen Rätseln.«

»Legen Sie los! Worauf beziehen sich Ihre Andeutungen?«

Minnie erzählte ihm alles. Ihre Schilderung begann mit der Niedertracht und Gehässigkeit, die der alte Knut Knopinski beim Abendessen offenbart hatte – und dass Angie ein Taschentuch unter dem Tisch zerrissen hatte. Sie erzählte Mike von Knopinskis seltsamer Bemerkung, dass er niemals ein Gesicht vergäße und ihr das wie eine Anspielung und eine Drohung vorgekommen war.

»Daraufhin ging Knopinski mit seiner Frau in sein Zimmer. Er schwafelte etwas von einem Foto, auf dem ein Mörder zu sehen sei. Ihr Gespräch hätte jeder hören können, der damals auf der Treppe stand oder in einem der angrenzenden Zimmer wohnte – aber auch Omi, die sich gerade im Flur befand.«

»Seltsame Geschichte«, meinte Mike. »Und was geschah anschließend?«

»Am nächsten Tag blieb der uralte Knopinski in seinem Zimmer. Er hängte das *Bitte nicht stören*-Schild an seine Tür. Seine inzwischen verstorbene, sehr gesund wirkende Frau, kam zweimal allein zum Essen nach unten. Ich plauderte etwas mit ihr, und wir beschlossen, demnächst Schach zu spielen. Doch so weit ist es nicht mehr gekommen: Irgendwann in der folgenden Nacht starb das Ehepaar – urplötzlich. Ich glaube, dass es ein Doppelmord war. Doch mich irritiert noch mehr.«

Ausführlich berichtete sie, dass in der Todesnacht der alten Knopinskis plötzlich ein reger Betrieb geherrscht hatte. »Erst knallten Korken in Bella Schiffers Zimmer. Kurz darauf stand eine rothaarige Frau vor Knopinskis Tür. Noch später fiel die Haustür mit einem ohrenbetäubenden Knall ins Schloss. Dieses Geräusch hätte Tote zum Leben erwecken können. Und zu guter Letzt«, sie senkte die Stimme, »fiel mir auf, dass Gertrud Knopinskis Schmuck fehlte – genau wie Geld von Bella Schiffer und die Brieftasche von Adolf Montrésor. Allerdings glaubt er, dass seine demente Frau sein Portemonnaie verlegt hat.«

»Wurde der Schmuck der toten Gertrud gestohlen?«

»Ja«, sagte Minnie. »Sämtliche Ringe waren ihr von den Fingern gezogen worden. Und Gertrud Knopinskis Schmuckkästchen war leer.«

»Ist das alles?«, fragte Mike.

»Nein«, sagte Minnie. »Im Zimmer der Toten roch es nach frischem Haarspray. Außerdem lag kalter Rauch in der Luft.«

»Wem ordnen Sie diese Gerüche zu?«

»Das Haarspray benutzt Bella Schiffer«, erklärte Minnie. »Und es gibt nur einen starken Raucher im Haus. Das ist Adolf Montrésor. Er und die Knopinskis wohnten gegenüber – in den Zimmern 3 und 2.«

Mike würfelte, hatte Glück und landete auf dem letzten Bahnhof. Diesmal war er aufmerksamer und bezahlte den Kaufpreis.

»Ihre Story ist ziemlich seltsam. Vor allem die Geschichte mit dem komischen Foto! Sind das alle Infos? Wenn Sie fertig sind, möchte ich Ihnen gern ein paar Fragen stellen.«

»Nein, mir sind noch zwei weitere Dinge aufgefallen ... Aber die sind, wie soll ich mich ausdrücken, vielleicht an den Haaren herbeigezogen.«

»Erzählen Sie bitte!«

Minnie seufzte. »Kennen Sie die Geschichte des Hauskaters? Das ist das Tier, das sich immer zu den Sterbenden gesellt.«

»Ich habe davon gehört.«

»Nun, das Tier heißt Nepomuk. Aber in Knopinskis Todesnacht saß der Kater weder in Zimmer 2 noch vor der Tür. Dabei kommt er immer, wenn jemand eines natürlichen Todes stirbt.«

»Das muss nichts bedeuten«, sagte Mike ernst. »Aber es *könnte* etwas bedeuten. Sie meinen ...«

»Einen *Doppelmord* kann der Kater nicht erahnen. Verstehen Sie jetzt, worauf ich hinauswill?«

»Ja«, erwiderte Mike. »Und Ihre letzte Beobachtung?«

Minnie ließ die Würfel fallen. Mit großen Augen sah sie Mike an. »Gibt es in Haus Holle noch einen dreizehnten Gast?«

»Nicht soviel ich weiß. Warum?«

»Weil ich ihn zweimal beobachtet habe – und er in der Nacht von Knopinskis Tod im Gang vor dessen Zimmer herumschlich! Er sah so unheimlich aus. Ich konnte nur einen kurzen Blick auf ihn werfen. Es war ein schmächtiger, fast haarloser Mann mit einer kindlichen Figur und einem uralten Gesicht.«

»Sind Sie sicher?«, fragte Mike ungläubig. »Wir wohnen schon seit Wochen hier. Aber ich habe noch nie jemanden gesehen, auf den diese Beschreibung zutrifft – weder einen Gast noch einen Angehörigen.«

»Ich habe ihn genau gesehen. Beide Male hatte er es verdammt eilig, sich aus dem Staub zu machen ... Deshalb kann ich Ihnen sein Aussehen nicht genauer beschreiben.«

Seufzend stand Minnie auf. Sie ging zum Fenster – und erschrak zu Tode. Just in diesem Moment saß der unbekannte Greis auf der Bank vor dem Haus. Er war schmächtig, haarlos und runzlig. Seine Augen erinnerten Minnie an schwarze Höhlen. Der Blick des gruseligen Wesens war voll auf sie gerichtet. Er kräuselte die Lippen und lächelte bösartig. Er sah aus wie ein Dämon. Instinktiv schloss sie die Augen und schrie vor Todesangst.

»Dort draußen!« Minnies Stimme schnappte fast über. Mit zitternder Hand zeigte sie aus dem Fenster und schloss verängstigt die Augen.

Mike trat zu ihr und schaute hinaus. »Was ist da? Was haben Sie gesehen, Minnie?« Er war ernsthaft besorgt.

»Da ist er!« Minnie wollte ihre Augen öffnen, doch sie gehorchten ihr nicht.

»Wer?«, rief Mike. »Ich sehe nichts!«

Zaghaft blinzelnd hob Minnie ein Lid – und sah, dass der unheimliche, bösartige Kindgreis am Ende der Auffahrt stand. Zu ihrem Pech befand sich der Fremde genau in Mikes totem Winkel.

»Bitte glauben Sie mir«, sagte sie. »Da draußen saß dieser furchteinflößende Mann, den ich schon zweimal gesehen habe. Er hat mich direkt angeschaut – mit schrecklichen, seltsamen Augen! Diesen Blick werde ich niemals vergessen. Ich bin mir sicher, dass er ein Teufel ist!«

»Ich hole Ihnen ein Glas Wasser«, sagte Mike einfühlsam. »Sie müssen sich beruhigen. Wenn er wirklich da war, hat es sich bestimmt nur um einen Besucher gehandelt.«

»Meinen Sie?« Plötzlich schämte sich Minnie, dass ihre Nerven mit ihr durchgegangen waren. Sie wurde rot und trank das Wasser hastig aus.

»Die *Monopoly*-Partie sollten wir abbrechen«, schlug Mike besorgt vor. »Ich mache Sie darauf aufmerksam, dass ich gewonnen hätte.« Er klappte das *Monopoly*-Brett zusammen. »Und jetzt habe ich ein paar Fragen, Minnie.«

Er legte sein Diktiergerät auf den Tisch. »Erstes Interview mit Minnie über die Ereignisse in der Nacht des Todes von Knut und Gertrud Knopinski. Sind Sie bereit?«

Minnie bejahte.

»Warum haben Sie mir die Ihrer Meinung nach seltsamen Geschehnisse in der Nacht vom 2. auf den 3. November anvertraut?«

»Weil ich Ihre Hilfe brauche.«

»Inwiefern?«

»Ich möchte, dass Sie Ihre Fühler ausstrecken und einigen Menschen auf den Zahn fühlen.«

»Warum ich?«

»Weil Sie Kriminalromane lesen und ich nicht an Zufälle glaube. Sie sollen mein verlängerter Arm sein.«

»Wem soll ich auf den Zahn fühlen?«

»Allen, die am Tisch saßen, als Knut Knopinski sagte, dass er niemals ein Gesicht vergessen würde. Ich möchte wissen, welcher der Tischgäste früher schon einmal mit ihm zu tun gehabt hat. Ich weiß, dass Knopinski jemanden wiedergetroffen hat, den er für einen gefährlichen Mörder hielt. Er besaß sogar ein Foto von dieser Person. Das hat ihn das Leben gekostet.«

»Wer war alles anwesend, als er die Drohung im Esszimmer ausstieß?«

»Außer mir zehn Personen: Mutter Merkel und Sonja, Gertrud Knopinski, das lesbische Ehepaar, die Hundezüchterin, die Schönheitskönigin, Adolf Montrésor, Professor Pellenhorn und Kostja, der Koch.«

Mike notierte sich die Namen und überflog die Liste.

»Die meisten dieser Menschen werden nicht mehr lange leben. Ich glaube, dass nur drei Menschen auf Ihrer Liste als Mörder in Betracht kommen – der Koch, Mutter Merkel und Angie Pfeiffer.«

Minnie legte die Stirn in Falten und widersprach vehement. »Das sehe ich anders. Nehmen wir zum Beispiel Herrn Montrésor. Er wohnt gegenüber von Knopinskis – in der 3. In der Todesnacht litt Montrésor unter Halluzinationen. Im Delirium stammelte er, dass einer der Pfleger ein sexuelles Verhältnis mit seiner Frau habe. Davon hat mir Bruno erzählt. Montrésor glaubte, dass seine demenzkranke Gattin und der Pfleger mit Lichtsignalen kommunizierten. Das ist ein Anzeichen für Paranoia. Montrésor könnte Knopinski in verwirrtem Zustand getötet haben. Vielleicht hat er sich aus Knopinskis Drohung und seinen eigenen Ideen eine Verschwörungstheorie zusammengebastelt.«

»Interessant«, sagte Mike. »Was ist mit den anderen Gästen?«

»Omi ist die Zimmernachbarin der Knopinskis. Sie wohnt links von ihnen. Frau Krause konnte es überhaupt nicht egal sein, ob der alte Knopinski etwas gegen sie in der Hand hatte – schließlich glaubt sie, dass sie wieder gesund wird. *Wenn die Blätter wieder an den Bäumen sind*, sagte sie einmal, *dann bin ich wieder zu Hause.* Und wir können nicht mal die Menschen im Rollstuhl als potenzielle Mörder ausschließen.«

»Warum nicht?«

»Wenn Sonja Merkel ein Motiv hatte und früher mal gemordet hat, könnte ihre Mutter ihre Handlangerin sein – genau wie die Gattin von Professor Pellenhorn, falls Berthold ein Mörder ist.«

»Aber könnte den Schmuck nicht auch jemand gestohlen haben, der den Knopinskis nicht nach dem Leben trachtete und das Ehepaar bereits tot vorgefunden hat?«

»Daran habe ich auch schon gedacht«, erwiderte Minnie. »Vielleicht wurden die Knopinskis aber auch von einem anderen Täter mit Geldproblemen ermordet. Ich habe gehört, dass sich die junge Mutter aus Zimmer 11 in der Todesnacht Drogen gespritzt hat. Heroin ist eine kostspielige Sucht. Oder von Marisabel Prinz, die viele offene Rechnungen hat und mit Mahnungen überschüttet wird.«

Mike sah Minnie ratlos an. »Wie kann ich Ihnen konkret helfen? Wie soll ich auf die Leute zugehen? Ich kann schließlich schlecht an die Zimmertüren der Gäste klopfen, um sie zu befragen – außer bei Annette und Angie. Die beiden kenne ich schon seit Jahren.«

»An Ihrer Stelle würde ich bei allen anklopfen«, sagte Minnie.

»Warum rufen wir nicht die Polizei?«

Minnie atmete tief aus. »Die glaubt uns niemals. Schließlich sterben täglich Menschen im Hospiz. Außerdem werden Gäste, die das Zeitliche segnen, nicht gerichtlich obduziert. Also fehlt uns jeder Beweis. Nein – das müssen Sie erledigen, indem Sie Interviews mit den Gästen führen. Wie bereiten Sie sich normalerweise auf ein Interview vor?«

»Ich denke mir ein Thema aus«, verriet Mike – »und beginne anschließend eine normale Konversation darüber. Am besten gelingen jene Interviews, bei denen die Interviewten vergessen, dass sie interviewt werden – und eine lockere Konversation entsteht. Außerdem muss man seinen Interviewpartner bei jeder Floskel unterbrechen. Wenn mir zum Beispiel jemand erzählt, dass er etwas *befremdlich* findet, hake ich direkt ein – und frage, warum er das sogenannte Fremde als bedrohlich ansieht. Daraufhin würden mein Interviewpartner und ich schnell beim Begriff Angst landen – und ich könnte ihn fragen, wovor er sich fürchtet. So gibt er nach und nach immer mehr von seinem Seelenleben preis und verrät im besten Fall Dinge, die er sich eventuell selbst noch nicht bewusst gemacht hat. Wahrscheinlich finden Psychologen das dilettantisch, aber mich interessiert's. Außerdem frage ich lebenserfahrene

Interviewpartner gern nach ihrer Meinung über den Tod – in der Hoffnung, dass ich dadurch selbst etwas lernen kann.«

»Tatsächlich? Was bekommen Sie dann zu hören?«

»Viele Prominente haben sich für Filmrollen schon oft mit dem Thema beschäftigen müssen – oder sind schon x-mal vor der Kamera gestorben. Armin Mueller-Stahl beispielsweise erzählte mir von einem Bekannten, der im Augenblick seines Sterbens *Ach, hier sind wir!* gerufen habe. Daraus schloss der Schauspieler, dass der Mann etwas erkannt habe.«

»Aber welche Erkenntnisse oder Annahmen verraten Wissenschaftler in Interviews?«

Mike senkte die Stimme. »Besonders erstaunt hat mich die Reaktion des Philosophen Richard David Precht. Er ist ja ein glänzender Denker. Doch er kann sich eine Welt ohne sich selbst mittendrin nicht vorstellen. Das bezeichnet er als das Rätsel der Nicht-Existenz. Precht glaubt, dass älteren Menschen das Sterben leichter fallen würde.«

»Das kann ich nicht bestätigen«, entgegnete Minnie. »Ich habe totale Angst.«

»Genau wie ich«, gab Mike zu. »Deshalb bin ich – und das verstehe ich erst rückblickend – in meinem Leben ausgezogen, um den Tod zu *erlernen*.«

»Klingt nach dem Grimm'schen *Märchen, von einem, der auszog, das Fürchten zu lernen*«, meinte Minnie. »Wie haben Sie sich dem Thema angenähert?«

»Für eine Reportage über den Pathologen Dr. Michael Tsokos von der Berliner Charité habe ich bei acht Autopsien zugesehen. Das war unvergesslich, aber auch total verstörend. Als ich danach im Hotelbett lag, musste ich weinen. Später lag ich selbst auf einem Obduktionstisch – als Mordopfer für die SAT.1-Serie *R.I.S.* Dieses Projekt war im wahrsten Sinne des Wortes heiß, denn die Filmscheinwerfer brennen einem die Birne weg. Leichen dürfen ja nicht schwitzen.«

»Und die anderen Erfahrungen?«

»Führten mich nach Afghanistan und nach Österreich. In Herat, einem afghanischen Dorf, habe ich eine Reportage über die unglaublich mutige Kriegsreporterin Antonia Rados geschrieben, die gerade einen Film macht über den sechstägigen Todeskampf einer jungen Frau namens Gololai, die sich selbst mit Benzin verbrannt hatte. Ich sehe immer noch vor mir, wie sie sich mit Benzin übergossen hatte, lichterloh brannte und auf eine Station namens *Burning Ward* kam, wo man ihr nur Aspirin gegen jene Schmerzen gab, die in Deutschland mit stärksten Mitteln behandelt werden. Oder wie ihre Mutter und ihre Schwiegermutter an ihrem Sterbebett stritten. Oder wie ihre kleine Schwester die Sterbende ansah – mit der Gewissheit, dass ihr eines Tages ein ähnliches Schicksal blühen würde. Oder wie der gewalttätige Gatte nur zum Schein in ein Gefängnis kam, weil die deutsche Presse eine Aufklärung des vermeintlichen Verbrechens verlangte. Schließlich starb Gololai unter Schmerzen. Anschließend wurde sofort eine neue Verbrannte in ihr Bett gelegt.«

Minnie fehlten die Worte. Sie hatte Antonia Rados' Reportage im Fernsehen gesehen, sie aber längst vergessen. »Und was haben Sie in Österreich über den Tod gelernt?«, fragte die alte Dame.

»Dort habe ich meine interessanteste Erfahrung gemacht – eine Rückführung.«

»Was ist das?«, fragte Minnie neugierig.

»Bei Salzburg«, erklärte ihr Mike, »lebt eine Frau namens Ursula Demarmels, die Menschen in Trance versetzen kann und sie in frühere Leben zurückführt. Das klingt verrückt, aber bei mir hat es geklappt. Legt man sich auf ihre Couch und wird hypnotisiert, kann man eintauchen in eins seiner vermeintlichen Vorleben und es sich wie einen richtigen Film anschauen.«

»Das haben Sie gemacht?«

»Ja – für eine Reportage. Es war ein unheimlich schönes Erlebnis.«

»Ich möchte alles darüber hören!«

»Vor meiner Rückführung erklärte mir Ursula, die unglaublich naturverbunden ist und mit ihrem Mann und ihren Katzen mitten in der Natur lebt, dass jeder Mensch unzählige Vorleben habe – gute, aber auch schlechte. Laut ihrer Theorie haben wir alle schon mehrmals gelebt, zum Beispiel als Amazone, Opfer, Mörder, Stammeskriegerin, Nonne oder Wikinger. Angeblich ist alles möglich – genau wie ein ständiger Wechsel der Geschlechter. Bevor wir meine eigene Trance begannen, hat sie mir erklärt, dass eine Rückführung ungefährlich ist.«

»Und was haben Sie gesehen?«

»Kaum war ich in Trance, ließ Ursula eine Vision entstehen, in der ich auf einer grünen Wiese lag. Anschließend schwebte ich hinauf zum Himmel. Dort war plötzlich ein Wesen neben mir.«

»Wer war das?«, fragte Minnie erstaunt.

»Mein angeblicher Seelenführer«, antwortete Mike. »Laut Frau Demarmels' Theorie hat jeder Mensch einen Seelenführer – ein Wesen, das ihn durch alle Zeiten und alle Räume und Leben begleitet. Er stünde uns immer treu zur Seite. Der Seelenführer verließe uns erst, wenn unsere eigene Seele nach unzähligen Leben *fertig* sei. Dann würden wir selbst einer für einen anderen Menschen.«

»Wer oder was war Ihr Seelenführer?«

»Ein Pelikan«, sagte Mike lächelnd. »Ein wunderschöner weißer Pelikan, an dessen Seite ich mich unglaublich geborgen fühlte. Gemeinsam schwebten wir durch ein zeit- und raumloses *Gebilde*, bis mich Ursula bat, oben an einer Treppe mit siebenunddreißig Stufen eine Rast einzulegen. Jede dieser Stufen stand für eins meiner damaligen Lebensjahre. Ich hörte, wie mir die Stimme der Rückführerin befahl, die Treppe langsam hinunterzugehen und anzuhalten, wenn ich es wollte.«

»Taten Sie es?«

»Ja – auf Stufe fünfzehn, auf Stufe acht und auf Stufe null.«

»Und ... was sahen Sie?«

»Verschüttete Erinnerungen. Auf Stufe null – in ungeborenem Zustand – sah ich meine Mutter von innen, wie sie wenige Tage vor meiner Geburt in einem kleinen Wohnzimmer hockte. In meiner Vision war es ein wahnsinnig schwüler Sommertag. Meine Mum trug ein zitronengelbes Schwangerschaftskleid.«

»Gab es dieses Kleid tatsächlich?«

Mike sah Minnie tief in die Augen. »Ja. Deshalb fiel meine Mutter auch aus allen Wolken, als ich ihr davon erzählt habe.«

»Das ist ja unglaublich. Wie ging es weiter?«

»Ursulas Stimme leitete mich zu einem Tunnel mit unzähligen bunten Schubladen. Sanft schwebten mein Pelikan und ich hinein. Drinnen sollte ich willkürlich irgendeine Schublade öffnen. Sie würde ein Vorleben enthalten, das mir viel über mich selbst verraten würde. Also zog ich eine heraus ...«

»Und?«

»Ich sah braune Füße im heißen Sand und erkannte, als ich an mir hochsah, dass ich ein junger Syrer war, der in einer Stadt namens Latakia lebte. Man schrieb das Jahr 1061 nach Christus, und ich hieß Theosyphus. Meine Eltern waren von einer schiitisch-ismailitischen Dynastie ermordet worden, den sogenannten Fatimiden. Gemeinsam mit Gleichaltrigen floh ich per Floß über ein Meer, bis ich im Nildelta nahe einer Moschee landete. Dort lebte ich viele Jahre lang, wurde Vater einer Tochter, sah meine erste Frau sterben, baute ein Haus, hatte eine Geliebte, und konsumierte ständig eine Naturdroge aus blauen Blumen – die Lotusblüten. Genau wie meine ganze Kommune.«

»Faszinierend! Aber kannten Sie denn die Ortsnamen, Dynastien und Pflanzen vorher?«

»Nein. Ich hatte nie zuvor von Latakia, den Fatimiden und den Lotusblüten gehört. Für Theosyphus jedoch zählten all diese Dinge zu seiner Alltagswelt. Meine eigene Stimme erzählte Ursula mit der größten Selbstverständlichkeit davon.

Ich durfte alles auf Tonband mitschneiden. Zwei Arbeitskolleginnen haben sich den Mitschnitt später angehört und waren verblüfft. Auf dem Band ist auch die Schilderung meines eigenen Todes zu hören. Ursula bat mich, ihn noch mal zu erleben.«

»Was geschah mit Theosyphus?«

»Am Morgen seines Todes erwachte er früh – und wollte wie immer schwimmen gehen. Die Mitglieder der Kommune schliefen noch. Er ging zu einem Felsen, von dem er schon tausendmal ins Meer gesprungen war. Wie immer wollte er einen Kopfsprung machen. Als er sich in der Luft befand, und dem Wasser entgegensauste, erlitt er einen Herzinfarkt. Er war sofort tot. Sekunden später, Zeit gab es nicht mehr, schoss sein Körper wie ein Pfeil ins Meer – tiefer und tiefer und immer tiefer. Alles wurde eiskalt.«

»War das schmerzvoll?«, fragte Minnie.

»Kein bisschen. Ich fühlte, wie ich in eine kalte Materie eindrang und gleichzeitig *über allem* schwebte. Zeit und Raum gab es nicht mehr. Aus der Vogelperspektive sah ich jene Menschen, mit denen ich mein Leben verbracht hatte, schlafend und glücklich unter Palmen liegend. Die Szenerie war völlig friedlich.«

»Wer hat Sie dort oben gesehen?«

»Niemand«, antwortete Mike. »Nur mein treuer Esel, an dem mein Herz sehr hing, blickte nach oben und sah mir tief in die Augen. Es war eindeutig ein Abschied.«

Minnie atmete tief aus. »Eine Rückführung möchte ich auch erleben – bevor ich sterbe! Würden Sie Frau Demarmels für mich kontaktieren? Und würde sie hierherkommen? Natürlich bezahle ich jeden Preis!«

»Ich bin mir sicher, dass sie das macht.« Seit seiner Rückführung in sein angebliches Zwischenleben hatte Mike den Kontakt zu Ursula Demarmels niemals verloren. Er war sich sicher, dass sie kommen würde, wenn er ihr von Minnie erzählte.

»Was haben Sie, rückblickend betrachtet, durch die Autopsien bei Doktor Tsokos gelernt?«, wollte Minnie wissen.

»Dass wir Menschen eine Seele haben«, sagte Mike. »Und dass unsere Seele verschwunden ist, wenn wir tot sind. Eine Leiche ist seelenlos – ein Fleischberg auf einem Metalltisch.«

»Sie sind mutig – und deshalb ganz sicher der richtige Mann für unser gemeinsames Vorhaben«, befand Minnie. »Sie müssen bloß eins bedenken …«

»Was denn?«, fragte Mike.

»Seien Sie auf der Hut! Höchstwahrscheinlich verkleidet sich der Mörder mit einer Maske als Greis. Er darf nicht bemerken, dass Sie in Knut Knopinskis Vergangenheit herumstochern. Leider weiß ich nichts über Knopinskis Herkunft oder seinen Beruf. Diese Info brauchen wir unbedingt. Sie ist ein wichtiges Puzzleteil.«

»Gebongt.« Mike reichte Minnie die Hand. »Wen soll ich als Erstes interviewen?«

»Zuerst Professor Pellenhorn, dann Sonja Merkel«, schlug Minnie vor. »Ich glaube, dass diese Gäste die beiden nächsten *Abgänge* sein werden, wie Bruno sagen würde.«

Drei Verhöre

Seit der *Monopoly*-Partie waren drei Tage vergangen. Minnie konnte es nicht erwarten, dass Mike den Gästen Fragen stellte. Leider hatte der Zustand seines Vaters das bisher verhindert.

Heute jedoch war ein guter Tag. Nach einer unruhigen Nacht schlief Herbert Powelz tief und fest.

Mike klopfte an die Tür von Zimmer 5.

Umgehend öffnete ihm Barbara Pellenhorn. Sie bat den unangemeldeten Besucher herein. Die Morgensonne schien in ein großes Zimmer, in dessen Mitte Professor Pellenhorn in seinem Rollstuhl thronte.

»Wie schön, dass Sie uns besuchen kommen!«, rief Barbara und bot Mike einen Saft an.

Das Blinzeln des ansonsten reglosen Professors verriet Mike, dass sich Berthold ebenfalls freute.

»Was verschafft uns die Ehre?«, fragte Frau Pellenhorn.

»Wir wohnen seit Wochen im selben Haus und kennen einander doch so wenig«, antwortete Mike wahrheitsgetreu. »Das finde ich schade. Außerdem habe ich gehört, dass es Ihrem Mann neulich nicht so gut ging. Deshalb möchte ich den Professor besuchen.«

»Das ist nett«, entgegnete Barbara. »Ein bisschen Abwechslung tut dir gut, stimmt's, Berthold?«

Die Augen des Kranken verschatteten sich, dann blinzelte er erneut.

»Bis vor Kurzem«, fuhr Barbara fort, »hätte Berthold noch gut mit Ihnen sprechen können. Mittlerweile hat sich sein Zustand so sehr verschlechtert, dass wir sogar das Sprechtraining mit der Logopädin eingestellt haben.«

»Wann ist Ihr Mann eigentlich erkrankt?« Mike spürte intuitiv, dass es sinnlos war, um den heißen Brei herumzureden. Er musste direkt *in die Vollen* gehen, um zu testen, wie weit er sich vorwagen konnte. Aus Erfahrung wusste er, dass extrem private Fragen den Verlauf eines Gesprächs nachhaltig beeinflussten. Entweder würde Frau Pellenhorn ihm Vertrauen schenken – oder ihn barsch oder höflich hinauskomplimentieren.

»Vor anderthalb Jahren«, antwortete Barbara Pellenhorn. »Am 8. Juni. Damals brach Berthold plötzlich in der Küche zusammen. Seine Knie knickten einfach ein.«

»Aus heiterem Himmel?«

»Im Nachhinein ist das schwer zu sagen«, erwiderte sie gedehnt. »Ein paar Jahre zuvor war Berthold schon wegen Prostatakrebs operiert worden und circa ein Jahr vor der ALS-Diagnose erlitt er einen Schlaganfall. Doch beides hat er gut überstanden. Dann jedoch knickten seine Knie immer öfter ein, und er stürzte sogar mehrfach. Dass ALS der Grund dafür war, erfuhren wir kurz darauf. Mein Mann ließ sich von den Ärzten erklären, was auf ihn zukommen würde – und erfuhr, dass seine Krankheit nicht heilbar ist. Nach und nach würden immer mehr Körperteile gelähmt sein. Genau das geschah dann auch. Zuerst konnte er nicht mehr gehen und saß fortan in einem Rollstuhl. Dann kroch die Lähmung in seine Hände. Zu diesem Zeitpunkt hat sich Berthold entschieden, Haus Holle und andere Hospize anzusehen. Wir erfuhren, dass sobald die Schlucknerven gelähmt sind, er sterben würde.«

Zärtlich strich Barbara Pellenhorn über die Wange ihres Mannes und Mike hatte Zeit, sich in dem Zimmer umzuschauen. Auf einem kleinen Tisch standen fünf Blumensträuße.

Es waren orangefarbene, rote und weiße Rosen – direkt neben dem Hochzeitsfoto der Pellenhorns.

Mikes Blick heftete sich auf das Schwarz-weiß-Bild und Frau Pellenhorn sagte: »Das war vor vierundvierzig Jahren. Wir haben bereits Rubinhochzeit gefeiert. Was man in all den Jahren gemeinsam erlebt, nicht wahr, Berthold?«

Starr blickte der Professor nach vorn. Er konnte den Kopf nicht mehr wenden, doch er gluckste und gurrte.

»Was haben Sie alles erlebt?«, fragte Mike nach.

»Als wir uns kennenlernten«, begann Barbara Pellenhorn zu erzählen, »lebten wir beide in Saarbrücken. Damals war Berthold noch ein junger Lokalpolitiker. Nach unserer Hochzeit zogen wir nach Stuttgart. Später ging es dann nach Bonn, wo er im Innenministerium arbeitete. Das war eine harte Zeit – und eine Belastung für unsere junge Ehe. Anfangs sahen wir uns nur im Wochenrhythmus, dann zwei Monate lang nicht. Wenn Berthold dann nach Hause kam, wartete immer ein schmackhaftes Gericht auf ihn. Ich habe all die Jahre für ihn gekocht. Später zogen wir nach Hamburg, dann nach Vilnius, Rostock, Hannover und München. Bis zu Bertholds Schlaganfall. Doch genau wie die jahrelangen Repräsentationspflichten, Empfänge und Universitätsvorlesungen überstand mein starker Ehemann auch die Folgen dieses Schicksalsschlages mit Bravour – und ohne Klagen. Für mich war es völlig normal, ihn immer zu unterstützen. Mein Motto lautet: *Hinter jedem erfolgreichen Mann steht eine erfolgreiche Frau.*«

»Was hat Ihnen Ihr Mann zurückgegeben?«, fragte Mike.

»Seine ganze Liebe«, antwortete Barbara Pellenhorn so schnell, dass ihr der Reporter auf Anhieb glaubte. »Seine ganze Liebe, seine ganze Stärke und seinen größten Respekt. Wissen Sie, ich gehöre zur selben Generation wie Hannelore Kohl. Ich konnte schon immer mit Entbehrungen leben und gut damit umgehen, dass wir ein ganz anderes, durch die Politik bestimmtes Leben führten als unsere Nachbarn.«

»Was gab Ihnen diese Kraft?«

»Ich glaube, dass ich durch den letzten Kriegswinter abgehärtet wurde. Damals musste ich an den Wochenenden, ich war erst elf, in Döbeln einen sogenannten Bahnhofsdienst leisten – und Verwundete, die von der russischen Front mit Zügen hergebracht wurden, versorgen. Ich sah viele Tote. Das war eine heilsame Erfahrung.«

»Inwiefern?«, wollte Mike wissen.

»Nun …« Barbara Pellenhorn holte mit der Hand aus und hüstelte. »Wenn es Sie wirklich interessiert … Ich wandte mich danach von Gott ab.«

»Warum?«

»Weil ich so viel Schreckliches gesehen habe! Zum Beispiel erfrorene Babys. Als wir unsere Hochzeit planten, bat ich Berthold, nicht vor den Altar treten zu müssen. Das Standesamt reichte mir völlig. Meine Erfahrungen hatten mich gelehrt, dass Gott, sofern es ihn gibt, großes menschliches Unrecht zulässt. *Den Segen dieses Gottes brauche ich nicht*, dachte ich damals. *Lieber vertraue ich auf die Natur, dank der die Blätter zwar auch vom Baum fallen, aber im nächsten Frühling erneut sprießen.* Wie mein Mann betrachte auch ich das Werden und Vergehen aus einer naturwissenschaftlichen Perspektive.«

»Was denken Sie über die Religion?«

»Religion ist von Menschen gemacht und missbraucht worden«, sagte Barbara Pellenhorn. »Mithilfe der Religion wurde den Menschen Angst gemacht. Mein Mann und ich fühlen uns im Wald und in der Natur dem Göttlichen näher als in der Kirche.«

»Aber fällt es Menschen Ihrer Generation nicht schwerer, ohne kirchliche Werte zu leben?«

»Keineswegs«, antwortete Barbara. »Den Wert des Lebens haben wir für uns so definiert: Wichtig ist nicht die Anhäufung materiellen Reichtums und dass man Kinder bekommt, was uns leider verwehrt geblieben ist, sondern, dass man sich das Leben nicht schwer macht und es in vollen Zügen genießt. Dann kann man es am Ende loslassen – und sich von einer großen Luxuswohnung verabschieden, um am Ende, ganz ohne Zorn, in einem Zimmer wie diesem zu leben.«

»Trotzdem habe ich gehört, dass Ihrem Mann etwas auf der Seele lastet«, hakte Mike nach. »Neulich im Esszimmer ...«

»Ach das!«, sagte Barbara Pellenhorn ablehnend. »Das war bloß ...« Sie wurde unterbrochen, denn plötzlich gluckste Professor Pellenhorn laut. »Auuuuuuu...«, stieß er schwach hervor.

»Nicht doch, mein Lieber«, versuchte ihn seine Frau zu beruhigen. »Bitte reg dich nicht auf.«

Berthold jedoch war nicht zu bremsen. »Auuuuuu...« Seine Lider flackerten wild.

Sofort drückte Barbara auf den Alarmknopf und ließ ihn erst los, als der dicke Dietmar und Dr. Albers ins Zimmer stürzten.

»Auuuuuuuu...«, gurgelte Berthold. »Auuuuuuuuuu...«

Nachdem Dietmar ihm eine Spritze gegeben und Andreas seine Temperatur gemessen hatte, schloss Professor Pellenhorn erschöpft die Augen.

Zwei Minuten später schlief er tief und fest und der dicke Dietmar sagte zu Barbara: »Das war schon der zweite Anfall. Ich kann mir wirklich nicht erklären, was ihm so wehtun soll. Bei der aktuellen Morphiumdosis ist das völlig unmöglich. Wenn es noch einmal so weit kommt, rufen wir Dr. Aracelis. Ich bestelle jetzt einen Sprachcomputer. Damit werden wir Ihren Mann morgen wieder verstehen können.«

Gemeinsam verließen der Pfleger und der Psychologe das Zimmer.

Barbara Pellenhorn war kreidebleich geworden. Sie strich sich fahrig durch die Haare und fixierte Mike mit ihren grünen Augen. »Schrecklich, nicht wahr?«

Der bejahte. »Sind Sie sicher, dass Ihr Mann wirklich Schmerzen hat? Oder bedrückt ihn etwas Psychisches?«

»Bestimmt steckt die Krankheit dahinter«, entgegnete Barbara. »Bis vor Kurzem war er noch so glücklich. Er betrachtete die Menschen in Haus Holle als seine Freunde. Erst kurz nach dem Tod der Knopinskis verschwand sein Humor. Dass die beiden so plötzlich verstorben sind, bedrückt ihn scheinbar sehr. Leider kann ich ihn nicht fragen, warum. Ehrlich gesagt, kann ich mir darauf auch keinen Reim machen.«

»Wie eng war Ihr Kontakt zu den Knopinskis?«

»Gar nicht eng, das ist ja so komisch!« Barbara sah Mike verzweifelt an. »Wir fanden den alten Herrn sogar entsetzlich. Seine Ausstrahlung war düster, er wirkte furchtbar gehässig. Bertholds ganzes Mitleid galt der armen Gattin.«

»Kannten Sie die beiden denn von früher?«

»Interessant, dass Sie das fragen. Berthold und ich haben auch schon darüber nachgedacht. Irgendwie kam es uns so vor, als hätten wir Knut Knopinski schon einmal gesehen. Aber wir waren so viel in der Welt unterwegs und hatten mit so vielen Menschen zu tun, dass wir uns einfach nicht mehr an jedes Gesicht erinnern können. Trotzdem würde ich diese Frage bejahen. Ich glaube, dass wir Herrn Knopinski zumindest einmal in unserem Leben begegnet sind. Aber damals muss er noch ganz anders ausgesehen haben. Bestimmt war er noch nicht so aufgedunsen.«

»Und wenn Sie spontan antworten müssten: War es eher eine berufliche oder eine private Begegnung?«

»Beruflich!« Die Antwort kam wie aus der Pistole geschossen. »Es kann nur beruflich gewesen sein. Aber wie und wo – daran kann ich mich wirklich nicht erinnern.« Müde blickte Barbara ihren schlafenden Mann an. »Er leidet so sehr. Ich habe das seltsame Gefühl, dass er mir etwas sagen möchte. Doch ich verstehe ihn nicht mehr!«

Mike nickte. »Könnte sich die Anstrengung Ihres Mannes, krampfhaft etwas sagen zu wollen, auch auf einen der anderen Hausbewohner beziehen? Wie kam er mit den anderen Gästen aus?«

»Extrem gut«, sagte Barbara Pellenhorn. »Bertholds Sorge galt niemals sich selbst, sondern immer Frau Prinz, Frau Schiffer und Frau Krause. Er merkte genau, wie sehr diese drei

Damen gegen das Loslassen und das Sterben kämpfen. *Wenn ich noch eine Aufgabe habe*, gestand mir Berthold vor zwei Wochen, *dann die, diesen Frauen Mut zuzusprechen.*«

»Und was denken Sie darüber?«

Barbara Pellenhorn sah ihn an. »Ich möchte Ihnen etwas anvertrauen. Anderen Menschen kann man immer nur vor die Stirn schauen, aber niemals, niemals hinein. Jeder Mensch ist sein eigener Kosmos. Genauso wenig, wie ich mir ein Bild über jemand anderen machen kann, kann ich wissen, welches Bild sich andere Menschen von mir machen – und wie ich wirklich auf sie wirke. Jeder Interpretationsversuch ist in Wahrheit nur eine Momentaufnahme. Ich wandle durchs Leben und weiß nicht, was ich für andere darstelle – genauso wenig, wie ich erahnen kann, ob Sie mich gerade ganz geschickt ausfragen wollen.«

»Natürlich nicht«, erwiderte Mike. »Haben Sie ein Beispiel für die Undurchsichtigkeit anderer Menschen?«

»Klar.« Barbara Pellenhorn setzte sich auf. »Sie kennen doch das Phänomen, dass man ein bestimmtes Lied mit einem Menschen verbindet, oder? Wenn im Radio *Cien años pienso en ti* von Pedro Infante läuft, muss ich immer an Berthold denken. Dieses Lied wurde gespielt, als ich ihn zum ersten Mal sah. Nun stellen Sie sich einmal vor, dass es anderen Menschen genauso geht. Aus der Perspektive Ihrer Mutter symbolisieren Sie vielleicht ein Lied, das im Kreißsaal lief, als Sie geboren wurden. Lediglich Sie selbst – Sie wissen nicht, welche Lieder andere Menschen mit Ihnen verbinden. Jeder Mensch ist ein Mix aus unterschiedlichsten Liedern …«

Frau Pellenhorn fixierte ihr Gegenüber. »Weiß Ihr Vater, welchen Song Sie mit ihm verbinden?«

Mike schossen Tränen in die Augen. »Es ist ein altes Lied namens *Heimweh*«, sagte er bedrückt. »Ein äußerst trauriger Text, den mein Vater manchmal gesungen hat, wenn er mich ins Bett gebracht hat.«

»Und wofür steht Ihre Mutter?«, fragte Barbara.

»*My way*«, sagte Mike, »Sie liebt den Song von Frank Sinatra.«

»Sehen Sie – genauso geht es auch allen anderen Menschen. Fast jeder, sogar mancher, den Sie längst vergessen haben, denkt an Sie, wenn er einen bestimmten Song hört. Doch Sie ahnen nichts davon. Wie also sollen wir uns ein Bild von anderen Menschen machen können?«

Sie stand auf, und Mike erhob sich ebenfalls. »Ich will Sie jetzt in Ruhe lassen, Barbara. Richten Sie Ihrem Mann alles Gute aus, sobald er aufwacht. Wir sehen uns dann unten ...«

Frau Pellenhorn reichte ihm ihre Hand. »Danke, dass Sie uns besucht haben. Beim nächsten Mal werden wir nur über schöne Dinge reden. Versprochen?«

Mike versprach es.

Er verließ das Zimmer des tief schlafenden Buddhas. Als die Tür ins Schloss fiel, hörte er, dass Barbara Pellenhorn Musik für ihren Mann angestellt hatte. Der Anfang von Roger Whittakers Song *Abschied ist ein scharfes Schwert* verfolgte Mike bis zu Sonjas Zimmer.

In Zimmer 7 lief *Viva*. Es war der kleinste Raum des Hauses.

Mutter Merkel putzte gerade Nippes. Davon hatte sich in der langen Zeit, die Sonja schon in Haus Holle verbrachte, jede Menge angesammelt. Wann immer sie zu Hause nach Jacke und Tasche suchte, um dann rasch mit dem Auto zum Hospiz zu rasen, stachen ihr Dinge wie ein kleines Porzellankätzchen, eine Häkeldecke oder ein Foto ins Auge, die sie Sonja noch mitbringen konnte.

So kam es, dass Zimmer 7 überquoll vor persönlichen Dingen. Es war der kleinste und zugleich vollste Raum.

Mike wurde herzlich hineingebeten.

»Ja, wer ist das denn?«, begrüßte ihn Hildegard. »Schauen Sie mal, ich werde immer dicker vom guten Essen hier.« Sie lachte und zwinkerte. »Oder ob mich vielleicht etwas angeflogen hat?«

Mike grinste schelmisch. »Stimmt, ich glaube auch, dass Sie schwanger sind, Frau Merkel«, sagte er fröhlich.

»Was da wohl rauskommt?«, fragte sie und grinste.

Nach und nach verstummte ihr Kichern. Ihre kleinen, wachen Augen waren ganz auf den Besucher gerichtet.

»Wie schön, dass Sie Sonja besuchen.«

Bekümmert ging sie zum Bett ihrer Tochter und gab ihr einen innigen Kuss auf die Wange. Mike zog sich einen Stuhl ans Bett. Sonja lag verkrampft im Bett und war bis auf die Knochen abgemagert. Er hatte nicht gewusst, dass Augen so sehr einfallen konnten.

»Ja-ha«, sagte Hildegard Merkel und wies auf die Fotowand über Sonjas Bett. »Schau mal – ich darf doch *Du* sagen? Das war Sonja früher!«

Das Bild zeigte ein junges Mädchen mit einem Blouson, zwei Schulterpolstern, Moon-washed-Jeans sowie Stulpen. Offensichtlich war Sonja Merkel vor mehr als fünfundzwanzig Jahren sehr stolz auf ihre hochtoupierten Haare gewesen. »Das war meine Sonja damals. Warum passiert meiner Familie das bloß? Kann mir das vielleicht mal jemand sagen? Ich wüsste es wirklich gerne.«

»Du hältst dich tapfer«, antwortete Mike. »Ich habe gehört, dass du schon ganz schön was mitgemacht hast.«

»Das kann man wohl laut sagen!«, polterte Hildegard los.

Sonja wurde in dem Moment wach und röchelte laut. Sofort war Hildegard an ihrer Seite. »Was ist, mein Mädchen?« Sie rückte zwei Teddys zurecht, platzierte drei Puppen über dem Kopf ihrer Tochter und warf einen Blick auf den Aschenbecher. »Möchtest du eine Zigarette, Sonja?« Ihre Tochter stöhnte nur. »Hach ja...«, sagte Hildegard und lachte perlend. »Willst du wissen, wer das alles auf den Fotos ist?

»Unbedingt«, antwortete Mike.

Hildegard zeigte ihm Bilder ihres zweiten Mannes, der im Bad umgefallen, ihres Sohnes, der an Lungenkrebs verstorben, ihres ersten Mannes, der ihr während des Jugoslawienurlaubs genommen worden war, und eine Ultraschallaufnahme von Sonjas tot geborenem Baby.

»Glaubst du, dass ich auch nur einen Einzigen von ihnen noch einmal gesehen hätte, nachdem sie gestorben waren? Nein, die Ärzte haben mir keinen gezeigt. Bei meinem zweiten Mann haben sie sogar gesagt, ich solle ihn mir besser nicht ansehen. Aber komisch ist es doch. Vielleicht hätte ich darauf bestehen sollen? Was meinst du?«

Mike antwortete aufrichtig. »Das zählt alles zur Vergangenheit. Du solltest besser im Hier und Heute leben.«

»Das sage ich mir auch immer. Und das mache ich ja auch! Aber manchmal quält mich die Frage nach dem Warum trotzdem. Und die Frage, was wohl aus Sonja werden wird! Heute hat sie nur zwei bis drei Teelöffel von ihrem Brei essen wollen. Ich mache mir richtig Sorgen.«

In diesem Moment wurde die Tür aufgestoßen, und Bruno polterte ins Zimmer. »Aha«, sagte er, als er Mike sah – und grinste.

Der Pfleger wandte sich Hildegard zu. »Ich wollte dir sagen, dass du dir vorerst keine Sorgen wegen Sonjas Langzeitaufenthalt bei uns machen musst, Hildegard. Bis Anfang Februar kann sie bleiben. Dann entscheiden die Kassen neu.«

»Denen hätte ich aber auch was gegeigt«, entgegnete Hildegard. »Bruno, mal eine andere Frage. Sonja hatte doch so schöne blaue Augen. Jetzt sind die so seltsam trübe. Der Blick ist ganz anders, einfach furchtbar. Was ist mit ihren Augen? Sieht sie mich nicht mehr richtig?«

Tatsächlich starrte die Kranke ins Leere. Mike erkannte auf den ersten Blick, dass sie blind war. Aber Hildegard sah das nicht.

»Vielleicht ist es eine Nebenwirkung ihrer Aids-Erkrankung?«, fragte er vorsichtig.

»Sonja hat doch kein Aids!« Hildegard Merkel war entrüstet. »Sie hat HIV!«

Bruno und Mike sahen sich an.

»Wie auch immer, Hildegard, Sonja kann hierbleiben«, erklärte Bruno. »Erst Anfang Februar muss die Hospizbedürftigkeit neu geklärt werden – das soll ich dir von Falk Berger ausrichten. Es ist wirklich normal, dass es bei Bewohnern, die sehr lange hier sind, Diskussionen mit den Kassen gibt. Aber fast alle können auch viele Monate oder über ein Jahr hier bleiben, wie zum Beispiel Sonja.«

»Das will ich auch meinen! Hier ist sie doch so gut aufgehoben.« Hildegards Busen bebte vor Empörung. »Die sollen mal herkommen und sich selbst ein Bild von Sonjas Zustand machen. Oder?«

»Na ja«, meinte Bruno. »Warten wir erst mal ab. Bis dahin vergeht ja noch viel Zeit …«

Hildegard kicherte. »Jede Menge Zeit, um Eierlikörkuchen zu backen, nicht wahr?« Sie wandte sich Mike zu. »Ich backe nämlich jeden Freitag einen Eierlikörkuchen. Falls du das Rezept haben möchtest, schreibe ich es dir auf.«

»Gerne!«

»Ich kann auch gern mal Rippchen machen. Mit Rosenkohl und Kartoffeln. Meine Rippchen sind die besten in der ganzen Straße. Wenn du sie mal probieren möchtest …«

Mike bedankte sich erneut. Kaum hatte Bruno das Zimmer verlassen, steuerte er auf den Punkt zu.

»Wie geht es dir eigentlich damit, dass du in einem Hospiz bist? Und damit, dass Sonja sterben wird?«

»Es ist furchtbar«, sagte Hildegard. »Einfach widerlich. Ständig stirbt hier jemand. Hier war so ein netter junger Mann. Der saß immer mit Sonja im Garten. Obwohl er nichts mehr sehen konnte, hielten die beiden so schön Händchen. Eines Tages war er plötzlich tot – einfach so, von heute auf morgen. Das ist nicht leicht für mein Kind. Momentan sind ja alle stabil … Aber ich habe hier Zeiten erlebt, als alle Gäste nur im

Bett lagen. In Haus Holle ändert sich alles innerhalb weniger Stunden. Plötzlich können alle krank sein. Widerlich!«

»Und manchmal«, sagte Mike besonnen, »sterben sogar zwei Menschen in einer Nacht!«

»Du meinst das Ehepaar?« Hildegard putzte sich die Nase. »Aber das ist kein Verlust! Der alte Mann war widerlich!«

»Warum?«, wollte Mike wissen.

»Hast du ihn nie gesehen? Du hättest mal hören sollen, was er zu mir gesagt hat! Vor zwei Wochen traf ich ihn im Flur. Da kam er direkt auf mich zu und sagte, ich solle besser Latexhandschuhe anziehen, wenn ich meine Tochter anfasse. Ist das nicht unverschämt? Und dann der Ärger mit meinem Wagen. Ständig warf er mir vor, dass mein Golf die Einfahrt versperre und er seinen Mercedes nicht ausparken könne!«

»Wie kam er auf Latexhandschuhe?«

»Na ja, er meinte, dass Sonja ansteckend wäre. Und dass sich ihre Bakterien durch die Luft verteilen könnten. *Wenn meine Frau sich bei ihr was wegholt*, sagte er bösartig, *dann mache ich Sie zur Schnecke!*«

Manchmal war Schweigen der beste Impuls, um ein Gegenüber zum Weiterreden zu bewegen. Man musste es bloß aushalten. Mike spürte instinktiv, dass Hildegard Merkel zu jenen Menschen gehörte, die durch Stille motiviert wurden. Deshalb sagte er kein Wort.

»Als ob Sonja ansteckend wäre ... Ja, sie hat HIV. Aber ich habe mich aufklären lassen. Man kann mit ihr aus einem Glas trinken. Ich habe es immer getan – um ihr zu beweisen, dass ich sie nicht diskriminiere. Viele HIV-Kranke werden nämlich gemobbt. Kennst Du *Philadelphia*?«

Mike wusste, dass sie keinen Frischkäse meinte, sondern den oscarprämierten Hollywood-Film mit Tom Hanks.

»Ja, ich habe ihn mehrmals gesehen.«

»Dann weißt du ja auch, was HIV-Kranke alles erleiden müssen. Viele ekeln sich vor ihnen. HIV ist das, was früher Syphilis war – eine Krankheit, wegen der Menschen in psychische Isolationshaft genommen werden. Diskriminierung ist das!«

»Inwiefern wurde Sonja gemobbt?«, fragte Mike interessiert nach.

»Zum Beispiel von ihrem Cousin. Jetzt, wo er drei kleine Töchter hat, nähert er sich Sonja nur noch mit Latexhandschuhen. Dort hängt ein Foto von ihm!« Hildegard deutete auf ein Bild über dem Bett ihrer Tochter, das einen circa 45-jährigen Mann, Sonja und drei kleine Mädchen zeigte. Alle lachten in die Kamera. »Horst ist mit uns aufgewachsen«, sagte Hildegard traurig. »Ich habe mich wie eine zweite Mutter um ihn gekümmert, nachdem mein Bruder und seine Frau bei einem Autounfall ums Leben gekommen waren. Obwohl ich dafür gesorgt habe, dass er nicht ins Heim musste, scheint er jetzt vergessen zu haben, was ich alles für ihn getan habe. Er meidet uns regelrecht …«

Bekümmert blickte sie auf das Foto. »Du musst dir das mal vorstellen … Da kommt er glatt zu mir und sagt, ich solle Sonja nicht mehr küssen. Und dass sie eine Gefahr für seine kleinen Töchter sei. Dabei weiß doch jedes Kind, dass HIV-Kranke nicht mal bei ungeschütztem Geschlechtsverkehr ansteckend sein müssen. Ich habe mir das genau durchgelesen. Doch was sagt Horst? Dass die Ärzte lügen – um eine Massenpanik zu vermeiden. Dabei hat Sonja niemanden angesteckt, nicht mal mich. Hier im Hospiz trägt niemand Latexhandschuhe, wenn er Sonja anfasst. Bruno küsst Sonja sogar auf den Mund. Aus meiner Sicht ist die Diskriminierung einfach nur traurig …«

»Natürlich«, antwortete Mike betreten. Er hatte schon mehrfach gehört, dass Zahnärzte, die es besser wissen müssten, einem HIV-Patienten einen Termin am Ende eines Tages gaben, um die Praxis anschließend von Grund auf reinigen zu lassen. Es war völlig übertrieben. Immer mehr HIV-Patienten hatten eine normale Lebenserwartung. »Ihr Neffe ist ein ganz schöner Dummbatz«, sagte er deshalb. »Aber ich kann ihn auch verstehen. Er lebt eben in einer anderen Welt.«

»Ja, nicht wahr? Spielt sich auf, als sei er Gott. Wirft Sonja vor, sie sei unnütz, während er nur seine Familie schützen wolle. Meine kleinen Großnichten sind so verängstigt, dass sie Sonja schon lange meiden. Als ob HIV und Aids die Pest wären! Oder, als ob die Krankheit nur Drogensüchtige und Schwule beträfe. Die Heterosexuellen sind doch keinen Deut besser, was Safer Sex betrifft. Nein, wer Drogensüchtige und Schwule verteufelt, hat ein anderes Problem. Für diese Menschen ist Aids ein toller Vorwand, um seine schon immer vorhandene Abscheu vor *dem Anderen* zu rechtfertigen. Diskriminierung ist das!«

»Langsam, Hildegard«, sagte Bruno, der wieder ins Zimmer getreten war. Mike und Mutter Merkel hatten sein Eintreten nicht bemerkt, weil Sonjas Tür sich dank eines um den Knauf gelegten Handtuchs lautlos öffnen ließ. »Zwar hast du recht mit der generellen Diskriminierung, aber ich verstehe Horst auch! Einem drogensüchtigen Menschen wie Sonja, der nicht in der Lage ist, seine Medikamente einzunehmen, kann man als Vater von Kindern nicht vertrauen. Schließlich war sie durch das Heroin völlig benebelt. Ich hätte meinen Nachwuchs auch nicht mit ihr allein gelassen. Da hat sich wohl im Laufe der Jahre eine ganz schöne Hemmschwelle aufgebaut. Und – ehrlich gesagt – ist Sonja inzwischen hochinfektiös. Seit sie ihre Tabletten nicht mehr nimmt, wird die Virenlast mit Sicherheit in extreme Höhen geschossen sein. Doch küssen« – er näherte sich der Kranken und drückte seine Lippen zwei Sekunden lang auf ihren Mund – »kann man sie trotzdem bedenkenlos.«

Sonja lächelte selig.

»Ja, du willst eine Zigarette, nicht wahr, meine Kleine?«, sagte er, zündete sich selbst eine an, und ließ Sonja dreimal daran ziehen.

»Du bist ein Guter, Bruno«, sagte Hildegard. »Für dich backe ich gerne einen Eierlikörkuchen.«

»Wollt ihr Kaffee?«, fragte Bruno. »Ich flitze noch mal los, komme aber gleich wieder. Sonja braucht dringend frische Windeln …«

»Ja«, antwortete Hildegard. Sie blickte erschrocken auf ihre Uhr. »Ui, heute habe ich mir mein Insulin noch gar nicht gespritzt. Dabei möchte ich doch Zucker im Kaffee haben!« Sie kramte ein Diabetiker-Set aus der Tasche und pikste sich in den Finger.

»Ganz schöne Scheiße mit der Diskriminierung«, meinte Mike. »Und was hatte der alte Knopinski damit zu tun?«

»Es war widerlich«, empörte sich Hildegard. »Er hat verlangt, dass Sonja nicht mehr an den Mahlzeiten teilnehmen solle. Eine Schande fürs Auge sei sie und eine Gefahr für alle. Gott sei Dank hat die Hospizleitung ihn ausgebremst. Dr. Albers hat dem Alten richtig die Meinung gegeigt. Anschließend grummelte Knopinski nur noch. Sonst sind alle stets nett zu Sonja. Sie ist ja auch so eine Liebe. Und mein einziges Kind, das noch lebt …« Die alte Dame tätschelte die Wange ihrer Tochter. »Was ich bloß ohne sie anfangen soll?«

»Was hast du gedacht, als der alte Knopinski rief, niemals ein Gesicht zu vergessen? Erinnerst du dich an seine seltsame Drohung im Esszimmer?«

»Ach das.« Hildegard winkte flüchtig ab. »Was sollte das überhaupt bedeuten? Der war doch nicht ganz dicht in der Birne! Als ob er schon mal jemanden aus dem Hospiz gesehen hätte … Das kann doch ohnehin nur jemand aus seiner Altersklasse gewesen sein – und er war doch sechsundneunzig, oder?«

»Wie alt bist du?«, fragte Mike direkt.

»Einundachtzig«, antwortete sie. »Wieso?«

»Bist du Knopinski früher schon mal begegnet? Oder Sonja?«

»Nicht, dass ich wüsste. Für Sonja kann ich natürlich nicht sprechen. Aber wir können sie ja mal fragen …« Sie beugte sich über ihr Kind. »Sonja, – kanntest du den alten Mann, der dich beim Essen so blöd angemacht hat? Hast du ihn schon einmal gesehen?«

Ihre Tochter stöhnte leise auf.

»Oder bist du ihm hier im Hospiz zum ersten Mal begegnet?«

Sonja zog die Beine an.

»Ich glaube nicht«, sagte Hildegard hilflos.

Mike indes verstand, dass die junge Frau den alten Mann gar nicht hätte sehen können. Doch vielleicht hatte sie seine Stimme, die stets so bösartig gezischt hatte – und immer asthmatisch keuchte –, ja wiedererkannt.

Er beugte sich über Sonjas Gesicht. »Hast du seine Stimme früher schon einmal gehört, Sonja? Kam sie dir bekannt vor?«

Sacht hob Sonja den Kopf. Mike verstand, dass sie ihm etwas mitteilen wollte. Er beugte sich noch tiefer zu ihr, bis sein Ohr ihre Lippen berührte. Als Sonja die Berührung spürte, öffnete sie den Mund und flüsterte: »Ja, ich kannte diese Stimme. Das war ein richtig böser Mann!« Sie verdrehte die Augen und hustete, bis Bruno zurückkam. Um seine Beine sprang ein kleiner Mops im Kreis.

»Wer ist das denn?«, fragte Mike. »Den habe ich ja noch nie gesehen!«

»Luna«, antwortete Bruno. »Der Hund der kleinen Fee.«

Als wäre es das Normalste der Welt, hob Hildegard das schwarze Tier hoch und hielt es ans untere Ende der Bettdecke. Sofort streckte Luna die Zunge heraus und leckte Sonjas Füße.

Die Kranke lachte glücklich.

Dann sprang der Mops sogar auf ihr Bett, zerwühlte die Decke und warf eine Puppe hinaus. Kichernd hob Hildegard sie auf. »Diese Puppe hat Sonja früher immer gedrückt, wenn ich mit ihr geschimpft habe.« Sie zog die Bettdecke glatt und deckte Sonja bis zum Kinn zu. »Damit du dir keinen Schnupfen holst, mein Kind!«

»Wie kann es sein, dass ein Mensch so dünn wird?«, fragte Mike Bruno. »Und wieso hält sich Sonja so wacker?«

»Ganz einfach!«, erwiderte Bruno. »Wer im größten Schmutz gelebt hat, ist manchmal viel resistenter gegen Bakterien, Viren und Dreck, als unsere piekfeinen Damen. Wer sich vor jeder Fluse schützt, kann viel schneller von einem Schnupfen dahingerafft werden als jemand, der an dreckigen Klobrillen geleckt hat. Sonja würde das nicht passieren, weil ihr Körper schon so viel ausgehalten hat.«

Hildegard kicherte erneut. »Ist das wirklich so?«, fragte sie Bruno.

»Hör mal«, antwortete Bruno. »Sonst würde ich es ja nicht sagen! Und das weiß ich, weil wir hier früher jede Menge HIV-Patienten hatten. Obdachlose haben im Laufe des Lebens auf der Straße so viele Antikörper gegen alle Sorten von Grippen gebildet, dass sie nicht von einem einzigen Virus umgepustet werden.«

»Wie viele Menschen haben Sie hier schon sterben sehen?«, wollte Mike wissen.

»Bestimmt zweitausend«, gab Bruno zurück und zündete sich eine Zigarette an. »In den Achtzigern lagen hier plötzlich unglaublich viele Bekannte, die ich aus der *Szene* kannte. Starben wie die Fliegen. Ich hingegen war plötzlich nicht mehr willkommen in den Klubs, denn mir haftete der Ruf eines Todesengels an. Das war eine schwierige Zeit für mich. Noch heute wechseln manche Leute die Straßenseite, wenn sie mich sehen.«

»Warum sind hier heute mehr Krebspatienten als Aids-Kranke«?, unterbrach Hildegard ihn.

»Weil die Forscher neue Medikamente erfunden haben«, erklärte Bruno. »1996 gelang der entscheidende Schlag gegen die Seuche – als die noch heute wirksamen, sogenannten antiretroviralen Medikamente die Virusvermehrung unter die Nachweisgrenze drückten. Plötzlich standen Menschen, die schon im Sterben lagen, wieder auf. Sie verließen die Zimmer von Haus Holle und gingen wieder zur Arbeit.«

»Aber warum klappt das nicht bei Sonja?« Hildegard blickte auf ihre Tochter.

»Weil sie die Medikamente nicht immer genommen hat«, antwortete Bruno und legte seine warme Pranke auf Hildegards Schulter. »Damit die Medikamente wirken können, müssen sie ständig zur gleichen Uhrzeit genommen werden. Schon ein einmaliges Aussetzen kann zur Folge haben, dass die Viren resistent werden und letztlich nichts mehr hilft.«

Lauter reizende alte Damen, dachte Mike, als er eine Stunde später ins Esszimmer kam. Vereint und in ungewohnter Harmonie umringten Minnie, Omi und Mutter Merkel Marius, den Kavalier, während sich Marisabel und Bella von den entgegengesetzten Tischenden in hochgespielter Feindschaft anstarrten. Offensichtlich war ihre Meinungsverschiedenheit immer noch nicht beigelegt: Die schöne Bella konnte der Hundezüchterin nicht verzeihen, dass sie die Tischrunde lauthals über deren heimlichen Männerbesuch informiert hatte. Umgekehrt war Frau Prinz wütend über Frau Schiffers Vorwurf, dass sie ständig quengele.

Die anderen indes – Adolf, Annette und Angie – genossen Königsberger Klopse, während Barbara Pellenhorn ihrem Mann einen weichen Brei fütterte.

Marius Stamm unterhielt die Damenrunde gekonnt. Vor allem Omi kam kaum zum Essen. Sie saß vor ihrem fast noch vollen Teller und rülpste laut. Fast schien es, als habe die spindeldürre Dame noch mehr abgenommen, doch Mike war sich nicht ganz sicher. Trotzdem hatte Omi allerbeste Laune, denn die Tischrunde redete gerade über Träume.

»Letzte Nacht«, verriet Omi, »habe ich von Tänzern geträumt, die über das Parkett fegten wie Derwische. Dazu spielten Teufelsgeiger. Es war eine Stimmung – feuriger als in der Hölle. Hoch über den Köpfen der Männer balancierten Trapezkünstler. Auch ein kindlicher Greis schwang die Hüften.

Ein Zirkus war das, ein Karneval. Und Sie waren mittendrin, lieber Marius!« Sie rülpste erneut – und strich sich ärgerlich über den Bauch. »Was ist bloß mit meinem Magen los?«

»Vertragen Sie das Essen nicht?« Marisabel sah sie skeptisch an.

Omi wollte gerade antworten, doch dann meldete sich ihr Magen noch lauter. Schlecht gelaunt starrte sie auf ihre Hände, die den plötzlich aufgeblähten Bauch streichelten. »Was …«, begann sie und verstummte, denn ein sichtbarer Krampf zog ihren Oberkörper ein Stück nach unten. »Ich gehe besser mal nach oben!« Rasch entfernte sie sich vom Tisch.

»Was war das denn?« Erstaunt starrte Marisabel in den leeren Gang, in dem Omi verschwunden war.

»Sodbrennen«, erklärte Marius Stamm. »Magensäure vom Allerfeinsten!«

»Hat sie etwa abgenommen – obwohl sie isst wie ein Scheunendrescher?« Marisabel konnte es nicht fassen. »Mir war so, als wäre sie dünner geworden.«

»Ist Ihnen nicht aufgefallen, dass sie schon seit Tagen schlechter isst?«, bemerkte Bella Schiffer. »Wenn Sie mich fragen, hat sie mindestens drei Kilo verloren. Ich schätze, dass sie nicht mehr wiegt als fünfunddreißig Kilo.«

Auffordernd blickte Minnie Mike an – und nickte leicht. Enttäuscht sah Mike auf die köstlichen Klopse. Andererseits sah er ein, dass es ein günstiger Zeitpunkt war, um Omi zu folgen und sich nach ihrem Befinden zu erkundigen. Er eilte aus dem Esszimmer.

Schon vor der Tür zu Zimmer 1 hörte er ein lautes Rülpsen.

Dennoch klopfte Mike an.

Omi öffnete die Zimmertür nur einen Spalt. Mike sah, dass ihre Perücke verrutscht war. »Ach, Sie«, sagte sie. »Kann ich Ihnen irgendwie helfen?«

Flugs improvisierte Mike. »Nein, aber kann ich Ihnen helfen? Sie sind so schnell vom Tisch verschwunden.«

»Ach, das«, entgegnete Klärchen. »Mir ist ein bisschen übel. Mein Magen verselbstständigt sich scheinbar.« Sie bat ihn herein.

Mike betrat ihr Reich. Omi hatte kaum persönliche Gegenstände mitgebracht. Es gab nicht mal Blumen. Dafür waren überall im Zimmer halb volle Essensteller verteilt.

»Das sind alles Speisen von Kostja, die ich noch nicht essen konnte«, rechtfertigte sie sich trotzig. »Wenn mich nachts der Hunger überfällt, gönne ich mir manchmal ein Brot. Oder eins dieser spanischen Würstchen, die wirklich hervorragend sind. Haben Sie die schon mal probiert?«

Ohne sich seinen Ekel anmerken zu lassen, verneinte Mike und nahm auf dem einzigen freien Stuhl Platz – direkt neben drei Köpfen von Schaufensterpuppen, von denen eine haarlos war und die beiden anderen eine schwarze Pagenkopfperücke und eine rote Dauerwellenperücke trugen. Daneben lagen eine große Bürste, ein Kartoffelschälmesser, Wollknäuel in allen Farben – und ein durchsichtiges schwarzes Negligé.

Auch Omi starrte auf ihre Perücken. »Wissen Sie, dass ich meinen unterschiedlichen Kunsthaaren Namen gegeben habe? Die blonde Perücke heißt *Olivia*, die schwarze *Omaira* und die rote *Oje-Oje*. Wie finden Sie das?«

»Ein bisschen verrückt«, meinte Mike. »Aber sie stehen Ihnen gut!«

»Nicht wahr?« Omi kicherte. »Hoffentlich lauscht niemand an der Tür. Er könnte noch glauben, dass wir ...«

Mike verstand ihre Andeutung. Omi hatte sexuelle Fantasien. Außerdem schwitzte die spindeldürre Dame. »Ist das heiß hier!«, sagte sie plötzlich. »Mir ist, als sei ich klatschnass.«

Mike bemerkte den Schweiß auf ihrer Stirn und die feuchten Flecken unter ihren Achseln. .»Vielleicht ist gerade nicht der beste Zeitpunkt für einen Besuch«, meinte Omi. »Es sei denn, dass es Sie nicht stört. Aber ich schwitze manchmal nach dem Essen. Doch keine Angst, es ist kein Fieber. Und schon gar nicht ansteckend. Die scharfen Speisen verbrennen das Gift in meinem Körper – und es fließt aus mir heraus. Oder stört es Sie vielleicht doch?«

»Sie haben aber gar nichts Scharfes gegessen«, erwiderte Mike. »Oder irre ich mich da?«

»Natürlich war mein Essen pikant!« Sie war deutlich ungehalten. »Ist Ihnen noch nicht aufgefallen, dass ich mir von Kostja besondere Speisen zubereiten lasse? Heute gab es rote Suppe – also waren rote Chilis drin.« Zweifelnd sah sie ihn an. »Ich meine, wenn die Suppe rot ist, dann muss sie doch scharf gewesen sein. Oder?«

»Natürlich, das habe ich nicht mitbekommen.«

Mit einem Mal verstand er, dass Omis Geschmacksnerven völlig zerstört waren. Er ahnte, dass ihre Farbspiele – mit den Perücken und den Speisen – ihre fehlenden Sinne ersetzten. Aß sie eine grüne Suppe, ließ sie das glauben, dass Kostja sie mit besonders vielen Brokkoli versetzt haben musste. War ein Vitamindrink leuchtend gelb, hatte Kostja zehn Zitronen ausgepresst – zumindest glaubte Omi das.

»Warum sind Sie eigentlich hier?«, fragte er sie nun geradeheraus.

»Weil die Ärzte nichts mehr für mich tun können. Ich hatte die Hoffnung auf meine Genesung schon aufgegeben. Doch seit ich hier bin, geht es wieder aufwärts mit mir. Auch wenn, das gestehe ich gern, nicht alles nach Plan läuft. Noch bin ich nicht richtig bei Kräften, noch schwitze ich nach den scharfen Speisen. Und mein Bauch wird immer dicker. Aber das kommt von den Krafttabletten. Da bin ich mir ganz sicher.« Ihre Stimme wurde verschwörerisch. »Wissen Sie, in diesem Haus bin ich wahrscheinlich die einzige Person, die nicht krank ist. Die anderen … wir wollen nicht darüber reden. Frau Schiffer wird mit jedem Tag gelber. Ich tippe auf eine innere Vergiftung. Oder vielleicht trinkt sie? Ich will es gar nicht wissen. Und die rote Hundezüchterin? Furchtbar quengelig, will ich meinen. Geht neuerdings immer öfter am Stock. Und dann der schreckliche, rauchende Mann mit der seltsamen Frisur. Was meinen Sie zu der Beule an seinem Hinterkopf? Adolf Montrésor soll er heißen. Wohnt schräg gegenüber von mir.«

»Sehen Sie Ihre Zimmernachbarn oft?«

»Nur, wenn ich die Tür einen Spalt öffnen würde«, antwortete Omi. »Aber andererseits könnte das auch falsch interpretiert werden – etwa, dass ich auf Herrenbesuch aus wäre. Wissen Sie, früher habe ich auf einem Hof gearbeitet. Da gab es nur den Bauern und mich. Und natürlich seine Frau. Wunderbar, diese Sendung *Bauer sucht Frau*. Wenn ich hier raus bin, werde ich mich da bewerben.« Ihr Blick wanderte zu dem schwarzen Negligé.

»Wann werden Sie denn entlassen, Frau Krause?«

Empört richtete Omi sich auf. »Wie können Sie von entlassen reden? Ich kann das Haus jederzeit verlassen. Schließlich bin ich kein bisschen krank. Bloß ein wenig aus der Form. Ich gehe, sobald es draußen warm ist. Im Frühling. Aber vorher werde ich noch von der knusprigen Weihnachtsgans kosten. Kostja soll mir dazu eine extra dicke braune Soße und riesige gelbe Knödel zubereiten – so wie wir sie früher gegessen haben, als ich noch auf dem Hof lebte.«

»Wie war das Leben auf dem Hof?«

»Ach, dort war es schrecklich einsam. Hätte ich meine Tochter Sabine nicht gehabt … bestimmt wäre ich durchgedreht. An manchen Abenden konnte ich nur stricken. Die Bäuerin meinte es gar nicht gut mit mir. Sie war schrecklich eifersüchtig. Ständig glaubte sie, dass ihr Mann und ich … Dabei war es nach dem Krieg so schrecklich kalt in dem Gehöft. Es gab ja nicht mal eine Heizung. Man musste näher zusammenrücken. Dadurch kam es zu Gerede.« Ihre Lippen wurden dünn. »Auch ein Bauer sehnt sich doch nach etwas Wärme.

Ich meine, ich kann ja froh sein, dass er mich überhaupt aufgenommen hat, zur Unterstützung für die Kühe. Und zum

Ausmisten der Ställe. So viele Juden sind … na ja, Sie wissen das ja. Zu uns auf den Hof sind Hitlers Schergen nie gekommen. Der Bauer hat mich Tag und Nacht beschützt. Verstehen Sie?«

»Sie sind Jüdin?«

»Ja. Aber Zeitungen … die hat der Bauer mir nie gegeben. Ich habe nichts von den Gräueltaten mitbekommen. Die Reichskristallnacht! Der Holocaust! Die Konzentrationslager! Von all diesen Dingen habe ich erst später gehört. Ich war immer in meiner kleinen Kammer. Und ich war zufrieden! Ich bin nicht der Typ, der aufmuckt. Nicht meckern, das habe ich meiner Tochter Sabine auch immer gesagt. Auch als der Bauer sie wärmen wollte. *Sabine*, habe ich gesagt, *er meint es gut mit dir, er wird dir helfen.* Jetzt arbeitet meine arme Tochter in einer Textilwäscherei. Aber natürlich kommt nicht mal eine Mutter immer gut aus mit ihrer Tochter. Sie wissen schon, wenn zum Beispiel ein Mann zwischen Mutter und Tochter steht. Der Bauer mochte mich, aber er mochte auch Sabine. Er war doch ihr Vater.«

Mike war schockiert.

Mit Abgründen, wie Omi sie offenbarte, hätte er niemals gerechnet. Mike schluckte sein Entsetzen hinunter und sah, wie sie ihren nassen Rock anhob, der ihr an den Schenkeln klebte.

»Und Herr Knopinski?«, fragte er direkt.

»Der hatte den bösen Blick«, sagte Omi. »Er sah mich immer so komisch an. Einmal war er sogar hier im Zimmer. Aber seine Frau … Das war vielleicht eine … Sie war eifersüchtig auf mich, obwohl sie sich als was Besseres fühlte. Natürlich, ich bin arm. Aber hatte der alte Knopinski deshalb das Recht, auf mich herabzublicken oder nachts in mein Zimmer zu kommen und schmutzige Sachen von mir zu verlangen? Ich weiß es selbst nicht … Was meinen Sie?«

»Heißt das, dass Herr Knopinski Sie nachts besucht hat?«

Klärchen Krause streckte Mike die Hände entgegen. »Ja … Tut ganz schön weh, wenn man sich nackt vors Fenster knien muss«, erzählte sie mit brüchiger Stimme. »Die Schläge von hinten – und von vorn der Winterwind. Es war so eisig wie auf dem Hof. Aber der Gürtel ... Nein, Knopinskis Gürtel tat mir nicht weh. Ich bin schließlich völlig gesund. Ich kann was wegstecken. Der Bauer hat es mich gelehrt. Die anderen schlucken Morphium. Ich bekomme nur Krafttabletten. Oder glauben Sie, dass man mir heimlich Morphium verabreicht?«

Herausfordernd sah sie Mike an. »Was glauben Sie? Ob die jungen Pflegerinnen wohl komische Gedanken haben, wenn sich Montrésor nackt auszieht? Ob sie ihm dann wohl auf den Penis schauen? Neulich war Montrésor nachts nebenan – in der Nacht, als die alten Knopinskis schliefen. Ich hab's durchs Schlüsselloch gesehen. Er war splitterfasernackt! Hier wohnen wirklich seltsame Leute. Gut gefällt es mir nicht, dass Sabine mich hier abgesetzt hat. Gott sei Dank kann ich jederzeit gehen. Bloß auf den Hof darf ich nicht zurück. Sabine soll mir eine schöne Wohnung suchen, wenn ich mich aufgepäppelt habe. Wie finden Sie mein schwarzes Nachthemd?«

Sie nahm das Negligé in die Hand und ließ es durch die groben Finger gleiten. Dann drückte sie einen Kuss auf den schwarzen Chiffon. »Dieses Nachthemd ist das Schönste, was der Bauer mir jemals geschenkt hat. Es ist das Schönste, das ich besitze. Sabine hätte es nie gepasst. Sie ist viel zu dick. Und was sagen Sie zu meinen Perücken? Die Rote trug ich immer an den Tagen, die wir Frauen monatlich haben ... Wenn der Bauer nicht kommen konnte ... Sie wissen schon. Gott sei Dank geht es mir heute gut. Heute trage ich *Olivia*. Heute bin ich blond. Soll ich mein Nachthemd mal anziehen und es Ihnen vorführen? Haben Sie Lust auf eine Partie *Mensch ärgere Dich nicht*?«

Sie rülpste laut und erbrach etwas Blut. »In den Nachtstunden, in denen mich Knopinski besuchte, musste ich alle Perücken ablegen. Er wollte mich nackt – auch auf dem Kopf. Er konnte so schrecklich schimpfen und so böse Sachen sagen. Er hatte den bösen Blick. Er wollte immer *Mensch ärgere Dich nicht* mit mir spielen.«

Ein schrecklicher Unfall

In der Mitte von Zimmer 3 stand ein moderner Massagesessel, in dem unter einer großen Leselampe Adolf Montrésor in eine Rauchwolke gehüllt saß.

Der Mann mit der seltsamen Frisur redete ungebremst auf Mike ein. »Erst brach mein Krebs aus, dann wurde Alzheimer bei meiner Frau festgestellt, dann stürzte sie, und jetzt liegt sie auch noch in Quarantäne, weil in der Klinik ein hoch ansteckendes Virus umgeht. Wir sind vollends voneinander getrennt. Und das in meiner Situation! Kann es wirklich sein, dass Ehepartner so auseinandergehen müssen? Und dann dieser schreckliche Uhrglasverband! Der Tumor drückt von innen gegen mein Auge. Ich kann es nicht mehr richtig öffnen. Wussten Sie, dass Krebs aus den Eiern bis in den Kopf wandern kann? Ich nicht!«

»Neulich sollen Sie nachts geschlafwandelt sein«, sagte Mike.

»So ein Scheiß! Seit der Krebs in meiner Birne angekommen ist, leide ich immer öfter unter Wahrnehmungsstörungen. Es fing mit kleinen Ungeschicklichkeiten an. Hier ein verschüttetes Glas, da eine umgestürzte Vase. Mal schwitze ich, mal ist mir kalt. Dr. Aracelis hat mir erklärt, dass Hirntumore immer wieder neue Zentren im Kopf beeinträchtigen können. Manchmal friere ich plötzlich – oder ich brenne wie in der Hölle. Obwohl ich gar kein Fieber habe! Und manchmal sehe ich Dinge doppelt. Ich bin immer öfter wuschig.« Er inhalierte den Rauch seiner Zigarette.

»Haben Sie Angst vor dem Sterben, Montrésor?«

»Kein bisschen«, antwortete Adolf. »Ins Gras müssen wir alle mal beißen. Wenn ich den Löffel abgebe, dann ist es an der Zeit gewesen. Aber ich kann wenigstens sagen, dass ich mein Leben gelebt habe. Auch wenn es für die Arbeit war. Bis vor einem Jahr habe ich als Architekt für ein internationales Großunternehmen gearbeitet.«

Montrésor deutete auf ein eingerahmtes Foto auf seinem Nachttisch, das einen gesund aussehenden, tiefgebräunten Mann vor der Baustelle der Hamburger Elbphilharmonie zeigte. Im Arm hielt er eine ältere Frau. Beide lachten in die Kamera. Das Leben gehörte ihnen. »Kaum zu glauben, dass das erst ein halbes Jahr her ist – oder?«, fragte Montrésor.

Mike musste ihm recht geben. In nur sechs Monaten hatten Krebs und Alzheimer die glänzenden Zukunftsaussichten des glücklichen Paares zerstört.

»Meine Lisa ist neunzehn Jahre älter als ich. Aber der Altersunterschied hat uns nie gestört. Ich war von Anfang an scharf auf sie – und sie auf mich. Bis ich sie kennenlernte, bestand mein Leben nur aus Flitzern, Ferien und Architektur. Sie hat alles auf den Kopf gestellt mit ihren verrückten Ideen. Gemeinsam haben wir nichts anbrennen lassen. Gegen meine Leidenschaft für Peugeot hatte sie auch niemals was einzuwenden. Wollen Sie meine Karosserien mal sehen?«

Montrésor zog ein Fotoalbum aus der Nachttischschublade – und blätterte sich durch sein Leben, das nun vor Mikes Augen auferstand. Montrésor auf dem Eiffelturm, Montrésor im Ingenieursbüro, Montrésor und Lisa im Swimmingpool auf dem Oberdeck eines Luxusdampfers, Montrésor mit Baustellenhelm, Montrésor – nur mit Badehose bekleidet – auf einer grünen Wiese liegend. Daneben hatte er geschrieben: *Wer will sich zu mir legen?* »Kleiner Witz«, meinte Adolf schmunzelnd.

»Ich habe niemals was anbrennen lassen. Und ich hatte immer genug Geld für ein neues Auto.«

Mike zählte vierzehn verschiedene Peugeots.

»Die habe ich alle bis zum Ende gefahren«, sagte Adolf leutselig, und deutete auf seinen Rollator. »Jetzt habe ich diesen Mercedes Benz. Der fährt wesentlich schlechter.«

»Haben Sie versucht, den Krebs zu besiegen?«, fragte Mike nach.

»Nein. Mir war gleich klar, dass das keinen Sinn hat, weil der Arzt die Stirn runzelte, als ich die Chemo ansprach. Stattdessen erwähnte er Haus Holle. Das war ein Wink mit dem Zaunpfahl. Das Hospiz kannte ich schließlich schon durch das Programm *Seitenwechsel*, bei dem Manager für eine Woche in einem Sozialbetrieb arbeiten.«

»Was denken Sie über das Haus und seine Gäste?«

»Hier prallen Welten aufeinander. Manche Leute sind ziemlich spleenig, andere völlig normal. Kein Wunder, dass ich am Anfang am liebsten für mich geblieben bin, statt mich in die Tretmühle aus Tratsch und sozialer Kontrolle zu begeben. Ich sage nur Hundezüchterin.«

Mike hatte bereits gehört, dass sich Frau Prinz ständig über Adolfs Nikotinwolken beschwerte, die angeblich zu ihr hochzogen.

»Die legt sich mit jedem an, und gibt zu allem ihren Senf dazu. Man fühlt sich manchmal richtig unerwünscht«, meinte Montrésor.

»Inwiefern?«

»Nun, sie beobachtet alles. Aber sie kommentiert auch alles. Das ist mir zu platt, dieser Klatsch. Ich bin mit mir selbst im Reinen.« Er sog an einer neu angezündeten Roth-Händle.

»Kürzlich habe ich Bruno gefragt, warum ich manchmal so verwirrt bin«, fuhr Montrésor fort. »Wissen Sie, was er mir geantwortet hat? *Die Ursache muss nicht der Gehirntumor sein. Möglicherweise liegt es daran, dass Sie anorektisch sind, Herr Montrésor.* Wer so dünn ist wie ich, steckt das Morphium nicht so gut weg wie ein Dicker – oder ist es vielleicht doch eine Frage der richtigen Dosierung? Wie auch immer, bestimmt trägt das eine oder andere Bierchen, das ich mir gönne, sein Übriges zur Verwirrung bei. Jedenfalls habe ich die Hospizleitung darüber informiert, dass der Körperklempner mal bei mir vorbeischauen soll, um mich besser einzustellen. Nicht dass ich noch Amok laufe.«

»Wie in der Nacht vom 2. auf den 3. November?«, hakte Mike nach.

»Was ist damals geschehen?«

»Nun, in jener Nacht saßen Sie nackt auf der Parkbank im Freien.«

Adolf Montrésor grinste. »Davon habe ich schon gehört. Aber ich erinnere mich nicht mehr daran.«

»Waren Sie in jener Nacht im Zimmer Knopinskis? Bei denen roch es nach Rauch ...«

»Wirklich? Gut möglich! Einmal habe ich dem Alten in seinem Zimmer die Meinung gegeigt – weil er in der Gegenwart meiner dementen Lisa anzügliche Witze gemacht hatte. Scheinbar dachte er, sie würde es wieder vergessen. Der alte Knopinski war ein Kotzbrocken.«

»Kannten Sie ihn von früher?«

»Definitiv nicht. Diesen alten Sadisten hätte ich niemals vergessen.« Ächzend erhob Montrésor sich aus seinem Massagesessel und stakste auf sein Krankenbett zu. »Drücken Sie mir die Daumen, dass die Quarantäne meiner Frau so rasch wie möglich aufgehoben wird. Ich werde diese Welt nicht verlassen, bevor ich meine Lisa nicht in den Armen gehalten habe, und wir uns verabschieden können, wie wir immer gelebt haben – wie zwei Liebende.«

Annette und Angie lagen im Bett von Zimmer 10. Die Frauen schauten gerade *Downton Abbey*, als Mike eintrat.

»Wie viele Jahre ist es her, seit wir uns zum letzten Mal gesehen haben?«, fragte Annette, hievte sich hoch und schlüpfte in ihre Pantoffeln.

Mike überlegte. »Bestimmt sieben Jahre …«

»Wie ist es dir in der Zwischenzeit ergangen?«

»Ganz in Ordnung«, erwiderte Mike. »Außer dass mein Vater hier liegt. Das hat mich aus der Bahn geworfen.«

»Und dann treffen wir uns auch noch zufällig hier wieder«, sagte Angie. »Als wir uns unten zum ersten Mal gesehen haben und du gegrüßt hast, habe ich gleich zu Annette gesagt, dass du nicht ahnst, weshalb wir hier sind.«

Mike erinnerte sich nur allzu gut an die Situation. Kaum war sein Vater nach Haus Holle gekommen, hatten er und seine Mutter ein Aufklärungsgespräch bei Dr. Coppelius. Als er sich umgeblickt hatte, standen Annette und Angie vor der Kaffeemaschine. Hätte ich mir ja denken können, dass die sich hier sozial engagieren, war sein erster Gedanke gewesen. Doch kurz darauf hatte ihm Mutter Merkel von Annette erzählt, die so viel Leben in die Bude brachte und gemeinsam mit ihrer Ehefrau in Haus Holle wohnte. In diesem Moment war bei Mike der Groschen gefallen, und die Erkenntnis hatte einen Schock ausgelöst.

Koch Kostja hatte das sofort bemerkt und Mike einen Schnaps angeboten.

»Wie seid ihr überhaupt hier gelandet?«, fragte er die beiden, die er im Laufe der letzten Jahre sporadisch auf Straßenfesten oder in Diskotheken getroffen hatte.

»Letztes Jahr um diese Zeit war noch alles völlig normal, Mike«, erzählte Annette. »Angie hatte kurz vorher ihre Ausbildung abgeschlossen, und wir waren in eine neue Wohnung gezogen. Danach wollten wir einen vierwöchigen Amerikatrip machen. Alles war bereits gebucht. Doch zwei Tage vor der

Abreise wurde mir plötzlich so speiübel, das kannst du dir gar nicht vorstellen.«

»In Annettes Zustand konnten wir nicht verreisen«, fügte Angie hinzu. »Bei ihr kam alles Essen raus – oben und unten. Mit einem Mal lag sie im Bett und schrie vor Schmerzen. Natürlich wollte ich Annette zum Arzt fahren, aber sie konnte sich nicht mal mehr richtig im Bett aufsetzen. Da habe ich den Notarzt gerufen.«

Angie zündete sich eine Zigarette an. »Im Krankenhaus erwartete uns die Pest. Die Lebensquantität stand in der Klinik deutlich über der Lebensqualität. Am Anfang lag eine 94-Jährige auf Annettes Zimmer, die plötzlich starb und reanimiert wurde. Wozu, fragte ich mich? Das Schlimmste jedoch war das Warten auf Annettes Diagnose. Und als Erstes machten die Ärzte einen HIV-Test – nach dem Motto: Die ist ja lesbisch. Dabei lautete Annettes finale Diagnose, wohlgemerkt nach einer Woche, ganz anders: aggressiver Speiseröhrenkrebs im Endstadium!«

»Das war ein unglaublicher Schock«, bestätigte Annette. »Ich erinnere mich an nichts mehr aus dieser Zeit. Die Schmerzen waren unerträglich.«

»Trotzdem durften wir den Alarmknopf nicht zu oft drücken. Manche der Schwestern machten ein langes Gesicht, wenn wir schon wieder nach ihnen riefen. Aber uns blieb keine andere Wahl. Annettes Schmerzmittel reichten nicht aus. Häufig schrie sie wie am Spieß. Die Ärzte wussten viel zu wenig über Morphium und gaben ihr nur kleine Dosierungen. Ich dachte wirklich, dass meine Frau stirbt. Zuletzt war Annette regelrecht krankenhaustraumatisiert.«

»Bei meinem Vater war das besser«, sagte Mike. »Er war x-mal im Krankenhaus – mal wegen einer Blutvergiftung, dann wegen der Nebenwirkungen der Chemo. Das Personal dort in der Klinik war einmalig – im positiven Sinne. Ein Arzt hat mir sogar seine Handynummer für den Notfall gegeben.«

Annette sah Mike nachdenklich an. »Meine Erfahrungen sind andere. Wenn ich den Unterschied zwischen einem Hospiz und einem Krankenhaus auf den Punkt bringen müsste, würde ich das so ausdrücken: In der Klinik schauen die Schwestern von oben auf dich herab, wenn sie sich mit dir unterhalten. Im Hospiz setzen sie sich neben dein Bett und reden mit dir.«

»Wenn sie im Krankenhaus überhaupt Zeit zum Reden haben«, meinte Angie. »Mich hat ihre Babysprache wahnsinnig aufgeregt. *Wie geht es uns heute?* Lautete eine Standardfrage. *Was brauchen wir denn?* eine andere. Warum, verflixt noch mal, behandeln die Schwestern ihre Patienten wie Kleinkinder? Und warum drucksen die Ärzte so sehr herum, wenn es darum geht, Patienten die Wahrheit über ihre Krankheit zu sagen? Inzwischen sollte doch jeder Doc wissen, dass Patienten dadurch verängstigt werden. Ich glaube, die meisten Ärzte haben selbst Schiss, dass jemand zusammenbricht, wenn man ihm sagt, dass er Krebs hat und sterben wird. Dann müssten die Mediziner die menschliche Seite in sich wiederfinden, die seit Jahren mit Hilfe *professioneller Distanz* verdrängt wurde. Diese menschliche Seite wiederzufinden, kostet Zeit und passt nicht zur Wirtschaftlichkeit. Deshalb greifen manche auf Floskeln zurück oder bitten eine Schwester darum, sie fünf Minuten nach der Überbringung einer schlechten Diagnose aus der heiklen Situation zu befreien.«

»Aber das vermuten wir doch seit Jahren«, sagte Annette fröhlich. »Warum ärgern wir uns darüber?«

»Weil man als Patient abhängig von diesem Kliniksystem ist, mitunter Todesangst aussteht, wenn ein Arzt keine Zeit hat, um einen richtig aufzuklären oder man seine Angehörigen wegen der Besuchszeiten nicht immer sehen darf und die Diagnosen von Tag zu Tag weiter nach hinten geschoben werden. Das ist sooooo schrecklich«, regte sich Angie auf.

Mike verstand das. »Deshalb wollte ich meinen Vater, als er seine Lungenkrebsdiagnose bekommen hatte, unbedingt in einem Spezialzentrum untersuchen lassen. Doch mein Dad wollte in unser städtisches Krankenhaus gehen, zu dem meine Mum hinüberspazieren konnte. Er hat bis heute nicht verstanden, dass er sterben muss, weil es ihm nie klipp und klar gesagt worden ist. Während unseres Aufklärungsgesprächs bin ich richtig traurig geworden.«

»Warum?«, fragte Annette interessiert.

»Ganz einfach. Als die Diagnose inoperabler Lungenkrebs feststand, und der Arzt meinem Vater zu einer Chemotherapie riet, habe ich Daddys Krebsaufnahmen digitalisiert, und an *Die besten zwanzig Lungenkrebs-Spezialisten in Deutschland* gemailt. Fast alle mailten mir zurück. Einer schrieb sogar, es sei nicht auszuschließen, dass er das Leben meines Vaters retten könne. Er lud uns in eine Spezialklinik nach Essen ein.«

»Habt ihr ihn aufgesucht?«

»Nein, weil der behandelnde Arzt meinem Vater das Gefühl vermittelte, dass ich ihm zu viele Fragen gestellt habe. Beim Aufklärungsgespräch meinte er: *Wer zwanzig verschiedenen Lungenkrebsärzten Fragen mailt, bekommt auch zwanzig unterschiedliche Antworten.* Also erklärte ich ihm, dass einer der Fachärzte eine Heilung nicht ausschloss. *Dann können Sie Ihren Vater gern mitnehmen und gehen!*, erklärte der Onkologe. Der Onkologe hätte meinen Dad zu der Autofahrt ermuntern oder ihm deutlich sagen sollen, dass er nicht mehr lange zu leben hat. An den Nachfragen meines Vaters war deutlich zu merken, dass er noch an eine Heilung glaubte. Hätte sich mein Vater nach einer solchen Aufklärung gegen die Fahrt nach Essen und gegen die Chemotherapie entschieden, die ihn monatelang ans Bett fesselte, hätten wir uns noch eine schöne Zeit machen können, obwohl sie vielleicht kürzer gewesen wäre.«

»Wie erging es deinem Vater während der Chemo?«

»Er stellte sich den Krebs als eine an einem Faden hängende Kugel vor, die in seiner Lunge baumelte. Immer wieder fragte er, ob man den Faden nicht abschneiden könne. Der Arzt sagte, dass das nicht ginge. Also machte mein Vater die Chemo. Ich weiß noch, wie er auf dem heimischen Sofa saß, und mir erklärte, dass der Krebs ein kleines Männchen sei, das bei der Chemo die Hände über dem Kopf zusammenschlüge und er es diesem Männchen *zeigen* wolle. Leider besaß ich damals nicht den Mut, meinem Dad zu sagen, dass er sterben wird. Sonst hätte ich ihn fragen können, ob er sich die letzte Zeit nicht schöner gestalten wollte, statt ständig krank im Bett zu liegen und die Chemo über sich ergehen zu lassen. Böse bin ich dem Arzt nicht. Ich fand das Aufklärungsgespräch lediglich so traurig. Es war kein richtiges Aufklärungsgespräch. Die Wahrheit wurde unter den Teppich gekehrt. Zumindest empfinde ich das so.«

»Jetzt könnte man betreten schweigen«, sagte Angie. »Aber diese Geschichten liest man doch täglich. Annette und ich haben uns bewusst gegen lebensverlängernde Behandlungen entschieden. Mir war gleich klar, dass wir ins Hospiz oder eine Palliativstation müssen, damit Annette starke Schmerzmittel bekommt und das Leben wieder genießen kann. Seit wir hier sind, sind fast alle Sorgen von mir abgefallen. Frau Schiffer erzählte gestern das Gleiche!«

»Aber es gibt auch Gäste, die im Krankenhaus derart mit Medikamenten vollgepumpt werden, dass sie ihre Verlegung hierher geistig gar nicht miterleben. Die sind vollkommen erstaunt und überfordert, wenn sie hier aufwachen«, sagte Annette. »Wie geht es deinem Vater inzwischen? Man sieht ihn ja nie.«

»Schlecht. Er halluziniert, spuckt stinkenden Schleim aus, kann weder schlucken noch reden –nur flüstern. Außerdem sieht er sehr grau aus. Trotzdem ist er glücklich hier. Psychisch wird er von Ordensschwester Serva unterstützt.«

»Schwester Serva?«, fragte Angie. »Die kennen wir gar nicht. Ist dein Vater denn religiös?«

»Total«, antwortete Mike. »Früher wusste ich gar nicht, dass er so sehr an die Muttergottes glaubt. Aber das liegt vielleicht daran, dass er in einem Kinderheim aufgewachsen ist.«

»Ich brauche keine Religion als Hoffnungsschimmer«, erwiderte Annette. »Traurig macht mich nur, dass ich Angie zurücklassen muss.«

»Aber«, sagte Angie zu ihrer Frau, »vorher machen wir es uns noch schön. Ende November beschlagnahmen wir den Grünen Saal. Dann kommt Annettes Familie, und wir feiern ein großes Fest. Das wird deinem Vater guttun.«

»Ja, mein Vater«, sinnierte Annette. »Das war auch so ein Problem.«

»Inwiefern?«

»Am liebsten wäre er hier mit eingezogen. Aber wir wussten, dass er Tag und Nacht aufgeregt gewesen wäre. Also habe ich Klartext geredet.«

»Klartext?«, fragte Mike.

»Besser einmal Disharmonie, als täglich Disharmonie«, entgegnete Angie. »Ich habe meinem Schwiegervater erklärt, dass ich mit Annette verheiratet bin, wir eine schöne Zeit haben möchten und Aufregung uns nur schadet. Zwar kann er jederzeit zu Besuch kommen, aber eben nicht stündlich. Wir sind uns selbst am wichtigsten.«

»Das zu akzeptieren war nicht gerade leicht für meinen Vater«, fügte Annette grinsend hinzu. »Er liebt mich von Herzen – und umgekehrt. Aber ich möchte hier nicht viel Besuch bekommen. Das erinnert mich immer ans Krankenhaus. Nur meine Arbeitskollegen von der Deutschen Post habe ich gern empfangen. Alle Postboten hatten Geld für uns gesammelt, weil sie wussten, dass wir klamm bei Kasse sind. Durch meinen plötzlichen Ausfall, und dadurch, dass Angie einen langen, unbezahlten Urlaub genommen hat, sind wir fast pleite. Unsere Pleite ist ein Grund mehr, um sich nicht täglich anzuhören, welche Sorgen sich mein Vater um meine Gesundheit, um unsere Geldnot und um Angies Zukunft macht. Unser Gefühl sagte uns, dass wir ihn ausladen mussten. Bevor ich Angie kennengelernt habe, bin ich stets Kompromisse eingegangen. Sie hat mir beigebracht, dass man seine Meinung am besten klipp und klar sagen soll. Wir waren und sind immer aufrichtig zueinander.«

Jetzt war der richtige Zeitpunkt gekommen, um das Gespräch in eine andere Richtung zu lenken. »Wie fandet ihr eigentlich das alte Scheusal?«, fragte Mike.

»Du meinst den fiesen Knopinski?« Angie knetete ihre Finger. »Der war das Letzte, ein totaler Nazi. Einmal, als wir ihn unten trafen, sagte er, unterm Strich wären Homosexuelle alle gleich – Abschaum und Dreck. Gute Menschen wären anders. Und, dass man dort, wo er herkäme, gewusst hätte, wie mit uns umzugehen sei. «

»Schwamm drüber«, meinte Annette. »Ist es nicht häufig so? Die meisten Lesben- und Schwulenhasser hetzen gegen uns, weil sie Angst vor uns haben und nur mit klaren Rollenverteilungen klarkommen. Als ob sich Lesben und Schwule nur über den Begriff Sex definieren würden ...!«

»Meiner Meinung nach hat der Hass auf Homosexuelle ganz andere Gründe«, sagte Angie. »Religionen wie das Christentum und der Islam haben die gleichgeschlechtliche Liebe jahrhundertelang verpönt und die Ansichten der Gesellschaft negativ beeinflusst. Deshalb finden heterosexuelle Männer auch die Vorstellung eklig, dass Schwule mit einem anderen Mann von hinten vögeln – wegen Vorurteilen über mangelnde Hygiene und der jahrelang aufgebauten Scham.«

»Ich find's blöd, dass Schwule und Lesben von den Medien einseitig dargestellt werden«, meinte Mike. »Ich hab nichts gegen die Darstellung von Schwulen als bunte Spaßvögel, aber die ganzen anderen Facetten fehlen tendenziell immer noch. «

»Genau«, erwiderte Annette. »Unsere Gesellschaft sollte mal genau hingucken, wer alles lesbisch und schwul ist und war.«

Mike lenkte das Gespräch zurück auf das eigentliche Thema. »Fandet ihr es seltsam, dass die alten Knopinskis gleichzeitig gestorben sind?«

»Schwer zu sagen«, antwortete Angie. »Wir waren in der Nacht nicht hier.«

»Du auch nicht?« Intensiv musterte er Annette.

»Nein«, log sie.

Mike wandte den Blick nicht von ihr ab.

Daraufhin griff Annette nach einem Kalender und fragte: »Wann ist Knopinski noch mal verstorben?«

»In der Nacht, als ihr Angies neue Wohnung einweihen wolltet!«

Annette schlug sich vor die Stirn. »Stimmt ja! In dieser Nacht hatten wir einen gemütlichen Abend bei Angie verbracht, als ich merkte, dass ich meine Morphiumpillen hier vergessen hatte und plötzlich Schmerzen bekam. Weil Angie schon schlief, bin ich mit dem Taxi hierhergefahren, um sie zu holen. Dann bin ich in meinem Zimmer zusammengebrochen. Die Nachtpfleger halfen mir auf die Beine und brachten mich in mein Bett. Ich bin sofort eingeschlafen.« Sie sah auf die Uhr. »Schon halb drei ... Kostjas Torte wartet. Gehen wir zusammen nach unten?«

Im Esszimmer war die Hölle los. Bella Schiffer hatte die Frechheit besessen, nach dem Mittagessen am Tisch sitzen zu bleiben. Sie saß mit einer Besucherin am Kopfende des Tisches – auf dem Platz von Marisabel, die wie ein Rohrspatz schimpfte, und Bruno musste dazwischengehen.

Selbst Marius Stamm verlor die Geduld.

»Damen wie Marisabel machen mir Angst«, flüsterte er Minnie zu. »Für die arrangiert man ungern einen Abend mit Tanz und Tango – wie ich für Sie!«

»Wir gehen tanzen?«, fragte Minnie.

»Ja«, antwortete der alte Kavalier. »An einem Abend in der nächsten Woche werden wir den Grünen Saal für uns allein haben. Anwesend sind nur ein Piano, ein italienisches Drei-Gänge-Menü, ein Abendkleid und ein Smoking. Dr. Albers unterstützt mein Vorhaben und lässt alles von externen Spezialisten arrangieren. Und, schlägt Ihr Herz schneller?«

Minnie war überwältigt. Sie nahm seinen Handkuss dankend entgegen und errötete sogar leicht.

In diesem Moment kamen Mike, Annette und Angie ins Esszimmer. Mike blinzelte Minnie zu.

»Hallo, Mike, wie geht es Omi?«, fragte Minnie. »Haben Sie unsere dünne Dame nach ihren unschönen Bauchkrämpfen gefragt, und sich erkundigt, ob bei ihr alles in Ordnung ist?«

Mike nickte. »Ich glaube, Frau Krause möchte sich etwas ausruhen.«

»Was? Sie verzichtet auf diese herrliche Joghurt-Limonen-Terrine? Dann muss sie krank sein!« Alle Blicke richteten sich auf Marisabel, die entrüstet vom Tisch aufstand. »Ich gehe jetzt sofort nach oben und schaue nach, ob sie sich den Magen verdorben hat. Wenn sie nicht essen will, kann etwas nicht stimmen.«

Das Schweigen der anderen empörte Marisabel noch mehr. »Warum sagt niemand was? Seht ihr denn nicht, dass das nicht normal ist? Ich mache mir Sorgen!«

Sanft berührte Dr. Albers Marisabel am Arm. »Setzen Sie sich wieder hin, Frau Prinz. Alles ist so, wie es sein soll. Das verspreche ich Ihnen.«

»Meinen Sie wirklich …?« Marisabels Stimme zitterte. »Nun gut, dann besuche ich Omi eben später. Jeder verdirbt sich mal den Magen. Ich meine, das ist völlig … Nun gut, ich habe überreagiert. Aber jemand sollte umgehend nach ihr sehen. Vielleicht möchte sie ja oben etwas von der köstlichen Terrine probieren. Kürzlich hatte ich auch so ein Zwicken in der Magengegend. Gott sei Dank geht es mir schon besser …« Sie setzte sich wieder hin und starrte schweigend auf ihre Terrine.

»Vielleicht«, sagte Mike, »möchten Sie später mit mir spazieren gehen, Frau Prinz? Wir könnten bis zum Hafen laufen. Dort gibt es ein Lokal, in dem Pflaumengrog serviert wird. Ich glaube, der wird Ihnen sehr schmecken.«

Dankbar blickte ihn Marisabel an. »Gerne! Ein kleiner Ausflug wird mir guttun.« Erlöst genoss sie ihren Tee.

Dann kam Kostja ins Esszimmer.

»Liebe Gäste«, sagte er, »heute Abend habe ich frei. Ihre Wunschgerichte stehen im Kühlschrank. Sie sind mit Namenszetteln versehen. Wer nichts bei mir bestellt hat, findet frische Antipasti in der Kühlkammer. Außerdem kommt um halb sechs eine ehrenamtliche Mitarbeiterin, die Ihnen kleinere Wünsche erfüllen kann. Morgen früh werde ich wieder hier sein. Ich wünsche Ihnen einen guten Appetit!«

»Einen Moment!« Marisabel hob den Finger. »Wo finde ich das Dressing für meinen *Caesars Salat*, auf den ich mich schon den ganzen Tag freue?«

»Liebe Frau Prinz«, antwortete Kostja, »für Sie habe ich extra ein *American Dressing* zubereitet. Es steht neben Ihrem Teller. Die ehrenamtliche Mitarbeiterin wird Ihnen beides bringen.«

Er wandte sich Professor Pellenhorn zu. »Ihr *Caesars Salat* ist ebenfalls fertig – das Huhn habe ich fein püriert.«

»Und meine Reibekuchen?«, fragte Montrésor.

»Die habe ich in die Mikrowelle gestellt!«

Als Kostja schließlich ging, winkten die Gäste ihm dankbar zu.

Sogar Marisabel war glücklich. »Ein reizender junger Mann«, sagte sie. »Allmählich gewöhne ich mich sogar an seine blauen Haare. Aber wenn meine Tochter damit nach Hause käme ...« Sie schlug die Hände über dem Kopf zusammen. »Na ja, die Frage wird sich nie stellen. Sie wissen schon, als Rechtsanwaltsgehilfin geht das gar nicht.«

Zufrieden bemerkte Minnie, dass alles wieder beim Alten war: Marisabel unterhielt die Runde, Bella Schiffer zog ihre Lippen nach, und Annette scherzte mit Adolf. Dennoch war etwas anders: Heimlich hatte Marius Minnies Hand ergriffen – unter dem Tisch. Und mehr noch: Seine Fingerspitzen strichen sanft über ihre Handinnenfläche. Das war ein schönes Gefühl.

Mike streckte den Kopf nur kurz in Zimmer 12. Seine Eltern schliefen tief und fest. Beide waren sehr erschöpft. Dennoch wurde Anne wach, als die Tür knarrte. Müde schaute sie ihren Sohn an. »Papa schläft!«

»Ich weiß«, flüsterte Mike. »Dann gehe ich eine Runde spazieren. Kann ich noch ein paar Stunden weg sein? Kommst du allein klar?«

»Natürlich«, entgegnete seine Mutter. »Papas Stirn ist heute ganz glatt. Hendrik hat gesagt, dass das ein gutes Zeichen ist. Solange Papa die Stirn nicht in Falten legt, quält er sich nicht. Er muss völlig erschöpft sein.«

Sie reckte sich auf ihrem Klappbett. »Morgen Nachmittag kommen Stefanie und Julian. Sie hat vorhin eine SMS geschickt. Und fürs Wochenende haben sich die Essener angekündigt. Angelika will ihren Bruder unbedingt sehen!«

»Dann mach jetzt die Augen zu! Ich drehe nur eine Runde …«

Als er die Tür schloss, war Anne schon wieder eingenickt.

In Zimmer 9 roch es tatsächlich nach kaltem Rauch. Marisabel hatte nicht übertrieben.

Sie saß auf ihrem Bett. Eine hellblaue Markenjeans schmückte ihre dünnen Beine, die Locken waren frisch aufgewickelt. »Ob der Rauch durch einen Lüftungsschacht zu mir zieht?«, fragte sie Mike.

»Könnte sein«, antwortete er. »Oder er kommt von Annette und Angie …«

»Das glaube ich nicht«, entgegnete Marisabel. »Den Unterschied zwischen Roth-Händle und Marlboro erkenne ich sehr gut. Das hier ist eindeutig Roth-Händle.«

Sie klappte ihren Laptop zu und schwang die Beine aus dem Bett. »Höchste Zeit, dass wir hier rauskommen. Zeigen Sie mir dieses Lokal! Und bringen Sie mir bitte den Rollator!«

Sie packte eine mit Putten verzierte, herzförmige Tablettendose, einen neuen Lippenstift und ihr Portemonnaie in eine riesige Handtasche. »Ob ich einen Schal brauche?«

»Bis zum Lokal sind es nur zwanzig Minuten, aber unten, an den Landungsbrücken, weht Mitte November ein eisiger Wind.«

»Das habe ich gar nicht bedacht. Ob es wirklich eine gute Idee ist? Nicht, dass ich mir noch den Tod hole ...« Sie geriet ins Zaudern, warf einen beinahe fragenden Blick auf zwei an der Wand befestigte Putten, die über ihrem Bett *schwebten*, und entschied sich letztlich doch für den Ausflug. »Hach, man muss das Leben genießen.«

Als das ungleiche Paar auf den Lift zuschritt, bemerkte Mike, dass Frau Prinz staksig und langsam ging.

Auf der Parkbank vor dem Haus saßen Professor Pellenhorn und seine Frau, gemeinsam mit Adolf Montrésor und Bruno. Zwei der Herren rauchten, der Buddha blinzelte Mike zu. Außerdem sah Marisabel Frau Schiffer am Ende der Straße. »Die fährt immer noch mit der S-Bahn nach Hause«, flüsterte sie verschwörerisch. »Angeblich, um zu putzen. Ach, meine schöne Wohnung würde ich auch gern mal wieder sehen. Aber sie ist zu weit entfernt. Wissen Sie, dass ich immer nach Hamburg ziehen wollte, um näher bei meiner Tochter zu sein? Aber, dass ich es eines Tages wirklich tun würde – und dann auch noch direkt hier in St. Pauli lande –, damit hätte ich niemals gerechnet.«

Vorsichtig überquerten sie eine größere Straße. Auf der Schmuckstraße winkten Transsexuelle aus den Fenstern. »Was es hier alles zu sehen gibt«, stellte Marisabel fest, die Nutten ignorierend.

Unzählige Menschen waren unterwegs. Sie strömten in und aus *McDonald's*, hasteten in die S-Bahn oder standen Schlange vor einem Theater.

Als die Ampel auf Grün sprang, überquerten die beiden die Straße.

»Wenn man die Menschen so hetzen sieht, fühlt man sich gleich wie in einem Bienenschwarm. Nur wenige Meter entfernt wohnen wir – am Rande des Lebens. Das bunte Treiben auf dieser Straße wirkt auf mich, als würden die Menschen vollkommen vergessen, dass der Tod mitten unter ihnen weilt.« Marisabel blickte Mike an. »Finden Sie nicht? Sie sagen ja gar nichts.«

Tatsächlich hatte Mike bislang fast nur geschwiegen. Er spürte, dass Marisabel sich selbst genügte, als sie und ihr Rollator ins Alltagsleben eintauchten und sich vom Strom mitreißen ließen. Wenn man nicht wusste, dass Frau Prinz viele Medikamente bekam und ihr Körper voller Krebs war, konnte man sie für gesund halten – auch wenn es etwas ungewöhnlich war, dass eine schlanke, gut aussehende Frau von ungefähr sechzig einen Rollator benötigte. Doch Mike entging auch nicht, dass sich niemand dafür interessierte. Jeder war mit sich selbst beschäftigt.

Die nächste Straße führte schnurstracks zu den Hamburger Landungsbrücken, vorbei an geöffneten Kneipen für Touristen sowie kleinen Restaurants. Durch das Fenster eines Lokals sah er Annette und Angie rauchend und lachend im Innenraum sitzen. Frau Prinz jedoch war zu beschäftigt, um ihre Mitbewohner zur Kenntnis zu nehmen. Einerseits erforderte es Konzentration, einen Fuß vor den nächsten zu setzen und den Rollator bergauf zu schieben, andererseits hing sie ihren Gedanken nach.

»Wie geht es Ihrem Vater?«, erkundigte sie sich plötzlich. »Man sieht ihn ja nie. Wie alt ist er denn?«

»Dreiundsechzig«, antwortete Mike.

»Das ist ja kein Alter«, meinte Marisabel. »Man sagt, dass er sehr unter Atemnot leidet. Kommt Ihre Mutter deshalb so selten zum Essen? Falls sie mal eine gute Zuhörerin braucht, ich würde mich anbieten. Wie alt ist Ihre Mutter?«

»Neunundfünfzig«, sagte Mike.

»Hach«, entgegnete Marisabel. »So alt wie ich. Wann hat sie Geburtstag?«

»Am 25. Juni wird sie sechzig«, verriet Mike.

»Also etwas jünger als ich«, stellte Marisabel fest. »Ich werde schon im April sechzig. Wenn ich das noch schaffe.« Sie runzelte die Stirn. »Ich würde so gern meinen sechzigsten Geburtstag feiern! Es ist wirklich mein sehnlichster Wunsch. Mit meiner Tochter! Und noch einmal in die Oper gehen. *Hänsel und Gretel* zu Weihnachten – wäre das nicht schön? Oder *Der Nussknacker*?«

Mike nickte.

»Den Rollator«, sagte sie, »brauche ich nur zur Sicherheit. Meine Energiequelle ist der *Wille Gottes plus mein Wille*. Mein Haus da oben ist noch nicht fertig.«

Sie erreichten die Landungsbrücken.

»Wie viele Menschen hier spazieren gehen«, staunte sie. »Hauptsache, ich fange mir keine Bakterien ein bei der frischen Brise. Wie weit ist es denn noch?«

Mike deutete auf ein kleines Lokal. »Wir haben es gleich geschafft, Frau Prinz.«

Höflich hielt er ihr die Eingangstür auf. Und kurz darauf saßen sie beide bei einem Pflaumengrog.

»Hach, mal was anderes als Kostjas Vitamindrinks«, sagte Marisabel genüsslich und lehnte sich zurück. »Er meint es ja gut mit seinen Speisen. Ob die anderen Gäste das wohl immer zu schätzen wissen? Omi zum Beispiel schlingt doch unglaublich. Man kann ihr kaum beim Essen zusehen. Trotzdem mache ich mir Sorgen, wenn sie so viel, verzeihen Sie den Ausdruck, rülpst wie heute. Ladylike ist das nicht gerade.«

Sie fuhr sich durch die roten Locken. »Und dann Frau Schiffer mit ihrem Schönheitstick. Natürlich ist es sinnvoll, sich hübsch zu machen, aber muss man sich derart herausputzen und so oft ins Solarium gehen? Und die ganze Schminke. Zu viel ist zu viel, finden Sie nicht auch?«

Geschickt lenkte Mike das Thema auf sein eigentliches Anliegen. »Was denken Sie über Menschen, die zu zweit ins Hospiz ziehen?«

»Wie Ihre Mutter? Das finde ich bewundernswert. Allerdings sieht sie arg angegriffen aus. Oder nehmen Sie Barbara Pellenhorn! Wie sie das durchhält mit ihrem Mann – einfach unglaublich. Meine geschiedenen Ehemänner bestanden immer auf ihrer Unabhängigkeit. Wohl auch, damit sie ihre kleinen Geheimnisse pflegen konnten. Sagen Sie nichts, ich kenne die Männer. Ich habe meine eigene Theorie über das starke Geschlecht.«

»Was denken Sie denn über uns?«

»Nun, es gibt solche und solche. Die einen sind Mimosen. Völlig langweilige Typen, nichts für Powerfrauen. Sie werden schnell eifersüchtig und sind einem ein Klotz am Bein. Mich konnte nie ein Mann ausbremsen. Andere sind die Macher. Die brauchen ständig Bestätigung. Also auch nichts für uns Frauen. In einer gesunden Beziehung darf es keine Rivalität geben. Und dann sind da noch die geistig und physisch Starken, weil sie starke Mütter hatten. Solche Männer fürchten sich nicht vor Powerfrauen, sondern respektieren sie und lassen ihnen die nötige Freiheit. Ich persönlich könnte mir gut vorstellen, noch mal einen Mann zu lieben. Ich wüsste nach dem ersten Blick, ob er etwas taugt oder nicht. Aber ich würde nie mehr einen geschiedenen Mann nehmen. Warum sind immer alle guten Männer vergeben oder schwul, Mike?«

»Zu welcher Gruppe gehörte denn Herr Knopinski?«

»Er war ein Unikat«, sagte Marisabel. »Ein despotischer, schlechter Mann mit sadistischen Wesenszügen. Seine Gattin tat mir sehr leid. Er schwebt bestimmt auf keiner Wolke, wo auch immer er jetzt ist.«

»Was macht Sie diesbezüglich so sicher?«

»Mir reichte ein Blick in seine Augen. Außerdem hat er mich angefeindet. Ich war ihm ein Dorn im Auge.«

»Warum?«

»Weil ich es gewagt habe, seine Frau mehrmals zu besuchen, wenn er nach Hause gefahren war. Wir unterhielten uns über Gott und die Welt, und sie deutete mehrmals an, sehr unter ihm gelitten zu haben. Angeblich hat er sie jahrelang auf einem Landsitz festgehalten, der einer Kaserne glich. Wobei ich den Begriff *festhalten* nicht wortwörtlich meine. Es ging mehr um Psychoterror.«

Fragend blickte Mike sie an und sie redete sofort weiter.

»Gertrud Knopinski war eine *Masochistin*. Eine schwache Frau, die einen vermeintlich starken Mann anbetete. In Wirklichkeit jedoch drückte er ihr seinen Lebensstil auf – und merzte alles aus, was sie *ausmachte*. Den Landsitz empfand sie als Gefängnis, mit ihr als einziger Insassin. Bleibt man bei diesem Bild, so hatte sie weder *Hofgänge* noch *Besuchszeiten* – und kannte keine Freiheiten. Er hat sie oft eingeschlossen, etwa, wenn er das Haus verließ. Das Telefon stellte er vorher ab. Sie war eine Gefangene.«

»Das hat sie Ihnen alles verraten?«

»Das und noch mehr«, erwiderte Marisabel triumphierend. »Gertrud Knopinski stand ihrem Mann sexuell zu Diensten! Er muss absonderliche Neigungen gehabt haben. Ich würde ihn pervers nennen. Er mochte Fesselspiele und Knebel und hat ihr mehrmals mit einer Peitsche den Rücken zerschlagen.«

Mike konnte sich gut vorstellen, dass Knut Knopinski derartige Enthüllungen kaum gefallen haben konnten. Aber es passte zu Omis Erzählungen. »Wie ist er darauf gekommen, dass Sie das alles gewusst haben?«

»Weil Gertrud Knopinski ihm gebeichtet hat, dass sie mir alles ausgeplaudert hatte. Scheinbar musste er sie nur scharf anschauen – und sie wurde sofort geständig. Jedenfalls kam er eines Abends in mein Zimmer, als ich mich gerade bettfertig gemacht hatte. Was er dann sagte, werde ich niemals vergessen.«

Mike wurde hellhörig. »Mögen Sie seine Worte wiederholen?«

»Ungern«, sagte Marisabel und ihre Stimme zitterte. Dann riss sie sich am Riemen. »Knut Knopinski betrat mein Zimmer und sagte: *Lassen Sie meine Frau in Ruhe. Sonst passiert etwas.* Aber die Art, wie er das *etwas* betonte – und mich dabei ansah –, verriet mir, dass er es ernst meinte. Ich fühlte mich echt bedroht, fürchtete sogar um mein Leben. Er war ein abgrundtief schlechter Mensch.«

Mike verstand ihre Furcht. »Und warum haben Sie die Hospizleitung nicht informiert?«

»Weil mich niemand verstanden hätte! Für den Psychologen bin ich eine notorische Querulantin, weil ich zu oft Sonderwünsche äußere. Er hätte die Drohung niemals in den richtigen Kontext eingeordnet. Also habe ich lieber geschwiegen.«

»Heißt das, Sie haben Frau Knopinski danach nie mehr allein gesehen?«

»Doch. In der Nacht vom 2. auf den 3. November war ich noch mal bei Gertrud im Zimmer.«

»In ihrer Todesnacht?«, fragte er erstaunt.

»Ja«, antwortete Marisabel, »aber ich möchte nicht, dass das jemand weiß. Es ist mir peinlich.« Dann schilderte sie Mike, dass sie von irgendeinem Schrei wach geworden und rasch in ihre Hauspantoffeln geschlüpft war. »Ich habe nicht auf die Uhr geschaut«, erinnerte sie sich, »aber im Haus war mächtig was los. Vor allem in meinem Flur. Der dicke Dietmar und der schusselige Hendrik eilten von einem Zimmer zum nächsten – vor allem zu Cristiano und Nadine. Ich beschloss, in die Küche zu gehen, um mir eine Apfelschorle zu holen. Als ich im ersten Stock ankam, war die Zimmertür der Knopinskis nur angelehnt. Das kam mir seltsam vor. Also schlenderte ich zum Ende des Ganges und warf dann einen Blick in das Zimmer.«

»Was haben Sie gesehen?«

»Direkt hinter der Tür stand ein Rollstuhl. Im Halbdunkel sah ich, dass Gertrud Knopinski im Bett lag. Sie schnarchte leise. Ihr Mann saß an ihrer Seite, obwohl *sitzen* vielleicht nicht der richtige Ausdruck ist. Sein Kopf lag verdreht auf ihrer Brust, in einer seltsamen Haltung. Außerdem war ein Pfleger im Zimmer. Aus dem Bad drang ein Lichtschimmer, und ich hörte leise Schritte. Also entfernte ich mich leise und ging hinunter in die Küche.«

»Welcher Pfleger war im Bad?«

»Keine Ahnung«, antwortete Marisabel. »Vielleicht habe ich mich auch geirrt. Durch das Morphium wird man manchmal etwas benommen. Aber ich glaube, dass ich noch jemanden gesehen habe. Es muss ein ganz kleiner Pfleger gewesen sein, der sich unheimlich schnell bewegen konnte. Bestimmt war es der gleiche Typ, den ich nachts bereits mehrmals im Flur gesehen habe – derjenige, der mich immer an einen Engel erinnert. Außerdem saß Minnie auf dem Sofa vor ihrem Zimmer. Scheinbar schlief sie tief und fest.«

Sie seufzte und stemmte die Hand in die Hüfte. »Jetzt möchte ich rasch zurück ins Hospiz. Ich habe mein Morphium vergessen. Zahlen Sie das Getränk für mich?«

Mike erfüllte ihren Wunsch, und gemeinsam gingen sie, so schnell wie möglich, zurück.

Minnie staunte nicht schlecht.

»Frau Knopinski schnarchte, während der verdrehte Kopf ihres Mannes auf ihrer Brust ruhte? Und im Bad war jemand? Das widerspricht der Theorie, die ich von Bruno gehört habe. Er sagte, dass Knut Knopinski vor Schreck über den Tod seiner Frau einen Herzinfarkt erlitten habe. Nun rückt Marisabels Beobachtung das Ganze in ein anderes Licht. In Wahrheit ist Knut Knopinski vor seiner Frau gestorben! Und den kleinen Mann, der sich so schnell bewegen kann, habe ich schließlich auch schon gesehen.«

»Außerdem war jemand im Bad …«

»Dabei war die Tür in jener Nacht zu, weil die Knopinskis nicht gestört werden wollten. Aber wer könnte sich im Badezimmer aufgehalten haben?«

»Dietmar und Hendrik scheiden aus«, entschied Mike. »Frau Prinz hörte, dass die beiden im zweiten Stockwerk umher eilten. Aber es gibt ein paar andere Gäste, die im Bad gewesen sein könnten – zum Beispiel Omi. Sie wohnte direkt neben den Knopinskis.«

»Welchen Grund könnte sie gehabt haben, sich nachts in Zimmer 2 zu schleichen?«

Mike berichtete Minnie von Omis Erzählungen.

»Sie meinen, dass sie sich an Knopinski für den sexuellen Missbrauch gerächt haben könnte?«, fragte Minnie.

»Durchaus denkbar«, sagte Mike. »Aber es könnte auch Adolf Montrésor in einem Anfall von wahnhafter Eifersucht gewesen sein. Knopinski hatte sich gegenüber der demenzkranken Lisa Montrésor Anzüglichkeiten erlaubt. Adolf und Omi waren die Nachbarn von Zimmer 2. Sie hätten sich nachts am unauffälligsten in Knopinskis Zimmer schleichen können. Doch mir ist noch eine dritte Theorie eingefallen. Was wäre, wenn Gertrud Knopinski ihren Mann aus Mitleid getötet hat – weil sie wusste, dass sie sterben musste, und ihn nicht allein zurücklassen wollte? Bruno behauptet, dass am Abend vor der Todesnacht eine große Menge Tavor aus dem Safe verschwunden sei. Gertrud könnte Knut damit ins Jenseits befördert haben. Denkbare Täter sind aber auch Annette und Angie, die von Knopinski schikaniert und beschimpft wurden. Beide haben Geldprobleme. Sie könnten den Schmuck gestohlen haben. Oder es war einer der Angehörigen. Jeder von ihnen könnte unbemerkt ins Haus gekommen sein.«

»Können wir sicher sein, dass ein Fremder im Haus war?«

»Mit absoluter Sicherheit! Dafür spricht der laute Knall, der durch die Eingangstür entstand. Dieses Geräusch verrät, dass es irgendjemand verdammt eilig hatte, Haus Holle zu verlassen oder zu betreten.«

»Und wenn Marisabel Prinz gelogen hat und sie die Person im Bad nur erfunden hat, damit sie den Verdacht von sich ablenken kann?«

»Das glaube ich nicht«, erwiderte Mike.

»Zumindest erklärt das, wer die rothaarige Frau im Gang war, die ich in der Todesnacht im Flur gesehen habe«, sagte sie. »Also hatten alle Gäste ein Motiv. Wenn wir nur das Mörderfoto hätten! Kannte Ihre Mutter die Knopinskis eigentlich?«

»Auf keinen Fall«, dementierte Mike. »Dessen bin ich mir sicher. Aber ich werde sie dennoch fragen.«

»Und Sie?«

»Gute Frage! Die Antwort lautet: Nein!«

»Was haben Sie über Knopinskis Beruf herausgefunden?«

»Nichts«, entgegnete Mike. »Ich hatte noch keine Zeit, um zu recherchieren. Aber nach dem kommenden Wochenende werde ich unseren Polizeireporter bitten, in Knopinskis Vergangenheit herumzuwühlen.«

»Wann sprechen Sie mit Bella, Nadine und Cristiano?«

»Frau Schiffer knöpfe ich mir heute noch vor – sobald sie zurück ist. Ihre Aussage könnte ebenfalls von Bedeutung sein, schließlich wohnte sie schräg gegenüber vom Tatort. Nadine und Cristiano besuche ich morgen.«

Minnie nickte.

Mike fiel noch etwas ein. »Morgen werde ich zuerst mit Professor Pellenhorn sprechen. Er bekommt einen Sprachcomputer. Ich habe das Gefühl, dass er mir etwas Wichtiges verraten will.« Er wandte sich zum Gehen, doch Minnie hielt ihn leicht am Arm fest.

»Mike«, sagte sie. »Bitte finden Sie heraus, wer alles einen Schlüssel für die Haustür hat – außer den Gästen und ihren Angehörigen. Dann können wir den Kreis der Verdächtigen noch mehr eingrenzen.«

Zufrieden mit der Leistung von Mike lehnte Minnie sich an die Treppe. Dass es noch einen weiteren Grund für ihr Interesse an der Anzahl der Hausschlüsselbesitzer gab, verschwieg sie lieber. Sie wollte unbedingt wissen, ob ein unheimlicher, kleiner Mann mit einer kindlichen Figur und dem Kopf eines uralten Greises dazu zählte.

Bella Schiffer sah gelber aus denn je. Rasch legte sie frisches Make-up auf und zündete sich eine Zigarette an. Ihr Aschenbecher war bereits voll.

Plötzlich klopfte jemand an die Tür. Es war Mike, der Journalist.

Misstrauisch bat sie ihn hinein. Ob der sie etwa aushorchen wollte? Nein – er wollte sich nur ein Buch ausleihen. »Eine gute Idee!«, rief Bella. »Bestimmt für Ihren Vater, oder? Sie müssen ihm unbedingt aus *Das heilende Bewusstsein* vorlesen. Der Autor erklärt sehr nachvollziehbar, dass es immer wieder Menschen gibt, bei denen sich eine plötzliche Wunderheilung ereignet. Gibt es noch Hoffnung für Ihren Vater?«

»Nein«, antwortete Mike ehrlich. »Aber ich würde mir den Bericht trotzdem gern mal durchlesen. Gibt es denn noch Hoffnung für Sie, Bella?«

Die Ex-Miss atmete tief ein. »Wissen Sie, Mike, wenn eine Krankheit so plötzlich über einen hereinbricht wie über mich, dann kann sie doch auch genauso schnell verschwinden, oder?«

»Sie haben Leberkrebs, nicht wahr?«

»Ja, aber ich wurde lange im Dunkeln gelassen über meine Diagnose. Mitte August war ich noch topfit. Damals waren mein Mann und ich gerade aus Palma zurückgekommen. Beim Kofferauspacken dachte ich plötzlich, dass ich mich wahnsinnig verrenkt hätte. Ein vernichtender Schmerz schoss in meinen Rücken. Am nächsten Tag war es noch schlimmer geworden. Kein Arzt konnte mir helfen, und ich bekam wochenlang Spritzen. Schließlich empfahl man mir eine Computertomografie. Die Ergebnisse bekam ich an einem Freitag.«

Aufmerksam hörte Mike zu. Er konnte sich vorstellen, was nun folgte.

»Als mich die Schwester ins Arztzimmer rief, merkte ich gleich, dass mich alle so komisch ansahen.«

»Komisch?«, fragte Mike.

Bella atmete tief ein. »Der Blick des Arztes war ganz seltsam, die Schwester blätterte nur in Papieren. Da habe ich gesagt: *Kommen Sie mir nicht mit Hiobsbotschaften!* Aber der Arzt wurde bitterernst. Seine Worte werde ich niemals vergessen: *Sie haben Metastasen in der Leber. Ich nehme an, dass Sie an Lungenkrebs erkrankt sind – oder an Brustkrebs. Meiner Meinung nach ist das nicht mehr operabel, denn der Krebs hat gestreut.*«

Sie zündete sich eine neue Zigarette an. »Obwohl ich zusammengesackt bin, blieb mir keine Zeit für Fragen. Vor dem Arztzimmer warteten schon die nächsten Patienten. Die Schwester hat mich hinauskomplimentiert. Plötzlich stand ich auf der Straße und wusste nur, dass ich Krebs habe. Ich dachte, ich müsste direkt sterben.«

Mike schwieg. Er hatte schon öfter gehört, dass Ärzte unsensibel sein konnten. Aber dieser Umgang mit dem Verkünden einer tödlichen Diagnose erschreckte ihn zutiefst.

»Zu Hause habe ich erst einmal geputzt, bis alles blitzblank war«, erinnerte sich Bella. »Anschließend telefonierte ich drei Tage und drei Nächte mit meiner Familie und meinen Freundinnen. Ich musste ja alle informieren. In dieser Zeit schloss ich mit meinem Leben ab. Am darauffolgenden Montag begann die langwierige Suche nach dem *Primärtumor*. Er wurde Ende Oktober entdeckt, mithilfe einer *PET-Computertomografie*. Seither weiß ich, dass ich Leberkrebs habe. Im Endstadium. Ich zog sofort hierher, denn mein Arzt prophezeite mir, dass ich nur noch vier Wochen zu leben hätte. Und dieses Ultimatum läuft in ein paar Tagen aus!«

»Glauben Sie an die zeitliche Prognose?«

»Natürlich«, sagte Bella Schiffer. »Dr. Albers erzählt mir zwar immer das Gegenteil, aber ich glaube, dass die Ärzte draußen diesbezüglich ehrlicher sind. Andererseits kann ich mir nicht vorstellen, dass es schon so schnell vorbei sein soll. Schließlich fühle ich mich fit. Optisch bin ich auch tipptopp.«

Mike stimmte ihr zu.

»Ich will nicht verfallen und schrecklich aussehen«, erklärte Bella. »Es wäre das Schlimmste für mich, wenn man mir die Krankheit ansieht. Das macht mir so große Angst.«

Mike verstand, dass die junge Frau, die erst neununddreißig war, zwischen ständiger Resignation und ständiger Hoffnung schwankte. Noch war unklar, welches der beiden Gefühle am Ende die Oberhand behalten würde. »Sie sehen sehr gut aus«, verriet Mike der Kranken. »Kein bisschen angegriffen.«

»Aber mein Bauch bläht so auf! Liegt das am Morphium? Seit ein paar Tagen laufe ich nur noch in einer Jogginghose herum. Auch die Gürtelrose am Hals will nicht verschwinden.«

Bella zündete sich die dritte Zigarette an. Sie war hypernervös. »Einerseits wirkt alles so normal, weil unsere Wohnung um die Ecke ist. Andererseits ist es vielleicht unklug, immer nach Hause zu gehen. Ich bin ein derartiger Putzteufel und rege mich auf, wenn ich sehe, dass nicht alles blitzblank ist. Hummeln hatte ich schon immer im Hintern. Deshalb konnte ich meinen früheren Job als Leiterin von Event-Caterings und die Tätigkeit im Beauty-Salon auch immer gut mit dem Haushalt verbinden. Andere Menschen müssten sich klonen lassen, um zu schaffen, was ich geschafft habe.« Sie lachte laut auf.

»Sie haben Empfänge ausgerichtet?«

»Jahrelang«, antwortete Bella. »Das schult die Menschenkenntnis enorm.«

»Kannten Sie Knopinski von früher?«

»Wie bitte? Wieso sollte ich Knopinski gekannt haben? Wie kommen Sie denn darauf?« Argwöhnisch lehnte sich Bella zurück.

»Es war eine Vermutung. Weil er mal gesagt hat, er würde nie ein Gesicht vergessen …«

»Ach das! Nein, diesen alten Sack hätte ich sofort wiedererkannt. Ich bin ihm erst hier im Hospiz begegnet. Irgendwann erwischte ich den alten Lüstling, als er durch das Schlüsselloch in mein Zimmer spähte. Das müssen Sie sich mal vorstellen. Ich habe mich bei der Hospizleitung beschwert, aber der Alte hatte eine gute Ausrede parat. Er hat sich damit herausgeredet, dass er seine Schnürsenkel hätte zubinden müssen.« Sie warf den Kopf in den Nacken. »Andererseits ... Will ich es ihm verübeln, dass er einer knackigen jungen Frau beim Umziehen zusehen will?«

»Zudringlich wurde er also nicht?«

»Ein bisschen«, gestand Bella. »Ein paar Tage später machte er komische Andeutungen – nach dem Motto, dass hinter verschlossenen Zimmertüren jede Menge passiere. Keine Ahnung, was er meinte. Vielleicht hatte er gesehen, wie ich mit meinem Exfreund Champagner trank. Aber das heißt gar nichts. Wenn Sie so wollen, habe ich eine *passive Abschiedstournee* in Haus Holle gemacht und mehrere Exfreunde empfangen. Wohlgemerkt, ohne mit einem Einzigen zu schlafen, auch wenn Frau Prinz so etwas andeutet. Ich liebe meinen Mann, und ich bin ihm treu. Um Matze nicht unnötig eifersüchtig zu machen, habe ich meine liebsten Freunde spätabends empfangen, nachdem er nach Hause gegangen war. Deshalb habe ich alles, was Knopinski andeutete, ignoriert und mich lieber auf mein Leben konzentriert. Und darauf, wie ich aus dem Vertrag mit diesem Mistkerl von Bestatter rauskomme.«

»Haben Sie Ärger?«, hakte Mike nach.

»Sogar ziemlich großen«, antwortete Bella ärgerlich. »Vor ein paar Tagen war ein Typ hier, der mir ein All-inclusive-Angebot für einen Sarg, eine Einäscherung, eine Trauerfeier und das Schreiben meiner Grabrede gemacht hat. Für alles zusammen sollte ich vierhundert Euro berappen. Gestern flatterte plötzlich eine Rechnung über achthundert Euro ins Haus. Natürlich habe ich den Bestatter prompt angerufen. Er faselte etwas von Mehrwertsteuer, ausverkauften Billigsärgen, teurerer Miete für die Kapelle, und so weiter. Jetzt pocht er auf meine Unterschrift und das Kleingedruckte. Aber mein Mann braucht jeden Cent, um die Miete weiterhin bezahlen zu können. Diese Sorge bringt mich an den Rand des Wahnsinns.«

Mike fand es entsetzlich, dass Bestattungsunternehmen auf den letzten Metern des Lebens miese Geschäfte mit Todkranken machten und sie über den Tisch zogen. Deshalb bot er Bella seine Hilfe an. Doch die lehnte sie ab. »Ich habe einen Exfreund, der Jurist ist. Der hat sich der Sache schon angenommen. Wenn ich gar nicht weiterkomme, hetze ich dem Bestatter meine Schwiegersöhne auf den Hals. Das sind kräftige Jungs.«

Die *Jungs* hatte Mike bereits gesehen. Es waren gut gebaute Mucki-Männer, die allesamt als Türsteher vor den Lokalen im Amüsierviertel hätten arbeiten können. Aber sie lachten immer freundlich und kümmerten sich sehr um ihre Schwiegermutter.

»Derselbe Jurist, der mir beim Kampf gegen den Bestatter hilft, hat gestern meine Patientenverfügung aufgesetzt. Wenn ich im Sterben liege, will ich auf keinen Fall reanimiert werden. Dr. Albers hat mir erklärt, dass manche Patienten Krankheiten haben, die mit Flöhen vergleichbar sind, während andere unter Krankheiten leiden, die wie Läuse sind. Wieder andere leiden unter *Flöhen und Läusen*. Das bedeutet, dass Todkranke mit einem geschwächten Immunsystem am Ende auch noch Co-Infektionen wie Mundfäule bekommen können. Ich will und werde meine Augen nicht schließen, während ich an Schläuche angeschlossen bin.«

Bella gähnte herzhaft. »Morgen werden Matze und ich zu meinen alten Eltern fahren. Rein mathematisch gesehen, beiße ich ja schon nächste Woche ins Gras. Und jetzt entschuldigen Sie mich bitte ... Vor dem Abendessen möchte ich noch etwas Augenpflege machen.«

Mike erzählte seiner Mutter nichts von den Begegnungen mit den anderen Hospizbewohnern. Als er das Zimmer seines Vaters betrat, saß dieser aufrecht in seinem hochgestellten

Krankenbett. »Da bist du ja«, sagte Herbert verärgert. »Ich habe den ganzen Tag auf dich gewartet.«

»Papa ist gerade erst wach geworden«, relativierte Anne. »Schau mal, Mike, wir haben Besuch.«

Tatsächlich saß eine kleine Frau am Bett des Kranken: Ordensschwester Serva, eine ungeschminkte Mittsiebzigerin mit wachem Blick.

Die Geistliche reichte Mike die Hand. »Ich habe mich gerade mit Ihrem Vater unterhalten, und bin immer wieder überrascht über seine Zuversicht und die Stärke seines Glaubens«, sagte sie. »Nicht wahr, Herr Powelz? Sie wissen, dass Gott Ihnen die Arme entgegenstreckt, wenn Sie zu ihm kommen.«

»Und Maria«, fügte Herbert hinzu.

»Und Maria«, bestätigte Serva.

Glücklich schloss Herr Powelz die Augen und war im nächsten Moment eingeschlafen.

»Ich beneide meinen Vater um seinen Glauben«, gab Mike zu. »Bei mir ist er nicht so tief. Aber ich bete oft zu Gott.«

»Es reicht schon, wenn Sie ihn sich wünschen«, entgegnete Serva ernst. »Gott ist für all jene da, die sich nach ihm sehnen und glauben möchten. Er ist immer da, um uns zu beschützen. Warum sollen wir Menschen Angst vor dem Tod haben? Gott wartet auf uns. Sein Geheimnis offenbart er am letzten Tag.«

»Ich bin aus der Kirche ausgetreten«, verriet Mike der Ordensschwester. »Aber ich wünsche meinem Vater, dass Sie recht haben.«

Serva blickte den schlafenden Kranken an. »Ich habe Ihrem Vater ein Holzkreuz mitgebracht. Damit werde ich ihn segnen.«

Als Serva das Licht dimmte, wurde die Stimmung im Zimmer feierlich. Die Ordensschwester hielt das Kreuz über den Kranken und sagte: »Der Herr halte seine Hand über dir. Er stärke dich von innen, um dir den Weg zu weisen.«

In dem Moment wachte Herbert auf und sagte: »Mein Jesus, Barmherzigkeit!«

»Das sind drei Worte, die mein Mann vor vielen Jahren von einer anderen Ordensschwester genannt bekommen hat«, verriet Anne. »Die alte Schwester sagte damals, wenn es einmal so weit käme, dass wir Menschen sterben müssten, reiche es vollkommen aus, diese drei Worte zu sagen – und Gott würde uns alles verzeihen.«

Serva nickte.

»Schön, dass Sie so fest glauben, Herr Powelz. Das wird Ihnen viel Kraft geben.«

»Wie unterscheidet sich das Sterben gläubiger Kranker eigentlich vom Tod Ungläubiger?«, wollte Mike wissen.

»Ich sehe mich als eine Gotteskämpferin«, erwiderte Serva. »Ich habe bereits vielen Menschen beim Sterben geholfen, indem ich sie darin bestärkt habe, den richtigen Weg zu gehen. Wer mir sein Herz ausschütten möchte und gleichzeitig sagt, ich solle ihm *bloß nicht mit Gott kommen*, hat nach dem Tod häufiger einen verkrampften Gesichtsausdruck als Gläubige. Menschen, die sich Gott geöffnet haben, wirken entspannter.«

Mikes Vater lächelte selig. Er krempelte sein Schlafanzugoberteil hoch und deutete auf seinen Bauchnabel.

»Warum machst du das, Papa?«, fragte Mike.

»Ich wollte ihn mal zeigen«, antwortete Herbert. Er schlief erneut tief ein und schnarchte sehr laut.

»Ihr Vater macht alles richtig«, sagte die Ordensfrau und stand auf. »Wir Menschen leiden, wenn wir kämpfen. Die Hölle wartet nicht auf uns, wir haben sie bereits auf Erden. Jetzt muss ich gehen. Ich muss heute noch viele andere Menschen in vielen anderen Häusern besuchen. Ich wünsche Ihnen allen eine gute Nacht!«

Im Esszimmer tischte eine ehrenamtliche Mitarbeiterin namens Dorothee die von Kostja zubereiteten Gerichte auf.

»Kommt Omi immer noch nicht nach unten?«, fragte Marisabel unwirsch. »Heute nach dem Abendessen schaue ich bei ihr vorbei, um nach dem Rechten zu sehen. Das lasse ich mir nicht ausreden.« Sie schob ihren *Caesars Salat* beiseite. »Irgendwie ist mir doch nicht danach. Ich hätte lieber Antipasti. Oder ein Ei Benedikt ... Können Sie das zubereiten, Dorothee?«

»Leider nicht, Frau Prinz«, antwortete Dorothee. »Aber ich notiere Ihren Wunsch. Kostja wird Ihnen morgen früh ein Ei Benedikt zubereiten.«

Marisabel wollte gerade etwas erwidern, als es vor Haus Holle knallte. Alle blickten aus dem Fenster und sahen, dass Hildegard Merkel den Poller beim Ausparken gestreift hatte. Eine dicke Beule zierte den Kotflügel ihres Golfs. Hildegard hetzte in die Richtung der Eingangstür.

Zehn Sekunden später stand sie mitten im Esszimmer.

»Kann jemand meinen Wagen ausparken?«, fragte sie aufgeregt. »Wenn das so weitergeht, überlebt mein Auto die Zeit im Hospiz nicht.«

»Das kann ich später übernehmen«, bot der dicke Dietmar an. »Aber erst muss ich etwas essen. Setzen Sie sich doch zu uns, Frau Merkel.«

Sie folgte der Aufforderung und griff hungrig nach den Gürkchen.

Professor Pellenhorn hingegen hatte kaum Appetit auf seinen *Caesars Salat*. Das jedoch wollte seine Gattin nicht zulassen.

»Komm schon, Berthold, jetzt nicht weich werden«, sagte sie und führte eine Gabel an seinen Mund. »Ein paar Vitamine tun dir gut. Komm schon, noch ein Gäbelchen.«

Berthold biss die Zähne zusammen.

Doch Barbara kannte kein Erbarmen. Sie reichte Gabel um Gabel an. »Nicht dichtmachen«, motivierte sie den Kranken.

Minnie und Mike wechselten bedeutungsvolle Blicke.

Wenn sie ihn doch in Ruhe ließe, dachte Mike und ärgerte sich über Barbaras fehlende Sensibilität. Im gleichen Moment gewann er eine wichtige Erkenntnis. Wenn er jemals eine Patientenverfügung aufsetzte, würde er aufschreiben, niemals von seinem Ehepartner oder einem Angehörigen gefüttert werden zu wollen – sondern ausnahmslos von Profis. Berthold war das beste Beispiel: Er hatte die Augen aufgerissen und kaute widerwillig und lange auf den Salatblättern herum.

Auch Minnie gefiel nicht, was sie sah. Doch sie konnte nicht einschreiten. Schließlich war das eine Privatsache.

Die Runde aß schweigend weiter, bis Dorothee, die in einer Zeitschrift blätterte, auf Fotos mit den neuesten Frisur-Trends stieß.

»Seht mal! Veronica Ferres trägt jetzt eine Kurzhaarfrisur. Die kurzen Haare stehen ihr viel besser als ihre lange Mähne.«

Sie fuhr sich durch ihr eigenes dichtes Haar. »So kurz wie die Ferres würde ich mir meine Haare auch gern einmal schneiden lassen.«

Empört schrie Marisabel Prinz auf. »Das darf doch nicht wahr sein! Wie können Sie es wagen, in Anwesenheit mehrerer Krebspatientinnen über kurze Haare zu reden? Können Sie sich vorstellen, wie schwer es uns fällt, das zu hören – nach unseren unzähligen Chemos?«

Verlegen schwieg die ehrenamtliche Mitarbeiterin, und ein ungemütliches Schweigen legte sich über die Tischrunde.

Nun war nur noch Professor Pellenhorns Schmatzen zu hören.

Marisabel indes kam erst richtig in Fahrt. »Wirklich, Dorothee, werden Sie nicht darin geschult, wie Sie mit Kranken umzugehen haben? Plappern Sie immer so drauflos? Sie ahnen ja nicht, wie sehr mich das psychisch runterreißt – mir aus dem Mund einer völlig gesunden Frau anzuhören, dass sie ihre Super-Mähne absäbeln lassen möchte? Ich habe so um mein schönes Haar gekämpft. Jetzt schauen Sie sich mal das Resultat an!«

Frau Prinz fuhr sich durch die roten Locken – und ehe die anderen fassen konnten, was vor ihren Augen geschah, riss sie sich die Haare vom Kopf.

Plötzlich war Marisabel glatzköpfig.

An die Stelle ihrer Haarpracht, die sie täglich mit Lockenwicklern aufdrehte, waren dünne Flusen zu sehen – und riesige, leere Stellen. Ohne die Perücke sah sie vollkommen anders aus. Ihr Gesicht wirkte spitz und klein.

»Wirklich, ich ...«, setzte sie erneut an, doch sie konnte ihren Satz nicht mehr beenden.

Denn in diesem Augenblick verschluckte sich Professor Pellenhorn. Verzweifelt kämpfte der alte Herr im Rollstuhl um Luft. Ein Krampf schüttelte seinen Kopf. Der Kampf schien aussichtslos zu sein. Irgendetwas war in seine Luftröhre geraten, und er schien es nicht aus eigener Kraft hervorwürgen zu können. Nun rächte sich seine Körperlähmung. Nicht einmal die in seinem Schoß ruhenden, angeschwollenen Hände ließen sich zum Hals führen. Er würgte immer heftiger.

Barbara Pellenhorn stand hinter ihrem Mann und klopfte ihm auf den Rücken.

»Komm schon, Berthold«, rief sie verzweifelt, »das schaffst du! Was steckt in deinem Hals fest?«

Professor Pellenhorns Augäpfel quollen hervor. Er lief violett an.

Hilflos sahen die anderen Gäste zu, was sich vor ihren Augen abspielte.

Plötzlich sprang Nepomuk auf Bertholds Schoß und rollte sich schnurrend ein. Weit geöffnete Katzenaugen beobachteten den verzweifelten Kampf des Kranken.

»Tun Sie doch was!«, rief Marisabel Prinz, und ihre schrille Stimme überschlug sich. »So tun Sie doch gefälligst was.«

Dann war es bereits fast vorüber.

Ein seltsames Geräusch drang aus der Kehle von Professor Pellenhorn. Er warf den Kopf in den Nacken, schleuderte ihn von rechts nach links – und ließ ihn dann auf die Brust sinken.

In diesem Moment flog der Fremdkörper, der sich heimtückisch in der Luftröhre eingenistet hatte, aus seinem Mund.

Ein dicker Brocken Parmesankäse hatte Professor Pellenhorn aus seinem gelähmten Körper befreit. Der Buddha hatte es geschafft. Er war erlöst.

Was kommt nach dem Tod?

»Ich kann mir das nicht erklären!«

Barbara Pellenhorn war außer sich. Reglos saß sie im Wohnzimmer und starrte trübsinnig auf das Aquarium. Ihr Blick folgte den geschmeidigen Bewegungen der Fische.

Minnie legte ihr eine Hand auf die bebende Schulter. Sie spürte, dass Barbaras Körper vibrierte. »Es war nicht Ihre Schuld«, sagte sie leise.

»Ganz recht«, bestärkte sie Dr. Albers mit fester Stimme. »Frau Pellenhorn, bitte sehen Sie mich mal an! Schauen Sie mir mal in die Augen!«

Im Zeitlupentempo reckte Barbara ihr Kinn. Endlich war sie wieder anwesend.

»Frau Pellenhorn«, wiederholte der Psychologe. »Was gerade geschehen ist, war unvermeidbar. Ihnen war doch klar, dass sich ALS-Patienten in den letzten Tagen ihres Lebens verschlucken können, oder? Berthold hat *es* nun geschafft. Er hat sich auf den Weg gemacht. Zwar habe ich auch noch nie gehört, dass ein verschluckter Fremdkörper herausfliegt und der Patient unmittelbar danach tot ist – aber es gibt nichts, was es nicht gibt.«

»Aber man scheidet doch nicht so aus dem Leben«, erwiderte Barbara kläglich. »Doch nicht so und nicht so plötzlich, und nicht so mitten im Leben.«

»Doch, Frau Pellenhorn«, entgegnete der Psychologe. »Deshalb sind Sie in diesem Haus. Wir sterben mitten im

Leben. Wäre es nicht heute Abend geschehen, hätte Ihr Mann unter Umständen noch Monate leben können. Was passiert ist, hätte sich ebenso gut im Schlaf ereignen können – wenn er ganz allein gewesen wäre. Sein Tod war unvermeidbar! Aber sein Sterben sah schlimmer aus, als es tatsächlich war.«

»Aber man geht doch nicht einfach so«, wiederholte Barbara monoton. »Es war so unvorstellbar schrecklich. Wie ist dieses dämliche Käsestück eigentlich in den Salat gekommen?«

Darüber hatte sich Minnie auch gewundert. Allzu gut erinnerte sie sich an Kostjas Worte zur Kaffeezeit: *Ihr Caesars Salat ist ebenfalls fertig – das Huhn habe ich fein püriert*. Dass dem Koch ein Fehler unterlaufen sein sollte, und ihm versehentlich ein dicker Brocken Parmesankäse unter ein Salatblatt gefallen war, konnte sich Minnie kaum vorstellen.

Unwillkürlich musste sie daran denken, dass Mike unbedingt mit Berthold Pellenhorn hatte sprechen wollen, sobald er seinen Sprachcomputer hatte, den der dicke Dietmar ihm bestellt hatte. Mike war das Gefühl nicht losgeworden, dass der Professor ihm etwas Wichtiges verraten wollte.

Doch was hätte das sein können? Minnie war ahnungslos. Immer und immer wieder rief sie sich die Erinnerungen an die letzten Stunden im Leben von Professor Pellenhorn ins Gedächtnis: Seinen plötzlichen Stimmungswandel, und wie seine Fröhlichkeit wenige Tage nach dem Tod der alten Knopinskis plötzlich einer tiefen Traurigkeit gewichen war. Ständig waren Tränen aus seinen Augen geflossen. Außerdem dachte sie an sein klägliches *Aaaauuuuuu*, das von allen als ein Hinweis auf Schmerzen interpretiert worden war – und an die Tatsache, dass er morgen einen Sprachcomputer bekommen hätte. Hatte jemand verhindern wollen, dass Professor Pellenhorn etwas aussagen konnte? War er das Opfer eines verschlagenen Mörders geworden, der hier lebte? Minnie wusste längst, dass es so war. Sie fürchtete sich.

»Wer wusste eigentlich davon, dass Berthold einen Sprachcomputer bekommen sollte?«, flüsterte sie Mike ins Ohr, während sich Dr. Albers einfühlsam um Barbara kümmerte.

»Jeder«, antwortete Mike.

»Und wer wusste, welche Speisen Kostja zum Abendessen für die Gäste zubereitet hatte?«

»Ebenfalls alle, die beim Kaffee anwesend waren«, erklärte Mike. »Außerdem war jeder Teller beschriftet. Das habe ich selbst gesehen.«

»Dann könnte es sich bei Bertholds Tod um einen heimtückischen Anschlag gehandelt haben«, resümierte Minnie. »Oder ich sehe Gespenster, und es war tatsächlich ein böser Unfall.«

Dr. Albers schien den letzten Satz gehört zu haben. Er wandte sich von Barbara Pellenhorn ab und blickte Minnie an. »Als Unfall lässt sich das nicht bezeichnen«, sagte der Psychologe. »Es war ein natürlicher Tod. Das mit ansehen zu müssen, war für alle Anwesenden traumatisch. Andererseits ist das Sterben unserer Gäste ein natürlicher Prozess, den wir nicht ausblenden sollten. Ich habe mal von einem Fall in einem anderen Hospiz gehört, der dem, was wir heute Abend erlebt haben, ähnelte. Dort starb auch ein Gast im Esszimmer, während alle anderen Gäste anwesend waren. Plötzlich beobachteten die Pfleger, dass der Kopf einer Frau auf ihre Brust sackte. Heimlich stellten sie den Tod fest. Sie brachten die Leiche aus der geselligen Runde, indem sie so taten, als habe der Gast einen Schwächeanfall erlitten. Sie wollten die anderen Gäste beschützen. Ich hätte es besser gefunden, wenn man ihnen gesagt hätte: *Schaut, wie schnell und friedlich der Tod eintreten kann*. Dann hätten die anwesenden Gäste weniger Angst vor dem eigenen Tod gehabt.«

Andreas Albers legte eine Hand auf Minnies Schulter. »Berthold Pellenhorn war sehr reflektiert. Er wusste, was auf ihn zukam. Für mich war es eine Freude, ihn kennengelernt zu haben. Wir werden den Toten jetzt in seinem Zimmer aufbahren. Um 21 Uhr gibt es eine Abschiedszeremonie in Zimmer 5. Dazu ist jeder eingeladen. Ich werde die anderen Gäste informieren. Hoffentlich kommen Sie auch, Minnie.«

Zum zweiten Mal brannte die Kerze im Erdgeschoss.

Irgendjemand hatte Bertholds Vornamen auf die Tafel geschrieben und seinen Namen in das Kondolenzbuch eingetragen. Minnie las, was Frau Pellenhorn geschrieben hatte: »*Gemeinsam mit Dir durch den Schnee im Winter Deines Lebens gestapft zu sein, war das schönste Geschenk, das Du mir machen konntest. Du bist die Liebe meines Lebens – ich werde Dich nie vergessen. Deine Barbara.*« Dann las sie den zweiten Eintrag: »*Sie haben Licht in dieses Haus gebracht.*« Er stammte von Bruno.

»*Ich wünsche Ihnen alles Gute*«, schrieb Minnie mit zittriger Hand.

Dann ging sie nach oben und schluckte ihre Morphiumpille.

In Zimmer 5 war es totenstill. Als Minnie sich zur Abschiedsrunde zu Barbara Pellenhorn und Andreas Albers gesellte, waren bereits alle anderen Gäste da. Annette und Angie hielten sich an den Händen, Marisabel Prinz presste ein besticktes Taschentuch vor den Mund, um ein Schluchzen zu unterdrücken. In der kurzen Zeitspanne, die seit dem Ableben von Berthold vergangen war, musste sie die roten Locken ihrer Perücke neu aufgedreht und geföhnt haben, denn nichts erinnerte an die empörte, kahlköpfige Frau, die vor wenigen Stunden im Esszimmer geschimpft hatte. Bella Schiffer saß auf einem Stuhl, Adolf Montrésor lehnte am Fenster. Auch Anne und Mike waren gekommen sowie Mutter Merkel, die sich zu Berthold ans Bett setzte und die Hand des Toten streichelte.

Obwohl nur drei Stunden seit dem Todeskampf vergangen waren, sah Berthold völlig verändert aus. Seine Gesichtszüge hatten sich entspannt. Er wirkte friedlich. Statt des üblichen Ringelpullovers trug er einen Anzug. Außerdem hatte ihm jemand sein Bundesverdienstkreuz angelegt. Der Mund des Toten deutete ein Lächeln an.

»Was für ein friedlicher Anblick«, sagte Minnie laut, ohne sich ihrer Worte bewusst zu sein.

Barbara Pellenhorn sah sie so weltentrückt an, als wäre sie in einem anderen Kosmos. »Diesen Anzug«, erklärte sie, »hat Berthold an seinem fünfundsechzigsten Geburtstag getragen.«

»Professor Pellenhorn sieht so schön aus«, meinte Bella staunend. »Ob seine Seele noch im Zimmer ist?«

»Bestimmt«, antwortete Mutter Merkel.

Marisabel Prinz räusperte sich. »Glauben Sie daran?«, fragte sie mit großem Ernst.

»Ja«, behauptete Bella Schiffer. »Ich habe gelesen, dass sich das Körpergewicht direkt nach dem Sterben um 0,2 Gramm verringert. Was – außer einer Seele – kann noch so viel wiegen?«

»Liegen frisch Verstorbene eigentlich immer auf dem Rücken?«, fragte Montrésor.

Dr. Albers' Antwort versetzte Minnie in großes Erstaunen. »Auf das Gros der Menschen trifft das zu«, erklärte der Psychologe. »Doch ich habe schon Tote in den verschiedensten Körperpositionen gesehen. Manche krümmen sich zusammen wie Babys – in der typischen Embryonalhaltung. Sie sind auf der Seite gestorben. Das erinnert mich immer daran, dass Geburt und Sterben der gleiche Prozess ist, bloß in umgekehrter Richtung.«

»Glauben Sie, dass wir nach dem Tod zu Gott kommen?«, fragte Anne.

»Wenn ich ganz ehrlich bin«, meinte der Psychologe, »kann ich alle Interpretationen über das, was uns Menschen nach dem Tod erwartet, nachvollziehen. Gut möglich, dass wir als Echo zurückkommen. Oder als Partikel. Oder als was auch immer.«

»Was?« Mit großen Augen sah Fee Dr. Albers an.

Fee hatte ihre Mutter, die eine orangefarbene Rose in ihrer Hand hielt, ins Zimmer geschoben. Das kleine Mädchen hatte Dr. Albers' letzte Worte mitbekommen, sie aber akustisch nicht verstanden. »Als was kommen die Toten zurück?«

»Ich sagte gerade, dass sich darüber jeder seine eigene Meinung bilden muss. Schön, dass ihr gekommen seid, Nadine.«

Nadine rollte ans Bett. »Wie schön Sie sind, Berthold«, sagte sie und legte die Rose auf das Bett des Toten. »Gibt's vielleicht etwas Musik?«

Fragend blickte der Psychologe Barbara Pellenhorn an. »Was meinen Sie?«

»Wir haben eine CD in der Schublade des Nachttischschranks«, antwortete sie. »Mit Bertholds Lieblings-Arien.«

»Ist das schön«, sagte Angie erschaudernd, als Maria Callas' *La Mamma Morta* erklang. »Wollen wir nicht anstoßen – und etwas essen?«

»Ihre Entscheidung, Frau Pellenhorn«, erwiderte Dr. Albers.

Sie nickte.

»Gut«, meinte Dr. Albers. »Dorothee kann etwas servieren. Sie ist noch in der Küche.«

Über sein Haustelefon informierte der Psychologe die Küche, und eine Viertelstunde später servierte Dorothee warmen Kartoffelsalat mit Würstchen, Platten mit Wurst, Käse und Weintrauben sowie Wasser, Bier und Cola.

Alle griffen beherzt zu.

»Aber darf man«, fragte Marisabel Prinz kauend, »ein Kind hier überhaupt integrieren?«

»Klar«, antwortete Nadine. »Fee ist eine alte Seele, die Netzwerke zu anderen alten Seelen wie Bruno, Berthold und Minnie spinnt. Ich weiß, dass sie schon oft auf der Welt war und alle Geheimnisse unserer Seelen kennt.«

»Darüber hinaus«, ergänzte Dr. Albers, »können Kinder mit dem Tod sehr gut umgehen, wenn man sie lässt. Wenn ein großes Geheimnis um den Tod gemacht wird und die Kinder gleichzeitig sehen, dass Vater und Mutter zu Tode betrübt sind, betrachten sie den Tod als Feind.«

Er blickte Fee an. »Wie hat dir denn das Kinderbuch gefallen, das ich dir geliehen habe?«, fragte er das kleine Mädchen.

»Meinst du das mit der Ente? Ich fand das ziemlich traurig, Herr Albers, aber auch schön!«

Plappernd erzählte Fee, wie die Ente eines Tages bemerkt hatte, dass der Tod um sie herumschlich und sie ihn fragte, was er von ihr wolle. Daraufhin verriet ihr der Tod, dass er sich in ihrer Nähe aufhielte, falls ihr etwas zustieße – zum Beispiel ein Schnupfen oder ein Unfall. Nach und nach freundeten sich die beiden an. Im Hochsommer kletterten sie auf einen Baum – und sahen den Ententeich von oben. »*So ist das also*«, imitierte Fee die Entenstimme, »*eines Tages gibt es den Teich – ganz ohne mich.*

Lächelnd sah sie der Psychologe an. »*Ente, Tod und Tulpe* ist ein preisgekröntes Kinderbuch von Wolf Armbruch, dessen Lektüre ich jedem Kind, aber auch jedem Erwachsenen empfehlen kann!«

Minnie war zutiefst beeindruckt. Sie beobachtete Fees Reaktionen. Das kleine Mädchen streichelte die Wange des Toten und fühlte, ob Professor Pellenhorns Hand kalt war. Dann ordnete sie die Gegenstände, die ihm die Menschen auf sein Bett gelegt hatten. »Alles«, hatte Dr. Albers erklärt, »was auf dem Bett liegt, nehmen unsere Gäste mit in den Sarg, wenn sie uns verlassen.«

Auch Minnie schenkte Professor Pellenhorn etwas für die letzte Reise – eine Münze, für den Fährmann. Irgendwo hatte sie mal gelesen, dass die alten Ägypter das taten, damit die Toten von ihm über den *Fluss des Vergessens* übergesetzt werden konnten. Das klang so mythisch und romantisch. Irgendwie gefiel ihr der Gedanke, dass es einen solchen Fluss gab.

Nachdenklich betrachtete sie das entspannte Gesicht des toten Professors. »Wirkt, als hätten Sie schon alles vergessen«, flüsterte Minnie.

Ihr Blick ging zum Fenster. Wie viele Nächte musste Professor Pellenhorn aus seinem Bett nach draußen geschaut haben, wie oft den Mond gesehen haben, während er sich im Reinen gefühlt hatte mit der Natur und seiner Existenz. Doch von Bertholds Position aus war auch der Weg vor Haus Holle zu erkennen. Minnie sah die Bank, das Ende des Weges und Hildegard Merkels kaputtes Auto. Und Jugendliche, die Fußball spielten. Ihr Johlen war gedämpft zu hören.

»Mal ganz ehrlich«, fragte Bella. »Wie oft kommt hier eigentlich jemand lebend raus?«

»Ich will Ihnen nichts vormachen«, antwortete Dr. Albers. »Das passiert nicht oft. Bei einem Gast gab es mal den Verdacht auf ein Bronchialkarzinom. Doch er blieb neun Monate lang stabil. Dann stellte sich heraus, dass er weder Metastasten noch Krebs hatte. Er zog in ein Pflegeheim.«

»Davon möchte ich mehr hören«, bat Bella Schiffer.

»Bei einem anderen Gast bildete sich ein Hirntumor wieder zurück. Manchmal kommen auch Menschen mit Aids plötzlich wieder zu Kräften. Doch summa summarum sind diese *Spontan-Remissionen* verschwindend gering.«

»Kommst du noch mit uns nach oben?« Fee zupfte Mike am Ärmel. »Ich möchte, dass du mich zudeckst!«

Mike nickte. Er beugte sich über Professor Pellenhorn und strich dem Toten über die Hand. »Alles Gute, Berthold! Ich werde Sie nicht vergessen.«

Dann fuhr er mit Fee und Nadine nach oben.

In Zimmer 11 war es unaufgeräumt. Spielzeug, Kleidung, Aschenbecher und Plastiktüten – alles war wild im Raum verteilt.

»Such dir einen freien Platz«, forderte Nadine Mike auf, und griff nach ihrem Tabakbeutel. Gekonnt drehte sie sich eine Zigarette.

Mike warf einen Blick auf ein Foto, das Nadine mit Fee zeigte. Darauf waren noch zwei weitere Kinder zu sehen.

»Luca und Saphira sind mir vom Jugendamt weggenommen worden«, erzählte Nadine. »Ich habe so was von auf die Sesselpupser eingeredet. Doch sie wollten mir nicht glauben, dass ein Drogi, der schon seit zehn Jahren an der Nadel hängt, nicht mehr austickt. Aber die Beamten benahmen sich wie die Öffentlichkeit, die nur das Bild jener Junkies kennt, die mit Spritzen in den Venen in S-Bahnen steigen und um ein paar Mäuse betteln.«

»Opa hat Mama Geld für Drogen gegeben«, rief Fee, die aufmerksam zuhörte.

Fragend sah Mike Nadine an.

»Ja, das war eine böse Falle«, erklärte sie. »Ich war damals ziemlich lange clean gewesen. Aber Lucas Opa – meine drei Kids sind von verschiedenen Männern – hatte schon immer was gegen mich. Eines Tages steckte er mir plötzlich Geld zu. Ich sollte mir mal was Schönes gönnen. Also rief ich meinen Dealer an. Mein Schwiegervater sah seelenruhig zu. Als ich mir den Druck gesetzt hatte, informierte er das Jugendamt, das mich in flagranti ertappte.«

»Und dann kam die Geschichte mit dem Fahrrad«, erinnerte Fee ihre Mutter.

»Genau, Schatz«, bestätigte Nadine. »Die Story mit dem verdammten Fahrrad.«

Sie wandte sich Mike zu. »Lucas Opa hat ihn nach Oberammergau mitgenommen, wo er nun seit zwei Jahren lebt. Ich konnte meinen Sohn nur noch heimlich in einem Café treffen. Mein Schwiegervater jedoch hatte seine Spione überall. Plötzlich sah er uns auf der Straße. Da hat er Luca vom Fahrrad gezerrt.«

Nadine blickte auf ihre zersplitterten Fingernägel. »In diesem Moment ist etwas in Luca zerbrochen. Seitdem kommt Luca mich manchmal besuchen. Aber er wird immer von seinem Opa begleitet. Ich werde nicht mehr erleben, dass er mal eine Nacht bei mir schlafen darf und wir allein sind.« Sie weinte nicht und wirkte nicht verbittert.

»Weißte was«, sagte Nadine. »Seit eine überregionale Wochenzeitung einen Bericht darüber geschrieben hat, dass Fee und ich hier sind, habe ich neun Blumensträuße von fremden Leuten zugeschickt bekommen. Und einen Gutschein für eine Gratis-Vorstellung im Theater. Und einen Gutschein über fünfzig Euro für eine Boutique.«

»Und ... ich eine Barbie!«, rief Fee.

»Stimmt ja«, sagte Nadine. »Eines Tages kam ein riesiges Paket an. Darin waren ein tolles Puppenhaus für Fee und eine Barbie, der man die Beine abnehmen kann. Findest du es nicht auch komisch, Mike, dass Barbiepuppen immer Latex-Unterwäsche tragen?«

Nadine grinste. »Später wurden mir die ganzen Anrufe lästig. Immer wieder waren Journalisten an der Strippe, die wissen wollten, wie es mir geht. Deshalb bekam ich eine Geheimnummer. Ich fühlte mich wie eine Kandidatin in einer Castingshow, bei der sich die Zuschauer ausschließlich für den Zeitpunkt des Rausschmisses interessieren. Wobei Rauswählen in meinem Fall sterben heißt. Aber ich möchte nicht öffentlich sterben. Deshalb habe ich mich auch gewundert, dass neulich nachts immer jemand anrief.«

»Wann war das?«, hakte Mike nach.

»In der Nacht, als das alte Ehepaar starb«, antwortete Nadine. »Ich war früh eingeschlafen, doch das Telefon holte mich dreimal aus dem Schlaf. Sobald ich abnahm, sagte niemand ein Wort. Ich war wieder richtig wach geworden, knipste das Licht an und sah, dass eine Spritze auf meinem Bett lag. Ich ahnte sofort, dass sie was Gutes enthält. Irgendein Pfleger muss sie liegen lassen haben. Den Inhalt der Spritze habe ich mir dann in die Vene gejagt.«

»Welcher Pfleger war bei dir in jener Nacht?«

»Ich glaube, der dicke Dietmar. Oder Hendrik? Auf jeden Fall der etwas schusselige Pfleger.«

»Und wie war das Zeug?«

»Absoluter Höhenflug«, sagte Nadine. »Ich weiß gar nichts mehr! Wäre das Leben doch immer so geil …«

Mike lächelte.

Neugierig blickte Nadine Mike an. »Jetzt will ich aber mal von dir wissen, was das Leben für dich geil macht?«

Mike musste lachen. »Hm … das habe ich noch nie jemandem erzählt. Du willst meinen Traum hören? Warum nicht! Ich will eines Tages am Meer leben – und Krimis schreiben. Mein nächstes Buch wird *Inspector Goulue – Aus dem Reich der Toten* heißen. Mein Mann und ich werden uralt und glücklich, bevor der Tod uns zeitgleich abholt.«

»Eine supergeile Mega-Vision«, meinte Nadine. »Aber eben nur ein Märchen.«

»Nein«, sagte Mike. »Ich glaube, dass jeder glasklare Visionen entwickeln kann. Wenn er es will. Hast Du den Film *The Secret* gesehen?«

»Nein«, sagte Nadine.

»In dieser Doku wird erklärt, dass sich viele Persönlichkeiten der Vergangenheit an einem sogenannten Geheimnis orientiert haben – von Goethe über Thomas Mann bis hin zu Psychoanalytikern wie Carl Gustav Jung.«

Nadine wurde skeptisch. »Sag jetzt bloß nicht, dass Du eine Macke hast. Ein Geheimnis? «

»Das Geheimnis drückt den Gedanken aus, dass wir das anziehen, woran wir denken. Denke ich etwa *Ich will nicht krank sein*, dann ziehe ich Krankheit an. Denke ich aber *Ich will gesund* sein, ziehe ich Gesundheit an. So soll es sich mit allem verhalten. Manche Quantenphysiker begründen das mit der Anziehungskraft der Energie, die jeder Mensch nutzen könne, indem er gedanklich alles Negative durch Positives ersetzt. Statt misstrauisch durch die Welt zu laufen, sollen wir uns ein Ziel setzen – und daran glauben.«

»Und darauf haben sich wirklich große Persönlichkeiten verlassen?«, fragte Nadine ungläubig. »Welche?«

»A. G. Bell sagte: *Was diese Kraft ist, vermag ich nicht zu sagen. Ich weiß nur, dass sie existiert.* Buddha drückte es so aus: *Alles, was wir sind, ist ein Resultat dessen, was wir gedacht haben.* Sogar Churchill verließ sich auf das Geheimnis. Das verraten seine Worte *Sie erschaffen mit der Zeit Ihr eigenes Universum.*«

»Wow«, meinte Nadine. »Wie peacig!«

Was war Knut Knopinskis Beruf gewesen?

Diese Frage beschäftigte Mike seit Tagen. Er kannte nur einen Kollegen, der Kontakt zu einem Polizeireporter hatte, der das recherchieren konnte. Leider war dieser Journalist gerade in Syrien. Auch im Internet ließ sich nichts über Knopinski finden. Also mussten sie warten.

Der Zustand von Mikes Vater verschlechterte sich immer weiter. Zumindest kam es Mike so vor. Manchmal war sein Vater extrem unruhig. In diesen Momenten wollte er sich plötzlich im Bett aufsetzen und ein paar Schritte gehen, um enttäuscht festzustellen, dass es leider nicht gelang.

Als Mike ihn am Tag nach Professor Pellenhorns Tod besuchte, war sein Vater gerade aus einem tiefen Schlaf aufgewacht.

»Ausgeschlafen oder abgebrochen?«, fragte Mike.

Der Spruch war ein alter Witz zwischen ihm und seinem Vater, die sich *Enok* und *Ekim* nannten, wobei *Ekim* die umgekehrte Reihenfolge der Buchstaben in Mikes Namen war.

»Abgebrochen, Ekim«, antwortete der Vater. »Ich möchte mal zwei Wochen am Stück schlafen.«

Mike schaute aus dem Fenster und sah, dass Berthold Pellenhorns Sarg abgeholt wurde. Einige Bewohner standen Spalier, Marisabels Schluchzen war deutlich zu hören. Das Flüstern seines Vaters riss ihn zurück in die eigene Wirklichkeit.

»Ich hätte gern ein Kraftmittel«, hauchte Herbert.

Mike setzte sich ans Bett seines Vaters. »Ich habe dich lieb, Papa.«

»Ich habe dich auch lieb. Wäre ja auch schlimm, wenn wir uns nicht lieb hätten!«

»Versprich mir noch mal, dass wir uns wiedersehen! Ich möchte es auf Tonband aufnehmen.«

Mike drückte auf die Aufnahmetaste seines Diktiergeräts. »Jetzt, Papa ...«

»Ich habe dich lieb, Ekim«, flüsterte Herbert.

»Und dass wir uns wiedersehen«, forderte Mike.

»Und dass wir uns wiedersehen«, sprach Herbert nach. Mike sah, dass der Mund seines Vaters innen ganz weiß geworden war.

Plötzlich wurde der Kranke unwirsch. »Kannst du diesen ganzen Engels-Klimbim und die glitzernden Weihnachtselche aus dem Zimmer bringen? Ich will nur noch schlafen.«

»Sag mal, Papa«, fragte Mike eindringlich, »wie fühlst du dich?« Er wusste, dass in diesen schweren Stunden nur eins zählte: Reden, reden und nochmals reden. Das war seine goldene Regel, wann immer ihm etwas Neues auffiel – und vor einer Minute hatte er eine seltsame Stelle unter den Haaren seines Vaters erblickt.

»Fifty-fifty«, flüsterte Herbert Powelz. »Aber ich habe ein Leck-mich-am-Arsch-Gefühl.«

Das war eine neue Entwicklung. Früher hatte Herbert sogar an den miesesten Tagen geantwortet, dass er den Krebs besiegen würde, und seinen Daumen verheißungsvoll in die Höhe gereckt. Es war ein Ausdruck seines Optimismus und seiner Überlebenskunst, die sich auch in seiner ganzen Lebensgeschichte widergespiegelt hatten. Bis zum vierzehnten Lebensjahr war er in einem Gelsenkirchener Kinderheim groß geworden. Dann schickten ihn die Nonnen aufs Land, weil sie eine Stelle bei einem Malermeister für ihn gefunden hatten. Die kleine Dorfgemeinschaft war für ihn wie eine Großfamilie. Während der Ausbildung wohnte er bei einer Witwe zur Untermiete – und heiratete ihre Tochter. Mit Anne Kumbrink bekam er drei Kinder und fand eine Anstellung in einem Kleinstadtgeschäft.

Farben, Lacke und Tapeten – Mike konnte den Dreiklang im Schlaf aufsagen. Wann immer er den Latein- und Sportunterricht schwänzte und lieber durch die Fußgängerzone radelte, stand sein Vater verschwörerisch grinsend und eine Zigarette rauchend vor dem Geschäft. Für einen *Klönschnack* mit den Ahauser Bürgern hatte Herbert immer Zeit gehabt. Er hatte seinen Traum verwirklicht. Endlich besaß er eine eigene Familie, ein eigenes Haus – und er verstand sich darauf, den Clan geschickt zu vergrößern, indem er seine Großeltern aus dem Ruhrgebiet nach Ahaus geholt hatte. Jedes noch so weit entfernte Familienmitglied – egal ob unverheiratete Tante, Großmutter oder angeheirateter Gatte der Uroma, war Herbert Powelz willkommen gewesen. Jeder wurde bis zum Tod gepflegt, betrauert und beerdigt. Anschließend ging Herberts Leben weiter. Manchmal träumerisch, aber immer glücklich, zupackend und lachend.

Mike vergaß nie, was sein Vater ihm einmal gesagt hatte: *Egal, was passiert, wir werden immer für dich da sein – sogar, wenn du ein Mörder wirst.* Ein größeres Geschenk konnte ein Vater seinem Sohn nicht machen. Deshalb waren Mikes Gefühle nun zwiespältig. Einerseits wollte er seinen Vater loslassen, andererseits brach es ihm das Herz. »Fifty-fifty also«, sagte er, die Wahrheit erkennend.

Er ergriff die schmale, bleiche Hand seines Vaters. »Papa, versprich mir drei Dinge. Dass wir uns wiedersehen, du uns von oben beschützt und dass du uns abholst, wenn wir eines Tages sterben.«

Sein Vater zwinkerte Mike zu. »Versprochen«, flüsterte er. »Du kannst dich darauf verlassen.«

»Und sehen wir uns morgen wieder, falls du gleich einschläfst?«

»Wenn du willst …«

»Soll ich dir noch etwas vorlesen?«

Mike nahm ein Buch, das er im Regal gefunden hatte, und begann mit der ersten Geschichte aus Eugen Roths *Die Briefmarke*.

Als er zu Ende gelesen hatte, sagte Herbert: »Jetzt möchte ich endlich etwas schlafen.«

Widde Widde an Tag X
(Aber die Liebe bleibt)

Fünf Tage später klopfte es zaghaft, aber eindringlich an die Tür von Zimmer 12.

Mike öffnete rasch, weil seine Eltern gerade schliefen. Sie hatten eine unruhige Nacht hinter sich. Die Abstände, in denen Mikes Vater nach Tavor verlangte, wurden immer kürzer, während seine Husten- und Panikanfälle immer länger andauerten.

Vor der Tür stand Minnie. Sie war aufgeregt. »Schauen Sie mal aus dem Fenster!«

Gemeinsam blickten sie hinaus. Vor Haus Holle wartete ein Krankenwagen.

»Jemand wird abgeholt«, sagte Minnie. »Aber ich weiß nicht, wer!«

Dann sahen sie Bruno, dem Dr. Aracelis, Dr. Coppelius und Dr. Albers folgten. Schließlich trugen zwei Krankenpfleger einen männlichen Gast nach draußen.

»Das ist Cristiano!«

Mike war erstaunt, als er sah, dass der dünne Dietmar zwei große Koffer aus dem Haus schleppte. Hendrik trug zwei gerahmte Bilder. Zuletzt folgte die Hauswirtschafterin mit einer Stereoanlage.

Mike ärgerte sich, dass er das Zimmer seines Vaters in den vergangenen Tagen kaum hatte verlassen können. »Cristiano zieht aus – so ein Mist! In den letzten fünf Tagen habe ich so oft vergeblich an seine Tür geklopft, um mit ihm über die Geschehnisse in der Todesnacht der Knopinskis zu sprechen. Doch obwohl Cristiano bester Laune war, hat er jedes Gespräch abgeblockt. Unleidlich, wie alle sagen, wirkte er kein bisschen. Ist das nicht verwunderlich? Ob er wohl wieder gesund ist?«

Fragend blickte Mike Minnie an.

»Er wirkt wirklich extrem zufrieden. Dabei habe ich gehört, dass er komplett gelähmt sein soll, Morphium ablehnt und unter großen Schmerzen leidet …«

In diesem Moment schloss sich die Tür des Krankenwagens. Das Letzte, was Minnie erkennen konnte, war Cristianos freundlicher Abschiedsgruß für die Ärzte.

»Ich werde Bruno fragen, warum er Haus Holle verlässt«, beschloss Mike.

»Unbedingt«, forderte Minnie. Sie bereitete sich seit Tagen auf den heutigen Tangoabend mit Marius vor. Trotzdem war es ihr noch wichtiger, das Rätsel der alten Knopinskis zu lösen. Außerdem wollte sie unbedingt wissen, ob es zwischen Professor Pellenhorns plötzlichem Erstickungsanfall und dem Tod der Knopinskis einen Zusammenhang gab.

»Nach dem Tangoabend mit Marius werde ich noch mal ins Krankenhaus gehen. Ich brauche unbedingt eine neue Blutwäsche. Sonst halte ich nicht mehr lange durch.«

Mike hatte bereits gemerkt, dass Minnie weißer aussah als sonst.

»Den heutigen Abend«, sagte sie, »werde ich kräftemäßig gerade noch schaffen. Aber ich bin immer müder. Neulich bin ich sogar beim Abendessen eingeschlafen. Marisabel Prinz war natürlich entsetzt.«

»Wann kommen Sie zurück?«

»Ich glaube nicht, dass ich wieder fünf Tage in der Klinik bleiben muss«, entgegnete Minnie. »Sie wissen ja selbst, dass es beim letzten Mal ein paar Komplikationen gab. Zweimal hintereinander wird mir so etwas Blödes nicht passieren.«

Mike lenkte das Gespräch in eine neue Richtung und fragte, wie es den anderen Gästen ging.

Sie verschwieg, dass sie den bösartigen Kindgreis erneut zu sehen geglaubt hatte, um nicht als verrückt abgestempelt zu werden. Aber sie erzählte von Fees Besuch und dem von Nepomuk, der schlafend in ihrem Sessel gelegen hatte.

»Ich dachte, mein letztes Stündchen hätte geschlagen und schrie vor Schreck. Daraufhin hob die Katze ihren Kopf, und ich erkannte, dass es gar nicht Nepomuk war – sondern Mimi!«

Mike musste lauthals lachen. »Und wie geht es den anderen Gästen?«

»Frau Prinz ist immer noch die Erste bei Tisch. Sie regt sich wahnsinnig darüber auf, dass Omi nie mehr nach unten kommt. Sie sollten Klärchen Krause einmal besuchen, Mike. Ich habe gehört, dass es ihr gar nicht gutgeht. Bella Schiffer ist gelber als eine Quitte, aber sie hält sich wacker. Vor einigen Tagen ging es ihr sehr schlecht, aber das war ihre eigene Schuld. Soweit ich weiß, ist sie mit ihrem Mann zu ihren Eltern gefahren. Kaum waren die Schiffers dort angekommen, ließ die Wirkung von Bellas Morphium nach und sie litt unter schrecklichen Schmerzen. Leider hatte sie ihre Pillen in Haus Holle vergessen. Die Rückfahrt war der pure Horror. Heute ist ihr *Tag X*! Sie glaubt, dass sie in wenigen Stunden sterben muss – weil ihr Arzt das damals ausgerechnet hatte.«

»Und Annette?«, fragte Mike.

»Wohlauf und munter«, antwortete Minnie. »Sie freut sich riesig auf ein Familienfest, das Angie im Grünen Saal ausrichtet.«

»Und Montrésor?«

»Mal ist er *wuschig*, wie er es selbst nennt, dann hat er wieder glasklare Momente. Die Beule an seinem Hinterkopf nimmt immer monströsere Formen an. Außerdem fragt er den ganzen Tag nach seiner Frau. Gott sei Dank wurde die Quarantäne von Lisa Montrésor inzwischen aufgehoben. Heute darf Adolf sie zum ersten Mal in der Klinik besuchen.«

»Und Sonja?«

»Von ihr hört und sieht man nichts mehr«, sagte Minnie. »Ihre Mutter wirkt ziemlich betrübt. Seit Kurzem lässt sie sich das Essen ins Zimmer bringen. Aber, und das wird Sie interessieren, es gibt einen neuen Gast!«

»Tatsächlich? Wer ist es?«

»Ein junger Mann namens Jesse. Höchstens fünfundzwanzig und ein Computerfreak. Er hat sein ganzes Zimmer mit Videokameras ausgestattet und überträgt sogenannte Live-Bilder, so erzählte mir Bruno, aus dem Hospiz. Wussten Sie, dass man über das Internet zusehen kann, was jemand gerade macht?«

»Natürlich«, antwortete Mike. »War Jesse schon mal beim Essen?«

»Er lässt keine Mahlzeit aus«, sagte Minnie, »und wird ständig von seinem jüngeren Bruder und seiner älteren Schwester begleitet. Die beiden Jungs sind Förster, die Schwester wirkt leicht überfordert.«

»Warum ist Jesse hier?«

»Keine Ahnung«, meinte Minnie. »Sein rechtes Bein ist entsetzlich dick. Angeblich wuchert ein Tumor darin. Er hat sich bereits mit Nadine angefreundet.«

Dann erkundigte sich Mike nach Marius Stamm und merkte, dass Minnie ins Schwärmen geriet.

»Marius ist wirklich ein Kavalier. Heute Abend hat er mich zu einem Drei-Gänge-Menü in den Grünen Saal eingeladen. Seit er hier ist, blühe ich auf. Gott sei Dank geht es ihm blendend.«

Mike staunte über Minnies spät erwachte Leidenschaft. Bahnte sich da etwa eine Romanze an? Fast wirkte es so, denn plötzlich waren Minnies Wangen leicht gerötet.

In diesem Moment erwachte Mikes Vater. »Wir müssen ein Boot kaufen«, sagte er flüsternd.

Minnie sah Mike fragend an.

Herbert hauchte: »Zyankali!«

»Was möchtest du, Papa?« Mike, aber auch Anne, die beim leisesten Flüstern ihres Mannes aus dem Schlaf hochschreckte, waren sofort an seiner Seite.

Der Kranke grinste. »Da seid ihr ja ... Wenn mal was ist, will ich Zyankali ...«

Dann schlief er wieder ein.

Bevor sich Minnie hübsch machen konnte, erhielt sie Besuch von Dr. Albers.

» Ich möchte kurz wissen, wie es dir geht ...«

»Gut«, entgegnete Minnie. »Ich ziehe mich gerade um. Heute ist doch *unser Abend*.«

Andreas lächelte. »Ich weiß, meine Liebe. Wie schön, dich aufblühen zu sehen. Und ansonsten? Kann ich etwas für dich tun?«

»Ja. Ich habe einen großen Wunsch. Hast du schon mal etwas von Rückführungen gehört?«

Andreas kniff die Augen zusammen. »Geht es dabei um Wiedergeburten?«

»Genau! Mike hat mir davon erzählt. Unweit von Salzburg lebt eine berühmte Rückführerin. Ihr Name ist Ursula Demarmels. Ich möchte eine Rückführung machen.«

»Du willst bis nach Salzburg reisen?«, fragte Andreas. »Das werden wir nicht hinbekommen ...«

»Nein, Frau Demarmels wird hierherkommen. Mike hat das für mich arrangiert. Sie trifft am 14. Dezember ein. Können wir das im Grünen Saal machen?«

Der Psychologe zögerte keine Sekunde. »Natürlich. Wie kann ich dich unterstützen?«

»Wir brauchen nur eine bequeme Liege. Und den Saal für circa drei Stunden.«

»Ich trage das Datum ein. Hiermit ist der Saal reserviert. Es ist wichtig, dass du das machst.«

»Warum?«, wollte Minnie wissen.

»Ganz einfach! In diesem Haus geschieht oft eine Metamorphose mit den Menschen. Insofern ist die letzte Phase im Leben eine ganz wichtige, um noch etwas nachholen zu können«, erklärte Andreas. »Manche Gäste möchten noch einmal schwimmen. Erst kürzlich habe ich das für einen an Aids erkrankten, fast vollständig blinden Mann organisiert. Wir haben eine ganze Schwimmbahn für ihn gemietet. Andere Gäste möchten noch mal an die Nordsee – oder eine Ballonfahrt machen. Auch diese Wünsche erfüllen wir.«

»Glaubst du, dass ich am 14. Dezember, wenn die Rückführerin kommt, noch lebe?«, fragte Minnie. »Oder anders gefragt: Wie viel Zeit habe ich wohl noch?«

Der Psychologe sah sie ernst an. »Du willst meine Meinung hören? Dann baue ich dir eine ehrliche Brücke. Meine Antwort fällt abstrakt aus: Ich glaube, dass du nicht mehr sehr lange lebst – aber dass deine Verabredung mit Frau Demarmels eventuell noch stattfinden kann.«

»Ich möchte aber Sicherheit!«

»Glaubst du selbst, dass der 14. Dezember realistisch ist?«, fragte Andreas.

»Meine Gesichtsfarbe gefällt mir nicht.«

»Du kennst den Grund. Du leidest unter Blutarmut ...«

»Deshalb möchte ich auch noch mal ins Krankenhaus. Ich brauche eine neue Blutwäsche.«

Erstaunt blickte Andreas auf. »Tatsächlich?«

»Ja, unbedingt. Nach der Blutwäsche, die mir Kraft gibt, will ich noch zwei Dinge erledigen. Das eine ist die Rückführung, das andere ... etwas anderes.«

»Dann rufe ich im Krankenhaus an. Aber ich möchte dich noch auf etwas hinweisen, Minnie. Dein Tumor wächst weiter. Deshalb blutest du auch.«

Blut. Da war es wieder, das böse Wort.

»Ich blute aber nur hellrot«, sagte Minnie.

»Ich weiß«, antwortete Andreas. »Deshalb sage ich das auch.«

Bella Schiffer saß grummelnd am Mittagstisch und sah ständig auf die Uhr.

»Warum sind Sie heute so nervös?«, fragte Marisabel Prinz. »Haben Sie noch etwas vor?«

»Meine errechnete Prognose läuft gleich ab«, antwortete Bella. »Gestern habe ich mir eine Botox-Spritze in die Stirn setzen lassen, um die Sorgenfalte zu vertreiben. Ich habe solche Angst!«

»Was geben Sie bloß auf die Ärzte?«, fragte Marisabel und musterte ihre Fingernägel. »Sie sehen blendend aus, meine Liebe. Wie das blühende Leben!«

»Aber man hört doch immer, dass es noch mal bergauf geht, bevor das Ende kommt!«

Bella blieb misstrauisch.

Um vier Uhr nachmittags spähte Minnie in Marius' Zimmer.

Der alte Zauberer lag auf dem Bett und blinzelte Minnie zu. »Da bist du ja, meine Schöne!«

Schwungvoll stand er auf, und sein Mund näherte sich ihrer Hand. Dann ergriff er ihren Arm.

»Ich mach mir die Welt …«, sagte Marius, »widde widde, wie *sie* mir gefällt.«

Er sah Minnie tief in die Augen. »Du hast mir doch vor Kurzem erzählt, dass du den Auftritt von Nana Mouskouri verpasst hast. Das werden wir jetzt nachholen, denn Nana ist bei uns …«

Er drückte eine Taste auf seinem CD-Player und schenkte Minnie das Lied *Aber die Liebe bleibt*. Tanzend setzte sich das alte Paar in Bewegung. Minnie kostete jede Sekunde aus.

Zeit wird Raum, aber die Liebe bleibt …

Marius küsste Minnie auf die Stirn.

Wunsch wird Traum, aber die Liebe bleibt.

Ihre Finger verschränkten sich.

Wenn uns auch das Leben vieles nahm, was ich von dir bekam, das werde ich nie verlieren.

Er roch so vertraut, so gut, so lebendig.

Der Schmerz vergeht, aber die Liebe bleibt, und gibt der Hoffnung einen Sinn.

Seine Hand fuhr ihr durchs Haar.

Was die Welt in goldene Bücher schreibt, macht nicht wirklich reich, aber die Liebe bleibt.

Er strich über Minnies Rücken.

Manchmal bin ich wie ein Vogel im Wind, frierend im Schnee und vom Sonnenschein blind.

Als er ihr Ohr küsste, wurde ihr die schönste Gänsehaut ihres Lebens geschenkt.

Und wenn ich doch noch Geborgenheit find, dann, weil du mir nahe bist.

»Ich liebe dich«, flüsterte Marius und küsste sie.

Wären Minnie und Marius zwei oder drei Jahrzehnte jünger gewesen – sie hätten die Protagonisten in einem alten Tanzfilm glaubwürdig verkörpern können. So aber sank sie nach der langsamen, gemeinsamen Bewegung, die sie eins werden ließ mit ihm, nicht an seine Brust, um einen letzten, langen, schmelzenden, doch in Wirklichkeit nur dem Kinn geschenkten und somit falschen Zungenkuss zu bekommen, bevor *The End* eingeblendet wurde.

Nein, die Wirklichkeit war heißer. Marius ließ sich auf den Rücken fallen. Weich fing ihn die Matratze auf.

»Widde widde«, sagte er.

Ein Lebensende ohne Liebe? Warum sollte sich Marius Stamm selbst bestrafen? Schließlich lebte er.

Sex im Alter detailliert zu schildern ist immer noch ein Tabu. Aber warum muss man immer alles der Fantasie überlassen … und die Schilderung einer großen Liebe ausblenden?

Minnie lag neben Marius, sie küssten sich intensiv. Er fuhr ihr durch die weißen Locken, sie umfasste seinen Kopf mit beiden Händen. Beim ersten Mal, vor drei Tagen, war es genauso gewesen. Die Chemie stimmte zu einhundert Prozent.

Widde widde.

Dann öffnete der alte Galan ihr weißes Seidenhemd und berührte ihre Brustwarzen. Er senkte den Kopf zwischen ihre Brüste. Minnie durchfuhr ein sanftes Schaudern, von den Schenkeln bis in die Lenden.

Sie blutete, ja, aber nicht heute.

Und während Marius sie küsste, und seine Zunge dann über ihre Lippen fuhr, und er an ihrem Ohrläppchen knabberte und ihr »Ich liebe dich!« zuflüsterte, wurden sie *richtig* eins. Das war das Leben.

Widde widde, wie es mir gefällt.

Nepomuk kauerte vor dem Bett. Und dem kleinen Kater gefiel, was er sah.

Fünfundfünfzig Minuten später war Marius Stamm tot. Als Minnie erwachte, war ihr Liebhaber schon kalt geworden.

Sein Hautkrebs hatte ihn besiegt.

Aber die Augen des alten Galans und ja, auch Zauberers und Beschützers, glänzten noch.

Auch das war das Leben.

Benommen ging Minnie zum CD-Player. Sie hörte sich Nanas Lied noch einmal an – und weinte bittere Tränen um den schönen, lebendigen Marius, der ihr sehr spät verraten hatte, dass sie die Liebe seines Lebens gewesen war.

»Aber die Liebe bleibt«, flüsterte Minnie. Sie blieb lange neben Marius liegen. Und sie schlief nicht ein dabei.

Die Ruhe vor dem Sturm

Es war die traurigste, bitterste Zeit.

Wo vorher Lärm war, kehrte nun Ruhe ein. Sogar Marisabel Prinz war vor Entsetzen verstummt, als Marius' Sarg aus dem Haus getragen wurde.

»Wir wissen weder den Tag noch die Stunde ...«, sagte Bella, die missmutig festgestellt hatte, dass sie einen Tag über ihrer errechneten Prognose lag.

Dr. Albers hielt Minnies Hand. »Kein letzter Tango«, sagte der Psychologe.

Minnie schluckte. Seit zweiundzwanzig Stunden war sie innerlich wie gelähmt. Ein gigantischer Aufschrei hatte sie überwältigt und die Ärzte in Marius' Zimmer gerufen ...

Andreas musste Minnie nicht daran erinnern, warum sie in Haus Holle lebte. Sie hatte es bloß vergessen – einen Moment lang. Einen wunderschönen Moment lang.

Minnie erinnerte sich an Annettes Worte: *Zehn Minuten ein leckeres Essen genießen minus eine Minute lang kotzen – das macht neun Minuten Genuss.*

Sie fröstelte, denn es war kalt geworden. »Das Thermometer sinkt unter null«, sagte Mutter Merkel. »Gehen wir schnell hinein, nicht dass wir uns noch den Tod holen!« Der Leichenwagen bog um die Ecke – und Minnie flüchtete zurück ins Warme.

Die Spur verweht, aber die Liebe bleibt ...

In Haus Holle brannte Marius' Kerze noch immer, und im Esszimmer roch es nach frischem, heißem Tee.

Nadine, Fee, Jesse und sein Bruder Jeremy saßen am Tisch und kasperten mit zwei I-Phones herum.

»Guck mal, mit dieser Software kann man dich im Comic-Style fotografieren!«, prahlte Jesse und machte ein Foto von Nadine. Der Blitz fuhr grell durchs Esszimmer.

»Witzig«, schrie Fee, »Mama sieht aus, als wäre sie gezeichnet worden!«

»Oder diese App, die ist echt cool«, rief Jesses Bruder Jeremy. Auf dem Display seines Smartphones war eine schwarzweiße Katze namens *Talking Tom* zu sehen. »Tom kann man alles vorquatschen, was man will, und er plappert es mit seiner Quäkstimme nach … Probier's mal, Fee!«

»Hallo, ich heiße Fee!«, sagte sie zaghaft.

»Hallo, ich heiße Fee«, äffte sie eine um ein paar Frequenzen erhöhte, alberne Dudel-Stimme nach.

»Ich hab dich lieb, Jesse«, sagte Fee.

»Ich hab dich lieb, Jesse«, schnurrte die Katze.

»Oh, da hat jemand einen Narren an dir gefressen, Jesse«, meinte Nadine. Ihr Blick richtete sich auf den Postboten, der die Gäste von Haus Holle täglich mit Briefen und Paketen versorgte, und jedes Mal so schüchtern war, als scheue er sich, eine heilige Stätte mit dem Klang seiner Stimme zu verunreinigen.

»Das ist für Sie!«

Nadine quittierte den Erhalt ihres Pakets, Fee durfte das Band durchschneiden. Neugierig zerriss das kleine Mädchen die Pappe und zog eine Puppe hervor.

»Von *Oma Oberammergau*!«, rief sie jauchzend.

»Oma Oberammergau?«, fragte Jesse.

»Ja, das ist die Großmutter meines ältesten Sohnes Luca«, erklärte Nadine. »Wir haben nicht das beste Verhältnis. Oma Oberammergau hat mich gezwungen, einen Entzug zu machen – sonst hätte ich Luca nicht mehr treffen dürfen. Doch als ich den Heroinentzug hinter mir hatte, brach mein Krebs aus.

Ohne die Therapie wäre mir das nicht passiert. Aber so war die Zellteilung vermindert worden und ich bin empfänglich für die Krankheit geworden.«

»Hast du dich bestrahlen lassen?«, fragte der junge Förster neugierig.

»Nein«, sagte Nadine. »Vielleicht hätte ich eine Chemotherapie gegen den Brustkrebs machen sollen, statt ihn einfach rausschneiden zu lassen. Jetzt bin ich oben frei vom Krebs, aber unten ist alles voll. Bis ins Bein ist der Tumor gewachsen.«

Fee drückte ihre neue Puppe an sich.

»Komm, wir machen mal ein Foto!« Jesse nahm Fee mit seinem I-Phone ins Visier.

»Aber nicht bei Facebook hochladen! Und nicht in deinen Blog stellen! Sonst rufen die Journalisten wieder an«, warnte Nadine lachend.

»Ruhe kannst du noch genug haben«, entgegnete Jesse. » Auf meinem Facebook-Profil laufen täglich Reaktionen aus der ganzen Welt ein. Alle möchten wissen, wie dieses Haus von innen aussieht ...«

»Schon mal daran gedacht, dass das auch Sensationsgier sein könnte?«, fragte Nadine misstrauisch.

»Klar«, antwortete Jesse. »Aber so kann ich mit allen Freunden in Kontakt bleiben, ohne dass sie anreisen müssen, um mich hier zu besuchen. Sogar ein Freund, der in Nepal ist, kann mit mir chatten.«

»Zeig dem auch mal mein Foto«, rief Fee. »Und die neue Puppe.«

Minnie beobachtete das laute Treiben schweigend.

Der junge Mann ... Nepal ... die Puppe und Nadines Lachen ... all das schien in eine andere Welt und zu einem fremden Leben zu gehören. Aber nicht zu ihrem.

»Morgen«, sagte Andreas, der in den Essensraum gekommen war, sanft zu ihr, »ist ein Platz in der Klinik frei. Möchtest du deine Blutwäsche noch bekommen?«

Minnie richtete sich auf. Sie dachte an Marius, und wie es wäre, ihm rasch zu folgen. Doch ihr fiel auch Professor Pellenhorn ein, und dass sie ihren verstorbenen Zimmernachbarn vielleicht oben wiedersehen würde. Dann wollte sie Berthold in die Arme nehmen – und alles richtig gemacht haben.

»Ich möchte die Behandlung«, sagte sie nüchtern. »Morgen will ich in die Klinik.«

Ihr Verstand tat den ersten Schritt. Und ihr Gefühl folgte ihm.

»Morgen ziehen zwei neue Gäste ein!«

Die übliche Runde hatte sich zum Kaffee versammelt, als Dr. Albers das Wort ergriff. »Bei einem der neuen Bewohner gilt es, besondere Verhaltensvorschriften zu beachten. Es ist ein Prominenter, den Sie alle kennen. Ich muss Sie bitten, nichts über seinen Aufenthalt in Haus Holle nach draußen zu tragen.«

Er verteilte Informationszettel an die Gäste. Darin stand, dass das Hospiz an die Bewohner appellierte, weder Fotos noch Videoaufnahmen von dem neuen Mitbewohner zu machen. Außerdem durfte Zimmer 8, wo zuvor Cristiano Vernandez gewohnt hatte, nicht mehr ohne ausdrückliche Aufforderung betreten werden, und die Gäste mussten strengstes Stillschweigen über den Aufenthalt des prominenten Gastes bewahren.

»Wer ist es?«, fragte Marisabel Prinz neugierig, weil der Name des Stars nicht auf dem Informationszettel genannt wurde.

»Ein Talkshow-Moderator, der früher als Schauspieler gearbeitet hat, lange Zeit in Hollywood lebte und zum vierten Mal verheiratet ist«, antwortete Dr. Albers – »Otto G. Klatsch!«

Otto G. Klatsch war jahrelang eine Institution im deutschen Fernsehen gewesen. Jetzt lebte er seit Jahren in Miami und hegte einen großen Groll auf Deutschland. Sein Ärger basierte darauf, dass hierzulande jeder Schritt eines Prominenten beäugt wurde und seine Fernsehshows, die früher Millionen vor den Bildschirm gelockt hatten, nunmehr nicht nur mit sinkenden Einschaltquoten zu kämpfen hatten, sondern auch von Kritikern auseinandergenommen wurden. Otto G. Klatsch war sozusagen – medial betrachtet – von vorgestern. Doch er hatte es versäumt, den Absprung zu schaffen und feierte mit immer anspruchsloseren Fernsehshows ein zum Scheitern verurteiltes Comeback nach dem anderen. Hätte eine große deutsche Zeitung nicht vor Kurzem enthüllt, dass Otto G. Klatsch an Darmkrebs erkrankt war, hätte die Karriere des in die Jahre gekommenen Showmasters wohl ein unrühmliches Ende in irgendeiner zweitklassigen TV-Sendung gefunden. So aber war seine letzte Station Haus Holle.

Otto G. Klatsch indes sah das vollkommen anders. Er glaubte nicht, dass er sterben musste, sondern betrachtete sein Zimmer in Haus Holle nur als eine Zwischenstation auf dem Weg zu seiner Genesung. Der 69-Jährige plante, das Beste aus der *momentanen* Situation zu machen, indem er einen Film über sich drehte, der sein großes Comeback einläuten sollte. Klatsch und seine Entourage – ein Pressesprecher, ein Kamerateam und zwei Assistentinnen – enterten Zimmer 8, dem Cristiano entflohen war, zum gleichen Zeitpunkt, als der junge Polizist Kai Bergmann Zimmer 2 zum ersten Mal betrat. Bergmann *ersetzte* Marius Stamm. Der 37-Jährige wurde von seiner Frau Karoline und seinem dreijährigen Sohn Leon begleitet.

Während der Einzug des jungen Polizisten ruhig verlief, war im zweiten Stock die Hölle los. Otto G. Klatsch hatte seine eigenen Vorstellungen darüber, wie sein Übergangsquartier einzurichten war. Ständig läutete eins der vier Smartphones seiner Assistentinnen, die damit beschäftigt waren, Orchideen aufzutreiben, Zimmer 8 auf den Kopf zu stellen und einen weißen Flokati-Teppich auszurollen.

Der junge Jesse war dem Presseteam ein Dorn im Auge. Klatschs Assistentinnen hatten gleich bemerkt, dass er im

Internet surfte und sich auf Facebook herumtrieb. Eine geschminkte Dame namens Anja nahm ihn deshalb vorsorglich ins Gebet: »Unser Filmteam hat alle Rechte an der Geschichte von Otto G. Klatschs Krankheit und Genesung gekauft«, ließ sie ihn wissen. »Es dürfen keine Aufnahmen im Internet veröffentlicht werden. Außerdem wollen wir uns die Presse vom Hals halten. Wenn die Journalisten merken, dass Herr Klatsch sich hier aufhält und sein Comeback mit einer Doku plant, werden wir keine ruhige Sekunde haben. Klatsch wird ohnehin nur kurz hier sein: Unser Team wartet darauf, dass er wieder zu Kräften kommt und den Flug nach Amerika antreten kann, wo er von den besten Ärzten der Welt geheilt werden wird.«

Der junge Mann grinste. »Was interessiert mich Otto G. Klatsch? Wenn es Rihanna wäre ... dann vielleicht. Aber ist Ihnen schon mal aufgefallen, dass Otto G. Klatsch dieselben Buchstaben in seinem Namen hat wie Gottschalk? Was für ein Zufall! Toller Typ, dieser Gottschalk, den habe ich früher gern gesehen ...«

Bei diesen Worten entspannte sich die Pressedame und eilte nach oben. In Zimmer 8 ließ sich der Showmaster derweil sein Haupthaar färben – schwarz, wie zu seinen besten Zeiten. Gleichzeitig arbeitete er an seinem Terminplan. »Sobald der Friseur fertig ist und meine neuen Hauskleider geliefert worden sind, möchte ich ein Kamerainterview geben. Dann haben wir die Szenen meines Einzugs endlich im Kasten. Anschließend soll Anja einen Nachtflug nach Los Angeles buchen, am besten für kommenden Montag. Außerdem möchte ich, dass alle Tiere aus Haus Holle entfernt werden. Ich habe eine Katze gesehen – und einen Mops. Ihr wisst, dass ich beides hasse. Zur Not soll mein Anwalt sich darum kümmern. Heute Nachmittag werde ich die Post durchgehen, und das Drehbuch für eine neue Show lesen. Anschließend soll der Koch des Hauses zu mir kommen. Gegen achtzehn Uhr trifft meine Frau Trixie ein, gemeinsam mit meinen Töchtern. Bitte sorgt dafür, dass die Limousine meine Familie pünktlich am Flughafen abholt. Heute Abend will ich ins *Steigenberger*. Dort findet eine Pressekonferenz statt, in der das Fernsehprogramm für die zweite Jahreshälfte vorgestellt wird.« Er klatschte zweimal in die Hände.

»Sonst noch etwas, Herr Klatsch?«, fragte eine Assistentin.

»Ja! Besorgt mir zwei Päckchen *Dunhill*.«

Otto G. Klatsch hatte sein Leben im Griff. Das wusste jeder.

In Zimmer 2 herrschte Totenstille.

Kai Bergmann hatte erst vor einer Woche erfahren, dass der Knoten hinter seinem Ohr Krebs war. Der junge Polizist war aus allen Wolken gefallen. Gerade erst war er mit seiner Frau Karoline vom Dorf in die Großstadt gezogen, hatte eine kleine Mietwohnung mit Garten gefunden und das neue Heim eingerichtet. Mit der fatalen Krankheitsdiagnose brachen seine Zukunftspläne in sich zusammen wie ein Kartenhaus.

Dennoch wirkte Bergmann gefasst.

Er lächelte dem Schicksal ins Gesicht, tröstete seine Eltern und Geschwister, nahm Anrufe besorgter Freunde und Kollegen entgegen und wirkte dabei unerschütterlich. Bergmann kannte die Realität, und er wusste, was Elend war. In seinem Beruf hatte er bereits viele Selbstmörder auf Bahngleisen gesehen, Jugendliche nach Discobesuchen mit Kreissägen aus kaputten Blechbergen herausgeschnitten und die Hand Sterbender gehalten, die vom Ehepartner unter Alkoholeinfluss erstochen oder erschossen worden waren. Nur für seine verstummte Ehefrau fehlten ihm die richtigen Worte. Das Wort *Tod* klammerten beide aus.

»Nicht vor Leon, und nicht jetzt«, sagte Karoline seit einer Woche.

Genau wie Otto G. Klatsch in Zimmer 8 machte auch Kai Bergmann aus Zimmer 2 gute Miene zu einem bösen Spiel – nur auf eine andere Weise.

Anders als zu Otto G. Klatsch kam Minnies Coiffeur nicht zu ihr aufs Zimmer. Die alte Dame verließ das Hospiz und schlurfte mit einem Rollator zum *Salon Monika*.

Zwar trug ihre Friseurin ein Piercing in der Nase, aber sie war *patent* im Umgang mit Shampoo, Schere und Föhn. »Die letzte Dauerwelle ist wohl schon etwas länger her, was?«, fragte Monika grinsend und fuhr mit lackierten Fingernägeln durch Minnies schütteres, weißes Haar. »Das kriegen wir im Nu in den Griff.«

Während sie die Haare eindrehte, breitete Monika ihr ganzes Leben vor Minnie aus und erzählte, dass sie jeden Kunden brauchte, um das Überleben ihres kleinen Salons zu sichern. »Ständig muss man sich Werbeaktionen überlegen«, seufzte sie. »Ab nächster Woche werde ich zusätzlich Secondhand-Ware im Laden verkaufen, um mich von den anderen Friseuren abzuheben. Wohnen Sie hier im Viertel?«

Minnie bejahte und erzählte Monika von Haus Holle.

»Davon habe ich schon gehört«, entgegnete die Friseurin nachdenklich und hob die Augenbrauen. »Meinen Sie, es macht Sinn, dass ich mich dort mal vorstelle? Ich könnte doch einmal im Monat kommen, um Ihnen und allen anderen, die es möchten, gratis die Haare zu schneiden.«

Minnie blickte auf. »Ich weiß es nicht! Manche meiner Mitbewohner tragen Perücken. Vor allem die Damen. Doch bei dem einen oder anderen Herrn« – sie dachte an Montrésor – »wäre ein neuer Schnitt seit Jahrzehnten überfällig. Kommen Sie einfach mal vorbei und fragen den Hospizleiter!«

»Das werde ich machen«, beschloss Monika. »Man will ja mal was Gutes tun.«

Sie drehte die letzten Lockenwickler ein, setzte Minnie unter die Trockenhaube und versorgte sie mit einer Illustrierten.

Sofort stach Minnie die fetteste Schlagzeile ins Auge: *Tödlicher Darmkrebs! Otto G. Klatsch kämpft um sein Leben!*

Neugierig begann Minnie den Artikel zu lesen:

Eine internationale Karriere, zwei Töchter, vier Ehefrauen, zwölf TV-Shows, 19 Fernsehpreise sowie 33 Spielfilme – Otto G. Klatsch (69) hat alles in seinem Leben erreicht. Jetzt tritt der Showmaster und Filmstar seinen härtesten Kampf an – gegen den Darmkrebs. Am letzten Mittwoch bestätigte seine Agentur die Krankheit. »Die Diagnose traf Klatsch völlig unvorbereitet«, verriet ein geschockter Insider aus dem engsten Familienumfeld. Außerdem kommt die Krankheit zu einem ungünstigen Zeitpunkt: Otto bereitet gerade sein Comeback vor. Doch es gibt auch beruhigende Nachrichten: Bei Klatsch, der sich derzeit an einem unbekannten Ort in den USA aufhält, um eine neue Hormontherapie auszuprobieren, wurde die gefährliche Krankheit glücklicherweise in einem frühen Stadium entdeckt. In den USA werden derzeit medikamentöse Therapien erprobt, die in Europa noch nicht zugelassen sind. Otto ist einer der Ersten, der mit einer neuen Wunderformel behandelt wird. Auch das Umfeld des Stars gibt Entwarnung: Schon im Dezember werde der Star wahrscheinlich bereits wieder vor der Kamera stehen. Und Klatsch selbst? Er gibt sich unerschütterlich: »Herausforderungen sind dazu da, um sie zu meistern. Mit eurer Hilfe schaffe ich alles!«, so der Star auf Twitter. In diesen schweren Stunden wird der Klatsch-Clan die größte Stütze des Stars sein. Seine vierte Ehefrau Trixie (39) hat vorübergehend alle karitativen Verpflichtungen abgesagt.

Unser Redakteur ahnt, was jetzt in Klatsch vorgeht: »Otto ist ein Kämpfer! Wer drei Scheidungsschlachten übersteht und als Sieger daraus hervorgeht, kann es auch mit einer hässlichen Krankheit wie dem Krebs aufnehmen – und sie besiegen.« Schon 1983 verriet Klatsch exklusiv, was er über Tod und Krankheit denkt: »Die sollen mir fernbleiben! Ich will sterben, wie ich gelebt habe. Am liebsten möchte ich tot auf der Showbühne umfallen – mit Applaus in meinen Ohren.« Wir wünschen Otto G. Klatsch alles Gute.

Minnie schüttelte den Kopf. Nun verstand sie, warum der Showmaster die Presse aus dem Spiel halten wollte. Man würde Haus Holle die Türen einrennen. Sie faltete die Zeitschrift zusammen und dachte nach.

Otto G. Klatsch war unzufrieden.

Für seine bunte Garderobe war nicht genug Platz in den Schränken. Also ließen seine Mitarbeiter einen zweiten Kleiderschrank für ihn aufstellen.

Auch Kostjas Speiseplan sagte dem Entertainer nicht zu. »Viel zu viele Gerichte, die meinen Bauch aufblähen«, kritisierte Klatsch. »Am Abend esse ich gerne Sushi, das ist am besten verdaulich. Frühstücken will ich pünktlich um halb acht, um meinen Rhythmus beizubehalten. Vormittags sind meine Kräfte am größten. Ich muss in den nächsten Tagen eine ganze Reihe von Terminen absolvieren. Zwar verlasse ich Haus Holle in wenigen Tagen schon wieder, aber bis dahin möchte ich zum Mittag Risotto. Wer wäscht die Kleidung in diesem Haus?«

Seine Assistentin ließ Katharina rufen. Geduldig erklärte die Hauswirtschafterin dem prominenten Gast, dass sie die Wäsche der Bewohner mit gesponsertem Desinfektionsmittel reinigte.

»Nicht meine«, entgegnete Klatsch, während eine Stylistin sein Gesicht puderte und eine Ladung Haarspray versprühte. Umgehend rief der Star seine Assistentin zu sich und befahl ihr, eine private Reinigungsfirma mit der Pflege seiner teuren Garderobe zu beauftragen.

Kai Bergmann weinte.

Kaum hatten seine Ehefrau und sein Sohn das Zimmer verlassen, um einen kurzen Spaziergang zu machen, war der Polizist in Tränen ausgebrochen.

In diesem Moment klopfte es an seine Tür. Rasch wischte sich Bergmann die Tränen aus den Augen. Andreas Albers betrat Zimmer 2.

Dem Psychologen stachen Bergmanns aufgequollene Tränensäcke in die Augen. Außerdem sah er unzählige Figuren aus der *Sesamstraße* und der *Muppets-Show*. Einträchtig saßen Kermit, Bibo, Grobi, Oscar und Miss Piggy auf dem Kopfkissen des Bettes. Zweifellos: Der kleine Leon hatte seine ganzen Spielgefährten für den Papa mitgenommen.

»Wie geht es Ihnen?«, fragte Dr. Albers.

»Nie wieder Lohnsteuererklärung, nie wieder Schlange stehen im Supermarkt, nie wieder Verbrecher einbuchten«, antwortete der junge Polizist. »Alles hat etwas für sich, nicht wahr?«

»Das ist eine Frage der Perspektive«, meinte Dr. Albers. »Aber wie geht es Ihnen wirklich?«

»Soweit ganz in Ordnung«, erwiderte Bergmann. »Ich sammele mich noch. Ich kann mir nicht vorstellen, was auf mich zukommt. Mein Gehirn begreift es nicht.«

»Sie stehen unter Schock«, erklärte Andreas. »Ich habe Ihre Krankenakte gelesen. Der Krebs ist weit fortgeschritten. Was ist Ihre größte Sorge?«

»Meine Frau zurückzulassen …«, gestand er. »Und zu wissen, dass sie die Verantwortung für den Kleinen künftig allein trägt.«

»Gibt es Personen, die ihr dabei helfen können?«

»Gott sei Dank, ja«, antwortete Bergmann. »Ihre Eltern leben noch, genau wie mein Vater. Außerdem hat Leon zwei Paten. Aber ich kann mir nicht vorstellen, dass wir wirklich getrennt werden müssen.«

Albers schwieg, und der Polizist fuhr fort: »Ich möchte meine Beerdigung mit Karoline besprechen. Aber ich möchte nicht, dass sie denkt, ich würde mich aufgeben.«

Dr. Albers wusste, wie schwer es Liebenden fiel, den anderen zu verlieren. »In der Zeit nach Ihrem Tod können wir Ihre Frau in unserem *Übergangshaus* unterstützen. Es wurde kürzlich eingerichtet, damit trauernde Angehörige und verwitwete Personen sich mit Psychologen und anderen Gleichgesinnten austauschen können.« Andreas atmete tief ein. »Ich will Ihnen nichts vormachen, Herr Bergmann. Ihre Frau wird in ein tiefes Loch fallen. Aber etwas anderes ist genau so wahr: Wir haben es bislang immer geschafft, Zurückgebliebenen auf deren zukünftigem Weg eine starke Stütze zu sein. Wenn Sie mögen, zeige ich Ihnen und Ihrer Frau das Übergangshaus gern einmal!«

Entsetzt riss Kai die Augen auf. »Auf keinen Fall! In Gegenwart von Karoline werde ich nicht über den Tod reden. Sie könnte sonst zusammenbrechen. Bitte versprechen Sie mir das.«

Dr. Albers reichte ihm die Hand. »Felsenfest versprochen.«

Kai Bergmann zwinkerte ihm zu. »Wenn Sie Ihren Schwur brechen, muss ich Sie leider verhaften …«

Otto G. Klatsch war unruhig.

Nichts lief nach Plan. Er fühlte sich körperlich unwohl. Außerdem kam sein Team nicht voran, und er befürchtete bereits, die Pressekonferenz zu verpassen. Noch immer sah er unpassend aus. Selbst der maßgeschneiderte Anzug saß nicht so, wie er es sich vorstellte. Das Jackett schlackerte um seinen Oberkörper, der Krawattenknoten konnte den eingefallenen Adamsapfel nicht verbergen, und der Gürtel brauchte vier neue Löcher, damit die Hose nicht rutschte. Alles wirkte wie gewollt und nicht gekonnt. Sein Look würde ihn der kollektiven Lächerlichkeit preisgeben und ihn auf die Titelseite der Gazetten katapultieren.

Nicht mal die Schuhe glänzten.

Oder sah er etwas schlechter? Nein, im nächsten Moment war plötzlich wieder alles glasklar. Scheinbar waren die kleinen Aussetzer Nebenwirkungen des Morphiums.

Hauptsache, seine Familie traf pünktlich ein. Klatsch wollte den Beginn seiner Sterbedokumentation, die in Wirklichkeit sein Comeback einläuten sollte – die Ankunft und Trixies ersten Besuch in Haus Holle – heute unbedingt abdrehen.

Morgen würde er, das hatte er gerade beschlossen, einen Empfang für ausgewählte Journalisten und sich gerade in der Stadt befindende Kollegen im Grünen Saal von Haus Holle ausrichten.

Der Showmaster rief seine Assistentin. »Ich will die ganze Branche einladen, von A bis Z«, diktierte er der fleißigen Anja. »Bestimmt hat das Hospiz nichts dagegen. Schließlich ist das Gratis-PR. Außerdem werden Unmengen von Spenden in die Kasse von Haus Holle fließen.«

»Aber sollten Sie sich nicht schonen?«, gab Anja zu bedenken.

»Schlafen kann ich noch genug«, meinte Klatsch. »Erst einmal gehen die Einladungen raus. Aber dalli, dalli!«

Karoline Bergmann saß bei einem Tee im Esszimmer, als Dr. Albers zu ihr trat.

»Passt es kurz?«, fragte der Psychologe die Ehefrau des Neuankömmlings.

Die junge Frau nickte.

»Wie schätzen Sie die psychische Stabilität Ihres Mannes ein?«

Die Ehefrau dachte kurz nach, dann erwiderte sie: »Sehr hoch! Warum?«

»Haben Sie und Ihr Mann sich ausgesprochen?«

Karoline stutzte.

»Ja, wir sind mit uns im Reinen. Ich wüsste nicht, was zwischen uns stehen sollte ...«

»Wie ehrlich sprechen Sie und Ihr Mann über seinen bevorstehenden Tod?«

Ängstlich blickte sie zu ihrem Kind.

Sie räusperte sich. »Wieso?«

»Ich frage«, antwortete Dr. Albers, »weil ich mir bei jedem unserer Gäste ein Bild darüber mache, wie er mit seiner Krankheit umgeht.«

»Dann fragen Sie doch meinen Mann.« Karoline Bergmann stand auf.

»Einen Moment, bitte«, sagte der Psychologe. »Ich habe noch eine Frage: Was ist Ihr größtes Problem in der aktuellen Situation?«

Unschlüssig blieb Karoline stehen. Mit einem leeren Blick auf ihr Kind verriet sie, was sie quälte: »Ich möchte mit meinem Mann über die Änderung in unserem Leben sprechen – aber ich habe Angst, dass er dann denkt, ich liebe ihn nicht mehr!«

Sie brach in Tränen aus.

Um Punkt 18 Uhr fuhr ein Taxi vor Haus Holle vor. Der Fahrer, ein gut aussehender Spanier, warf einen neugierigen Blick in das hell erleuchtete Esszimmer. Leider war die alte Dame, die er vor knapp vier Wochen hierhergebracht hatte, nicht zu sehen. Dafür bemerkte er Kameras. Ob dort ein Film produziert wird?, dachte Daniel. Heute Abend würde er im Internet recherchieren, was Haus Holle überhaupt war.

»Macht zwölf Euro«, sagte er nüchtern, ohne seinen Fahrgast zu mustern, der ein penetrantes Parfum benutzt hatte. Selbst, wenn er es versucht hätte, herauszufinden, wen er befördert hatte, wäre es aussichtslos gewesen. Die feine Dame hatte ihre Augen hinter einer Sonnenbrille versteckt, und ein teurer Turban verhüllte ihren Kopf. Auch ihre Töchter trugen Sonnenbrillen. Sie jammerten auf Englisch, dass sie Süßigkeiten und ein neues I-Pad haben wollten, weil sie ihr Spielzeug im Flugzeug vergessen hatten.

Bevor die Dame das Taxi verließ – fast hätte sie sich mit ihren High Heels auf die Nase gelegt –, warf sie einen forschenden Blick nach rechts und links. Doch dort war kein Späher zu sehen. Zwar glaubte sie einen Moment lang eine ältere blonde Journalistin im Gebüsch gesehen zu haben, doch das konnte auch eine optische Täuschung gewesen sein. Sie ließ die Kinder aus dem Auto steigen und das ungewöhnliche Trio stolzierte auf Haus Holle zu.

Dr. Albers saß bei Kai Bergmann.

»Wie glücklich wir sind«, erklärte er, »hängt davon ab, wie wir die Dinge um uns herum bewerten.«

»Nein«, widersprach Kai. »Unsere Zufriedenheit hängt davon ab, wie die Dinge um uns herum sind.«

Andreas lächelte. »Wenn man es sich in jedem Moment so schön wie möglich macht, kann man gar nichts Schlechtes empfinden. Zufriedenheit ruht in uns selbst. Soll ich Ihnen ein Beispiel dafür geben …?«

»Bitte«, sagte Bergmann müde.

»Hören Sie sich diese Geschichte an: Eine hässliche, fette Spinne, die gerade ein wehrloses Opfer in ihr klebriges Netz gewickelt und verspeist hat, macht sich auf den Weg nach Hause – um ein Nickerchen zu machen. Fast ist sie angekommen, als sie von oben einen düsteren Schatten sieht. Es ist ein menschlicher Fuß, und sie wird brutal zerquetscht.«

»Was soll dieser Quatsch?«, fragte Kai,

»Jetzt erzähle ich dieselbe Geschichte noch mal«, sagte Dr. Albers, »aber Sie werden den Unterschied vielleicht bemerken: Ein einzigartiges Wunder der Natur, eine Spinne, die zufrieden war, weil ihre natürlichen Bedürfnisse nach Hunger gestillt worden waren, machte sich auf den Weg nach Hause – um ein Nickerchen zu machen. Fast ist sie daheim angekommen, als sie von oben, inmitten des Tageslichts, etwas nahen sieht. Im nächsten Moment ist sie im Paradies.«

»Beim zweiten Mal wurden die Dinge anders bewertet«, bemerkte Kai. »Diese Version gefiel mir besser.«

»Weil die Sicht auf die Geschichte positiv ist«, sagte Dr. Albers. »Das Beispiel mit der Spinne ist mir ganz spontan eingefallen. Statt der Spinne kann eine Geschichte auch von Krankheit, Traurigkeit, Abschied oder fehlender Kommunikation handeln. Was Sie empfinden, hängt davon ab, wie Sie diese Dinge bewerten.«

Forschend blickte ihn Kai an. »Bitte noch ein Beispiel.«

»Nehmen wir an, Sie sind Millionär, haben eine schöne Frau, kluge Kinder, ein Haus mit Garten und Swimmingpool in L.A., eine Villa in Südfrankreich, einen Privatjet und jede Menge Angestellte. Sind Sie dann glücklich?«, fragte Andreas.

»Natürlich nicht«, antwortete Kai.

»Falsch«, sagte der Psychologe. »Ob Sie ein Leben mit Pool und Privatjet glücklich macht, hängt allein davon ob, ob Sie es möchten. Wenn der Millionär ein Millionär ist, weil er nach dem Prinzip *Höher-Schneller-Weiter* lebt und sein reiches Dasein nur eine von endlosen Etappen auf einem getriebenen Weg *nach oben* ist, lebt er das falsche Leben – und ist nicht zufrieden. Wenn er sein Millionärsdasein aber als eine Art Geschenk empfindet, das er sich hart erarbeitet hat, weil er es unbedingt haben wollte, ist es genau das Richtige für ihn.«

»Aber wie kann ich wieder glücklich werden?«, fragte Kai.

»Für Glück sind Endorphine verantwortlich, wie sie Drogen verursachen«, erklärte Dr. Albers. »Ich schlage vor, dass Sie sich mit Zufriedenheit begnügen.«

»In meiner Situation kann ich doch nicht mehr zufrieden sein!«

»Doch. Ich würde sogar noch einen Schritt weitergehen. Wenn ich mir Ihre Frau und Sie ansehe, glaube ich, dass Sie selbst wissen, wie Sie gemeinsam zufrieden werden können. Ich gebe Ihnen einen Tipp. Stellen Sie sich vor, dass Ihre Frau heute Abend im Türrahmen lehnt, um sich von Ihnen zu verabschieden – bevor Sie Ihre erste Nacht in Haus Holle allein verbringen. Sie wissen nicht, ob Sie morgen noch leben. Was müssten Sie tun, wenn Sie der Mann im Bett wären?«

»Keine Ahnung«, erwiderte Kai.

»Ganz einfach«, sagte der Psychologe. »Als Erstes sollten Sie sich das Bild des Mannes im Bett und der Frau im Türrahmen plastisch vorstellen. Anschließend suchen Sie nach dem, was Ihnen wie ein Fehler des Zeichners in diesem Bild erscheint.«

»Das wäre in meinem Fall die Schwingung zwischen den Personen«, sagte Kai.

»Richtig. Und wie lässt sich dieser Fehler verbessern?«

»Durch einen guten Vorsatz«, meinte Kai.

»Sowie durch eine daraus resultierende Handlung«, ergänzte Andreas. »Was könnte der Mann im Bett machen, um den Fehler im Bild zu korrigieren?«

»Den Mund aufmachen«, antwortete Kai.

»Mit der Frau reden«, sagte der Psychologe.

»Aber wenn das Thema so schwer ist …?«

»Man muss immer darauf vertrauen, dass eine Handlung, mit der man Gutes beabsichtigt, auch gute Konsequenzen hat. Was könnte der Mann im Bett also machen, um das Bild zu verschönern?«

»Er sollte seiner Frau sagen, dass er Angst hat. Das könnte ein Anfang sein.«

»Der beste Anfang«, fügte Andreas hinzu. »Anschließend wird ihn seine Frau fragen, wovor er sich fürchtet. Der Mann muss es ihr ehrlich gestehen. Er hat endlich die Chance, ihr zu sagen, dass er sich davor fürchtet, dass sie denkt, er würde sich und sie aufgeben, wenn er ausspricht, dass er bald sterben muss.«

»Kompliziert!«

»Finden Sie? Die Frau würde doch nur vor ihm flüchten, wenn sie den Fehler nicht korrigieren will. Tickt Ihre Frau so?«

»Nein.«

»Sehen Sie! Der Schock hat Sie vorübergehend verwirrt. Schocks lähmen das Denken und können wichtige Handlungen wochenlang blockieren. Aber die Kraft dazu haben Schocks nur, wenn wir sie als Vorwand benutzen, um eine Handlung aufzuschieben.«

»Dazu habe ich nicht genug Zeit, stimmt's?«

»Diese Zeit hat niemand auf der Welt«, sagte Andreas. »Wenn unser Leben ein fehlerhaftes Bild ist, entsteht nichts Gutes daraus. Jeder Mensch muss sein *Lebensbild* täglich korrigieren, damit es ihn zufrieden macht. Tun wir es nicht, leiden wir unter den Störungen.«

»Aber dann müssten wir Menschen ja vieles radikal ändern.«

»Ja, sofern wir Zufriedenheit erlangen wollen. Nehmen wir an, jemand fühlt sich unwohl mit seinem Partner. Die Liebe ist längst erloschen, aber man bleibt trotzdem bei ihm. Was sollte man tun?«

»Die Störung erkennen und sie benennen?«

»Genau. Daraufhin wird die Situation besser. Wer weiß, ob einem nicht schon morgen der perfekte Partner über den Weg läuft, mit dem man nach kurzer Zeit eine Geflügelzuchtfarm führt, nach Indien auswandert oder einfach nur zu Hause auf dem Sofa liegt und fernsieht.«

»Gilt das wirklich für alle Bereiche?«

»Natürlich. Stellen Sie sich einen modernen Manager vor, der sich unwohl und leer fühlt, und gleichzeitig unter dem *Burn-out-Syndrom* leidet. Welchen Wink mit dem Zaunpfahl braucht dieser Mann, um zu erkennen, dass er nicht zufrieden ist – und zwei Wochen Ferien auf einem Luxuskreuzfahrtschiff den Lebensfehler nicht ausradieren können? Er muss sein Leben ändern, solange er noch die Gelegenheit dazu hat.«

»Das ist aber schwierig«, warf Kai ein. »Manager können ihr Leben viel einfacher verändern als eine dreifache, alleinerziehende Mutter mit einem Ganztagsjob.«

»Das sehe ich anders. Das Leben dieser Mutter lässt sich zum Guten wenden. Sie muss nach den Störungen in ihrem Lebensbild suchen. Diese Störungen sind höchstwahrscheinlich Partnerlosigkeit, mangelnde Zeit für ihre Kinder sowie Überforderung. Anschließend braucht sie eine Vision. Vielleicht wäre dieselbe Frau zufrieden, wenn sie einen Mann hätte, der sie liebt. Vielleicht möchte sie mit ihm und ihren Kindern im Grünen leben und einen kleinen Tierhof betreiben.«

»Aber Träume sind doch Schäume …«

»Nein«, sagte Andreas. »Die Frau sollte fest daran glauben, dass sie ihr perfektes Lebensbild bekommen kann. Sie muss es sich bildlich vorstellen. Dadurch wird sie alle ihre Handlungen auf dieses Ziel ausrichten. Vielleicht erzählt ihr plötzlich eine Mitarbeiterin in der Fabrik, dass ihre alte Tante gestorben ist, die einen heruntergekommenen Tierhof auf dem Land betrieben hat. Das wird kein Zufall sein. Dadurch, dass die Frau an den Tierhof gedacht hat, ist er aufgetaucht. Das heißt, sie hat ihn *bemerkt*. Höchstwahrscheinlich ist er ihre erste Zutat zur Zufriedenheit. Sie sollte die Kollegin bitten, sich den Hof anschauen zu dürfen – auch, wenn sie dafür weit reisen muss. Mit ziemlicher Sicherheit wird er genau das sein, was sie in ihrer Vision gesehen hat. Kurz darauf zieht sie mit ihren Kids aufs Land …«

»Ohne einen Cent in der Tasche?«

»Natürlich fällt ihr das Glück nicht in den Schoß«, erklärte Andreas. »Sie muss auf die nächsten Zeichen achten – und aktiv sein. Am besten sollte die Frau all ihren Freunden und Kollegen erzählen, dass sie Geldprobleme hat, und den Tierhof trotzdem gern übernehmen möchte. Einer ihrer Gesprächspartner wird einen goldenen Tipp auf Lager haben – etwa, dass das Bundesland, in dem der Tierhof liegt, eine Kita mit einem integrierten Tierterrain finanziell unterstützt, sofern die Frau einen guten Business-Plan erstellt. Damit ist ihre zweite Etappe der Zufriedenheit erreicht. Die Frau wird ihre Kinder um sich haben, eine Umschulung machen und in der Natur leben können.«

»Und der fehlende Partner kommt zu ihr, weil er der verwitwete Vater eines Kindes ist, das sie in ihrer *Tierhofkita* betreut?«

»Zum Beispiel. Wer jetzt sagt, das ist alles utopisch – der lässt sich nicht auf die Idee ein. Aber ich verspreche Ihnen: Wenn Sie die Fehler in Ihrem Lebensbild eliminieren, haben Sie auch die Kraft dafür, um alle weiteren Etappen Ihrer Vision erreichen zu können.«

»Also muss ich ...?«

»Gestehen Sie sich Ihre Wünsche ein, schreiben Sie sie auf und glauben Sie daran, dass sie erfüllt werden. Beachten Sie Ihre inneren Eingebungen und folgen Sie Ihrer Intuition. Seien Sie aktiv. Jeder kann sein Leben an jedem Tag zum Guten ändern – wenn er moralisch gut handelt und uneingeschränkt ehrlich zu sich selbst ist. Was ist Ihre Vision, Herr Bergmann?«

»Karoline in den Armen zu halten, von ihr beschützt zu werden, und glücklich in den Himmel aufzusteigen«, sagte Kai.

»Sie wissen nun, wie Sie das bekommen«, antwortete Dr. Albers.

Trixie Klatsch und ihre zwei Töchter posierten geduldig für die Kamera. Doch der Filmdreh musste unzählige Male wiederholt werden. Einmal stimmte das künstliche Licht nicht, ein anderes Mal spiegelte sich der Kameramann im Fenster des Sterbezimmers.

»Ist eben nicht das *Adlon*«, erregte sich Otto G. Klatsch. »Trixie, wenn du auf mich zukommst, zieh mal das Taschentuch, bitte!«

Lustlos wiederholte die Gattin des Showmasters ihr Eintreten. Sie weinte eine echte Träne.

»Trixie! Klimpere nicht zu viel mit den Wimpern. Wir müssen uns später noch dramaturgisch steigern können. Alles nach Drehbuch! Hast du das nicht gelesen? Morgen sprechen wir uns aus, übermorgen weinen wir gemeinsam, und dann arrangierst du heimlich einen Empfang meiner Freunde. So sieht es das Skript doch vor.«

»Und wie wird Ihre Sterbe-Doku-Soap heißen?«, fragte seine Assistentin ihn.

»*Allgemeinzustand sterblich*«, antwortete Otto G., der stets ein großes Geheimnis darum gemacht hatte, wofür das G stand. »*Allgemeinzustand sterblich* ist der offizielle Vermerk in Krankenhausakten, wenn ein Patient seine Hoffnung aufgrund der Diagnosen von Ärzten verliert und sich in einen Palliativpatienten verwandelt.«

»Aber welcher Sender soll Ihre Sterbe-Doku zeigen, Otto?«

»Ich werde sie RTL anbieten«, sagte Klatsch geschäftstüchtig, »oder SAT.1 oder einem von den kleineren Privatsendern.«

»Totale Bombe, Vater«, entgegnete Klatschs älteste Tochter. »Wir müssen unbedingt aus deinem vermeintlichen Sterbezimmer twittern, Pics posten und ein Live-Finale einplanen. Das ist Primetime! Und am Ende lassen wir die TV-Zuschauer abstimmen, ob du nach L.A. fliegst oder ein *Makeover* in Deutschland bekommst.« Und flüsternd fügte sie hinzu: »In Wahrheit natürlich eins von amerikanischen Ärzten.«

»So machen wir's«, antwortete der Entertainer. »Howgh, meine Tochter hat gesprochen.«

»Trixies Make-up ist nach dem Heulen ziemlich stark verwischt. Aber mit der nächsten Einstellung haben wir's – das spüre ich«, erklärte er der Stylistin.

Karoline Bergmann setzte sich auf die Bettkante ihres Mannes. »Wie geht es dir, mein Schatz?«

»Ich habe einen Entschluss gefasst, Karoline«, antwortete Kai. »Wir müssen uns der Situation stellen und darüber reden, wie du damit klarkommst, dass ich hier bin.«

»Es ist das Beste«, erwiderte sie. »Das Beste in Anbetracht der Tatsache, dass du Krebs hast.«

»Und? Fehlt bei dem Satz nicht noch etwas?«

»… dass du Krebs hast und ich vorerst mit allem allein klarkommen muss – mit dem Kummer deines Vaters, mit der Verantwortung für Leon und vor allem mit der Sorge um dich.«

»Was ist deine größte Sorge, Karoline?«

»Dass du nicht wieder gesund wirst.«

»Und was wäre dann?«

Entgeistert sah ihn seine Frau an.

»Ich wäre allein! Mein Herz würde brechen. Wir waren immer zusammen – seit dem Studium!« Karoline Bergmann schluchzte hilflos.

»Karoline, hör mir gut zu. Unser Leben ist perfekt. Wir haben Leon, der mir alles bedeutet. Wir haben den gleichen Humor. Mein Herz ist voller Erinnerungen. All das wird dir Kraft geben, wenn ich sterben muss. Zuerst wollte ich darüber nicht mit dir reden, weil ich befürchtete, dass du denkst, ich gäbe mich auf, weil du mir nicht genug bedeutest. Dabei ist das Gegenteil der Fall: Wir müssen über den Tod reden!«

Weinend sank sie in seine Arme. »Ich liebe dich«, sagte Karoline. »Ich liebe dich von ganzem Herzen.«

»Wenn wir nicht ehrlich zueinander sind«, antwortete Kai, »endet mein Leben in Unehrlichkeit. Ich möchte mit mir selbst im Reinen sein.«

»Warst du das nicht immer?«, fragte Karoline. »Waren wir das nicht immer?«,

»Ja«, entgegnete er. »Es war wunderschön mit dir. Es ist wunderschön mit dir!«

Und ohne allzu viele Worte fanden die Bergmanns zurück zu dem in sich ruhenden Gleichgewicht, das es von Anfang an in ihrer Beziehung gegeben hatte.

»Das muss hopp, hopp, hopp gehen«, rief Otto G. Klatsch, um der seiner Meinung nach lahmen Truppe von Assistenten, Technikern und Familienmitgliedern einzuheizen. Man war inzwischen beim letzten Bild der für diesen Tag geplanten, ersten Szene angekommen – Ottos Ankunft in Haus Holle.

Klatsch ermahnte seine Assistentin, die Pfleger nicht mehr unangemeldet eintreten zu lassen. Zuvor war zweimal *Personal* ins Zimmer geplatzt, als die Kamera lief. Das hatte Ottos Zeitplan gehörig durcheinandergebracht.

Erbost sah Klatsch auf seine Uhr, drehte die letzte Szene ab und herrschte seine Managerin an: »Wartet der Wagen für die Pressekonferenz? Vorher will ich noch eine Ladung Botox in die Stirnfalte!«

Die Assistentin bejahte, und Klatsch wurde neu gestylt. Statt eines Anzugs trug er nun einen blauen glänzenden Smoking. Er wurde frisch frisiert, geschminkt, besänftigt, und man war auf jede seiner erdenklichen Launen vorbereitet.

Dann verabschiedete er sich mit einem flüchtigen Kuss von seiner Ehefrau und mit einem Gruß an seine Töchter. Ihm fehlte die Zeit für eine Umarmung. »Morgen um zehn hier«, rief er Trixie zum Abschied zu. Otto hastete zum wartenden Wagen.

Karoline Bergmann lehnte in der Tür und sah ihren im Bett liegenden Mann an. »Dann besprechen wir bald alles?«, fragte sie. »Auch die Beerdigung?«

»Auch die Beerdigung«, antwortete Kai. Er streckte die Hand nach seiner Frau aus. »Mein Schatz, ich möchte, dass du heute Nacht bei mir in diesem Holzbett schläfst.«

»Und Leon?« Karoline zog die Stirn in Falten.

»Ich bitte dich«, sagte Kai. »Ich bitte dich, bei mir zu schlafen.«

»Okay«, entgegnete Karoline. »Bestimmt hat die Stationsschwester irgendwo ein Kinderbett. Wir werden ja nicht die Ersten sein, bei denen das nötig ist. Ich werde sie fragen und komme anschließend zurück. Aber etwas muss dir klar sein: Die Gitter deines Bettes bleiben oben. Sonst plumpst einer von uns hinaus ...«

Als Karoline die Treppe nach unten betrat, kam ihr ein schwarz-weißer Kater entgegen, der die junge Frau mit großen Augen anblickte. Er erinnerte sie an den kleinen blauen Elefanten aus der *Sendung mit der Maus*.

Er machte die Hinterpfoten lang, streckte ihr den Oberkörper entgegen und schmiegte sich mit seinem Kopf in Karolines Handinnenfläche.

»Wohin willst du denn?«, fragte Karoline.

Das Tier miaute.

Aufgekratzt stand Otto G. Klatsch in seinem Zimmer. Der Abend war glänzend verlaufen. Zwar hatten ihn einige Kollegen und Senderverantwortliche zur Seite nehmen wollen, um ihn zu fragen, wie es ihm ginge. Zuvor hatte er eine launige Rede über seine Comeback-Show gehalten, und selbst die tiefsten Zweifler, die etwas Ungesundes in seinem Auftritt erkennen wollten, mussten am Ende anerkennen, dass Otto G. Klatsch nur eins ausstrahlte: Perfektion.

Er war zuversichtlich, wirkte stark, machte seine alten Scherze. Er trank Bier, plauderte mit Senderverantwortlichen, scherzte mit einer PR-Dame und hielt das Glas hoch. »Auf das Leben!«, rief Otto G. Klatsch. Hunderte von Menschen stießen mit der Luft an – auf ihn, den Großen, den Künstler, den Star.

»Wie war Ihr Abend?«, fragte er Anja.

»Bestens«, entgegnete seine müde Assistentin. »Möchten Sie heute Abend noch eine Kameraeinstellung drehen? Sonst könnten die Kameramänner und Techniker vielleicht ...«

Mit fragenden Blicken wartete Klatschs Entourage auf weitere Instruktionen. Jeder freute sich auf den Feierabend.

»Eine weitere Klappe?« Otto G. Klatsch war sich nicht sicher. Einerseits war er müde, andererseits wusste er, dass er *fertig* aussah, und dass diese Erschlagenheit großen Eindruck auf die Zuschauer seines Films machen würde. Er wollte die Wirklichkeit so gut abbilden, wie er sie sich vorstellte.

»Drehen wir noch eine Klappe«, entschied er. Die Crew setzte sich in Bewegung.

»Und, Anja …« Klatsch richtete das Wort an seine Assistentin. »Sagen Sie dem Koch des Hauses, dass ich morgen früh ein Bananenmüsli möchte, und informieren Sie den Hausverwalter, dass Trixie einen Schlüssel für die Eingangstür braucht. Außerdem soll das Personal draußen bleiben. Die Pfleger brauche ich nur als *Schwenkfutter* – am besten den Dicken und den Dünnen. Die beiden haben was Komisches.«

»Finden Sie auch?«, fragte Anja lachend. »Dann hören Sie mir mal gut zu, denn es wird noch witziger: Beide heißen Dietmar!«

»Gibt's nicht! Es gibt hier einen dicken und einen dünnen Dietmar? Ich lach mich tot … Was für ein Duo! Wäre das nicht eine coole Idee für eine Soap auf SAT.1? *Der dicke und der dünne Dietmar*. Klingt nach einem richtigen Brüller. Hat Serienpotenzial …«

Dann wurde Otto wieder geschäftig.

»Trixie soll den Pool in L.A. schon mal reinigen lassen. Und das Wasser im Whirlpool. Außerdem brauchen die Mädchen neue Haarschnitte. Der letzte liegt eine Woche zurück, und sie sollen gut rüberkommen bei diesem Dreh. Was machen die Einladungen für meinen Empfang im Grünen Saal?«

»Habe ich über Facebook verschickt«, antwortete Anja rasch. »Alle großen Agenturen sind informiert, und eine Handvoll Journalisten und Fernsehleute. Alle haben eine Sperrfrist unterschrieben. Bis morgen wird niemand verraten, wo Sie sind.

»Geben Sie mir mein Handy!«, rief Klatsch. »Ich will die Programmchefs persönlich anrufen und ihnen erklären, was wir alles in der Sendung machen können. Ich könnte zum Beispiel ein Lied von früher singen, um zu demonstrieren, wie gut es mir geht. Und wir sollten das Thema Vorsorgeuntersuchungen in der Sendung erwähnen.

Der alte Entertainer griff nach dem Telefon.

In dem Moment stieß er mit dem Fuß nach einer Katze.

»Was macht diese Katze hier? Habe ich nicht gesagt, dass alle Viecher entfernt werden müssen? Bestimmt habt ihr die Tür nicht richtig verschlossen, als ihr die Kameras umgebaut habt. Verscheucht das Vieh aus meinem Zimmer!«

Anja packte den schwarz-weißen Kater im Nacken und hielt das drollige Tier in die Höhe. Er blickte sie sehr ernst an.

In diesem Moment schrie Otto G. Klatsch auf und fasste sich an die Brust.

»Was passiert mit mir?«, rief Anjas Chef hilflos. Er knöpfte den obersten Knopf seines Hemds auf und holte tief Luft. Wütend sah er seine Assistentin, die Kameramänner und den Kater an. »Was habt ihr mir ins Essen getan? Mir ist plötzlich so schlecht.«

Vor den Augen seiner entsetzten Mitarbeiter brach Otto zusammen. Er war auf der Stelle tot.

Der Showmaster, der einen künstlichen Sturm im Hospiz entfacht und sich dem Sterben streng verweigert hatte, weil alles nach Plan weiterlaufen sollte, war nicht mal einen Tag lang in Haus Holle gewesen – weil sich der Tod nicht planen ließ. Als seine Leiche spätnachts aus dem Zimmer getragen wurde, sagte Dr. Albers kopfschüttelnd: »Ottos Auftritt hat mich an diejenigen Gäste erinnert, die morgens einen Vertrag für den Kauf neuer Möbel unterschreiben – und abends sterben.«

Im Schutz der Dunkelheit wurde Ottos Sarg nach draußen getragen, und Dr. Albers schloss die Eingangstür des Hospizes hinter dem toten Star.

Eine Tasse zerbricht

Minnies Krankenwagen war für halb zehn bestellt. Heute würde sie eine Blutwäsche erhalten und dann über Nacht zur Beobachtung in der Klinik bleiben müssen.

Sie blickte auf ihre Uhr. 8.15 Uhr.

Sie hatte hervorragend geschlafen. Inzwischen hatte Dr. Coppelius den Bogen raus. Was die Medikamente betraf, war sie optimal eingestellt. Was ihre Schwäche anging – die würde rasch verflogen sein, sobald sie neues Blut erhalten hatte.

Sie freute sich auf das Krankenhaus und auf ihre Rückkehr nach Haus Holle. Dann würde Mike bereits herausgefunden haben, welchen Beruf der alte Knopinski zu Lebzeiten ausgeübt hatte.

Ich tippe auf ... ich weiß es nicht, dachte sie und musterte sich im Spiegel. Sie war weiß, ja, sogar schneeweiß. Doch die Locken schmückten sie. Außerdem hatte sich Falk Berger über ihren Vorschlag gefreut, die sympathische Friseurin ins Haus einzuladen. Ende November, überlegte Minnie. Nun bin ich schon fast vier Wochen hier.

Sie erinnerte sich daran, dass in der kurzen Zeitspanne vier Menschen gestorben waren – Knut und Gertrud Knopinski, Professor Pellenhorn und, sie konnte es nicht verdrängen, Marius Stamm.

Im Februar und November gibt es die meisten Abgänge. Das hatte Bruno mal gesagt. Trotzdem lag die Zahl der November-Abgänge in diesem Jahr deutlich unter dem Monatsdurchschnitt von zwölf Sterbefällen. Minnie versuchte das zu verstehen, und sie erinnerte sich an eine einfache Erklärung von Dr. Albers: *Manchmal ist die Situation im Haus tendenziell stabil, doch das kann von einem Tag auf den nächsten kippen. Dann liegen plötzlich alle Gäste im Bett.*

Sie hoffte, dass das nicht geschehen würde.

Zwar war Minnie inzwischen selbst auf einen Rollator angewiesen und Omi lag geschwächt im Bett, aber Bella Schiffer und Marisabel Prinz hielten sich erstaunlich gut. Längst hatte Bella ihre Prognose überlebt. Tag X war sang- und klanglos verstrichen. Auch die Feindschaft der Damen blühte stärker als zuvor.

Alles war also beim Alten, auch was die anderen Gäste betraf. Annette Müller plante ihr Familienfest, Montrésor durfte seine Frau wieder in der Klinik besuchen, und in Nadines Zimmer roch es nach Joints. Sogar die neuen Bewohner gefielen Minnie. Der reizende Polizist und der junge Facebook-Förster hatten es ihr besonders angetan.

Nur Otto G. Klatsch hatte sie bislang noch nie im Esszimmer getroffen. Die alte Dame nahm sich fest vor, ihn heute um ein Autogramm zu bitten.

Vielleicht war er ja schon unten?

Rasch stieg sie in den Aufzug und klammerte sich an ihren Rollator.

Im Geiste ordnete sie ihre Gedanken und Pläne: Erst gehe ich ins Krankenhaus, dann spreche ich mit Mike und dann warte ich, was sich ergibt.« Sie war im Reinen mit sich und der Welt. Genau betrachtet, ging es ihr gut. Sie hatte ein Dach über dem Kopf, würde gleich ein hervorragendes Frühstück bekommen, litt nicht unter Schmerzen, war umgeben von netten Menschen, und sie würde ihre Rückführung machen.

Als sich die Tür des Aufzugs öffnete, sah sie es sofort: Die Kerze brannte. Der Schock tat weh. Nach einem Moment des Entsetzens schob Minnie den Rollator zur Tafel.

Otto, stand in großen Lettern im Kondolenzbuch. Es gab noch keinen Eintrag. Zimmer 8 war wieder frei.

Fünf Tote in fast vier Wochen. Wie rasch sich alles ändern konnte.

Marisabel Prinz und Jesse Zimmermann saßen im Esszimmer. »Ob die Informationszettel jetzt noch gelten?«, fragte Jesse. »Oder ob ich ein Foto von dem Eintrag im Kondolenzbuch machen und es bei Facebook posten darf?«

»Das ist verboten«, erwiderte Marisabel. »Der große Otto G. Klatsch! Ich habe ihn nur ganz kurz gesehen. Kommt kurz, richtet sich ein, und stirbt. Was für ein filmreifer Abgang! Wir können nur hoffen, dass uns die Journalisten nicht die Türen einrennen und uns ihre Mikrofone vor den Mund halten. Ich für meinen Teil werde nichts sagen, wenn ich gefragt werde. Höchstens, dass ich Klatsch immer sehr verehrt habe. Pah! Mehr würde ich der Journaille nicht sagen.« Ihre Miene wurde ernst. »Hoffentlich stürmt keiner nach oben und macht ein Foto von dem Toten, wie es damals dieser Journalist beim toten Barschel in der Badewanne gemacht hat.«

»Klatschs Leiche ist gar nicht mehr oben. Ich habe gesehen, dass sein Sarg schon gestern Abend halb elf Uhr aus dem Haus getragen wurde. Seine hypernervöse Assistentin brabbelte ständig was von Flug-Umbuchungen, Totalausfällen und Ausladungen. Ich glaube, seine Leiche ist schon unterwegs nach Los Angeles. Aber schauen Sie mal ... was sagen Sie zu diesem Foto?«

Marisabel kniff die Augen zusammen und fixierte ein Bild, das den toten Otto G. Klatsch in seinem Zimmer zeigte. Während des Sterbens hatte sich der Darm des Entertainers entleert.

»Wie können Sie nur?«, empörte sich Marisabel. »Löschen Sie das sofort!«

»Nein! Außerdem habe ich noch ein Video, wie er zusammenbricht, sich an die Kehle fährt und ruft, was man ihm ins Essen getan hätte. Schauen Sie mal!«

Marisabels Neugier siegte. Mit spitzen Fingern ergriff sie das Handy und starrte gebannt auf das Display.

Was habt Ihr mir ins Essen getan? Mir ist plötzlich so schlecht, sagte Otto G. Klatschs Stimme. Anschließend brach er zusammen.

»Furchtbar! Was ist das?«, fragte Marisabel fasziniert.

»Klatsch litt unter Darmkrebs im Endstadium«, sagte Jesse. »Was mache ich bloß mit diesem Material?«

»Sie haben seine Persönlichkeitsrechte verletzt«, stieß Marisabel schockiert aus. »Sie treten die Menschenwürde anderer ja mit Füßen! In Ihrer Nähe wird mir schlecht!«

»Nein, nein«, beschwichtigte Jesse sie. »Dieses Handy gehört nicht mir. Ich habe es auf der Toilette gefunden! Jemand muss es dort liegen lassen haben. Bestimmt ein Kameramann, der das Geschäft seines Lebens witterte, als er plötzlich im selben Raum war wie der sterbende Entertainer. Ich habe den Empfang des Smartphones deaktiviert, damit er es nicht orten kann. Ich werde es gut verwahren!«

»Schrecklich, wie sich manche Menschen am Schicksal anderer ergötzen«, meinte Marisabel besänftigt. »Als Star ist man nie vor Kriechern gefeit, und weiß nie, wer ein Freund oder ein Feind ist. Gut, dass *Sie* es gefunden haben.«

»Das ist bestimmt eine Million wert«, meinte Jesses Bruder Jeremy. Still und leise hatte er sich ins Esszimmer geschlichen und das vertrauliche Gespräch belauscht. »Damit kannst du reich werden, Jesse … Wir können reich werden …«

»Bist du verrückt?«, rief Jesse. »Ich soll mit einer schlechten Tat aus dem Leben scheiden? Das würde ich niemals tun.«

»Gut so«, beschied Marisabel. »Es wäre auch verantwortungslos und ein Schlag ins Gesicht aller Fans von Klatsch. Niemand will sehen, wie der große Otto gestorben ist. Auf Ihren Schultern lastet eine große Verantwortung, Jesse.«

»Ich weiß!« Jesses Finger schwebten bereits über der Löschtaste des Handys. »Eigentlich war ich keine Sekunde lang in Versuchung.«

Jeremy jedoch wollte Jesse davon abhalten. Er flüsterte seinem Bruder etwas ins Ohr, doch der schüttelte den Kopf. »Nein, Jeremy, ich brauche das nicht mehr ...«

»Aber wir könnten uns die besten Ärzte der Welt kaufen! Sie könnten dich noch einmal unter die Lupe nehmen!«, erwiderte Jeremy.

»Meine Lage ist aussichtslos, sieh das doch endlich ein.«

»Das hat sie dir eingeredet ... sie mit ihrem Gerede über Hospize. Ich weiß, dass du nicht wirklich hier sein willst. Wir könnten das Haus zusammen verlassen!«

In diesem Moment erschien *sie* auf der Bildfläche, Joanna, die Schwester der Zimmermann-Brüder. »Was ist hier los, Jeremy?«, ertönte ihre Stimme.

Joanna Zimmermann war eine kleine, dicke Frau, aber die Wirkung ihres Auftritts war unglaublich. Jesse verstummte umgehend.

»Hallo, Drache«, nuschelte Jeremy. »Bist du gekommen, um zu checken, ob ich Brüderlein etwas Schlechtes einrede?«

Joanna knallte ihre Handtasche auf den Esszimmertisch. »Kontrolle ist besser«, sagte sie unwirsch. Sie küsste Jesse sanft auf die Wange. »Gut geschlafen?«

»Nein«, erklärte er. »Letzte Nacht war hier viel los ...« Er erzählte seiner Schwester vom Einzug des Prominenten, der gestorben war – und verschwieg weder das Foto noch das brisante Filmmaterial.

»So ein krankes Arschloch«, empörte sich Joanna. »Wie kann ein Mensch aus dem nächsten Umfeld heimlich ein Video vom Tod seines prominenten Arbeitgebers drehen?«

»Nicht wahr?«, stimmte Marisabel Prinz bei. »Stellen Sie sich mal vor, wie das ausarten würde – wenn es echte Bilder vom Sterben echter Menschen gäbe. Das könnten doch auch Kinder sehen. Zum Beispiel im Internet.«

»Wieso im Internet?«, fragte Joanna scharf und fixierte ihre Brüder.

»Wenn ich Jeremy richtig verstanden habe ...«, begann Marisabel, doch der junge Mann unterbrach sie wütend. »Ja, liebes Schwesterlein, ich hatte die Idee, es zu verkaufen – aber nur um Jesse aus dieser Hölle zu befreien.«

»Aus dieser Hölle?« Empört sog Joanna die Luft ein. »Du weißt selbst, dass ...«

»... du es ihm eingeredet hast, sich aufzugeben«, beendete der zornige Bruder ihren Satz. »Aber Jesse muss nicht sterben. Jetzt gibt es neue Möglichkeiten. Wir hätten nun das Geld für die besten Ärzte!«

»Ach, Möglichkeiten nennst du das, was du vorhast!« Joannas Stimme klang schrill. »Ihn zu deinem Arztfreund schleppen, der ihm eine Spritze gibt, damit Jesse sanft einschläft. Ich nenne das Sterbehilfe!«

»Daran habe ich gedacht, bevor wir diesen Film hatten«, gestand Jeremy. »Aber ich gebe zu, dass es ein Fehler war, dir davon erzählt zu haben. Seitdem wachst du wie ein Adler über Jesse. Ich kann kaum noch mit ihm allein sein. Als ob er hier *in Sicherheit* wäre. Schau dich doch um. Hier wird im Sekundentakt gestorben! Dr. Coppelius hat Jesse aufgegeben. Ich hoffe wirklich für dich, dass du nachts noch schlafen kannst.«

»Ich schlafe sehr gut«, entrüstete sich Joanna. »Es war Jesses eigene Entscheidung, hierherzukommen – nicht wahr?«

Die wütenden Geschwister fixierten ihren kranken Bruder.

»Hört auf, zu streiten«, bat Jesse müde. »Ich wünsche mir Frieden.« Er wandte sich Jeremy zu. »Ich weiß, dass du es gut mit mir meinst. Aber ich will keine neuen Behandlungsmöglichkeiten. Brüderlein, sieh doch ein, dass dieser *Kampf* beendet ist. Ich habe diesen Begriff immer gehasst, wenn es um meine Beziehung zu meinem Krebs ging. Ich bin hier, weil ich es möchte.«

»Erkennst du jetzt, wie sehr du ihn beeinflusst hast?«, herrschte Jeremy Joanna an. »Früher, als er noch gesund war, hätte er das nie gesagt. Die Berge, die Freiheit, die Weite der Welt – all das war mein Jesse. Aber doch nicht dieser Mensch, der sich jetzt so hängen lässt, statt sich wieder am Seil hochzuziehen und den nächsten Gipfel zu erklimmen. Das ist alles deine Schuld!«

Bedrückt blickten Annette, Angie und Bella, die sich mittlerweile im Esszimmer eingefunden hatten, Jeremy an. Seine Worte hallten wie ein Echo in ihren Ohren.

»Mit aufgeben hat es wenig zu tun, dass wir hier sind, Jeremy«, warf Bella ein. »Zumindest nicht bei mir. Ich bin hier am besten aufgehoben. Und ja, ich fühle mich hier wohl. Am Anfang konnte ich mir das nicht eingestehen. Aber als die Schmerzen weg waren, begann das normale Leben wieder.«

»Wer weiß schon, was morgen ist?«, ergänzte Annette. »Auch ich lebe von Tag zu Tag – ohne an das Gestern oder das Morgen zu denken. Und damit geht es mir verdammt gut.«

»Das ist eine Sache unter uns«, rief Jeremy und funkelte Annette an. »Joanna war immer neidisch, dass sie *außen vor* war. Sie war Papas Liebling. Mutter bevorzugte Jesse und mich. Als Mutter starb, wurde unsere Beziehung noch enger. Doch seit meine Schwester unseren Vater begraben musste, fühlt sie sich isoliert – und ist völlig vereinsamt. Deshalb funkt sie Jesse und mir dazwischen, wo sie nur kann.« Seine Hand schlug so kraftvoll auf den Esszimmertisch, dass Marisabels Porzellantasse umfiel und zerbrach. Wütend riss sie den Mund auf und begann zu keifen.

Kostja hörte den Lärm, und ein Blick auf die erregte Runde genügte, um ihm zu zeigen, dass die Situation eskalierte. Der Koch eilte in die Küche zurück und drückte den Alarmknopf, der Dr. Albers auf den Plan rief. Zwei Minuten später kam der Psychologe ins Esszimmer.

Trotz der angespannten Situation – Marisabel Prinz und Jeremy Zimmermann standen sich wutentbrannt gegenüber und gingen sich fast an die Kehle, während Adolf Montrésor die Gelegenheit ausnutzte, um sich eine frühmorgendliche

Bierdose zu öffnen, und Bella Schiffer verlegen ihre Fingernägel polierte – begrüßte er die Gäste mit einem freundlichen *Guten Morgen*.

»Gut ist hier nichts«, entgegnete Joanna Zimmermann. »Mein Bruder Jeremy ist nicht damit einverstanden, dass Jesse hierbleibt. Er will ihn mit Gewalt rausholen.«

»Und was wollen Sie?« Der Psychologe betrachtete Jesse.

»Nur Frieden«, antwortete Jesse. »Und dass sich die anderen vertragen.«

»Dann liegt es nun an Ihnen, Ihrem Bruder zu geben, wonach er verlangt!« Andreas spielte den Ball zurück zu Joanna und Jeremy. Die Streithähne standen sich unversöhnlich gegenüber.

»Zu allem Überfluss«, rief Marisabel, »hat *er* meine Tasse zerbrochen.« Sie zeigte auf Jeremy.

»Sie befinden sich alle in einer psychischen Ausnahmesituation, mit der die meisten keine Erfahrung haben«, sagte Dr. Albers. »Deshalb kann ich Sie alle verstehen. Sie glauben gar nicht, wie oft es Ärger gibt in Haus Holle.«

»Sie meinen am Sterbebett«, sagte Jeremy sarkastisch.

»Selbst da«, pflichtete Dr. Albers ihm bei. »Aber am Sterbebett können jene Knoten, die für jahrelange Familienkonflikte verantwortlich sind, oftmals nicht mehr entwirrt werden. Bei Jesses momentanem Gesundheitszustand ist es aber noch möglich, sie zu lösen. Ich empfehle Ihnen dringend, dass Sie sich aussprechen, und biete mich Ihnen als ein gerechter Mediator an.«

»Aber wenn die Aussprache nicht gelingen wird?« Jesse blieb skeptisch.

»Nicht immer wird ein Konflikt gelöst. Und nicht immer sterben unsere Gäste am Ende geläutert. Auch das ist das Leben«, sagte Dr. Albers. Er nahm Jeremy ins Visier. »Warum sind Sie so zornig?«

»Weil ich glaube, dass noch Hoffnung für Jesse besteht«, antwortete Jeremy. »Außerdem könnten wir noch die besten Ärzte der Welt konsultieren.«

Der Psychologe nickte verständnisvoll. »Glauben Sie, dass Geld die größten Herrscher der Welt davor bewahrt hat, zu sterben?«

»Nein! Aber Jesse hat noch nicht alle Möglichkeiten ausgeschöpft!«

»Ihr Bruder hat alle Therapiemöglichkeiten genutzt. Die Aussicht auf Heilung gehört seiner Vergangenheit an. Sie müssen nun gemeinsam lernen, in der Gegenwart zu leben.«

Jeremys Blick verriet dem Psychologen, dass er die richtigen Worte gefunden hatte. »Sie können das gemeinsam lernen. Wissen Sie, wo die zufriedensten Menschen leben? Nicht in Saudi-Arabien, wo sie am reichsten sind. Auch nicht in Japan, wo sie am ältesten werden. Es sind nicht die Kanadier, obwohl sie den höchsten Bildungsgrad haben. Nein! Am zufriedensten sind die vermeintlich *armen* Südamerikaner, die im *Hier und Heute* leben. Das dürfen Sie mir ruhig glauben. Es sind die neuesten Erkenntnisse aus weltweiten Bevölkerungsumfragen.«

»Das macht es uns auch nicht leichter. Es ist so schwer, mit ansehen zu müssen, wie Jesse auf das Ende zusteuert!« Es war Joanna, die das aussprach. »Ich kann Jeremy gut verstehen – und ja, es stimmt, dass ich mich isoliert fühle. Aber das hat nichts damit zu tun, dass ich meine Brüder entzweien möchte. Ich folge meinem Gewissen, weil ich spüre, dass es für uns alle das Beste ist, wenn Jesses medizinische Pflege in Ihre Hände gelegt wird, Dr. Albers. So lange Jesse schmerzfrei ist, haben wir die Möglichkeit, die Zeit mit ihm zu genießen.«

Weinend ergriff sie die Hand ihres Bruders.

Eine Viertelstunde später war Minnie reisefertig. Bevor der Krankenwagen kam, um sie abzuholen, klopfte die alte Dame noch an die Tür von Zimmer 12, um sich von Mike zu verabschieden.

Er sah müde aus.

Minnie berichtete ihrem Freund, was sich in Haus Holle ereignet hatte. Mike staunte über das plötzliche Ableben von Otto G. Klatsch und berichtete ebenfalls von seinen Erlebnissen.

»Ich war gestern noch bei Omi«, flüsterte er, um seine Eltern nicht aufzuwecken. »Ihr geht es gar nicht gut. Noch immer sind zahlreiche Speisen in ihrem Zimmer verteilt, und noch immer muss der Koch Überstunden für sie machen. Dabei kann sie kaum noch essen. Sie stochert nur in den Speisen herum und ist schrecklich mies gelaunt. Ich hatte das Gefühl, dass sie im Fünf-Minuten-Takt auf die Waage geht. Ihre einzigen Sätze lauten: *Ich muss mich aufpäppeln, ich muss doch zunehmen.* Omi steht dem Tod völlig unversöhnlich gegenüber, und sie trägt nur noch ihre schwarze Perücke. *Omaira.*«

»Haben Sie herausgefunden, worunter sie leidet?«, fragte Minnie.

»Irgendwas mit dem Magen«, antwortete Mike. »Scheinbar gibt es dort einen Tumor, der schon aufgebrochen ist, und sie Blut husten lässt. Außerdem droht ihr ein Darmverschluss. Bruno hat Omi davor gewarnt, dass sie das Verdaute erbrechen könnte. Er sorgt sich sehr um sie. Sie jedoch will sich keine Spritze geben lassen, durch die sie sediert wird. Dabei würde sie dann nichts mehr merken, und erst recht nicht qualvoll sterben. Aber wie gesagt – sie redet nur übers Aufpäppeln.«

»Macht sie noch anzügliche Witze?«

»Keinen einzigen.«

»Konnten Sie etwas über Knopinskis Beruf herausfinden?«

»Am kommenden Montag bekomme ich die Information«, antwortete Mike. »Aber es könnte sein, dass sich die Lage meines Vaters bis dahin noch weiter verschlechtert hat.«

Vorsichtig deutete der Journalist auf das Bett hinter sich. »Was machen wir, wenn Sie zurückkommen – und ich nicht mehr hier sein sollte? Soll ich Sie dann anrufen?«

»Ich bin mir sicher, dass ich rasch wieder hier sein werde«, war Minnie überzeugt.

»Was ist mit dem unbekannten Mann, den Sie manchmal sehen?« Mike wollte einen Scherz machen. Leider traf seine Frage ins Schwarze und ließ Minnie frösteln. Tatsächlich hatte sie den Unbekannten mit dem kindlichen Körper und dem Greisenkopf seit dem Vorfall während der *Monopoly*-Partie schon wieder im Haus herumgeistern sehen – und das gleich drei Mal.

Die Abstände wurden immer kürzer. Beim ersten Mal meinte sie, den gruseligen Schleicher in einer TV-Werbung gesehen zu haben – mitten in einem Werbe-Spot. Das zweite Mal hatte sie von ihm geträumt. Im Halbschlaf stellte er sich als *Hans* vor. Die Begegnung war nicht schrecklich, aber Minnie fand es seltsam, dass er einen mit Karos bedruckten Kittel trug. Auch das dritte Wiedersehen fand im Traum statt. *Hans* und sie waren auf einem Ball – gemeinsam mit Marisabel und einem Engel. Während des Tanzes hatte es sogar einen Partnerwechsel gegeben. Als Minnie in den Armen des Engels lag, erkannte sie, dass sie *Hans* besser führte, weil sie sich bei ihm sicherer fühlte.

Jetzt jedoch, kurz vor ihrer Abreise, war nicht der richtige Zeitpunkt, um Mike von ihren Visionen zu erzählen. Deshalb lächelte sie und nutzte die Tatsache aus, dass man bereits nach ihr rief.

Minnie drückte Mikes Hand. »Hier im Haus ist es wahnsinnig schwer, zwischen natürlichen und unnatürlichen Todesfällen zu unterscheiden – weil hier ständig gestorben und niemand obduziert wird. Sollte es tatsächlich das perfekte Verbrechen geben, dann kann es nur hier stattfinden. Ich glaube nach wie vor, dass es zwischen dem Tod der Knopinskis und dem Tod von Professor Pellenhorn eine Verbindung gibt – und dass die drei mit einer Überdosis Medikamente beziehungsweise einem Stück Parmesankäse ermordet wurden. Wir werden die Wahrheit bald kennen. Ich verspreche Ihnen, dass ich nur ganz kurz weg sein werde!«

Geständnisse

Tatsächlich verging eine Woche, bis Minnie zurückkam. Erneut hatte es Komplikationen im Krankenhaus gegeben. In größter Not entschied man sich dafür, sie mit Apparaten und Schläuchen zu verbinden.

Einen Tag vor ihrer Entlassung hatte ein junger Arzt sich neben ihr Krankenbett gesetzt. »Wir haben Sie gründlich untersucht«, begann er, »und müssen Ihnen leider sagen, dass Sie nicht mehr lange leben werden. Ich weiß, das ist eine schlimme Nachricht. Gibt es vielleicht Angehörige oder Freunde, die wir informieren sollen? Haben Sie jemanden, der sich um Sie kümmert?«

Minnie hatte genickt. Sie dachte an ihr Zuhause und an Marius.

Obendrein würde heute, das hatte sie in Erfahrung gebracht, ein Gospelchor im Hospiz singen. Weihnachten rückte näher, bald schon war der 1. Advent.

All diese Gedanken brachte sie mit einem Satz zum Ausdruck: »Mir geht es sehr gut!«

»Sie begreifen nicht …«, fuhr der Mediziner hilflos fort. »Sie haben Krebs im Endstadium. Vielleicht ist schon bald alles vorbei …«

»Aber ich lebe heute, nicht wahr?«, erwiderte Minnie und setzte sich auf. »Und heute geht es mir sehr gut.«

»Ich entlasse Sie nur ungern«, warnte der Arzt. »Sie könnten hilflos zusammenbrechen. Leben Sie in einem Pflegeheim?«

»In einem Hospiz«, gestand Minnie. »Und ich weiß schon etwas länger, dass ich nicht mehr viel Zeit habe.«

»Meine Großmutter ist in Ihrem Alter«, sagte der junge Arzt. »Wenn ich mir vorstelle, dass sie allein in einem Hospiz lebte, fände ich das wahnsinnig traurig. Haben Sie keine Verwandten, die sich zu Hause um Sie kümmern können?«

»Doch«, antwortete Minnie und dachte voller Liebe an ihre Töchter. In den letzten vier Wochen hatte sie stets so getan, als sei sie zu Hause. Dabei wurden sämtliche Anrufe, die dort eingingen, zu ihrem Mobiltelefon umgeleitet.

Schlagartig erkannte sie, dass es falsch gewesen war, ihre Töchter angelogen zu haben. Die Uhr tickte, auch wenn sie das anfangs nicht hatte wahrhaben wollen.

Außerdem fielen ihr die vielen Begegnungen in Haus Holle ein: Wie rührend und aufopfernd sich Anne um ihren Mann kümmerte, wie eng Angie und Annette einander waren, wie verbunden die streitenden Zimmermann-Geschwister. Sie beschloss, Ute und Clara neben dem Abschiednehmen nicht zusätzlich die schwere Last aufzubürden, sich nicht mit ihr ausgesprochen zu haben. Wer weiß, vielleicht hatten ihre Töchter ja noch Fragen ... Nach ihrer Rückführung würde sie die Mädchen anrufen. Nach dem Besuch von Ursula Demarmels würde sie die Stärke dafür besitzen.

»Ich habe Verwandte, und sie sind bei mir«, erklärte sie. »Jetzt bitte ich Sie, mich zu entschuldigen. Ich möchte heim.«

Heim.
Zu Hause.
Ein schützendes Dach.
Die eigenen vier Wände.
Geborgenheit.
Menschen, die ehrlich und freundlich sind.
Aber auch ein unheimliches Wesen, das nachts durch die Gänge schleicht und Menschen ermordet ...

Minnie betrat Haus Holle. Ihr Zuhause empfing sie, der helle Steinboden war frisch geputzt worden.

Und ja, die Kerze brannte.

»Kai«, las Minnie. »*Mein wunderbarer Ehemann und Beschützer – ich werde Dich nie vergessen. Als Du nicht mehr bei mir bleiben konntest, habe ich Dich schweren Herzens losgelassen – im festen Wissen, dass wir uns wiedersehen. Ich liebe Dich. Deine Herz-Dame Karoline.*«

Die alte Dame schluckte. Sie hatte das junge Ehepaar nur kurz beim Einzug gesehen. Aber zur gleichen Stunde hatte es den gewaltigen Medienrummel um Otto G. Klatsch gegeben – und dann war sie auch schon ins Krankenhaus gekommen. Die junge Witwe tat Minnie leid. Sie hatte schließlich einen kleinen Sohn.

Plötzlich zog jemand an ihrem Mantel. Es war Fee, die von einem Mops begleitet wurde.

»Minnie, da bist du ja!«, rief Fee, »ich habe dich schon so vermisst. Wo bist du die ganze Zeit gewesen?«

»Im Krankenhaus, meine Kleine. Aber jetzt geht es mir besser. Und wie geht es hier?«

»Mama schläft viel«, sagte sie.

Minnie ließ ihre Finger durch die Buchseiten gleiten, denn sie wollte nur eins wissen – welcher Name vor *Kai* stand.

Unbewusst hielt sie den Atem an.

Dann las sie: *Otto*. Das ließ sie aufatmen. Ihre Freunde lebten alle noch. Und heute kam der Gospelchor.

Marisabel Prinz saß im Esszimmer. Mürrisch blickte sie nach draußen. »Wo bleiben Sie denn, Minnie?«, rief sie in den Gang hinein. »Ich habe genau gesehen, dass der Krankenwagen Sie längst ausgespuckt hat. Und der Lift ist auch nicht nach oben gefahren!«

Daraufhin lief Minnie mit ihrem Rollator in Richtung Esszimmer, begleitet vom Mops und Fee.

Sie sah Marisabel und erschrak. Zwar hatte sie in der letzten Woche erfolgreich ihren Stammplatz verteidigt, doch sie schien viel dünner geworden zu sein. Sie stocherte im Essen herum.

Außer Montrésor, der am anderen Ende des Tisches saß und durch sein Uhrglas das Fenster fixierte, war kein anderer Gast anwesend.

»Ganz schön still hier, was?«, meinte Marisabel. »In der letzten Woche ist so viel passiert! Im Haus geht irgendein Infekt um. Zuerst hat es Annette erwischt. Sie liegt im Bett und übergibt sich ständig. Auch Mutter Merkel ist ständig oben. Mit Sonja geht es zu Ende. Omi hat gestern ihre palliative Sedierung, wie es so schön heißt, bekommen. Sie liegt in einem flachen Schlaf, bei dem das Bewusstsein erhalten bleibt und aus dem sie, so heißt es, in den ewigen rüberrutschen kann, ohne zu merken, dass sie erbricht oder röchelt. Wobei, das habe ich gelesen, in Kauf genommen wird, dass der Tod früher eintritt – das nennt man wohl eine Komplikation oder eine unerwünschte Nebenwirkung. Nadine schläft, Herbert Powelz schläft, Bella schläft, Omi schläft, Jesse schläft – alle schlafen den ganzen Tag. Nur einer ist außer mir und Adolf wach – unser neuer Mitbewohner. Er heißt Dr. Z. und kommt aus der Batschka! Gott weiß, wofür das nun wieder steht. Jedenfalls ist er ein Geistlicher mit einem Hirntumor. Dr. Z. liegt im alten Klatsch-Zimmer und macht einen sehr verwirrten Eindruck.«

In diesem Moment rief eine Männerstimme leise Hallo.

»Manchmal hört man ihn leise rufen«, seufzte Marisabel. »Seine Tür muss immer geöffnet bleiben, weil sich seine Lage ständig ändern kann. Wenn man direkt an seinem Zimmer vorbeigeht, hört man ihn beten. Das klingt so schön! Aber er ist immer allein. Er tut mir so leid!«

»Schläft er auch mal?«, fragte Minnie.

»Kaum«, antwortete Marisabel nüchtern. »Außerdem verweigert er jede Art von Medizin.« Sie musterte ihre Fingernägel, von denen der Lack längst abgeblättert war. »Aber Sie, Sie sehen gut aus, Minnie!«

»Danke«, antwortete Minnie. »Ich habe mich mit allem arrangiert. Aber sagen Sie, wie war denn Annettes Familienfeier?«

»Fand statt«, sagte Marisabel triumphierend. »Der ganze Grüne Saal war voll. In der Mitte stand Annettes Bett.«

»Annettes Bett? Sie hat die Feier liegend erlebt?«

»Ja. Daran war der Infekt schuld, der im Haus umgeht und Bella auch voll erwischt hat. Passen Sie bloß auf sich auf! Trotzdem hat Annette die Party total genossen. Sie war der strahlende Mittelpunkt. Außerdem scheint sich Angie mit ihrem Schwiegervater ausgesprochen zu haben. Seit dem Fest duldet sie, dass er öfter hier ist. Annette selbst sieht man leider nur noch selten. Sie kommt nie mehr ins Esszimmer. Mir fehlt der Mumm, an die Tür zu klopfen, weil ich nicht weiß, ob ich die Familienintimität störe.«

»Welchen Infekt hat sich Bella denn zugezogen?«

»Keine Ahnung, aber es muss derselbe sein, der Annette erwischt hat. Beide wurden am gleichen Tag krank. Ich weiß nur, dass Bella viel Besuch bekommt. Aber als jemand, der sie schließlich auch kennen- und schätzen gelernt hat, bleibt man plötzlich außen vor. Man fühlt sich so einsam! Als ob alle gingen … Gut, dass Sie wenigstens zurück sind. Nein, Bella habe ich das letzte Mal gesehen, als die Friseurin ins Haus kam und sich Bella eine komplizierte Hochsteckfrisur machen ließ – von einer reizenden Dame namens Monika, die einen Salon um die Ecke betreibt. Sie kommt ab jetzt einmal im Monat und verpasst allen, die noch Haare haben und es möchten, gratis einen neuen Schnitt.«

Minnie staunte. Die freundliche Friseurin mit dem Piercing musste sich umgehend nach ihrem Friseurbesuch im Hospiz eingefunden haben. Sie bedauerte sehr, dass sie ihren Besuch verpasst hatte. »Ist sonst noch etwas passiert?«, fragte sie weiter.

»Ja! Vor einigen Tagen wurden die Türschilder derjenigen, die im November gestorben sind, aus einem Kästchen geholt und in einer feierlichen Zeremonie verbrannt. Wir waren alle anwesend. Zuerst wurde der Name vorgelesen, dann haben wir uns alle an die lieben Toten erinnert – und zuletzt wurde das Papier angezündet. Die Asche haben wir dann im Garten verstreut.«

»Wie geht Bella damit um, dass sie schon eine Woche über ihrer ärztlichen Prognose liegt?«

»Zuerst war sie missmutig«, wusste Marisabel zu berichten. »Dann jedoch wurde sie noch stiller als zuvor und legte immer mehr Schminke auf. Wahrscheinlich befürchtet sie, dass sie in jeder Minute der Schlag treffen kann.«

»Und Sie, Adolf? Wie geht es Ihnen?«

»Ganz gut ... aber es ist wirklich auffällig ruhig hier geworden. Fast alle Gäste ruhen sich aus. Doch es gibt auch gute Nachrichten: Gestern durfte mich meine Frau endlich wieder besuchen. Sie hat mich sogar erkannt.«

Er wirkte entspannter als vor Minnies Klinikaufenthalt. Sein langes Haar hing strähnig nach unten. Das gab Montrésor ein bizarres Aussehen. Er erinnerte Minnie an Gollum aus *Der Herr der Ringe*.

Als ein leises Rufen erklang, zuckte Marisabel zusammen: Dr. Z. betete wieder. Danach stimmte er sanft die Melodie von *Maria durch ein Dornwald ging* an – passend zum bevorstehenden, 1. Advent.

Das Lied verfolgte Minnie bis zum Zimmer von Herbert Powelz. Sie schlüpfte leise zur Tür hinein. Schemenhaft erkannte sie, dass Mike auf dem Sessel lag. Er schlief tief und fest. Nur Anne öffnete die Augen. Trotz Übermüdung wurde sie beim kleinsten Geräusch wach. »Minnie! Sie sind wieder da! Das wird Mike freuen.«

Minnie setzte sich zu Anne auf die Bettkante und flüsterte: »Ich musste lange in der Klinik bleiben. Schön, dass ich Sie noch antreffe …«

Übernächtigt blickte Herberts weißhaarige Leibwächterin die Besucherin an. »Ich lasse alles auf mich zukommen, und mache das Beste aus der Situation«, erwiderte Anne. »Manchmal wünsche ich mir, dass mein Mann endlich erlöst wird. Kürzlich hat ihn der dünne Dietmar mal vor das Fenster geschoben, und wir haben uns das Vogelhäuschen angesehen. Kurz darauf sah mein Mann plötzlich ganz komisch aus. In diesem Moment glaubte ich zu spüren, dass er nun sterben würde. Dietmar empfand das genauso. Aber eine Minute später war wieder alles wie immer.«

Herberts Husten unterbrach das Gespräch. Minnie bemerkte, dass er eine seltsame Stelle am Kopf hatte.

»Hat Ihr Mann sich gestoßen?«, fragte sie.

»Scheinbar ja«, bestätigte Anne. »Außerdem kann er sein linkes Auge nicht mehr öffnen. Dadurch sieht er so traurig aus, wenn er mich anblickt.«

»Sein Gesicht ist dünner geworden«, stellte Minnie fest und streichelte die Hand des Kranken.

Verwirrt blickte Herbert sie an.

»Da bist du ja«, flüsterte er leise.

»Er ist verwirrt«, erklärte Anne. »Dr. Aracelis hat die Morphiumdosis erhöht. Außerdem bekommt Herbert nun Tabletten, die verhindern sollen, dass sich seine Tumore mit Wasser vollsaugen. Er braucht immer öfter Tavor.« Völlig erschöpft schloss Anne die Augen und sank auf ihr Gästebett zurück.

Minnie war unwohl zumute inmitten von drei schlafenden Menschen, von denen einer sterbenskrank war und die anderen völlig kraftlos wirkten.

Leise stand sie auf und verließ das Zimmer.

Kurz darauf wurde Kai Bergmanns Sarg – der Polizist war am Tag zuvor verstorben – auf Rollengestellen über den unteren Flur gezogen, und Anne Powelz wachte auf.

Sie stupste Mike an, und fragte: »Ist jemand gestorben?«

Sofort schreckte ihr Sohn aus dem Schlaf auf. »Keine Ahnung!«

»Deine Freundin ist zurück«, flüsterte Anne. »Minnie war vorhin kurz hier.«

»Wie geht es ihr?«

»Sie sieht frischer aus als früher«, erklärte Anne. »Außerdem will sie dich etwas fragen.«

»Dann flitze ich mal rasch zu ihr runter«, rief Mike. Er eilte zu Zimmer 6 und wollte gerade anklopfen, als ihn Minnies Stimme davon abhielt. Zwar konnte er nur ein paar Wortfetzen verstehen, die aus ihrem Zimmer drangen, aber er verstand trotzdem, dass sie gerade ein brisantes Geständnis ablegte.

Also wartete er und lauschte. Schließlich war er Journalist.

»Du hast also Visionen?«

Dr. Albers hatte sich auf dem Stuhl vorgebeugt und blickte Minnie ernsthaft an. »Was für Visionen?«

»In den letzten Wochen habe ich jemanden in Haus Holle gesehen, von dem ich nicht weiß, ob er existiert«, gestand sie. »Zumindest dachte ich, es wäre ein Greis. Inzwischen jedoch hatte ich die Zeit, ihn mir genauer anzusehen, und weiß nun, dass er den Körper eines Kindes hat.«

»Ein Progerie-Kranker?«, hakte Andreas nach.

Minnie blickte ihn fragend an.

»Progerie-Kranke haben einen Gen-Defekt, der sie schon in jungen Jahren altern lässt«, erklärte der Psychologe. »Ihr Körper bleibt kindlich, doch ihr Kopf sieht aus wie der eines Greises. «

»Schwer zu beantworten, ob es sich darum handelt«, erwiderte Minnie. »Am Anfang konnte ich immer nur einen kurzen Blick auf ihn erhaschen – zum Beispiel im Flur oder vor Haus Holle. Inzwischen jedoch«, sie holte tief Luft, »ist er mir dreimal in meinen Träumen begegnet. Einmal haben wir im Traum sogar zusammen getanzt. Er sieht so schaurig aus.«

»Mmh«, machte Dr. Albers.

»Ich bin mir nicht sicher, ob ich Gespenster sehe oder ob mein Geist so verwirrt ist, dass echte Menschen mich bis in den Schlaf verfolgen. Das Ganze ist so unheimlich!«

»Natürlich kann Morphium den Geist vernebeln«, erklärte der Psychologe. »Andererseits haben viele Menschen Visionen. Marisabel Prinz sieht immer einen Engel.«

»Ein Engel ist auch in meinem Traum aufgetaucht«, entgegnete Minnie erstaunt. »Darin tanzte Frau Prinz mit einem Engel, während ich in den Armen des Kindgreises lag. Anschließend wechselten wir die Tanzpartner. Kann dieser Traum dadurch hervorgerufen worden sein, dass mir Marisabel schon mal von ihrem Engel erzählt hat?«

»Ja«, antwortete Andreas. »Höchstwahrscheinlich liegt es daran. Ängstigen dich deine Träume?«

»Nein«, erwiderte Minnie. »Durch den Traumtanz hat mir der Kindgreis bewiesen, dass ich sicher bin in seinen Armen. Aber wenn ich ihn in der Realität sehe, jagt er mir jedes Mal eine Heidenangst ein. Er huscht manchmal durch die Flure!«

»Klingt, als wäre er ein Symbol für den Tod«, überlegte Andreas. »Aus meiner Perspektive hört sich das Ganze so an, als käme der Tod näher und näher. Bestimmt ist es nur eine Vision! Du kannst dich ganz beruhigt entspannen. Bei dem komischen Greis handelt es sich um eine versinnbildlichte Idee, die dein Geist verarbeitet. Inwiefern beschäftigst du dich mit dem Sterben?«

»In den letzten Wochen habe ich kaum noch darüber nachgedacht«, gestand Minnie. »Es sind zwar einige Menschen gestorben, aber ich fühle mich tipptopp. Haus Holle gefällt mir. Ich vergesse immer öfter, warum ich hier bin.«

»Gut«, erwiderte der Psychologe. »Jetzt musst du nur noch eine Sache verinnerlichen.«

»Welche?«

»Dass es nicht notwendig ist, ständig ins Krankenhaus zu gehen. Du kannst den Dingen ihren natürlichen Lauf lassen.«

»Aber ich habe noch Dinge zu erledigen! Zum Beispiel meine Rückführung. Und dann noch …«

»Weihnachten? Das verstehe ich sehr gut.«

Der Lauscher vor der Tür spürte, dass der richtige Zeitpunkt zum Eintreten gekommen war. Er klopfte an Minnies Tür. Als er ins Zimmer trat, blickten Minnie und Dr. Albers ihn überrascht an.

Mike bemerkte sofort, dass seine Mutter nicht übertrieben hatte. Minnie sah tatsächlich gut aus. Sie wirkte frisch und braun gebrannt.

Oder?

Nein, er täuschte sich. Minnies Gesicht war gelber geworden.

Kaum hatte sich Dr. Albers verabschiedet, hakte Mike nach: »Sie haben Visionen? Und Sie haben eine gruselige Gestalt gesehen? Etwa den Mann von der Parkbank? Warum haben Sie mir nichts davon erzählt? Vielleicht ist er gefährlich!«

Minnie konterte mit einer Gegenfrage. »Sie haben gelauscht?«

Mike grinste.

Doch Minnie fand das gar nicht witzig. »Wie können Sie ein Gespräch belauschen, das intim ist?«

»Entschuldigung«, erwiderte Mike. »Ich glaube, ich habe mich eben verhört. Sie haben doch selbst belauscht, was die Pfleger und Ärzte damals im Grünen Saal gesagt haben. Genau wie das Gespräch der alten Knopinskis. Kommen Sie mir nicht so pseudomoralisch.«

Minnies Kopf sank in ihre Hände. »Es tut mir leid«, entgegnete sie. »Sie haben einen wunden Punkt getroffen. Ich sehe den schaurigen Kindgreis immer öfter. Ich fürchte mich so. Scheinbar kann ihn niemand sehen außer mir. Und Marisabel ...«

Mike nickte. »Ich verstehe, dass Sie Angst haben. Vor allem in Ihrer Situation.«

»Die ist auch alles andere als leicht«, gestand Minnie kläglich. »Ich will Ihnen mal etwas beichten. Als ich hierherkam, hatte ich eine *Scheißangst* – so würde es Nadine ausdrücken. Dann jedoch ließen mich unsere Mission und Marius den Tod vergessen. Die schrecklichen Visionen vom Kindgreis erinnern mich immer wieder an ihn. Was, wenn er der Mörder ist, den Knopinski gemeint hat? Vielleicht trägt einer der Gäste eine Maske! Ich möchte nicht sterben! Ich kann dem Tod nicht vertrauen!«

»Fahren Sie fort«, ermunterte Mike sie.

»Ich habe Dr. Albers Löcher über das Sterben in den Bauch gefragt – und er hat mir alles erklärt. Aber die Angst will einfach nicht verschwinden. Ich habe Todesangst davor, dass das Sterben doch wehtut und ich bis in alle Ewigkeit allein sein werde und für immer in diesem Tot-Zustand sein muss. Mir fehlt die Gewissheit, dass alles gut wird, und mit *gut* meine ich: nicht allein sein, keine Angst haben müssen, nicht im Dunkeln zu sein für alle Ewigkeit.«

»Diese Angst plagt uns alle. Aber viele Menschen glauben auch, dass alles gut wird«, sagte Mike.

»Ist das nicht ein Selbstbetrug?«, zweifelte Minnie. »Eine Selbsttäuschung, mit deren Hilfe wir die Wahrheit verdrängen, dass wir sterben müssen und unsere Leichen wie Kokons zu einem Erdloch getragen werden?«

»Fürchten Sie sich vor der Verwesung?«

»Nein! Ich fürchte mich vor dem Gedanken, dass ich nach dem Tod noch denken kann, aber zu keiner Handlung fähig bin. Wie ein Wachkoma-Patient! Für immer und ewig!«

»So, als hätten Sie sich Ihr ganzes Leben nur ausgedacht?«, fragte Mike ungläubig. »Als ob alles, was wir im Leben sehen, eine Vision wäre – oder ein Film, den wir nicht stoppen können und in dem wir mittendrinstecken?«

»Keine Ahnung«, antwortete Minnie. »Scheinbar muss ich anerkennen, dass der Tod größer ist als mein Verstand. Ich weiß nicht, ob alles gut endet.«

Mike hob die Hand. »Ich habe ein Gegenargument! Wenn Sie ganz tief in sich hineinhorchen und sich dann die Frage stellen, ob Sie leben möchten – was würden Sie antworten?«

»Ja«, sagte Minnie.

»So geht es allen Menschen«, meinte Mike. »Aber wir wissen auch, dass unsere Geburt und das Sterben untrennbar zu diesem Leben gehören. Haben Sie denn eine negative Erinnerung an Ihre Geburt?«

»Nein!«

»Genauso wird es sich mit dem Tod verhalten. Er ist nicht schlecht, weil Sie sich im Zustand des Todes nicht an das Sterben werden erinnern können. Das Totsein ist mindestens neutral. Warum sollten Sie sich also fürchten?«

Minnie schüttelte die weißen Locken. »Weg mit den negativen Gedanken«, sagte sie laut. »Jetzt will ich alles über Ihre Recherchen wissen. Haben Sie inzwischen herausgefunden, welchen Beruf Knut Knopinski hatte?«

Mike nickte und grinste breit. »Knopinskis Beruf wird Sie sehr überraschen!«

Reue

Drei Tage später konnte Minnie immer noch nicht fassen, welchen Beruf Knopinski ausgeübt hatte.

»Ein hochrangiger Gefängniswärter im Staatsdienst ... Das hätte ich nie gedacht«, flüsterte sie ihrem Spiegelbild zu.

Mikes Enthüllung warf nun ein völlig neues Licht auf ihre Beobachtungen. Plötzlich verstand sie, warum Knopinski seine Ehefrau jahrelang zu Hause eingesperrt und in Haus Holle durch die Schlüssellöcher spioniert hatte. Auch seine Drohungen passten zu seinem Beruf: Er war ein Sadist gewesen, der andere kontrollierte, demütigte und bestrafte. Und er hatte in Haus Holle einen Mörder wiedererkannt.

Aber die neue Erkenntnis bestätigte auch, dass Knopinski und seine Frau mit absoluter Sicherheit ermordet worden waren. Bloß von wem? Alle Menschen hatten den alten Mann gehasst, doch nicht alle konnten ihm früher schon einmal begegnet sein.

Es sei denn ...

Professor Pellenhorn war früher im Innenministerium tätig gewesen. Durch diesen Job hätten sich die Lebenswege der beiden Männer kreuzen können. Oder war einer der Gäste jemals ein Gefängnisinsasse gewesen? Sie erinnerte sich an Mikes Erzählung, dass Sonja Merkel Knopinskis Stimme wiedererkannt hatte – und dass ihr Freund im Gefängnis saß. Gab es da eine Verbindung?

Bella und Annette kann ich ausschließen – die sind viel zu jung, dachte Minnie. Omi, Marisabel oder Adolf hingegen könnten Knopinski durchaus während einer Haft begegnet sein.

Aber hätte sich die Dame mit den drei Perücken, die Hundezüchterin oder der Mann mit der seltsamen Frisur wirklich so stark verändern können, dass Knopinski sie nicht auf den ersten Blick wiedererkannt hatte und sich erst zum Nachdenken hatte zurückziehen müssen? Minnie glaubte fest daran. Zwar hatte er im Esszimmer gerufen, dass er niemals ein Gesicht vergäße, aber an wen ihn Mister X konkret erinnerte, daran hatte sich Knopinski zu spät erinnert. Skrupellos hatte der Mörder seine Gedächtnislücke ausgenutzt, und das Ehepaar rechtzeitig zum Schweigen gebracht.

Gedanklich ging Minnie noch einmal alles durch. Sie musste etwas übersehen haben.

Zuerst hatte Knopinski dem Mörder öffentlich im Esszimmer gedroht. Anschließend hatte er sich einen Tag lang in seinem Zimmer eingeschlossen. Das war ein Widerspruch. Plötzlich erschien es ihr unlogisch, dass ein Mann in höchster Zeitnot, der ein *Mörderfoto* zu Hause hatte, stundenlang im Bett liegen blieb – ohne krank gewesen zu sein. Schließlich hatte Gertrud Knopinski keinerlei Infekt erwähnt. Minnie erinnerte sich genau an ihre Worte: *Er hat die ganze Nacht über etwas gegrübelt. Deshalb habe ich das Bitte nicht stören-Schild an die Tür gehängt.* Wie passte das zu Knopinskis Vorsatz, den er in der Nacht vor seinem Tod gefasst hatte? *Ich werde der Sache morgen auf den Grund gehen,* hatte er geflüstert. *Ich fühle mich hier nicht mehr sicher! Und du bist es auch nicht, Gertrud!*

Statt nach Hause zu fahren, war er in der darauffolgenden Nacht gestorben – kurz vor seiner Frau. Das bewies Marisabels Aussage.

Minnie verzweifelte. Wie passte Knopinskis paradoxe Reaktion dazu? Alles lief auf die Frage hinaus, warum er in Haus Holle geblieben war.

Es war ein unlösbares Rätsel.

Es sei denn ... Gertrud hätte gelogen, und er wäre doch gefahren. Immerhin hatte ihn am Tag vor seinem Tod niemand in Haus Holle gesehen. Oder konnte Gertrud ihn getötet und sich dann selbst umgebracht haben?

Minnie schloss diese Theorie aus – ebenso wenig wie sie glaubte, dass der Tod von Professor Pellenhorn ein Zufall gewesen war. Gertrud konnte ihn nicht ermordet haben, indem sie ein Stück Parmesankäse im Salat versteckt hatte. Schließlich hatte sich Pellenhorns Erstickungstod *nach* dem Tod der Knopinskis ereignet.

Doch wie passte der Tod des Professors ins Raster?

Es gab nur eine Erklärung. Berthold Pellenhorn hatte etwas gesehen, was ein erhellendes Licht auf den Tod der Knopinskis hätte werfen können. Leider hatte er nicht mehr sprechen können. Kurz bevor er einen Sprachcomputer bekommen sollte, hatte der Mörder ein drittes Mal zugeschlagen.

Was jedoch hätte Berthold Pellenhorn in der Nacht des Doppelmordes sehen können? Minnie versetzte sich in die Lage des gelähmten Professors. Sie erinnerte sich, wie sie die Münze für den Fährmann auf das Auge des Toten gelegt hatte. Und dann? Bertholds Bett war zum Fenster ausgerichtet gewesen. Von seiner Position aus hatte der Gelähmte den perfekten Blick auf den Weg vor Haus Holle. Das war es! In der Mordnacht konnte er nur zwei Dinge gesehen haben – die Bank und das Ende des Weges. Doch wovon war der ALS-Patient Zeuge geworden?

Die Erkenntnis traf Minnie wie ein Schlag. Professor Pellenhorn hatte jemanden gesehen, der das Haus nachts betreten oder verlassen hatte. Er hatte den Namen verraten wollen. Und er hatte immer wieder die Silbe *Au* hervorgestoßen. Leider jedoch fing weder der Vorname noch der Nachname irgendeines Gastes, Angehörigen oder Pflegers mit Au an. Oder bezog sich das *Au* vielleicht auf ein *Auto*? Minnie fielen nur zwei

Fahrzeuge ein, auf die das zutreffen konnte – Knopinskis Mercedes und Merkels Golf.

Sie spielte den Gedanken weiter durch. Jemand hatte Haus Holle betreten, als die Gelegenheit günstig gewesen war. Der Doppelmord musste sich zwischen 22.45 Uhr und 2.35 Uhr ereignet haben, als sie selbst auf dem Sofa vor ihrem Zimmer gesessen hatte und tief eingenickt war. Es war der perfekte Zeitraum für den Täter – weil eine außergewöhnliche Unruhe im Haus ausgebrochen war. In jener Nacht war alles anders gewesen als sonst.

Ihre Gedanken schweiften zurück.

Annette war klammheimlich im Haus erschienen …

Sonja Merkel hatte plötzlich Durchfall gehabt …

Omi war mit einer schwarzen Perücke unterwegs gewesen …

Montrésor litt unter Psychosen …

Cristiano hatte überraschenderweise mit einem Pfleger reden wollen …

Auf Nadines Bett lag eine Spritze mit Drogen …

Bella hatte die Korken knallen lassen …

Und sie selbst hatte den unheimlichen Kindgreis gesehen. War es ein kleiner, haarloser Gast gewesen, der sich als Maskenmann verkleidet hatte?

Sie machte sich eine Notiz und beschloss, Mike um zwei Dinge zu bitten. Er musste die Vergangenheit der Gäste so schnell wie möglich durchleuchten. Vielleicht begann der Name eines Mitbewohners ja doch mit *Au*, und Professor Pellenhorn hatte das gewusst. Oder vielleicht war jemand vorbestraft. Außerdem musste Mike Hildegard Merkel noch mal fragen, ob sich in der Todesnacht irgendetwas Außergewöhnliches mit ihrem Auto ereignet hatte.

Minnie schlurfte in die Küche und musterte Kostjas Anrichte. Hier hatten die vom Koch zubereiteten Speisen gestanden, die Kostja am Nachmittag vor Professor Pellenhorns Tod für die Gäste zubereitet hatte. Jeder der Mitarbeiter von Haus Holle, aber auch alle anderen hätten Professor Pellenhorns *Caesars Salat* in einem unbeobachteten Moment manipulieren können. Schließlich hatte der fleißige Koch alle Speisen mit Namensschildern versehen.

Minnie schaute sich die aktuelle Gästeliste an Kostjas Pinnwand an:

Zimmer 1: Klärchen Krause. Keine Speisen. Mit farbigen Speisen verwöhnen.
Zimmer 2: Golo Grünlich. Lässt sich nur von seiner Frau füttern. Speisen für den nächsten Tag bis spätestens nachmittags mit Violetta Grünlich besprechen.
Zimmer 3: Adolf Montrésor. Kein Alkohol! Trockener Alkoholiker!
Zimmer 4: Bella Schiffer. Kleine Portionen. Kein Fisch. Gern Vitamine. Speist im Bett.
Zimmer 5: Jesse Zimmermann. Mag Sushi. Speist im Bett.
Zimmer 6: Minnie Meister. Keine Graupen.
Zimmer 7: Sonja Merkel. Keine Speisen.
Zimmer 8: Dr. Z. Keine Speisen. Nur Lippen befeuchten.
Zimmer 9: Marisabel Prinz. Vegetarierin. Gern Käse, gern Rotwein, gern Antipasti. Täglich nach Sonderwünschen fragen. Vitamindrink ohne Milch aufschütten. Bei Früchten nach Abneigungen fragen. Isst oft aushäusig.
Zimmer 10: Annette Müller. Nur Vitamindrinks.
Zimmer 11: Nadine Nisse. Nur Vitamindrinks.
Zimmer 12: Herbert Powelz. Kann nicht mehr essen. Kleine Portionen anbieten.

Ihr Blick fiel auf die zweite Zeile.

In Zimmer 2 lag seit zwei Tagen ein neuer Bewohner, den seine eifersüchtige Frau – das hatte sich längst im Haus herumgesprochen – erbarmungslos von den Pflegern abschirmte. Golo Grünlich, den Marisabel Prinz als eine *Mimose bis zum Abwinken* beschrieben hatte, ließ sich die Medizin nur von seiner Gattin verabreichen. Er war verwöhnt wie ein Baby. »Zeigen Sie mir, wie ich die Morphiumdosis richtig einstellen kann«, hatte Violetta Grünlich den dünnen Dietmar bereits am ersten Tag gebeten – und die Pfleger darauf hingewiesen, dass sie alles im Griff hatte. »Wir brauchen Sie nur im Notfall. Außerdem möchte ich über jeden Besucher unterrichtet werden, der meinen Mann während meiner Abwesenheit aufsucht. Vor allem über jede Besucherin.«

Jeder Bewohner sucht sich einen Pfleger, der am besten zu ihm passt. Das hatte Dr. Albers Minnie einmal verraten. Daher wusste sie, dass in Haus Holle häufig Freundschaften zwischen Pflegern und Gästen entstanden. Der dünne Dietmar passte am besten zu Golo Grünlich – beziehungsweise zu seiner Frau. Violetta honorierte Dietmars Ergebenheit, indem sie den Pfleger in Zimmer 2 duldete und sich nicht vor ihm verstellte.

Nach einem halben Tag hatte Dietmar erkannt, dass Violetta ihre Stimmungen schneller wechselte als Omi ihre Perücken. Mal war die Gattin sanft wie ein Lamm, dann verwandelte sie sich in einen brüllenden Löwen und vergriff sich oft im Ton.

»Die Grünlichs sind das spiegelbildliche Pendant zu den Knopinskis«, meinte Marisabel nüchtern, als sie den anderen Gästen von dem neuen Ehepaar erzählte. »Als der Kranke einzog, hat er mich im Flur begrüßt. Daraufhin hagelte es sofort Vorwürfe von seiner eifersüchtigen Gattin.«

An ihrem ersten Tag in Haus Holle war Violetta für fünf Minuten ins Esszimmer gekommen. Es war offensichtlich gewesen, dass ihr Besuch nur einen einzigen Grund hatte: Sie wollte die anderen Gäste mustern und ihre Abneigung ausdrücken. Nicht einmal der Psychologe durfte sich dem neuen Gast nähern – angeblich auf Golos Wunsch. Violetta Grünlich schirmte ihren Mann nach einem Plan ab, den keiner der Pfleger und Gäste nachvollziehen konnte. Sie verließ das Haus um drei Uhr nachts und kam erst gegen 15 Uhr wieder zurück. Dieser Rhythmus hatte sich längst auf den Kranken übertragen. Er schlief den ganzen Vormittag und ließ sich nur vom dünnen Dietmar waschen. Trotzdem machte ihm seine Frau Vorwürfe, sobald sie eintraf. Golo bekam seinen Erholungsschlaf erst, wenn sie spätnachts wieder gegangen war.

»Wenn das so weitergeht«, sagte Dr. Albers kopfschüttelnd, »sprechen wir ein Hausverbot aus. Ich werde mir die Gattin mal vorknöpfen.«

Am selben Abend war es dann so weit.

Minnie hörte, dass in Zimmer 2 geflucht wurde. Gerade hatte Dr. Albers den Raum verlassen. Offensichtlich ließ er Violetta Grünlich in entsetzlicher Laune zurück.

»Was hast du diesem Psychologen vorgelogen?«, herrschte sie ihren Mann an und schlug auf die Kante des Nachttisches. »Dass ich dich nicht gut genug pflege? Er hat mir mit einem Hausverbot gedroht!«

»Ich habe kein Wort gesagt«, erklang eine dünne Stimme. »Kannst du mir bitte mal den Orangensaft rüberreichen?«

»Lüge!«, rief Violetta. »Du hast den Psycho-Doc nur vorgeschoben, damit du den anderen Frauen im Haus schöne Augen machen kannst, was? Die rothaarige Hundetante gefällt dir, oder?« Violettas Stimme durchschnitt die Luft. Minnie hörte einen Schlag, auf den ein leises Wimmern folgte.

»Kein bisschen«, stöhnte der Kranke. »Ich kenne die rothaarige Dame doch gar nicht.«

»Wieso sagt mir der Psychologe dann, dass du viel schlafen musst? Was machst du denn, wenn ich das Haus verlasse? Treibst du dich auf der Straße herum?«

»Ach, Violetta«, antwortete Golo. »Als ob ich dazu die Kraft hätte.«

Doch die Gattin erwiderte höhnisch: »Wie oft habe ich dich schon dabei ertappt, dass du unser Haus verlassen hast, wenn du geglaubt hast, dass ich schlafe. Als ob das hier anders wäre!«

»Müssen wir das wieder aufwärmen? Ich habe dir tausendmal gesagt, dass es in meinem Leben keine andere Frau gibt. Bitte geh zu einem Psychologen, wenn du Dinge siehst, die nicht real sind. Ich bin nie – wie du es nennst – auf die Straße gegangen.«

»Mal sehen, wen du alles angerufen hast, während ich weg war ... Dann kennen wir ja bald die Wahrheit.«

Eine unheimliche Stille setzte ein.

Obwohl Violetta keinen Beweis für Golos Untreue zu finden schien, haderte sie weiter mit ihm.

»Hast du die aktuelle Anrufliste gelöscht?«, fragte sie. Minnie hörte, wie das Handy an die Wand geworfen wurde und zerbrach. »Oder hast du die paar Schritte bis zu den Sexshops noch gehen können?«

Die Gattin ließ nicht locker. »Ich rede mit dir«, herrschte sie ihn an. »Mach gefälligst deine Augen auf, wenn ich mit dir spreche!«

Die Diskussion ging endlos weiter. Golo Grünlich litt unter Schmerzen, doch Violetta ließ ihn nicht zur Ruhe kommen. »Lügen! Du simulierst, um dich vor einer Aussprache zu drücken. Aber nicht mit mir!«

Minnie bemitleidete den Kranken zutiefst. Sie hörte, wie der Kranke um Morphium flehte.

Endlich schien er es zu bekommen.

Nun kehrte Ruhe ein, und Violetta schluchzte.

»Wie soll ich bloß ohne dich klarkommen?«, fragte sie weinend. »Du bist das Wichtigste in meinem Leben. Und du warst immer der Beste!«

»Ich liebe dich auch«, sagte Golo. »Du bist ebenfalls die Beste.«

»Danke, mein Schatz«, erwiderte Violetta.

Nach der Versöhnung wurde sie plötzlich euphorisch.

»Ob ich das Morphium mal probiere? Wie fühlt man sich damit?«

»Diese Frau leidet unter Borderline«, sagte Bruno leise, der unbemerkt zu Minnie getreten war und ihr die Hand auf die Schulter gelegt hatte. »Heute so – morgen so. Violetta Grünlich braucht dringend Hilfe …«

Leise klopfte Mike an die Tür von Zimmer 7, und sofort öffnete ihm Hildegard Merkel.

Sie war aufgedreht und lebendig wie immer. Sonja hingegen sah aus wie … Mike erinnerte ihr Gesichtsausdruck an Munchs berühmtes Bild *Der Schrei*. Vielleicht war er noch etwas qualvoller.

»Wie ist die Lage?«, fragte er Hildegard.

»Wie immer«, antwortete sie. »Ich bin täglich da, doch Sonja schläft meistens. Allmählich fürchte ich mich vor dem Winter. Was wird bloß, wenn es anfängt zu schneien? Und ich nicht mehr mit dem Auto kommen kann?«

»Noch ist kein Schnee angekündigt«, wusste Mike und nahm den Faden geschickt auf. »Apropos Ihr Auto … Existiert das überhaupt noch?«

»Natürlich. Gerade gestern habe ich wieder ein Strafticket fürs Falschparken vor dem Hauptbahnhof erhalten. Dabei gab's dort kein Verbotsschild – zumindest nicht früher. Ich habe die Polizei direkt angerufen, und mich beschwert.«

»Gab's eigentlich mal Zoff wegen Ihres Autos, und weil Sie ständig vor den Poller gefahren sind?«, fragte er möglichst desinteressiert.

»Natürlich«, empörte sich Hildegard Merkel. »Vor allem mit dem alten Knopinski! Der hat sich immer darüber beschwert, dass ich ihn festsetzen würde, und er nicht mit seinem ollen Schlitten aus der Ausfahrt käme.«

»War das in der Nacht vor seinem Tod?«

»Nein, schon etwas früher«, sagte Hildegard und ging in sich. »Aber in der Nacht vor oder nach seinem Tod ist trotzdem etwas Komisches passiert. Ich weiß noch, dass ich mich darüber gewundert habe. Was war das bloß? Widerlich, wenn man so vergesslich wird! Widerlich!«

Sie kratzte sich am Kopf. »Wenn jemand behaupten würde, dass ich nicht mehr alle Tassen im Schrank hätte«, ärgerte sie sich, »müsste ich ihm recht geben. Wie kann man bloß so vergesslich sein?«

»Hat es mit dem Auto zu tun?«, fragte Mike.

»Ich glaube, ja«, antwortete Hildegard. »Irgendwas war mit meinem Wagen.«

In diesem Moment stöhnte Sonja.

Sofort eilte sie zu ihrer Tochter.

»Ja, meine Kleine, alles ist wie immer. Mutter ist hier!« Sie wechselte das Thema. »Ist es nicht schrecklich, dass dieser Priester immer betet? Ich kann keine Gebete hören. Man möchte ihm den Hals umdrehen. Widerlich.«

Angie und Annette waren wach. Fröhlich winkten sie Mike herein.

»Seit ein paar Tagen liegt meine schöne Frau nur noch im Bett«, verriet Angie. »Aber ihr geht's trotzdem gut, stimmt's, Annette?«

Als die Kranke ihren Mund öffnete, fielen Mike ihre Kraftlosigkeit und ihre tiefe Müdigkeit auf. »Alles okay«, sagte Annette leise. »Aber das Haus kann ich nicht mehr verlassen. Nicht mal Fleisch mag ich noch essen. Ich erbreche pausenlos. In meinen Bauch passt nichts mehr rein. Scheinbar füllt der Tumor ihn ganz aus.«

In diesem Moment kam Angies Schwiegervater ins Zimmer. Mike sah Herrn Müller zum ersten Mal. »Kann ich was für dich tun, Annette?«, fragte der Vater mit rot geweinten Augen und setzte sich auf die Bettkante seiner Tochter.

»Ja! Ich hätte gern ein bisschen Weihnachtsschmuck vor dem Fenster.«

Herr Müller drückte Annettes Hand. »Ich kümmere mich darum.«

»Willst du den Weihnachtsschmuck, weil du dich fragst, ob du den Heiligabend noch erlebst, Annette?«, fragte Angie.

»Wie gut du mich kennst, Schatz ... Der Weihnachtsschmuck soll mich motivieren, dass ich bis dahin durchhalte ...«

»Ist euch eigentlich mal aufgefallen, dass der alte Knopinski Hildegard Merkel wegen ihres Autos angemacht hat?«, fragte Mike.

»Ja, mehrfach«, antwortete Angie. »Sie hat Herrn Knopinski oft zugeparkt. Außerdem ist sie andauernd vor den Poller gefahren. Hast du das nicht mitbekommen?«

»Doch, doch«, sagte Mike hastig. »Aber ist euch am Tag vor oder nach Knopinskis Tod was Komisches in Bezug auf das Auto aufgefallen?«

»Nein«, erwiderte Angie. »Am Nachmittag des 1. November haben sich Mutter Merkel und Knut Knopinski im Esszimmer gestritten, weil sie ihn zugeparkt hatte. Am gleichen Abend hat sie ihren Golf rückwärts gegen den Poller gesetzt. Der dicke Dietmar musste ihr beim Ausparken helfen.«

»Seid ihr endlich fertig?«, fragte Herr Müller und tätschelte Annettes Wange.

Omi schlief nur noch. Sie würde Mike nichts mehr verraten können – außer in jenen wenigen Minuten, in denen die sedierende Wirkung der Spritze nachließ und bevor sie eine neue bekam.

Bruno schleuste Mike heimlich in ihr Zimmer. »Jetzt kannst du sie für fünf Minuten besuchen. Aber beeil dich! Sie wird gleich wieder einschlafen.«

Inmitten der großen Kissen wirkte die dürre Frau mit den erschrocken aufgerissenen Augen noch winziger.

»Dass ich das erleben muss«, sagte sie leise. »Nehmen Sie mir bitte den Schmuck ab?«

Vorsichtig befreite Mike sie von ihren Ohrsteckern, ihrem Fingerring und ihrer Halskette.

»Das wiegt alles so viel«, flüsterte sie. »Ich mag gar nichts mehr an mir tragen. Können Sie mir eine Frage beantworten?«

»Klar«, sagte Mike.

»Wenn ich einen Teelöffel esse, kommen fünf Löffel hoch«, meinte sie. »Warum ist das so? Ich bin doch in Haus Holle – und nicht in Haus Hölle. Ich möchte so gern etwas essen, um endlich wieder zu Kräften zu kommen. Aber es klappt nicht. Und ich spucke immer Blut. Woher kommt das?«

»Ich gebe Ihnen jetzt Ihre Schlafspritze«, sagte Bruno. »Dann geht es Ihnen sofort besser.«

»Nein«, rief Omi leise. »Bitte noch einen Moment. Ich habe doch Besuch.« Sie bat Mike, den Fernseher anzustellen.

»Nur fünf Minuten meine Serie«, sagte sie leise. »Kommt heute die *Lindenstraße*? Die sehe ich so gern.«

»Leider nicht«, sage Mike. »Sie müssen bis Sonntag warten.«

»Wo ist meine Tochter?«

»Ich weiß es nicht.« Ratlos blickte sich Mike im Zimmer um. Mit einem Wink bedeutete ihm Bruno, dass er das Thema vermeiden solle.

»Geben Sie mir etwas zu essen«, bat Omi flehentlich. »Ich muss doch meine Kräfte behalten!«

»Vielleicht morgen, nachdem Sie geschlafen haben, Frau Krause«, erwiderte der Pflegehelfer.

»Nein, heute!«, forderte sie.

Mike reichte ihr einen Löffel Vanillepudding. Angeekelt begutachtete sie die Speise. Sie konnte sich nicht überwinden, den Mund zu öffnen. Sie würgte plötzlich.

»Eine Frage noch, Frau Krause«, bat Mike, als Bruno bereits die Spritze aufzog. »Ist Ihnen etwas Ungewöhnliches in Bezug auf das Auto der Knopinskis aufgefallen, bevor oder nachdem das alte Ehepaar starb?«

Sie sah ihn scharf an. »Ich glaube, er ist damit gefahren. Fährt er nicht immer damit?« Dann schloss sie ein Auge.

Bruno setzte die Spritze an.

Als sie eingeschlafen war, nahm er Mike beiseite. »Was ist denn mit dem Auto der Knopinskis passiert?«

»Nichts«, log Mike. »Ich wollte Omi lediglich ablenken.«

»Seltsame Idee, um jemanden auf andere Gedanken zu bringen«, meinte Bruno misstrauisch. »Unsere Omi findet ihren inneren Frieden nur, wenn sie sich mit ihrer Tochter versöhnt. Ich glaube, dass sie ihr sagen möchte, dass sie sie liebt. Aber sie kann sich nicht überwinden. Wahrscheinlich glaubt sie, dass sie ein Liebesgeständnis sterben lässt.«

»Wie die Menschen, die glauben, dass sie tot umfallen, sobald sie ihr Testament oder ihre Patientenverfügung gemacht haben?«

»Genau! Wenn Omi nicht aufpasst, verpasst sie ihren letzten bewusstseinsklaren Gedanken. Ihr Ende ist nah. Bald wird sie Sabine nicht mehr sagen können, was sie für sie empfindet.«

»Es wirkt so schrecklich, dass sie nicht loslassen kann.«

»Was wir Gesunden wie Qual empfinden, nimmt der Todkranke ganz anders wahr«, wusste Bruno. »Klärchen geht es gut. Sie könnte sanft in den Tod hineinschlafen. Mich besorgt ihr Darmverschluss viel mehr. Wenn sie nicht bald stirbt, kommt ihre verdaute Nahrung auf dem falschen Weg heraus. Vielleicht müssen wir Omi deshalb noch eine sogenannte Entlastungs-PEG-Sonde anlegen. Sonst könnte sie das Verdaute tatsächlich demnächst erbrechen.«

»Kann man das nicht leichter verhindern? Das Anlegen der Sonde kostet doch auch Kraft!« Mike ekelte sich.

»Natürlich«, sagte Bruno. »Es gibt ein bestimmtes Hormon, das man ihr verschreiben könnte. Doch es wird in Deutschland nur bei anderen Leiden eingesetzt. Eine der Nebenwirkungen dieses Hormons ist, dass es das Erbrechen von Verdautem verhindert. Wir müssten einen Sonderantrag für Frau Krause stellen, weil das Hormon vierzigmal teurer ist als alle bisherigen Medikamente zusammen. Allerdings dauert die Bearbeitung vier Wochen. So viel Zeit hat Frau Krause nicht mehr. Jetzt merken Sie mal, wie unzureichend die Palliativmedizin vom Staat unterstützt wird. Natürlich könnten wir einem Palliativpatienten das Hormon auch mal ohne Genehmigung verschreiben – aber so etwas passiert selten.«

Omi begann zu röcheln. »Ich wollte, ich könnte es schaffen«, gab sie im Tiefschlaf von sich.

Bruno blickte Mike an. »Im Endstadium lässt sich nichts mehr planen ... Sterbende können nur noch reagieren.«

Auch Montrésor war Mike keine Hilfe.

Hinter seinem Uhrglasverband musterte Adolf ihn. »Was soll mit Knopinskis Auto gewesen sein?«, fragte er argwöhnisch.

»Ich habe nichts gesehen. Wie auch? Ich kann mich nicht mal daran erinnern, dass ich nackt auf der Bank gesessen haben soll.«

»Fuhr der alte Knopinski noch häufig?«

»Anfangs ja«, sagte Montrésor. »Dann jedoch wurde er ein paar Mal von Mutter Merkel zugeparkt. Deshalb hat er sie im Esszimmer beschimpft.«

»Warum hat Knopinski nicht woanders geparkt?«

»Warum interessiert Sie das so?« Plötzlich war Adolf auf der Hut. »Ist was passiert?«

»Vielleicht«, gestand Mike. »Wenn Knut Knopinski am Tag vor seinem Tod mit seinem Auto unterwegs gewesen wäre, würde das einiges erklären.«

»Hmmmm«, brummte Adolf. »Lassen Sie mich mal nachdenken ... Ich weiß noch, dass ich sein Auto gesehen habe. Ja, ich blickte sogar hinein. Schließlich weiß man nie, was Menschen wie Knopinski, von dem ich wirklich nichts Gutes dachte, vor der Öffentlichkeit verbergen. Aber im Wageninneren war nichts Besonderes zu sehen. Nicht mal auf dem Rücksitz lag etwas. Weder ein Liebespaar noch meine Frau ...«

»Sie haben Ihre Frau in seinem Auto vermutet?«

»Man weiß ja nie«, erwiderte Adolf. »Manchmal bin ich ein bisschen eifersüchtig. Schließlich habe ich in meinen besten Zeiten selbst nichts anbrennen lassen. Vielleicht revanchiert sich meine Frau ja jetzt dafür? Wenn ich heute etwas bereue, dann ist es, dass ich meine Frau so oft betrogen und nicht mehr Zeit mit ihr verbracht habe.«

»Mit dieser Reue liegen Sie voll im Trend«, entgegnete ihm Mike. »Gerade habe ich eine Reportage über eine Australierin namens Bronnie Ware gelesen, die unzählige Menschen beim Sterben begleitet hat. Nachdem sie das jahrelang gemacht hatte, gewann sie die Erkenntnis, dass fast alle Menschen dieselben fünf Dinge am Lebensende bereuen.«

»Welche?«

»Die meisten Sterbenden bereuen, dass sie nicht getan haben, was sie wollten«, antwortete Mike, »und dass sie sich nicht selbst treu geblieben sind.«

Adolf blinzelte ihn an.

»Aber wir Männer sind nun mal nicht auf Monogamie programmiert, oder? Ich habe immer an die Liebe geglaubt. Aber irgendwann hat der Sex den Glauben an die Liebe abgelöst. Sex und Liebe – das waren plötzlich zwei verschiedene Dinge. Heute weiß ich, dass das ein Fehler gewesen ist. Was ist die zweitgrößte Reue?«

»Sie bezieht sich auf das, was Sie vorhin gesagt haben. Sterbende bereuen fast immer, dass sie sich zu stark auf ihren Beruf konzentriert, und nicht genug Zeit mit ihrer Familie verbracht haben.«

»Das könnte genauso gut auf Frau Prinz zutreffen«, meinte Montrésor. »Haben Sie das schlechte Verhältnis zu ihrer Tochter bemerkt? Und dass sie immer über Leistung redet?«

Wissbegierig beugte er sich vor. »Was ist die dritte Reue?«

»Dass den Menschen der Mut fehlte, um ihre wahren Gefühle zu zeigen.« Mike dachte an Omi und an ihren verzweifelten Kampf gegen den Tod. Ob es ihr leichter fallen würde, das eigene Sterben zu akzeptieren, wenn sie sich mit ihrer Tochter aussprechen würde? Liebe war ein Fremdwort für die spindeldürre Dame. Scheinbar hatte es in ihrem Leben hauptsächlich hässliche Dinge gegeben.

»Ich habe meine Gefühle immer gezeigt«, erklärte Adolf. »Diesen Schuh muss ich mir nicht anziehen. Was ist die vierte Sache?«

»Viele Menschen bereuen, dass sie den Kontakt zu ihren Freunden nicht ausreichend gepflegt haben«, entgegnete Mike, »sondern sich irgendwann von ihnen entfremdeten – aus Faulheit oder Oberflächlichkeit.«

»Freunde ... Stimmt, mich besucht so gut wie keiner. Dabei hatte ich wirklich ein gutes Verhältnis zu den meisten meiner Arbeitskollegen. Aber irgendwann im Laufe des Lebens habe ich die meisten Freunde aus den Augen verloren. Einer zog in eine neue Stadt, der Nächste wurde Familienvater, mit einigen gab es Streit, andere starben. Wie schön es jetzt wäre, Freunde zu haben.

Ich bin gespannt, was die letzte Reue sein soll!«

»Dass man es sich nicht selbst erlaubt hat, zufrieden zu sein.«

»Verstehe ich nicht«, meinte Adolf. »Man ist doch seinen Weg gegangen.«

»Ja, aber ist *man* auch wirklich zufrieden?«

»Na ja, meine Frau liegt im Krankenhaus, und ich werde sterben … Wie kann ich da zufrieden sein?« Er runzelte die Stirn.

»Ich glaube, damit ist gemeint, dass man seinen Weg konsequent geht und richtig lebt, so lange man gesund ist«, sagte Mike. »Und, dass wir das machen, was wir möchten. Nicht kompromisslos, aber konsequent.«

»Hedonismus, was?«, sagte Adolf lachend.

»Ich meine kein Leben, das eine einzige Party ist, sondern dass man auf seine innere Stimme hört – und sich ständig bewusst macht, dass die Lebenszeit begrenzt und viel zu wertvoll ist, um sie mit dem falschen Partner, dem falschen Job und den falschen Menschen zu vergeuden.«

»Das lässt sich *jetzt* leicht sagen«, knurrte Adolf. »Schließlich geht es nicht nur ums Leben, sondern auch ums Überleben. Ich kann mir keinen Menschen vorstellen, der in meiner Situation zufrieden wäre.«

»Berthold Pellenhorn hat es geschafft, zufrieden zu sein«, meinte Mike. »Er hat völlig in sich geruht.«

»Wer weiß«, zweifelte Adolf. »Am Ende schien er traurig gewesen zu sein. Und dann der schreckliche Unfall! Gestorben an einem Stück Parmesankäse … Das muss man sich mal reinziehen.«

»Ich glaube auch, dass Professor Pellenhorn etwas auf der Seele gelastet hat«, sagte Mike. »Und dass er sich nicht mehr mitteilen konnte. Trotzdem muss er, als er noch gesund war, ein unglaublicher positiver Mensch gewesen sein. Angeblich können zufriedene Menschen besser mit Schicksalsschlägen umgehen als unzufriedene.«

»Aber wie verhält es sich umgekehrt?«

»Menschen, die tendenziell unzufrieden sind, bleiben es meistens auch – selbst nach einem Lottogewinn«, sagte Mike, »außer jemand leidet unter Traumata oder Depressionen, die sich jedoch mehr oder weniger gut behandeln lassen. Ich persönlich glaube, dass unsere Zufriedenheit oder Unzufriedenheit auch von unserem eigenen Selbstrespekt abhängt. Wer schlimme Dinge tut, kann sich im tiefsten Inneren nicht selbst wertschätzen – und interpretiert jeden Schicksalsschlag unbewusst als verdiente Strafe. In Wirklichkeit jedoch gibt es weder Schicksal noch Zufall. Beides sind Erfindungen. Den Menschen kann täglich alles zustoßen. Alles, was passiert, ist die Folge unserer Handlungen. Kein Schicksal!«

»Ich war immer derselbe Mensch wie heute«, erklärte Adolf. »Ich nehme meine Krankheit an. Aber es würde mir wesentlich leichter fallen, wenn ich nicht von meiner Frau getrennt wäre – und sie gesund wäre. Wie soll ich damit klarkommen?«

»Indem Sie sich vor Augen führen, dass Sie ein Dach über dem Kopf haben, keine Schmerzen erleiden und jeden Tag genießen können«, antwortete Mike.

Zweifelnd sah ihn Adolf an.

Mike spürte, dass Montrésor einen letzten Gedankenschubs brauchte.

»Adolf, hören Sie mir zu. Man kann jemandem, dem das Leben eher dunkel als hell erscheint, die Existenz nicht schönreden – zumindest nicht als Laie. Aber Sie müssen glauben, dass alles gut wird. Waren es nicht Sie, der mal gesagt hat, dass wir irgendwann alle ins Gras beißen müssen?«

Er nickte. »Ich glaube, heute Abend werde ich einfach mal die Puppen tanzen lassen – und in eine Kneipe gehen. Sie haben mich überzeugt.«

Bella Schiffer machte sich schön.

Trotz eines Infekts, der sie seit Tagen ans Bett fesselte, lagen Schminke, Föhn und Haarspray griffbereit auf ihrem Nachttisch. Jedes Mal, wenn sie erwachte, blickte sie als Erstes in den Spiegel, um befriedigt festzustellen, dass sie so gut aussah wie immer.

Als es klopfte, rief sie herein, was sie im nächsten Moment bereute. Es war schon wieder der Journalist. »Na, wie geht's?«, fragte sie mürrisch. »Ich habe gerade geschlafen …«

»Entschuldigen Sie die Störung. Ich soll Sie von Frau Prinz grüßen. Marisabel vermisst Sie sehr bei Tisch!«

»Die hat mich doch immer gemobbt. Nicht zu fassen! Deshalb sind Sie zu mir gekommen?«

Bella setzte sich im Bett auf. »Erzählen Sie mir mal, was im Haus los ist! Rauchen Sie eine Zigarette mit mir.«

Mike betrachtete sie. Zweifelsohne, Bella war schön.

»Wer betet hier eigentlich manchmal so leise?«, fragte sie.

»Das ist ein Priester, der erst seit ein paar Tagen hier ist.«

»Liegen die anderen auch flach?«, wollte Bella nun wissen.

»Annette hat es ziemlich übel erwischt«, sagte Mike. »Und Omi schläft den ganzen Tag.«

»Tatsächlich? Annette hat sich noch nicht berappelt? Ich würde sie zu gerne besuchen. Aber ich bin selbst ziemlich müde. Sogar zum Putzen fehlt mir die Kraft. Der Winter steckt mir in den Knochen.« Sie steckte sich eine neue Zigarette an. »Und Sonja?«

»Lebt«, erwiderte Mike. »Aber es steht nicht gut um sie.«

»Das war doch schon vor Wochen so!« Bella war aufgebracht. »Während unsereins in kürzester Zeit abbaut und Menschen wie Otto Klatsch innerhalb eines einzigen Tages sterben, lebt und lebt und lebt diese Sonja. Selbst Infekte machen ihr nichts aus. Mich hingegen wird mein Infekt bestimmt bald dahinraffen, schließlich habe ich meine Prognose schon um einige Tage überlebt. Das macht mir Sorgen!«

»Na ja«, meinte Mike. »Ich habe Gäste kennengelernt, die ein schlechtes Gewissen haben, weil sie seit vielen Wochen in Haus Holle leben und ihre Mitbewohner wie die Fliegen sterben sehen. Mit dem Tod lässt sich nicht planen. Manchmal kommt er langsam, dann wieder plötzlich! Denken Sie nur an den Straßenverkehr … Bamm – ein Mensch wird überfahren, wenn ihn ein Autofahrer wie Mutter Merkel erwischt …«

»Richtig«, empörte sich Bella. »Andauernd knallt sie gegen den Poller!«

»Gab's mal Ärger mit ihr und den Knopinskis?«

»Mehrfach«, erwiderte Bella. »Ihr Zwist legte sich erst kurz vor dem Tod des alten Ehepaars. In den Tagen zuvor haben Mutter Merkel und Knut Knopinski fast jeden Tag bei Tisch gestritten – weil sie ihn immer zugeparkt hatte.«

»Inwiefern war das zuletzt anders?«

»Ganz einfach«, entgegnete Bella. »Am Abend vor seinem Tod hat er sich einen neuen Parkplatz gesucht. Ich weiß es ganz genau: Sein alter Mercedes stand nicht vor der Rampe, als die Knopinskis tot aufgefunden wurden. Oder?«

»Das ist es!«, rief Minnie. »Der Wagen stand am Ende des Weges! Am 2. November muss Folgendes geschehen sein: Frühmorgens, als Hildegard Merkel noch nicht in Haus Holle angekommen war, schlich sich Knopinski aus dem Hospiz – und fuhr zu seiner, wie wir wissen, fünf Stunden entfernten Wohnung auf dem Land. Zuvor hatte er seiner Frau befohlen, eine Lüge zu verbreiten. Also kommt sie ins Esszimmer und berichtet, dass ihr Gatte sich oben ausruhe. Tatsächlich jedoch ist er längst unterwegs, um das Mörderfoto zu holen. Mutter Merkel kann sich nicht mehr daran erinnern, was sie komisch fand in Bezug auf ihr Auto? Nun, ich kann es Ihnen sagen! Sie muss sich darüber gewundert haben, dass der Mercedes der Knopinskis am Wegende parkte, als das alte Ehepaar tot aufgefunden wurde – und sie ihn, anders als sonst, diesmal nicht zugeparkt hatte.«

»Moment mal«, rief Mike erregt. »Wissen wir das ganz sicher?«

»Natürlich! Als Hildegard Merkel das Haus am 1. November verlässt, ist Knopinskis Mercedes noch zugeparkt. Die alte Dame setzt rückwärts gegen den Poller, und der dicke Dietmar hilft ihr beim Ausparken. Wenige Stunden später, in aller

Herrgottsfrühe, fährt Knopinski nach Hause – denn jetzt ist er ja *nicht* zugeparkt, weil Mutter Merkel noch nicht da ist. Als Knopinski spätnachts zum Hospiz zurückkehrt, steht Merkels Golf auf seinem Stammplatz neben der Rampe. Deshalb parkt er seinen Mercedes zum ersten Mal am Wegende, wo Montrésor einen Blick hineinwirft!«

»Und das bedeutet?«

»Noch mal von vorne … Knopinski fährt nach Hause, um das Mörderfoto zu suchen. Seine Frau erzählt jedem, dass er sich oben ausruht. Diese Lüge soll den Mörder beruhigen. Irgendwann im Laufe des Tages wird der Täter misstrauisch. Höchstwahrscheinlich hat er das laute Privatgespräch der Knopinskis am Vorabend gehört. Jetzt bemerkt er, dass Knopinskis Mercedes fehlt. Deshalb muss er schnell handeln, denn er kann sich ausrechnen, dass Knopinski zu Hause nach dem Mörderfoto sucht. Dem Täter bricht der kalte Schweiß aus. Wenn es ihm nicht gelingt, den ehemaligen Gefängniswärter zu stoppen, wird seine Identität auffliegen. Wie und wann er das alte Ehepaar ermordet hat, weiß ich noch nicht – aber ich werde es herausfinden.«

»Aber warum hat er beide getötet?«

»Weil Gertrud alles über die früheren Verbrechen des unbekannten Mörders ausgeplaudert hätte, wenn sie am Leben geblieben wäre. Dieses Risiko konnte unser Mörder nicht eingehen.«

»Aber welche Rolle spielte Professor Pellenhorn bei der ganzen Sache?«

»Ganz einfach! Er beobachtet Knopinskis Rückkehr, und wie ihn der Täter am Ende des Weges abfängt. Vielleicht beobachtet er, wie der Mörder Knopinski nach dem Aussteigen aus dem Auto schachmatt setzt. Doch er versteht nicht sofort, was er gesehen hat. Vielleicht denkt er, dass der Mörder Knopinski beim Aussteigen geholfen hat. Stand nicht ein zweiter Rollstuhl im Zimmer der Knopinskis, als Marisabel durch die Tür lugte? Das ist es! Der Mörder fängt Knopinski in dem Moment ab, als der aus seinem Mercedes steigt. Er rammt ihm eine Injektionsspritze in den Körper, packt ihn in einen Rollstuhl – und schiebt ihn ins Haus. Doch er hat nicht mit Professor Pellenhorn als Augenzeugen gerechnet. Tage später macht sich Pellenhorn plötzlich einen neuen Reim auf seine Beobachtung, und er versteht, was wirklich passiert ist. Schließlich hatte er zwischenzeitlich viel Zeit zum Nachdenken. Ab diesem Punkt leidet der Professor unter Todesangst. Leider jedoch kann er nichts mehr verraten, denn über seine Lippen kommt nur eine einzige Silbe: *Au.* Verzweifelt will er uns darauf hinweisen, dass Knopinski Wagen bewegt worden ist ...«

»Deshalb wurde er ermordet?«

»Natürlich«, sagte Minnie scharf. »Irgendjemand versteckte einen harten Brocken Parmesankäse in Professor Pellenhorns Salat.«

»Aber warum tötete er Berthold so brutal? Er hätte ihn doch vergiften können – wie die Knopinskis.«

»Dafür gibt es nur eine Erklärung. Dem Mörder fehlte die Zeit, um sich Gift zu besorgen und es Berthold zu verabreichen. Sie müssen sich das Ganze so vorstellen: Am Vormittag ruft Professor Pellenhorn zum wiederholten Mal *Au*. Kurz darauf wird bekannt, dass er am nächsten Tag einen Sprachcomputer bekommen soll. Bestimmt hat er den Mörder ständig angsterfüllt angesehen. Anders als wir, bemerkt das der Täter, und er interpretiert Bertholds *Au* richtig. Plötzlich versteht er, dass der Professor den Mord beobachtet hat. Also muss der Mörder erneut handeln und den Professor rasch aus dem Weg schaffen. Unter Zeitdruck kommt er auf die heimtückische Idee, einen tödlichen Brocken Parmesankäse in Pellenhorns Salatblatt zu wickeln.«

»Aber wer könnte *er* sein?«, fragte Mike.

»Zur Küche hatte jeder Zugang. Außerdem waren die gleichen Gäste anwesend wie beim Abendessen vor Knopinskis Tod: Frau Krause, Bella, Annette, Angie, Hildegard und Sonja Merkel, Marisabel Prinz – und Bertholds Ehefrau.«

»Aber wenn es nun doch jemand vom Personal war?«

»Glaube ich nicht«, erwiderte Minnie. »Schließlich war kein Pfleger im Esszimmer, als Knopinski gerufen hat, dass er niemals ein Gesicht vergäße. Nein, der Mörder ist einer der Gäste. Jemand, der zum Sterben hier ist. Bevor ich meine Augen schließe, will ich wissen, wer das getan hat – und den Grund herausfinden. Außerdem fehlt mir immer noch die Antwort auf die Frage nach dem Motiv des Täters.«

Triumphierend blickte sie Mike an.

»Dafür habe ich in der Zwischenzeit ein anderes Rätsel gelöst. Ich weiß jetzt, wer Gertruds wertvollen Schmuck gestohlen hat, als Frau Knopinski bereits tot war.«

Zwei Machtkämpfe und ein Hustenkrampf

Am 7. Dezember geschah etwas Unerhörtes.

Minnie saß auf der kleinen Couch vor ihrem Zimmer, als sie Jesse Zimmermann schreien hörte.

Seit zwei Tagen ging es dem jungen Mann schlechter. Einmal war ein Röcheln zu hören gewesen, ein anderes Mal hatte Minnie gesehen, dass Joanna Zimmermann, die nur noch selten vom Bett ihres Bruders wich, den Kranken im Rollstuhl über den Gang schob.

Erstaunlicherweise sah Jesse immer noch frisch aus. Er wirkte viel gesünder als die gelbe Bella unter ihren Make-up-Schichten.

Heute verspätete sich Joanna, und Jeremy nutzte ihre Abwesenheit aus.

Minnie belauschte, was er in Zimmer 5 mit Falk Berger besprach. »Wäre es vielleicht möglich«, fragte er den Hospizleiter, »dass ich Jesse mal zu einem Ausflug mitnehme? Ich kann mein Auto vor der Rampe parken. Am Abend bringe ich ihn dann zurück.«

»Natürlich ist das jederzeit möglich«, entgegnete Berger. »Sind Sie offiziell berechtigt, Ihren Bruder mitzunehmen?«

»Natürlich«, brauste Jeremy auf. »Aber ich appelliere trotzdem an Sie, meiner Schwester nichts davon zu sagen. Sie würde sich nur unnötig Sorgen machen.«

Minnie wurde hellhörig. Sie wusste alles über den Konflikt der Zimmermann-Geschwister – und dass Jeremy schon mal daran gedacht hatte, seinem Bruder zu *helfen*.

Das schien auch der Hospizleiter zu ahnen, denn er schwieg schon eine Weile.

»Ich bitte Sie von ganzem Herzen!« Jeremy legte sich ins Zeug. »Nur einen Nachmittag mit Jesse. Ich möchte lediglich einen halbstündigen Ausflug zu den Landungsbrücken mit ihm machen.«

Falk Berger ließ sich erweichen und stimmte leise zu. »Aber Ihre Schwester muss ich trotzdem informieren ...«

»In Ordnung«, willigte Jeremy ein. »Zuerst bringe ich Jesse jetzt nach unten. Es wäre nett, wenn Sie mir helfen. Anschließend können Sie Joanna anrufen.«

Just in dieser Sekunde erschien die Zimmermann-Schwester auf der Treppe. Freundlich nickte sie Minnie zu und blieb abrupt vor der Tür stehen. Die Worte des Hospizleiters waren deutlich zu hören.

»Nein, umgekehrt«, sagte Berger, »zuerst rufen wir Joanna an und dann können Sie Jesse mitnehmen.«

Entgeistert blickte die junge Frau Minnie an. Die alte Dame zuckte mit den Schultern. Joanna stieß Jesses Tür auf.

»Was willst du?«, blaffte sie erbost. »Jesse hinter meinem Rücken entführen?« Sie wandte sich an Falk Berger. »Er will ihn umbringen – mit einer Spritze!«

»Besser als das, was du veranstaltest«, rief Jeremy zornig. »Du hast Jesse hierherbringen lassen, nun befreie ich ihn wieder. Nicht wahr, Sie haben mir Ihr Einverständnis gegeben, Herr Berger?«

Der Hospizleiter war entgeistert. »Hat Ihr Bruder den Wunsch geäußert, durch einen Suizid erlöst zu werden, Jeremy?«

»Das nicht«, gab Jeremy zerknirscht zu. »Aber ich weiß genau, was er will ...«

Plötzlich war ein leises Flüstern zu hören. »Ich will leben, Jeremy ...« Jesse Zimmermann hatte seinen Willen geäußert.

»Aber das ist kein Leben!« Jeremy war außer sich. »Du vegetierst hier vor dich hin. Sieh dich doch an – du kannst kaum noch sprechen. Jeden Tag wirst du schwächer. Ich ertrage das nicht mehr!«

»Deshalb willst du Sterbehilfe leisten?« In Joanna Zimmermanns Stimme fehlte jegliches Mitleid. »Du bist derart egoistisch! Weil du nicht erträgst, was mit Jesse passiert, soll er sterben? Du benimmst dich, als wärst du Gott!«

Minnie nahm an, dass der Hospizleiter in diesem Moment nach Andreas Albers gerufen hatte, denn der Psychologe erschien mit hochrotem Kopf. Er nickte Minnie nur kurz zu, betrat Zimmer 5 im Eiltempo und schloss die Tür sofort hinter sich.

»Sie will ihn quälen, weil sie jetzt stärker ist als er – und er mich immer bevorzugt hat«, stieß Jeremy hervor. »Was sie macht, ist pure Rache!«

»Langsam, Herr Zimmermann«, beschwichtigte Andreas. »Hier geht es um etwas anderes – um den Willen Ihres Bruders. Wenn wir wirklich wissen wollen, was das Richtige ist, müssen wir Jesse selbst fragen!«

Der Psychologe wandte sich dem Kranken zu. »Möchten Sie mit Ihrem Bruder gehen?«, fragte er Jesse.

»Nein«, flüsterte Jesse. »Ich will nur eins – und das ist leben.«

»Da hörst du es«, erwiderte Joanna schroff.

»Jeremy, Joanna, ich möchte Sie beide an eins erinnern«, sagte Dr. Albers ernst. »Hier drinnen geht es nicht um Sie, sondern allein um das Wohlbefinden von Jesse. Wenn Sie sich nicht versöhnen können, muss Haus Holle das akzeptieren. Aber Jesse schadet Ihr Streit. Sofern er sich dafür entscheidet, dass einer von Ihnen nicht mehr kommen soll, verhängen wir ein Hausverbot.

Müssen wir so weit gehen?«, fragte er an Jesse gewandt.

Einen Moment lang schwieg er, dann flüsterte er: »Ich möchte, dass beide bleiben und dass sie sich endlich vertragen.«

Minnie hörte ein leises Murmeln. Scheinbar stimmten die Zimmermanns zu.

Als die Streithähne draußen waren, giftete Jeremy Joanna erneut an. »Das werde ich dir nie verzeihen. Du hast Jesse überredet, sich mit dem Sterben zu arrangieren. Ich hoffe, dass du noch ruhig schlafen kannst.«

Joanna schwieg, aber an ihrer Halsschlagader konnte Minnie erkennen, dass ihr Körper in Aufruhr war. »Jeremy«, sagte Joanna leise, »wir dürfen Jesse nicht töten. Es stimmt, dass ich mich ausgegrenzt fühlte und euch immer beneidet habe. Aber mein Gewissen würde es nicht verkraften, wenn wir unseren Bruder umbringen. Ich liebe dich so sehr wie ihn. Für dich würde ich dasselbe tun. Ich würde dich mit aller Kraft beschützen.«

Entgeistert sah ihr Bruder sie an.

Er fiel seiner Schwester um den Hals und heulte Rotz und Wasser, bis seine Tränen versiegten.

Herbert Powelz hielt einen Stein fest.

»Was hast du da?«, fragte Mike.

Herbert lächelte und drückte ihm ein Geschenk seiner Nachbarn in die Hand. Es war ein Kieselstein mit der Aufschrift *Glück*.

»Papa glaubt, dass ihm dieses Geschenk Kraft gibt«, verriet Anne. Sie hatte wenig geschlafen. Ihr Gesicht war völlig zerknautscht. »Wie gut ihm die gestrige Fußmassage getan hat«, sagte sie leise. »Der dünne Dietmar durfte ihm sogar die Fußnägel schneiden, obwohl Papa früher nie jemanden an seine Füße gelassen hat.«

Liebevoll legte sie ein feuchtes Tuch auf Herberts Stirn und benetzte seine trockenen Lippen.

Mit dem gesunden Auge fixierte er Sohn und Gattin, während das kranke schlaff herunterhing. Plötzlich musste er husten.

Der übliche Schleim, dachte Mike und hielt seinem Vater eine Schüssel unter den Mund. Seit Tagen würgte sein Vater immer öfter eine übel riechende, zähe Schleimflüssigkeit aus, die sich wie Kaugummi aus dem Mund ziehen ließ.

Doch diesmal war das anders.

Herbert hustete fünf Minuten. Immer stärker rang er nach Atem. Wie gelähmt wurden seine Frau und sein Sohn Zeugen des schrecklichen Anfalls.

»Er kommt da nicht raus!«, stellte Anne nach einer Weile fest.

Tatsächlich wurde der Husten, der in ein Würgen überging, immer heftiger und schrecklicher.

»Tavor«, keuchte Herbert panisch. Sofort drückte Anne auf den Alarmknopf, und der dicke Dietmar erschien.

Dem Pfleger genügte ein einziger Blick, um die Gefährlichkeit des Hustenkrampfs zu erkennen.

»Ganz ruhig, Herr Powelz«, sagte er und legte die Hand auf die Schulter des Kranken. »Sie müssen langsam durchatmen.«

Sein Rat drang nicht zu Herbert durch. Der Husten wurde noch schlimmer, und der geschwächte Körper bäumte sich auf.

Mike legte eine Hand auf die Schulter seines Vaters. Herberts Herz schlug so schnell wie das eines Ausdauerläufers. »Das arme Herz«, sagte er und weinte. »Papa kämpft um sein Leben.«

»Ich hole Tavor«, rief Dietmar und rannte aus dem Zimmer. Herberts gesundes Auge verfolgte seine Flucht ängstlich. Sein Husten wurde noch stärker.

Mutter und Sohn sahen sich kurz an. Sekunden fühlten sich an wie Stunden, und der schreckliche Kampf wollte nicht enden. Starr waren ihre Blicke auf den Kämpfenden gerichtet, der hilflos nach einem über seinem Bett baumelnden Dreieck zum Hochziehen griff und es verfehlte. Herberts Hand fiel auf seinen Bauch zurück.

»Sein Bauch ist geschwollen«, murmelte Anne erschreckt. »Scheinbar hat er seit einigen Stunden nicht mehr Wasser gelassen.«

Sie hatte recht.

In diesem Moment kehrte Dietmar zurück. In der Hand hielt er eine Spritze. »Hier kommt das Tavor«, rief er erlösend. »Herr Powelz, hier kommt das Tavor!«

Fünf Minuten später lag der Kranke nassgeschwitzt, aber ruhig da. Dietmar nahm die Ehefrau und den Sohn beiseite.

»Es geht nun mit großen Schritten auf das Ende zu«, flüsterte er. Der Pfleger wartete, bis Herbert die Augen wieder aufschlug.

»Herr Powelz, möchten Sie vielleicht doch eine Spritze, die Sie tief und sanft schlafen lässt?«

Anne und Mike hielten die Luft an.

»Nein«, gab Herbert leise zurück. »Ich will leben!«

»Ohne seine Einwilligung darf ich ihm die Spritze nicht geben«, erklärte Dietmar. »Aber es wäre besser für ihn. Dann würde er die Atemnot nicht mehr spüren.«

Während Anne tapfer war und sich an ihren selbstgewählten Schwur hielt, ihre Angst niemals vor Herbert zu zeigen, weinte Mike. Der Anfall seines Vaters war so schrecklich gewesen, dass er innerlich zusammenbrach.

»Ich muss mal kurz raus«, sagte er. In dieser Situation gab es nur eine Person, die ihn aufrichten konnte – die kleine Fee mit ihrem Mops.

Mike betrat Nadines Zimmer. Sofort schleckte Luna an seiner Hand. Das Kitzeln hellte Mikes Stimmung auf und ließ ihn seine Panik vergessen. Er rauchte eine Zigarette mit Nadine.

»Du siehst ganz schön mitgenommen aus, wenn ich das einmal bemerken darf«, sagte Nadine. »Schau mal, Fee hat ein Geschenk für dich. Vielleicht gibt dir das Kraft.«

Das kleine Mädchen griff in ihre Pyjamatasche und zog einen kleinen, rosafarbenen Turnschuh heraus. Es war ein

Schlüsselanhänger. »Der ist jetzt deiner, damit du mich niemals vergisst! Er soll dich immer an mich erinnern.«

»Ist das nicht süß?«, fragte Nadine und seufzte. »Mike, du glaubst nicht, wie scheiße ich mich fühle. Heute habe ich wahrscheinlich zum letzten Mal allein geduscht. Mein Bein fühlt sich so prall an, als würde es platzen. Manchmal kriege ich geistig gar nichts mehr auf die Reihe. Mein Blähbauch wird auch immer dicker. Ich kann nicht mal mehr aufräumen. Schau mal, wie es bei uns aussieht.«

In Nadines Zimmer herrschte totale Unordnung. Keuchend kletterte der Mops über Fees Spielzeugberge, Nadines Aschenbecher quoll über. Über dem Bett hing ein neues Poster, das Jim Carey als *Grinch* zeigte.

»Das ist meins«, rief Fee glücklich. »Bald ist ja Weihnachten! Danach kommt schon der Osterhase. Und danach der Sommer ...«

»Im Mai gibt's ein Frühlingsfest in Haus Holle!«, sagte Nadine. »Ob ich das wohl noch erlebe?«

»Natürlich, Mama!«, war Fee überzeugt. »Guck mal, im Fernsehen läuft *Tom und Jerry*!« Ihre kleinen Finger drückten nacheinander auf sämtliche Knöpfe der Fernbedienung. Für Mikes Geschmack war das Gerät bereits viel zu laut, doch Nadine fehlte die Kraft, um ihre Tochter maßregeln zu können.

»Ich will ... *Sponge Bob Schwammkopf* sehen«, maulte Fee. Sie zappte sich durch sämtliche Kanäle. Keiner fesselte das kleine Mädchen länger als fünf Sekunden.

»Mama hat Aids und Fee ADS«, gluckste Nadine.

»Was ist ADS, Mama?«, wollte Fee wissen.

»Das Aufmerksamkeitsdefizit-Syndrom, Schätzchen!« Nadine blinzelte Mike zu. »Fee kann sich auf nichts konzentrieren ...«

»Kann ich wohl, Mama!«, widersprach Fee. »Ich kann mich auf dich konzentrieren!« Sie sprang zu ihrer Mutter ins Bett und schlang ihr die Arme um den knotigen Hals. »Ich konzentriere mich ganz auf dich!«

Das kleine Mädchen griff nach dem langen Haar ihrer Mama und legte es ihr über die geschwollenen Lymphknoten. »So siehst du viel schöner aus … Und jetzt suche ich *Sponge Bob Schwammkopf* so lange, bis ich ihn gefunden habe …«

Nepomuk erwachte aus einem tiefen Katzenschlaf.

Im ganzen Haus war es totenstill.

Nur ein armer Mann betete immer. Nepomuk hörte ihn Tag und Nacht. Mimi ließ sich nicht davon stören, aber sie war ja auch zwei Jahre älter. Wie immer hatte die ältere Katze seinen Napf leer gefressen. Allmählich wurde sie dicker und fauler.

Müde gähnte der kleine Kater.

Er streckte die Hinterläufe und setzte sich langsam in Bewegung.

Er wurde gebraucht, das spürte er deutlich. Jemand rief nach ihm. *Etwas* rief nach ihm. Ein Mensch, der nicht allein sein wollte.

Nun musste er ihn nur noch finden.

Ein Blick ins Esszimmer verriet dem Kater, dass dort gründlich gereinigt worden war. Kein Stückchen Fleisch lag unter dem Tisch. Dabei fütterte ihn die nette rothaarige Dame, deren Koffer nach Hunden roch, immer heimlich mit Leckereien. Leider würde sie nicht mehr lange da sein. Gestern hatte er bereits gehört, dass sie beim Aufstehen geächzt hatte. Sie fürchtete sich vor einem *Infekt* und stützte sich schwer auf den Rollator. Nepomuk mochte ihr Parfum nicht, aber sie war immer freundlich zu ihm. Genau wie die junge Mutter, obwohl ihr dummer Hund ihn manchmal durchs Haus jagte. Auch das kleine Mädchen besuchte er gern. Viel lieber als den alten Mann, der immer so grässlich nach Rauch stank.

Vor Herberts Tür blieb Nepomuk einen Moment lang stehen und rieb sein Köpfchen am Türrahmen.

Wurde er hier gebraucht?

Nein.

Es wäre ein Leichtes gewesen, in Zimmer 12 zu schlüpfen. Schließlich war ein Handtuch um Herberts Türklinke gewickelt worden. Doch dieser Kranke rief nicht nach ihm. Nein, er wurde woanders gebraucht.

Ob die alte weißhaarige Dame sich mal wieder auf dem Sofa blicken lassen würde? Nepomuk hatte sie seit Ewigkeiten nicht mehr dort angetroffen. Egal, auch sie würde heute Nacht ohne ihn klarkommen.

Treppauf und treppab lief der kleine Kater. Sein Spaziergang führte ihn zum Zimmer der gelben Dame, die nachts manchmal mit Männern lachte.

Er trippelte weiter.

Er besuchte den jungen Förster und den betenden Mann, der immer *Gott* sagte – was immer das bedeuten mochte.

Auch diese beiden würden ohne ihn klarkommen.

War sein Ziel vielleicht das Zimmer der beiden Frauen, die nachts eng umschlungen einschliefen und deren Herzen im gleichen Takt schlugen?

Nein.

Oder der Raum des krummen Mädchens, das seit Wochen nicht mehr aufstand?

Auch nicht.

Vor Golo Grünlichs Tür blieb das Tier stehen und begann mit einer ausgiebigen Körperpflege. Ob er mal hineinschauen sollte? Nepomuk war misstrauisch, aber auch ein bisschen verängstigt. Er fürchtete sich vor der lauten Frau, die oft am Bett des müden Mannes saß und schreckliche Dinge zu ihm sagte, die sie aber nie so meinte. Er, das kleine Katerchen, hörte genau, wie laut ihr Herz vor Angst und aus Liebe schlug. Der Mann wusste das auch. Er brauchte heute keine Gesellschaft. Also ließ Nepomuk ihn weiterschlafen.

Schließlich führte ihn sein Instinkt zum richtigen Ort. Schnurr, da war es – Zimmer 1. Drinnen rief *etwas* nach ihm. Und er schlüpfte hinein.

Omi nannten die Menschen die Dame.

Hier wohnte die Frau, die so gerne essen wollte, aber keinen Bissen mehr schaffte. Nepomuk warf einen neugierigen Blick auf einen Teller, den Omi beim Aufwachen sehen wollte.

Darauf lag ein kaltes Hühnchen.

Der Kater schnurrte und naschte ein wenig.

Er ging langsam auf das Bett zu.

Wie sanft die dünne Dame schlief.

Wie schön sie dabei lächelte.

Wie gelb sie aussah und wie klein – während sich in ihrem Kopf bedeutungsvolle Dinge ereigneten.

Wie rasch sich ihre Brust hob und senkte.

Wie leicht ihr Mund geöffnet war.

Wie schön, dass sie kein Kunsthaar mehr trug.

Sie würde ihn nicht beim Schlafen stören.

Gekonnt sprang der Kater über das Bettgitter.

Er legte sich neben Omis Kopf. Das war der schönste Platz. Er streckte seine kleine Zunge aus und leckte der Frau einmal über die Stelle, wo früher Haare gewesen waren. Diese Berührung und Nepomuks warmer Körper vertrieben Omis Angst.

Alle Menschen konnten schlafen, wenn ein kleiner Kater da war. Sein Schnurren machte sie glücklich.

Er würde Omi, die sich so sehr nach Liebe sehnte, nicht allein lassen.

Er würde niemanden allein lassen.

Die Geschichte von Rudi Weiß

Rudi Weiß bezog Zimmer 1 am 12. Dezember. Er folgte auf Omi.

Die Kerze für Omi war längst heruntergebrannt. Trotz einer mehrwöchigen Freundschaft hatten sich nur Marisabel, Adolf und Minnie von der Toten verabschiedet. Allen anderen Gästen ging es schlecht.

Davon jedoch ahnten weder Rudi Weiß noch sein blauweißer Wellensittich Ken etwas.

Der 67-Jährige war aus einer völlig verwahrlosten Wohnung voller Vögel befreit worden.

Haus Holle kam ihm völlig vereinsamt vor. Bis auf das Beten eines Mannes im oberen Stockwerk und dem leisen Gezeter eines offenbar auf irgendjemanden eifersüchtigen Weibes hörte er keinen anderen Gast.

Nur eine Dame mit roten Locken saß allein im Esszimmer. Außerdem begegnete ihm eine schrecklich bleiche Frau im Flur.

Die Stille gefiel Rudi. Schließlich war es in seinem ganzen, bisherigen Leben laut gewesen. Zum ersten Mal war Lärm erklungen, als er als Fünfjähriger mit seiner Oma und seinen Eltern am Abendbrottisch gesessen hatte, fremde Männer plötzlich die Tür aufstießen, seine Familie erschossen und er im Unterhemdchen über Felder hatte fliehen müssen.

Auch im Bergwerk war es laut gewesen, obwohl er und seine Kollegen sich jahrelang tief unter der Erde befunden hatten.

Und in der Großküche, in der er als älterer Mann gearbeitet hatte, war es ebenfalls laut gewesen. »Entmündigt! Nicht lebensfähig!« All das schrie ihm sein Vormund täglich entgegen.

Bis er im Männerwohnheim, das er *Kartoffelkiste* getauft hatte, gelandet war. Dort lebten lauter Alkoholiker – und die waren, *natürlich*, auch laut gewesen.

Zugegeben, Rudi Weiß konnte kaum lesen oder schreiben, aber er war trotzdem anders als die anderen Alkoholiker. Er fühlte sich anders, auch wenn das niemand erkannte – erst recht nicht der *Osterhase*, der in Wirklichkeit Herr Ostermann hieß und Rudis Bundesknappschaftsrente komplett eingestrichen hatte. Einmal pro Woche, jeweils am Montag, hatte der Osterhase Rudi 35 Mark ausgezahlt. Der Rest floss in die Kasse des lauten Heims.

35 Mark waren nicht viel, wenn man gern trank. Oder sich mal den Anzug reinigen lassen wollte, der längst voller Pissflecken war. Rudi trug ihn trotzdem immer, um sich von den anderen Männern abzugrenzen.

Jahrelang klammerte er sich an einen einzigen Gedanken: Ich komme hier raus. Und er sollte recht behalten.

Eines Tages zog ein Zivildienstleistender in die *Kartoffelkiste*, der achtzehn Monate lang Pfortendienst im Männerwohnheim verrichten musste. Der Osterhase hielt nicht viel von dem jungen Mann, der, sobald die Chefs gegangen waren, seine Freunde im kleinen Pförtnerraum empfing.

Rudi hingegen beobachtete die jungen, lachenden Menschen gern. Besonders eine Besucherin … Manchmal nach Feierabend, wenn die Chefs außer Haus waren, kam eine blonde Frau ins Pförtnerhäuschen, um den neuen Zivildienstleistenden zu besuchen. Sie gefiel Rudi außerordentlich. Sobald sie auf dem Besucherstuhl saß, schlich er sich besonders oft an der Pforte vorbei und schickte ein *Hallo* durch das geöffnete Glasfenster.

Höflich hatte er sich dem jungen Zivi an dessem ersten Arbeitstag vorgestellt und ihm verraten, dass er nur vorübergehend im Männerwohnheim lebe. »Bald bin ich hier raus«, sagte Rudi damals.

Schneller als gedacht jedoch, waren achtzehn Monate Zivildienstzeit vergangen und der Dienst des jungen Mannes beendet. »Bald komme ich auch raus hier!«, sagte Rudi Weiß zum Abschied. Er unterdrückte die Tränen, denn er hatte sich immer gut verstanden mit dem jungen Mann namens Mick.

An Micks letztem Arbeitstag schenkte der Ex-Zivi Rudi eine kleine Karte mit seiner neuen Adresse. Mitten in der Innenstadt hatte er eine Wohnung gefunden, nahe der Universität. Germanistik wollte er studieren, das bedeutete übersetzt so viel wie Deutsch.

Nach nur einem Tag stand Rudi bereits vor Micks neuer Wohnungstür. Er wurde freundlich hineingelassen, trotz der Pissflecken auf seiner Hose.

Bald schon besuchte er Mick täglich.

Und – als hätte das Schicksal es so gewollt – bekam Mick ein Angebot für eine große Wohnung, die er sich nicht allein hätte leisten können. Zuerst zog Wladimir, ein Cellist des Theaters, als Untermieter bei ihm ein. Rudi hasste ihn.

Dann jedoch kam der beste Tag im Leben des alten Mannes. Wladimir zog wieder aus – und Mick fragte ihn, ob er das Zimmer zur Untermiete haben wolle. Natürlich müsse man alles mit dem Osterhasen besprechen und Rudi müsse hundertneunzig Mark im Monat bezahlen. Und warum solle das nicht gut gehen?

Und es ging gut.

Zwar sträubte sich der Osterhase und erklärte, dass Rudi nur einmal im Leben das Recht habe, im katholischen Männerwohnheim leben zu dürfen, doch Mick und Rudi blieben hart.

Nach Abzug der Miete blieben Rudi tausend Mark im Monat. So viel Geld hatte er noch nie zuvor im Leben besessen.

Zuerst kaufte er sich zwei Wellensittiche – um mit Mick, der ebenfalls zwei besaß, mithalten zu können.

Dann ging er einkaufen. Alkohol, Wurst und Käse – alles, was sein Herz begehrte.

Das Leben mit Mick war einfach schön.

Hin und wieder kamen Micks Freunde, hin und wieder rauchten sie eine Zigarette auf dem Balkon, hin und wieder brachte Rudi den Pissflecken-Anzug in die Reinigung.

Er pflasterte sein Zimmer mit Nacktfotos aus dem *Playboy*. Er kaufte sich einen Videorecorder, Pornos, ein TV-Gerät und ein Fahrrad.

Und er flog nach Dallas, um die *Southfork Ranch* zu finden. Wochenlang hatte er mit J.R. und Sue Ellen, Miss Ellie und Bobby Ewing am neu erworbenen Fernsehgerät mitgefiebert. Warum soll ich die nicht mal besuchen?, dachte sich Rudi. Im Reisebüro am Rosenplatz erstand er ein Flugticket und düste mit einem kleinen Handkoffer, der eine saubere Hose und zwei Unterhosen enthielt, in die USA.

Blöd war nur, dass er die *Southfork Ranch* nie fand, und die Zeit bis zum Rückflug länger dauerte, als sein Geld ausreichte. Und dass Dallas so klein war. Und dass man es so schnell umrunden konnte.

Rudi hatte die ganze Zeit im Flughafenhotel gewohnt, statt es bis Dallas-Zentrum geschafft zu haben. Hauptsache Abenteuer.

Kurz darauf hängte Rudi Fotos von Lady Di neben die *Playboy*-Bilder. Sie war bei einem schrecklichen Autounfall in einem Pariser Tunnel gestorben. Rudi vergaß nie, dass das an einem Sonntagmorgen im Fernsehen gebracht wurde. Aufgeregt empfing er Mick, der frühmorgens aus der Disco kam, im Flur der gemeinsamen Wohnung. Sie hatten gemeinsam geweint – obwohl Rudi Lady Di zuvor gar nicht gekannt hatte.

Sie war die schönste Frau, die er je gesehen hatte.

Als die TV-Live-Übertragung der Beerdigung beendet war, und das schmiedeeiserne Tor von Schloss Althorp den allerletzten Blick auf den Leichenwagen versperrte, war Rudis Neugier nicht mehr zu stillen.

Wo wurde die Herrscherin beigesetzt? Etwa im Wasser des nahe gelegenen Sees? »Sie wird dort verrotten«, verriet er Mick.

Flugs eilte er zum Rosenplatz, erstand ein Ticket für eine Bustour und reiste mit einer kleinen Reisegruppe nach England. Doch das schmiedeeiserne Tor von Schloss Althorp war leider verschlossen. Also fuhr Rudi zurück.

Seine dritte – und letzte – Reise hatte ihn ins Kittchen gebracht. Dabei hatte alles so gut angefangen. Im Fernsehen wurde seit Tagen für ein Whitney-Houston-Konzert geworben. Mit Micks Hilfe erstand Rudi eine Karte für einen Platz in der allerersten Reihe. Leider kam er zu früh an. Also kaufte er sich sechs Frikadellen. Die Sängerin betrat die Bühne, und die Menschen warfen ihr Stofftiere zu. Rudi hatte nichts zum Werfen – außer Frikadellen. Er feuerte vier auf Whitney und hätte ihr auch noch seine beiden letzten Frikadellen geschenkt, wenn er nicht umgehend von einem netten Polizisten namens Kai Bergmann abgeführt worden wäre.

Manchmal schmiss Mick eine Party in der gemeinsamen Wohnung. Dann kamen jede Menge Leute – und viele Frauen. Rudi kannte jede mit Namen: die blonde Anne, die er schon im Pförtnerhäuschen der Kartoffelkiste bewundert hatte und nach der er seinen zweiten Wellensittich benannt hatte, um in ihrer Gegenwart ungeniert *Anne, gib Küsschen!* rufen zu können; die nette Bettina, die kleine Manuela und die traurige Stephanie. Allen erzählte er von seinen Reisen und bot ihnen *Klümpchen* – das waren klebrige Bonbons – an.

Dank der Liebe zu Anne widerstand er sogar drei alten Witwen, die im selben Haus lebten und einen saubereren Menschen aus ihm machen wollten. Einen Menschen, der den vollen Aschenbecher nicht aus dem Fenster kippte. Einen Menschen, der keine Tauben fütterte und anderen nicht den

Einkaufswagen in die Hacken schob. Einen Menschen, der keine Schale voller Knoblauchsoße auf Partys austrank. Einen Menschen, der kein rohes Mett verzehrte und anschließend mit einem Mundausschlag im Bett lag. Und einen Menschen, der den Abfall nicht im Klo herunterspülte, bis es verstopft war.

»Alte Glucken«, sagte sich Rudi, wenn er allein in der Badewanne plantschte und dabei fröhlich juchzte. Er liebte nur Anne.

Weil seine Gefühle nicht erwidert wurden, freute er sich diebisch, als Anne von ihrem jüngeren Freund verlassen wurde. Er konnte sich partout nicht vorstellen, dass ihn Anne abstoßend fand – ihn und seinen alten Anzug.

Tanja hingegen, die war ganz anders. Sie hatte riesengroße Brüste und die dicksten Lippen der Welt. Rudi wusste selbst nicht, woher er sie kannte. Aber eines Tages flatterte eine Postkarte in den Briefkasten – und sie war an ihn gerichtet *Lieber Rudi!*, las Mick ihm vor. *Ich bin gerade in Amsterdam. Ich bin immer total geil auf Dich. Ich will Dich vögeln, bis der Arzt kommt. Bald werde ich Dich besuchen. Für immer ... Deine Tanja*

Rudi musterte die Postkarte. Auf der Vorderseite war eine dralle Blondine mit entblößtem Busen zu sehen, die sich an einer Stange rieb, untenrum nackt war und an einem Penis leckte.

»Wer ist das?«, fragte er Mick erstaunt.

»Keine Ahnung«, antwortete Mick. »Aber die Karte lag im Briefkasten.«

Rudi wartete tagelang auf Tanjas Rückkehr. Leider kam sie nie. Dafür schrieb sie ihm unzählige weitere Postkarten. *Ich muss um die ganze Welt reisen, Liebling, aber ich denke nur an Dich. Wir sind für immer ein Liebespaar.*

Mick las ihm jede Karte vor.

Das gab Rudi die Hoffnung, dass Tanja wirklich existierte.

Außerdem schwor Mick Stein und Bein, dass er Tanja gesehen hatte. »Tanja fuhr in einem knallroten Flitzer vor unserer Wohnung vor. Sie läutete, rannte nach oben und rief: *Wo ist mein heißer Rudi, den ich so sehr vermisst habe?* Anschließend musste sie sofort wieder weg ...«

Rudi war überglücklich.

Tanja existierte! Sie liebte nur ihn. Endlich hatte er jemanden gefunden – und dann auch noch eine saugeile Frau. Er ließ die *Playboy*-Fotos hängen, riss Lady Diana von den Wänden und heftete Tanjas Karten an die Tapete.

Ein halbes Jahr später beendete Mick sein Studium und zog in eine andere Stadt. Vorher regelte er, dass Rudi die Wohnung allein behalten konnte.

Vor seinem Auszug schenkte Mick Rudi einen großen Esstisch, zwei Stühle und seine Sittiche.

Rudis Zucht florierte schnell. Bald schon flogen fünfzehn, nein, er konnte die Vogelschar längst nicht mehr zählen, Wellensittiche durchs Wohnzimmer. Die Tiere vermehrten sich mit rasender Schnelligkeit. Sie brüteten in Schränken und Ecken, sie nisteten in der Küche, auf Regalen und im Bad – ja, sie waren überall. Alles war wieder laut. Überall piepste es.

Kurz darauf kam der böse Husten. Und es kratzte arg im Rachen. Rudi war das scheißegal. Die Vögel brüteten, er hatte Tanja, er besaß eine Wohnung, jetzt war er *wer*.

Dass er krank war, merkte er gar nicht.

Wohl aber sein Vermieter.

Im Krankenhaus erklärte ihm eine blonde Ärztin, die nicht so gut aussah wie Tanja, dass er bald umziehen müsse.

Jetzt war es so weit und er betrat sein neues Reich.

Zimmer 1.

Das Erste im Haus.

»Das ist keine *Kartoffelkiste*, sondern ein schöner, sauberer Raum«, sagte Rudi zu dem einzigen Wellensittich, den er behalten durfte.

Er beschloss, die rothaarige Hundetante und die schrecklich weiße Dame zu meiden.

Sein Herz schlug nur für Tanja. Und für Mick. Er hoffte, dass ihn sein Ex-Mitbewohner in Haus Holle finden würde

– obwohl er ihm keine Telefonnummer hatte hinterlassen können. Er legte sich in sein neues Bett und sog den Duft frischen Salbeis ein, den er der Hauswirtschafterin zu verdanken hatte.

Tausend Wege führen zum Tod

Minnie schmerzten die Innenseiten der Schenkel, als sie das Esszimmer betrat. Außerdem drückte irgendetwas auf ihr Geschlecht.

Nicht irgendetwas, schalt sie sich insgeheim, das ist der Tumor!

Ja, sie blutete. Ja, es schmerzte wieder. Ja, Dr. Aracelis hatte die Morphiumdosis erhöht. Und ja, der Tag ihrer Rückführung war gekommen. Minnie lebte noch.

Marisabel Prinz saß auf ihrem Stammplatz. Frustriert musterte sie ihre Fingernägel. »Der Lack ist fast ab«, sagte sie, ohne ihren Kopf anzuheben. Inzwischen erkannte sie Minnie am Quietschen ihres Rollators.

»Guten Morgen, Frau Prinz!«

»Heute ist Ihr großer Tag, was?«, fragte Marisabel.

»Ja«, antwortete Minnie. »Um vierzehn Uhr findet meine Rückführung statt. Ursula Demarmels sitzt bereits im Flugzeug. Aber ich fürchte mich auch ein bisschen. Was soll ich nur machen, wenn ich schlimme Dinge sehen werde? Oder wenn ich Panik bekomme oder das Ganze gar nicht klappt?«

»Ich glaube, es wird gelingen«, meinte Marisabel ungerührt. »Ich hatte anfangs auch Angst vor allem – zum Beispiel davor, nach Haus Holle zu kommen. Habe ich Ihnen schon mal gestanden, dass ich Angst hatte, hierherzuziehen? Ich stellte mir den Ort dunkel und trostlos vor. Doch Sie wissen ja selbst, wie es wirklich ist. Direkt hinter unserem Haus ist ein Kindergarten. Näher können Leben und Sterben nicht beieinander sein, oder?«

Sie schlug ihre dünnen Beine übereinander. Minnie sah, dass Marisabels Jeans schlackerte.

»Heute tun mir alle Knochen weh. Außerdem ist der Ärger mit meinen Schulden immer noch nicht ausgestanden. Was wird nur aus meinen lieb gewonnenen Schätzen, wenn meine Tochter unsere eigenen vier Wände verkaufen muss?« Marisabel stieß hart auf. Entsetzt blickte sie Minnie an. »Was ist bloß mit meinem Magen los? Ob das vom Erbrechen kommt? Ich will mich nicht unterkriegen lassen!«

»Vielleicht haben Sie sich verschluckt!« Aus der Ecke des Esszimmers erklang die Stimme eines Mannes, den Minnie völlig übersehen hatte.

Sie kniff die Augen zusammen.

In der Ecke saß ein tiefgebräunter, schlanker Kerl mit schlohweißem Haar. Er knabberte an einem Hartkäse und entblößte beim Kauen große Zahnlücken. Außerdem hatte er wahnsinnig große Ohren. »Oder vielleicht sind Sie krank!« Die Stimme des Mannes klang knurrig. Er erinnerte Minnie an einen alten Streuner.

»Ich glaube, wir sind uns noch nicht begegnet«, sagte Minnie höflich. »Mein Name ist Minnie, ich lebe auch hier.«

»Herr Weiß«, stellte der Fremde sich vor. »Ich wohne im ersten Zimmer.«

»Sie meinen in der 1«, rief Marisabel mürrisch. »Wissen Sie eigentlich, wo Sie hier sind? Natürlich bin ich krank! Oder haben Sie nicht alle Tassen im Schrank?«

»Das will ich meinen«, antwortete Herr Weiß. »In meinem Kopf klingelt alles.« Er lachte laut auf und wackelte mit den Ohren.

»Der ist ja irre«, sagte Marisabel zornig. »Vor ein paar Tagen war die Runde am Esstisch noch so schön. Und jetzt das!« Wütend versuchte sie aufzustehen.

»Von einer Kartoffelkiste in die nächste«, kommentierte Herr Weiß Marisabels vergeblichen Versuch. »Einmal landen wir alle in der Kartoffelkiste.«

In diesem Moment betrat Adolf Montrésor das Esszimmer. »Da sind Sie ja, mein Freund!«, rief Herr Weiß begeistert. »Ich habe schon auf Sie gewartet. Wir trinken jetzt ein Bier zusammen.«

Adolf grunzte erfreut. »Ich darf eigentlich keinen Alkohol trinken«, sagte er. »Doch zufälligerweise«, er blinzelte Rudi zu, »weiß ich, wo ein kühles *Jever* im Kühlschrank steht.«

Wie ein kleines Kind klatschte Herr Weiß in die Hände und rief *Yippieh*. »Und das Essen gibt's hier auch umsonst? Das ist der beste Platz auf Erden!«

Minnie lächelte unwillkürlich. Adolf Montrésor und Rudi Weiß passten perfekt zueinander.

Marisabel indes war mehr als empört. Nicht nur, dass *ihre Lieben* – sie zählte neben Annette plötzlich auch Bella Schiffer dazu – allesamt in ihren Betten ruhten, nein, außerdem hatten sich die Machtverhältnisse am Tisch zu ihren Ungunsten verschoben. »Wir sollten uns über die beiden beschweren«, flüsterte sie Minnie zu. »Wir müssen dem Psychologen verraten, dass hier neuerdings schon am Vormittag Alkohol konsumiert wird.«

Leider hatte Herr Weiß nicht nur große Ohren, sondern auch ein feines Gehör. »Nein, nein, nein«, rief er lachend, »Sie sollten selbst was mittrinken. Wollen Sie nicht auch ein Bier? Und vielleicht eine Zigarette?«

»Das wäre noch schöner«, entrüstete sich Marisabel. »Sehe ich vielleicht aus wie eine Trinkerin? Und Rauchen schadet der Gesundheit.«

»Ja, ja, die Gesundheit«, sagte Montrésor nachdenklich, als Marisabel am Tisch eingenickt war. »Es kann so schnell vorbei sein mit ihr. Der Tod kann jederzeit zuschlagen!«

Rudi Weiß nickte. »Im Fernsehen«, meinte er, »läuft eine Sendung, in der gezeigt wird, wie Menschen sterben. Bei D-Max. Die ist so toll!«

»Sie kennen *1000 Wege ins Gras zu beißen*?«, fragte Adolf. »Das gucke ich auch immer!

Die beiden Herren begannen ein Gespräch über ihre Lieblingssendung.«

»Meine Herren«, sagte Dr. Albers, der inzwischen das Esszimmer betreten hatte, »ich bitte Sie, hier nicht solche Geschichten zu erzählen. Es könnte die Gefühle der Anwesenden verletzen!« Er warf einen zweifelnden Blick auf Minnie und die schlummernde Marisabel.

»Nicht doch«, winkte Minnie ab. »Ich finde so was schon interessant.«

Andreas seufzte. »Es ist auch verständlich. Sendungen wie diese bauen Druck ab. Der Fachbegriff dafür heißt Angstlust. Wenn Sie sich *1000 Wege ins Gras zu beißen* im Fernsehen anschauen, nimmt Ihre Psyche das als lebensbedrohlich wahr. Nachdem die Folge aber vorbei ist, und Sie sich auf Ihrem sicheren Sofa wiederfinden, werden Glückshormone ausgeschüttet. Trotzdem können solche Gespräche derart morbide wirken, dass sich Zuhörer erschrecken.«

»Ich nicht«, entgegnete Minnie. »Ich habe mein Leben lang Utta Danella gelesen und solche Sendungen nie gesehen. Das Ganze kommt mir vor wie ein Jungs-Spiel, bei dem die Mädchen andächtig lauschen. Irgendwie ist es doch interessant, oder?«

Sie blickte Rudi und Montrésor an, doch inzwischen waren die alten Herren so tief in ihr Gespräch vertieft, dass sie gar nicht mehr mitbekamen, was Minnie und Dr. Albers über sie sagten.

Gerade holte Adolf erneut aus, um von einem weiteren merkwürdigen Todesfall zu erzählen. »Haben Sie die Episode gesehen, in der es um einen LSD-Trip ging? Die war furchtbar …«

»Nein«, rief Rudi, »Erzählen Sie!«

»Also«, begann Adolf. »Stellen Sie sich vor, dass eine Gruppe von vier Menschen eine wilde Party feiert. Jeder von ihnen konsumiert LSD. Diese Droge verändert die Wahrnehmung so, dass man die Welt um sich herum wie in einem Comic wahrnimmt – weil man nichts mehr richtig sieht. Alles, was du im LSD-Rausch sichtest, erinnert dich an eine Comicszene. Die Bilder sind stark koloriert und nicht mehr real.«

»Und dann?«, fragte Rudi begeistert.

»Ein weiblicher Partygast kommt auf die Idee, zwei LSD-Pillen auf einmal zu schlucken. Die drei anderen sind zwischenzeitlich in einen leeren Swimmingpool geklettert. Sie machen Handbewegungen, als würden sie schwimmen. LSD verschafft nämlich einen Gemeinschaftsrausch. Aber aus der Perspektive derjenigen Frau, die zwei Pillen geschluckt hat und die oben am Beckenrand steht, sieht es so aus, als würden die drei tatsächlich schwimmen und als seien die blauen Fliesen im Swimmingpool echtes Wasser. Jetzt können Sie sich bestimmt ausmalen, was als Nächstes geschieht.«

»Nein«, rief Rudi begriffsstutzig. »Was denn?«

»Die junge Frau ruft: Ich komme! Sie macht einen Kopfsprung in den Pool, knallt hart auf den Boden auf – und ist natürlich sofort tot. Die anderen umringen sie hilflos. Sie sind immer noch *high*.«

»Und dann ging's ab in die Kartoffelkiste!«, jauchzte Rudi.

Zum zweiten Mal ging Andreas dazwischen. »Ich muss Sie wirklich ausbremsen, meine Herren. Gleich könnten andere Gäste kommen. Wenn wir gemeinsam über den Tod reden wollen, sollten wir das auf einem anderen Niveau tun. Oder Sie ziehen sich auf Ihre Zimmer zurück.«

»Schade, dass es in Haus Holle kein D-Max gibt«, meinte Adolf. »*1000 Wege ins Gras zu beißen* hat so was Unterhaltsames. Außerdem lernt man jede Menge – zum Beispiel, dass man sich nicht mit langen Halsketten innerhalb von Basketballkörben hochziehen sollte und nicht betrunken im Pool plantscht. «

Er trank einen Schluck Bier und fuhr fort. »Irgendwie erinnert mich mein Aufenthalt hier auch ein bisschen an *1000 Wege ins Gras zu beißen* – oder an den Kinofilm *Final Destination*. Der Zuschauer ahnt die ganze Zeit über, dass die Hauptpersonen sterben. Die Fragen lauten nur: Wer ist der Nächste? Wann passiert es? Und wie schlägt der Tod zu?«

Andreas nahm Adolf ins Visier. »Wenn Sie diese Erkenntnis aus Ihren übertriebenen Erzählungen gewonnen haben, Herr Montrésor, dann war das Ganze für etwas gut. Ich muss Ihnen aber sagen, dass die Todesfälle, die in *1000 Wege ins Gras zu beißen* gezeigt werden, sogenannte urbane Legenden sind.«

»Was sind urbane Legenden?«, fragte Rudi.

»Eine Art moderner Sagen oder Schauermärchen, Geschichten, die nur den Anstrich von Realismus haben! Man erkennt sie fast immer daran, dass die ursprüngliche Quelle fehlt – ein konkreter Ort, eine konkrete Zeitangabe und ein konkreter Name des Betroffenen.«

Rudi protestierte. »In *1000 Wege ins Gras zu beißen* wurde auch über den Tod eines berühmten Magiers berichtet, den es tatsächlich gegeben hat.«

»Sie meinen Houdini«, ergänzte Adolf. »Das habe ich auch gesehen! Harry Houdini war ein amerikanischer Entfesselungskünstler und Zauberer, der sich damit rühmte, Schläge in den Bauch zu überleben, weil er seine Muskulatur extrem anspannen konnte. Eines Tages jedoch trafen ihn mehrere Hiebe, als ihn zwei Studenten in seiner Garderobe aufsuchten. Aufgrund dieser Schläge soll er einen Blinddarmriss erlitten haben, durch den eine gefährliche Bauchfellentzündung entstand. Houdini starb im Krankenhaus.«

Triumphierend nahm Rudi den Psychologen ins Visier. »Verstehen Sie jetzt, wie realistisch die Sendung ist?«

Dr. Albers seufzte erneut. »Meine Herren«, sagte er. »Natürlich gibt es außergewöhnliche Todesfälle. Aber ich bleibe bei meiner Haltung, dass es tendenziell Legenden sind.«

Zwei Stunden später standen etliche leere Bierflaschen auf dem Ecktischchen. Zwischenzeitlich waren Adolf und Rudi mehrmals nach draußen gegangen, um zu rauchen, während das Schimpfen der eifersüchtigen Violetta und das Beten des Priesters von oben zu den Gästen drang.

Nicht einmal Marisabel störten die angenehmen Gebete. Sie schlief tief und fest, sogar als Kostja den Tisch eindeckte, wurde sie nicht wach.

Der Koch wandte sich Rudi zu. »Worauf haben Sie Appetit?«

»Auf Frikadellen«, antwortete er. »Gibt's die hier?«

»Natürlich«, erwiderte Kostja. »Aber ich muss sie erst zubereiten. Mögen Sie vorher vielleicht eine Kräuter-Buttermilch-Terrine probieren? Und danach ein Lachsfilet mit Kartoffelkruste an Lauch-Apfel-Gemüse?«

»Ja«, sagte Rudi und griff nach einer bunten Serviette. Ein Rest Bier lief an seinem Kinn herunter und bahnte sich seinen Weg durch die weißen Bartstoppeln. »Das habe ich noch nie probiert.«

»Das glaube ich Ihnen sofort«, kam es von Marisabel, die nun aus dem Schlaf aufgeschreckt war. Bedauernd musterte sie die Speisen. Sie fröstelte. »Mit meinem Infekt sollte ich mich lieber etwas ausruhen – nicht, dass ich ihn noch verschleppe.«

Als sie sich unter Qualen erhob und den Arm auf die Tischkante stützte, knickte ihr Ellbogen ein. Ihre letzte Porzellantasse fiel auf den Boden und zerbrach.

»Die lässt sich noch kleben!« Kostja sammelte die größten Scherben auf.

»Lassen Sie mal«, meinte Marisabel. »Das ist heute auch egal – ich will nur noch eins: sofort ins Bett.«

Als Letztes sah Minnie den krummen Rücken von Marisabel Prinz und ihre zitternden Hände am Griff des Rollators. Im nächsten Augenblick war Marisabel aus ihrem Blickfeld verschwunden.

Die Herren aßen alles auf.

Hätte Adolf, der zu tief ins Glas geschaut hatte, Rudi nicht gebremst – wahrscheinlich hätte der neue Gast sogar seinen Teller abgeleckt.

Auch Minnie aß ein paar Happen. Die Kartoffelkruste war köstlich.

»Heute kommt meine Frau«, sagte Adolf.

»Meine kommt auch bald«, erwiderte Rudi. »Sie ist ein ganz scharfes Gestell – mit großen Titten und einem knallroten Flitzer.« Stolz warf er sich in die Brust. »Meine Freundin heißt Tanja!«

»Im Ernst? Sie fährt ein rotes Auto? Vielleicht einen Peugeot?« Interessiert blickte Adolf Rudi an, als seien die beiden seelenverwandt.

»Das weiß ich nicht«, antwortete Rudi. »Aber der Wagen ist knallrot. Das hat Mick mir verraten. Er wird mich auch bald besuchen. Mick – das ist mein bester Freund. Wir waren lange zusammen in der Kartoffelkiste. Ob er wohl weiß, dass ich jetzt hier bin?« Er schnappte sich eine neue Bierflasche und rülpste ungeniert.

»Rufen Sie ihn doch an«, schlug Minnie vor. »Oder haben Sie seine Telefonnummer nicht?«

»Doch, schon …«, erwiderte Rudi zögerlich, »aber ich weiß nicht, ob es hier ein Telefon gibt.«

»Natürlich! Auf Ihrem Zimmer steht eins!«

Dankbar blickte Rudi Minnie an. »Dann werde ich Mick anrufen.« Er wackelte mit den Ohren.

»Vorher werden Sie erst mal baden«, sagte Bruno. »Wir machen Sie heute mal schick, Herr Weiß!«

»Au ja«, rief Rudi. »Ich plantsche so gerne in der Wanne. Am allerliebsten mit Schunkelmusik …«

Minnies Respekt vor Bruno wuchs von Tag zu Tag. Vor Kurzem hatte er ihr erzählt, dass seine harte, aufopfernde Arbeit nur mit 1500 Euro netto vergütet wurde, und er eine 35-Stunden-Woche hatte. »Wenn ich dreiundsechzig bin, werde ich hier aufhören«, meinte Bruno. »Schließlich will ich noch was vom Leben haben.« Vorher jedoch machte er den Gästen in Haus Holle das Leben lebenswerter.

Er schnappte sich den drahtigen Rudi, klopfte ihm sämtliche Kartoffelkrustenreste vom Sakko und führte den alten Vagabunden in *das erste Zimmer*.

Minnie schaute auf ihre Uhr. Es war 13.30 Uhr.

In einer halben Stunde würde Frau Demarmels eintreffen, und sie musste sich vorher noch frisch machen.

In diesem Moment kam Mike ins Esszimmer gerauscht. »Kann ich Sie kurz sprechen, Minnie?« Seine Stimme klang aufgeregt. Sofort zog sich die alte Dame mit ihm zurück – zu einem *geheimen* Platz unter der Treppe.

»Was gibt es?«, fragte sie flüsternd.

»Ich habe die Ergebnisse des Polizeireporters bekommen«, berichtete Mike. »Er hat die Vergangenheit von Frau Prinz, Annette Müller, Angie Pfeiffer, Barbara und Berthold Pellenhorn, Mutter Merkel, Bella Schiffer, Herrn Montrésor und Klärchen Krause durchleuchtet. Das Ergebnis ist niederschmetternd. Keiner von ihnen war je im Gefängnis, keiner von ihnen ist vorbestraft. Wir müssen uns irren! Dass Herr Knopinski als Gefängniswärter gearbeitet hat, war scheinbar ein purer Zufall …«

»War denn wirklich *gar nichts* zu finden?«, hakte Minnie nach.

»So gut wie nichts«, antwortete Mike. »Bella Schiffer wurde früher zweimal bei einem Ladendiebstahl ertappt, doch es ging nur um Lappalien. Beide Verfahren wurden eingestellt. Bella kam nicht mal vor Gericht. Annette Müller ist ein paar Mal zu schnell gefahren. Nur die Biografie von Mutter Merkel ist auffällig. Sie hat zwei Männer überlebt und einmal viel Geld geerbt. Aber kriminell war sie nie.«

»Das ist nicht das, wonach wir suchen«, meinte Minnie. »Was hat der Polizeireporter noch herausgefunden?«

»Adolf Montrésor wohnte mal in einem Dorf, in dem vor vierzig Jahren ein junges Mädchen verschwand. Nach langer Suche wurde die Kleine erdrosselt an einem Flussufer aufgefunden. Bevor sie getötet wurde, hatte sie Sex mit zwei Männern. Daraufhin gerieten alle männlichen Dorfbewohner unter Verdacht. Jahrzehnte später, als die ersten DNA-Tests möglich waren, mussten sich alle männlichen Dörfler einem Gentest unterziehen.«

»Mit welchem Ergebnis?«

»Adolf war unschuldig. Es gibt keinen Hinweis darauf, dass er in das Verbrechen verwickelt war. Zwanzig Jahre nach dem Mord verschwand ein zweites Mädchen in einer anderen Kleinstadt. Erstaunlicherweise wohnte Montrésor damals direkt neben dem Tatort. Doch die Tote wurde niemals gefunden.«

»Das ist ein seltsamer Zufall«, rief Minnie. »Aber kein Beweis dafür, dass Montrésor ein Mörder ist. Außerdem verschwinden täglich Menschen in Deutschland. Was hat der Polizeireporter über Omi herausgefunden?«

»Klärchen Krause ist tatsächlich Jüdin. Sie war bei einem Bauern versteckt und arbeitete für ihn«, sagte Mike. »Dieser Landwirt galt im Dorf als gewalttätig. Einmal soll er einen Zwangsarbeiter zu Tode gefoltert haben – Gerüchten zufolge. Aber es gibt keinen Hinweis auf irgendeine Verstrickung von Klärchen. Erst als der Bauer kürzlich starb, wurde ihre lebenslange Haft beendet. Aber sie konnte sie nicht lange genießen, denn sie wurde krank und kam nach Haus Holle.«

»Und Marisabel?«

»Hat einige Gerichtsprozesse hinter sich«, entgegnete Mike. »Außerdem hat sie schon zweimal einen Offenbarungseid geleistet. Ein Ex-Geliebter behauptet, dass sie ihm viel Geld gestohlen habe. Aber er konnte nichts beweisen.«

»Und die Pellenhorns?«

»Haben eine lupenreine Weste. Barbara Pellenhorn war mal in einen schlimmen Verkehrsunfall verwickelt, bei dem ein Mann zu Tode kam. Ihr wurde aber keine Schuld nachgewiesen. Nein, die Pellenhorns sind völlig in Ordnung.«

»Was ist mit Angie Pfeiffer?«

»Kein einziger polizeilicher Eintrag! Sie hat nicht mal ein Bonbon gestohlen.«

»Dann haben wir etwas Wichtiges übersehen«, sagte Minnie. »Das spüre ich ganz genau. Wenn ich nur wüsste, was es ist ... Ich muss noch mal alles überdenken ... Irgendwo liegt der Schlüssel zu allem ... wahrscheinlich direkt vor unserer Nase ... und bestimmt schon die ganze Zeit ...«

Ed

Ursula Demarmels war überpünktlich. Sie betrat Haus Holle in Begleitung ihres Gatten Dr. Gerhard W. Hacker, ein Universitätsprofessor für medizinische Grenzfragen – und einer Katze auf dem Arm. Demarmels war eine zierliche Frau mit brünetten, halb langen Haaren, einem offenen Blick und einer sanften, klaren Stimme.

Der Psychologe bot der Rückführerin einen Kaffee an, doch Ursula wollte sich zunächst das Haus ansehen. Er führte die Besucherin ins Esszimmer, wo Frau Demarmels auf Rudi Weiß traf. Ohne Scheu vor seinen gelben Fingernägeln, die längst hätten geschnitten werden müssen, gab sie ihm die Hand und musterte ihn sehr freundlich. Anschließend fixierte sie Adolf und nickte ihm zu.

»Sind Sie ein neuer Gast?«, fragte Montrésor.

»Ja«, sagte Ursula. »Ich bin hier als Gast, um einen anderen Gast zu treffen.« Sie wandte sich dem Psychologen zu. »Wo finde ich Minnie?«

»Sie macht sich frisch«, antwortete Andreas. Darf ich Ihnen vorher noch ein paar Fragen stellen?«

»Gern«, war die Rückführerin einverstanden. »Dann nehme ich doch ein Getränk.«

Rasch tischte Kostja, dem kein Wort entgangen war, einen Marzipan-Napfkuchen auf und bot dem Ehepaar Demarmels einen Vitaminmix aus Orangensaft, Joghurt, Pfirsich und ein bisschen Erdbeere an. »Die Atmosphäre in Haus Holle gefällt mir so gut, dass ich direkt einziehen könnte«, scherzte Ursula fröhlich.

Andreas jedoch wurde ernst. »Was muss ich mir unter einer spirituellen Rückführung vorstellen?«, fragte der Psychologe.

»Ganz einfach«, antwortete Frau Demarmels. »Mit meiner Methode, die ich bei Dr. Michael Newton in den USA erlernt habe, ist es möglich, sich an frühere Leben zu erinnern, und daran, wo wir nach dem Tod in der spirituellen Welt, im Jenseits, als Seelen sind.«

»Es geht um Wiedergeburten?« Adolf staunte.

»Genau«, bestätigte Ursula. »Heute nehme ich Minnie mit auf eine Zeitreise. Einige Menschen, mit denen ich das bislang gemacht habe, erinnern sich an Ereignisse, die geschichtlich sogar oftmals beweisbar sind. Dadurch werden Ängste und Blockaden aufgelöst. Gewiss wird Minnie das helfen, wenn ihr der Übergang in ein neues Leben bevorsteht. Die Erinnerungen während einer Rückführung unterstützen uns Menschen dabei, mehr über unsere karmischen Verbindungen zu erfahren.«

»Heißt das, Sie glauben, dass wir nach unserem Tod nicht weg sind?«

»Natürlich nicht!« Frau Demarmels lächelte. »Ich glaube fest an die Reinkarnation. Meine Arbeit basiert auf den Erkenntnissen meines Lehrers, des berühmten Hypnotherapeuten Dr. Michael Newton, und meiner eigenen Methode. Er hat über achttausend Menschen in Vorleben und in die spirituelle Welt der Seelen begleitet und ihnen faszinierende Erlebnisse ermöglicht.«

»Wie lange machen Sie das schon?« Dr. Albers wurde immer neugieriger.

»Über achtundzwanzig Jahre«, antwortete Ursula.

»Haben Sie schon mal selbst eine Rückführung gemacht?«

»Eine?« Frau Demarmels lachte, und ihr Mann ergriff ihre Hand. »Unzählige!«

»Wie lange dauert eine Sitzung?«

»Circa drei Stunden«, sagte sie. »Minnie wird während der Sitzung faszinierende Einsichten über ihren persönlichen Seelenführer, den man am besten mit einem Schutzengel vergleichen kann, erhalten. Man kann ihn auch Lichtführer, Geistführer oder kosmisches Bewusstsein nennen. Minnie wird ihn oder sie sehen können, nachdem ich spezielle Trance-Techniken angewandt und sie sanft in eine tiefe Entspannung geführt habe. Anschließend begleite ich Minnie auf ihrer inneren Reise in ein früheres Leben. Sie wird erkennen, dass ihre Seele unsterblich ist. Außerdem wird sie erfahren, wie es in der Zwischenwelt aussieht – das ist eine Sphäre zwischen zwei verschiedenen Leben.«

»Sieht man dabei auch die Kartoffelkiste?«, fragte Rudi.

»Ja. In der Kartoffelkiste, was auch immer Sie sich darunter vorstellen, findet sich so manches Geheimnis.«

Sie fixierte Rudi mit einem ernsten, freundlichen Blick.

Rudi wackelte mit den Ohren.

»Ich muss trotzdem noch einmal nachhaken«, sagte Dr. Albers wissbegierig. »Angeblich sieht man nicht nur Szenen aus einem seiner Vorleben, sondern erlebt auch das Ende dieses Vorlebens – das heißt, seinen früheren Tod. Ist das richtig?«

»Ganz genau«, bestätigte Frau Demarmels. »Das ist eine wichtige Erfahrung, die viele Menschen erleben lässt, wie unnötig ihre Angst vor dem Sterben ist. Anschließend ist man überzeugt, dass die eigene Seele wirklich unsterblich ist – und fast immer ist das aktuelle Leben anschließend glücklicher und sinnvoller.«

»Auch wenn man im Vorleben gekillt wurde?«, fragte Adolf.

»Auch dann«, entgegnete Ursula lächelnd.

In diesem Moment betrat Minnie das Esszimmer.

Ursula war ihr auf den ersten Blick sympathisch.

Die Rückführerin indes musterte Minnie besorgt. Sie registrierte den kraftlosen Händedruck, sorgte sich um die Blässe ihrer Klientin und spürte Minnies tiefe Müdigkeit.

Ursula nahm Minnie fest in die Arme und hielt sie fünf Sekunden lang fest.

Dezent blickte Adolf aus dem Fenster, während Rudi das Kinn herunterklappte.

»Und jetzt machen Sie das einfach?«, fragte Rudi.

»Ja, jetzt geht's los«, antwortete Ursula. Sie blickte Minnie tief in die Augen. »Sind Sie bereit für Ihre Reise?«

»Zu hundert Prozent«, erwiderte Minnie. »Ich wünsche mir nichts sehnlicher.«

»Darf ich zugucken?«, fragte Rudi.

Frau Demarmels verneinte sanft.

»Das machen wir alleine. Mein Mann wird sich mit Ihnen unterhalten. Vielleicht kann sich meine Katze etwas in Haus Holle umsehen?«

»Natürlich«, war Dr. Albers einverstanden. »Aber hier gibt es noch zwei Miezen. Nicht dass Ihrer Katze etwas geschieht ...«

»Meine Lilith versteht sich mit jedem Vierbeiner«, verriet Ursula. »Wir lassen sie einfach umherstreifen ...«

Sie nahm das Tier vom Schoß. Wie ein beigefarbener Pfeil entschwand Lilith in Richtung Keller. Ursulas Katze hatte längst gerochen, dass es noch zwei Vierbeiner gab. Außerdem hatte sie gewittert, dass einer von ihnen ein ganz spezielles Tier war ...

»Hier sind wir also!«

Ursula betrachtete den Grünen Saal. Dr. Albers hatte den Konferenztisch an die Wand schieben lassen. Die hohen Fenster waren mit dunklen Tüchern verhangen und im Zentrum des Zimmers stand eine *Le Corbusier*-Liege aus weißem Leder. Außerdem hatte der Psychologe eine warme Wolldecke, ein kleines Tischchen und einen bequemen Stuhl für Frau Demarmels besorgt.

»Ein schöner Saal, nicht wahr, Minnie?«

Sie nickte umgehend. Zum Sprechen war sie zu aufgeregt. »Ich fürchte mich ein bisschen«, gestand sie.

»Das geht allen Menschen so«, sagte Ursula. »Aber Sie werden gleich sehen, dass es völlig unnötig ist.«

Also legte sich Minnie auf die Liege und verschränkte die Hände. Fürsorglich deckte Frau Demarmels sie mit einer warmen Decke zu, verband ihr die Augen mit einer schwarzen Binde und nahm auf dem Stuhl Platz.

Minnie sah nichts und hörte nur noch den eigenen Atem, ihr pochendes Herz und Ursulas angenehme Stimme.

»Wie alt sind Sie, Minnie?«

»Vierundachtzig«, antwortete Minnie.

»Vierundachtzig lange Jahre«, sagte Frau Demarmels. »Bitte hören Sie jetzt nur noch auf meine Stimme.«

Da tat Minnie, was sie tun musste.

Minnie wusste nicht mehr, wie viel Zeit vergangen war. Ein Teil von ihr glaubte, dass sie tief schlief. Ein anderer Teil hatte mit Frau Demarmels gesprochen, die ihr mit ihrer Singsang-Stimme mehrmals erzählt hatte, dass Minnie auf dem Rücken unter einem Baum lag und eine Baumkrone betrachtete. Minnie hatte das Dunkel der Äste gesehen, das Blau des Himmels zwischen den Blättern und einen Specht auf einem Ast. Zehn Minuten später war ihr Blick Schäfchenwolken gefolgt, die – angetrieben von einer Sommerbrise – über den Himmel zogen. Plötzlich schwebte sie nach oben und konnte nach den Wolken greifen.

»Ist jemand bei dir?«, fragte Ursula. Mit einem Mal war die Rückführerin vom *Sie* zum *Du* gewechselt.

»Ja, eine Hand«, antwortete Minnie.

»Ergreif sie«, bat Demarmels sanft. »Wer hält deine Hand jetzt fest?«

Die fremde Person zog Minnie mit sich. Mit einem Mal waren sie gleichauf. Erstaunt erkannte sie, dass es der unheimliche Kindgreis war, den sie Hans getauft hatte.

Minnie nahm wahr, dass sie mit Ursula redete. Gleichzeitig schien sie unendlich weit entfernt zu sein. Zwar hatte sie irgendwie das Gefühl, sofort aufstehen und das Zimmer verlassen zu können, sofern sie es wollte, aber sie *wollte* es nicht.

Stattdessen *reiste* sie weiter mit Hans.

»Wie lange kennt ihr euch schon?«, fragte Ursulas weit entfernte Stimme.

»Seit Ewigkeiten«, hauchte Minnie. »Wir reisen durch die Unendlichkeit.«

»Ach so«, sagte Ursula. »Fliegt jetzt mal weiter und schwebt durch die Lüfte, bis ihr eine Treppe erblickt. Lass dir dabei ruhig viel Zeit. Such sie ganz ohne Stress!«

Minnie sah sich überall um, doch eine Treppe war nirgendwo zu finden. Stattdessen erschien ein riesiger Spiegel.

»Ich sehe mich und Hans im Spiegel«, erzählte sie der Rückführerin. Im nächsten Moment erkannte sie, dass es gar kein Spiegel war, sondern ein Fenster. Ein Fenster mit einem weißen Holzrahmen, das ganz leicht zu öffnen war. Dahinter fand sie endlich die Treppe.

»Wir stehen jetzt auf der obersten Stufe«, verriet Minnie und blickte nach unten. Die Treppe führte in die Tiefe, die Stufen waren weiß und glatt.

»Geh langsam nach unten«, sagte Ursula sanft. »Setz einen Fuß vor den nächsten – und halt an, sobald du es möchtest.«

Minnie lief los. Sie wusste nicht, ob ihr Körper flog oder ging. Der Weg führte hinunter, hinab in eine andere Welt.

Auf Stufe 50 machte sie eine Pause.

»Was siehst du dort?«, fragte Frau Demarmels.

»Mich selbst auf meiner Geburtstagsfeier«, antwortete Minnie. »Ich tanze mit meinem Mann, während alle Gäste klatschen. Ich bin überglücklich. Mein Leben ist auf dem Höhepunkt. Wir tanzen einen Tango. Vor Kurzem hatte ich einen Bandscheibenvorfall. Deshalb schmerzt mein Rücken ein wenig. Aber ich schaffe jede Biegung – und mein Mann führt mich wunderbar. Auch meine Mädchen sind da. Und meine Schwestern und Brüder. Alle sind gekommen.«

»Dann geh jetzt weiter auf der Treppe hinunter«, bat die Rückführerin. »Halt erneut, wenn du Lust dazu hast.«

Der nächste Halt fand auf Stufe 39 statt.

»Wo bist du jetzt?«, fragte Ursula.

»Ich sehe ein gleißendes Licht«, antwortete Minnie. »Ich höre aufgeregte Stimmen. Jemand reicht mir ein Nackenkissen. Mein Kopf dröhnt und mein Bauch spürt Wellen. Ich leide unter starken Krämpfen. Nein! Ich spüre Geburtswehen … Sie überfluten meinen ganzen Körper. Irgendjemand hält meine Hand fest. Es ist … es ist meine Schwester. Ich presse noch stärker. Und jetzt ist es endlich so weit … meine zweite Tochter ist gerade geboren worden!«

»Was für ein schönes Erlebnis. Ich freue mich sehr für dich. Du bist also wieder Mutter geworden. Und jetzt geh weiter …«

»Ach, könnte dieser Moment doch für immer andauern … es ist so schön … es ist der schönste Moment meines Lebens … Bitte lass mich noch für einen Augenblick verweilen …« Minnie hätte das Erlebnis gern für immer festgehalten. Doch es funktionierte nicht. Also schritt sie weiter nach unten. Bis sie Stufe 5 erreichte und ein kleines Mädchen sah, das auf einem Stuhl stand und aus einem großen Fenster auf die Straße blickte.

»Was siehst du dort unten?«, fragte Ursulas Stimme.

»Eine Rauchsäule«, antwortete Minnie. »Irgendetwas brennt lichterloh. Ein großes Haus steht in Flammen. Männer, deren Uniformen Hakenkreuze zieren, zerren schreiende Menschen aus ihren Häusern. Sie prügeln auf sie ein. Und es wird … es wird … geschossen. Ein Mann bricht auf der Straße zusammen. Jetzt schreit gellend eine Frau. *Feuer!*, ruft jemand. *Diesen Brand haben die Kommunisten gelegt!* Es ist die Stunde des Führers. Ich sehe ihn unten auf der Straße – Adolf Hitler fährt durch die Stadt. Er triumphiert und heult wie ein Wolf. Mein Herz bebt vor Angst.«

»Du bist scheinbar im Jahr 1933«, sagte der Singsang. »Ist es vielleicht der Reichstag, der brennt?«

»Ich kann es nicht sehen«, meinte Minnie suchend. »Ich weiß nicht, was der Reichstag ist. Aber ich sehe die Menschen – und meine Eltern im Getümmel.«

»Verlass diesen Ort«, bat Ursulas Stimme. »Schreite die Treppe hinunter!«

»Ich kann es nicht«, sagte Minnie verzweifelt. »Mein Jumbo ist aus dem Fenster gefallen. Mein Stofftier, das ich schon immer hatte. Ich muss nach unten, um ihn zu suchen.«

»Er ist immer bei dir«, verriet ihr die Stimme. »Du kannst beruhigt nach unten gehen …«

Erst da ließ Minnie den Augenblick los.

Auf der letzten Stufe hielt sie inne, denn die Stimme wollte es so.

»Ich bin jetzt auf Stufe null«, sagte Minnie ruhig. »Es ist alles gut.«

»Wie ist es auf der letzten Stufe?«, fragte sie eine fremde Stimme.

»Warm und weich, alles obskur«, hörte sich Minnie selbst sagen. »Ich bin im Inneren meiner Mutter.«

»Wie sieht das von außen aus?«

»Meine Mama und ihre Mama und deren Mama sitzen in einer Stube und stricken warme Wollsachen, denn bald werde ich auf die Welt kommen«, sagte Minnie. »Ich spüre, dass sich alle drei freuen. «

»Welche Jahreszeit siehst du?«

»Das Ende des Herbstes oder den Beginn des Winters. In diesem Jahr fällt der erste Schnee sehr früh. Schon in einer Woche werde ich da sein!«

»Freust du dich auf dieses Leben? Warum kommst du wieder auf die Erde?«

»Ich freue mich sehr auf dieses Leben«, erwiderte Minnie. »Es wird ein schönes Leben werden, denn ich werde geboren, um etwas Wichtiges zu lernen – die Angst vor allem und jedem zu besiegen. In diesem Leben, das in einer Woche beginnt, warten viele Menschen auf mich. Sie werden mich alle lieben. Ich könnte es nicht besser treffen.«

»Angst?«, fragte die Singsang-Stimme. »Wovor wirst du dich so sehr fürchten?«

»Allein zu sein, wenn ich einmal ganz alt bin. Vorher werde ich sehr viele Menschen, die ich geliebt habe, verloren haben. Ich fürchte mich davor, sie am Ende nicht wiederzufinden.«

»Wirst du diese Angst besiegen?«

»Ja.«

»Dann geh jetzt weiter, gemeinsam mit Hans. Flieg durch die schöne Zwischenwelt. Reise weiter ins Innere. Genieß die Farben, die Sphären, die Weite … Bis du einen riesigen Schrank findest, der sich auftürmt, so groß, so hoch, so unendlich weit, der aufragt vor dir, der Tausende von Schubladen enthält, der verlockend ist, der alles enthält, was du bist und sein wirst.«

»Ich stehe bereits vor ihm«, verriet Minnies Stimme. Sie wusste, dass es ihr *Schrank des Seins* war.

»Flieg jetzt hinauf an diesem großen Schrank, flieg weit in die Höhe, und halt erst an, wenn du es möchtest. Du musst die richtige Schublade finden. Lass dir dabei alle Zeit der Welt. Finde die richtige Schublade. Sie enthält eins deiner Vorleben, ein Vorleben, das dir heute helfen wird. Ein Vorleben, das dir so vieles verrät. Schweb hinauf, bis du bereit bist. Dann gib mir ein Zeichen.«

Minnie musterte den Schrank.

Jede Schublade sah anders aus. Sie erblickte gewellte Schubladen, die knallrot waren; sie sah gebogene Schubladen, die verlockend rochen; sie sah große und kleine, polierte und stumpfe, glatte und halb zerstörte, verschrumpelte und edle, marmorierte und hölzerne, verschlossene und halb offene, übel riechende und wunderschöne – doch nur eine *wollte* von ihr geöffnet werden.

Es war eine Schublade, die sich nicht beschreiben ließ. Sie hatte keine Form, keine Kontur, keinen Geruch – und sie war farblos. Sie stand fast offen.

»Ich habe sie gefunden«, flüsterte ihre Stimme.

»Zieh sie jetzt auf und schau hinein«, sagte der Singsang. »Ich sage jetzt ganz schnell *Drei–Zwei–Eins*… Anschließend öffnest du deine Schublade. Dann sagst du mir direkt, was du erblickst. Hast du das alles verstanden?«

»Ja«, hauchte Minnie.

»Es ist jetzt so weit – du öffnest die Schublade! *Drei–Zwei–Eins*… Sag mir direkt, was du erblickst!«

»Ich sehe ein schönes Zimmer. Ich stehe mitten in diesem Zimmer vor einem verzierten, schönen Spiegel.«

»Wer spiegelt sich darin?«

»Ein kleiner Junge«, antwortete Minnies fremde Stimme.

»Wie sieht er aus?«

»Er hat dunkle Haare und trägt einen Anzug. Er ist ganz in Schwarz gekleidet.«

»Warum?«

»Ich weiß es nicht! Im Zimmer sind viele weinende Menschen. Ich selbst kann erst seit Kurzem stehen. Ich sehe sehr ernst aus, ich bin sehr schlank.«

»Sieh dich weiter im Zimmer um … Erblickst du ein Buch oder ein Bild, das dir mehr darüber verrät, wo du bist?«

»Ich bin im Zimmer meiner Mutter.«

»Was machst du dort?«

»Heute dürfen mein Bruder und meine Schwester und ich uns von meiner Mutter verabschieden. Sie sieht so schön aus, sie ist so jung. Sie ist vor Kurzem gestorben. Gestern Nacht wurde sie in diesem Zimmer aufgebahrt. In ihren Händen hält sie ein Notenblatt.

»In welcher Sprache sind die Liedzeilen verfasst?«

»Ich glaube … ja… es ist Englisch.«

»In welchem Land befindest du dich?«

»Ich lebe in Amerika. Die Damen sind so schön gekleidet. Jede von ihnen hält ein feines Taschentuch in den Händen. Alle sehen mich mitleidig an.«

»Wo ist dein Vater?«

»Er hat uns schon längst verlassen. Ich werde nie mehr von ihm hören. Jetzt sind wir drei völlig allein.«

»Doch wie geht dein Leben weiter?«

»Man trennt mich von meinen Geschwistern. Ich komme … ja … eine Freundin meiner Mutter nimmt mich bei sich auf … Sie hat keine Kinder … Sie hatte schon lange ein Auge auf mich geworfen … Sie ist jung und wunderschön … Ihre Haare sind hochgesteckt, um die Ohren ringeln sich Locken … Sie hat ein üppiges Dekolleté …«

»Wie heißt die Stadt, in der du lebst?«

»Ich kann es nicht sehen! Ich glaube, ja … da ist ein Schild … ich bin in Richmond.«

»Wie ruft dich deine neue Mutter?«

»Sie nennt mich … Wenn sie mich ruft, nennt sie mich Ed.«

Düstere Zeiten

Die Singsang-Stimme wollte vieles wissen.

»Wie geht es dir bei deiner zweiten Mutter?«, fragte sie.

»Sie ist immer nett«, antwortete das Ich. »Doch ihr Mann … der ist manchmal seltsam. Ich werde ihn nie richtig verstehen.«

»Warum nicht?«

»Manchmal schenkt er mir schöne Sachen, aber oft hat er auch schlechte Laune. Dann sieht er mich an, als ob ich ihm lästig sei. Ich glaube, er hat Geldprobleme.«

»In welchem Jahr lebst du? Hängt ein Kalender an der Wand?«

»Nein«, sagte das Ich. »Aber auf dem Tisch meines Vaters liegt ein Notizkalender. Darin steht die Zahl 1815.«

»Was hat dein neuer Vater noch notiert?«

»Dass er und seine Frau bald auswandern werden, und ich mitkommen muss nach Europa.«

»Dann spring weiter in der Zeit. Wie ist dein Leben in Europa?«

»Wir bleiben nur kurz dort. Ich besuche ein Internat. Aber dann geht es mit der ganzen Welt bergab … Mein neuer Vater stöhnt immer darüber, dass es bergab geht mit der ganzen Welt …«

»Warum?«

»Wegen der sogenannten ‚Panic of 1819'. Die Menschen haben nichts mehr zu essen und keine Arbeit«, sagte das Ich.

»Viele Mütter lungern auf der Straße herum. Allerorten wird gestohlen, um den Hunger zu stillen und die Kinder ernähren zu können.«

»Ist das die Weltwirtschaftskrise?«

»Ich weiß es nicht, mir fehlt das Verständnis. Wir ziehen zurück nach Maryland. Dort hat mein neuer Vater endlich Glück. Er erbt unglaublich viel Geld, nachdem sein Onkel gestorben ist.«

»Profitierst du auch davon?«

»Ja«, sagte das Ich. »Ich besuche die besten Schulen. Außerdem gehe ich gern schwimmen.«

»Spring mal ein paar Jahre weiter. Wann verliebst du dich zum ersten Mal?«

»Ich sehe eine wunderschöne Frau. Sie ist viel älter als ich. Es ist die Mutter eines Schulfreundes. Aber sie stirbt früh. Ich habe sie nur einmal geküsst.«

»Heiratest du später eine andere Frau?«

»Ja, eine junge Verwandte. Meine Ehefrau ist noch ein Mädchen. Sie ist erst dreizehn Jahre alt.«

»Wie heißt sie?«

»Ich kann es nicht sehen.«

»Was machst du beruflich?«

»Zuerst gehe ich zum Militär. Dort gibt es jede Menge Probleme. Ich sehe Flaschen, Alkohol, Drogen. Und Ärger mit meinem Stiefvater.«

»Warum ärgert er sich so?«

»Ihm missfällt es seit Langem, dass ich trinke. Außerdem stirbt meine zweite Mutter, und er heiratet erneut. Das führt zum endgültigen Bruch zwischen ihm und mir. Mein neuer Vater packt mich an den Haaren und wirft mich aus dem Haus. Jetzt stehe ich ganz allein auf der Straße.«

»Wovon lebst du?«, fragte der Singsang.

»Ich sehe Blätter«, sagte das Ich. »Vollbeschriebene Papiere. Ich glaube, ich bin ein Schriftsteller. Nein, wohl eher ein Journalist. Mein Geld verdiene ich mit Artikeln.«

»Bist du glücklich?«, fragte die Stimme.

»Nein«, antwortete das Ich. »Ich bin unglücklich, weil alles so schwer ist. Meine minderjährige Frau und ich müssen ständig hungern. Ich tingele von einer Großstadt zur nächsten – ständig auf der Suche nach Arbeit. Das Leben ist düster. Ich trinke zu viel und fühle mich unwohl. Meine Ehefrau ist noch ein Kind. Das ist nicht gut für einen Mann. Wegen der ganzen Exzesse ist mein Ruf bald ruiniert.«

»Spring mal weiter in die Zukunft. Bekommst du Kinder mit deiner Frau?«

»Nein«, sagte das Ich. »Das Gegenteil ist der Fall. Meine Frau erkrankt an Schwindsucht. Sie spuckt ständig Blut und stirbt mit vierundzwanzig.«

»Bist du deiner kindlichen Frau schon mal in einem anderen Leben begegnet?«, fragte die kristallklare Stimme.

»Ja, immer wieder. Seit Anbeginn der Zeit sind wir zusammen, in wechselnden Körpern und wechselnden Ländern. Wir waren, sind und werden eins sein. In diesem Leben – aber auch in allen zukünftigen. Sie ist immer meine einzige große Liebe: Zeit wird Raum – aber die Liebe bleibt.«

»Wie geht es dir nach dem plötzlichen Tod deiner Frau?«

»Sie fehlt mir so sehr. Was im Strom der Zeit vorübertrieb, wird Erinnerung. Doch ich leide noch unter etwas anderem, zum Beispiel unter einem anonymen Briefeschreiber, der mich der Untreue bezichtigt. Als ich nicht mehr weiter weiß, will ich mir das Leben nehmen – mithilfe eines kleinen Fläschchens. Ich sehe mich selbst, wie ich vor einem Spiegel stehe und überlege, ob ich den Inhalt trinken soll. Ich sehe dünn aus und ganz traurig. Schrecklich bleich, irgendwie seltsam.«

»Was ist in dem Fläschchen? Ist es etwa Gift?«, fragte der Singsang.

»Ja … ich kann die Aufschrift entziffern … auf der Flasche steht *Laudanum*.«

»Das ist eine Opiumtinktur, die tödlich sein kann«, sagte die fremde Stimme. »Überlebst du?

»Ja. Ich verlobe mich sogar zweimal … Aber eine Heirat findet nicht mehr statt in diesem Leben.«

»Mich interessiert, worum es in deinen Artikeln geht«, sagte die unbekannte Stimme. »Was für Sachen hast du geschrieben?«

»Schwarze Geschichten«, sagte das Ich. »Es geht um Katzen und um Morde, um Tod und Verderben, um Grauen und Untergang – und die Angst, lebendig begraben zu werden. Meine Seele will alles herausschreien, was ich so lange erduldete … Den frühen Tod meiner Mutter, die Trennung von meinen Geschwistern, den Blutsturz meiner kindlichen Gattin und den Hass auf den anonymen Briefeschreiber.«

»Erinnerst du dich an einen Buchtitel?«

»Nein«, antwortete das Ich müde. »Mir fallen nur die Katzen ein. Außerdem erinnere ich mich an eine Geschichte mit einem Orang-Utan, der in eine Wohnung klettert und dort einen Doppelmord begeht. Meine Fantasie ist unerschöpflich.«

»Dann springe jetzt weiter in der Zeit. Schau dir den Morgen deines Todestages an. Wo bist du da?«

»Inzwischen bin ich ein älterer Mann«, antwortete das Ich. »Mir geht es sehr schlecht … Ich habe eine lange Schiffsreise hinter mir. Ich bin heruntergekommen … Hinter mir liegt ein tagelanger Trink-Exzess… Eine Sauftour … Außerdem habe ich in den letzten Tagen und Nächten verschiedene Drogen, die den Geist erweitern sollen, konsumiert … All das wurde mir von seltsamen Männern verabreicht, die mich zu einem Wahllokal geschleppt haben. Diese Männer wollten, dass ich für ihren Kandidaten stimme. Es geht um eine politische Abstimmung. Jetzt wanke ich allein durch schlecht beleuchtete Straßen … Ich habe düstere Halluzinationen von Raben, von schwarzen Katzen und Geistern, die mich heimsuchen.«

»Das klingt nicht gut«, meinte der Singsang. »Was passiert dann?«

»Ich werde in eine Klinik eingeliefert, weil ich zusammenbreche.«

»Wie sieht das Hospital aus?«, wollte der Singsang wissen.

»Es ist ein fünfstöckiges Hauptgebäude mit einer Art Glockenturm an der rechten und einem sechsstöckigen Nebengebäude mit zwei turmähnlichen Säulen auf der linken Seite. Über dem Hospital hängt eine tiefschwarze riesige Wolke. Sie verdeckt die ganze Herbstsonne.«

»Wie wird dir in der Klinik geholfen?«

»Ein Arzt will mir helfen. Er gibt mir eine Injektion. Leider jedoch greift er zur falschen Spritze, weil er morphiumsüchtig ist. Als er die Flüssigkeit in meine Vene drückt, wird mein ganzer Körper eiskalt. Plötzlich dreht sich alles im Behandlungszimmer. Das Allerletzte, das ich sehe, ist das Spiegelbild des erschrockenen Arztes im Fenster – und wie er die Hände vor den Mund schlägt. Mein lebloser Körper fällt zu Boden.«

»Du wurdest getötet«, sagte der Singsang. »Oder erwachst du noch einmal?«

»Nein«, antwortete das Ich. »Plötzlich schwebe ich oben. Jetzt ist mir alles egal. Ich bin vor ein paar Sekunden gestorben … Jetzt existieren weder Zeit noch Raum.«

»Siehst du deine tote Mutter oder deine kindliche Frau? Holt dich irgendjemand ab?«

»Ja«, sagte das Ich. »Aus der Ferne schwebt *etwas* auf mich zu. Je näher *es* mir kommt, desto schärfer werden seine Konturen. Es ist ein Wesen mit einem kindlichen Körper, ein Mix aus Kind und Mann um die fünfzig. Mein Gott! Das ist der Kindgreis! Das ist Hans!«

»Dein Seelenführer«, sagte der Singsang.

»Ja, doch er sieht anders aus! Er ist noch nicht so alt wie heute. Sein Haar ist voll, seine Wangen sind ganz frisch. Den Zenit seiner körperlichen Manifestation hat er gerade erst überschritten … Jetzt ergreift er meine Hand – und wir verschwinden in einem Nichts, das zugleich ein Alles ist.«

»Warum war er damals jünger, weshalb ist er heute ein Greis?«, fragte die fremde Stimme neugierig.

»Weil meine Seele fast fertig ist«, antwortete das Ich. »So, wie Hans altert und sich sein Körper gleichzeitig immer mehr verjüngt, werde ich immer perfekter. Nun warten nicht mehr sehr viele Leben auf mich. Wenn sie vergangen sind, wird mein Seelenführer seine Aufgabe mit mir erledigt haben … und ich werde vielleicht beginnen, selbst ein Schutzengel zu werden …«

»Du darfst jetzt allmählich erwachen«, sagte der Singsang. »Lass dir dabei alle Zeit der Welt. Spür die Wärme in deinen Armen, fühl dein schlagendes Herz … Du fühlst dich wieder in deinem heutigen Körper in der heutigen Zeit an diesem Ort – und schlägst dann wieder die Augen auf.«

Plötzlich merkte Minnie, dass ihre Glieder kribbelten. Sie nahm die schwarze Augenmaske ab und spürte ihre eiskalten Füße. »Ich friere. Mir ist entsetzlich kalt.«

Sie sah aus dem Fenster. Draußen war es längst dunkel geworden. Irgendwo sangen ein paar Kinder.

»Warum ist es draußen dunkel?«, fragte Minnie erstaunt. »Wir haben doch gerade erst angefangen.«

Frau Demarmels lächelte.

»Da irrst du dich, liebe Minnie. Die Sitzung dauerte extrem lange. Du warst vier Stunden in tiefer Trance.«

Ursula stellte das Diktiergerät aus.

»Ich habe alles für dich aufgenommen. Du kannst es dir später anhören. Weißt du noch, was du mir alles erzählt hast?«

»Jedes Detail«, sagte Minnie. »Ich war eine traurige Existenz – vom Schicksal geschlagen und doch hochbegabt. Ein außergewöhnlicher Mensch in einer tristen, schweren Zeit. Umgeben von Menschen, die mir nicht guttaten.«

»Warum wurde ausgerechnet diese Schublade aus dem *Schrank des Seins* geöffnet? Was ist die Essenz des Vorlebens?«

»Nun weiß ich, dass die Liebe unsterblich ist. Die Augen meiner kindlichen Frau waren die gleichen wie die meines Marius'. Ich habe verstanden, dass wir uns in jedem Leben suchen und finden – egal, unter welchen Umständen. Und sei es auf den letzten Metern! Das ist die wahre, unendliche

Geschichte. Sie gibt mir viel Sicherheit, und sie macht mich unendlich glücklich.«

Frau Demarmels sah Minnie ernst in die Augen. »Aber hast du auch eine Idee, warum du ausgerechnet die äußerlich farblose und innen doch so dunkle Schublade aus dem *Schrank des Seins* gezogen hast?«

»Ich weiß es sogar ganz genau«, antwortete Minnie. »Es geht um das, was wir in Spiegeln sehen. Die Reflexion der Wirklichkeit. Ich habe dieses Vorleben ausgewählt, weil es mich auf etwas hinweisen will.«

»Was könnte das sein?«

»Darüber muss ich genauer nachdenken. Ich weiß nur, dass es um Spiegel geht – und dass es mir gelingen muss, hinter die Oberfläche der Spiegel zu blicken. Dann werde ich endlich loslassen können …«

Abschiede

Als Minnie aus dem Grünen Saal trat, brannte die Kerze.
Erschrocken riss sie die Augen auf. Sie war doch nur vier Stunden *abwesend* gewesen! Was um Himmels willen war in der Zwischenzeit passiert?

Sie schob ihren Rollator zum aufgeschlagenen Kondolenzbuch und las die Antwort – mit Liebe gemalte Buchstaben, die sich sofort in ihr Gehirn brannten und ihre Wirklichkeit für immer veränderten. Sie war zurück in der Realität.

Annette. Es kommt nicht darauf an, wie lange man lebt, sondern wie man lebt. Deine Angie.

Minnies Finger zitterten. Fast wäre sie umgeknickt, so wacklig waren ihre Knie plötzlich.

Die junge Optimistin war tot. Ihre fröhliche Annette, die ihr so sehr ans Herz gewachsen war. Annette war für immer verstummt.

Minnie griff zum Füller. Einen Moment lang wusste sie nicht, wie sie die Flut der Gefühle, die sie überwältigte, in Worte fassen sollte. Dann ließ sie ihr Herz sprechen. *Annette! Dein Liebreiz hat mir sehr geholfen. Dein Lachen werde ich niemals vergessen. Wir werden uns bald wiedersehen ... Deine Minnie.*

Minnie schossen Tränen in die Augen. Plötzlich erinnerte sie sich, was Annette vor Kurzem, als sie noch alle zusammen gewesen waren – und sich von Professor Pellenhorn verabschiedet hatten –, zu den anderen Gästen gesagt hatte: *Hiermit lade ich euch alle ein, mich an meinem Totenbett zu besuchen, wenn es einmal so weit ist.*

Ursula Demarmels war Minnie gefolgt. Sie spürte die tiefe Traurigkeit der alten Dame, nahm Minnie in die Arme und strich ihr über die weißen Locken. »Das war zu viel für einen Tag«, sagte Frau Demarmels. »War Annette eine Freundin von Ihnen?«

»Eine der besten«, antwortete Minnie. »Sie war mir so an Herz gewachsen.«

Frau Demarmels ließ sie los, hielt sie jedoch an den Armen fest, und sah ihr direkt in die Augen. »Ich muss mich jetzt verabschieden, Minnie. Aber ich möchte Ihnen noch etwas sagen: Sie sind mir ans Herz gewachsen, obwohl wir uns erst seit heute kennen. Ich werde Sie nie vergessen. Meine besten Wünsche werden Sie begleiten.«

Gemeinsam mit ihrem Mann und ihrer Katze Lilith, die ihr auf den Arm gesprungen war, ging Frau Demarmels langsam zum Ausgang.

Sie hatte die Tür bereits geöffnet, als sie sich noch einmal umdrehte. »Seit heute wissen Sie ja, dass wir uns immer wiedersehen. Ich freue mich auf das nächste Treffen – wo auch immer es stattfinden wird.«

Die Haustür schloss sich, und Dr. Albers kam auf die alte Dame zu. Stumm drückte er Minnies Hand.

»Ich möchte nun nach oben fahren«, sagte Minnie mit zitternder Stimme. »Ich möchte Annette noch einmal sehen.«

»Dann werde ich dich begleiten.« Der Psychologe lächelte. Während sie gemeinsam auf den Lift zugingen – ganz langsam, weil Minnies Beine plötzlich schlapp machten –. erzählte Andreas ihr, was passiert war.

»Annette hat uns ganz plötzlich verlassen. Angie und sie lagen gemeinsam im Bett. Plötzlich hob Annette den Kopf und blickte zum Fenster. Dann sank sie zurück auf das Kopfkissen. Sie schlief sanft ein. Alles ging sehr schnell.«

Minnie schluchzte. »Und Angie? Wie geht es der Armen?«

»Sie hat Annette persönlich umgezogen. Auf diesem Liebesdienst bestand Angie. Unsere Mitarbeiter haben Annette nur kurz untersucht, und sind dann hinausgegangen. Die Stimmung in Zimmer 10 ist schön und sehr friedlich. Angie möchte dich gern sehen.«

Gemeinsam verließen sie den Aufzug.

Vor Annettes Raum brannten zwei Teelichter und eine große Kerze. Sie warf ein flackerndes Licht in den Flur, das Schatten an die Wände malte.

Annettes Zimmertür war nur angelehnt, und Minnie hörte Robbie Williams' Lied *Angels*.

Sie hielt einen Moment lang inne, bevor sie eintrat.

Angie hielt ihre tote Frau in den Armen. Sie lag barfuß neben Annette im Bett und streichelte abwechselnd die schwarzen Locken und die Stirn der Toten. Annette trug ein Blumenkleid.

Mutter Merkel saß vor dem Fenster und verfolgte die Szene, die sich ihr bot, denn was Angie gerade erlebte, hatte ihr das Schicksal vier Mal verwehrt. *Keinen meiner Lieben durfte ich sehen, als er gestorben war*, hatte sie immer wieder gesagt. Nun verstand Minnie, wie schwer das gewesen sein musste.

Adolf Montrésor und Rudi Weiß standen wie Zwillinge im Zimmer. Zwar hatte der alte Vagabund Annette nie zu Lebzeiten kennengelernt, doch er folgte seinem neuen Freund Montrésor auf Schritt und Tritt. Während er betrübt dreinblickte und seine Blicke immer wieder abwartend zu Adolf wanderten, um dessen Gesten zu imitieren, schüttelte er trübselig den Kopf.

Marisabel Prinz indes war nicht wiederzuerkennen. Sie hatte sich aus ihrem Bett gequält, einen Kimono übergeworfen und ihre roten Locken vergessen. Sie drückte sich ein feines Damentaschentuch unter die Nase und schniefte pausenlos.

Lediglich ein einziger *Gast* schien zu fehlen. Minnie suchte vergeblich nach Nepomuk.

»Wie konnte das so plötzlich passieren?«, fragte Marisabel mit gebrochener Stimme. »Ich meine, hat es sich angebahnt?« Verzweifelt suchte ihr Blick den von Angie.

Angie stand auf und ging um das Bett herum und setzte sich nun neben die Tote.

»Es war wunderschön«, sagte Angie mit klarer Stimme. »Annette und ich lagen nebeneinander, als die Wintersonne unterging. In diesem Moment hob Annette den Kopf und blickte ihr nach. Ich weiß, es klingt kitschig, aber mit einem Mal lächelte sie und ist ganz sanft eingeschlafen.«

Tatsächlich spiegelte sich Freude auf dem Gesicht der Toten.

Angie streichelte Marisabels Arm. »Wir müssen nicht traurig sein«, erklärte sie ihr. »Annette wollte in meinen Armen sterben – und genau so ist es geschehen. Ich bin sehr dankbar für dieses Geschenk.«

Als Marisabel dennoch weiterschluchzte und ihr Weinen schließlich in ein atemloses Hyperventilieren überging, nahm Dr. Albers sie fest in die Arme. »Frau Prinz, Annette ist noch hier. Sie ist mitten unter uns. Spüren Sie das nicht?«

»Aber ich habe Angst, dass es bei mir anders verläuft«, antwortete Marisabel schniefend. »Ich möchte so gern wissen, wie das Ende bei mir sein wird. Dann wäre ich viel beruhigter.«

»Diese Furcht wird Ihnen niemand nehmen können«, antwortete Andreas Albers. »Aber, wie schon mehrfach gesagt, ein schwerer Todeskampf ist die Ausnahme.«

»Für mich ist es unerträglich, dass das ganze Haus noch vor ein paar Wochen voller Leben war«, schluchzte Marisabel, »und dass die Stimmung jetzt so gekippt ist. Plötzlich ist es so schrecklich ruhig. Außerdem mag ich gar nicht mehr ins Esszimmer kommen. Dort sitzen fast immer« – sie nickte verächtlich zu Adolf und Rudi – »diese zwei Herren. Dabei steht Weihnachten vor der Tür!«

Verständnisvoll nickte Andreas. »Oder ist es vielleicht so, dass es Ihnen selbst schlechter geht?«

Marisabel heulte laut auf. »Dieser Infekt, den Annette hatte und unter dem ich jetzt auch leide – vielleicht ist das gar keine Grippe! Vielleicht ist das ja der Beginn des Sterbens!«

In diesem Moment klopfte es an die Tür.

Andreas öffnete umgehend.

»Hallo, Fee«, sagte er leise, »hast du Hunger? Es gibt gleich Essen.«

Das kleine Mädchen schüttelte den Kopf und blickte zögernd auf ihren Hund.

»Luna verträgt sich nicht mit dem Kater, der sich vorhin zu Mama ins Bett gelegt hat. Und Mama redet gar nicht mehr mit mir. Können Sie mal ins Nebenzimmer kommen?«

Marisabel schrie entsetzt auf. »Ist Nadine etwa tot? Das ist zu viel für meine Nerven! Wird hier sogar in der Vorweihnachtszeit gestorben? Wie können wir das Fest überhaupt noch planen – und feiern? Ich werde umgehend ins Bett gehen … Ich weiß jetzt, dass ich keinen Infekt habe … Erst Annette … und dann Nadine … am gleichen Tag … Ich bin bereit … Ich bin fertig zum Sterben. Ich werde nicht mehr aufstehen.« Sie stakste zur Tür.

Andreas begleitete sie.

»Unser Haus«, erklärte der Psychologe Marisabel, »ist keine heilige Stätte. Wir sind ein Teil des Lebens. Nicht alles verläuft friedvoll und planbar. Aber wir sind an Ihrer Seite!«

Während Dr. Coppelius und Dr. Aracelis zu Zimmer 11 eilten, wo Nadine tatsächlich tot im Bett lag – die Kranke war sanft und plötzlich verschieden, als ihre Tochter mit Dominosteinen und ihrem Mops gespielt hatte –, zündete die Hauswirtschafterin eine zweite Kerze an. Andreas schrieb Nadines Namen ins Buch, Mike verfasste einen Abschiedsgruß, und der dünne Dietmar kleidete die Tote um.

»Ihr wisst weder den Tag noch die Stunde«, sagte der Priester, als Minnie an seiner Tür vorbeiging. Sie lächelte. Alles war gut.

»Wir sollten etwas essen«, schlug Adolf vor. »Es ist doch längst halb sieben!«

Rudi bot Minnie den Arm an. Beschützt von den beiden älteren Herren schob sie ihren Rollator zum Aufzug.

In diesem Moment erschien Bella Schiffer auf der Bildfläche. Die ehemalige Schönheitskönigin sah völlig verwirrt aus. Zwar war ihr Haar akkurat hochgesteckt, doch ihr Blick wirkte leer und verwirrt.

»Wo bin ich und was mache ich hier?«, rief sie und steuerte schwankend auf die Treppe zu. Sie drohte zu stürzen. Erst im letzten Moment fand ihre zitternde Hand das schmiedeeiserne Geländer und hielt sich klammernd daran fest.

Unter ihr bildete sich eine Pfütze.

Bella Schiffers Sterben hatte begonnen.

Am Abend des 14. Dezember griff Minnie zum Telefonhörer.

Sie wählte eine Nummer in Frankreich und anschließend eine in England.

»Hier ist Mutter«, sagte sie zweimal und telefonierte stundenlang mit ihren Töchtern.

Um zwei Uhr packten Clara und Ute ihre Koffer.

Zu diesem Zeitpunkt schlief Minnie bereits tief und fest.

Bereit ist nicht fertig

Marisabel Prinz klingelte pausenlos nach den Pflegern. Ihre Finger, deren Nägel sie längst nicht mehr polierte, schliff und lackierte, drückten im Zehn-Minuten-Takt auf den Alarmknopf.

Sobald die Pfleger Zimmer 9 betraten, blickte Marisabel sie unschuldig an. »Ich habe nicht nach Ihnen gerufen«, sagte sie mit brüchiger Stimme. »Ich habe wirklich nicht nach Ihnen gerufen.«

Seitdem sie sich am Vortag ins Bett gelegt und beschlossen hatte, künftig nicht mehr aufzustehen, wirkte sie wie verwandelt. »Mir doch egal, was aus meinen Immobilien wird«, sagte sie mürrisch. »Ich bin bereit, ich bin fertig zum Sterben.« Innerhalb weniger Stunden war ihre Zuversicht spurlos verschwunden, und jede Lebenslust in Frust umgeschlagen.

Doch um 15 Uhr am nächsten Tag hatte sie der Tod immer noch nicht geholt. Deshalb klingelte sie um 16 Uhr nach dem dicken Dietmar. »Ich warte auf den Tod«, sagte sie erzürnt. »Seit einem halben Tag und einer Nacht bin ich nun schon bereit. Doch er kommt nicht! Was soll ich bloß tun?«

»Herr Dr. Albers ist gerade außer Haus«, erklärte der beleibte Pfleger. »Ich kann ihn nachher zu Ihnen schicken.«

»Pah!«, sagte Marisabel. »Den Psychologen will ich nicht sehen. Ich will sterben. Warum klappt das nicht? So viele Wochen habe ich gekämpft. Alle anderen sind gestorben. Nun bin ich auch endlich bereit. Verstehen Sie? Ich habe akzeptiert, dass ich sterben werde. Ich will Weihnachten gar nicht mehr erleben. Ich will endlich sanft und friedlich einschlafen. Ich bin jetzt endlich mit allem im Reinen. Warum dauert es so lange, bis ich auch abgeholt werde?«

In diesem Moment klopfte Mike an die Tür. Er hatte gehört, dass Marisabel mit Gott und der Welt und ihrem Leben haderte.

Er streckte den Kopf in ihr Zimmer.

»Endlich ein Mensch!«, rief Marisabel. »Kommen Sie sofort herein. Haben Sie schon gehört, dass ich bereit bin? Ich bin endlich fertig zum Sterben.«

Mit einem Seufzer ging Dietmar hinaus, und Mike zog sich einen Stuhl an Marisabels Bett.

»Ja, man erzählt es sich unten«, verriet er ihr. »Aber wie geht es Ihnen wirklich?«

»Mein Bauch ist schrecklich aufgebläht«, antwortete sie und hob die Bettdecke. In diesem Moment sah der Journalist, dass sie die Wahrheit sprach. Hätte Marisabel erzählt, dass sie im fünften Monat schwanger sei, hätte es ihr jeder geglaubt.

Marisabel presste ihre ungeschminkten Lippen aufeinander, bis sie nur noch einen schmalen Strich bildeten. »Ich blähe so schrecklich«, sagte sie leidvoll. »Es tut mir leid, aber ich muss ein paar Gase ablassen. Ich hoffe, es wird nicht zu laut ...« Sie schloss die Augen und lies ihre Winde unhörbar fahren.

»Das war ja so leise«, staunte sie. »Ich hätte gedacht ... weil es so bläht ... ich fühle mich so unwohl mit dem Bauch ...«

»Ist doch egal«, meinte Mike. »Erzählen Sie mal, warum bleiben Sie im Bett? Wollen Sie Weihnachten wirklich nicht mehr feiern?«

»Ach«, entgegnete Marisabel. Sie schaute auf die Putten über ihrem Bett und strich die Decke, unter der sie lag, glatt. »Ich habe so sehr gekämpft. Sie haben es ja selbst gesehen. Jetzt habe ich einen Infekt und weiß, dass es gar kein Infekt ist. Ich spüre, dass ich sterben werde. Mein ganzer Rücken verkrümmt sich. Und ich bin so abgemagert. Der Tod soll mich endlich holen. Wie gesagt – ich bin bereit.«

»Bekommen Sie noch häufig Besuch?« Mike sorgte sich ehrlich um ihr Befinden.

»Heute Abend will sich meine Tochter blicken lassen«, erzählte Marisabel. »Sie muss ja tagsüber arbeiten. Wenn ihre kranke Mutter bis dahin stirbt, ist es auch egal – wir haben uns schließlich ausgesprochen. Ansonsten verabschiede ich mich heute Abend von ihr. Es wird nicht mehr lange dauern. Sie haben ja selbst mitbekommen, wie schnell es mit Annette und Nadine ging. Und jetzt auch noch die arme Bella! Ihre Leber soll sich sehr vergrößert haben, wird gemunkelt. Außerdem klagt sie über Mundfäule, soll völlig verwirrt sein, so hört man ...«

Mike bestätigte das Gerücht.

Bella Schiffer lag tatsächlich im Sterben.

»Ist sie allein?«, fragte Marisabel.

»Ich weiß es nicht«, antwortete Mike. »Heute Morgen waren ihr Mann und ihre Töchter bei ihr. Sie liegt im Delirium, und sie ist nicht mehr ansprechbar. Soweit ich weiß, zählt Bellas Leben in Tagen.«

Marisabel schniefte und blickte teilnahmsvoll in Mikes Augen. »Und Ihr Vater?«

»Er schläft tief und fest. Die Ärzte haben uns darauf vorbereitet, dass es nicht mehr lange dauern wird. Aber er will keine Spritze.« Mike holte tief Luft. »Seine Hustenanfälle mitzuerleben ist unerträglich. Bei jedem Anfall bekomme ich selbst Atemnot.«

Marisabel tätschelte ihm die Hand. »Ist es nicht schrecklich, was mit uns passiert? Und wie schnell sich alles ändert? Vor ein paar Wochen saßen wir noch alle gesund und munter im Esszimmer. Sie wissen noch, wie schön unser Spaziergang war? Damals dachte ich, dass Sonja die Erste sein würde, die uns verlässt. Aber sie hält sich wohl wacker, nehme ich an?«

»Ja«, bestätigte Mike. Von Mutter Merkel wusste er, dass es Sonja wieder besser ging.

»Wie kann es sein, dass jemand, der aussieht wie der Tod, uns Gesunde alle überlebt? Und dass hier plötzlich Leute reinkommen, die man teilweise nicht mal zu Gesicht bekommen hat? Diesen Jesse habe ich nur ein paar Mal gesehen – und den Priester kein einziges Mal. Früher waren die Menschen in Haus Holle wesentlich zugänglicher und aufgeschlossener.« Sie war nicht zu stoppen. »Und dann der alte Vagabund, dieser schreckliche Herr Weiß. Der versteht ja nicht einmal, wo er sich hier befindet. Was meinen Sie dazu?«

Ohne eine Antwort von Mike abzuwarten, fuhr sie fort: »Nie im Leben hätte ich vermutet, dass ich mal sagen würde, dass dieser Raucher, dieser Montrésor mir eines Tages mal sympathisch geworden wäre. Aber er scheint der Letzte zu sein, der noch von früher übrig ist. Verzeihen Sie, aber Ihren Vater bekommt man ja auch nie zu Gesicht, genau wie den Herrn, den seine eifersüchtige Gattin abschirmt wie ein Stacheldrahtzaun.« Ihr Blick wurde neugieriger. »Sind wenigstens zwei *Lebendige* für Annette und Nadine nachgerückt?«

Mike nickte.

Zimmer 10, wo Annette wochenlang gelebt hatte, war von einer riesigen Frau bezogen worden. Sie war fast zwei Meter groß. Auch Nadines unordentliches Zimmer war nach dem Aufräumen wieder verfügbar geworden. Vor einer halben Stunde hatten drei Südamerikaner unzählige Koffer hineingetragen, die einer schönen Latina gehörten.

Beide Gäste waren, abgesehen von der Tatsache, dass sie todkrank waren, *mobil*, wie es Dr. Albers nannte. Sie saßen bereits an Kostjas Esstisch.

»Schade, dass ich sie nicht mehr kennenlerne«, bedauerte Marisabel, »aber ich kann ja nicht mehr aufstehen. Ich bin bereit, habe mit allem abgeschlossen. Oder ob ich doch mal runtergehe? Nein, es führt ja doch zu nichts ... Was meinen Sie?«

Sie schnappte sich einen Stapel Illustrierte. »Die hat mir«, sagte sie unwirsch, »eine Freundin vorbeigebracht. Sie meinte, ich solle etwas lesen. Das würde mich auf andere Gedanken bringen. Aber schauen Sie doch mal – in fast allen Artikeln geht es wieder um *das* Thema.«

Sie reichte Mike die Zeitschriften, in denen sie Passagen aus unterschiedlichen Interviews mit einem grünen Stift markiert hatte.

»Diese Promis«, schnaubte sie verächtlich. »Die philosophieren alle über den Tod, obwohl sie keinen blassen Schimmer davon haben. Als ob es reicht, vor der Kamera zu sterben und sich in einem *Tatort* abknallen zu lassen. Mich sollten die Filmemacher mal nach dem Sterben fragen! Ich könnte ihnen eine Menge über den Tod erzählen.

Ich wäre gern uralt geworden«, verriet Marisabel plötzlich.

»Aber ewig möchten Sie doch auch nicht leben, oder? Und dabei zusehen, wie all Ihre Lieben verschwinden?«

»Nein«, gestand Frau Prinz. Ich muss mich fügen, aber ich kann es mir nicht vorstellen. Ich würde so gerne zurückkommen, und allen Menschen erzählen, wie es ist, zu sterben und ausgelöscht worden zu sein.«

In diesem Moment dachte Mike an seinen Vater, der seiner Mutter versprochen hatte, ihr dereinst ein Zeichen von oben zu geben, wenn er gestorben sein würde. Als Herbert vor einigen Wochen von seiner aussichtslosen Lage erfahren hatte, bat er seine Frau, eine brennende Kerze auf den Kamin zu stellen, sobald er tot sein würde. »Ich werde sie irgendwann ausblasen, um Dir zu beweisen, dass ich noch da bin«, hatte Herbert damals gesagt. Inzwischen waren viele Wochen vergangen, und sein Vater lag im Sterben. Ob er sich immer noch an die Kerze erinnerte? Mike beschlich das Gefühl, dass sein Vater – jetzt wo der Tod näher gerückt war – weniger denn je über das Ende reden wollte. Herberts Verhalten wirkte plötzlich so, als habe er nur deshalb so locker über den Tod und das Sterben und die Muttergottes reden können, weil er sich im tiefsten Herzen gar nicht vorstellen konnte, dass er wirklich sterben musste.

Marisabels Stimme holte ihn in die Wirklichkeit zurück. »Wie kommt Ihre Freundin, die alte Minnie, eigentlich mit dem Sterben klar?«, fragte sie. »Wenn man so alt ist wie eine Schildkröte, ist es bestimmt einfacher loszulassen, oder? Übrigens möchte ich Sie ermahnen, Minnie nicht mehr allein zu lassen. Vor zwei Wochen ist sie fast auf der Parkbank vor dem Haus eingeschlafen. Ich konnte im letzten Moment verhindern, dass ihr ein Obdachloser die Handtasche stahl.«

»Loslassen zu können ist keine Frage des Alters«, antwortete er.

»Es ist also völlig egal, wie alt man wird? Man versöhnt sich niemals mit dem Gedanken ans eigene Sterben? Dann kann ich ja wieder aufstehen.« Sie schwang die Beine aus dem Bett, klappte aber schon im nächsten Moment zusammen.

Mike fing sie gerade noch rechtzeitig auf.

»Ui, mir ist schwindelig«, sagte Marisabel. »Ich bleibe doch besser liegen ... Hach ... das hätte ich nicht vermutet ... Ich bin tatsächlich bereit. Ich bin wirklich fertig. Weihnachten möchte ich gar nicht mehr erleben.«

Die große und die kleine Frau

Die kleine Frau kam aus Kolumbien und hieß Estefania. Sie war erst neunzehn, doch ihre Jugend hatte sie nicht vor dem Tumor in den Eierstöcken beschützen können.

Weil Estefanias Krebs inoperabel war und bereits gestreut hatte, blieb den Ärzten nur eine Wahl: Sie mussten die Schmerzen mit Morphium lindern. Bevor Estefania ins Hospiz kam, wurde ihr Baby abgetrieben. Das war aber noch nicht alles. Estefania wusste nicht, wer der Vater ihres ungeborenen Kindes war. So lange sie gesund gewesen war, hatte sie noch auf Zeit spielen und drei möglichen Erzeugern Lügen erzählen können. Nun saßen Alejandro, Fernando und Roberto geschockt im Esszimmer des Hospizes. An Estefanias Krankenhausbett waren sie zum ersten Mal aufeinandergetroffen und sich sofort an die Kehlen gegangen. Inzwischen war die Beziehungsbombe entschärft. Estefania war eine *Circe*, der kein Mann lange böse sein konnte. Dunkler Teint, schwarze Augen, lange Locken und die vollsten Lippen der Welt: Niemand konnte die Blicke von ihrem Mund, ihrer üppigen Oberweite und ihrer Wespentaille abwenden. Das traf auch auf Adolf und Rudi zu, die sie und ihre drei Verehrer nicht aus den Augen ließen. Rudi leckte sich die Lippen und wackelte mit den Ohren. Das Leben in der Kartoffelkiste gefiel ihm von Tag zu Tag besser.

Die große Frau hieß Ruth. Anders als Estefania war sie keine Schönheit. Zu viele männliche Hormone, dachte Minnie und stellte sich die bissigen Kommentare von Marisabel vor, die Ruth noch nicht gesehen hatte, weil sie nach wie vor im Bett lag. Ruths Damenbart hätte Marisabel viele Steilvorlagen geliefert. Trotz ihrer Stattlichkeit wurde Ruth von allen Männern übersehen, denn sie war nicht nur hässlich, sondern auch schweigsam. Bisher hatte sie niemandem verraten, woran sie erkrankt war.

Minnie interessierte sich ohnehin nicht dafür. Sie nahm immer weniger Anteil an den neuen Gästen. Dafür gab es mehrere Gründe. Erstens würden morgen – acht Tage vor Heiligabend – endlich ihre Töchter eintreffen. Zweitens wusste sie, dass Mike das Haus bald verlassen würde, weil sein Vater im Sterben lag. Drittens war ihr elend zumute. Sie fühlte sich schwach und verletzlich. Kostjas Kost schmeckte ihr nicht mehr.

Der wahre Grund für ihr Desinteresse an den neuen Gästen jedoch hörte auf den Namen Angst. Wenn es in Haus Holle einen heimtückischen Mörder gab und sie sterben würde, bevor sie ihn enttarnt hatte, würde sie sich bis zum letzten Moment quälen. Doch ihre Chancen standen immer schlechter, denn die Zeit spielte gegen sie. Sobald ihre Töchter eingetroffen wären, würde sie keine ruhige Minute mehr haben. Ohne Mike wäre die Lage noch aussichtsloser.

Warm strich Nepomuk um ihre Beine.

Halbherzig hörte die alte Dame den Gesprächen der neuen Gäste und ihrer Angehörigen zu, die allmählich eine neue Clique bildeten. Minnie erinnerte sich daran, wie sie vor sechs Wochen mit *ihrer Hospiz-Familie* glücklich im Esszimmer gesessen hatte. Damals hatte sie noch dazugehört. Jetzt jedoch spürte sie, dass die neue, äußerst lebendige Tischrunde bestens auf sie verzichten konnte. Für die neuen Gäste war sie eine alte, schwache Dame, von der niemand Kenntnis nahm.

Bis sie angesprochen wurde. »Geht es Ihnen nicht gut? Sie sind ja totenbleich!«

Die Zwei-Meter-Frau blickte sie an.

»Richtig, ich fühle mich ganz schlapp ...« Schwankend erhob sie sich vom Tisch.

»Was ist, Minnie?« Kostja eilte aus der Küche. Sofort war auch Dr. Albers zur Stelle. »Komm, ich helfe dir. Möchtest du dich etwas hinlegen?«

Minnie war einverstanden.

»Darf ich Sie begleiten?« Die große Frau nickte Minnie insistierend zu. »Ich würde mich wirklich sehr freuen ... Wenn Sie mögen, setze ich mich ein wenig zu Ihnen ans Bett, damit Sie sich nicht so allein fühlen.«

Dr. Albers lächelte freundlich. »Ein tolles Angebot, Frau Bröckel. Nicht allein zu sein ist wichtig für unsere Gäste. Gerade in der letzten Lebensphase. Möchtest du begleitet werden, Minnie?«

Minnie nickte. Ihr war alles egal. Sie ließ sich von Ruth einhaken und staunte über ihre immense Kraft. Sie hatte sie fest im Griff.

»Da haben sich ja zwei gefunden«, meinte Rudi. »Eine schöner als die andere ... Im *Playboy* könnten die nicht landen.« Er hustete. Das Geräusch verfolgte Minnie bis oben.

Schwankend betrat sie ihr Zimmer, dessen Türklinke plötzlich mit einem Handtuch umwickelt war. Wie ein Stein fiel sie ins Bett, wo bereits eine Katze auf sie wartete.

Minnie wachte drei Stunden später wieder auf. Ihr Raum lag im Halbdunkel. Vom Flur fiel Licht herein.

Noch immer hielt Ruth Wache an ihrem Bett. Minnie konnte nur ihre Konturen erkennen.

»Sind Sie wach?«, fragte Frau Bröckel.

»Ich glaube ja. Wie spät ist es?«

»Halb sechs«, antwortete sie. »Sie haben tief und fest geschlafen.«

Ruth knipste das Licht an.

Als Erstes sah Minnie ihre graue Igelfrisur, dann blickte sie in zwei helle Augen. »Sie sollten sich Ihren Damenbart abrasieren«, sagte Minnie ehrlich. »Es sind nicht viele Haare, aber ...«
Im nächsten Moment war sie erneut tief eingeschlafen.

»Ihre Töchter kommen erst morgen! Es schneit wie wild – in ganz Deutschland ...«

Minnie war verwirrt. Wo war sie? Und wem gehörte die Stimme, die von ihren Töchtern sprach? Ihr Geist hellte sich langsam auf. Erneut blickte sie in Ruths Augen. »Sie sind ja immer noch da!« Sie war ehrlich erstaunt.

Ruth räusperte sich. »Ich bin nur kurz etwas essen gegangen, aber die Sorge um Sie hat mich nicht losgelassen. Also habe ich ein paar Zeitschriften gelesen und Ihnen währenddessen Gesellschaft geleistet. Geht es Ihnen endlich besser? Ihre Töchter haben angerufen. Sie sitzen an den Flughäfen in Frankreich und England fest. Der Wetterumschwung ist enorm.«

Tatsächlich schneite es unaufhörlich.

»Schnee«, flüsterte Minnie. »Wie lange habe ich diesmal geschlafen?«

»Es ist erst Viertel vor acht«, antwortete Ruth. »Gleich kommt der Schmerztherapeut zu Ihnen. Dr. Coppelius war bereits zweimal da. Man will Ihre Morphiumdosis erhöhen.«

»Wieso bleiben Sie überhaupt bei mir?«, wunderte sich Minnie.

»Warum nicht? Ich habe Zeit. Außerdem arbeite ich bereits seit acht Jahren ehrenamtlich und lese älteren Menschen in Pflegeheimen vor. Jetzt kommt das plötzlich wie ein Geschenk zu mir zurück, denn es ist mir vertraut und gibt mir Halt in dieser ... in dieser auch für mich ungewohnten Situation. Wenn Sie mögen, werde ich noch etwas bei Ihnen bleiben. Und wir betrachten zusammen die Schneeflocken ...«

»Die Flocken«, sagte Minnie erstaunt. »Unglaublich! Es sind so viele!«

Die beiden schauten zum Fenster.

Schneeflocken schwebten vom Himmel.

»So mag ich sie am liebsten«, sagte Ruth. »Groß, flauschig und strahlend weiß. Sie sind nicht zu zählen. Trotzdem ist jede von ihnen einzigartig. Würde man sie unter einem Mikroskop betrachten, wäre man erstaunt, wie individuell die Eiskristalle aussehen.«

»Außerdem erscheint plötzlich alles in einem anderen Licht«, fügte Minnie leise hinzu.

»Ich habe Schnee immer geliebt«, verriet Ruth. »Wenn ich morgens aufwachte, und die ganze Landschaft weiß war, wirkte alles unschuldig – wie ein Mantel des Vergessens, der den ganzen Schmutz bedeckte.«

Plötzlich wurde ihr hässliches Gesicht durch ein Lächeln verwandelt. »Wussten Sie, dass man Schnee theoretisch sogar hören könnte? Wenn unsere Ohren besser ausgestattet wären, würden wir vernehmen, dass eine Flocke, wenn sie mit ihrer flachsten Seite auf die Wasseroberfläche fällt, einen schrillen Ton erzeugt.«

»Tatsächlich?« Das hatte Minnie noch nie zuvor gehört.

Stumm starrten die beiden Frauen weiter nach draußen.

Ruth brach das Schweigen. »Während Sie schliefen, habe ich etwas Seltsames bemerkt. Ihre Hände waren pausenlos in der Luft unterwegs. Sie hätten mal sehen sollen, wie schnell sich Ihre Finger bewegt haben – als wollten Sie nach den Schneeflocken greifen. Als würde es im Zimmer schneien! Erinnern Sie sich noch daran?«

Minnie verneinte. Sie hatte einfach gut geschlafen. Trotzdem wollte sie mehr über ihre *Schlafwandelei* wissen. Glücklicherweise erwies sich Ruth als eine exzellente Beobachterin.

»Sie haben seltsame Dinge gemurmelt, Minnie. Einmal sagten Sie etwas von Spiegeln, später murmelten Sie *Berthold*. Es wirkte, als wollten Sie etwas ordnen, als würden Sie unsichtbare Teile aus der Luft greifen und sie neu zusammensetzen wollen. Fast wie ein Puzzle!«

»Dieses Phänomen nennt sich Krozidismus«, sagte eine männliche Stimme hinter ihnen. Dr. Coppelius, der Schmerztherapeut, hatte Zimmer 6 betreten. Er setzte sich auf Minnies Bettkante. »Krozidismus heißt auf Deutsch *Flockenlesen*. Dieser Prozess kann sich ereignen, wenn ein Mensch im Delirium oder im Sterben liegt. Auf Außenstehende wirkt das Flockenlesen so, als griffen die Hände des Sterbenden nach über dem Bett schwebenden, unsichtbaren Dingen. Innerlich jedoch scheinen die Menschen spannende Sachen zu sehen.«

»Wie der *Film des Lebens*, der angeblich vor dem inneren Auge der Sterbenden abläuft?«, fragte Minnie entgeistert. »Etwas in Zeitlupe, was viele Menschen als verwirrend empfinden? Eine Nahtod-Erfahrung, bevor man auf einen hellen Tunnel zurast?«

»Mir fällt es selbst schwer, das einzuordnen«, gestand der Arzt aufrichtig. »Ich glaube, dass das Flockenlesen zu jenen Dingen gehört, die man selbst erlebt haben muss, bevor man sie anderen erklären kann. Äußerlich ist es nur ein zittriges und ruheloses Herumfingern über der Bettdecke.«

»Das erinnert mich an eine Passage aus einem Buch, das ich mal gelesen habe«, bemerkte Ruth. »In dem Roman wird geschildert, dass Sterbende innerlich die *undenkbarsten Gedanken* haben, die von frühesten Kindheitserinnerungen übergehen in ein Erkennen größerer Zusammenhänge – während sie von außen betrachtet gelb und klein und dünn aussehen und ihr Atem pausenlos rasselt und sie mit den Lippen zittern, als würden sie an etwas Unsichtbarem weben.«

Jetzt hob Dr. Coppelius die Hand. »Wir wollen Minnie nicht verängstigen. Ich bin nur hier, um Sie zu fragen, ob Sie Schmerzen haben ...«

Minnie verneinte.

»Möchten Sie eine Spritze, um tief und lange und fest einzuschlafen?«

»Auf keinen Fall. Mir geht es wirklich sehr gut. Ich möchte alles bewusst erleben. Dazu hat man doch nur einmal die Chance«, gab Minnie zurück.

Ein Stockwerk höher, in Zimmer 12, schliefen die Menschen längst.

Doch um 20.30 Uhr erwachte Anne Powelz. Sie ging in die Küche, um sich etwas zu essen zu holen. Im Flur traf sie den Psychologen.

Kaum dass Anne das Zimmer verlassen hatte, erwachte ihr Gatte aus einem tiefen Schlaf, der ihn seit Tagen beruhigte und nur hin und wieder von starken Hustenanfällen unterbrochen wurde. Nun jedoch schlug er die Augen auf und war plötzlich wach.

Sofort ergriff Mike seine Hand. »Wie geht es dir, Papa?«

»Gut«, antwortete sein Vater.

Herbert blickte aus dem Fenster und deutete auf die Schneeflocken. »Ich habe den Schnee immer geliebt«, flüsterte er. »Er lässt alles so unschuldig wirken.«

Mike nickte verständnisvoll. »Hast du dir manchmal gewünscht«, fragte er, »dass dein Leben anders verlaufen wäre, Dad?«

Das gesunde Auge seines Vaters richtete sich auf Mike. »Nein. So wie es war, ist es wunderschön gewesen. Ich habe die Frau geheiratet, die ich liebe; auch wenn Mama das nicht immer geglaubt hat. Aber so ist das eben manchmal. Ich habe zwei gesunde Kinder und mir etwas aufgebaut.«

»Du bist ein guter Vater. Das möchte ich dir noch einmal sagen.«

»Falls ich sterben sollte, dann werde ich ohne Angst gehen.« Plötzlich weinte er hemmungslos. »Tut mir leid.«

»Alles in Ordnung«, erwiderte Mike. »Lass alles raus.«

»Aber ich müsste längst akzeptiert haben, was auf mich zukommt. Ich müsste doch weiter sein …«

»Papa«, sagte Mike, »wer ist weiter – derjenige, der nicht weint, weil er den Tod akzeptiert hat oder derjenige, der weint, weil er ehrlich zu seinen Gefühlen steht? Weiter sein ... Was heißt das schon?«

Herbert gewann die Fassung zurück und grinste. Er drückte Mikes Hand. »Du hast ja recht. Ich weiß, dass ich von deiner Oma und deinem Bruder und allen anderen, die vor mir gestorben sind, abgeholt werde. Dieses Wissen tröstet mich sehr. Aber ich möchte dir noch etwas Wichtiges sagen. Bitte stell mir das Kopfende vom Bett mal hoch.«

Mike zuckte innerlich zusammen. Er spürte, dass ein Moment höchster Bedeutsamkeit gekommen war.

»Diese Welt«, flüsterte sein Vater, als er aufrecht saß, »ist nicht gut organisiert, so wie sie ist. Die Menschen beschäftigen sich zu sehr mit der Vergangenheit, statt sich aufs Jetzt zu konzentrieren. Das habe ich während meines komischen Deliriums erkannt.«

»Aber wir Menschen müssen doch aus den Fehlern unserer Vorfahren lernen«, entgegnete Mike leise. Noch ahnte er nicht, worauf sein Vater hinauswollte.

»Natürlich müssen wir aus den Fehlern der Vergangenheit lernen«, erwiderte Herbert. »Aber wir behaupten immer, dass wir das tun, um unsere Zukunft besser zu gestalten. Verstehst du den Denkfehler? Wir gucken fast immer nach hinten oder nach vorn – aber nicht aufs Jetzt! Wir wollen es besser machen als früher und die Zukunft gleichzeitig absichern ... Dabei bleibt das Heute fast immer auf der Strecke!« Er sah seinen Sohn ernst an. »Du bist doch ein Journalist. Was fällt dir auf, wenn du Zeitungen liest oder den Fernseher anschaltest?«

»Sie sind voller Nachrichten ...«

»Was für Nachrichten?«

»Nachrichten, die uns darüber informieren, was in der Welt passiert.«

Sein Vater schüttelte den Kopf. »Fast alle Nachrichten sind negativ«, sagte er. »Täglich werden wir überflutet von schlechten Meldungen. Angeblich sollen wir dadurch erkennen, wie nahe Gefahren schon an uns herangerückt sind – im geografischen Sinn. Nachrichtensprecher erzählen uns täglich von Kriegen, Bombenanschlägen, Kindesmissbrauch und so weiter. Die Menschen leben unter einer Glocke der Unglücksfälle und Schadenfreude, die uns jemand übergestülpt hat. Inzwischen finden wir das normal. Ich möchte, dass du dazu beiträgst, diese Glocke zu entfernen.«

»Kannst du mir das bitte ein bisschen genauer erklären?«

»Klar. Ich dachte immer, ich sei glücklich. Doch tatsächlich habe ich nicht das aus meinem Leben gemacht, was möglich gewesen wäre.«

»Inwiefern? Wie kann man die negative Glocke denn entfernen?«, fragte Mike. »Was kann eine Einzelperson verändern?«

»Du kannst schreiben«, antwortete Herbert. »Du kannst den Menschen sagen, dass sie rechtzeitig umdenken und sich am Jetzt erfreuen sollen, damit sie die Wahrheit nicht erst auf dem Sterbebett erkennen.«

»Du hast leicht reden! Du musst ja nicht mehr arbeiten gehen und täglich im Stau stehen und Kinder großziehen und dich mit Gott und der Welt und dem Stress auseinandersetzen. Entschuldige – aber deine Einsichten kommen nicht nur ganz schön spät, sondern sie klingen auch ziemlich oberlehrerhaft.«

»Finde ich gar nicht«, entgegnete Herbert. »Ich finde, dass sie der beste Tipp der Welt sind. Betrachte die Menschen um dich herum mal einen Augenblick lang nicht als Lehrer und Politiker und Sicherheitsberater und Nachbarn, sondern als Säugetiere. Dann stimmst du mir doch bestimmt zu, dass wir alle insofern gleich sind, dass wir zwei Augen, zwei Beine, zwei Arme und einen Körper haben? Außerdem treibt jeden von uns derselbe Wunsch an: Wir möchten zufrieden sein. Dazu brauchen wir Nahrung, Liebe und Gesellschaft. Aber warum bekommen das nicht alle Menschen?«

»Kommst du mir jetzt mit einer kommunistischen Idee?«

»Nein«, flüsterte Herbert. »Ich sage nur, dass wir Menschen alle gleich sind und wir alle die gleichen Rechte haben sollten – vom Baby in Indien bis zum russischen Oligarchen. Wenn du Schubladen wie kommunistisch öffnest, greifst du wieder auf die Vergangenheit zurück, die dir Dritte aufgedrückt haben. In Schubladen steckt die Vergangenheit. Du sollst dich auf die Gegenwart konzentrieren! Wenn du das nicht tust, verschwendest du dein Leben. Dann bleibt die Welt so, wie sie ist.«

»Tendenziell negativ?«, fragte Mike.

»Genau«, antwortete Herbert Powelz. »Tendenziell negativ. Brauchst du dafür einen Beweis? Dann musst Du nur eine einzige, zufällige Zeitung aus einem Stapel herausziehen und die Top-Meldungen des Tages anschauen. Das Ergebnis unserer bisherigen Lebensweisen ist negativ. In der Vergangenheit gab es Kriege, Revolutionen und so weiter. In der Gegenwart gibt es wieder Kriege und Diskriminierung – plus Stress und Burn-outs. Die Menschen möchten diesem Stress entfliehen, indem sie sich *einen Erholungsurlaub gönnen* oder *aus ihren Fehlern lernen* oder *Stressbewältigungstechniken praktizieren* oder *der Burn-out-Falle entfliehen* oder *es besser machen möchten* oder *Missstände aufdecken*. Aber warum krempeln wir nicht jetzt alles um? Warum machen wir es nicht einfach jetzt gut?

»Weil es nicht einfach ist!«

»Hey! Klar ist es einfach! Unser größter Fehler ist, dass wir anderen – zum Beispiel Hilfsorganisationen und Politikern die Verantwortung dafür übertragen, dass sie stellvertretend für uns alles gut machen. Aber sie machen es nicht gut – sonst gäbe es nicht riesigen Hunger auf der einen und eine Über-Absicherung in Form von Reichtum auf der anderen Seite. Wenn uns die Politiker einreden wollen, dass es uns gut ginge, weil die Menschen nie zuvor so alt geworden seien und weil es nie zuvor so wenige Kriege gegeben habe und weil die *internationale Stabilität* nie zuvor so stark gewesen sei, ist das eine Verschleierung der Wahrheit. Der Gegenbeweis sind die schlechten Nachrichten, die uns sekündlich überfluten! In

Wirklichkeit trägt jeder von uns die Verantwortung dafür, dass alles gut wird! Du glaubst mir nicht, dass ich recht habe? Ruf mal die News-Seite bei Google auf – und lies mir vor, was gerade in den Nachrichten geschrieben wird. Ich möchte eine Stichprobe hören.«

Mike ging ins Internet und las:

> »Warum kommt Tunesien nicht zur Ruhe?; Drohnenangriffe: Tumulte bei Anhörung für neuen CIA-Chef; Mehr als 35 Tote bei Attentaten im Irak; Dreifachmord: Ex-Polizist auf Rachefeldzug; Kirche: Kardinal Meisner beklagt Katholikenphobie; Führerlos über den Wolken: Übermüdeter Pilot schlummert im Cockpit; Auto stürzt aus Berliner Parkhaus; Neuer Skandal um Chris Brown: Strandurlaub statt Straßendienst; 70 Jahre danach: Ich überlebte die Hölle von Stalingrad; Manipulierte Word-Dateien schmuggeln Viren auf Computer.«

»All das ist die Glocke, die uns andere übergestülpt haben«, sagte Herbert. »Diese negativen Meldungen sind die Gegenwart! Verstehst du es jetzt? Man kann kein gutes Leben im falschen Leben führen. Wir haben die Verantwortung für eine gute Welt anderen übergeben. Doch natürlich kann eine Instanz wie ein Politiker oder eine Hilfsorganisation niemals wissen, was ein einzelner Mensch zum Zufriedensein braucht. Politiker kümmern sich nur um die großen Dinge – und das sind oft die falschen: Absicherung und Kapitalvermehrung und endloses Wirtschaftswachstum. Ihre Handlungen und unsere Flucht vor der Verantwortung haben dazu geführt, dass du in diesem Moment diese stichprobenartigen Negativmeldungen liest. Wenn die Menschen zufrieden sein möchten, dürfen sie sich nicht zu stark auf die Traumata der Vergangenheit konzentrieren und *den Hilfsorganisationen* und *den Politikern* ein Konstrukt wie *die Verantwortung* übertragen, sondern sie müssen loslassen.«

»Aber was sollen wir loslassen?«

»Die allzu starke Konzentration auf die Vergangenheit und das misstrauische Schielen auf die Zukunft. Die Menschen müssen auf andere zugehen. Sie müssen richtig teilen und die weltweiten Grenzen zwischen Arm und Reich niederreißen.«

»Das ist aber schwer umzusetzen, oder?«

»Nicht, wenn man sich vor Augen hält, dass alle Menschen gleich sind«, meinte Herbert. »Jeder, der behauptet, dass eine totale Neuorganisation Utopie ist, will heimlich am Wachstum der Wirtschaft, am Geld, an Aktien und Papierkram festhalten – alles Dinge, die uns nicht glücklich machen und die nur auf dem Papier existieren. Konntest du schon mal ein Wirtschaftswachstum in die Arme nehmen? Hat dich schon mal ein Geldschein geküsst? Oder wird eine Aktie irgendwann an deinem Krankenbett sitzen und dich streicheln? Oder macht es dich richtig glücklich und zufrieden, wenn Afrikaner nicht nach Europa dürfen und vor Lampedusa ertrinken? In unserer Welt stehen nicht die Menschen im Vordergrund, sondern künstliche Konstrukte wie *das Wachstum*.«

»Wie ließe sich das verbessern?«

»Indem jeder Mensch in jedem anderen Menschen das Gute sieht – und ihm nur das Beste angedeihen lassen will. Das ist der einzige Weg.«

»Schwer vorstellbar«, antwortete Mike.

»Überhaupt nicht«, meinte sein Vater. »Denke gut und tue Gutes. Betrachte andere Menschen nicht als Feinde, misstraue ihnen nicht und denke nicht strategisch. Dadurch strömst du gute Energie aus, die andere Menschen erreicht. Vertrau darauf, dass sie das weitergeben. Man könnte viel darüber schwadronieren, ob man das Geld und Ländergrenzen und Politiker und die Kirche abschaffen muss. Das haben die klügsten Köpfe der Welt vergeblich versucht. Die rundherum positive, vertrauensvolle Welle muss von dir selbst ausgehen. Du musst davon überzeugt sein. Lebe im Jetzt und sage möglichst vielen anderen Menschen, dass sie es genauso tun sollen. Glaub trotz Rückschlägen an das Gute. Probier es aus. Menschen, die negative Energie ausstrahlen, erkennst du daran, dass sie über Gott und die Welt lästern. Es sind Menschen, die Dicke kritisieren und schadenfroh grinsen, wenn sich jemand lächerlich macht. Diese Menschen helfen anderen nicht, wenn sie Hilfe brauchen. Sie haben Ausreden für alles. Ihnen fehlt Geduld, sie weichen ehrlichen Gesprächen aus – und sie sagen schlechte Dinge. Sie geben anderen keine zweite Chance – kurzum, sie sind sofort zu erkennen.«

»Glaubst du wirklich, dass alles gut wird, wenn wir selbst gut sind? Dass es so einfach ist?«

»Ja«, flüsterte Herbert, »alles ist möglich, wenn wir jedem Menschen einen Vertrauensbonus schenken und an ihn glauben und ihm dementsprechend begegnen. Dann verschwinden die Angst und das Misstrauen, die bislang alles blockieren.«

»Aber wir können tolle Dinge doch nur wertschätzen, wenn wir vorher durch die Scheiße geschwommen sind«, warf Mike ein.

»Das behaupten die Menschen«, erwiderte Herbert leise. »Aber du siehst ja, wohin die Akzeptanz dieser Annahme uns geführt hat. Dazu musst du bloß an die Negativ-Nachrichten denken, die du mir vorhin vorgelesen hast.«

»Trotzdem: Krankheiten und Katastrophen verschwinden nicht, nur weil wir an das Gute glauben«, sagte Mike.

»Doch«, entgegnete sein Vater. »Unvermeidbare Dinge müssen wir umtaufen. Krankheit müssen wir als etwas Normales sehen.«

»Soll ich mir wirklich alles schönreden?«

»Das ist schon wieder negatives Denken. Glaube mir einfach, dass die Welt gut wird, wenn du gut denkst. Probier's aus! Dazu brauchst du weder Hoffnung oder Glauben, sondern die felsenfeste Überzeugung, dass es klappt. Du musst es nicht ausprobieren – du musst es machen. Das habe ich im Traum gesehen!«

Erschöpft schloss Herbert die Augen.

»Jetzt musst du gehen. Mama wird gleich zurück sein. Heute Nacht möchte ich mit ihr allein sein. Ich habe dich lieb – und ich weiß, dass alles gut wird.«

Mike wusste nicht, wie seine Eltern ihre letzten Stunden verbrachten. Das erste Mal seit vielen Nächten schlief er wieder in seiner Wohnung.

Um ein Uhr nachts läutete sein Telefon.

»Papa ist gerade gestorben«, sagte seine Mutter.

Mike raste zu Haus Holle, sprang die Stufen hinauf, rannte durch den Gang bis ans Ende des Flurs – und öffnete die Tür zu Zimmer 12.

Sein Vater lag mit angezogenen Beinen, geöffnetem Mund und geöffnetem Auge fast auf der Seite.

Mike wusste sofort, dass er den Anblick nie mehr vergessen würde.

Er nahm seine Mutter in die Arme und ließ zu, dass Dr. Albers sie mit sich in die Küche nahm. Dann war er allein. Allein in der Nacht mit einem Toten, der sein Vater war. Das war schwer und dennoch natürlich.

Er zog einen Stuhl ans Bett und streichelte die Hand des Vaters. Er betete ein Vaterunser und blickte zur Decke des Zimmers.

»Angeblich«, sagte er leise, »seht ihr uns ja noch von oben, wenn ihr hinübergegangen seid. Also, lieber Papa, wenn du mich von oben siehst, weißt du, dass du nicht allein bist. Vielleicht bist du jetzt schon unterwegs. Falls das so ist, dann hab keine Angst. Vielleicht siehst du die anderen noch nicht. Aber ich weiß, dass sie dich abholen. Bald wirst du unsere Familie sehen – sie werden alle zu dir kommen. Ich bleibe hier bei dir, bis du es geschafft hast. Du bist der allerbeste Vater. Du hast alles richtig gemacht. Ich liebe dich sehr. Ich werde deinen letzten Rat umsetzen.«

Mike blieb eine halbe Stunde bei seinem toten Vater.

Während er am Bett saß, legte er eine CD ein, die er in Haus Holle gefunden hatte. Sein Vater hatte sie in den letzten Wochen häufig gehört.

Mike ließ sich von der wahnsinnig hohen, alle Tonlagen auskostenden und jede Note ausfüllenden Stimme der Sängerin Anneliese Rothenberger mitreißen.

Dann ging er hinunter ins Esszimmer, trank einen Saft und nahm seine Mutter in die Arme, bis sie aufhörte zu weinen. »Ich liebe dich sehr, Mama«, sagte er. »Wir haben es gemeinsam geschafft.«

Um 2.30 Uhr betraten Mutter und Sohn Zimmer 12 gemeinsam.

Im Bett lag ein Mann mit einem Anzug.

Ein Mann, der plötzlich gut aussah – mit vollen Wangen und einem Lächeln. Sein Haar war gescheitelt. In seinen Händen hielt er einen Stein mit der Aufschrift *Glück*. Seine Füße steckten nicht in Schuhen, sondern in grauen Wollsocken. Er trug die Krawatte seines Männergesangvereins.

Und er war definitiv nicht mehr da.

In der kurzen Zeit, die Anne und Mike Powelz in der Küche verbracht hatten, war Herbert gegangen. Das war deutlich zu spüren.

So lautete die volle Wahrheit.

Die Flockenleserin

Um vier Uhr morgens erzählte Anne Powelz ihrem Sohn und ihrer Tochter, was geschehen war.

»Wir haben geschlafen«, sagte sie. »Fest und tief. Genau um Mitternacht, vielleicht waren es aber auch zwei oder drei Minuten nach zwölf, erwachte Papa plötzlich, weil ihn ein furchtbarer Hustenkrampf schüttelte. Ich rief sofort nach dem Pfleger – und der dünne Dietmar kam. Er gab Papa die doppelte Dosis Tavor. Doch sein Husten hörte nicht auf. Es war eine endlose Schleife.«

Sie ließ sich in die Arme nehmen.

»Also hielt ich Papas Hand und seinen Oberkörper und dachte nur: Wann hört das auf? Mein Rücken schmerzte, ich konnte fast nicht mehr. Innerlich betete ich und bat Gott, dass er ihn jetzt holen möge, damit er endlich erlöst sei. Dann fragte Dietmar, ob Papa nun doch die Spritze wolle, die ihn tief schlafen ließe – und er flüsterte: Ja. Also eilte der Pfleger wieder hinaus. Mir kam es endlos vor, bis er zurückkam. Insgesamt waren zwanzig Minuten vergangen, seit Papa hustend aufgewacht war. Doch als ihm Dietmar die Spritze gerade setzen wollte, wurde Papa plötzlich ruhiger. Dietmar legte die Spritze beiseite und bat mich, die Bettseite zu wechseln. Ich ließ Papas Hand los, setzte mich auf die andere Seite des Bettes und sah, dass Dietmar sich Papas Kopf näherte. Er sah ihm ganz tief in die Augen. Dann kam der Pfleger um das Bett herum, nahm mich fest in die Arme – und sagte: *Ihr Mann hat es geschafft,*

Frau Powelz! Versteht ihr? Obwohl ich dabei war, als Papa starb, habe ich seinen Tod nicht mitbekommen. Er starb genau in dem Moment, als ich seine Hand kurz losgelassen hatte, um die Bettseite zu wechseln.«

Um zwölf Uhr mittags am 17. Dezember, acht Tage vor Heiligabend, war die Kerze von Herbert halb abgebrannt.

Die Stunde des Abschieds war angebrochen.

Bevor die Menschen sein Zimmer betraten, um Teelichter und Fotos aus den vergangenen Wochen auf das Bett des Verstorbenen zu legen und einen Rosenkranz aus Santiago de Compostela um seine gefalteten Hände zu wickeln, waren Stefanie und Mike noch kurz allein mit ihrem Vater.

Stefanie streichelte seine Füße, die eiskalt waren. Der Tote trug keine Schuhe, sondern nur Socken. Das hatte Anne entschieden, denn zu Lebzeiten war Herbert am liebsten ohne Schuhe durch die Gegend gelaufen.

Mike drehte zwei kurze Videofilme. Dann umarmten sich die Geschwister, und die anderen Menschen kamen herein.

Schwester Serva sprach ein paar Worte, die ihren großen Respekt vor der Zuversicht des Verstorbenen auf ein Zusammensein mit Gott bezeugten.

Herberts einziger Enkel rief: »Opi sieht ja gar nicht aus wie ein Vampir!« Der Kleine drückte den Großvater. In den vergangenen Wochen hatte der Sechsjährige das Sterben von Herbert ohne Scheu begleitet. Einmal hatte er Anne sogar geholfen. Als Serva den Kranken gefragt hatte, ob er die heiligen Sakramente der katholischen Kirche – die Letzte Ölung – im Hospiz ein weiteres Mal erhalten wollte, hatte Herbert etwas geflüstert. Niemand konnte ihn verstehen, keiner bis auf Julian. Der kleine Enkel legte sein Ohr ganz nah an den Mund des Großvaters und übersetzte seine Worte für alle Anwesenden: »Das war ein klares Ja!« Trotz der traurigen Situation hatten alle lachen müssen. Jetzt war die Familie wieder vereint.

Dr. Albers drückte den Knopf des CD-Players, die Familie nahm sich bei den Händen und hörte ein letztes *Ave Maria*.

Dann durfte sich jeder von Herbert verabschieden.

Anne ergriff das Wort als Erste. »Ich hätte nie gedacht, dass du so tapfer bist«, sagte sie und stellte ein Teelicht auf das Bett des Verstorbenen. »Ich liebe dich.«

»Ich bin so stolz auf dich. Du warst immer ein guter Vater. Ich liebe dich.« Stefanies kleiner Sohn tat es ihr gleich.

Zuletzt ergriff Mike das Wort. Er stellte das Teelicht auf und sagte: »Alles ist gut, Enok. Ich liebe dich.«

Gemeinsam verließ Familie Powelz Zimmer 12, und schwarz gekleidete Männer vom Beerdigungsinstitut betraten den Raum, in dem so viel gebangt, gelebt und geredet worden war. Kurz darauf schoben sie den Sarg auf Rollengestellen an den anderen Zimmern vorbei Richtung Ausgang.

Mike begab sich ein letztes Mal auf Abschiedstour. Er begann bei Marisabel, die immer noch auf den Tod wartete.

Schniefend kondolierte sie ihm. »Konnte Ihr Vater gut gehen?«

»Er war voller Hoffnung auf ein Wiedersehen mit unseren Vorfahren«, verriet Mike. »Doch er hatte auch Angst.«

»Ich dachte, er sei religiös gewesen?«

»Kennen Sie die Geschichte jenes Buddhas, der seinen Mönchen ein Leben lang erzählt hatte, dass sie keine Angst vor dem Tod haben müssen?

»Nein«, erwiderte Marisabel.

»Am Ende seines Lebens umringten ihn die Mönche am Sterbebett. Plötzlich merkte einer, dass der Buddha noch etwas sagen wollte. Alle verstummten, denn sie dachten, nun käme die ultimative Weisheit.«

»Und was verriet der kluge Mann?«, fragte Marisabel neugierig.

»Er sagte kläglich: Ich will nicht sterben.«

Nachdem Mike Frau Prinz alles Gute gewünscht hatte, wollte er sich von Adolf Montrésor verabschieden. Doch ausgerechnet heute hatte dieser einen schlechten Tag. »Wahrscheinlich drückt sein Tumor auf eine neue Stelle in seinem Gehirn«, sagte Bruno und nahm Mike in die Arme. »Ich wünsche Anne und dir alles Gute – und lasst euch mal wieder sehen. Marisabel und Minnie freuen sich bestimmt über deinen Besuch. Willst du noch kurz bei ihr reinschauen?«

Gemeinsam betraten sie Zimmer 6.

Minnie schlief tief und fest. Sie lag leise röchelnd im Bett, während ihre Finger unermüdlich in der Luft arbeiteten.

Ruth erhob sich aus dem Sessel. »So geht das nun schon seit einigen Stunden«, erklärte sie nüchtern. »Doch keine Sorge – ich halte Wache! Heute kommen Minnies Töchter. Gemeinsam schaffen wir den Endspurt …«

»Ich muss aber noch einmal mit ihr reden! Es gibt da noch eine Sache …«, sagte Mike.

»Dann rufen Sie doch einfach an!«

Ruth erwies sich als Pragmatikerin. Sie notierte Minnies Durchwahl auf einem Zettel und reichte ihn Mike. »Ich werde immer hier sein – rufen Sie an, wann immer Sie mögen. Sobald unsere liebe, alte Dame erwacht, sage ich ihr umgehend, dass Sie mit ihr sprechen möchten.«

Mike bedankte sich. »Meine Mutter und ich werden noch einmal kommen – am Vormittag des Heiligen Abend. Bis dahin wird Minnie ja wohl aufgewacht sein, sofern sie nicht … gestorben ist.«

»Das glaube ich auch«, bestätigte Ruth. »Ich wünsche Ihnen alles Gute. Wir sehen uns zu Weihnachten wieder.«

Sie sank zurück in den Sessel und vertiefte sich erneut in ihr Buch.

Pläne. Nichts ist so sehr ein Fremdwort wie dieses – zumindest in einem Hospiz. Gäste, die gestern noch aßen und lachten, können morgen schon verstummt sein. Menschen, die heute noch gingen, liegen kurz darauf schon im Bett. Und Köche, die ein dreigängiges Weihnachtsmenü planen, müssen immer damit rechnen, dass sich die Anzahl ihrer Tischgäste bis zum Tag des großen Festes stark dezimiert hat – sofern es überhaupt noch Esser gibt. Kostja war daran gewöhnt.

Am 20. Dezember ging er die Menüpläne erstmals mit der Hauswirtschafterin durch, um eine grobe Richtung festzulegen. »Ich werde wie immer, wenn ich eine Wunschkost für einen Gast zubereite, größere Portionen kochen – für den Fall, dass am ersten Weihnachtstag noch ein Nachschlag gewünscht wird«, beschloss er.

Bella Schiffer, Jesse Zimmermann, der alte Priester und der von seiner eifersüchtigen Gattin abgeschirmte Golo Grünlich aus Zimmer 2 würden nichts mehr essen. Sie lagen seit Tagen im Sterben. Genau wie Minnie.

Doch es gab auch mobile Gäste – und drei von ihnen aßen für zwei.

Einer von ihnen war Rudi Weiß. Der alte Vagabund verschlang alles.

»Ihm scheint es völlig egal zu sein, was wir auftischen«, meinte Kostja lachend. »Hauptsache, es schmeckt nach Käse.«

»Und Montrésor?«, fragte die Hauswirtschafterin.

»Den müssen wir ebenfalls einplanen. Gestern habe ich ihn in der Küche erwischt, als er gerade die Frischhaltefolie von den abgedeckten Speisen, die ich für unsere junge Latina und Ruth Bröckel vorbereitet hatte, abnahm. Scheinbar wollte er davon kosten. Oder er war einfach nur verwirrt. Ich glaube, er hat großen Hunger.«

»Was ist mit Sonja?«

»Die hat sich erstaunlich berappelt.«

Der Koch warf einen Blick auf die Anmeldeliste. »Essen wird sie jedenfalls nichts. Aber Mutter Merkel müssen wir bekochen ... Frau Prinz hingegen fällt wohl aus!«

Kostja dachte an Marisabel. Vorgestern noch hatte sie gegessen, gestern jede Speise verweigert – und heute sogar den Vitamindrink abgelehnt.

»Baut ganz schön ab, unsere liebe Hundezüchterin«, sagte Katharina. »Sie versteht nicht, warum sie nicht stirbt, wo sie doch endlich bereit für den Tod ist.«

Kostja blickte auf den Namen, der neben Zimmer 6 stand.

»Was meinst du dazu?«, fragte er traurig. »Ob *er* wohl etwas essen will?«

Katharina konnte nicht antworten. Tränen lähmten ihre Stimme.

Träume – es gibt sie in unterschiedlichsten Varianten.

Bis vor Kurzem hatte Marisabel Prinz noch davon geträumt, Weihnachten zu erleben. Eigentlich war ihr Traum eine Hoffnung gewesen. Nun, wo sie wahr zu werden drohte, fühlte sie, dass ihr dieser Traum nicht weiterhalf. Denn sie fühlte sich nicht gut. Am liebsten hätte sie gar nicht mehr auf den Kalender geschaut. Trotzdem rückten die Festtage näher. Schon in vier Tagen würde es im ganzen Haus nach Gans und Rotkohl duften. Bald drohte der süße Geruch von Zimtpudding durch alle Räume zu ziehen – und sie wieder erbrechen lassen. Mein letztes Weihnachten, dachte sie traurig. Ihr Traum war zum Albtraum geworden.

Die Träume des alten Vagabunden Rudi Weiß waren ganz anderer Natur. Er träumte von einem leckeren Essen – und einem Wiedersehen mit Mick und seiner großen Liebe Tanja. Vielleicht würde sie mit ihrem knallroten Sportwagen bis vor die Rampe von Haus Holle fahren? Montrésor würde Bauklötze staunen. Vor Rudis geistigem Auge entstand das Bild eines schillernden Weihnachtsfestes. Endlich habe ich eine Familie, dachte er. Jetzt bin ich nicht mehr allein. Er knutschte seinen Sittich, wackelte mit den Ohren und knabberte an einem Stück Käse.

Auch Montrésor träumte von Heiligabend. Nur noch ein Weihnachtsfest wünschte er sich, am liebsten allein mit seiner Frau. Inzwischen wuchsen mehrere Beulen auf seinem Kopf, und jede von ihnen war eine Metastase. Dass er immer seltener klar sehen konnte, wollte er niemandem verraten. Vor allem nicht seiner Frau. Wer weiß, wen sie dann anschauen würde ...

Die wildesten Träume jedoch hatte Minnie.

Seit sie neben Jumbo, der bis zum Kinn zugedeckt war, im Bett lag und es draußen pausenlos schneite, passierten die verrücktesten Dinge in ihrem Kopf. Pausenlos regnete es Schneeflocken wie Puzzleteile, die sie greifen und ordnen wollte. Leider jedoch wollte keine Flocke zur nächsten passen. Die Zacken der Eiskristalle waren jedes Mal unpassend. Das hielt die alte Schneekönigin nicht davon ab, es trotzdem zu versuchen. Die Spielregeln des Schneepuzzles jedoch waren undurchschaubar. Sie folgten fremden Gesetzen.

Vor allem die größte Schneeflocke machte es Minnie schwer. Wenn diese Flocke durch die Luft wirbelte, änderte sie nicht nur ihre Form, sondern auch ihre Farbe. Mal war sie durchsichtig, dann plötzlich hellblau. Einmal schimmerte sie sogar grün. Die Riesenflocke fuhr ihre Zacken aus und wieder ein, wirbelte beständig im Kreis, und bewegte sich zuletzt auf den Bahnen einer Ellipse. Minnie konnte sie nicht ergreifen. In der Mitte der wirbelnden Flocke blitzte Knut Knopinskis Kopf auf. Sie sah, wie er den Mund weit aufriss und sie bösartig anstarrte. *Ich vergesse niemals ein Gesicht*, sagte die uralte Schneeflocke drohend. *Ein Gesicht vergesse ich niemals*. Die Flocke wollte Minnie entfliehen. Irgendwie gelang es ihr trotzdem, einen der Zacken zu ergreifen. Er war in sich gebrochen. Die Bruchstelle hatte die Form eines komplizierten Schlüssels. Wie sollte sie unter Millionen von Flocken den passenden Zacken finden? Verzweifelt blickte sie sich um. Das Schneetreiben wurde heftiger. Alle Flocken waren transparent und weiß wie sie selbst. Plötzlich hielt die Flockenleserin den Atem an. Inmitten des gefrorenen Rieselregens hatte sie einen hervorstechenden Schneekristall erblickt. Er war rot gefärbt, ein gefrorener Tropfen Blut. Die rote Flocke flog nicht nur von selbst auf die Schneekönigin zu und tanzte verlockend vor ihren Augen, nein, sie ließ sich auch ganz leicht fangen. Die rote Flocke war sogar zu hören. Ihr Klang war so zerbrechlich wie Glas. *Ich habe zu Hause ein Foto*, sang die kristallklare Flocke. Einer ihrer Zacken kam Minnie bekannt vor. Es war exakt derjenige, der in die Bruchstelle der Knopinski-Flocke passte. Endlich hatte sie zwei Schneeflocken gefunden, die zueinander gehörten. Sie setzte die Riesenflocke und die rote Blutflocke zusammen. Sofort verschmolzen sie zu etwas Großem und ließen sich nicht mehr voneinander lösen. Im Gegenteil: Minnies neue Schneeflocke verlangsamte sogar das Flugtempo und wurde rot-weiß.

Dann kam plötzlich ein Windwirbel auf – oder war es ein Wirbelwind? Egal, die Ursache war eine schreiende Flocke, die inmitten eines Schneegestöbers aufblitzte. Sie tauchte im Zentrum des Wirbels auf, war extrem energiegeladen und schrie wie am Spieß. Sie erinnerte die Schneekönigin an einen in einen See geworfenen Stein, der konzentrische Kreise bildete. Steinehüpfen hatte sie das als Kind genannt. Alle anderen Flocken flohen vor dem schreienden Kristall, der in Wirklichkeit gurgelte wie ein Ertrinkender und *Auuuuuuu* rief. Er trug Professor Pellenhorns Antlitz. Das war ein unvergesslicher Anblick. Die Berthold-Au-Flocke schmerzte in Minnies Ohren. Sie ließ sich ganz leicht packen, denn sie war langsam. Als Minnie die Berthold-Au-Flocke in den Händen hielt, spürte sie ihren Schmerz im Innern, und sie erkannte, dass die Schreiflocke von Salzkristallen umsäumt war. Es war eine gefrorene Träne. »Ist gut«, flüsterte sie, »jetzt habe ich dich gefunden, jetzt wirst du für immer bei mir sein.« Die schreiende Flocke passte perfekt zu der rot-weißen Flocke, die nun zu sehen und zu hören war. Minnie ließ sie beruhigt los. Die rot-weiße Berthold-Salzflocke drosselte ihr Tempo weiter. Langsamkeit hatte Minnie immer zu schätzen gewusst.

Tu alles mit Bedacht lautete einer der ersten Ratschläge ihrer Mutter, und Minnie hatte sich ein Leben lang daran gehalten. Jetzt wurde das belohnt. Plötzlich erinnerte sie sich an weitere Ratschläge sowie an ihre guten und schlechten Handlungen, an Glücksmomente und Abschiede. Jede der Schneeflocken enthielt eine andere Erinnerung. Manche wurden schwarz und trüb, als Minnie in ihr Innerstes blickte. Sie zeigten ihr, wo sie im Leben versagt hatte. Die Gesichter, die sie enthielten, waren traurig oder müde oder blass oder verschwommen. Sobald Minnie sie berührte, zerfielen sie. Doch es gab auch goldene Flocken. Sie glänzten und funkelten, und sie bildeten Momente des Jubels ab. Größtenteils war das Gestöber schneeweiß, und Minnie erkannte, was im Leben wichtig war: sich selbst treu zu bleiben und seine eigene Farbe zu finden. Auch Abstraktes tauchte auf, doch es entpuppte sich sofort als eine Schneeblase. Manche der Flocken enthielten Schmuck, Fernsehsendungen oder Papierkram. Diese Flocken zerplatzten schnell. Die Flockengesichter ihrer Haustiere jedoch umschwebten Minnie lange. Weitere Eiskristalle zeigten ihr Wanderungen durch tiefe Wälder, Gespräche mit anderen Menschen, jede Reise mit ihrem Gatten, Umarmungen und Liebesnächte. Das ganze Puzzle ergab einen Sinn. Doch weitere Schneeflocken, die zu Bertholds rot-weißer Schreiflocke passten, fand sie nicht – so sehr sie auch suchte.

Plötzlich fiel Minnie ein weiterer Ratschlag ihrer Mutter ein: *Schau nicht auf das, was dir als Erstes auffällt. Übersieh niemals, was an den Rändern des Lebens passiert! Es könnte das wahre Zentrum sein!*

Kaum hatte sie sich daran erinnert, wurde das komplette Schneegestöber beiseitegeschoben, als wäre es zuvor von einer verspiegelten Tür reflektiert worden, die endlich geöffnet wurde. Als sie in das *Sein* dahinter blickte, sah sie die Wahrheit – und die war *tiefer* als die Spiegelung. Hinter der Tür war alles schneeweiß. Sie war in Haus Holle, in einem Märchenwald. Minnie sah die Unordnung des Lebens in seiner ganzen

Schlichtheit. Sie stand mitten in einem Schneesturm. Ihr *Ich* erkannte, dass es sinnlos war, hier etwas ordnen zu wollen, und dass alle Versuche des hinter ihr liegenden Lebens auf eine einfache Formel zurückzuführen waren. Es ging darum, dem Schneesturm standzuhalten. Sie sah ihr Elternhaus, sie sah Regeln und Gebote, sie sah die alte Tafel in ihrer Schule, Prüfungen und Etikette, Zivilisiertheit und Kompromisse, gutes Benehmen und Verbote, sie sah Blicke, die sie hatten einnorden wollen, und Blicke, die *sie* hatte einordnen wollen, und mit einem Schlag wurde ihr die Künstlichkeit dieser Orientierungsversuche bewusst – und ihre Unnötigkeit. Jede Ordnung wurde niedergerissen vom weißesten Weiß der Welt hinter der Schneespiegeltür. Jede Stufe der Zivilisierung, die sie in ihrem Leben beschritten und akzeptiert hatte, hatte Minnie zu einem Kompromiss geführt, der eine Konsequenz nach sich zog. Das Menschenwerk hatte sie von der Schulzeit zu einer Ausbildung gebracht sowie zu Benimmkursen, Heirat und Kindern. Die Wahrheit spiegelte ihre Fehler: Minnie hatte die Korruption ihres Arbeitgebers gedeckt, von dem sie ursprünglich gedacht hatte, dass er ein guter Mensch war. Selbst als andere Menschen unter ihm litten – und er den Profit über die Existenz von Familien mit kleinen Kindern gestellt hatte, hatte sie, Minnie, weiterhin für ihn gearbeitet. Schließlich hatte sie einen firmeninternen Skandal aufgedeckt und ihren Chef darüber informiert. Doch er war ein guter Schönredner. Die Schneekönigin hatte ihm weiterhin gedient. Dem Schneesturm war das egal. Er riss Minnies Ausreden nieder, wehte jede Fassade um. Nein, ein guter Mensch war sie nicht gewesen. Im Kleinen ja, im Ganzen nicht. Entschuldigungen waren fehl am Platze. Es ging um das Ganze. Das sah Minnie glasklar und scharf.

Auf dem Sterbebett umkreisten sie die negativen Energien ihres Lebens. Manches Flockengesicht weinte bittere Tränen. Gleichzeitig gab es im weißen Dickicht keinen Menschen, der ihr Ausreden anbot, wie *Du badest im Selbstmitleid* oder *Wovon willst du denn leben, wenn du damit brichst?* Ihr Gewissen war brutal. Es hielt ihr ihre Fehler vor. Entfliehen konnte sie dem nicht. Sie hatte Hitler zugejubelt. Sie war im Bund Deutscher Mädel gewesen. Sie hatte die Augen vor dem Holocaust verschlossen. In der Nachkriegszeit hatte sie Briefe aus fremden Briefkästen gestohlen – in der Hoffnung, Geld zu finden, um ihre Töchter ernähren zu können. Damals hatte sie einen Warntraum ignoriert, der sie darauf hinwies, dass sie ihre Seele zu verlieren drohte.

In diesem Albtraum war sie von einem schwarzen Mann gebeten worden, ein helles Kästchen für ihn zu halten. Als sie es in die Hände genommen hatte, verfärbte es sich zur Hälfte dunkel. *Deine halbe Seele habe ich schon*, warnte sie der Unheimlichmann. Damals war sie fünfunddreißig gewesen und schweißgebadet aufgewacht. Doch geändert hatte sie sich nicht. Im Gegenteil. Später hatte sie ihren Ehemann betrogen. Daraufhin war ihr der schaurige Schwarzkerl ein zweites Mal in einem Albtraum begegnet: Minnie bewohnte das oberste Zimmer in einem düsteren Hotel – einen Raum, der sich nur über eine Holzleiter erreichen ließ. Kaum hatte sie die Mitte erklommen, zupfte jemand an ihrem Rock. Als sie sich umdrehte, bleckte der Dunkelhäutige seine Zähne. *Ich bin immer bei dir*, hatte er gedroht. Doch die Flockenleserin war ihm ein zweites Mal entkommen. Von beiden Träumen hatte sie einer engen Freundin erzählt, der nichts Besseres eingefallen war, als Minnie *übermoralisch* zu nennen. Ihre Albtraumsymbole seien eindeutig auf ihre christliche Erziehung zurückzuführen – und darauf, dass Minnie in Schwarz-weiß-Mustern denke. Es hatte lange gedauert, bis Minnie ihre eigene Interpretation gefunden hatte: Man kann kein richtiges Leben im falschen führen.

Erst daraufhin hatte sie sich gebessert, und war ein guter Mensch geworden.

Und selbst jetzt – im Flockensturm des Windwirbels – ließ sich noch manches glattbügeln. *Sieh in den Spiegel*, flüsterte die rot-weiße Berthold-Salz-Schrei-Flocke. *Sieh doch endlich in den Spiegel! Erkenne, was ich dir sagen will! Im Spiegel findest du des Rätsels Lösung – auf die Frage, was wirklich in Haus Holle geschieht mit uns Menschen und wer uns alle ermordet hat.*

Dann stob der Schnee auseinander, und plötzlich wurde es ganz warm.

Eine kleine Katzenkralle drückte sich in Minnies Brust. Sie öffnete die Augen.

Sie sah in den *Spiegel* und erkannte die Wahrheit.

Plötzlich verstand sie, was die Schneeflocke gemeint hatte. Es war alles so einfach ... wenn man Haus Holle im Spiegel betrachtete, wie es *Alice im Wunderland* getan haben musste. Nun lösten sich auch die Schemen auf, und Minnie sah die hässliche Ruth.

»Wie lange habe ich geschlafen?«, fragte sie erstaunt.

»Dass Sie noch einmal aufwachen ...« Rasch drückte sie auf den Alarmknopf.

Im nächsten Moment füllte sich der Raum mit Menschen. Minnie war zurück im Leben.

Stille Nacht

»Mama, es ist Heiligabend! Wie schön, dass du endlich aufgewacht bist!«

Minnie sah ihre Töchter. Zuerst nahm sie Clara in die Arme, dann hielt Ute sie fest. Beide weinten.

»Du hast vier Tage geschlafen ... Und immer Sachen gemurmelt ... Wir dachten schon ... Wir glaubten, du stirbst ...«

Ihre Mädchen lachten und weinten abwechselnd.

Auch Ruth putzte sich die Nase vor Rührung. Statt sich dezent zu entfernen, fiel sie plumpsend in ihren Stuhl zurück und grinste. »Ich dachte auch, es ginge zu Ende. Sie waren so weit und so lange weg. Ich habe pausenlos Wache gehalten.«

Per Knopfdruck stellte sie den Kopfteil von Minnies Bett hoch, damit diese gerade sitzen konnte und Halt im Rücken hatte.

Verwirrt blickte sich die Flockenleserin im Zimmer um. »Was machen die Teelichter hier? Und warum ist es so still?«

Clara ergriff ihre Hand. »Wir haben Weihnachtsstimmung gezaubert. Es ist noch ganz früh am Heiligenabend – erst neun Uhr morgens. Was für ein Geschenk, dass du jetzt aufgewacht bist ... Wir haben so viele Fragen!«

»Pst, mein Mädchen«, beschwichtigte Minnie, »ich muss erst wach werden. Gebt mir noch ein paar Minuten...«

Clara küsste Minnie auf die Wange. »Alle Zeit, die du brauchst, Mama! Wir geben dir alle Zeit!«

»Was habe ich gesagt, während ich geschlafen habe?«

»Du hast ständig von Spiegeln geredet. Von Flocken und von Illusionen. Wir haben uns so gesorgt. Hast du das Schneegestöber tatsächlich sehen können, obwohl du geschlafen hast?«

Minnie blickte zum Fenster. Millionen Flocken fielen vom Himmel. Der Wintertag war wunderschön. »Ich glaube, ich habe alles gesehen«, flüsterte sie.

Die alte Dame spitzte die Ohren. Aus der Küche erklang Musik. Kostja war bereits zugange. Das ganze Haus erschien wie verwandelt. Es roch nach Gans, Rotkohl und Rosinen, nach Zimt und Mandeln, nach Honig und Pudding.

Doch auf ein Geräusch wartete die alte Dame vergebens. Das sanfte Beten des Priesters war nicht mehr zu hören. »Es ist so still hier«, sagte sie lauschend. »Was ist mit dem Geistlichen?«

»Du meinst den verwirrten, alten Herrn?« Ute drückte die Hand ihrer Mutter. »Den habe ich ein paar Mal besucht. Sonst hatte er ja niemanden, keine Besucher außer den Pflegern. Er war ein reizender Mann ... Kaum nahm man ihn in die Arme, hat er sich eingekuschelt wie ein Baby. Seine Augen waren leuchtend blau. Er war so einsam, genau wie ich. Wenn ich ihn festhielt, dachte ich nur an dich. Denn dich, liebe Mama, durften wir ja nie anheben, weil dir ein Blutsturz droht.«

»War er ein reizender Mann?«, fragte Minnie.

»Ja«, bestätigte Ute. »Gestern Nacht ist er eingeschlafen. Ganz friedlich und ruhig.«

»Das hast du gut gemacht, mein Mädchen«, entgegnete Minnie und küsste sie. »Dein Herz sieht immer als Erstes die Schwachen.«

Ihr Blick wanderte zu ihrer zweiten Tochter. »Und du, mein Kind, wo sind meine Enkel?«

»Ich habe sie nicht mitgebracht. Wir wollten allein mit dir sein. Wir haben ja ... ach, reden wir später. Ich soll dich von Lennox grüßen. Der Kleine ist tieftraurig. Seine Lieblingsoma ... Er sorgt sich so ...«

Minnie lächelte und Tränen traten ihr in die Augen. »Mein lieber Lennox«, flüsterte sie bewegt. »Ich weiß, dass ich ihm sehr fehlen werde. Er war immer ein Oma-Kind.« Und er sieht meinem Wilhelm zum Verwechseln ähnlich, dachte sie insgeheim.

Bruno betrat das Zimmer. »Sie sind also wach«, stellte er fest. »Unser Christkind weilt wieder unter uns. Was für ein Geschenk! Dann will ich Kostja mal informieren. Mögen Sie Gans?«

»Zuallererst ein Glas kaltes Mineralwasser!« Minnies Lippen brannten wie Feuer. »Anschließend möchte ich mich schön machen, um nach unten zu gehen – zu den anderen. Ich meine, wenn nichts dagegenspricht!«

»Das muss Dr. Coppelius entscheiden. Er ist bereits auf dem Weg zu Ihnen. Dr. Albers wird auch gleich hier sein. Dass Sie noch mal aufwachen … Was für ein schönes Geschenk. Auch Frau Prinz wird sich sehr freuen.«

»Es gibt sie also noch? Das freut mich zu hören. Ich dachte, sie sei bereit zum Sterben …«

»Das ist sie auch seit mehreren Tagen. Das Bett verlässt sie längst nicht mehr. Aber Sie wissen es ja selbst. In Haus Holle lässt sich nichts planen. Möchten Sie auch die Bischöfin empfangen? Sie kommt um elf.«

Minnie schaute verdutzt drein. »Die Bischöfin? Sie kommt uns besuchen?«

»Ganz recht«, erklärte Bruno. »Wie jedes Jahr zum Weihnachtsfest. Dann machen alle ein großes Gedöns. Sie wird auch eine Rede halten – später, unten, im Grünen Saal.«

»Dann ist es mir recht«, antwortete Minnie. »Doch sagen Sie mir … wie geht es den anderen?«

»Frau Schiffer ist vor drei Tagen gestorben«, erklärte Bruno unverhohlen. »Sie ist ganz friedlich eingeschlafen. Bella sah bis zuletzt so schön aus wie zu ihren Lebzeiten. Die Gute hätte nie gedacht, dass sie ihre Prognose um Wochen überlebt. Ich war gestern bei ihrer Beisetzung auf dem Urnenfriedhof. Auch

Jesse hat es allein geschafft – ganz ohne Spritze von Jeremy. Als er merkte, dass es so weit war, ließ er sich in den Grünen Saal bringen, und sein Bett in die Mitte stellen. Wir haben ihn alle umringt, als er starb. Er sah aus wie ein Engel. Das können Sie mir wirklich glauben.«

»Und Sonja Merkel?«

»Geht's prächtig. Gerade habe ich eine Zigarette mit ihr geraucht. Mutter Merkel und sie werden ebenfalls Weihnachten mit uns feiern. Falls Sie runterkommen dürfen, werden Sie die beiden unterm Tannenbaum treffen. Sonja lacht sich seit Tagen scheckig über die Witze von Adolf und Rudi. Die alten Jungs erheitern sie mit skurrilen Anekdoten über seltsame Todesfälle, die sie in irgendeiner Fernsehserie gesehen haben. Dr. Albers ist gar nicht *amused*. Aber unserer Sonja gefällt es – und das ist das Wichtigste.«

»Ich habe auch ein Anliegen, Bruno«, sagte Minnie eindringlich. »Ich möchte mit Mike sprechen. Rufen Sie ihn bitte an?«

»Ihr junger Freund wird heute eh kommen, gemeinsam mit seiner Mutter. Bei der Beerdigung seines Vaters ist allerhand Geld gespendet worden. Statt Kränzen hat sich die Familie Spenden für Haus Holle erbeten. Sie wissen ja, dass wir darauf angewiesen sind.«

Er reichte Minnie eine mit Wasser gefüllte Schnabeltasse. »Wirklich schön, Sie wieder zu sehen«, sagte er und grinste. Dann griff Bruno in seine Tasche. »Hier habe ich noch etwas für Sie – eine Karte vom Weihnachtsmann.«

Erstaunt blickte Minnie auf. »Es weiß doch niemand, dass ich hier bin! Wer schreibt mir eine Weihnachtskarte?«

Sie musterte den Poststempel.

Salzburg.

Minnie drückte die Karte an ihren Busen. »Post von Ursula Demarmels!«

»Wie schön, dass sie an mich gedacht hat!«, sagte Minnie. »Dass ich das noch erleben darf.«

Bruno wandte sich zum Gehen. Als er die Klinke in der Hand hielt, rief ihn Minnie noch einmal zurück.

»Sagen Sie, wo ist denn mein Schmuck?«

»Er muss doch irgendwo sein, Mama!« Clara und Ute suchten seit Minuten nach den verschwundenen Perlen. Auch Ruth konnte sich keinen Reim auf das Verschwinden von Minnies Schmuck machen.

»Ich saß doch immer an Ihrem Bett … Mir ist gar nicht aufgefallen, dass die Kette plötzlich fehlte. Vielleicht hat sie ein Arzt genommen, um sie in einen Safe zu legen? Es wird eine einfache Erklärung geben.«

Bruno beschloss, die Ärzte zu fragen. »Manchmal bittet uns ein Gast darum, allen Schmuck ablegen zu können. In der letzten Lebensphase ist er für viele nur noch ein unnötiger Ballast. Keine Sorge! Hier ist noch nichts weggekommen!«

»Da hörst du es Mama«, sagte Clara fröhlich. »Deine Kette findet sich wieder. Bestimmt liegt sie in einem Schrank. Mach dir bitte keine Sorgen.«

»Das tue ich ohnehin nicht«, meinte Minnie gelassen.

Minnie sah das Verschwinden ihrer Perlenkette rational. Sie wusste eh, wer sie genommen hatte. Doch das würde sie nur Mike erzählen – später, unter der Treppe.

Ruth Bröckel erhob sich. »Ich werde mich jetzt *renovieren* für das Weihnachtsfest«, sagte sie. »Sonst kann ich später nicht mithalten, wenn unsere schöne Latina die Männer becirct. Sie hat bereits alle Herzen gebrochen. Jeder Pfleger, der nicht schwul ist, ist ihr verfallen. Ein Jammer, dass sie so jung ist und trotzdem schon todkrank. Sie sieht aus wie das blühende Leben.«

Als Ruth ging, betrat Dr. Albers das Zimmer. Er nahm Minnies Gesicht in die Hände. »Es ist so schön, dass es dir gut geht. Aber du solltest unbedingt im Bett bleiben. Wir haben dich gründlich untersucht. Tut irgendetwas weh?«

Minnie verneinte und hob den Kopf trotzig an. »Zur Weihnachtsfeier werde ich gehen. Schließlich wird es mein letztes Fest sein. Ich hoffe, es spricht nichts dagegen. Erinnerst du dich daran, dass wir vor ein paar Wochen darüber gesprochen haben, ob ich Weihnachten noch erlebe? Damals bin ich intuitiv davon ausgegangen. Jetzt habe ich es geschafft. Das lasse ich mir von niemandem nehmen. Von niemandem!«

Zweifelnd sah sie der Psychologe an. »Ich weiß nicht, was passiert, wenn du aufstehst. Du könntest einen Blutsturz erleiden. Das Risiko ist sogar sehr hoch. Aus ärztlicher Sicht rate ich dir unbedingt davon ab, in den Grünen Saal zu gehen. Schließlich kannst du auch im Bett feiern. Später leisten wir dir dann alle Gesellschaft.«

»Vielleicht gibt es kein *später* mehr«, widersprach Minnie. »Ich möchte Lieder hören und singen, ich möchte die Gans riechen und ja, ich möchte Rotwein trinken.«

Sie nickte in Richtung Kleiderschrank. »Bitte helft mir zuerst beim Waschen. Anschließend werde ich mich ankleiden. Heute ist der perfekte Tag für mein schönstes Kostüm. Ich habe mich für Rosa entschieden. Wie schauen meine Haare aus?«

Eilig reichten ihr die Töchter einen Spiegel.

Minnie war entsetzt. »Das sieht ja aus, als sei ich haarlos! Alles ist so platt gelegen. Ich habe keine einzige Locke. So kann ich Weihnachten nicht feiern. Heute muss ich wirklich schön sein. Kann mir irgendjemand helfen?«

In diesem Moment klopfte es an die Tür. Als sei sie von höheren Mächten geschickt worden, stand plötzlich die nette Friseurin in Minnies Zimmer. Erfreut rief sie: »Monika!«

»Hallo!« Als die junge Frau Minnie wiedererkannte, riss sie entsetzt die Augen auf. Fast schien es, als wolle sie *Ach* sagen, doch sie schloss den Mund rechtzeitig wieder. Ihr Blick jedoch verriet Minnie alles. »Habe ich mich etwa in der kurzen Zeit, in der wir uns nicht gesehen haben, so sehr verändert?«, fragte Minnie.

»Nein«, log Monika und schüttelte sich im gleichen Moment. »Entschuldigung, ich will nicht flunkern. Aber wenn Sie wirklich Minnie sind, dann haben Sie sich total verändert. Sie sehen sooo krank aus! Fast hätte ich Sie nicht wiedererkannt. Sie brauchen dringend eine neue Frisur! Was für ein Zufall, dass ich heute da bin, um einige Gäste schön zu machen. Und wie toll, dass ich Sie noch mal wiedersehe. Oh! Verzeihen Sie mir das *noch* … Ich dachte bloß …« Sie verstummte.

»Sobald sich Dr. Coppelius deine Wunde angesehen hat, probieren wir, ob und wie wir dich aus dem Bett bekommen«, warf Dr. Albers ein. »Außerdem müssen wir dich waschen. Sofern das alles gelingt, können die Locken eingedreht werden. Hoffen wir das Beste!«

Und das Beste gelang.

Um halb elf hatte sich Minnie komplett verwandelt. Plötzlich saß eine Dame in Zimmer 6, deren weiße Locken nicht nur frisch aufgedreht waren, sondern obendrein nach einer wohlriechenden Pflegespülung dufteten. Monika hatte sich als Magierin erwiesen. Selbst Minnies Gelbstich war verschwunden. Ein dezent aufgetragenes Make-up verlieh den Wangen der alten Dame ein fast gesundes Aussehen, und sie ertrug *Nr. 5* von *Chanel*, ohne sich ein einziges Mal zu übergeben. Ihre Hände wurden einer ausgiebigen Maniküre unterzogen, nur Lack wollte Minnie nicht haben. Sie trug ihr feinstes Kostüm in Rosa, Strümpfe und perlmuttfarbige Ausgehschuhe.

Der lange Schlaf hatte sie beflügelt, doch noch mehr wurde Minnie von dem Vorsatz angetrieben, mit Mike zu sprechen und das Fest zu genießen. Außerdem hatte sie einen *Plan* gefasst. »Ute, du hast doch eine Kamera?«

Eilig bejahte ihre Tochter.

»Dann mach jetzt ein Foto von mir. Bewahre es gut auf. So wie ich jetzt aussehe, möchte ich später im Sarg liegen. So finde ich mich wunderschön.«

»Das bist du, Mama«, entgegnete Clara schniefend. »Ich möchte auch ein Foto von uns machen. Du bist die schönste Mutter der Welt.«

»Aus deiner Perspektive bin ich das, mein liebes Kind«, entgegnete Minnie. »Erinnerst du dich an die alte Geschichte aus der *Sesamstraße*, die wir mal zusammen gesehen haben?«

Clara wischte die Tränen fort. »Natürlich, Mama, ich weiß, was du meinst. Die Geschichte, wo ein kleiner Junge seine Mutter sucht. Er erzählt allen Menschen, die ihm begegnen, dass seine Mutter die schönste Frau der Welt sei – doch tatsächlich erscheint sie als ein altes, weißhaariges Mütterchen.

»... und das Monster verstand, dass jede Mutter für ihre Kinder die schönste Mama der Welt ist.« Minnie war glücklich. »Wie schön, dass ihr nicht vergessen habt, was ich euch gelehrt habe. Kommt her, meine Töchter, ich liebe euch so sehr.«

Ihre Mädchen stürzten in ihre Arme.

Die Bischöfin klopfte um 11.15 Uhr an Minnies Zimmertür.

Sie trug einen bordeauxfarbenen Rollkragenpullover unter einem Blazer. Darüber staunte Minnie sehr, weil sie irgendeine Kutte vermutet hätte. Dann jedoch fiel ihr ein, dass sie noch nie im Leben darüber nachgedacht hatte, wie sich Bischöfinnen privat anzogen.

»Wie gut es hier riecht«, stellte die Bischöfin – eine stämmige Frau um die fünfzig – fest. Sie blähte ihre Nasenflügel. »Duftet es hier nach Lavendel?«

»Chanel Nr. 5«, korrigierte Minnie.

»Und Sie sind ...?«, fragte die Geistliche.

»Nennen Sie mich einfach Minnie.«

Die Bischöfin nahm Platz und fuhr sich durch ihr graues Haar. »Seit wann sind Sie in Haus Holle, und wie gefällt es Ihnen hier?«

»Am 1. November bin ich eingezogen«, antwortete Minnie, »und mir gefällt es hier sehr gut.«

»Aber wissen Sie auch, dass heute ein hohes Fest zu Ehren des Menschensohnes gefeiert wird?« Die Bischöfin zwinkerte ihr zu.

Minnie antwortete ihr mit einer Gegenfrage. »Besuchen Sie die Gäste von Haus Holle immer an den Weihnachtsfeiertagen?«

»Nicht nur dann«, erwiderte die Bischöfin auskunftsfreudig. »Ich komme auch am Vormittag des Osterfestes, bevor ich das Fest mit meiner Familie feiere. Weihnachten und Ostern sind die höchsten kirchlichen Feiertage. Viele Menschen fühlen sich dann besonders einsam. Deshalb schenke ich den Gästen jedes Jahr etwas, was ihnen Trost spendet.«

Sie griff mit der Hand in die Tasche ihres Blazers, zog eine kleine Figur hervor und überreichte sie Minnie. »Das ist ein Engel aus einem ganz besonderen Metall«, erklärte sie. »Wenn Sie ihn lange genug in der Hand halten, wird er immer wärmer werden. Probieren Sie es einmal aus.«

Minnie konnte sich vorstellen, dass sich Marisabel sehr über das Geschenk der Bischöfin freuen würde. Sie versuchte es selbst – und tatsächlich, der Engel erwärmte sich schnell.

»Ein praktisches Geschenk, wenn man kalte Hände hat«, meinte Minnie und schaute sich die kleine Figur an. »Ich danke Ihnen.«

»Es ist auch ein Geschenk für das Herz«, entgegnete die Geistliche. »Der Engel wärmt sie, wann immer Sie mögen.«

Interessiert sah sie sich im Zimmer um, und suchte dann erneut den Blickkontakt zu Minnie. »Fühlen Sie sich bei Gott aufgehoben?«

»Ich fühle mich insgesamt gut aufgehoben«, erwiderte sie.

»Das ist gut«, sagte die Bischöfin, und erhob sich. »Ich muss noch einige Gäste in den anderen Zimmern besuchen. Nicht allen Menschen in Haus Holle geht es so gut wie Ihnen. Viele Menschen brauchen meinen Zuspruch. Wir sehen uns nachher.«

Sie winkte zum Abschied.

Weihnachten im Hospiz – das war wie ein goldener Traum.

Der Gospelchor, den Minnie Anfang Dezember verpasst hatte, jubilierte auf der Treppe – als wolle er sie willkommen heißen. Jetzt war die Zeit gekommen, um alles Versäumte nachzuholen.

Minnie staunte über die kräftigen Zähne der Sängerinnen, und sie bewunderte die bebenden Busen der Damen. »Die sehen aus wie die Nonnen in *Sister Act*«, sagte sie zu ihrer Tochter, als Ute den Rollstuhl ins Erdgeschoss schob.

Die Flügeltür des Grünen Saals war weit geöffnet. Während Minnie auf sie zurollte, schloss sie die Augen. Ihre Dankbarkeit war überwältigend. Gleich würde sie Weihnachten feiern. Vielleicht würde das Fest niemals enden.

Minnie tauchte in den funkelnden Weihnachtskosmos ein, öffnete die Augen – und sah einen riesigen Christbaum. Er hatte ausladende Zweige, schimmerte in Gold, Grün und Rot und duftete nach frischer Tanne.

Und erst die Klangwelt! Am Klavier saß ein Pianist, dessen Finger flink über die Tasten flogen. Jetzt fehlt nur noch mein Tanz mit Marius, dachte Minnie selig. »Wäre er hier, hätte ich jedes der drei Feste, die ich versäumt habe, nachträglich geschenkt bekommen.«

Auch die Menschen erschienen Minnie wie verwandelt. Rudi tanzte mit einem jungen Mann, den er allen als Mick vorstellte. Sonjas Augen funkelten selig, und Mutter Merkel spielte mit Fee.

Als sie Minnie bemerkte, rannte sie sofort auf den Rollstuhl zu. »Wie schön du bist, Minnie! Fast wie ein Engel! Du hast dich ja so verändert!« Stolz hob Fee ein Päckchen hoch. »Diese nagelneuen Farbstifte hat mir Mutter Merkel geschenkt! Das sind schon die zweiten! Ich werde Mama damit malen. Heute durfte ich noch mal hierherkommen. Es ist so schön, euch wiederzusehen. Ich wohne jetzt bei meiner Tante – und habe ein eigenes Pony!« Das Kind strich über Minnies Locken.

Doch die alte Dame erblickte auch neue Gäste.

Neben der Bischöfin, die in der Mitte einer großen, festlich gedeckten Tafel thronte, sah sie ein Ehepaar sowie den dicken und den dünnen Dietmar. Zu Minnies Erstaunen saß der magere Pfleger in einem Rollstuhl. Er war nicht wiederzuerkennen: Dietmar war kahlköpfig.

Bruno interpretierte ihren erstaunten Blick richtig. Er beugte sich zu Minnie herunter und flüsterte ihr ins Ohr: »Dass Dietmar jetzt ein Gast ist, war ein Schock für uns alle. Keiner von uns wusste, dass er seit Langem an einem Non-Hodgkin-Lymphom erkrankt ist!« Der Pflegehelfer seufzte. »Dietmar trägt sein Schicksal mit Fassung. Sein Freund ist immer an seiner Seite.«

Minnie bemerkte, dass der dicke Dietmar die Hand des dünnen Dietmars hielt, während sich Hendrik um die beiden Ex-Pfleger kümmerte, die sich während Minnies langem Schlaf in einen Gast und seinen Angehörigen verwandelt hatten.

Jetzt fiel Minnies Blick auf Montrésors Rollstuhl. Adolf trug zwei Uhrglasverbände, sein kahler Kopf war voller Beulen. Trotzdem lachte er glücklich. Montrésor wurde von seiner Frau gefüttert. Fasziniert sah er zu, wie Kostja den Salat mit Croutons garnierte.

Doch es gab noch einen außergewöhnlichen Gast. Am Kopfende des langen Tisches saß die glamouröseste, auffälligste, schönste Dame der ganzen Weihnachtsgesellschaft. Sie erinnerte Minnie sofort an eine Königin. Die wunderschöne Dame funkelte wie ein glitzernder Paradiesvogel. Zu Minnies Erstaunen erhob sich die Fremde und kam mit langen Schritten auf sie zu.

»Da sind Sie ja«, sagte Ruth Bröckel. »Wie schön, dass Sie gekommen sind! Die neuen Gäste dachten schon, dass Sie ein Mythos sind, weil sie *die Dame aus Zimmer 6* noch nie gesehen haben. Möchten Sie an meiner Seite sitzen?«

Minnie war zu keiner Erwiderung fähig. Statt der grauen Igelfrisur trug Ruth plötzlich blonde Korkenzieherlocken, einen imposanten Hut mit einer großen Feder und schillernde

Ohrringe. Selbst ihr Damenbart war verschwunden. Ruth schob Minnies Rollstuhl zum Tisch, während ihre Töchter mit dem Psychologen sprachen und ihre kranke Mutter besorgt musterten. Minnie ignorierte das. Heute sollte sich niemand um sie sorgen. Sie wandte sich Ruth zu und sah sie fragend an.

»Jetzt schulde ich Ihnen wohl eine Erklärung …«, meinte Ruth. »Mein richtiger Name ist Olimpia, und ich bin transsexuell. Vielleicht kennen Sie *Olimpias Nightclub*? Nein? Egal! Den habe ich jahrelang geführt. Viele meiner alten Freunde sind in Haus Holle gestorben. Ich saß nächtelang an ihren Betten – und habe jeden von ihnen begleitet. Doch nun«, sie schlug die Augen nieder, »hat mich der Krebs selbst am Wickel. Ich nehme meine Krankheit mit Demut an – und werde nicht gegen ihn kämpfen. Den Tod möchte ich angstfrei begrüßen.«

»Sie sind ein Mann?«, fragte Minnie verblüfft.

»Ich *war* ein Mann«, korrigierte Olimpia, »aber ich habe mich nie so gefühlt. Als Kind hieß ich Martin. Schon damals habe ich mir lieber die Fingernägel lackiert und mich zum Karneval als Schmetterling verkleidet, statt mit Autos zu spielen oder mich in einen Faschingscowboy zu verwandeln.«

»Heißt das, Sie haben sich von einem Mann in eine richtige Frau umoperieren lassen? Raus mit der Sprache! Sie sind nun eine Dame – oder nicht?«

»Nur gefühlsmäßig«, gestand Olimpia. »Ich bin keine *Bio-Frau*, sondern eine *Trans-Frau*. Obwohl mir die Brüste fehlen und ich einen Penis habe, fühle ich wie eine Frau. Als ich jung war, gab es für Transsexuelle noch keine gegengeschlechtlichen Operationen und auch keine Pubertätsblocker. Die heutige Trans-Generation hat es viel leichter. Sie fängt schon in jungen Jahren mit einer Therapie an, die Frauen in Männer verwandelt oder umgekehrt.«

»Dann sind Sie also schwul – so wie Annette? Ach … der sind Sie ja nie begegnet. Heißt das, Sie sind homosexuell?«

»Ja und nein. Meine Geschlechtsidentitätsstörung hat nichts mit meiner sexuellen Orientierung zu tun. Deshalb antworte ich allen, die mich danach fragen, dass ich *transident* bin, weil es ja um eine Frage der Identität geht. Ich kam als Junge auf die Welt, fühlte mich aber wie ein Mädchen. Mit acht Jahren verliebte ich mich in einen Schulkameraden. In diesem Moment merkte ich, dass ich im falschen Körper steckte. Am besten kann man das Ganze so zusammenfassen: Ich habe mich in Männer verguckt, hatte aber nie das Gefühl, schwul zu sein.«

»Warum nennen Sie sich Ruth?«

»So heiße ich, wenn ich zu kraftlos bin, um mich als Frau schön zu machen und meine Östrogene zu schlucken. Der Krebs schwächt mich so, dass ich immer öfter zu Ruth werde. Dabei brauche ich meine Power, um meinen letzten Kampf zu kämpfen.«

»Aber ich dachte, Sie wollen den Krebs nicht mehr bekämpfen?«

Olimpia lachte. »Ich fechte einen anderen Kampf aus! Momentan kämpfe ich vor dem Bundessozialgericht gegen meine Krankenkasse. Seit ich weiß, dass ich nicht mehr lange leben werde, will ich unbedingt noch ein Urteil für alle anderen Transsexuellen erstreiten, denen es psychisch so schlecht geht wie mir: Ich will mit einem Grundsatzurteil erreichen, dass alle deutschen Krankenkassen die Kosten für plastische Brustvergrößerungen übernehmen, damit wir Transsexuellen nicht mit Körbchengröße A abgespeist werden, sondern mindestens Körbchengröße B bezahlt bekommen. Das würde unseren psychischen Leidensdruck sehr lindern …«

»Ist der so groß?«, fragte Minnie.

Olimpia sah sie traurig an. »Ja! Sie müssten mal meine Aktenordner sehen! Die enthalten über hundertfünfzig Seiten Schriftverkehr mit Behörden! All diese Papiere haben sich im letzten Jahr – seit meiner Krebsdiagnose – angesammelt.«

Prüfend suchte Olimpias Blick nach Verständnis in Minnies Augen. Doch die alte Dame war überfordert. »Sind Sie so was wie *Charleys Tante*?«

Olimpia klatschte in die Hände. »Ein schöner Vergleich – aus Ihrer Perspektive! Aber die Antwort lautet: nein. In Deutschland leben circa 120000 Transsexuelle. Diese Menschen haben nichts mit *Dragqueens* zu tun. Letztere sind Transvestiten, die mit dem Geschlechtswechsel spielen. Für mich ist die Sache bierernst.«

»Welcher Name steht in Ihrer Geburtsurkunde?«

»Olimpia! Das deutsche Transsexuellengesetz erlaubt, dass wir Transsexuellen unsere Vornamen und unser Geschlecht in der Geburtsurkunde ändern dürfen.«

»Dann sind Sie früher bestimmt ganz schön oft fertiggemacht worden, was?«

»Klar«, sagte Olimpia. »Als die Lehrer merkten, was mit mir los war, dachten sie, meine Störung sei ansteckend. Auch die Ausbildung zum Krankenpfleger war ein einziger Spießrutenlauf. Aber soll ich Ihnen was verraten?«

Minnie nickte.

»Inzwischen ist das Leben für mich ein Zirkus der Identitäten und der fallenden Masken. Besonders in Haus Holle.«

Olimpia hob ein Champagnerglas. »Auf uns, Minnie! Wir sollten Karneval feiern statt Weihnachten!«

Zögernd hob Minnie ihr Glas und stieß mit Olimpia an. Irgendwie hatte die seltsame Dame recht: Karneval war tatsächlich der beste Begriff für dieses unglaubliche Weihnachtsfest. Minnie erkannte, dass der bevorstehende Jahresausklang Haus Holle komplett verändert hatte – und dass sich die Menschen im Hospiz langsam, aber unübersehbar, verwandelten.

Der nahende Tod entfernte alle Masken.

Gästen wie Marisabel stahl er sie mit brutaler Gewalt.

Anderen entfernte er sie sanft und mit spitzen Fingern – wie Ruth, die zu Olimpia wurde. Und er veränderte sogar die Namen! Diese Erkenntnis wurde im nächsten Moment bestätigt, als Minnie ein Gespräch auf der anderen Tischseite belauschte.

»Zum Weihnachtsfest und als Ausdruck meiner tiefen Liebe«, sagte eine Frau, die neben einem Krebskranken saß, »mache ich dir in diesem Jahr ein besonderes Geschenk. Ich möchte meinen Doppelnamen ablegen und nur noch so heißen wie du. Das hätte ich viel eher machen sollen. Es ist noch nicht zu spät dafür. Wenn du mich irgendwann verlässt, wird dein Nachname mit mir weiterleben. Ich hoffe, du nimmst mein Geschenk an ...«

Der fremde Gast küsste seine Frau »Und das nach neununddreißig Jahren! Das ist die schönste Überraschung!«

Ja, das Fest verwandelte alle. Sogar Violetta Grünlich herzte ihren sterbenskranken, schlafenden Mann pausenlos. Ihre Eifersucht war wie weggeblasen, obwohl die schöne Estefania in unmittelbarer Nähe weilte. Doch die hatte eh keine Augen für den kranken Golo. Ihre ganze Aufmerksamkeit gehörte einem neuen I-Pad, das ihr ein Verehrer geschenkt hatte.

Voller Stolz erklärte sie Rudi Weiß, wie *Youtube* funktionierte. »Schauen Sie mal, Herr Weiß! Bei *Youtube* kann man alle möglichen Lieder hören, indem man die Songtitel in ein Suchfenster eintippt. Viele meiner Freunde haben mir heute Internetlinks mit Songs gemailt, die ich mir anhören soll, während ich an sie denke. Haben Sie schon mal Lieder, die man mit Ihnen verbindet oder die man Ihnen widmen möchte, geschenkt bekommen?«

Rudi überlegte – schaute dabei scheinheilig in ihren Ausschnitt – und sagte *jein*.

Die Latina überhörte die Antwort. Ihre Fingernägel klickten pausenlos auf der Tastatur herum. »Schauen Sie mal, Herr Weiß! Dieses Lied hat mir meine Tante geschickt. Es heißt *Für Dich soll's rote Rosen regnen.*«

»Haben die auch Whitney Houston?«, fragte Rudi.

Minnies Blicke wanderten weiter. Sie vermisste zwei wichtige Menschen. Bislang hatte sie vergeblich nach Mike und Anne Ausschau gehalten. Dabei musste sie Mike so viel über die Flocken verraten. Schließlich entdeckte sie ihn unter dem

Christbaum. Er spielte mit den Katzen, die Fees Mops um die Tanne jagten.

Erleichtert atmete Minnie aus. Soll er sich ruhig erst erholen, dachte sie. Er wird schon sehen, dass ich da bin.

Nachdem die Bischöfin eine lange, durchaus zutreffende Rede über die tiefe Bedeutung des Weihnachtsfestes, der menschlichen Verbundenheit, den Sinn der Familien und Ersatzfamilien, die Wichtigkeit der Freundschaft, Nächstenliebe, Vergebung, Einsicht und Hoffnung gehalten hatte, und ja, auch über die Liebe zu Jesus, roch Minnie vorsichtig an Kostjas Gans – und probierte sie sogar.

Das Fleisch schmeckte köstlich. Auch der Rotwein war klasse. Minnie stieß mit ihren Töchtern an, und gedachte Marisabel, die heute allein war. Nach wie vor drückte diese pausenlos auf den Alarmknopf. Doch sobald ein Pfleger erschien, blickte sie ihn unschuldig an und erklärte: »Ich habe nicht nach Ihnen gerufen!«

Dennoch: Einen so friedlichen Heiligabend – bei heftigem Schneefall – hatten die meisten Anwesenden seit Jahren nicht mehr erlebt. Niemand musste Schlange im Supermarkt stehen oder sich mit seinem Ehepartner über die richtige Dekoration des Christbaums streiten. Es gab keinen Stress, und die Angst, dass ausgerechnet an den Festtagen der Notarzt gerufen werden müsste, existierte nicht mehr.

Eine neue Zeit war angebrochen.

Unter der Treppe

Clara schob Minnie unter die Treppe.

»Kann ich dich wirklich allein lassen, Mama?«, fragte sie besorgt. »Was willst du hier?«

»Keine Sorge, meine Kleine«, antwortete sie. »Es wird nicht lange dauern. Ich muss unbedingt mit jemandem reden. Bitte sag Bruno, dass er Mike unauffällig zu mir schicken soll. Solange im Grünen Saal gefeiert wird, werden wir hier unsere Ruhe haben. Und nein, ich möchte nicht auf mein Zimmer.«

»Unauffällig? Mutter, führst du etwas Verbotenes im Schilde?«

»Keineswegs«, beruhigte Minnie ihre Tochter. »Ich muss wirklich dringend mit Mike sprechen. Er wird mich danach zurückschieben. Und jetzt beeil dich …«

Seufzend beugte sich Clara dem Wunsch ihrer Mutter.

Fünf Minuten später erschien Mike unter der Treppe. Zum ersten Mal seit vielen Wochen waren seine Gesichtszüge entspannt. Minnie glaubte zu erkennen, dass er seit dem Tod seines Vaters viel geschlafen hatte.

»Mein aufrichtiges Beileid«, sagte sie. »Wie waren Ihre letzten Tage?«

»Sehr bewegt«, antwortete er. »Die Beerdigung meines Vaters fand im kleinsten Kreis statt. Es war sehr traurig, aber Schwester Serva hat sehr schöne Worte über den Charakter und den Umgang meines Vaters mit dem Sterben gefunden. Jetzt können wir alle aufatmen – auch, wenn das erst mal seltsam klingt. Natürlich fehlt er uns total. Aber es hilft uns, dass wir seit seiner schlimmen Diagnose jede Möglichkeit genutzt haben, um über alles mit ihm zu reden. Außerdem hat er mir versprochen, dass er mich abholt, wenn ich einmal sterbe. Am 2. Januar werde ich wieder zur Arbeit gehen.«

Mike drückte Minnies Hand. »Wie ist es Ihnen ergangen? Sie sind nicht wiederzuerkennen.«

»Ich lag ein paar Tage im Tiefschlaf«, gestand sie. »Währenddessen hatte ich unzählige Visionen. Jetzt weiß ich mit absoluter Sicherheit, dass sowohl die alten Knopinskis als auch Berthold Pellenhorn in Haus Holle ermordet wurden. Was ich Ihnen jetzt sagen werde, klingt rätselhaft – aber ich habe die Lösung gefunden, als ich *in den Spiegel blickte*! Jetzt kenne ich sogar den Täter. Hören Sie mir gut zu, Mike. Uns fehlt nur noch die Information, warum der Mörder früher schon einmal inhaftiert war und was Knut Knopinski über ihn wusste.«

»Wer ist der Täter?«, fragte Mike wissbegierig.

Minnie drückte ihm einen Zettel in die Hand. »Hier habe ich Ihnen einen Namen notiert. Bitte falten Sie den Zettel erst auseinander, wenn Sie das Haus verlassen haben. Anschließend müssen Sie umgehend Ihren Polizeireporter anrufen, und alles über die Biografie des Täters recherchieren – und das bitte so schnell wie möglich. Mir bleibt nicht mehr viel Zeit! Ich spüre, dass der Tod nach mir greift, und ich möchte partout vermeiden, dass es am Ende auf einen Wettlauf gegen die Zeit hinausläuft.«

»Dann erklären Sie mir jetzt alles«, bat Mike ungeduldig. »Wir sind doch nicht in einem Roman, in dem am Ende alles auf einen Showdown hinausläuft. Erklären Sie mir verdammt noch mal, was Sie glauben!«

»Keine Angst«, antwortete Minnie. »Ein paar Tage werde ich noch leben. Das wurde mir im Traum versprochen. Ich will das Rätsel komplett lösen. Aber Sie müssen sich wirklich beeilen. Denn unser Mörder ist nicht dumm. Der Tod von

Berthold Pellenhorn beweist, dass er sehr geschickt vorgeht, wenn man ihm zu nahe kommt – und wie sehr er auf der Hut ist.«

»Heißt das, Sie sind in Gefahr?«

»Ja«, sagte Minnie. »Wenn der Mörder merkt, dass ich schnüffele, wird er mir nach dem Leben trachten.

Meine Perlenkette ist verschwunden«, flüsterte sie, »genau wie der Schmuck von Gertrud Knopinski. Ich weiß genau, wer der Dieb ist. Deshalb habe ich noch eine Bitte. Forschen Sie nach, was aus Cristiano Vernandez geworden ist – der Portugiese, der gelähmt im Bett lag und plötzlich ausgezogen ist.«

Sie reichte Mike einen zweiten Zettel. »Hier habe ich eine Adresse notiert. Sie müssten Cristiano dort finden. Aber beeilen Sie sich!«

In diesem Moment waren Schritte zu hören. Dr. Albers erschien unter der Treppe. »Da bist du ja«, rief der Psychologe. »Wir haben dich schon überall gesucht, Minnie. Was machst du denn unter der Treppe? Hier zieht es doch!«

Sie lächelte.

»Mike wollte mir in Ruhe erzählen, was er in den letzten Tagen erlebt hat. Im Grünen Saal ist es ja so laut ...«

Verständnisvoll nickte Dr. Albers und lachte: »Da hast du recht – von einer *Stillen Nacht* kann keine Rede sein.«

Der Psychologe gab Mike die Hand, wünschte ihm ein frohes Weihnachtsfest und verabschiedete sich dann.

»Da haben Sie es«, sagte Minnie leise. »Gott sei Dank war es nur Dr. Albers ... Wenn ich eines vermeiden möchte, dann ist es, als schreiende Flocke zu enden wie der arme Berthold Pellenhorn.«

»Als schreiende Flocke?«

Verwirrt blickte Mike Minnie an.

Doch sie winkte ab. »Das müssen Sie nicht verstehen, Mike. Gehen Sie jetzt bitte zurück, und schicken mir Olimpia. Mit der muss ich auch ein paar Takte reden.«

Klickklack, klickklack.

Olimpias High Heels waren nicht zu überhören. Minnie wäre es lieber gewesen, wenn sie sich leiser genähert hätte, doch sie konnte es nicht ändern. Außerdem wehte eine Parfumwolke hinter ihr her.

»Was machen Sie denn unter der Treppe?« Olimpia zog die Federboa um ihren Hals. »Hier zieht es ja mächtig. Ist Ihnen nicht kalt?«

»Das ist jetzt egal«, sagte Minnie abwehrend. »Ich möchte, dass Sie mich in den Grünen Saal zurückbringen, und dass jeder davon Notiz nimmt. Außerdem habe ich noch eine Bitte.«

Olimpia spitzte die Ohren.

»Sie sind noch so kraftvoll, Olimpia. Deshalb möchte ich Sie bitten, in den kommenden Nächten – sofern es Ihnen möglich ist – an meinem Bett zu wachen. Momentan kann ich Ihnen den Grund noch nicht verraten. Aber ich fürchte mich davor, allein zu sein.«

»Und Ihre Töchter?«

»Die sollen tagsüber bei mir sein. Clara morgens, Ute nachmittags – oder umgekehrt. Würden Sie das für mich tun?« Flehentlich sah Minnie Olimpia an.

»Sie fürchten sich doch vor dem Sterben, stimmt's? Nun, dann werde ich natürlich bei Ihnen bleiben.«

Olimpia schob Minnie zurück in den Grünen Saal. Als sie an einer frischen Kerze vorbeikamen, die im Ständer steckte und jederzeit angezündet werden konnte, bat Minnie sie anzuhalten. Sie blätterte durch das blaue Kondolenzbuch – und sie las die Namen aller Menschen, die seit dem 1. November gestorben waren.

Gertrud Knopinski
Berthold Pellenhorn
Marius Stamm
Otto G. Klatsch
Kai Bergmann

Annette Kleine
Nadine Nisse
Klärchen Krause
Herbert Powelz
Bella Schiffer
Jesse Zimmermann
Dr. Z.

Die letzten Zeilen der Angehörigen für die toten Gäste beeindruckten die alte Dame sehr. Sie starrte auf die Worte, die der plumpe Matze Schiffer der verstorbenen Schönheitskönigin gewidmet hatte. »*Meistens hat, wenn zwei sich scheiden, einer etwas mehr zu leiden. Bella, Du bist alles. Dein Matze.*«

Unter dem alten Kondolenzbuch wartete bereits ein neues darauf, mit den Namen von Menschen vollgeschrieben zu werden, die vielleicht gerade ihre Weihnachtsgeschenke auspackten und noch nichts von ihrer Krankheit ahnten. Minnie fielen die Worte ein, die ihr Dr. Albers vor dem Einzug ins Hospiz mit auf den Weg gegeben hatte: *Eines musst du verstehen, Minnie. Die Menschen da draußen, all die vermeintlich Gesunden, möchten den Gedanken an den Tod verdrängen. Bis sie sich mit ihm beschäftigen müssen.*

Die alte Dame lächelte. »Jetzt möchte ich zurück zum Christbaum«, sagte sie mit fester Stimme. Olimpia setzte sich in Bewegung.

Als sie den Grünen Saal betraten, erlebte Minnie eine Überraschung. Inmitten der glücklichen Gäste, Pfleger und Angehörigen sah sie eine vertraute Gestalt unter dem Weihnachtsbaum – ihren alten Freund Hans, der Nepomuk streichelte und es duldete, dass der süße Kater sein hübsches Gesichtchen in seine graue Hand schmiegte. Liebevoll sah der Seelenführer die alte Dame an und zwinkerte ihr zu.

Minnie störte das nicht mehr. Seit der spirituellen Rückführung in ihr Vorleben wusste sie, dass andere Menschen Hans nicht sehen konnten. Diese Begabung hatte nur sie. Schließlich war er *ihr* Seelenführer.

Sie sah, dass er mitsang, als die Bischöfin ein Weihnachtslied anstimmte. Fasziniert schaute sie zu, als er sich tanzend und zu den Klängen eines *Ave Maria* bewegte, indem er seine Kittelspitzen in die Fingerspitzen nahm und sich ausdrucksstark bewegte. Und sie erkannte, dass er nur sie anschaute.

»Wohin schauen Sie denn immer?«, fragte Olimpia. Sie kniff die Augen zusammen und fixierte die Mitte des Grünen Saals, wo Hans seine Pirouetten drehte.

Minnie lächelte. »Ich habe gerade an einen alten Freund gedacht«, gestand sie. »Möchten Sie mir nicht ein bisschen mehr aus Ihrem Leben erzählen? Ich wüsste so gerne, ob man als Trans-Frau Liebe macht wie jeder andere Mensch.«

Olimpia sah sie strahlend an. »Natürlich! Ich habe eine große Liebe. Aber bevor ich Ihnen davon erzähle, muss ich kurz zurückgreifen auf die Geschichte meines Sex- und Liebeslebens. Vor dreiundzwanzig Jahren schenkte ich mein Herz einem Mann, mit dem ich innerhalb von nur fünf Minuten zusammenkam. Er stand am Rande der Tanzfläche in meiner damaligen Lieblingsdisco, wo er sich mit einer schönen Frau unterhielt. Ständig blickten die beiden zu mir herüber. Ich wusste nicht, ob sie beide mit mir flirteten oder über mich lästerten. Damals war ich noch unglaublich schüchtern.«

»Waren tatsächlich beide an Ihnen interessiert?«, fragte Minnie.

»Ja, aber ich hatte nur Augen für den Mann. Schnell kam er zu mir herüber. Wir sprachen ein paar Worte, ich stellte ihm einige Fragen, und dann küssten wir uns wild.«

»Das ging ja flott«, staunte Minnie. »Was haben Sie ihn gefragt?«

»Ob er eine eigene Wohnung hat«, verriet Olimpia, »oder ein Auto, in dem wir uns lieben könnten.«

»Ui ui ui«, machte Minnie.

»Und hatte er eins?«, fragte Rudi Weiß, der sich zu den beiden Damen gesellt hatte.

»Ja, einen Golf«, antwortete Olimpia. »Der Sex mit ihm war wunderbar. Wir blieben neunzehn Jahre zusammen. Leider jedoch hatte die Beziehung einen Haken, den ich fast zwei Jahrzehnte lang verdrängt habe.«

»Jetzt bin ich aber gespannt«, sagte Rudi, und beugte sich weit über den Tisch.

»Obwohl ich rettungslos in ihn verliebt war«, verriet Olimpia, »traute er sich nicht, sich zu outen.«

»*Auten* – was ist das?«, fragte Rudi wissbegierig nach. »Das habe ich noch nie gehört. Sie sind doch eine feine Dame!«

»Ganz einfach: Er war schwul, aber er machte ein großes Geheimnis daraus. Obwohl wir so lange zusammen waren, hat er mich nicht einmal seiner Familie vorgestellt. Allerdings haben wir seine Eltern einmal durch Zufall bei einem Spaziergang getroffen. Zwar ließen sie sich nicht anmerken, dass ich ihnen nicht gefiel, aber am nächsten Tag fragten sie ihn, ob er sich mit *Strichern* herumtriebe. Später sah ich seine Mutter noch einmal, als er einen runden Geburtstag feierte. Das war vielleicht ein komisches Gefühl, inmitten der anderen Gäste zu sein, die alle wussten, dass wir zusammen sind – und ihm gegenüber distanziert sein zu müssen.«

»Was für ein Arsch«, meinte Rudi. »Warum waren Sie überhaupt mit ihm zusammen, wenn er schwul war?«

»Er war überhaupt kein Arsch«, entgegnete Olimpia leise und überhörte Rudis letzte Bemerkung. »Er war ein wundervoller Mensch, der sich selbst im Wege stand. Nach und nach gelang es mir, ihn ein wenig aufzulockern. Wir verlebten die schönsten Urlaube, die man sich vorstellen kann – in Istanbul, auf Mallorca und später auf Klub-Schiffen. Doch erst nach fünfzehn Jahren wurde ich seiner besten Freundin vorgestellt. Nach siebzehn Jahren half er mir, eine wunderbare Wohnung auszubauen. Doch zu diesem Zeitpunkt sahen wir uns längst nur noch an den Wochenenden, weil wir in verschiedenen Städten arbeiteten.«

»Warum sind Sie nie zusammengezogen?«, frage Minnie erstaunt.

»Weil er immer nach einer Wohnung suchte, die groß genug war, um sich *auch mal aus dem Weg gehen zu können* ... Das erklärt alles, oder? Außerdem schmetterte er jeden meiner zahlreichen Heiratsanträge ab. Lediglich ein *Fest der Freundschaft* wollte er zu unserem zwanzigsten Jahrestag mit mir feiern. Doch den haben wir nicht mehr erlebt.«

»Warum nicht?«, fragte Minnie.

»Weil ich ihn nicht mehr liebte«, sagte Olimpia. »Ich war schon Jahre vorher zickig, weil ich mich so hilflos fühlte. Wenn wir allein waren, verhielt er sich wunderbar. Er liebte Tiere, war extrem fleißig, verwöhnte mich manchmal und war auf seine Weise einzigartig. Aber er flirtete vor meinen Augen mit anderen Männern. Einmal habe ich aus Eifersucht ein Glas gegen die Wand geworfen und gerufen: *Du bist tot*. Er hat mich nicht geliebt. In all den Jahren durfte ich ihm kein einziges Mal in die Haare fassen. Bei ihm musste alles picobello sein.«

»Ich finde, dass Sie ganz schön dumm waren«, warf Rudi ein. »Meine Tanja darf ich überall anfassen, wenn wir in ihrem knallroten Sportflitzer sitzen. Auch ihre dicken Brüste.«

Olimpia wies den Einwurf zurück. »Ich finde nicht, dass ich dumm war. Ich liebte ihn von ganzem Herzen. Kurz darauf geschah etwas, womit ich selbst niemals gerechnet hätte. Irgendwann kam der Bruder meines Freundes mit seiner Frau und seinen Söhnen aus den USA zu Besuch. Gemeinsam mit den Eltern meines Freundes mietete die ganze Familie einen Bauernhof im Allgäu – und ich musste drei Wochen lang auf ihn verzichten, weil ich *natürlich* nicht mitkommen durfte. In diesen drei Wochen bin ich meiner wahren, großen Liebe begegnet. Ich wusste es auf den ersten Blick. Seitdem ist alles wunderbar – auch wenn mein Liebesleben weiterhin schwierig war.«

»Inwiefern?«, wollte Minnie wissen.

»Meine große Liebe ist gnadenlos direkt. Alles, was ich mir bei meinem ersten Partner abtrainieren musste – vor allem bedingungslose Nähe –, musste ich mir nun wieder im Eiltempo antrainieren. Es dauerte nur zwei Monate, als ich bei seinen Eltern am Tisch saß und seiner ganzen Großfamilie vorgestellt wurde. Diese Umstellung war ein Schock für mich. Endlich floss das Leben wieder durch meine Adern.«

»Klingt, als wären Sie trotzdem wieder der schwächere Part gewesen, der sich anpassen musste«, sagte Minnie.

»Exakt«, gestand Olimpia, »denn mein zweiter Mann gab den Takt in allem an. Irgendwann jedoch erkannte ich, dass sich mein arbeitsloser neuer Mann nur heillos überfordert fühlte von meinem geregelten Alltag und meinem Nachtklub. Er war eifersüchtig auf alles und jeden.«

»Haben Sie das Problem in den Griff bekommen?«, wollte Minnie wissen.

»Ja«, erwiderte Olimpia. »Doch es hat lange gedauert. Irgendwann erkannte er, dass ich ihn wirklich liebe und mein Job im Nachtklub nicht bedeutete, dass ich nachts mit Männern flirtete oder mit ihnen schlief. Ich habe ihn niemals betrogen und würde es auch niemals tun. Aber er hatte eine derartig schwierige Kindheit, die von Gewalt geprägt war, dass er lange brauchte, um das zu verstehen. Jetzt sind wir glücklich. Er sagt mir jeden Tag, dass er mich von ganzem Herzen liebt. Er nennt mich *Papito*.«

»Sie sind irre!«, sagte Rudi und starrte Olimpias Perücke an. »So irre wie ihre Geschichten.« Er kicherte und schlug sich mit der Hand vor den Mund.

»Tja, das Leben ist manchmal verrückt«, seufzte Olimpia.

»Da will ich Ihnen nicht widersprechen, Herr Weiß. Jeder von uns trägt sein Päckchen …«

»Wo ist dieser tolle Mann denn heute, wo es Ihnen so dreckig geht und Sie in dieser Kartoffelkiste wohnen?«, fragte

Rudi. »Warum ist er nicht hier – oder sehe ich ihn nicht?« Er blickte sich hektisch im Grünen Saal um.

»Ich schätze Ihr ehrliches Interesse«, antwortete Olimpia. »Aber das ist Privatsache. Wenn mein Mann kommt, werde ich Sie einander vorstellen. Dann werden Sie nicht mehr mit den Ohren wackeln, sondern schnell das Weite suchen. Mein Mann kann sehr böse werden, wenn er hört, dass andere Menschen schlechte Dinge zu mir sagen!«

Rudi suchte das Weite.

»Als müsste man eine Schmeißfliege verscheuchen«, meinte Olimpia lachend. »Ihnen kann ich ja verraten, wo er sich aufhält, Minnie. Mein Mann ist mit einer internationalen Tanztruppe und unserem Chihuahua im Ausland unterwegs. Er weiß noch nicht, dass ich jetzt hier bin. Doch nächste Woche kommt er zurück. Sein Engagement endet Silvester.«

»Hoffentlich lerne ich ihn noch kennen«, erwiderte Minnie.

»Mit Zeit und Raum hat er es nicht so«, meinte Olimpia. »Gut möglich, dass er unterwegs von Freunden aufgehalten wird, weil er noch jemandem helfen muss oder einen Koffer verloren hat oder seinen Flug verpasst. Aber er ist die treuste, beste Seele der Welt. Er braucht keine riesige Wohnung, in der man sich aus dem Weg gehen kann, ihm reichen zehn Quadratmeter. Er kann sich an alles anpassen. Außerdem skypen wir ständig. Wenn Sie mich mal in meinem Zimmer besuchen, können Sie sich mit ihm unterhalten. Wie wär's?«

Minnie nickte.

Olimpia freute sich und gab Minnie ein Versprechen. »Wenn Sie die Ankunft meines Mannes noch erleben, wird er Ihnen die beste und längste Fußmassage der Welt verpassen. Pro Fuß eine halbe Stunde! Mein Mann hat zwar nie einen Cent in der Tasche, aber sein Herz ist voller Liebe. Er ist ein großer Lebenskünstler, der sofort erkennt, wer echt ist und wer ein falsches Spiel treibt. Er versteht es, richtig zu leben.«

Kaum hatte sie das letzte Wort ausgesprochen, hörten Olimpia und Minnie einen Schrei.

Adolf Montrésors Kopf zuckte so wild und unkontrolliert, als hätte er einen Krampf im Hirn. Sofort eilte ein Pfleger mit einer Spritze herbei, versorgte Adolf medizinisch und rollte ihn aus dem Grünen Saal.

Doch obwohl er sich beruhigt hatte, sah Minnie, dass sein Zeigefinger auf einen Punkt in der Ecke des Zimmers deutete. Er rief: »Komm her und hol mich! Da bist du ja, mein kleiner Biber. Wie schön, dich endlich wiederzusehen!«

Minnies Blick folgte seinem Finger.

Für den Bruchteil einer Sekunde sah die alte Dame eine geisterhafte Parallelgesellschaft, deren Anwesenheit sie mehr erfreute als ängstigte: ihren Hans, einen Engel, einen Biber, einen Flötenspieler, eine Alraune, einen Pelikan, die gute Fee, einen Hirten sowie rund zwanzig andere Gestalten. Und sie entdeckte einen verspielten Kater mit Kuhflecken und rosafarbener Schnauze, der sie an den kleinen blauen Elefanten aus der *Sendung mit der Maus* erinnerte. Er sprang im Kreis herum und versuchte seinen eigenen Schwanz zu fangen. Nepomuk und seine Freunde feierten zusammen Weihnachten, während Mimi der skurrilen Gesellschaft ihr Hinterteil zeigte.

Montrésor sagt *Guten Morgen*

Adolf dachte nach.

Seit zwei Tagen kam er nicht mehr aus dem Grübeln heraus.

Gedanklich stolperte er immer wieder darüber, was er am Heiligen Abend im Grünen Saal gesehen hatte, und er meinte nicht den Biber, der seit seinem Einzug ums Haus streifte, bis das Tier irgendwann sogar über die Flure gelaufen war und in sein Zimmer huschte.

Nein, Adolf Montrésor irritierte etwas anderes.

Auf der Weihnachtsfeier hatte Kostja Croutons über den Salat gestreut, direkt vor seinen Augen. Dabei war ihm eingefallen, dass er die gleiche Szene schon einmal gesehen hatte – am Nachmittag von Professor Pellenhorns Tod.

Damals hatte er in der Ecke des Esszimmers gesessen, sich über seinen Uhrglasverband geärgert und verschiedene Punkte im Raum fixiert, um zu testen, wie gut er überhaupt noch sehen konnte.

Plötzlich hatte er *eine Person* erblickt, die sich an den für diesen Abend bereitgestellten und mit Frischhaltefolie abgedeckten Speisen für die Gäste zu schaffen gemacht hatte. Damals dachte er, dass *die Person* kontrollierte, ob alles hygienisch war. Doch nun war ihm eingefallen, dass *die Person* die gleiche Handbewegung gemacht hatte wie Kostja, als er die Croutons verteilte.

Wie hatte er das bloß vergessen können? Vor allem, nachdem Professor Pellenhorn am folgenden Abend an einem Stück Parmesankäse erstickt war?

»Hör mal«, wandte er sich flüsternd an seine Frau, denn seit seinem *Hirnkrampf* im Grünen Saal konnte er nicht mehr richtig sprechen. »Was würdest du machen, wenn dir etwas komisch vorkommt?«

»Wie meinst du das?«, fragte Lisa, die gerade eine Patience legte.

»Na ja ... Ich habe jemanden gesehen, der nicht in die Küche gehört – und sich trotzdem mit den Speisen beschäftigt hat. Das war am Nachmittag jenes Abends, als Professor Pellenhorn im Esszimmer an einem Stück Parmesankäse erstickte.«

»Meinst du?«, fragte seine Frau. »Du kannst doch nicht mehr richtig sehen. Was für Käse überhaupt? Und wer ist Professor Pellenhorn?«

Adolf holte tief Luft. Er spürte, dass ihm der nächste Kopfkrampf bevorstand.

»Ich rede von dem lächelnden Buddha im Rollstuhl. Ich habe dir doch erzählt, dass in seinem Salat ein Brocken Parmesankäse war, der sich in seiner Luftröhre festgesetzt hatte! Vergisst du denn alles?«

Schuldbewusst sah ihn seine Frau an. »Ich weiß es nicht«, antwortete sie. »Vielleicht bin ich wirklich ein bisschen neben der Spur. Aber wenn dir wirklich etwas komisch vorkommt, solltest du es jemandem sagen.«

»So weit bin ich auch schon«, fauchte er. »Steck mir mal eine Zigarette an.«

Während er den Rauch inhalierte, überlegte Adolf krampfhaft.

»Im Grunde«, sagte er und stieß den Rauch durch die Nase aus, »im Grunde gibt es nur eine Person, der ich das sagen kann. Diese Minnie – du weißt schon ...«

»Kenne ich nicht«, erwiderte seine Frau und griff nach dem Pik-As.

»Doch, sie wohnt auf unserem Flur – ich glaube, in Zimmer 6. Geh mal rasch hinüber zu ihr. Und bitte sie, zu uns zu kommen.«

»Muss das jetzt sein?« Seine Gattin nölte. »Ich möchte erst zu Ende spielen.«

»Geh schon, beeil dich! Du siehst doch, dass es mir nicht gutgeht. Ich muss mit ihr reden!«

Endlich erhob sich seine Frau, strich sich den Rock glatt, und ging zur Tür. Dann kam sie noch mal zurück und drückte ihrem Adolf einen Kuss auf die Stirn.

»Bis gleich, mein Großer!«

Von Zimmer 3 bis Zimmer 6 brauchte man nur dreißig Sekunden. Doch kaum stand Adolfs Frau im Flur, hatte sie auch schon die Zimmernummer vergessen.

Wem sollte sie noch mal was sagen?

Ratlos blieb sie in der Mitte des Ganges stehen. Dann fiel es ihr wieder ein. Es ging ja um Käse!

Sie sprach die nächstbeste Person an. »Mein Mann liegt da am Ende des Ganges. Er hat sich sehr aufgeregt, weil er gern möchte, dass jemand in die Küche geht und Käse über seinen Salat streut«, sagte sie. »Sie sollen die Frischhaltefolie abnehmen und Parmesankäse nehmen – aber einen dicken Brocken. Haben Sie das verstanden?«

Die Person nickte. Sie hatte genug verstanden.

Eine Dreiviertelstunde später kam Adolfs Frau zufrieden zurück. Sie hatte mit irgendjemandem gesprochen, war von irgendjemandem zu einem Kaffee im Wohnzimmer des zweiten Stocks eingeladen worden und hatte die bunten Fische im Aquarium bestaunt. Dabei war sie eingeschlafen, bis die Hauswirtschafterin sie geweckt hatte.

»Sie holen sich ja den Tod!«, hatte Katharina geschimpft. »Schauen Sie nur, das Fenster ist weit aufgerissen – und Sie sitzen mitten in der Eiseskälte. Kommen Sie rasch! Ich bringe Sie zurück zu Zimmer 3.«

Kopfschüttelnd hatte Katharina Adolfs verwirrte Gattin zum Zimmer begleitet.

Jetzt saß sie wieder vor ihren Karten. Gott sei Dank schlief Adolf. Er konnte sich so leicht aufregen. Lisa griff nach dem Pik-As und legte es an eine andere Stelle. Hatte sie alles richtig gemacht? Egal, es war scheinbar nicht so wichtig gewesen.

Als Montrésor endlich erwachte, hatte Lisa bereits drei Patiencen gelegt – aber keine einzige war aufgegangen.

»Hast du alles gesagt?«, fragte er.

»Was denn?«, meinte sie. Sie konnte das Pik-As nicht finden und ärgerte sich gerade drüber.

»Das mit dem Käse!«, herrschte er sie wütend an.

»Ach das! Na klar, ich habe die Botschaft überbracht.«

»Kommt die alte Dame aus Zimmer 6?«

Lisa überlegte kurz. Was sollte sie jetzt sagen? Würde Adolf doch bloß weiterschlafen, statt sie mit seinen Fragen zu quälen.

Dann fiel ihr eine Lösung ein. »Die Tante schläft tief und fest«, erklärte sie spröde und legte das Pik-As an eine neue Stelle. »Genau wie du den ganzen Tag! Aber sie kommt, sobald sie wach ist. Jetzt schließ lieber deine Augen und ruh dich noch etwas aus.« Sie blickte auf das Fenster. »Und lass nicht immer die Winterluft ins Zimmer! Hier ist es ja eiskalt. Ich bin schon ganz durchgefroren. Wenn ich die Fenster nicht immer schließen würde, holst du dir noch den Tod.«

Am frühen Abend des 26. Dezember kehrte endlich Ruhe ein in Haus Holle. Die letzten Angehörigen der Gäste saßen in Autos und Zügen, um sicher nach Hause zu kommen. Das

Schneetreiben wurde immer dichter. Millionen von Flocken fielen vom Himmel.

Katharina schaute besorgt aus dem Fenster.

»Wenn das so weitergeht«, sagte sie zu Bruno, »muss der Schneeräumdienst morgen früh rechtzeitig anrücken. Sieh nur, die Schneedecke ist schon sechzig Zentimeter hoch. Mutter Merkels Auto ist vollständig eingeschneit!«

Katharina gönnte sich einen heißen Grog, steckte sich eine Zigarette an und stieß den Rauch aus.

»Mensch, was waren in diesem Jahr wieder viele Gäste hier. Aber es war ein schönes Fest. Ob ich heute noch mit dem Großreinemachen beginne? Das waren doch bestimmt vierzig Menschen, die die Türklinken angefasst haben.«

»Bullshit«, entgegnete ihr Kollege. »Morgen ist auch noch Zeit dafür.«

»Stimmt«, meinte Katharina. »In der letzten Woche des Jahres scheint die Zeit stillzustehen. Die Menschen müssen nicht arbeiten gehen. Oder sie sind verreist. Der normale Alltag ist außer Kraft gesetzt. Ich finde diese Zeit einfach toll.«

»Ich habe immer das Gefühl, als hätte ich das ganze Jahr auf ein Ziel hingearbeitet, das mit Silvester endlich erreicht ist«, überlegte Bruno, »dabei geht es anschließend nahtlos weiter. Man ist niemals fertig. In Wirklichkeit kommt direkt ein neuer Anfang. Am 1. Januar fühle ich mich immer urlaubsreif.«

»Und wieder lassen wir so viele Menschen und die Erinnerungen an sie im alten Jahr zurück«, sagte Katharina. »Ich denke gerade an unseren Dietmar ... Für mich ist es so schwer zu ertragen, dass einer unserer Kollegen plötzlich ein Gast ist!«

»Würdest du ins Hospiz gehen, wenn die Uhr *ticktack* macht?«, fragte Bruno.

»Natürlich«, antwortete Katharina. »Du etwa nicht?«

»Nein«, gestand er. »Ich habe mir längst eine Tablette von einem befreundeten Arzt besorgt. Meinst du etwa, ich will mich von dir bis zur letzten Minute herumkommandieren lassen?«

Katharina lachte schallend.

Dann rauchten sie eine zweite Zigarette. Und eine dritte und eine vierte.

Um 21 Uhr läutete Minnies Telefon.
Olimpia reichte ihr den Hörer und vertiefte sich wieder in eine Frauenzeitschrift.
Am anderen Ende der Leitung war Mike.
»Sie hatten recht, was Cristiano betrifft«, sagte er. »Aber woher wussten Sie das?«
»Ich hatte den ganzen Tag Zeit zum Nachdenken«, antwortete Minnie. »Was haben Sie über die Vergangenheit der Person herausgefunden, deren Namen ich auf dem anderen Zettel notiert habe?«
»Nur eine Meldung über einen alten Schauprozess!«, erwiderte Mike. »Ist das nicht seltsam?«
»Genau das habe ich vermutet«, flüsterte Minnie. Und sie dachte an die Worte der rot-weißen, schreienden Schneeflocke: *Sieh in den Spiegel! Sieh doch endlich in den Spiegel – und erkenne die Wahrheit!*
Sie legte die Hand auf die Muschel des Telefonhörers. »Ich möchte das nicht am Telefon mit Ihnen besprechen, Mike«, sagte sie leise. »Vielleicht hört uns jemand zu. Aber können Sie morgen noch einmal kommen und mir den Artikel über den Schauprozess mitbringen? Am besten in aller Herrgottsfrühe! Wir müssen unbedingt miteinander reden!«
Mike versprach es.
»Vor Ihnen liegt eine lange Nacht, Mike. Ihr Kollege muss noch mal bei der Polizei anrufen, und Folgendes herausfinden …«
Sie gab ihm letzte Instruktionen und beendete das Gespräch.
Olimpia sah Minnie an.

»Klingt, als wären Sie in Gefahr«, sagte sie trocken. »Jetzt weiß ich, warum Sie mich wirklich hier haben wollen. Ich hole besser mal mein Strickzeug!«

Minnie nickte.

»Für mich ist es ein großes Glück, dass Sie nach Haus Holle gekommen sind, Olimpia. Bald muss ich jemandem eine Falle stellen – und den Tiger bis aufs Blut reizen. Dann kann ich eine kräftige Person mit Stricknadeln perfekt an meiner Seite brauchen. Aber lassen Sie ja Ihre High Heels in Ihrem Zimmer. Sonst stolpern Sie noch, wenn uns das Raubtier angreift. Sie dürfen sich nicht das Genick brechen ...«

Adolf Montrésor erwachte um 1.44 Uhr.

Er schleppte sich zu seinem Massagesessel und knipste die Leselampe an.

Weihnachten war Vergangenheit, die Zeit zwischen den Jahren war angezählt. In Haus Holle war es totenstill.

Jetzt fiel ihm der Name der alten Dame wieder ein: Ob Minnie inzwischen da gewesen war? Oder ob es seine Frau verbockt hatte, sie zu informieren?

Er hob das Pik-As vom Boden auf und erkannte mit einem einzigen Blick, dass die Patience seiner Frau gar nicht hätte aufgehen können. In verwirrtem Geisteszustand hatte Lisa Montrésor die Karten verschiedener Spiele miteinander vermischt. Montrésor griff nach einer Spielkarte, die verdeckt auf dem Tisch lag, und drehte sie um.

Sie zeigte einen lustigen Biber.

Verflucht!

Er blickte an seinem ausgemergelten Körper herunter und fuhr sich mit den Händen durch die zerwühlten Haare, die seine zahlreichen Beulen nicht einmal ansatzweise verdecken konnten.

Dann entspannte er sich. Eigentlich gefiel ihm der seltsame Biber auf der Spielkarte. Seine Gedanken kreisten, bis ihn ein klägliches Miauen vor der Tür in die Wirklichkeit zurückholte. Ein kratziges Stimmchen bat ihn um Einlass. Doch er war zu müde, um aufzustehen. Sei's drum: Mit Minnie würde er auch morgen noch sprechen können.

Innerlich lachte er über Lisas missglückte Patience. Was für ein Weib! Plötzlich hatte er Lust, ein neues Spiel zu erfinden. Er nannte es *Dinge ordnen*. Die Herausforderung dieses Spiels bestand darin, die Schatten im Zimmer gedanklich in Gegenstände zu verwandeln.

Das da ... ja, das war die Fernbedienung. Unerreichbar auf dem Nachttisch. Egal – um diese Zeit lief eh kein Fußball.

Und dort ... dort war der Alarmknopf.

Alles war an seinem Platz.

Träge strichen seine Hände über die dünnen Beine.

Ein Maracuja-Sorbet, hmm, das würde jetzt munden ...

Durch seinen Kopf schossen die seltsamsten Gedanken. Wie schön wäre es zum Beispiel, nur noch mit *Ja* oder *Nein* antworten zu müssen, wenn ihn jemand etwas fragte. Oder nur noch zu nicken.

»Haben Sie Schmerzen?«, fragte der Pfleger in seinem Kopf.

»Nein!«

»Möchten Sie noch ein Stück Brot?«

»Ja!«

»Möchten Sie Toast mit ganz dick Marmelade?«

»Ja!«

»Möchten Sie sich eine Uhr kaufen?«

»Ja!«

Das neue Spiel ermüdete ihn. Montrésor schluckte schwer, und ein Tropfen fiel aus seiner Nase.

Sein Blick fiel auf den Kalender. Das vorderste Blatt zeigte den 18. Dezember. Das war falsch – oder? Egal.

»Möchten Sie, dass wir bis zum 10. April vorrücken?«, fragte der Pfleger in seinem Kopf.

»Ja!«, sagte Adolf und kicherte, weil er erkannte, dass er sich verwandelte.

»Was denken Sie?«

»Ich denke immer was«, flüsterte Montrésor und zündete sich eine Zigarette an. »Auch ein Bier in der Hand ist nicht zu verachten.«

»Dann schlafen Sie gut«, sagte der Pfleger, und Montrésor lobte seine schönen, warmen Hände.

Der Pfleger legte einen geöffneten Tabakbeutel unter Adolfs Nase. Er wusste, wie beruhigend das sein konnte.

»Das Hirn narkotisiert sich selbst durch die CO_2-Umkehr«, verriet der Pfleger, und bestrich Montrésors Lippen mit Milchkaffee. »Ich werde Ihnen auf den letzten Metern helfen.«

Der Pfleger war ein guter Mann. Er stellte Adolf N-TV an, und er stellte gute Fragen: »Ist der Nachrichtensender okay? Oder sollen wir umschalten zu ProSieben? Gleich kommt die Nacht-Wiederholung von *Germany's Next Topmodel*. Heute werden die Mädels umgestylt.«

»Ja«, sagte Montrésor.

Oder dachte er das alles? Er wusste es selbst nicht.

Dann griff der Pfleger endlich zur Spritze. »Mal sehen, wo sich noch etwas Haut findet«, sagte er.

»Hmm«, antwortete Adolf.

Er schaffte es nicht mehr zu blinzeln. Er stöhnte.

»Ja, Sie möchten verdauen«, meinte der Kopfpfleger. Fahrig glitt Montrésors rechte Hand ins Leere. Dann zuckte sie in der Luft.

»Guten Morgen«, sagte Montrésor. Und hatte es endlich geschafft.

Bruno ließ sich lange Zeit, bis er zum Telefonhörer griff und im Pflegeheim anrief.

Er sah auf die Wanduhr. Es war 8.30 Uhr an einem wunderschönen, klaren Wintertag – dem 28. Dezember.

»Ihr Mann ist gestern Nacht gestorben«, verriet er Lisa. »Montrésor ist friedlich eingeschlafen.«

Marisabel zwischen den Jahren

»Es riecht ja gar nicht mehr nach Rauch!«

Wie an jedem Tag in den vergangenen Wochen läutete Marisabel Prinz auch heute pausenlos nach den Pflegern. Doch diesmal gestand sie sofort, geklingelt zu haben, als der schusselige Hendrik ihr Zimmer betrat.

»Warum raucht Herr Montrésor nicht mehr?«

Der Pfleger setzte sich an ihr Bett. »Herr Montrésor ist gestern Nacht gestorben.«

Im Blick von Marisabel spiegelte sich Resignation. »Das habe ich mir schon gedacht«, sagte sie müde. »Dann bin ich jetzt derjenige Gast, der am längsten in Haus Holle wohnt … Ich habe alle überlebt.«

»Sie haben Sonja vergessen«, korrigierte Hendrik sie. »Sie sind am zweitlängsten hier.«

»Ach, die lebt immer noch?«, fragte Marisabel erstaunt. »Verwunderlich, dass ein Mensch so lange durchhalten kann … Aber mit mir geht's ja auch nicht zu Ende, obwohl ich seit Langem bereit bin.«

Sie bat den Pfleger um eine Schlaftablette, um ihr Schicksal und ihre Langeweile für ein paar Stunden vergessen zu können.

Der Tod ihres Mannes hatte Frau Montrésor einen heftigen Schlag versetzt. Aber sie weinte keine Träne, als sie vor Adolfs Totenbett stand.

Wie lange war sie mit diesem fremden Mann verheiratet gewesen? Nichts erinnerte sie an ihn, und doch schossen plötzlich Gedanken durch ihren Kopf.

Da war doch was gewesen … das Kartenspiel … ein Auftrag … der Käse … die alte Dame … richtig, Adolf hatte sie losgeschickt, um eine Nachricht zu übermitteln … Hatte sie das schon getan? Sie wusste es nicht mehr. Doppelt hält besser, dachte sie, eilte durch den langen Flur und betrat Zimmer 6, ohne anzuklopfen.

Im Bett lag eine Dame mit gelbem Gesicht.

»Ich habe eine Botschaft für Sie«, sprudelte Lisa hervor, soweit sie sich erinnern konnte. »Mein Mann hat mich geschickt. Es geht um den Käse. Mein Mann wundert sich, dass jemand an den Tellern war, der dort nichts zu suchen hatte. Er findet das komisch. Er möchte Ihnen sagen, wer das gewesen ist!«

Die Frau starrte sie an. »Bitte schließen Sie sofort die Tür, Olimpia.« Jetzt erst fiel Lisa Montrésors Blick auf eine zweite, unglaublich große Frau, die in einem Sessel saß und strickte. Außerdem war Minnies Tochter Clara anwesend.

»Ist das hier eine Damengesellschaft?«, fragte sie und lächelte. »Legen Sie auch Patiencen?«

»Nein«, antwortete die Frau. »Aber ich habe eine wichtige Frage an Sie. Heute wurde mir mitgeteilt, dass Ihr Mann gestern verstorben ist. Stimmt das?«

»Mein Mann ist tot?«

Frau Montrésor fasste sich hilflos an die Stirn. »Das ist gut möglich. Wie heißt er denn?«

Die große Frau sah die andere an und zuckte mit den Schultern.

Frau Montrésor lächelte. »Und was mache ich hier? Ist das hier eine Damengesellschaft?«

»Ja«, antwortete Minnie. »Das hier ist eine Damengesellschaft. Wir sind lauter reizende, alte Damen. Sie bleiben am besten bei uns.«

Mike betrat Haus Holle um 17.30 Uhr.

»Sie wollen bestimmt zu Minnie? Ich frage mal, wie es ihr geht«, empfing ihn Dr. Albers.

»Das ist nicht nötig«, erwiderte Mike. »Ich habe vorhin mit Minnie telefoniert. Sie war wohlauf und will mich sehen.«

»Schön, dass Sie sich Zeit für sie nehmen«, erwiderte Dr. Albers lächelnd. »Wie geht es Ihrer Mutter? Kommt Sie mit der Veränderung zurecht?«

»Erstaunlicherweise ja. Die Zeit in Haus Holle hat ihr sehr geholfen. Dank Ihrer Hilfe konnte sie sich in den letzten Wochen voll und ganz auf meinen Vater konzentrieren. Ich glaube, die beiden haben sich alles gesagt, was sich ein Ehepaar nach so vielen Jahren sagen möchte. Dank Ihnen ist sie die Angst losgeworden, nachts mit meinem Vater allein zu sein, wenn es ihm schlecht ging. Statt den Notarzt rufen zu müssen, musste sie bloß auf den Alarmknopf drücken. Wir werden nie vergessen, wie sehr Sie uns geholfen haben.«

Dann ging er nach oben.

Olimpia öffnete ihm die Tür.

»Minnie schläft«, flüsterte sie. »Sie ist gerade eingenickt. Möchten Sie später noch mal wiederkommen?«

»Ich warte lieber«, entgegnete Mike. »Es ist wichtig.«

»In diesem Fall ziehe ich mich mal zurück«, sagte Olimpia höflich. »Bei Ihnen ist Minnie ja in guten Händen. Aber lassen Sie sie – um Himmels willen – nicht allein. Bevor Sie gehen, machen wir einen Schichtwechsel. Versprochen?«

Mike war einverstanden.

Mike saß zwei Stunden an Minnies Bett. Dann endlich schlug sie die Augen auf.

»Und?«, fragte sie. »Was haben Sie herausgefunden?«

»Es hat eine Nacht und einen halben Tag gedauert«, antwortete Mike. »Aber dann habe ich diese zwei Faxe bekommen …«

Mit wachen Augen überflog Minnie die Papiere, legte sie dann seufzend beiseite und sagte: »Das erklärt natürlich alles.«

»Was machen wir nun?«

»Abwarten«, meinte Minnie. »Bitte holen Sie mir Olimpia!«

»Aber ich verstehe nur Bahnhof!«

»Sie werden die Lösung früh genug erfahren«, erwiderte Minnie. »Das verspreche ich Ihnen!«

Sie stellte das Rückenteil ihres Bettes hoch und drückte Mike ein Foto in die Hand. »Jetzt müssen Sie mir noch einen allerletzten Gefallen tun«, bat sie eindringlich. »Besuchen Sie Frau Prinz. Fragen Sie sie geschickt aus, ob sie *diese Person* in der Nacht von Knopinskis Tod im Haus gesehen hat.«

Sie senkte die Stimme. »Aber bitte, seien Sie vorsichtig! Und lassen Sie sich nichts anmerken …«

Mike betrat die Treppe.

Sein Ziel war Zimmer 9, wo Marisabel Prinz wohnte.

Als er die Zwischenetage erreichte, sah er einen kahlköpfigen, unglaublich fetten Mann, dessen Gewicht er auf dreihundert Kilo schätzte. Um seine Füße tollten eine schwarze, Französische Bulldogge und ein weißer Chihuahua – ein witziges Gespann, das der Dicke nicht bremsen konnte, da konnte er noch so oft *Aries* und *Zeus* rufen.

Ein neuer Gast, eine neue Ära.

Ein gut aussehender Jüngling redete auf den Dicken ein.

»… und dann wurde ich von Fußballspielern getreten, die mit meiner Entscheidung unzufrieden waren«, sagte der

Schönling. »Das passiert vielen Schiedsrichtern. Deshalb gibt es immer weniger Männer, die meinen Beruf ergreifen wollen.« Seine Ärzte hatten beim Röntgen einen faustdicken Tumor in seinem Körper entdeckt, und der Krebs hatte bereits gestreut.

Zwei neue Gäste, zwei neue Geschichten.

Instinktiv lief Mike bis ans Ende des Flurs – bis zum Zimmer seines Vaters. Erst im letzten Moment erkannte er seinen Fehler und schlug sich vor die Stirn. In Zimmer 12 lag ja ein neuer Gast. Er seufzte.

Zielstrebig ging er in die andere Richtung, stieg die Treppe hoch und klopfte an die Tür von Zimmer 9.

Niemand rief *Herein*.

Also drückte Mike die Klinke herunter. Es war 18.07 Uhr.

»Bitte kauf morgen ein Tagebuch für mich, Ute!«

Minnie kramte in ihrer Handtasche, um ihrer Tochter zehn Euro zu geben. Dabei fand sie die Karte, die ihr der nette Taxifahrer am 1. November gegeben hatte. Wie hatte er gleich geheißen? Daniel!

»Der soll dich abholen«, bestimmte sie. »Heb die Karte gut auf. Wenn du mal einen schwierigen Gang vor dir hast – und in der Stadt bist –, soll er dich chauffieren. Ich bin mir sicher, dass er dir Glück bringt!«

Ute musterte das Kärtchen. »Wozu brauchst du ein Tagebuch?«

Minnie lächelte. »Ich möchte mein Vermächtnis aufschreiben. Es ist eine wilde Geschichte …«

In Zimmer 9 war es still. Trotzdem lag etwas in der Luft.

Marisabel Prinz hatte sich innerhalb weniger Stunden verändert.

Zwar hatte sie ihre morgendliche Schlaftablette bekommen, doch es schien keine Medizin zu geben, die sie vor ihrer inneren Unruhe bewahren konnte.

Kaum dass Marisabel aufgewacht war, begannen ihre Hände zu zittern. Nach ein paar Schritten wollte sie sich erneut hinlegen, dann wieder aufstehen, den Schmuck ablegen und die Bettdecke umdrehen, die Perücke auf- und wieder absetzen, ihr Spiegelbild mit alten Familienfotos vergleichen, den aktuellen Anblick verdrängen und zuletzt auf die Toilette gehen.

Als Mike ihr Zimmer betrat, saß Marisabel auf dem Bett. Sie hielt ein Taschentuch in den Händen, faltete es unruhig zusammen und wieder auseinander. Sie war vollkommen in sich gekehrt. Ihre Augen waren auf einen Punkt an der Wand gerichtet, während ihre Finger unermüdlich arbeiteten.

»Guten Tag, Frau Prinz«, sagte Mike. Marisabel schien ihn nicht zu bemerken.

Plötzlich jedoch wurde sie laut. »Geh nach Hause, meine Tochter! Ich will allein sterben!« Sie summte eine Melodie von Pavarotti.

Mike erkannte, dass sie nicht mehr richtig ansprechbar war. Er zog ein Foto aus seiner Tasche. »Frau Prinz, haben Sie diese Person in der Nacht gesehen, als Herr und Frau Knopinski starben? War diese Person vielleicht im Bad von Zimmer 2?«

Zitternd griffen Marisabels Hände nach dem Bild. »Das ist ein Engel«, hauchte sie. »Diesen Engel sehe ich täglich!«

»Aber war er auch im Haus, als Sie in der Nacht des 2. auf den 3. November durch den Knall wachgeworden sind?«

»Natürlich«, antwortete sie. »Wie gesagt, ich sehe ihn immer. Aber jetzt verlass mich bitte, meine Tochter. Ich möchte allein sterben. Ich bin wirklich bereit.«

»Ein Engel? Das ist eine wichtige Beobachtung!«

Minnie ließ sich alles haarklein erzählen.

»Wie schätzen Sie Marisabels Zurechnungsfähigkeit ein? Kann man ihren Aussagen noch vertrauen?«

»Ich weiß es nicht«, meinte Mike ehrlich. »Sie hat mich mit ihrer Tochter verwechselt. Sie nannte mich *meine Tochter*.«

»Das ist bedenklich«, entgegnete Minnie und schüttelte ihr weißes Haar. »Doch andererseits ... es ist das letzte Puzzlestück.«

Sie blickte Mike tief in die Augen. »Es war mir eine große Ehre, Sie in Haus Holle kennengelernt zu haben, Mike. Schön, dass sich unsere Lebenswege gekreuzt haben. Aber heute ... das hier wird unser letztes Treffen sein. Ich spüre, dass mir nicht mehr viel Zeit bleibt. Vielleicht noch ein, vielleicht noch zwei Tage ...«

»Aber wie lautet des Rätsels Lösung?«, fragte Mike erregt. »Sie wollten mir doch alles verraten!«

»Ruhig Blut, junger Mann«, beschwichtigte sie ihn. »Ich werde mein Versprechen nicht brechen. Aber alles zu seiner Zeit.« Minnie lächelte. »Sie vertrauen mir doch?«

»Natürlich«, bestätigte Mike.

Minnie ergriff seine Hände. »Ich möchte noch eins wissen. Wie hat *Sie* die Zeit in Haus Holle verändert?«

»Fundamental«, gab Mike zu. »Auf einmal sieht man das ganze Leben aus einer anderen Perspektive, und man erkennt, was wirklich wichtig ist.«

Minnie blinzelte. »Sie sind doch Journalist. Vielleicht kommt Ihnen eine Idee, wie Sie Ihre Erlebnisse anderen Menschen mitteilen können – und Ihnen so die Angst vor dem Tod nehmen können. Versprechen Sie mir, dass Sie ein Buch über uns schreiben?«

»Dazu habe ich keine Zeit. Ich muss täglich arbeiten.«

»Und wenn ich Ihnen helfe?«

»Sie? Wie wollen Sie das machen?«

»Das lassen Sie mal meine Sorge sein«, antwortete Minnie und lächelte. »Beizeiten werden Sie es verstehen. Ich werde Ihnen etwas schenken. Versprechen Sie mir, dass Sie mich noch einmal besuchen, wenn ich gegangen sein werde? Olimpia wird Sie anrufen ...«

Sie hielt ihre Hand hoch.

Und Mike schlug ein.

Am Morgen des 29. Dezember war Marisabel Prinz plötzlich völlig klar.

Sie saß aufrecht im Bett, als Kostja ihr Zimmer mit dem Vitamindrink des Tages betrat. Sie lächelte.

»Stellen Sie den Drink bitte auf den Nachttisch«, bat Marisabel gut gelaunt. »Heute habe ich riiiiesigen Appetit!«

Kostja erwiderte ihr Lächeln.

»Schön, dass Sie so glücklich sind«, sagte der Koch.

Er streichelte Marisabels Hand, kraulte Nepomuk und stellte den Fruchtsaft auf die Kommode.

Als er sich wieder umdrehte, war Marisabel still und leise gestorben.

Auf ihren Lippen lag das bezauberndste Lächeln der Welt.

Die Wahrheit

Minnie schlief seit Tagen. Sie war keine Sekunde allein. Nicht nur ihre Töchter leisteten ihr stets Gesellschaft, auch Mimi lag Tag und Nacht neben ihren Füßen. Die scheue Katze schnurrte im Schlaf.

Am Nachmittag des 31. Dezember erwachte Minnie gegen 15.30 Uhr.

»Ich bin fertig mit dem Nachdenken«, sagte sie und blickte aus dem Fenster. Draußen herrschte heftiges Schneetreiben, außerdem explodierten bereits die ersten Silvesterraketen. Das neue Jahr scharrte mit den Hufen. Zwischen weiße Schneeflocken mischten sich Funken von roten Leuchtraketen.

Im Zwielicht sah sie Clara und Ute. Ihre Töchter eilten an ihr Bett.

»Endlich bist du wach, Mutter! Wir haben uns solche Sorgen um dich gemacht. Du hast sooo tief und fest geschlafen! Wir dachten, du würdest nie mehr erwachen.«

Minnie atmete tief ein. »Bitte fahrt jetzt ins Hotel. Ich möchte schlafend ins neue Jahr rutschen. Ich bin wirklich sehr, sehr müde.«

»Auf keinen Fall, Mama!« Ihre Töchter wirkten entsetzt. »Wir konnten so lange nicht mit dir reden. Wir haben tausend Fragen.«

»Ich bin nicht allein«, antwortete Minnie. »Und ich habe keine Angst. Meine Furcht ist verflogen. Bitte geht jetzt, meine lieben, kleinen Mädchen.«

»Aber wenn dir etwas passiert?«

»Was kann mir schon zustoßen?« Minnie wirkte völlig befreit.

»Im Schlaf hast du manchmal so komische Sachen gemurmelt«, meinte Ute nachdenklich. »Von Spiegeln und Flocken und Menschen und Katzen. Wir sorgen uns so sehr!«

Minnie stellte das Kopfteil ihres Bettes hoch und ergriff die Hände ihrer Töchter. »Hört mir mal gut zu. Wenn man an dem Punkt in seinem Leben angekommen ist, an dem ich mich befinde, ordnet man sein ganzes Leben neu. Ich habe so viel erkannt. Jetzt bin ich mit allem ins Reine gekommen. Hinter mir liegt ein langer, langer Weg. Ich fühle mich unendlich geborgen.«

Clara konnte das nicht glauben. »Aber ist es nicht schrecklich, allein in einem Bett zu liegen und damit rechnen zu müssen, dass der Tod kommt?«

»Am Anfang war es wirklich so«, gestand Minnie. »Man legt sich unter ein weißes Laken und fürchtet sich ständig davor, dass einen ein entsetzlicher Schlag trifft. Man ängstigt sich vor jedem Einschlafen. Irgendwann jedoch wird einem klar, dass man ein gutes Leben geführt hat – und man fragt sich, warum etwas Gutes ausgerechnet von etwas *ewigem Schlechtem* abgelöst werden soll. Man erkennt, dass das keinen Sinn macht. Man vertraut plötzlich wieder, dass auch weiterhin alles gut sein wird. Ich spüre, dass ich nicht allein bin.«

Minnie sah, dass Hans in der Tür stand. Statt seines Kittels trug er einen Schlafanzug. Er hatte sich bereits umgezogen, war bettfertig. Sie blinzelte ihrem Seelenführer zu, und richtete das Wort an Ute: »Ich möchte, dass du jetzt eine schöne Stimmung zauberst. Bitte leg *Tutto Verdi* in den CD-Player und gib mir das Foto von deinem Vater.«

»Das klingt so nach Abschied, Mama!«

Ute weinte. Clara jedoch hatte die CD bereits eingelegt. Die erste Arie aus *Nabucco* erklang, und das Zimmer verwandelte sich in eine Welt aus hohen, intensiven Klängen. Alles wurde zu Musik.

»Sehen wir uns morgen wieder, Mama? Können wir dir dann Fragen stellen?« Ute wischte sich die Tränen weg.

»Natürlich«, erwiderte Minnie. »Wir drei sind unzertrennlich. Das ist kein leeres Versprechen. Ich weiß, dass wir uns wiedersehen. Daran müsst ihr immer glauben!«

Hans stand vor dem Fußende ihres Bettes. Er hatte alle Zeit der Welt.

Clara beugte sich über das Bett ihrer Mutter, legte ihr beide Hände auf die Wangen und küsste sie auf den Mund. »Gute Nacht, Mama! Bis morgen!«

»Gute Nacht, mein Mädchen«, sagte Minnie. »Ich liebe dich.«

Ute fiel der Abschied schwerer. »Darf ich mich noch für einen Moment zu dir ins Bett legen und dich in die Arme nehmen, Mama?«

»Natürlich, mein Kind.«

Ute kroch unter Minnies Laken, Mutter und Tochter legten Stirn und Nase aneinander. Die Nähe hätte nicht größer sein können. Minnie hielt den bebenden Körper ihrer Tochter so lange fest, bis Utes Zittern allmählich verebbte und von einer ehrlichen Ruhe abgelöst wurde.

»Danke für deine Liebe«, sagte Ute und erhob sich.

»Ich liebe dich«, antwortete Minnie.

In diesem Moment sprang Mimi aus dem Bett. Die Katze trippelte zur Tür und bat hinausgelassen zu werden.

Clara kam ihrer Bitte nach.

Das Tier mit den wunderschönen, leuchtenden Augen verließ Zimmer 6, ohne sich noch einmal umzudrehen.

Als ihre Töchter gegangen waren, klappte Minnie ihr Tagebuch auf. Sie griff zum Füller und schrieb ihre Erkenntnisse, Gedanken und Träume zwei Stunden lang auf.

Das vollgeschriebene Buch legte sie in ihre Nachttischschublade.

Sie sah auf ihre Uhr.

Es war 19.55 Uhr. Nun war sie ganz auf sich gestellt. Sie knipste die Nachtlampe aus, tauchte ein in die Welt der Arien und harrte der Dinge.

Zum ersten Mal seit vielen Tagen war sie ganz allein in Zimmer 6.

Doch sie wusste, dass gleich ein Besucher kommen würde. Dafür hatte sie gesorgt.

Ihr Finger lag auf dem Alarmknopf.

Um 22.30 Uhr klopfte es an die Tür.

Minnie stellte sich schlafend.

Sie bemerkte, dass die Klinke nach unten gedrückt wurde und jemand ins Zimmer trat. Die Tür schloss sich. Eine Person beugte sich über sie.

»Schläfst du?«, fragte eine Stimme.

Minnie schlug die Augen auf. »Nein«, antwortete sie leise.

»Ich möchte mit dir reden.«

Der Besucher zog sich einen Stuhl an ihr Bett. »Worum geht es?«, fragte er.

Minnie atmete tief ein. Sie nahm all ihren Mut zusammen. »Ich weiß jetzt alles«, sagte sie mit fester Stimme. »Ich habe alle Puzzleteile zusammengesetzt. Ich weiß, wer du wirklich bist – und was du getan hast.«

»So?«, antwortete die Stimme. »Und was soll das sein?«

»Du hast fünf Menschenleben auf dem Gewissen«, erklärte Minnie. »Du hast fünfmal getötet.«

Die Gestalt im Dunkeln schwieg. Minnie hörte ihren Atem. Während *Macbeth* lief, bat ihr gegenüber: »Erzähl mir alles.«

»Ich bin zum ersten Mal misstrauisch geworden, als Knut Knopinski im Esszimmer rief, dass er niemals ein Gesicht vergessen würde. Das hörte sich wie eine Drohung an, die an einen der Anwesenden gerichtet war. Der böse, alte Gefängniswärter hatte jemanden erkannt, der ihm Todesangst einjagte. Es war ein Mörder, den er von früher kannte. Leider konnte er sich nicht sofort daran erinnern, wie der Mensch, den er wiedererkannt hatte, damals ausgesehen hat. Als Knopinski später auf seinem Zimmer war, fiel es ihm wieder ein, und er verriet es seiner todkranken Frau. Dieses Gespräch war so laut, dass es jeder hören konnte – auch der Mörder.«

»Der Mörder?«, fragte die dunkle Gestalt.

»Genau derjenige Mensch, den Knopinski vor Jahrzehnten als Gefängniswärter überwacht hatte. Weil er sich nicht mehr sicher in Haus Holle fühlte, wollte er nach Hause fahren, um den Beweis zu holen – ein Mörderfoto. Es war das Abbild jenes Menschen, den er überraschenderweise in diesem Haus angetroffen hatte.

»So?«, fragte der Besucher leise. »Und wie ging die Geschichte weiter?«

Minnie glaubte, ein böses Lauern in der Stimme zu erkennen.

»Als der nächste Morgen anbrach«, fuhr sie fort, »blieb Herr Knopinski auf seinem Zimmer – das jedenfalls behauptete seine Frau. In Wahrheit jedoch hatte sich der alte Mann längst aus dem Staub gemacht. Er muss Haus Holle in aller Herrgottsfrühe verlassen haben, um mit seinem Mercedes zu seinem Landsitz zu fahren, wo er das Foto aufbewahrte. Irgendwann im Laufe des Tages hat der Mörder bemerkt, dass Knopinski in Wirklichkeit gar nicht in seinem Zimmer war. Der Mörder fürchtete sich nun vor der Aufdeckung seiner früheren Identität – und er ergriff sofort Vorsichtsmaßnahmen.«

»Tatsächlich?«, fragte die Person im Dunkeln. »Welche denn?«

»Der Mörder rechnete aus, dass Knopinski nicht vor Anbruch der Nacht zurückkommen würde. Schließlich lag sein Landgut fünf Autostunden entfernt. Folglich sorgte der Mörder dafür, dass die beiden Nachtschicht-Pfleger pausenlos im zweiten Stock beschäftigt sein würden. Schließlich wollte er im ersten Stock unbemerkt einen Doppelmord begehen. Er musste die alten Knopinskis umbringen und ihnen das Foto entwenden, bevor das Ehepaar alles publik machen konnte.«

»Wie fand die Ablenkung statt?«, fragte Minnies Besucher. »Wie konnte der Täter sicher sein, dass sich die ganze Aufmerksamkeit in jener Nacht auf den zweiten Stock konzentrierte?«

»Ganz einfach«, antwortete Minnie. »Erstens rief er Nadine Nisse in jener Nacht pausenlos an, ohne ein Wort zu sagen. Er wollte sie wecken. Als sie hellwach war, rief sie nach den Pflegern, um sich zu beschweren. Außerdem hatte der gerissene Täter eine mit Drogen gefüllte Spritze auf Nadines Bettdecke gelegt. Das Rauschmittel würde Nadine in Plauderlaune bringen. Er rechnete eiskalt damit, dass die Obdachlose nicht widerstehen konnte. Um auf Nummer sicher zu gehen, manipulierte er zusätzlich Cristiano. Der Mörder hatte den jungen Mann zuvor ermuntert, in dieser Nacht mit den Pflegern zu sprechen. Folglich hielten die beiden Gäste die Nachtschicht unentwegt auf Trab. Währenddessen konnte der Täter den Doppelmord ungestört im ersten Stock begehen.«

»Wie denn?«

»Ganz einfach! Er musste nur am Ende des Weges warten, bis der Mercedes von Knut Knopinski in die Einfahrt vor dem Haus einbog. Dort fing er ihn ab und injizierte ihm direkt nach dem Aussteigen aus dem Wagen eine Überdosis Tavor, über dessen Verschwinden sich Dietmar und Hendrik zu Beginn der Nachtschicht gewundert hatten. Als Knopinski wehrlos war, fuhr ihn der Täter in einem Rollstuhl zu Zimmer 2. Dort nahm er das Mörderfoto an sich und ermordete Gertrud Knopinski, die er direkt nach dem Abendessen mit Tavor in einen Tiefschlaf versetzt hatte. Anschließend ging der Mörder ins Bad. Dort wurde sein Schatten von Marisabel Prinz gesehen, die kurz zuvor von einem Türknall geweckt worden war, für den entweder Annette beim Betreten des Hauses oder Bella Schiffers Ex-Liebhaber beim Verlassen des Hospizes verantwortlich gewesen waren.«

»Marisabel Prinz hat den Täter gesehen?«

»Ja – aber nicht erkannt. Kurz vor ihrem Tod gab sie zu Protokoll, dass sie in der Mordnacht einen *Engel* gesehen hatte. Mike hat ihr ein Foto des Täters gezeigt – und sie hat ihn identifiziert.«

»Ein Todesengel also«, bilanzierte der Besucher. »Aber was sollen die anderen drei Morde gewesen sein, von denen du gesprochen hast?«

»Der dritte Mord war nur schwer als Mord zu erkennen«, erklärte Minnie. »Der plötzliche Erstickungstod von Professor Pellenhorn war kein natürlicher Tod. In der Nacht, als die Knopinskis starben, blickte Pellenhorn von seinem Bett aus dem Fenster und sah, wie der Mörder Knopinski abfing. Das Pech des Professors war, dass er erst Tage später verstand, dass er einen Mord beobachtet hatte. Höchstwahrscheinlich hat er zuerst geglaubt, dass der Mörder Knopinski lediglich in einen Rollstuhl geholfen hat. Kurz darauf erkannte er die Wahrheit. Leider jedoch konnte er sich niemandem mehr mitteilen, weil er nicht mehr sprechen konnte. Das deprimierte und verängstige ihn, und er weinte immer öfter. Ständig rief er *Auuuuuu*. Zuerst glaubte ich, dass Professor Pellenhorn unter Schmerzen litt. Tatsächlich jedoch war das *Auuu* eine Anspielung auf Mutter Merkels Golf, der Knopinskis Mercedes früher immer zugeparkt hatte. Professor Pellenhorn wollte uns darauf hinweisen, dass die Autos am Morgen nach der Mordnacht ihre Positionen vertauscht hatten. Zum ersten Mal seit vielen Wochen war Knopinskis Mercedes nicht mehr zugeparkt gewesen. Angie hat ausgesagt, dass Mutter Merkel ihren Golf am

Abend vor der Mordnacht beim rückwärts Ausparken vor den Poller gesetzt hatte. Das wiederum bedeutet, dass Knopinski am Tag vor seinem Tod nicht in Haus Holle gewesen war, wie uns die um die Sicherheit ihres Mannes besorgte Gertrud hatte glauben lassen wollen.«

»Aber warum musste der Mörder Pellenhorn töten, wenn der alte Mann nicht mehr sprechen konnte?«, fragte die Stimme.

»Weil der Professor einen Sprachcomputer erhalten sollte«, antwortete Minnie leise. »Das war ein großes Risiko für den Täter. Folglich musste er schnell handeln. Er wickelte ein Stück Parmesankäse in jenen Salat, den Kostja für Professor Pellenhorn vorbereitet hatte. Doch auch dabei wurde der Täter beobachtet – von Adolf Montrésor!«

»Also hatte der Täter zweimal Pech?«, fragte die Stimme.

»Ja«, sagte Minnie bedauernd. »Aber auch Glück! Adolf Montrésor erinnerte sich erst am Heiligen Abend daran, dass er am Nachmittag vor Pellenhorns Tod eine Person gesehen hatte, die sich an Kostjas Speisen zu schaffen gemacht hatte und die nichts in der Küche zu suchen hatte. Er wollte mir davon erzählen und schickte seine demenzkranke Frau zu mir. Irgendwie muss Lisa Montrésor der falschen Person davon berichtet haben – wahrscheinlich dem Mörder. Später erzählte sie mir doch noch von Montrésors Beobachtung. Leider sagte sie zu spät aus. Inzwischen war Adolf das vierte Opfer des Mörders geworden.«

»Also hat eine der Personen, die anwesend war, als Herr Knopinski seine Drohung im Esszimmer ausstieß, die vier Menschen auf dem Gewissen?«, fragte die Stimme.

Minnie schüttelte den Kopf. »Nein! Anfangs ging ich ebenfalls davon aus. Leider jedoch geriet ich dadurch auf eine falsche Fährte. Zwar hatten alle anwesenden Gäste ein Motiv, um die Knopinskis zu töten, doch als Montrésor ermordet wurde, waren meine Verdächtigen fast alle tot. Außerdem hatte ich vorher eine Vision von Schneeflocken. Ich musste bloß in den Spiegel blicken. Dort würde ich den Mörder finden.«

»Im Spiegel?«, fragte die Stimme.

»Ja«, bestätigte Minnie. »Im Spiegel wartete die Wahrheit – das verriet mir mein Unterbewusstsein während der Rückführung und während meines Tiefschlafes. Weil ich nicht wusste, was die Sache mit den Spiegeln bedeuten sollte, spielte ich die Situation im Esszimmer noch einmal nach. Ich setzte mich auf den Platz von Knopinski und stellte mir die Situation vor, in der wir uns befunden hatten, als er rief, dass er niemals ein Gesicht vergessen würde. Damals hatte er den Blick ausgerechnet auf mich gerichtet. Weil ich aber wusste, dass Knopinski und ich uns in der Vergangenheit niemals begegnet waren, musste ich mich fragen, wen er wirklich gemeint hatte. Es musste etwas oder jemand gewesen sein, der sich damals in meiner Blickrichtung befunden hatte.«

»Was war es?«, fragte die Stimme.

»Ein Spiegel«, sagte Minnie trocken. »Oder besser gesagt: ein Fenster hinter mir, in dem sich der Mörder gespiegelt hatte.«

»Interessant«, ließ sich die Stimme vernehmen. »Wer hat sich denn im Fenster gespiegelt?«

»Du, Andreas«, antwortete Minnie. »Du standest in der Tür des Esszimmers, als Knopinski rief, dass er niemals ein Gesicht vergessen würde. Es war genau wie in Agatha Christies Roman *Rendezvous mit einer Leiche*. Gut, dass ich den Roman gelesen habe. Deshalb hat mir mein Unbewusstes auch die ganzen Ratschläge gegeben.«

Ihr Gegenüber schwieg, und Minnie fuhr fort. »Zuerst fiel es mir schwer, zu akzeptieren, dass du ein Serienmörder bist – schließlich hast du mir so oft geholfen. Andererseits passte alles zusammen. Du bist der Einzige, bei dem alle Fäden zusammenlaufen, wenn man die Sache aus der Perspektive des Spiegels betrachtet. Du konntest die Aufruhr im Haus verursachen, weil du Nadines Geheimnummer gekannt hast und Zugang zu allen Arzneien hattest. Wahrscheinlich hast du Cristiano ermuntert, in der Mordnacht nach den Pflegern zu klingeln und sich zu öffnen. Du warst anwesend, als Berthold Pellenhorn ein Sprachcomputer verordnet wurde. Und du wusstest, dass Nadine einer verlockenden Spritze mit Drogen nicht würde widerstehen können. Aus Frau Prinz' Perspektive warst du ein Engel, obwohl ich glaube, dass sie noch einen zweiten Engel gesehen hat, der in Wirklichkeit ihr Seelenführer war. Dich hat Adolf Montrésor an Kostjas Speisen gesehen – und sich gewundert, was du in der Küche gemacht hast. Du warst der Einzige, der immer anwesend war, wenn etwas Besonderes passierte. Es tut mir leid, aber du bist überführt.«

»Das klingt ja sehr überzeugend«, sagte Andreas ernst. »Aber was soll mein Motiv für den Mord an Knopinski gewesen sein? Und was war mein fünfter Mord?«

»Dafür müssen wir die Uhr bis zu jenem Zeitpunkt zurückdrehen, als du im Gefängnis gesessen hast. Als ich am Heiligabend unter der Treppe saß, bat ich Mike, deine Biografie zu durchleuchten. Tatsächlich fand er etwas Wichtiges heraus. Vor vielen Jahren hattest du einen Zwillingsbruder namens Andreas, der Psychologe war. Leider erkrankte Andreas an Krebs. Du hast ihm Sterbehilfe geleistet. Deshalb hast du auch geweint, als du Anne Powelz die rührende Geschichte von den Zwillingsbrüdern erzählt hast, die du angeblich in Haus Holle betreut hast. Mike hat alle Artikel über den damaligen Schauprozess gefunden. Du hast deinen Bruder getötet, bist dafür ins Gefängnis gewandert und wurdest dort von Knopinski bewacht. Nach deiner Freilassung hattest du nichts mehr – nichts außer dem Pass und den Diplomen deines toten Zwillingsbruders. In dieser Notsituation kamst du auf die Idee, dich als Psychologe in Haus Holle zu bewerben – weit entfernt von deinem Geburtsort. Es war die Chance deines Lebens. Wäre Knopinski nicht zufällig hier gelandet, dann wäre dein Schwindel niemals aufgeflogen. In Wirklichkeit heißt du Richard Albers.«

»Ich habe also fünf Morde auf dem Gewissen?«, fragte der Psychologe.

»Ja, wobei es aus deiner Perspektive keine Morde waren, sondern Akte der Nächstenliebe. Sterbehilfe auf den letzten Metern. Du bist wirklich ein exzellenter Psychologe, wenn auch nicht auf dem Papier. Aber von solchen Hochstaplern liest man ja immer wieder.«

»Ist das alles?«, fragte Dr. Albers.

»Nein«, antwortete Minnie. »Es gibt noch ein weiteres Rätsel. Zuerst vermisste Montrésor seine Brieftasche. Später verschwand Gertrud Knopinskis Schmuck. Bella suchte einen Geldschein. Außerdem fehlt meine Perlenkette.«

»Habe ich diese Dinge gestohlen?«

»Nein«, sagte Minnie. »Diese Diebstähle gehen auf das Konto eines anderen Kriminellen. Zuerst glaubte ich, dass sich Bruno an den toten Gästen bereichert, weil er immer wieder Geschenke erhielt. Eines Tages jedoch hörte ich, dass Hendrik ein Kasino-Chip aus der Tasche gefallen war. Wahrscheinlich ist der junge Mann spielsüchtig. Aber er stahl nicht nur für sich selbst. Als er Gertrud Knopinskis Schmuck raubte, tat er das nicht aus purem Eigennutz, sondern gab einen Teil des Erlöses Cristiano, mit dem er großes Mitleid hatte. Kurz darauf verließ Cristiano das Hospiz – und wirkte extrem glücklich. Inzwischen hat Mike die Bestätigung einer professionellen Organisation für Sterbehilfe erhalten, dass Cristiano das Geld für den Giftcocktail doch noch zusammenbekommen hat. Ich habe seine Todesanzeige selbst gesehen.«

»Liebe Minnie«, sagte Dr. Albers. »All das bildest du dir ein. Deine Erinnerung stimmt nur bis zu einem gewissen Punkt. Nachdem du am 1. November in Haus Holle eingezogen bist und die anderen Gäste – von Marisabel über Montrésor bis zu Mike – kennengelernt beziehungsweise gesehen hast, haben wir dich in der Nacht vom 2. auf den 3. November bewusstlos auf dem Sofa vor deinem Zimmer gefunden. Damals *wehte* immer wieder dasselbe Lied durchs Haus, weil der CD-Player von

Herbert Powelz defekt war, und es niemand bemerkt hat. Ich erinnere mich noch gut, dass die Melodie von *In mir klingt ein Lied* pausenlos abgespielt wurde. In jener Nacht warst du völlig ausgekühlt. Ich erinnere mich gut daran, was Herr Knopinski am Vortag im Esszimmer gerufen hat. Er war altersdement. Wie auch immer: Du bist damals ins Koma gefallen. Wir haben deine Töchter informiert, die seither bei dir am Bett saßen. Du bist erst vor ein paar Stunden erwacht – heute, am Silvesternachmittag. Ich habe durch die Tür gesehen, dass du pausenlos geschrieben hast, wollte dich aber nicht stören. Ich bin erst gekommen, als du den Alarmknopf gedrückt hast.«

Der Psychologe zog Minnies Nachttischschublade auf.

»Ich nehme an, das hier sind deine Notizen?«

Minnie drückte den Alarmknopf.

Im nächsten Moment stand Bruno im Zimmer. »Bruno, du darfst nicht zulassen, dass er meine Notizen an sich nimmt«, rief Minnie.

Doch Dr. Albers tuschelte etwas in Brunos Ohr, und der Pfleger verließ den Raum, ohne Minnie zu helfen.

Treue Seelen

Als sie mit dem Mörder allein war, sagte Dr. Albers: »Jetzt erkläre ich dir die Dinge mal aus meiner Perspektive, liebe Minnie.«

»Viele Menschen machen eine innere Wandlung durch, wenn sie sterben. Das habe ich dir schon erklärt, als ich dich zum ersten Mal im Krankenhaus besucht habe. Du bist am 1. November nach Haus Holle gekommen und in der Nacht vom 2. auf den 3. November um Viertel vor drei auf dem Sofa vor deinem Zimmer in ein Koma gefallen. Ein paar Tage vor Heiligabend wärst du fast gestorben. Damals zitterten deine Hände pausenlos über der Bettdecke. Danach ging es wieder aufwärts mit dir – obwohl du niemals erwacht bist. Heute Nachmittag bist du nach einem fast zwei Monate andauernden Tiefschlaf im Beisein deiner Töchter aufgewacht, hast dich von ihnen verabschiedet, anschließend Dinge aufgeschrieben und mit dem Alarmknopf nach mir gerufen.«

Er strich Minnie übers Haar. »Für deinen *inneren Krimi* gibt es eine einfache Erklärung: Am Tag deines Einzugs hast du die anderen Gäste kennengelernt und in der Eingangshalle gesehen, dass Mike Powelz einen Roman von Agatha Christie las. Damals habe ich dir verraten, dass er ein Buch schreiben möchte. Du warst zu diesem Zeitpunkt gerade eingezogen und scheinbar vollkommen überfordert – deshalb hast du mich so verteufelt. Scheinbar wirkte ich auf dich, als wollte ich dir den Tod *schönquatschen*. In Wirklichkeit haben wir dich optimal versorgt. Du hast niemals unter Schmerzen gelitten und warst zu keinem Zeitpunkt allein. Tag und Nacht saß jemand an deinem Bett, der mit dir geredet oder deine Hand gestreichelt hat. All das hast du innerlich verarbeitet, und dich trotzdem vom Sterben distanzieren wollen. Jetzt bist du dem Punkt nahe, wo dein Übergang bevorsteht. Gedanklich hast du den Tod zum Serienmörder gemacht – und die Summe des Ganzen auf mich projiziert. Ich ermorde keine Menschen.«

»Das glaube ich nicht«, stieß Minnie hervor. »Während ich in Haus Holle war, wurde ich zweimal ins Krankenhaus überwiesen, um wieder zu Kräften zu kommen. Während dieser Zeit sind Dinge im Haus passiert, die ich gar nicht wissen konnte! Ich habe es aus der Perspektive von anderen Menschen gesehen! Ich erinnere mich genau, wie Montrésor in seinem Massagesessel starb und was er dabei gedacht hat. Ich kann doch nicht in fremde Köpfe gucken!«

»Du hast geträumt und dich mit dem Tod aus allen möglichen Perspektiven auseinandergesetzt«, beharrte Dr. Albers. »Dafür gibt es einen Beweis.«

Der Psychologe ging zu Tür und öffnete sie.

Nepomuk huschte ins Zimmer, gefolgt von Gertrud Knopinski, die plötzlich am Stock ging. Außerdem schob Bruno einen Rollstuhl herein, in dem Professor Pellenhorn saß und fröhlich gluckste. »Sehen Sie, hier sind unsere Gäste!«, erwiderte Dr. Albers voller Liebe.

»Guuuuuteee Aaaabeennnd«, gurrte Professor Pellenhorn. »Wiiiieeeee schöööööö, daaaa Siiii erwaaaacht sinnnnn! Iiiiihhh haaabe Sieee soooooo offff besuchhhhh!«

Gertrud Knopinski schloss sich ihm an. »Meine Liebe«, sagte sie sanft. »Es ist so schön, dass Sie wieder unter uns sind. Während Sie geschlafen haben, ist unendlich viel passiert. Wir wollten doch mal Schach spielen!«

Auch Montrésor betrat Minnies Zimmer. »Endlich sehe ich Sie wieder«, antwortete er. »Erinnern Sie sich noch an unser Gespräch über Katzen, als Sie eingezogen sind?«

»Sie leben?«, rief Minnie. »Das kann nicht sein. Ich möchte Olimpia sehen. Ich möchte sofort, dass sie gerufen wird. Das hier sind ja alles Tote – ich weiß nicht mehr, ob ich lebe oder schon tot bin!«

Olimpia trat sofort an ihr Bett. »Sie erinnern sich an mich?«, frage sie Minnie. »Wie erstaunlich! Dabei haben wir doch nie miteinander geredet. Ich habe Ihnen nur manchmal Gesellschaft geleistet, während Sie schliefen, und Ihnen aus meinem bewegten Leben erzählt.«

Olimpia wandte sich Dr. Albers zu. »Scheinbar hat sie alles gehört und verarbeitet!«

»Und Marius?«, rief Minnie. »Gab es diesen wunderbaren Mann wirklich?«

»Er hat Sie zweimal besucht und Ihnen gut zugeredet. Es war die Idee Ihrer Töchter!«

»Aber Mike – und die Rückführung und seine anderen Geschichten. Die hätte ich mir niemals ausdenken können!«

Dr. Albers griff nach der Fernsehzeitschrift, die auf Minnies Nachttisch lag. »Sie haben Mikes Reportagen seit Jahren gelesen …«

Olimpia, die treue Seele, setzte sich an Minnies Bett und blieb bei ihr bis zur letzten Sekunde, als die alte Dame die Wahrheit erkannte und spürte, dass alles gut war.

Und in derselben Silvesternacht, in der ein berühmter Fußballspieler namens Rafael van der Vaart seine Ehefrau mit einem Schubs niederstreckte und eine glückliche Ehe zerbrach, fühlte Minnie, dass sie von einer allumfassenden, unsterblichen Liebe überflutet wurde. Zum ersten Mal war sie völlig angstfrei.

Der Auszug

Sterben – das war anders, als alle gedacht hatten.

Minnie schwebte nicht an der Decke.

Ihr Ich ging einfach aus dem Zimmer und folgte der Musik, die es anlockte.

Die Spur verweht ...

Am Fuß der Treppe wartete eine schwarz-weiße Katze mit einem dunklen Tintenfleck unter dem Kinn auf die alte Dame, die keine alte Dame mehr war und sich auch nicht mehr so fühlte.

Der Schmerz vergeht ...

Die wunderschönen Augen der kleinen Katze wiesen Minnies Ich den Weg. Hinunter zur Treppe, vorbei an der Kerze, die jetzt für sie brannte.

Als Rudi und Montrésor die Eingangstür öffneten, flackerte das Kerzenlicht. Gerade wollten die alten Herren das neue Jahr begrüßen – und mit ihnen schlüpfte das Ich nach draußen, hinein in die schneeweiße Winterwelt, in der nur Mimis Augen leuchteten und die Silvesterraketen verloschen.

Manchmal bin ich wie ein Vogel im Wind, frierend im Schnee und vom Sonnenschein blind ...

War da Musik?

Erwartungsvoll streckte Minnie die Hand aus. Das sah nicht nur erwartungsvoll aus, sondern auch sehr elegant.

Der alte Zauberer kam auf sie zu. »Da bist du ja, meine Schöne!«

Marius' Mund näherte sich ihrer Hand. Mit rechts ergriff er ihre Linke, sein Arm besetzte ihre Hüfte. Dann ergriff er ihren Arm. Weich lag sie in seiner Armbeuge und ließ sich rückwärts von ihm beugen.

»In diesem Leben«, sagte Marius, »sind wir uns so spät begegnet – und dann auch nur in deinem Traum. Beim nächsten Mal werde ich vom ersten Moment an bei dir sein ...«

Tanzend setzte sich das Liebespaar in Bewegung. Minnie kostete die Ewigkeit aus.

Zeit wird Raum ...

Wunsch wird Traum ...

Ihre Finger umschlossen sich.

Und wenn ich doch noch Geborgenheit find, dann, weil du mir nahe bist.

»Ich liebe dich«, flüsterte Minnie und küsste Marius.

Epilog

Minnie starb am 31. Dezember. Es war 23:57 Uhr, als sie die Augen schloss. Obwohl sie 84 Jahre alt geworden war, sah ihr Gesicht aus wie das eines jungen Mädchens.

Die Hauswirtschafterin atmete auf, als sie die Fenster in Minnies Sterbezimmer öffnete, in dem der Leichnam seit zwölf Stunden ruhte.

Sie erkannte den Raum kaum wieder. Minnies Bett stand nicht mehr an der Wand, sondern direkt unter dem Fenster – vor dem Balkon, den die alte Dame in den wenigen wachen Tagen, die sie in Haus Holle verbracht hatte, so sehr geliebt hatte. Vom Bett aus hatte Minnie die Schneeflocken sehen können. Überall brannten Teelichter, und der Fernseher war mit einem Tuch abgedeckt worden. Katharina atmete auf, weil sie sich für Minnie freute. Endlich musste die alte Dame nicht mehr leiden.

Die Hauswirtschafterin schlug kein Kreuz, und sie wurde nicht andächtig. Doch sie zog einen Stuhl ans Bett und hielt einen Moment lang inne, während sich ihr Blick auf das Antlitz der Toten heftete. Zu Lebzeiten hatte sie Minnie immer nur kurz gesehen, etwa, wenn die alte Dame mit Mimi, der Katze des Hauses, gespielt hatte. Mimis Vertrauen zu gewinnen – das war vor der alten Dame keinem anderen Gast gelungen.

Minnie würde nie wieder mit Mimi spielen. Und sie würde nie mehr gequält aussehen. Der Tod hatte ihr Gesicht verwandelt, wie es immer der Fall war nach dem Dahinscheiden.

Sie trug ein rosafarbenes Kostüm und ihre schönsten Schuhe, denn ihre Töchter vermuteten, dass sie darin beerdigt hätte werden wollen. Leider hatte sie den Wunsch nach ihrer letzten Kleidung nicht mehr mitteilen können. Außerdem hielt sie ihr uraltes Stofftier im Arm.

Katharina Schulz sorgte seit siebzehn Jahren und zwei Monaten für Sauberkeit in den zwölf Gästezimmern von Haus Holle. Einen toten Gast, der so dalag wie Minnie, hatte sie noch nie gesehen. Zwar ruhte die alte Dame auf dem Rücken, doch im Moment des Sterbens hielt sie den linken Arm in einer eleganten Pose, so als würde sie einen unsichtbaren Tanzpartner umfassen. Am meisten jedoch staunte die Hauswirtschafterin darüber, dass Minnies über dem Kopf liegende Hand nicht verkrampft, sondern weit geöffnet war. Das sah nicht nur erwartungsvoll aus, sondern auch sehr elegant.

Katharina war beeindruckt. Minnie hatte ihr Leben losgelassen, weil sie bereit war für den Tod. Sie hatte gehen können, weil alles gut war. Olimpia und Andreas waren bis zur letzten Sekunde bei ihr gewesen.

Die Hauswirtschafterin beugte sich über die Tote und flüsterte: »Ich werde dir jetzt die Hände falten!« Als sie das getan hatte, warf sie einen Blick auf Minnies Habseligkeiten: ein Album mit Katzenfotos, zwei Aufnahmen von ihren Töchtern und deren Kindern, ein paar weiße Hosenanzüge – und ein beschriftetes Tagebuch, das der Psychologe auf ihr Bett gelegt hatte.

Katharina nahm es an sich.

Auf dem Buch klebte ein Post-it, auf dem »Für Mike Powelz« stand.

Nun, dachte Katharina, dann muss ich den Journalisten wohl anrufen. Sie verstaute das Tagebuch in ihrem Kittel, ohne einen einzigen Blick hineinzuwerfen.

Zuletzt packte sie Minnies restliche Habe in einen Karton, trug ihn zur Tür und wandte sich der Toten noch einmal zu und flüsterte: »Ich schicke dir gleich jemanden, der für frische Luft sorgt. Und ich wünsche dir alles Gute.«

Sie schloss die Tür zu Zimmer 6.

Mike Powelz besuchte Minnie als Letzter.

Es erschien ihm seltsam, dass sie nach ihm verlangt hatte. Schließlich waren sie sich nur einmal in der Eingangshalle begegnet – am Tag ihres Einzugs.

Er setzte sich an Minnies Bett und las ihre für ihn bestimmten Notizen. Nach einer Stunde klappte er das Buch zu und betrachtete die glückliche Tote.

Nun erkannte er die Wahrheit: Minnie war wie *Minnie Mouse* gewesen. Wie ein Mäuschen hatte sie allzu große Angst vor dem Sterben gehabt und die Furcht trotzdem bravourös überwunden.

Aus die Maus.

»Danke für Ihre Ideen«, sagte er zum Abschied. »Ich hätte nie gedacht, dass eine alte Dame so viel Fantasie hat und innerlich auf eine solche Heldenreise geht.«

Es gab keinen besseren Ausdruck dafür.

Er küsste Minnies Notizen, konnte er nun doch endlich sein erstes Buch schreiben. Ab jetzt war alles Gold für ihn.

Das Letzte, was der junge Mann hörte, bevor er die Tür zu Zimmer 6 schloss, war ein lauter Knall vor dem Haus. Mutter Merkel hatte ihren Golf mal wieder vor den Poller gesetzt. Doch es fiel kein Schnee mehr vom Himmel.

Nachwort

Folgenden Menschen und Institutionen möchte ich danken – weil sie alle wesentlich dazu beigetragen hat, dass das Buch ein Erfolg wird:

Amazon: Das US-Unternehmen hat mich in jeder Sekunde, Minute und Stunde unterstützt – besonders die sympathischen Mitarbeiter aus Luxemburg, Seattle und München.

Meine Familie: Ohne meinen Vater wäre dieses Buch nie entstanden; ohne den Segen meiner Mutter Anne Powelz hätte ich es nicht veröffentlicht; ohne meinen Ehemann Daniel Camacho hätte ich nicht den Glauben an mich selbst gehabt, um es zu schreiben.

Jedem einzelnen der 342 Leserinnen und Leser, die auf der Facebook-Seite »Die Flockenleserin« engen Kontakt zu mir halten. Ohne ihre Mundpropaganda wäre das Buch nie ein so großer Erfolg geworden. Der Austausch mit jedem einzelnen von ihnen ist ein tägliches Geschenk für mich.

Vier meiner engsten Freunde: Maria Trampenau hat das Buch als Erste komplett gelesen und mir durch ihr positives Feedback viel Kraft gegeben. Meine Freundin Birgit Harder hat das Buch korrigiert – und in allen Stadien der Entwicklung mitgefiebert. Meine Freundin Manuela Thomas-Hoffmann hat mir den tollen Tipp gegeben, das Buch als E-Book im Kindle-Programm von Amazon zu veröffentlichen, sowie meiner lieben Freundin Anne Strickling.

Meinen Co-Autoren: Antonia Rados, mutig und stark, hat das erste Vorwort geschrieben. Die Rückführerin Ursula Demarmels, ein zu hundert Prozent positiver Mensch, hat nicht nur das zweite Vorwort verfasst, sondern das Buch obendrein korrigiert. Einmalig! Besonderer Dank gilt auch Ursula Demarmels' Ehemann Dr. Gerhard W. Hacker für seine Inspirationen und Beratungen.

Meinen Arbeitskollegen: Andrea Kloss hat das Cover der ersten Ausgabe gebaut, Tatjana Prawitz hat tolle Fotos von mir geknipst für die ersten Marketingaktionen. Auch der jungen Fotografin Insa Overlander, die mich abgelichtet hat, möchte ich meinen großen Dank aussprechen.

Besonderer Dank gilt den Schauspielern Axel Prahl und Veronica Ferres, die das Buch nach der Lektüre auf ihren Facebook-Seiten empfohlen haben – sowie der Journalistin Bettina Tietjen für ihr Interview mit mir.

Benno Bolze vom Deutschen Hospiz- und Palliativ Verband e. V, in Berlin für die fachliche Beratung.

Meinem Chefredakteur Christian Hellmann. Er gab mir im November/Dezember 2008 vier Wochen Urlaub, als mein Vater ins Hospiz kam. Ohne Christian Hellmann hätte ich das Buch nicht schreiben können.

Jedem einzelnen Journalisten, der einen Artikel über *Die Flockenleserin* geschrieben hat: Markus Sparfeldt (*Der Monat*), Jochen Metzger (*Für Sie*), Frank Beckert (*Der Ahauser*), Anne Winter-Weckenbrock (*Münsterland Zeitung*), Denise Perrevort-Elkemann (*Münsterland Zeitung*); Karola Möller (Seniorenclub Ahaus), Caroline Brinkmann (*Tintenfeder* auf Facebook); Christian Carsten (*Ruhr Nachrichten/Münstersche Zeitung*), Katja Butschbach (*Delmenhorster Kreisblatt*), Florian Mader (*Stuttgarter Nachrichten/Leonberger Kreisblatt*), Edwin Platt (*Weser Kurier*), Elisabeth Hanf *(WAZ/ Der Westen)*.

Jedem Einzelnen, der mich zu einer Lesung eingeladen hat: Michael Scholten (Rees), Thomas Dierkes (Rees), Karin Wesseler (Stadtlohn), Maria zu Klampen (Stadtbücherei Ahaus), Josef

Reppenhort (Hospiz Leuchtfeuer Hamburg), Peggy Steinhauser (Lotsenhaus Hamburg), Christian Kaiser (Hospiz Leuchtfeuer Hamburg), Melanie Tenhumberg (Stadtbücherei Ahaus), Maik Turni (Ricam Hospiz Berlin), Angelina Verhorst (Johannes-Hospiz Münster), Aimée Liebe aus Norden (Facebook: »Kehre wieder«) sowie Biggi Ahlers und Tassilo Liebe, Tatjana Schütz (Deutsches Rotes Kreuz Hamburg-Harburg), Harald Krüger (Deutsches Rotes Kreuz Hamburg-Harburg), Dr. Dirka Grießhaber (Deutsches Rotes Kreuz Hamburg-Harburg; Hamburger Hospiz für den Süden), Martina Steinbrenner aus Renningen bei Stuttgart für ihren unermüdlichen Einsatz (www.verein-pct.de), Elke Horstmann (Referentin für Öffentlichkeitsarbeit. Zentrale für Private Vorsorge Bremen, Deutschland; Daniel de Vasconcelos (»Mission Lebenshaus Falkenburg« aus Bremen), Anke Mirsch (Pressearbeit mission:lebenshaus), Steffen Naumann (Hospizgruppe Aschaffenburg), Claudia Stahl (Hospiz-Förderverein Elmshorn); Pastor Uwe Mletzko (Vorstandssprecher für Innere Mission in Bremen/Ganderkesee/Jever sowie »Kinderhospiz Joshua Wilhelmshaven«; Ingrid Dauskardt (Katholische Frauengemeinschaft Deutschland); Marlies Steenken (Malteser Hilfsdienst Friesoythe); Petra Roess (Hospizhilfe Twistringen), Dörte Köpke (Hospizverein Gifhorn); Monika Foppe (Leiterin des hospiz:brücke in Bremen).

Einem besonderen Menschen, der sich unermüdlich für einen notwendigen Ausbau der Hospizarbeit einsetzt und schon zahlreiche Petitionen dafür in den Deutschen Bundestag eingebracht hat: Mark Castens (auf Facebook zu finden unter »Für eine bedarfsgerechte Versorgung mit Hospiz- und Palliativplätzen«).

Dr. Thomas Sitte, Vorstandsvorsitzender Deutsche PalliativStiftung aus Fulda, für dessen demnächst im Springer-Verlag erscheinendes Buch *Patientenratgeber Palliativmedizin* ich das Vorwort geschrieben habe.

Jedem Einzelnen, der Verlosungen und sonstige Aktionen durchgeführt hat: Dr. Jörg Cuno (Palliativ-Portal.de); Frank Schaten von der Buchhandlung Schaten aus Ahaus, der das

Buch für jeden interessierten Kunden bei Amazon bestellt hat; Johannes Zum Winkel (»xtme«).

Dem Thono-Audio Verlag, namentlich Thomas Nolte, der von Anfang an Interesse hatte an einer deutschen Hörbuch-Version von *Die Flockenleserin*. Ebenso der professionellen Münchner Moderatorin und Sprecherin Caroline du Fresne, die das Buch derzeit einliest.

Allen 192 Rezensenten des Buchs – die einen (8), zwei (6), drei (8), vier (36) oder fünf Sterne (134) vergeben haben.

First-Web, namentlich Henning Brunschön, Frank Stöver sowie Florian Hiske für die Produktion meiner Internetseite mike-powelz.com. Großen Dank auch an den Fotografen Jörg Modrow für die Produktion der Bilder.

Weiterführende Literatur / Quellen:

Nochmal leben vor dem Tod von Beate Lakotta aus dem *Spiegel*.

Ich könnte das nicht – mein Jahr im Hospiz von Florentine Degen

Rendezvous mit einer Leiche von Agatha Christie

Ente, Tod und Tulpe von Wolfgang Armbruch.

Der Tod des Iwan Iljitsch von Leo Tolstoi.

Das Sachbuch *Über das Sterben* von Gian Domenico Borasio.

Dörthe Schipper: *Den Tagen mehr Leben geben – Über Ruprecht Schmidt, den Koch, und seine Gäste.*

Spiegel Wissen: Abschied nehmen aus dem 4. Quartal 2012. Besonders empfehlenswert: *Auf der Suche nach dem guten Ende, Was Sterbende bereuen, Reden, reden, reden, Barfuß auf dem letzten Weg, Ein Rucksack für die letzte Last, Asche auf Dotterblumen, Tröstende Bilder* und *Von der Unmöglichkeit, sich das Nichtsein vorzustellen.*